reverie

CHLOÉ WALLERAND

THE DEVIL'S SONS

VON HEUTE AN FÜR IMMER

ROMAN

Aus dem Französischen übersetzt
von Barbara Röhl

reverie

Die Originalausgabe erschien 2022 unter dem Titel
The Devil's Sons – Tome 1 bei Plumes du web, Montech.

1. Auflage 2024
© Chloé Wallerand
Deutsche Erstausgabe
© 2024 für die deutschsprachige Ausgabe
reverie in der
Verlagsgruppe HarperCollins Deutschland GmbH, Hamburg
Gesetzt aus der Spectral
von GGP Media GmbH, Pößneck
Druck und Bindung von GGP Media GmbH, Pößneck
Printed in Germany
ISBN 978-3-7457-0450-1
www.reverie-verlag.de

Liebe Leser:innen,
dieses Buch enthält potenziell triggernde Inhalte.
Deshalb findet sich am Romanende eine Themenübersicht,
die demzufolge Spoiler enthalten kann.

Wir wünschen euch das bestmögliche Erlebnis
beim Lesen der Geschichte.

Euer Team von reverie

Für alle
LEBENSHUNGRIGEN

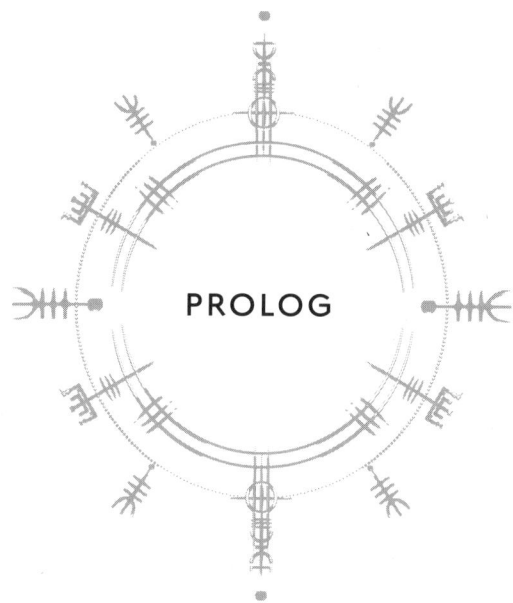

PROLOG

Die meisten Menschen, die ein kompliziertes Leben führen, wünschen sich nur eins: ein einfaches Leben.

Aber das trifft auf mich nicht zu. Ich will all die Verwicklungen nicht missen, die mich zu der Person gemacht haben, die ich heute bin. Ich gehöre auch nicht zu den Leuten, die eine Wut auf die ganze Welt hegen oder sich fragen: *Warum ausgerechnet ich?* Manche Dinge passieren einfach, ohne dass man etwas daran ändern könnte. Man sucht sich seine Familie nicht aus, und man kann die Ereignisse, die vor der eigenen Geburt geschehen sind, nicht ändern. Wozu sich also aufregen? Warum sich in Selbstmitleid suhlen und nicht einfach lernen, mit dem zu leben, was zu verändern nicht in unserer Macht steht?

Die Vergangenheit durchzukauen, sich zu fragen, wie alles hätte kommen können, *wenn nur ...* das ist eine maßlose Zeitverschwendung. Akzeptieren, anpassen, das ist der Schlüssel. Der Schlüssel zu einem glücklichen Leben, trotz Komplikationen. Das ist meine Devise.

Ich verurteile niemanden, der anders denkt als ich; schließlich habe ich die Weisheit nicht mit Löffeln gefressen. Ich kann nicht behaupten, dass mein Gedankengang richtig ist. Aber ich bin überzeugt davon, dass die Menschen glücklicher wären, wenn sie aufhören würden, sich mit der Vergangenheit zu beschäftigen und um jeden Preis ein friedliches Leben anzustreben. Vielleicht bin ich auch masochistisch, keine Ahnung ... Trotzdem würde ich mein tägliches Leben für nichts auf der Welt eintauschen, weil ich einfach nicht für eine Existenz ohne Probleme geschaffen bin. Und meine Einschreibung an der Universität sollte mir das ein weiteres Mal beweisen ...

1. KAPITEL

»Wir müssen los!«, ruft meine Mutter aus der Küche.

Diese wenigen Worte flößen mir ebenso viel Aufregung wie Angst ein, und keines dieser Gefühle schafft es, die Oberhand zu gewinnen. Ich atme einmal tief ein und aus. Mit meiner letzten Tasche in der Hand lasse ich den Blick durch mein Zimmer schweifen, um sicherzugehen, nichts vergessen zu haben.

Es gibt mir einen Stich ins Herz. Dieses behagliche, aber krumme und schiefe Haus wird mir fehlen. Meine Mutter, die ebenso unvollkommen, aber warmherzig ist, wird mir fehlen. Und meine Freunde auch. Wir schlagen alle unterschiedliche Lebenswege ein, und mir ist jetzt schon klar, dass unsere Freundschaft der Vergangenheit angehört.

Ich verlasse das Zimmer und schließe, jetzt schon voller Heimweh, die Tür hinter mir. Die kühle Luft draußen streicht über mein Gesicht und nimmt mir ein wenig meine Beklommenheit. Ein schöner Septembertag kündigt sich an, die Götter scheinen mir wohlgesinnt.

Ich steige ins Auto und stelle die Tasche zu meinen Füßen ab. Meine Mutter sieht mich aus ihren großen blauen Augen gerührt an und startet dann den Motor.

Ich gehe nicht an die Columbia, wie es mein Vater gewollt hatte, als ich noch ein Fötus im Bauch meiner Mom war. Ich gehe an die University of Michigan. Nicht weil ich schlechte Noten hätte, sondern eher aus Mangel an finanziellen Mitteln. Meine Mutter ist ein Ex-Junkie und hat viel zu viele Schulden, um für das Studium meiner Träume aufzukommen, aber ich nehme ihr das nicht übel. Ich weiß, wie hart das Leben sein kann. Daher ist es mir ziemlich egal, wie oft sie Crystal Meth erhitzt hat, um die Dämpfe zu inhalieren. Für mich zählt nur, dass sie heute hier ist, clean und gesund.

Nach mehreren Stunden Fahrt, in denen sie ohne Unterlass geplaudert hat, während ich zugeschaut habe, wie die Landschaft vor meinen Augen vorbeizog, hält sie schließlich auf dem Parkplatz der Fakultät.

»Sieh doch, wie schön es ist!«, ruft sie aus.

Sie hat recht. Der Campus ist wunderschön. Der frische grüne Rasen hätte einen Preis der Stadtverwaltung verdient. Er ist perfekt gemäht und hat kein einziges Loch. Die Bäume sind in Form gestutzt, und die riesigen Gebäude und die steinernen Bogengänge sind mit herrlichen Kletterpflanzen bewachsen. Die Türme und großen Fenster wirken wie Lustschlösser, in denen Renaissance-Adlige leben.

Ich löse meinen Gurt und öffne die Tür. Meine Mutter ist schon ausgestiegen. Zahlreiche Studenten laufen mit Taschen oder Kartons bepackt herum; wahrscheinlich auf der Suche nach ihrem neuen Zimmer für das nächste Jahr. Ich kann es kaum abwarten, meins zu finden und zu erkunden. Hoffentlich ist meine Mitbewohnerin nett.

»Die Anmeldung ist hier!«

Meine Mutter zeigt auf einen Tisch unter einem Pavillon, hinter dem fünf Personen sitzen.

Letztendlich wirkt sie aufgeregter als ich. Wenn das Studium nicht gleichbedeutend damit wäre, sie allein zu lassen, würde ich wahrscheinlich vor Freude hüpfen. Schließlich habe ich immer davon geträumt. Das Problem ist nur, dass sie mit den Drogen angefangen hat, weil sie einsam war, nachdem mein Vater noch vor meiner Geburt gestorben war. Seit diesem Tag hat sie nur noch mich. Weder Brüder, Schwestern noch Schwiegerfamilie, und ihre eigenen Eltern sind schon lange tot. Sie ist zwar immer ihrer Mutterrolle gerecht geworden, aber ich habe es mir zur Pflicht gemacht, sie zu unterstützen. Sie und ich standen gegen den Rest der Welt, und zwar vom ersten Tag an. Momentan habe ich keine Ahnung, wie sich das alles entwickeln wird, aber mir wird bei dem Gedanken ganz flau.

Sie ist stark, sage ich mir immer wieder. *Viel stärker als alle anderen.*

Ein Lächeln spielt um meine Mundwinkel, als ich mich daran erinnere, wie sie wie eine Löwenmutter um mein und ihr Glück kämpfte. Damals war ich zwar noch ein Löwenjunges, das sich von ihr verhätscheln ließ, aber ich habe schnell gelernt, Zähne zu zeigen, um meine eigenen Leute zu unterstützen und zu beschützen, so wie meine Mutter.

Ich fühle mich ein wenig beruhigter, und wir treten an den Stand. Eine rothaarige Frau von ungefähr dreißig Jahren lächelt mir freundlich zu.

»Studiengang, Name und Vorname?«

»Literaturwissenschaft. Lopez, Avalone.«

Sie kramt in einer Aktenbox aus Metall, und nachdem sie meinen Namen gefunden hat, reicht sie mir einen Plan des Campus' und einen Schlüsselbund. Er fühlt sich in meiner Hand schwer an und verheißt Veränderungen.

»Zimmer 307, willkommen an der Universität.«

Ein angenehmer Schauer läuft mir übers Rückgrat, und ich lächle der Dame höflich zu und drehe mich dann zu meiner Mutter um, die mich stolz ansieht.

Nachdem wir meine Sachen aus dem Auto geholt haben, machen wir uns auf die Suche nach meinem Zimmer. Wir betreten ein großes Gebäude aus Naturstein und gehen in die dritte Etage hinauf. Wir laufen den Flur entlang, wobei wir aufpassen, keine Studenten anzurempeln – sie sind auch alle beladen wie Packesel – und erreichen Zimmer 307.

Sie und ich werden immer gegen den Rest der Welt zusammenhalten, sage ich mir noch einmal mit klopfendem Herzen.

Ich hole tief Luft, stecke den Schlüssel ins Schloss und öffne die Tür. Ich kann kaum zwei Schritte ins Zimmer tun, als mir schon eine junge Frau um den Hals fällt, was dazu führt, dass meine Taschen und Kartons zu Boden segeln. Angesichts dieses jähen Ansturms stehe ich wie erstarrt da – ich mag es nicht so gern, Fremde zu berühren – und zähle die Sekunden, bis sie mich freigibt.

Schließlich tritt sie ein paar Schritte zurück, und ich bemerke ihr Lächeln, das dem der Grinsekatze aus *Alice im Wunderland* merkwürdig ähnelt.

»Tut mir leid«, sagt sie zu mir und sammelt meine Sachen auf, um sie auf mein Bett zu legen. »Seit zwei Jahren habe ich bloß komplett gestörte oder ehrlich gesagt zweifelhafte Mitbewohnerinnen, und da du ziemlich normal aussiehst ... bin ich sehr froh und *erleichtert*.«

Da ich ihre Verlegenheit sehe, lache ich, um sie von ihrer Befangenheit zu erlösen.

Dann werfe ich Mom einen verstohlenen Blick zu, und sie nickt in stummem Einverständnis. Sie würde es sich nicht anmerken lassen, aber sie hat sich ebenfalls Sorgen wegen meiner potenziellen Zimmernachbarin gemacht, die auch zum Desaster hätte werden können. Doch ihr Lächeln lässt meine Bedenken verfliegen. Meine neue Mitbewohnerin wirkt ein wenig überdreht, aber sie scheint cool drauf zu sein.

»Ich heiße Lola«, stellt sie sich vor und streckt mir ihre kleine Hand entgegen.

Ich drücke sie herzlich.

»Avalone. Und das ist meine Mutter Claire.«

Lola begrüßt sie mit dem gleichen strahlenden Lächeln, das all ihre Zähne entblößt, und Mom erwidert es und stellt dann meine letzten Taschen auf mein Bett. Als sie mich in die Arme zieht, spüre ich erneut diesen Stich im Herzen, und ich begreife, dass sie schnell machen will, damit ich nicht ins Grübeln komme und mir Gedanken mache.

»Ruf mich an, wenn du das kleinste Problem hast ...«

»Bis zum Beweis des Gegenteils bin ich immer noch deine Mutter!«

Ich lache freudlos auf. Sie legt die Hände an meine Wangen, küsst mich auf die Stirn und streicht dann mit den Daumen über meine Augen, wie sie es immer tut.

»Du wirst mir fehlen. Ich werde deine wunderbaren Augen vermissen ...«

»Du mir auch, Mom.«

Sie tritt einen Schritt zurück und mustert mich, um sich zu vergewissern, dass es mir gut geht; und ich nutze den Moment, um das Gleiche bei ihr zu tun, und präge mir ein letztes Mal ihre zärtliche Miene ein.

Sie nimmt ihre Tasche, verabschiedet sich von Lola und verschwindet mit einem breiten Lächeln.

»Auf Wiedersehen, mein Schatz. Ich ruf dich an; hab dich lieb!«

Ich öffne den Mund, aber meine Worte ersterben mir auf der Zunge, und gleichzeitig schließt sich die Tür hinter ihr.

Wenn ich morgen früh aufwache, werden über dreihundert Meilen zwischen uns liegen; das heißt, fünf Stunden Autofahrt ... aber ich habe kein Auto.

Langsam drehe ich mich zu Lola um, die jede meiner Bewegungen neugierig verfolgt.

»Hast du ein Auto?«, frage ich.

Sie nickt energisch und lächelt dabei weiter.

»Für den unwahrscheinlichen Fall, dass meine Mom ein Problem hat und ich dringend zu ihr nach Indiana muss, würdest du es mir leihen?«

»Und in dem unwahrscheinlichen Fall, dass ein Idiot mir das Herz bricht, gehst du dann mit mir Eis essen?«

Schweigend taxieren wir einander, als versuchten wir bei der jeweils anderen zu erkennen, wie sich eine Freundschaft zwischen uns entwickeln könnte. Ein leises Lächeln tritt auf meine Lippen, doch ich verberge es. Stattdessen neige ich den Kopf zur Seite.

»Nur wenn du mir erlaubst, ihm am nächsten Tag in den Hintern zu treten.«

»Nur wenn ich mitkommen darf, um deiner Mutter zu helfen.«

Ich kneife die Augen zusammen, um weiter ernst zu wirken, doch ihre Antwort stellt mich vollkommen zufrieden. Lola signalisiert mir, dass ich alle Karten in der Hand habe, und wenn ich annehme, könnte zwischen uns eine wunderbare Freundschaft entstehen. Also lasse ich mich von ihrem Lächeln anstecken, nicke und besiegle so unseren Pakt.

In dem Schweigen, das darauf folgt, kann ich mich umsehen. Das Zimmer ist nicht besonders groß, aber hübsch. Die beiden Betten stehen an gegenüberliegenden Wänden, und die zwei Schreibtische thronen gegenüber der Tür. In den Ecken befinden sich Schränke, sodass wir Platz haben, unsere Kleidung unterzubringen. Die Gemeinschaftsduschen begeistern mich nicht gerade, aber zu meiner großen Erleichterung haben wir unsere eigene Toilette.

Ich wende mich zu Lola um, die auf ihrem Bett sitzt und mich aus ihren großen Mandelaugen aufmerksam mustert, während sie herumzappelt, als koste es sie große Mühe, mich nicht mit Fragen zu bestürmen. Etwas sagt mir, dass sie von einer Sekunde auf die andere explodieren wird, daher lasse ich mich auf meine Federkernmatratze sinken und lächle ihr zu, um ihr zu bedeuten, dass ich bereit bin.

Abrupt springt sie von ihrem Bett und setzt sich neben mich auf meins.

»Wo kommst du her?«

»Aus Madison, und du?«

»Washington!«

Von den Bewohnern Washingtons erzählt man sich, dass sie nur ihre Arbeit im Kopf haben. Wenn das stimmt, ist das überhaupt kein Problem für mich, denn ich bin hier, um mein erstes Studienjahr abzuschließen, später meinen Abschluss zu machen und dabei allen Hindernissen aus dem Weg zu gehen.

Während ich auspacke, unterhalten Lola und ich uns. Sie studiert im dritten Jahr Soziologie und will später Lehrerin werden. Ihre Eltern sind seit fünfundzwanzig Jahren verheiratet und immer noch zusammen, und sie hat einen großen Bruder. Sie ist übersprühend und bringt mich oft zum Lachen. Sie hat auch enormen Charme. Ihr zu einem Bob geschnittenes braunes Haar steht ihr wunderbar. Unter den Augen und auf der Nase hat sie Sommersprossen, die wie Sterne am Himmel wirken. Mit ihrer zierlichen Gestalt und ihren Händen, die geradezu winzig sind, ist sie entzückend.

Nachdem wir gut eine Stunde über ihr Leben und ihre schrägen Anekdoten diskutiert haben, schlägt Lola vor, mich auf dem Campus herumzuführen.

»Das Beste am Campus ist der Kaffee«, erklärt sie mir, als wir in die Cafeteria treten. »Bestimmt hast du noch nie so guten getrunken. Und überhaupt, du hast mir praktisch noch nichts von dir erzählt! Was machen deine Eltern so?«

»Meine Mutter ist Sekretärin und Kassiererin.«

Lola bestellt zwei Tassen Kaffee und dreht sich dann zu mir um.

»Und dein Vater?«

»Lebt nicht mehr.«

Sie erstarrt abrupt und sieht mich wie zu erwarten betrübt an.

»Bei Odins Auge[1], Ava ... Tut mir leid, ich bin zu neugierig.«

Ich will ihr schon sagen, dass es kein Problem ist, doch stattdessen runzle ich die Stirn und mustere sie. Was hat sie da gerade gesagt?

»*Bei Odins Auge?*«

Ohne die Hoffnung zu bemerken, die in mir aufsteigt, wendet Lola den Blick ab und lacht nervös und unbehaglich.

»Ich bin bei Eltern aufgewachsen, die an die nordischen Götter glauben.«

Sie wedelt mit der Hand, um mir zu bedeuten, das Ganze zu vergessen, doch diese Entdeckung gefällt mir sehr, und ein Gefühl von Wohlbehagen hüllt mich ein.

Wir nehmen unseren Kaffee und gehen hinaus, um uns auf den Rasen zu setzen.

»Ich glaube nicht, dass Odin etwas mit dem Ganzen zu tun hat. Vielleicht die Nornen[2]?«

»Da hast du nicht unrecht. Außer, die Götter hatten etwas gegen deinen Vater, dann müssen es eher die ...«

Das letzte Wort bleibt ihr im Hals stecken. Sie sieht mich an, und ihr klappt der Mund so weit auf, dass ich schon Angst habe, sie renkt sich den Kiefer aus. Ich presse die Lippen zusammen, um nicht zu lachen.

»D... du auch ...?«

---

1 In der nordischen Mythologie ist Odin die höchste Gottheit. Als Vater der Welt gehört er zu den drei Schöpfungsgottheiten des Universums (die beiden anderen sind seine Brüder). *Bei Odins Auge* bezieht sich darauf, dass er eins seiner Augen als Opfer darbrachte und in Mimirs Brunnen warf, um Weisheit zu erlangen.

2 In der nordischen Mythologie ist es die Rolle der Nornen, das Schicksal aller Wesen, ob Mensch oder Gott, festzulegen. Die drei bedeutendsten Nornen sind Urd, Verdandi und Skuld. Ihre Namen könnte man mit Vergangenheit, Gegenwart und Zukunft übersetzen.

Ich lächle nachsichtig und nehme dann einen Schluck von meinem heißen Getränk.

»Ich bin mit Thors[3] Heldentaten und Lokis[4] Streichen groß geworden.«

Aber ich kann ihre Verblüffung nachvollziehen. In den Vereinigten Staaten machen Heiden nicht einmal null Komma ein Prozent der Bevölkerung aus, und trotzdem gehört meine Mitbewohnerin derselben Religion an wie ich.

Lola braucht ein paar Sekunden, um das zu verdauen.

»Unsere Begegnung war uns vorherbestimmt«, folgert sie aufgeregt.

Keine Ahnung, ob Götter oder Nornen etwas mit unserer Begegnung zu tun haben, aber trotzdem freue ich mich wirklich, sie kennengelernt zu haben. Ich habe das Gefühl, dass wir uns gut verstehen werden. Und außerdem, dass sie auch meiner Religion angehört, ist wie ein Stückchen Heimat hier in dieser neuen Stadt.

Das Wetter ist herrlich, und eine angenehme Brise bewegt das Laub der Bäume.

Lola und ich genießen die letzten Sonnenstrahlen und sitzen immer noch an derselben Stelle wie vor einer Stunde.

Ich fühle mich gut, wirklich gut, und Lola füllt bereits die Einsamkeit aus, vor der ich nach dem Abschied von meiner Mutter Angst hatte. Wenn es dieses Mädchen nicht gäbe, müsste man es erfinden.

»Ich schwöre«, sagt Lola gerade lachend. »Sie haben fast

---

3 Thor, Sohn des Odin, ist der Donnergott. Er ist bekannt für seine legendäre Kraft und seinen Hammer Mjöllnir. Er ist der Feind der Riesen und der Beschützer von Menschen und Göttern.

4 Obwohl Loki zu den Riesen gehört, einem Geschlecht, das den Göttern feindlich gesinnt ist, wird er von Odin, mit dem er einen Blutbund schloss und dadurch zu seinem Blutsbruder wurde, in Asgard aufgenommen. Als Gott des Schalks und der Zwietracht bringt Loki die Götter immer wieder in Schwierigkeiten. Er tritt manchmal als ihr Feind und dann wieder als ihr Verbündeter auf.

den Verstand verloren. Ich dachte schon, meine Großmutter kriegt einen Herzanfall und mich würde Thors Blitz treffen! Sie dachten, nach dem, was mein großer Bruder getan hat, würde ich die Ehre der Familie retten, aber nein!«

Von allen Leuten, von denen sie mir erzählt hat, hat sie ihren Bruder am seltensten erwähnt, als wäre das ein Tabuthema.

»Was hat dein Bruder denn angestellt?«

Lola verschluckt sich an ihrem Kaffee, was meine Neugier noch weiter reizt, doch ich wende den Blick ab, damit sie sich nicht beobachtet fühlt und denkt, auf meine Frage antworten zu müssen.

»Sagen wir, er hat die Erwartungen meiner Eltern nicht erfüllt.«

»Redet ihr etwa von mir?«, verlangt eine heisere Stimme hinter uns zu wissen.

Wir fahren beide herum: Vor uns steht ein junger Mann, der Lola wie aus dem Gesicht geschnitten ist.

Braunes Haar, Sommersprossen, kräftige, aber angenehme Züge und ausgeprägte Muskeln. Ihr Bruder ist verdammt attraktiv!

Mein Blick schweift über seine schwarze Lederjacke zu den tätowierten Runen[5] an seinen Fingern; ein Zeichen dafür, dass er demselben Glauben angehört wie seine Schwester und ich.

»Sehr erfreut! Ich bin Set. Und du?«

»Avalone.«

Ich hebe den Kopf, um ihm in die schalkhaft blitzenden Augen zu sehen, doch mit einem Mal wirkt er ganz erschrocken.

Ich würde gern behaupten, dass seine Reaktion mich ver-

---

5 Runen sind magische Symbole, die mit Weissagung, Heilung oder sogar Spiritualität in Verbindung stehen können. Sie dienten den germanischen Völkern außerdem als Alphabet.

blüfft, doch das stimmt nicht. Die wenigen Heiden, die mir bisher begegnet sind, deuten meinen Blick als böses Omen. Bis auf meine Mutter. Und offensichtlich meine Mitbewohnerin.

Lola schnippt mit den Fingern, und ihr Bruder kehrt in die Wirklichkeit zurück. Er mustert seine Schwester, schüttelt den Kopf und richtet dann seine Aufmerksamkeit auf mich. Er taxiert mich, doch ich wende mich ab und verfluche im Stillen meine Götter, die mir orangefarbene Reflexe in der Iris beschert haben.

»Entschuldige«, fährt er fort. »Ich treffe nicht oft auf eine so ... *aufwühlende* Schönheit.«

Ich schaffe es mit knapper Not, nicht die Augen zum Himmel zu verdrehen, während Lola sich nicht mehr ruhig halten kann und sichtlich angespannt herumzappelt.

»Entzückt, dich kennengelernt zu haben, Avalone. Schönen Tag noch!«

Er tritt an uns vorbei und entfernt sich selbstbewussten Schritts in Richtung Straße, wenn auch ein wenig eilig. Alle Blicke richten sich auf ihn; zweifellos auf Grund seines Äußeren. Doch mich interessiert nur die weiße Schrift, die auf die Rückseite seiner Lederjacke genäht ist. Es gelingt mir nicht, sie zu entziffern, doch ich kann den Totenkopf erkennen, der darunter gezeichnet ist. Auf dessen Stirn prangt ein Vegvisir[6], das Wahrzeichen unseres Glaubens.

»Devil's Sons.« Die Söhne des Teufels.

Ich reiße den Blick von Sets Rücken los und mustere meine neue Freundin.

»Das steht auf seiner Jacke«, erklärt sie.

Sie sieht auf das Gras hinunter, wühlt mit den Fingern hindurch und wirkt zutiefst unbehaglich.

---

6 Der Vegvisir ist ein Symbol; ein magischer Runenkompass, der seinen Träger leitet, damit er sich nicht verirrt und sein Schicksal aus den Augen verliert.

»Er gehört einer Gang an. Das hättest du sowieso bald erfahren, da kannst du es genauso gut von mir hören.«

Ich zwinge mich, ruhig zu bleiben, aber meine Miene bleibt angespannt.

Eine Gang an dieser Uni, ernsthaft? Set hat zwar zahlreiche Tattoos und ist ziemlich muskulös, aber er wirkt nicht, als wäre er zu abscheulichen Taten fähig.

Ich schüttle den Kopf und lächle Lola dann zu, um ihr zu signalisieren, dass sie nicht verlegen zu sein braucht. Doch trotz meines Lächelns schnürt sich mir die Kehle zu, als ich daran denke, dass sie gefährliche Kriminelle sein könnten.

»Hast du eigentlich einen Freund?«, fragt mich Lola rasch, um das Thema zu wechseln.

Ich verneine.

»Wie kommt's?«

Ich zucke die Achseln und sehe in die Ferne.

»Ich bin nicht auf Partnersuche. Außerdem muss ich zugeben, dass die Bewerber nicht gerade bei mir Schlange stehen!«, gebe ich kichernd zurück.

Lola prustet vor Lachen und schlägt sich an die Stirn, als hätte sie das fehlende Puzzleteil in meinem Leben gefunden.

»Sie haben eben Angst vor dir!«

Ich ziehe vollkommen verständnislos die Augenbrauen hoch, und meine neue Freundin wirkt fassungslos.

»Also nein, hast du dich mal angesehen, Avalone? Die Verkörperung heidnischer Schönheit! Bei allen Göttern, du bist zu bescheiden.«

Es wäre gelogen, wenn ich behaupten würde, nicht zu wissen, dass ich gut aussehe, auch wenn es nicht dem Geschmack aller Leute entspricht.

Ich weiß, dass ich gute Gene habe. Mein langes eisblondes Haar ist gewellt, meine Augen sind grün und tendieren in der Nähe meiner Pupillen zu einem so hellen Braun, dass man meinen könnte, orangefarbene Reflexe zu sehen. Wenn ich lächle, erscheinen zwei Grübchen in meinen Wangen, und obwohl ich auf meine Figur achte, habe ich Kurven; wahrscheinlich, weil ich mich nicht sportlich betätigen darf.

»Aber wahrscheinlich jagen deine Augen ihm die größte Angst ein«, fährt Lola fort.

Sie kneift die Augen zusammen, um meine zu betrachten, und ich kämpfe dagegen, mich abzuwenden, und warte darauf, dass sie die gleichen Schlüsse zieht wie die anderen.

»Sie sind sehr schön, aber sie haben auch einen Glanz, der ihnen eine ungewöhnliche Härte verleiht. Ein Blick, der töten kann!«

Und als sie mir zulächelt, wirkt sie nicht ängstlich, als hätte sie das schlechte Omen nicht erkannt, das die Heiden in den orangefarbenen Reflexen in meiner Iris sehen. *Die Flammen der Ragnarök.*[7]

»Morgen werden die Cheerleader in die Teams gewählt, falls du Interesse hast.«

Die Erleichterung, die ich noch vor einer Sekunde empfunden habe, verfliegt und weicht der Resignation. Lola ist scharfsinnig. Sie legt sich auf den Bauch und mustert mich eindringlich.

»Avalone Lopez, sei offen zu mir. Wenn du mir immer noch nicht vertraust, biete ich dir etwas an, mit dem du mich erpressen kannst: Ich habe heimlich meine Popel gegessen, bis ich siebzehn war.«

Ich lache laut los, und sie fällt ein. Als wir uns einiger Blicke bewusst werden, die sich uns zuwenden, wird meine

---

7 In der nordischen Mythologie ist Ragnarök das prophezeite Weltende. Es beginnt mit einem drei Jahre währenden Winter ohne Sonne. Darauf folgt eine große Schlacht auf der Ebene von Vígríd, wo die Götter gegen die Riesen unter der Führung von Loki antreten. Die Welt der Menschen wird von Fluten verschlungen, die meisten Gottheiten und Riesen kommen um, und die neun Welten gehen in Flammen auf. Die überlebenden Götter, darunter Baldur, Odins Sohn, herrschen von nun an, und aus dem einen menschlichen Paar, das den Flammen entkommen ist, entsteht die Menschheit neu.

Mitbewohnerin nervös und erschrickt bei dem Gedanken, jemand könnte ihre Enthüllung mitgehört haben. Dann wirkt sie erleichtert, als alle ohne die geringste Spur von Spott wieder ihren eigenen Angelegenheiten nachgehen.

»Also, was sagst du? Ein Geständnis gegen das andere?«

»Meins ist nicht so komisch«, warne ich sie vor.

Sie tut meine Bemerkung mit einer unbestimmten Handbewegung ab und erklärt mir, dass man bei Emotionen nicht urteilen sollte. Und genau diese Bemerkung überzeugt mich, mich ihr anzuvertrauen, weil ihre amüsanten Erwiderungen jede Spannung verfliegen lassen.

»Ich habe einen Herzfehler, der mich daran hindert, Sport zu treiben.«

Normalerweise hätte ich es damit gut sein lassen. Aber Lola erweckt in mir den Wunsch, ihr alles zu erzählen. Das bin ich ihr schließlich schuldig, nachdem sie mir ihre besonders zweifelhafte kulinarische Vorliebe verraten hat.

»Meine Mutter hat Methamphetamin genommen, als sie jung war. Dann hat sie meinen Vater kennengelernt. Sie hat mit den Drogen aufgehört und ist schwanger geworden, aber dann ist er noch vor meiner Geburt gestorben, und sie ist rückfällig geworden. Sie hat es genommen, während sie mich im Bauch hatte. Ein einziges Mal. Trotzdem hat das ausgereicht, damit ich mit einer Fehlbildung geboren wurde, die sich als Herzschwäche auswirkt. Meine Mutter ist jetzt schon lange clean, und ich würde ihr nie einen Vorwurf machen. Sie hat alles für mich getan, und dafür werde ich ihr ewig dankbar sein.«

Tränen glitzern in Lolas Augen, doch zum ersten Mal wende ich den Blick nicht ab. Weil ich darin weder Mitleid noch Abwertung lese, sondern Verständnis.

»Tut mir ehrlich leid, Avalone. Das ist bestimmt nicht immer einfach.«

Lola macht es mir leicht, ihr zu vertrauen. Noch nie habe ich mich jemandem so schnell offenbart, und um die Wahrheit zu sagen, tut mir das gut. Ich fühle mich leichter und habe keine Angst mehr vor dem Moment, in dem ich ihr alles über meine Krankheit sagen muss, dieses Damoklesschwert, das über mir schwebt.

Wir genießen noch ungefähr eine halbe Stunde die Sonne und gehen dann in behaglicher Stimmung und mit leicht geröteten Wangen zurück ins Zimmer.

»Was machst du denn in den nächsten drei Tagen, bevor die Vorlesungen anfangen?«

»Keine Ahnung, bestimmt gehe ich in die Bibliothek, um mich schon mal auf meine Kurse vorzubereiten«, antworte ich und setze mich auf mein Bett.

»Bist du ein Nerd?«, fragt sie mich verblüfft.

Als ich sehe, dass ihre Augen schelmisch glitzern, drohe ich ihr mit erhobenem Finger.

»Denk nicht mal dran, ich werde dir nicht die Hausaufgaben machen!«

Sie hebt unschuldig die Hände, und ich weiß genau, dass sie es später noch einmal probieren wird, aber jetzt gerade kommt ihr eine andere Idee.

»Wie wär's, wenn wir heute Abend ausgehen? Darfst du trotz deiner Herzprobleme Alkohol trinken?«

»Auf harte Sachen muss ich verzichten, aber ein, zwei Gläser kann ich mir schon gönnen«, lüge ich mit schlechtem Gewissen.

Lola führt eine Art Freudentanz auf und rasselt dabei die Namen von Bars in Ann Arbor herunter. Da ich die Stadt noch nicht kenne, kann sie nach Herzenslust überlegen, wohin wir gehen sollen, und behält unser Ziel für sich, um die Sache geheimnisvoller zu machen.

Doch dann ändert sie abrupt ihr Verhalten, als sie auf die Uhr sieht. Wir haben nur zwei Stunden Zeit, um uns fertig zu machen und zu essen, was für sie unvorstellbar scheint. Sie legt los wie ein Wirbelwind. Ohne Vorrede schnappt sie sich ihren Kulturbeutel und zerrt mich zu den Gemeinschaftsduschen, wobei sie unterwegs den anderen Studenten vorsichtig aus dem Weg geht.

Unter dem Wasserschauer erstaunt mich meine Kabinennachbarin und neue Mitbewohnerin, indem sie aus vollem Hals singt. Wer hätte gedacht, dass in einem so zierlichen Körper eine so kräftige Stimme steckt?

Und sie singt dazu noch großartig!

Wir gehen zurück ins Zimmer, das sich in ein Schlachtfeld verwandelt. Kleidungsstücke fliegen durch den Raum, begleitet von Lolas frustriertem Gezeter. Schließlich findet sie ein hübsches knappes Kleid und wirft mir einen fragenden Blick zu. Ich setze eine beifällige Miene auf und ernte dafür ein strahlendes Lächeln.

Ich krame ebenfalls durch meinen Kleiderschrank – ohne allerdings den ganzen Inhalt herauszuzerren – und entscheide mich für meinen kurzen schwarzen Satinrock und ein beiges Top mit ausgestellten Ärmeln. Meine Mitbewohnerin reckt zustimmend beide Daumen, und wir ziehen uns an wie zwei aufgedrehte kleine Mädchen.

Nachdem wir uns dezent geschminkt haben, gehen wir mit High Heels an den Füßen und unseren Handtaschen über dem Arm in die Cafeteria, um zu Abend zu essen. Wir haben gerade Zeit, uns zu den bereits anwesenden Studierenden zu setzen, als ein Mann mit angespanntem Gesichtsausdruck auf uns zusteuert.

Seine harte Miene zusammen mit den Fäusten, die er auf unseren Tisch stützt, und der Lederjacke, die über seinem Rücken hängt, lassen mich zurückfahren.

Einer der Devil's Sons, und er ist wütend.

»Hast du deinen Bruder gesehen?«, blafft er Lola an.

Er bemerkt mich, und nachdem er mich kurz taxiert hat, sieht er mir schließlich in die Augen. Seine Reaktion folgt sofort: Er erbleicht sichtlich, schluckt heftig und erstarrt.

Bei allen Göttern, ist er etwa auch Heide?

»Nein«, gibt sie gereizt zurück. »Seit heute Nachmittag nicht mehr, Sean.«

Lolas Worte holen den Devil's Son zurück in die Realität, und er wendet das Gesicht so abrupt ab, als hätte ich ihn geohrfeigt. Sein Zorn kehrt blitzschnell zurück, und er schlägt mit der Faust so heftig auf den Tisch, dass ich zusammenzucke. Nachdem er jetzt alle Blicke auf uns gezogen hat, geht er so rasch, wie er gekommen ist. Und was für eine Überraschung, den Vegvisir zu sehen, der die Stirn des Totenkopfes auf seiner Lederjacke ziert!

»Sind die Gangmitglieder alle Heiden?«, will ich von Lola wissen.

»Ja. Wer, der nicht der Ethik des Ásatrú[8] anhängen würde, wäre sonst so verrückt, in eine Gang einzutreten? Kraft, Mut, Ehre, Lebensfreude, Pragmatismus.«

»Was genau macht diese Gang?«

Die Frage kommt mir über die Lippen, bevor ich nachdenken kann. Will ich wirklich wissen, was eine Gang treibt, deren Mitglieder hier studieren?

Lola stochert nachdenklich in ihrem Essen herum.

»Das weiß ich nicht wirklich; ich habe nie gefragt. Aber man erzählt sich, dass sie mit Drogen und Waffen zu tun haben. Mit dem illegalen Handel damit.«

»Aber wenn alle Bescheid wissen, wie können sie dann ihre Geschäfte weiterbetreiben?«

»In dieser Stadt kennt sie jeder. Die Gang hat einen langen Arm, die Cops stellen sich blind, und die, die nicht korrupt sind, haben keine Beweise, um sie zu verhaften.«

---

8 Ásatrú ist eine moderne Rekonstruktion der alten, mit der nordischen Mythologie verbundenen skandinavischen Glaubensvorstellungen. Der Begriff könnte mit »Glaube an die Asen« übersetzt werden. Die Asen waren die Hauptgötter des nordischen Pantheons und lebten in Ásgard. Sie waren mit Odin verbündet oder verwandt.

Ich gebe keine Antwort, bin zu verwirrt, um auch nur zwei Worte aneinanderzureihen.

Eine Gang, die illegalen Aktivitäten nachgeht, an meiner Uni ... Und wenn sie Leute umbringen?

Bei dem bloßen Gedanken wird mir ganz schlecht, und ein Schauer überläuft mich. Aber ich klammere mich an den Gedanken, dass Set ganz sympathisch gewirkt hat, bevor er mich lange gemustert hat.

Sie müssen einen Anführer haben, der viele Beziehungen hat. Wie sollten Studenten sonst trotz ihrer Machenschaften und Straftaten damit durchkommen?

Erst als wir auf dem Parkplatz in Lolas SUV steigen, hellt sich unsere Stimmung auf, und die Vorfreude kehrt zurück. Wir fahren auf die Straßen von Ann Arbor hinaus, während *I Write Sins Not Tragedies* von Panic! At the Disco die Fahrerkabine erfüllt.

Nachdem wir ungefähr zehn Minuten Karaoke-mäßig mitgesungen haben, hält Lola schließlich vor einem Gebäude an, dessen Äußeres keinen Hinweis darauf gibt, was sich darin befinden könnte. Wir knallen die Türen hinter uns zu, und meine Mitbewohnerin reckt dramatisch die Arme in Richtung Gebäude.

»Die *Degenerate Bar*!«

2. KAPITEL

Arm in Arm stoßen Lola und ich die schallgedämpften Türen der Bar auf. Der Name der Bar scheint Programm zu sein: Hier erwartet uns das völlige Chaos.

Die Musik und das Stimmengewirr der Feierwütigen kommen mir geballt entgegen. Lichteffekte erhellen eine Ecke des Raums nach der anderen, baden die Menschen in Licht und stürzen sie in der nächsten Sekunde wieder in Dunkelheit. Die Blitze nehmen den frenetischen Rhythmus der Popmusik auf und würden jeden Epileptiker sofort ins Krankenhaus befördern.

Ich muss meinen Sinnen ein paar Sekunden Zeit lassen, um sich an die Umgebung zu gewöhnen, bevor ich unter dem steinernen Blick der beiden Türsteher in den Raum hineintrete. Inmitten der bereits dicht gedrängten Menschenmenge erstreckt sich eine riesige, ungefähr zwanzig Meter lange Theke mitten durch den Saal, hier und da von unregelmäßig verteilten Tischen umgeben.

Lola, die mich keine Sekunde loslässt, setzt ihre Ellbogen

ein, um uns einen Weg zur Bar zu bahnen, wo sie einen Barkeeper herbeiruft. Dieser lächelt strahlend, als er sie erblickt, und tritt mit Shakern in der Hand zu uns.

»Lola! Ist lange her!«

Über die Theke hinweg umarmen die beiden einander herzlich, und dann zieht meine Mitbewohnerin mich an sich, um mich ihrem Freund vorzustellen.

»Liam, das ist Avalone, meine neue Mitbewohnerin.«

Er schenkt mir ein strahlendes Lächeln und drückt mir die Hand, und während er seine Cocktails mixt, tauschen wir ein paar Höflichkeiten aus. Gar nicht so einfach, weil die Musik so laut ist.

Nachdem wir uns auf die hohen Barhocker gesetzt haben, stellt Liam zwei Getränke als »Gruß des Hauses« vor Lola und mich hin. Nachdem wir uns bedankt haben, stoßen wir an und trinken von dem köstlichen Nektar. Da ich nur wenig Erfahrung mit Alkohol habe, kann ich nicht beurteilen, was die Grundlage ist, aber eins ist sicher, er ist köstlich. So etwas Gutes habe ich noch nie getrunken.

Ich liebe die Stimmung hier. Nichts als Gelächter, Tanz und laut im Chor mitgesungene Songs. Alles emotionale Gepäck bleibt vor den schallgedämpften Türen zurück, um einen Abend außerhalb der Zeit zu verbringen. Es wird angestoßen, gestritten und angebaggert. Lola und ich lassen uns von dem Rausch mitreißen. Wir singen und lachen uns heiser, teilweise dank Liam und seiner Witze, die ebenso platt wie komisch sind. Ich versuche, seine begehrlichen Blicke zu ignorieren, als wäre nichts, bis meine neue Freundin das Thema aufbringt und versucht, mich für ihn zu erwärmen, als er uns den Rücken zudreht.

»Ich bin nicht hier, um jemanden kennenzulernen. Ich will mich auf mein Studium konzentrieren und habe keine Zeit für Jungs.«

Lola sieh mich verdattert an, während ich amüsiert die Augen zur Decke verdrehe.

»Aber wir sind an der Uni! Du musst dich amüsieren, schließlich sind das unsere letzten Jahre, bevor wir arbeiten gehen und Verantwortung übernehmen müssen! Unsere letzte Gelegenheit, das Leben zu genießen, bevor wir erwachsen werden!«

Ich komme nicht dazu, ihr etwas zu antworten, denn auf der Tanzfläche wird unverständliches Stimmengewirr laut. Gellende Schreie hallen durch die Bar, und die Feiernden wechseln die Plätze und sehen bei etwas zu, das eine Schlägerei zu sein scheint.

»Das ist einer von den Devil's Sons!«, ruft ein Mann und hebt sein Bier.

Andere fallen ein, und diese Schwachköpfe feuern die Kämpfenden noch an.

Verzweifelt drehe ich mich zu Lola um, doch diese rennt schon blitzschnell an mir vorbei und stürzt sich hastig in die Menge. Sie macht sich Sorgen um ihren Bruder.

Was für ein Mist!

Ich springe von meinem Stuhl auf und stoße mit einigen Leuten zusammen, als ich mich ebenfalls in die Menschenmassen werfe. Auf Zehenspitzen suche ich nach einem braunen Haarschopf, den zu finden mir schwerfällt. Die Discobeleuchtung ist dabei nicht hilfreich: die Menge wird immer wieder in Dunkelheit getaucht. Ein Aufschrei entfährt mir, als mir jemand fast den Zeh zerquetscht, aber ich beiße die Zähne zusammen und kämpfe mich weiter vor. Zweimal verliere ich fast das Gleichgewicht, doch endlich taucht Lola vor mir auf. Ein letztes Mal setze ich die Ellbogen ein, um zu ihr zu gelangen, und fasse sie erleichtert am Arm. Doch sie schenkt mir nicht die geringste Aufmerksamkeit, denn sie steht wie erstarrt vor der Szene, die sich vor uns abspielt.

Nicht Set prügelt sich, aber angesichts der Lederjacke ist es auf jeden Fall ein Devil's Son.

Er beugt sich über einen Mann, der darum kämpft, bei

Bewusstsein zu bleiben, holt mit der Faust aus und schlägt so gewalttätig zu, dass ich vor Entsetzen zusammenfahre. Die Wucht des Schlags hallt in meinem Schädel wider und ruft Übelkeit hervor, doch er ist noch lange nicht fertig. Obwohl Blut auf den Boden tropft, holt der Devil's Son noch einmal aus. Ich sehe sein Gesicht nicht, doch ich spüre seinen Hass. Er wirkt zerstörerisch. Er beweist es, indem er noch einmal zuschlägt. Ein unheimliches Knacken erklingt, und dieses Mal wird sein Kontrahent wirklich ohnmächtig. Doch das Gangmitglied schlägt wieder und wieder zu. Er geht auf seinen Gegner, besser gesagt sein Opfer, los, als wolle er ihn ermorden. Und wenn ihn niemand aufhält, schafft er das sogar.

»Er bringt ihn noch um!«, schreit Lola entsetzt auf.

Sie blickt sich um und sucht panisch nach jemandem, der einschreiten könnte. Die Anfeuerungsrufe sind verstummt, und ich nehme nur noch Aufschreie und verwirrte und angstvolle Gesichter wahr. Manche ergreifen die Flucht, aber niemand scheint zum Eingreifen bereit zu sein, um den armen Kerl zu retten, der diesem Geisteskranken ausgeliefert ist. Sogar die Rausschmeißer drücken sich in ihre Ecke, obwohl sie bei dem Gemetzel zusehen.

»Wir müssen die Devils holen, damit er aufhört, sonst bringt er ihn noch um!«, ruft Lola mir mit Tränen in den Augen zu.

Zähne fliegen durch die Luft, um dann vom Boden abzuprallen. Ohne nachzudenken, stürze ich voran, als der Devil's Son zum x-ten Mal aushholt.

»Aufhören, verdammt noch mal!«, brülle ich unter vollkommener Missachtung der Lage.

Ich schnappe mir seine Hand, die mit voller Wucht heranrast, und reiße sie mit aller Kraft zurück, damit sie nicht noch mehr Schaden anrichtet.

Ich höre, wie Lola einen Entsetzensschrei ausstößt, als der Biker meinen Griff heftig abschüttelt und sich blitzschnell

aufrichtet, sodass er mich um einen Kopf überragt. Bevor ich richtig begreife, dass er jetzt auf mich losgeht, sehe ich voller Grauen, wie seine Faust jetzt auf mein Gesicht zuhält.
Bei allen Göttern ...
Er wird mich schlagen.
Das wird wehtun.
Und wahrscheinlich werde ich k. o. gehen.
Wie erstarrt stehe ich vor seinen imposanten, einschüchternden Schultern, ganz zu schweigen von seinem Blick, der so schwarz wie das Nichts ist. Der ganze Zorn der neun Welten[9] scheint sich in seinen Augen zu konzentrieren und ist so grauenvoll, dass ich mir in die Hosen machen würde, wenn ich noch ein Glas mehr getrunken hätte. Aber nein, kein Schlag trifft mich.

Der Devil hält abrupt in seiner Bewegung inne, als ihm klar wird, dass hier eine zierliche junge Frau vor ihm steht, der es verdammt wehtun würde, sollte seine Faust in ihrem Gesicht landen. Eine Faust, die in der Luft hängt, während er den finsteren, zornigen Blick auf mich richtet, während seine Augenfarbe langsam zu einem lebhaften Grün wechselt.

Ich stoße keinen Seufzer der Erleichterung aus, weil ich angesichts von so viel Schönheit einfach noch keine Luft bekomme. Eine gerade Nase über vollen, sinnlichen, beinahe schmollenden Lippen.

Sein kantiger Kiefer betont seine Männlichkeit. Zerzaustes schwarzes Haar, von dem einige Strähnen ihm in die Stirn fallen. Tattoos, die bis auf sein Gesicht fast jeden Zentimeter seiner gebräunten Haut bedecken. Er ist groß und kraftvoll und strahlt eine primitive, unsympathische Aura aus. *Gefährlich.*

---

9 In der nordischen Mythologie existieren neun Welten, die durch Yggdrasil, den Weltenbaum, gestützt werden. Es sind Ásgard, die Welt der Asengötter; Álfheim, die Welt der Lichtelfen; Vanaheim, die Welt der Vanir-Götter; Muspelheim, die Welt aus Feuer und Lava; Midgard, die Welt der Menschen; Jötunheim, die Welt der Riesen; Svartalfheim, die Welt der Zwerge; Niflheim, die Welt aus Nebel und Eis, und Helheim, die Welt der Toten.

Er mustert mich, taxiert mich, als wolle er das Geheimnis der Götter erkennen und die Antwort in meinen Augen finden.

Der Blickkontakt reißt ab, als ein Mann ihn anspringt und ihm einen Hieb in die Rippen versetzt. Aber der Devil's Son zuckt mit keiner Wimper; man könnte meinen, er hätte nichts gespürt. Da er die grünen Augen immer noch auf mich richtet, kann ich erkennen, wie sie wieder schwarz werden und ein unbezähmbarer Zorn hineintritt. Bevor er sich mit angespannten Muskeln seinem neuen Gegner zuwendet, nehme ich sein sadistisches Grinsen wahr, bei dem es einem kalt über den Rücken läuft. Und ich bin nicht die Einzige, die blass wird. Der Mann schluckt heftig, weicht einen Schritt zurück und bereut den Schlag, den er dem Devil's Son versetzt hat, sichtlich. Doch es ist zu spät. Letzterer rammt seinem neuen Opfer die Faust in die Magengrube, sodass ihm deutlich die Luft wegbleibt.

Mit einem Mal reißt mich eine starke Hand nach hinten, damit ich keinen verirrten Schlag abbekomme, und ich finde mich an die Brust von Set gedrückt wieder, Lolas Bruder. Mit einer Ruhe, die mich verunsichert, mustert er eingehend mein Gesicht, um sicherzugehen, dass ich nichts abbekommen habe. Die Furcht, die ich ihm heute Nachmittag eingeflößt habe, scheint von der Erleichterung, mich unverletzt zu sehen, weggewischt worden zu sein. Dieser Zustand hält allerdings nicht lange vor. Jetzt ist er wütend.

»Verdammt, was ist bloß in dich gefahren? Hast du den Verstand verloren?«

Wenn ich dachte, dass Set nicht wie ein Gangmitglied wirkt, hatte ich mich gründlich geirrt. Die Anspannung in seinen Zügen verändert sein Gesicht vollkommen und macht ihn Angst einflößend, gefährlich.

Ich mache mich von ihm los, da ich den Ton, den er mir gegenüber anschlägt, wirklich nicht schätze, und da bemerke ich einen anderen Devil's Son neben ihm. Sein Kopf ist rasiert, und seine Tattoos ziehen sich an seinem Hals hinauf, über seinen Nacken und erstrecken sich bis oben auf seinen Schädel. Sogar an den Schläfen und im rechten Augenwinkel ist er tätowiert. Er braucht nicht wütend zu werden, um grauenerregend zu wirken. Hinter seiner scheinbaren Gelassenheit verbirgt sich wahrscheinlich ein gefährliches Temperament.

Als ein verstörendes Geräusch zu uns dringt, wenden die beiden Devil's Sons ihr Gesicht ihrem Kameraden zu, der weiter auf sein zweites Opfer einschlägt, das jetzt ebenfalls bewusstlos ist. Eine Reihe Flüche entfährt ihnen, und sie greifen rasch ein, wenn auch mit einer gewissen Verdrossenheit auf Seiten des Kerls mit dem rasierten Schädel. Ohne Umstände stoßen sie die paar Leute, die ihnen im Weg stehen, beiseite, bis sie mitten in der Prügelei ankommen, packen ihren Kameraden an den Armen und zwingen ihn mit aller Kraft zum Zurücktreten.

Der wütende Trottel reißt sich heftig von seinen beiden Freunden los, und der merkwürdige Eindruck, dass er in der Lage ist, die zwei ebenfalls zu verprügeln, bereitet mir Übelkeit. Die Frage ist nicht, ob ich mich übergeben werde, sondern *wann*. Noch ein Hieb, und mein Magen streicht die Segel.

Set legt die Hände um das Gesicht seines Freundes, um seine Aufmerksamkeit auf sich zu lenken und ihn zu beruhigen, aber der Raufbold macht sich los und öffnet und schließt völlig außer sich die Fäuste. Trotz allem lässt Set die Arme nicht sinken. Er wiederholt seine Bewegung und bekommt schließlich, was er will. Dann sagt er etwas zu ihm, das nur er versteht. Daraufhin beißt der andere wütend die Zähne zusammen, scheint sich aber damit abzufinden, die Sache auf sich beruhen zu lassen. Er wirft seinen Opfern einen letzten abschätzigen Blick zu und sieht dann mich an. Das Grün seiner Iris versteckt sich immer noch hinter dem Schwarz seiner

Seele, und doch durchbohrt mich sein Blick. Er runzelt abschätzig die Stirn, und ich bin mir sicher, dass seine Haltung »Komm mir bloß nicht zu nahe, verflucht!« ausdrückt. Dann dreht er sich auf dem Absatz um und verlässt die Bar durch die Hintertür, nachdem er sie mit einem kräftigen Tritt geöffnet hat.

Set und das andere Mitglied der Devil's Sons helfen den beiden Verletzten hoch, die langsam zu sich kommen und dabei gefährlich schwanken. Herablassend erlauben sie ihnen sogar, sich auf sie zu stützen, bis sie ihr Gleichgewicht wiedergefunden haben.

»Verschwindet und lasst euch hier nie wieder blicken!«, sagt Set mit eiskalter Stimme.

Ohne ein Wort verlassen die beiden Männer mit ramponierten Gesichtern die Bar.

Nach und nach machen die Feierwütigen weiter wie zuvor, als wäre nichts passiert, aber Lola und ich rühren uns nicht. Wir starren auf die ausgeschlagenen Zähne auf dem Boden und die zahlreichen Blutspritzer. Lola umfasst mit zitternden Fingern meine Hand, und sie flüstert mir, immer noch unter Schock, etwas zu.

»Das ist Clarke Taylor. Der beste Freund meines Bruders.«

Apropos Bruder: Er kommt unheilverheißend auf uns zu, packt uns fest an den Armen und schiebt uns zum Ausgang wie zwei kleine Mädchen, die für ihren Leichtsinn bestraft werden müssen.

»Was soll das?«, protestiert Lola.

Set gibt keine Antwort, sondern zieht uns durch die Tür, durch die Clarke vor ein paar Sekunden gegangen ist, nach draußen.

»Fahrt zurück zum Campus. Heute Abend wird es übel.«

»Oh nein«, gibt Lola zurück und schüttelt den Kopf. »Wenn du willst, dass wir nach Hause gehen, musst du uns das schon genauer erklären!«

Set seufzt, aber seine Schwester verschränkt unmissverständlich die Arme vor dem Körper.

»Ein Gangchef hat die Kontrolle über seine Männer verloren, und sie sind in unser Revier eingedrungen, um uns zu provozieren.«

Meine Mitbewohnerin reißt die Augen auf und lässt die Arme an ihre Seiten sinken, ein offensichtliches Zeichen dafür, dass sie kapituliert. Mir für meinen Teil wird klar, dass Ann Arbor ein Tummelplatz für Banden ist.

»Das heißt, dass die beiden ...«

Set nickt.

»Kein Recht hatten, hier zu sein. Clarke hat dafür gesorgt, dass ihnen die Lust vergangen ist, noch einmal die starken Männer zu spielen. Und jetzt ab mit euch! Es sind noch andere da, mit denen wir noch nicht fertig sind.«

Nachdem er diese Erklärung abgegeben hat, dreht Set sich um und entfernt sich. Lola und ich sehen uns besorgt an und gehen widerspruchslos zum Auto. Wir haben nicht die geringste Lust, uns ein weiteres Mal mitten in einer Abrechnung zwischen zwei Banden wiederzufinden.

Ich öffne die Beifahrertür, als uns ein dumpfes Geräusch zusammenfahren lässt. Set hat Clarke gegen das Metalltor einer Garage gestoßen. Der Devil mit dem rasierten Schädel säubert sich die Nägel und wirkt, als hätte er nicht das Geringste mit dem Ganzen zu tun.

»Carter darf nicht erfahren, was passiert ist, sonst sind wir alle tot!«, brüllt Set.

Clarke packt seinen besten Freund am Kragen seiner Lederjacke und dreht den Spieß um. Ich verziehe das Gesicht, als ich den Knall höre, mit dem Sets Rücken gegen die Tür prallt, doch das ist nichts im Vergleich zu dem, mit dem Clarkes Faust ihm ins Gesicht fährt.

Lola erschauert und wendet den Blick ab. Dann setzt sie sich in ihr Auto. Ich tue es ihr sofort nach und stelle mich darauf ein, sie zu trösten. Doch anders als erwartet wirkt sie nicht traurig. Sie kommt mir nur vor, als wäre sie es gründlich leid, sich Sorgen um ihren Bruder zu machen. Ich wahre mein Schweigen, doch sie lacht nervös auf.

»Ich muss dir wirklich beibringen, wie die Regeln in dieser Stadt sind! Erstens, wenn du siehst, dass Clarke sich prügelt, verziehst du dich schnellstens. Wenn er in diesem Zustand ist, könnte er einen Welpen totschlagen, ganz zu schweigen von einem Hieb, den du dir zufällig einfangen könntest. Zweitens, misch dich *niemals* ein. Wenn es ein stärkeres Wort als *niemals* gäbe, würde ich es benutzen, denn ich kann dir versichern, dass du heute Abend enormes Glück hattest.«

Sie seufzt, um ihrer Erleichterung Ausdruck zu verleihen, denn sie hatte offensichtlich große Angst um mich.

»Zusammengefasst, wenn du Clarke siehst, verdrück dich. Denn wenn mein Bruder und die Devils nicht in der Nähe sind, kann ihn niemand aufhalten, und dann ...«

Ihr Satz mündet in einen kurzen, spitzen Klagelaut, als sie sich vorstellt, was wohl passieren könnte. Und ich habe nicht die geringste Ahnung, was ich ihr antworten soll, denn ich bin immer noch schockiert über so viel Hass. Ich wusste gar nicht, dass ein Körper so viel Gewalt aushalten kann.

Ich höre ihre Worte und glaube ihr. Clarke Taylor mit seinem finsteren Blick ist fraglos gefährlich. Er ist unkontrollierbar und offensichtlich stark genug, um ganz allein mit zwei Männern fertigzuwerden, die fast so kräftig sind wie er selbst.

Nicht lange, und wir sind wieder auf dem Campus und dann in unserem Zimmer. Sobald wir uns für die Nacht fertig gemacht haben, liegen wir in unseren Betten, und Lola beginnt zu lachen, dieses Mal fröhlicher. Verständnislos wende ich ihr den Kopf zu.

»Du bist total verrückt, ich kriege mich gar nicht wieder ein! Du hast dich Clarke Taylor mitten in einer Schlägerei in den Weg gestellt! Noch nie hat außer den Mitgliedern seiner Gang jemand gewagt, dabei einzugreifen.«

Ich sehe an die Decke, verziehe das Gesicht und denke daran, wie seine starke Faust kurz vor meinem Gesicht verhalten hat. Ich dachte ernsthaft, ich müsste dran glauben.

»Was machen die eigentlich, abgesehen von der Gang?«

»Sie sind alle an dieser Uni eingeschrieben, aber man sieht sie selten im Seminar. Ihre Aktivitäten beanspruchen ihre ganze Zeit.«

Ich muss wieder an Clarke und diesen Hass denken, der ihn von innen auffrisst. Das muss ein Loch ohne Boden sein, eine Quelle, die nie versiegt.

»Was hat er erlebt, um dermaßen zornig zu sein?«

Sie kennt die Antwort auf meine Frage.

»Seine Eltern sind vor seinen Augen ermordet worden. Da war er vierzehn.«

Das Herz krampft sich in meiner Brust zusammen und sackt dann schwer wie ein Stein in meine Magengrube. Ich öffne den Mund, aber kein Wort kommt heraus. Wer ist in der Lage, Eltern vor den Augen ihres Kindes zu töten? Ich begreife nicht, wie jemand so unmenschlich sein kann. Aber das erklärt die Finsternis in Clarkes Augen. Wenn ich zusehen müsste, wie meine Mutter ermordet wird, würde ich mich nie davon erholen. Allein bei dem Gedanken wird mir schwindlig.

»Er trägt solch einen Zorn in sich, dass er das gewalttätigste Mitglied der Devil's Sons ist«, fährt Lola fort. »Er ist unberechenbar. Wenn du glaubst, die Schlägerei von heute Abend sei heftig gewesen, dann hast du ihn zum Glück nicht vor ein paar Tagen erlebt, als er drei Typen krankenhausreif geschlagen hat. Alle Devils waren da, um ihn zurückzuhalten, und trotzdem dachte ich schon, wir würden es nie schaffen, ihn dazu zu bringen, dass er aufhört.«

Ich schlucke mühsam und bringe nur ein Flüstern heraus.

»Aber er läuft immer noch frei herum ...«, meine ich.

»Dank Carter, ihrem Boss. Alle haben zwar Angst davor, was die Devil's Sons ihnen körperlich antun können, aber Carter ist das Genie. Er lässt sich nur selten blicken, er sitzt lieber hinter seinem Schreibtisch und bereitet alle möglichen Coups vor. Er befiehlt, und seine Männer führen es aus. Er ist über fünfzig und Millionär, und kaum jemand kann es mit ihm aufnehmen. Vielleicht die Devil's Sons selbst. Anscheinend legt der Boss besonderen Wert auf Jesses Meinung – das ist der mit dem rasierten Schädel –, obwohl Clarke sein Stellvertreter ist.«

Ich setze mich in meinem Bett auf und wende mich in einer Mischung aus Ärger und Unverständnis Lola zu.

»Warum machen die so etwas? Ich begreife nicht, was sie davon haben.«

»Sie würden ihr Leben füreinander opfern. Sie sind eine Familie. Als Clarke wegen seiner unkontrollierbaren Gewaltausbrüche beinahe aus der Gang ausgeschlossen wurde, haben die Devils bei Carter darum gekämpft, seine Meinung zu ändern; aber meiner Ansicht nach hatte der Boss nicht wirklich die Absicht, ihn hinauszuwerfen. Sie können nicht auf Clarke verzichten, nicht zuletzt wegen seines Rufs. Anscheinend ist er bei den anderen Gangs sehr gefragt.«

Ich will von Lola wissen, ob sie ein enges Verhältnis zu ihrem Bruder hat. Als sie einräumt, dass sie sich gut mit ihm versteht, aber sie nicht viel miteinander zu tun haben, bin ich beruhigt. Ich will nichts von den Devil's Sons wissen, denn es ist klar, dass dabei nichts Gutes für mich herauskommen kann. Vielleicht sind sie nicht der schlimmste Abschaum des Planeten, aber trotzdem sind sie gewalttätig und ihre Aktivitäten illegal. Sie sind Straftäter, Kriminelle, und ich sollte keinerlei Umgang mit ihnen pflegen.

3. KAPITEL

Die drei Tage bis zum Beginn der Vorlesungen sind unglaublich schnell vergangen. Ich hatte keine Zeit, mich zu langweilen. Ich habe in der Bibliothek für meine Seminare gelernt und den Rest der Zeit mit Lola verbracht. Ich habe sie ungemein zu schätzen gelernt. Nie hätte ich gedacht, so schnell eine Bindung zu jemandem zu entwickeln, und ihre Anwesenheit in dieser neuen Phase meines Lebens wirkt beruhigend. Lola redet ohne Unterlass. Sie ist ein bisschen verrückt, wenn auch im Rahmen des Vernünftigen. Na ja, Letzteres bleibt noch abzuwarten. Sie ist nicht die fleißigste Studentin, doch sie hat Köpfchen, obwohl sie immer so tut, als würde sie das alles hier gar nicht so ernst nehmen. Besonders mag ich ihre Aufrichtigkeit und Spontaneität.

Nachdem ich heute Morgen mein Kissen nach meiner Mitbewohnerin geworfen habe, damit sie ihren höllischen Wecker ausschaltet, bin ich gut gelaunt aufgestanden und bereit für meine Vorlesungen.

Wir verlassen unser Zimmer und durchqueren plaudernd

den Campus, um zu den Hörsälen zu gelangen. Als gute Kameradin begleitet mich Lola bis zu meinem Hörsaal, damit ich nicht umherirre und mich verlaufe. Als wir vor der Tür stehen, küsst sie mich auf die Wange und entschwindet hemmungslos gähnend zu ihrer ersten Vorlesung des Tages. Da ich eine Viertelstunde zu früh dran bin, beschließe ich, mir in der Cafeteria eine ordentliche Dosis Koffein zu besorgen. Ich betrete den riesigen Saal und gehe zur Theke, wo ich einen XXL-Kaffee bestelle. Ich nehme den Becher, bedanke mich bei der Bedienung und gehe zum Ausgang, wobei ich einen Schluck trinke, der mir natürlich die Geschmacksknospen, die Wangen, den Gaumen und den Hals verbrennt. *Wirklich, ich lerne nie aus meinen Fehlern ...* Gerade als ich denke, dass nichts schlimmer sein kann als dieses Gefühl, falle ich beinahe auf die Nase, als mich jemand heftig anrempelt. Eine Hand hält mich gerade noch fest, aber der Schaden ist schon angerichtet. Ein scharfer Schmerz fährt mir durch die Schulter; so stark, dass ich den Eindruck habe, gegen eine Wand gerannt zu sein.

»Wenn ich mir die Schulter ausgerenkt habe, verklage ich dein Kraftstudio, Idiot!«

Mit zusammengepressten Lippen blicke ich zu dem Besitzer der Hand auf und sehe Set vor mir, mit gerunzelter Stirn und drohendem Blick. Zu dieser furchterregenden Kombination gesellt sich noch das blaue Auge, das ihm sein wunderbarer Freund vor ein paar Tagen verpasst hat. Doch seine Miene schlägt vollkommen um, als er mich erkennt, als verleihe es mir Sonderrechte, die Freundin seiner Schwester zu sein.

»Avalone.«

»Set.«

Neben ihm steht der x-te Devil's Son, und ...

»Der fragliche Idiot ist Clarke«, erklärt mir Set süffisant lächelnd.

So ein Mist ...

Ich habe gerade den Kerl beleidigt, der Männer krankenhausreif geschlagen hat, und er ist nicht begeistert davon, mich wiederzusehen. Der Seitenblick, den er mir zuwirft, ist alles andere als freundlich, eher genau das Gegenteil.

Kann er sich nicht mal zwei Sekunden lang entspannen? Schließlich habe nicht ich seine Mutter umgebracht!

Ich schlucke heftig und nehme es mit diesem schwarzen Schleier in seinem Blick auf, der ihn nie wirklich zu verlassen scheint. Wie bringt er es fertig, mit dem Mord an seinen Eltern im Kopf zu leben? Hört er in seinen Träumen ihre Schreie, kurz bevor sie ihr Leben verloren haben? Sieht er ihre entsetzten, flehenden Gesichter vor sich? Was für düstere Gedanken halten ihn abends wach?

Diese ungesunde Neugier reißt mich mit und führt mich zu meiner eigenen Mutter. Würde sie meinen Tod verkraften, oder würde ihre Seele genauso Schaden nehmen wie die von Clarke?

Sets Räuspern holt mich in die Gegenwart zurück. Sofort wende ich den Blick von seinem zerschundenen Gesicht ab, um mich auf Lolas Bruder zu konzentrieren.

»Das ist Clarke«, erklärt er und zeigt mit dem Finger auf ihn. »Und der da ist Tucker.«

Im Kopf stelle ich eine Liste aller Devil's Sons auf.

Set, Lolas Bruder. Sean, der unseren Tisch fast in Stücke gehauen hat. Clarke, der unkontrollierbare Gewalttäter. Jesse, der Gleichgültige mit dem rasierten Schädel. Und jetzt Tucker. Wie viele sind sie genau?

Ich lächle Tucker, der ein wenig kleiner als seine beiden Freunde ist, höflich zu. Er ist blond und hat braune Augen, und mit seinen langen Haaren würde er fast wie ein Surfer aussehen, wäre seine Haut nicht von Tattoos bedeckt. Wie alle Devils, die mir bis jetzt begegnet sind, sieht er äußerst gut aus, als wäre er direkt einer Hochglanzzeitschrift entsprungen. Das Testosteron, das diese drei ausstrahlen, erfüllt die ganze Cafeteria.

»Jungs, das ist Avalone, die hübscheste der Freundinnen meines Schwesterleins.«

Tucker lächelt mir unbeholfen zu.

»Warte mal! Bist du nicht die, die Clarke neulich abends zurückgehalten hat?«

Ich fühle mich wie ein wildes Tier, das plötzlich vor den Scheinwerfern eines Autos steht, und nicke langsam. Tucker bricht in Gelächter aus und klopft Clarke auf die Schulter.

»Ah, verdammt, die hat aber Mumm, was!«

Nachdem die Konfrontation vorbei ist, wirkt Set entspannter und lacht ebenfalls, doch Clarkes Stimme lässt alle verstummen.

»Das war selbstmörderisch und absolut dumm. Obwohl ein guter Schlag ihr schon die Flausen ausgetrieben hätte. Soll sich um ihre eigenen Angelegenheiten kümmern, statt die mittelmäßige Retterin zu spielen!«

Ich knirsche mit den Zähnen und werfe ihm einen finsteren Blick zu.

Was für eine schöne Stimme, tief und vibrierend zugleich. Sie hätte mich tief im Herzen anrühren können, hätte er sie nicht zu solchen Worten gebraucht.

»Keine Ahnung, ob du ein Arsch bist, weil gerade Merkur rückläufig ist, aber gern geschehen, Clarke. War mir ein Vergnügen, dich davor zu bewahren, wegen Mord im Knast zu landen.«

Set und Tucker sehen mich mit aufgerissenen Augen an und fangen dann an zu lachen. Clarke nicht. Mit mörderischem Blick und geballten Fäusten tritt er zwischen seinen Freunden hindurch und bezieht langsam mir gegenüber Stellung.

Er ist einen Kopf größer als ich, obwohl ich High Heels trage. Er hält seinen Mund an mein Ohr.

»Leidest du unter Geltungsdrang?«, flüstert er mit eisiger Stimme. »Ich sage es dir kein drittes Mal, meine Schöne. Misch dich nicht in unsere Angelegenheiten ein, sonst wirst du es bereuen ...«

Ein unangenehmer Schauer läuft mir durch den ganzen Körper, und ich beschließe, dieses eine Mal nichts zu erwidern, und wenn ich mir auf die Zunge beißen muss, um mich zurückzuhalten. Aber das heißt noch lange nicht, dass ich davonrenne, als er mir erneut gegenübersteht. Stattdessen setze ich eine ungerührte Miene auf, um die Wut zu verbergen, die in meinem Inneren kocht.

Als wäre ich ein lästiges Insekt, legt Clarke mir eine Hand auf die Schulter, schiebt mich ohne Umstände beiseite und geht dann weiter.

Die Verblüffung verschlägt mir lange Sekunden die Sprache, und dann ergreift Zorn Besitz von mir.

Was für ein Volltrottel!

Noch nie hat sich jemand mir gegenüber so respektlos benommen.

Mit geballten Fäusten wende ich mich den restlichen Devil's Sons zu, die immer noch feixend dastehen, werfe ihnen einen vernichtenden Blick zu und gehe zum Ausgang.

»Schönen Tag noch!«, ruft Tucker mir fröhlich zu.

Über meinen Kopf hinweg recke ich den Mittelfinger, biege in den Gang ein und stoße dabei einen Haufen Flüche aus, die den größten Haudegen hätten erblassen lassen.

Immer noch wütend, betrete ich den Vorlesungssaal und stoße zum zweiten Mal innerhalb einer halben Stunde mit jemandem zusammen, was mir einen weiteren Fluch entlockt.

»Wohl mit dem falschen Fuß aufgestanden?«

Ich sehe zu dem Mann auf, der mir herzlich zulächelt, und augenblicklich verfliegt angesichts seiner sichtlich guten Laune mein Zorn. Aber er sagt lange Sekunden nichts und ist anscheinend hypnotisiert von meinem Blick.

Allmächtiger Odin, sag mir nicht, dass ...

»Ich bin Jackson«, stellt er sich vor und streckt mir die Hand entgegen.

»Avalone. Tut mir leid, ich hatte dich nicht gesehen.«

Mit einer Handbewegung tut er meine Entschuldigung lächelnd ab.

»Kein Problem. Schlecht geschlafen?«

Wir gehen in den Hörsaal und suchen uns zwei Plätze.

»Nicht wirklich, ich hatte bis eben sogar ganz gute Laune.«

»Was ist es dann?«

»Ein Idiot, der keine Ahnung hat, was Dankbarkeit und Respekt bedeuten.«

Wir setzen uns nebeneinander in die fünfte Reihe. Auf Lolas guten Rat hin nicht allzu weit vorn beim Professor, um nicht von ihm mit Speichelbläschen angesprüht zu werden, und nicht allzu weit hinten, damit wir noch etwas verstehen können.

»Oh, wenn das so ist, gewöhn dich daran; davon gibt's an dieser Uni viele.«

Jackson lacht, während ich einen langen Seufzer ausstoße, und dann kommt der Professor herein. Alle Diskussionen werden unterbrochen, und bald hat die Aufregung über meine erste Lehrveranstaltung die Devil's Sons aus meinem Kopf verdrängt.

Als die Vorlesung vorbei ist, ist es Mittag. Ich verlasse zusammen mit Jackson den Saal und entdecke sofort Lola, die ungefähr zwanzig Meter entfernt auf der Suche nach mir zu sein scheint. Ich wedle erfolglos mit den Armen, und Jackson tut es mir nach, um mich zu unterstützen. Wir verlieren die Hoffnung, und ich ziehe mein Smartphone hervor, um meine Mitbewohnerin anzurufen.

»Ich war gerade auf der Suche nach dir!«, sagt sie zu mir, als sie abnimmt.

»Siehst du mich nicht? Ich stehe hier und winke!«

Ich beobachte sie, wie sie die Augen zusammenkneift, sich in ihrer Umgebung umsieht und schließlich in die entgegengesetzte Richtung schaut.

»Ruf einfach ›Eichhörnchen‹ als Codewort, dann kann ich nach Gehör gehen.«

»Kommt gar nicht in Frage!«

»Ach, komm schon. Davon habe ich immer schon geträumt!«

In dem Moment, in dem sie zu Ende spricht, treffen sich unsere Blicke. Sie drückt das Gespräch weg und trabt mit verdrossener Miene auf mich zu. Ich tröste sie, indem ich ihr verspreche, ihr einen Termin beim Augenarzt zu organisieren, und dann stelle ich ihr Jackson vor. Ohne lange zu fackeln, fasst sie ihn am Arm und zieht ihn in Richtung Cafeteria und überschüttet ihn mit Fragen, die viel zu privat für eine erste Begegnung sind.

Ich für meinen Teil laufe hinter den beiden her und schnappe dabei Informationen auf.

Jackson hat sein erstes Studienjahr wiederholt. Er kommt aus Chelsea, der Nachbarstadt, wo er bei seinen Eltern gewohnt hat. Er ist Einzelkind, hätte aber gern einen Bruder oder eine Schwester. Seit drei Jahren hat er eine Freundin, Aurora, mit der er nach drei Wochen Beziehung geschlafen hat – ja, Lola hat wirklich darauf bestanden, das zu erfahren. Aurora studiert im zweiten Jahr an der Uni Missouri, sodass sie sich nur in den Semesterferien sehen. Aber die beiden glauben an ihre Liebe, und ich wünsche ihnen Glück.

Als wir mit unserem Essen vor uns um einen Tisch sitzen, witzelt Jackson über meine grauenhafte Laune von heute Morgen, und meine Zimmergenossin wirft mir einen fragenden Blick zu.

»Clarke«, brumme ich.

»Autsch! Dann bist du ihm wieder über den Weg gelaufen?«

Ich nicke und erkläre, dass er mit ihrem Bruder und mit Tucker unterwegs war.

»Ihr kennt die Devils?«, fragt Jackson erstaunt.

»Set ist mein großer Bruder«, antwortet ihm Lola mit vollem Mund. »Und du?«

Er mustert sie ein paar Sekunden lang und findet bestimmt Ähnlichkeiten zwischen den beiden, und dann tritt ein merkwürdiger Ausdruck auf sein Gesicht.

»Als wir Kinder waren, war Clarke mein bester Freund.«

Das glaube ich jetzt nicht.

Wie ist es möglich, dass jemand, der so liebenswürdig wie er ist, mit einem so nervenaufreibenden, gewalttätigen Menschen wie Clarke befreundet war?

Schließlich werfe ich Lola einen Blick zu, die den Mund aufsperrt und uns eine einzigartige Aussicht auf ihr halb gekautes Essen bietet. Sie kriegt sich wieder ein und schluckt alles auf einmal hinunter.

»Was ist passiert?«

»Seine Eltern sind gestorben, und er hat sich verändert.«

Ich erwische mich bei der Frage, wie Clarke *vor* diesem dramatischen Ereignis gewesen sein mag. Wovon hat dieser unschuldige kleine Junge wohl geträumt?

»Glaubst du an Odin?«, fragt ihn meine Freundin mit blitzenden Augen.

Ich kenne seine Antwort schon. Alle Devils glauben an Odin, und da Set ihr Bruder ist, ist gut möglich, dass sie seinen Glauben teilt.

»Du auch?«, fragt er sie.

Lola reagiert mit einem Lächeln, und dann wendet Jackson sich mir zu.

»Du auch«, stellt er fest.

Ich zwinkere ihm zu, und meine Mitbewohnerin seufzt wohlig.

»Anscheinend haben die Nornen uns zusammengeführt.«

Soweit er weiß, sind wir die einzigen Heiden an dieser Universität, oder zumindest die einzigen *echten* Heiden, nicht zu vergessen die Devil's Sons. Angesichts des Rufs der Gang behaupten manche, Heiden zu sein, um sich bei ihnen einzuschmeicheln, und andere haben sich mit demselben Ziel mit dem Ásatrú auseinandergesetzt. »Hochstapler!«, findet Jackson.

Dann erzählt er uns, wie seine Mutter und die von Clarke sich bei einer historischen Wikinger-Nachstellung kennengelernt haben. Die beiden hatten sich sehr schnell angefreundet, ihre Kinder waren ihrem Beispiel gefolgt, und die fünf Jahre Altersunterschied zwischen ihnen hatten wenig ausgemacht.

Nachdem wir über die negativen Stereotypen diskutiert haben, die man den nordischen Gläubigen anhängt, lädt Jackson uns zu einer Party bei der Delta-Beta-Phi-Studentenverbindung ein, der sein Freund, der im zweiten Studienjahr ist, angehört. Lola und ich nehmen ohne zu zögern an und hoffen darauf, dass dieser Abend besser endet als der vorherige. Dann gehen wir auseinander, um in unsere Kurse zurückzukehren.

Um zehn Uhr abends verlassen meine Mitbewohnerin und ich den Campus, um zu der Party zu fahren.

Nachdem sie mir von allen möglichen erfundenen, an den Haaren herbeigezogenen Szenarien erzählt hat, wie sie vielleicht an diesem Abend die Liebe ihres Lebens treffen wird, tritt Lola das Gaspedal ihres SUVs durch. Schnell erreichen wir das riesige Gebäude der Studentenverbindung, deren Name stolz auf der Fassade prangt.

Wir parken in einer Nebenstraße der Fußgängerzone und gehen dann zu dem Gebäude, wobei wir aus vollem Hals *Old Town Road* von Lil Nas X singen. Bald dringt Musik zu uns. Wir kommen an ungefähr zwanzig Studierenden vorbei, die, alle mit einem Plastikbecher in der Hand, auf der Vortreppe stehen, und treten in die große Eingangshalle des Hauses, wo man über eine prachtvolle Holztreppe in die erste Etage gelangt.

Das Gebäude der Verbindung ist voll mit jungen Leuten, die trotz der frühen Stunde schon ziemlich angetrunken sind, und ich lasse mich von dieser sorglosen Stimmung mitreißen. Mein Körper bewegt sich wie von selbst zum Rhythmus der Musik, und der Saum meines Boho-Kleids schwingt um meine Schenkel. Wir bahnen uns einen Weg zum Salon, wo auf großen Tischen zahlreiche Flaschen mit alkoholischen Getränken stehen.

»Rote Becher bedeuten, dass du einem One-Night-Stand nicht abgeneigt bist, und die blauen heißen, dass du auf der Suche nach einer festen Beziehung bist«, erklärt mir Lola.

»Und die weißen?«

Sie zieht einen kleinen Schmollmund. »Die weißen sind dafür, dass du weder das eine noch das andere willst«, räumt sie schließlich ein.

»Perfekt!«

Lola macht große Augen, als ich mir einen weißen Becher nehme, nachdem sie bereits einen blauen in der Hand hält. Sie entscheidet sich für einen Wodka-Red Bull und ich mich für einen Wodka mit Apfelsaft, eine Mischung, die mein Herz deutlich weniger gefährdet.

Wir wollen schon anstoßen, als Jackson auf uns zukommt und uns herzlich umarmt.

»Freut mich, dass ihr gekommen seid! Das ist Daniel, mein Freund, der in dieser entzückenden Bleibe wohnt.«

Ich spüre, wie Lola an meiner Seite sich ein wenig anspannt, und sie wird rot. Ich bin mir sicher, dass sie in *Daniel* schon die Liebe ihres Lebens sieht. Ich setze meinen Becher an die Lippen, um nicht zu lachen, und überlasse es Jackson, uns vorzustellen. Schließlich schenken sie sich ebenfalls ein – ein weißer Becher für Jackson und ein blauer für Daniel –, und wir vier prosten uns zu und eröffnen damit den Abend.

Wir tanzen zu unterschiedlicher Musik, und in einer Atmosphäre voller Gelächter und Freude folgt ein Glas auf das andere. Eines ist sicher, meine Kommilitonen wissen, wie man feiert.

Der Neuankömmling ist bestens gelaunt und sehr aufgeschlossen, insbesondere gegenüber meiner Begleiterin. Er scheint dem Zauber ihrer Rehaugen erlegen zu sein, die sie *überhaupt nicht* übertrieben aufreißt. Daher stoße ich Lola *ungeschickterweise* in Daniels Arme, und diese hält sich theatralisch an seinem Hals fest und zwinkert mir dann diskret zu. Ich breche in unverhohlenes Gelächter aus, ebenso wie Jackson, und wir sehen den beiden beim Tanzen zu und spekulieren über die Chancen einer Beziehung zwischen ihnen. Auf den ersten Blick scheint für Lola alles so einfach zu sein. Es fällt ihr dermaßen leicht, sich unter Menschen zu bewegen, dass es beeindruckend ist. Darum beneide ich sie. Ich kann das überhaupt nicht. Jedes Mal, wenn ich versuche, mich von meinen Hemmungen freizumachen, bringt sich die Realität brutal in Erinnerung. Und genau das passiert in diesem Moment. Mein Herz rast von dem Alkohol, den ich getrunken habe, und vom Tanzen. Es schlägt in einem Rhythmus, den ich nicht aushalte.

»Ich gehe frische Luft schnappen; bin gleich wieder da.«

»Ich komme mit«, erklärt meine Zimmernachbarin und fasst meinen Arm.

Wir schlängeln uns zwischen den Studenten hindurch und erreichen zu meiner großen Erleichterung schnell die Außentreppe.

»Alles gut?«

Ich werfe Lola einen Blick zu und setze mich auf die Stufen. Sie runzelt besorgt die Stirn.

»Ich muss bloß wieder zu Atem kommen.«

Ich schließe die Augen, lege den Kopf nach hinten und atme vorsichtig, aber tief. Ich muss es fertigbringen, dass mein Herz weniger schnell schlägt.

»Ich hole dir Wasser.«

Ein paar Sekunden später ist Lola zurück. Sie setzt sich neben mich und reicht mir einen Becher, den ich in einem Zug leere. Als mir auffällt, dass er blau ist, werfe ich meiner Freundin einen verdrossenen Blick zu. Sie klimpert unschuldig mit den Wimpern, sodass ich vor Lachen pruste.

Unsere Aufmerksamkeit wird von sechs schimmernden Harley-Davidsons angezogen, die vor dem Verbindungshaus stehen. Ich erkenne die Biker an ihren Lederjacken, erstarre sofort und richte mich darauf ein, diesen Idioten Clarke Taylor zu sehen.

Um uns herum höre ich Geflüster, und augenblicklich verwandelt sich die Hälfte der Studentinnen in Groupies, die mit der Gang flirten.

Die Devil's Sons steigen von ihren Maschinen, kommen in unsere Richtung und ignorieren die Menschenmenge, die sie umgibt. Ich weigere mich, ihnen Bewunderung zu zollen, und doch verschlagen mir ihre Schönheit und Männlichkeit die Stimme. Nur der stets wütende Clarke teilt ihre Stimmung nicht. Seine angespannten Muskeln und sein verkrampfter Kiefer wirken wie aus Marmor gehauen, als wäre er unfähig, sich zu entspannen. Clarke trägt diese aggressive Haltung wie eine zweite Haut.

Als die Biker die erste Stufe hochsteigen, scheint ihnen wieder einzufallen, dass sie böse Jungs sind, denn ihr Lächeln verzerrt sich und strahlt etwas Grausames, aber Künstliches aus. Jedenfalls hoffe ich das.

Ihre Blicke bleiben schließlich an Lola und mir hängen, als sie auf unserer Höhe stehen bleiben. Einige wirken neugierig, andere herzlich und ein Letzter verschlossen.

Sechs Devil's Sons stehen da, von denen ich nur einen nicht kenne.

»Wie geht's euch, Ladys?«, fragt Tucker uns.

»Gut, bis ich gerade mein Bruderherz gesehen habe«, gibt Lola ironisch zurück.

Set tritt neckisch auf sie zu und zerzaust seiner Schwester die Haare, während sie ihn mit Beschimpfungen überschüttet. Sie wehrt sich, aber er kann es nicht lassen.

»Hör auf!«, ruft sie und bringt sich das Haar wieder in Ordnung.

»Wir haben nicht vor, den ganzen Abend Babysitter zu spielen ...«, stößt Clarke hervor. »Gehen wir!«

Der Zorn, den ich heute Morgen empfunden habe, ist blitzschnell zurück, und ich kann mir eine Bemerkung an Lola nicht verkneifen.

»Verflucht, es ist doch nicht der Merkur! Die Bewegung eines Planeten kann niemanden zu solch einem Schwachkopf machen!«

Meine Freundin, der ich von meinem Zusammenstoß mit Clarke heute früh erzählt habe, schaut mich entsetzt an. Der Angesprochene bleibt abrupt stehen, und nach einigen spannungsgeladenen Sekunden dreht er sich langsam zu mir um. Er hat die Fäuste so fest geballt, dass seine Knöchel weiß hervortreten. Bevor Clarke auch nur eine weitere Bewegung machen kann, treten die Devil's Sons, die durch den Zorn ihres Kameraden alarmiert sind, zwischen ihn und uns. Bis auf den einen, den ich noch nicht kenne. Dieser mustert mich amüsiert und ist sichtlich im Bilde über die Beleidigungen, die ich seinem Freund an den Kopf geworfen habe.

»Immer mit der Ruhe, Clarke«, sagt Set zu ihm.

Der Bad Boy nimmt den Blick von mir und mustert seinen Freund mit tiefster Verachtung.

»Ich tue ihr schon nichts!«, gibt er provozierend zurück.

Ganz offensichtlich glauben seine Freunde, dass er dazu in der Lage ist, was nicht gerade beruhigend wirkt. Jesse legt ihm die Hand auf die Schulter und bedeutet ihm, in die Villa zu gehen. Clarke macht sich aus seinem Griff los und wirft mir einen Blick zu, der schwarz wie die Nacht ist.

»Pass bloß auf!«

Bei diesen drohenden drei Wörtern krampft sich mein Magen zusammen.

Er dreht sich auf dem Absatz um und tritt, gefolgt von einigen der Devil's Sons, in das Gebäude. Set wirft mir einen warnenden Blick zu.

»Wenn du keinen Ärger willst, solltest du in seiner Gegenwart den Mund halten.«

Ich reagiere nur mit einem Lächeln, und Set begreift es vollkommen. Er seufzt schicksalsergeben und geht dann mit den anderen in die Villa.

Ich finde mich allein mit Lolas missbilligender Miene wieder.

»Ich lass mich von dem doch nicht einschüchtern!«

Ich stehe auf und streckte ihr die Hand entgegen, um ihr aufzuhelfen. Sie seufzt wie ihr Bruder und erhebt sich dann.

Wie auf Kommando wechselt sie dann das Thema und fällt mir um den Hals, um mir zu erzählen, wie wahnsinnig verliebt sie in Daniel ist.

4. KAPITEL

Wir kehren in den Salon zurück, wo wir wieder auf Jackson und Daniel treffen, deren Augen schon ein bisschen glasig wirken. Lola beschließt, ihren Rückstand aufzuholen, und schenkt sich einen neuen Becher ein. Für mich allerdings ist Schluss mit Alkohol. Ich tausche meinen blauen Becher gegen einen weißen und schlage den Weg zu der offen angelegten Küche ein. Kurz bleibe ich stehen, als ich die Devil's Sons in der Nähe entdecke, aber ich fange mich schnell wieder und trete um sie herum, um meinen Becher am Wasserhahn aufzufüllen.

»Du weißt aber schon, dass der Alkohol umsonst ist?«

Ich drehe mich zu Sean um, der mich angesprochen hat und viel sympathischer wirkt als bei der Gelegenheit, bei der er in der Cafeteria beinahe unseren Tisch zerschlagen hat. Hinter ihm umkreisen ein paar junge Frauen die Bande, und einige ihrer Mitglieder haben ihre Beute schon ausgesucht. Falls es nicht umgekehrt ist.

»Mist! Und ich lege bei jedem Becher, den ich trinke, einen Fünf-Dollar-Schein in die Kasse.«

Sean und mehrere der Devils amüsieren sich köstlich.

»Diese Kleine gefällt mir«, meint der, dessen Namen ich nicht weiß.

Ein leises Lächeln tritt auf meine Lippen, und ich sehe zu, wie Sean mehrere Sorten Alkohol in einem Becher zusammenkippt und ihn mir reicht.

»Probier das mal!«

Ich nehme den Becher, befeuchte mir die Lippen und gebe vor, einen Schluck zu trinken.

»Gar nicht übel, danke!«

Er nickt, und ich verlasse die Küche, um wieder zu meinen Freunden zu gehen. Unterwegs werde ich Seans Cocktail los. Zu viert setzen wir uns zu ein paar Unbekannten aufs Sofa, die uns ein Trinkspiel vorschlagen.

Ich mache nicht mit, erlebe aber die vernichtende Niederlage des Trios mit. Eins ist sicher, Lola wird uns nicht zurückfahren.

Nachdem das Spiel sich ungefähr eine halbe Stunde fortgesetzt hat, spüre ich, wie mein Herz wieder zu rasen beginnt. Es war mir gelungen, mich zu beruhigen, doch der Zigarettenrauch, der durch den Raum wabert, ist nicht gerade hilfreich. Kalter Schweiß läuft mir übers Rückgrat, und jetzt kommt noch Panik dazu. Meine Mutter würde mich umbringen, wenn sie wüsste, wo ich bin.

Mit meiner Handtasche stehe ich auf, bedeute meiner Mitbewohnerin, dass ich gleich wieder zurück bin, und durchquere den Raum, um die Treppe, die nach oben führt, hinaufzusteigen. Mein Kopf fühlt sich jetzt schwer an, und mein Atem geht stoßartig. Mühsam bahne ich mir einen Weg durch die Menge und bin erleichtert, als ich die Hand aufs Treppengeländer lege. Mühsam und schwankend lege ich eine Stufe nach der anderen zurück. Wieder bricht mir der kalte Schweiß aus, aber ich komme oben an und stürze mich sofort ins Bad. Mit zitternden Händen schließe ich ab und ziehe meine Medikamente aus dem Täschchen. Ich lege mir die Tabletten auf die Zunge und drehe dann den Hahn auf, um sie mit Wasser zu schlucken.

Die Hände aufs Waschbecken gestützt, um mich aufrecht zu halten, sehe ich in den Spiegel. Ich bin grauenhaft blass. Ich weiche ein paar Schritte zurück und drehe mich zum Fenster um, das ich aufreiße, um Luft hereinzulassen. Schließlich gleite ich an der Wand hinunter und setze mich auf den Boden. Dort beginne ich mit meinen Atemübungen, um mein Herz dazu zu bringen, wieder richtig zu schlagen.

Keine Ahnung, wie viele Minuten vergehen, aber ich will Lola nicht beunruhigen und muss wieder zu ihr. Meine Hände zittern immer noch, und ich fühle mich furchtbar schwach, aber ich rapple mich auf die Beine. Ich trinke noch ein paar Schlucke Wasser und verlasse dann das Bad, doch ich pralle gegen jemanden. Gott sei Dank hält er mich an den Schultern fest und verhindert, dass ich falle.

»Tut mir schrecklich leid!«

Ich hebe den Kopf und finde mich Auge in Auge mit Clarke wieder, aber ich habe nicht die Kraft, ihn zu beschimpfen. Seine Miene ist undeutbar, und das Mädchen, das an seinem Arm hängt, wirft mir einen finsteren Blick zu.

»Was ist denn mit der los«, spottet sie. »Hast wohl zu tief in die Flasche geschaut. Du solltest lieber nach Hause zu deiner Mom gehen.«

Ohne mich auch nur zu fragen, woher diese grundlose Boshaftigkeit stammt, reagiere ich auf das herausfordernde Glitzern in ihren Augen, indem ich eine blasierte Miene aufsetze.

»Zu tief *ins Glas* geschaut, würde das wenn dann heißen«, gebe ich zurück. »*Du* solltest besser nach Hause gehen, um deine Allgemeinbildung aufzubessern. Aber wenigstens bist du hübsch – hey, man kann nicht alles haben.«

Ich streiche ihr über die Wange – reine Provokation – und trete dann um die beiden herum, damit sie ins Bad können, um zu tun, was immer sie vorhaben.

Angespannt gehe ich die Treppe hinunter und trete zu Lola, die auf der Tanzfläche abgeht. Als sie mich kommen sieht, läuft sie auf mich zu und wirft sich sturzbetrunken in meine Arme. Ich werde sie keinen Moment mehr aus den Augen lassen.

»Ava, du hast ja keine Ahnung, wie glücklich ich bin, dich kennengelernt zu haben. Ich könnte mir keine bessere Mitbewohnerin vorstellen!«

Sie legt die Hände an meine Wangen.

»Du bist wie ein Sonnenstrahl!«

Ich küsse sie lachend auf die Wange, und dann klingt »23« von Miley Cyrus durch den Raum, und Lola schreit entzückt auf und zerrt mich dann auf die Tanzfläche. Angesichts ihrer Aufregung vergesse ich sogar mein Unwohlsein und meine Herzschwäche.

Den Songtext grölen wir im Chor mit allen Studenten.

Zwei Unbekannte kommen auf uns zu und fordern uns zum Tanzen auf. Ich schütte mich vor Lachen aus, als ich zusehe, wie Lola ihrem Partner auf die Füße tritt und hilflos herumstolpert. Mein Partner dreht mich um meine Achse, doch mein Schwindel macht sich bemerkbar. Ich verliere das Gleichgewicht, verschütte mein Wasser und habe Mühe, die Balance wiederzufinden. Mein Herz dröhnt mir in den Ohren, und ich trete schwankend von meinem Partner weg. Ich stoße mehrere Personen an, erreiche den Tisch mit den Getränken und stütze mich darauf. Ein Student drückt mir ungebeten einen Becher mit Alkohol in die Hand.

Ich mustere den Inhalt ohne das geringste Zögern. Nicht, dass ich vorhabe, Selbstmord zu begehen, im Gegenteil. Ich will leben, bevor meine Krankheit mich umbringt. Denn das wird passieren, ob mit oder ohne Alkohol. Trotzdem bin ich nicht vollkommen blöd. Ich habe heute Abend schon allerhand getrunken und will es nicht übertreiben, was mein sicherer Tod wäre. Ich schicke mich an, den Becher wegzustellen, als mein Blick dem von Clarke begegnet, der sich durch die Menge drängt und mit großen Schritten und in bedrohlicher Haltung auf mich zukommt. Ich frage mich, was ich dieses Mal angestellt habe, um ihn zu verärgern, doch mir fällt nichts ein, vielleicht abgesehen davon, wie ich seine *Freundin* abgekanzelt habe.

»Wie du siehst, fühle ich mich gerade nicht gut, also komm morgen wieder, wenn du streiten willst.«

Ich versuche, mich ihm zu entziehen, doch Clarke reißt mir den Becher mit dem alkoholischen Getränk aus den Händen und kippt den Inhalt in einem Zug hinunter. Dann zerquetscht er den leeren Becher in der Faust und wirft ihn wütend zu Boden.

»Du würdest dich wahrscheinlich besser fühlen, wenn du nicht so viel trinken würdest!«

Bevor ich etwas entgegnen kann, packt er meine Hand und drückt etwas Langes, Rundes hinein. Ich sehe auf das mit meinem Namen beschriftete orangefarbene Tablettenröhrchen hinunter, das für mich so lebenswichtig ist wie mein Herz selbst.

Meine Medikamente … die ich offensichtlich im Bad vergessen habe.

»Such Lola, und dann geht! Set fährt euch zurück. Das hier ist kein Ort für jemanden, der herzkrank ist.«

Er geht bereits davon, sodass ich keine Zeit habe, ihn mit einem bösen Blick zu durchbohren. Aber ganz unrecht hat er nicht. Es ist zu viel für mich. Noch nie habe ich derart mit dem Feuer gespielt. Das schlechte Gewissen überfällt mich, als ich mir vorstelle, wie meine Mutter mit verweinten Augen an meinem Sarg steht. Was allerdings unvermeidlich ist. Diese Phase muss sie früher oder später durchstehen. Bin ich egoistisch, weil ich etwas von meinem kurzen Leben haben will? Wenn ich vernünftig bleibe, könnte Mom mich ein paar Monate, vielleicht sogar ein paar Jahre länger haben, aber was hätte ich dann erlebt oder erreicht? An welchen Erfahrungen hätte ich mich versucht?

»Die Bullen!«, schreit ein Mann.

Mein Herz macht in meiner Brust einen Satz. Innerhalb einer Sekunde verwandelt das Haus sich in ein regelrechtes Schlachtfeld. Die Studenten rennen panisch in alle Richtungen los. Gegenstände zerbrechen, Menschen fallen zu Boden und werden niedergetrampelt. Ich bleibe mit einem flauen Gefühl im Magen mitten im Raum stehen, drehe mich um mich selbst und halte Ausschau nach Lola, wobei ich zu den Göttern bete, nicht sehen zu müssen, dass die Meute sie zu Tode getreten hat.

Hätte mein Herz nicht schon genug Aufregungen gehabt, wäre es jetzt so weit gewesen. Ich werde angerempelt und verliere das Gleichgewicht. Dann sehe ich, wie der Boden gefährlich auf mich zurast, doch mit einem Mal umschlingen mich starke Arme und ziehen mich an eine harte Brust. Ich blicke zu Clarke auf.

»Du musst hier raus!«

»Nicht ohne Lola ...«

»Set kümmert sich um sie.«

Er umfasst meine Schultern, um sich zu vergewissern, dass ich sicher stehe, und nimmt dann meine Hand. Der Kontakt mit seiner warmen Haut ruft bei mir einen angenehmen Schauer hervor, und erst jetzt wird mir klar, wie kalt mir wegen meines schwachen Zustands ist. Erstaunt über die Kälte meiner Haut, wirft er mir einen Blick zu, und ich zucke die Achseln. Er schließt die Hand fest um meine und geht in Richtung Ausgang.

In diesem Chaos fällt mir die Orientierung schwer. Ich muss vollkommen auf diesen geheimnisvollen Mann vertrauen, was alles andere als einfach ist. Abrupt drückt er mich an seine Brust, dreht sich um und fängt einen Stoß ab, der für mich bestimmt war. Ich hebe das Gesicht und mustere ihn aus großen Augen.

»Merkur muss wirklich rückläufig sein, damit du so launisch bist ...«

»Halt die Klappe, sonst lasse ich dich hier stehen!«

Er nimmt erneut meine Hand und bahnt uns einen Weg durch das Chaos.

Wir erreichen die Vortreppe, ohne noch einmal ins Gedränge zu geraten, aber die Polizei ist schon eingetroffen und fängt alle ab, die sie in die Hände bekommt. Die Fülle an Emotionen macht mich ganz schwindelig, doch Clarke lässt mir keine Zeit dazu: Wir müssen zu seiner Harley.

Schnell laufen wir die Treppe hinunter und wollen die Straße überqueren, als sich die Hand eines Polizisten auf die Schulter des Devil's Sons legt.

»Wohin so eilig, *Taylor*?«

Die Zeit scheint stillzustehen, und die Luft ist wie elektrisch aufgeladen. Clarke wirkt absolut nicht, als schätze er es, ohne Erlaubnis berührt zu werden. Ich höre ihn so laut mit den Zähnen knirschen, dass mir ein unangenehmer Schauer über den Rücken läuft. Ich ahne die Gefahr und weiche einen Schritt zurück, doch er hält mich weiterhin fest an der Hand.

Der Devil wendet dem Polizisten langsam das Gesicht zu und zieht eine Augenbraue hoch. Er schaut auf die Hand auf seiner Schulter und dann auf die andere. Sie liegt auf der Dienstwaffe, die noch im Gürtel seiner Uniform steckt. Schließlich sieht er dem Mann in die Augen.

»Das geht dich nichts an, *Bill*.«

Sieht so aus, als hätten die beiden eine üble Vorgeschichte, und ich bete lautlos zu den Göttern, dass das nicht eskaliert. Mehr verkraftet mein Herz heute Abend nicht.

»Ich hoffe, dass nicht du die Drogen für die Party geliefert hast.«

»Also bitte ...«, höhnt Clarke. »Stell mich nicht auf eine Stufe mit einem gemeinen Dealer.«

Mit einem knappen Faustschlag gegen den ausgestreckten Arm des Polizisten macht der Biker sich aus seinem Griff los.

»Ist bloß eine Frage der Zeit, bis ich euch schnappe, Taylor. Passt bloß auf.«

Provozierend geht Clarke einen Schritt auf ihn zu und zieht mich mit. »Man sagt, die Hoffnung stirbt zuletzt, aber die Jahre vergehen. Du wirst in den Ruhestand treten, ohne im Leben etwas erreicht zu haben, nachdem du deine Zeit damit vergeudet hast, uns nachzulaufen, ohne uns etwas anlasten zu können.«

Clarke zwinkert ihm spöttisch zu. Daraufhin marschiert er wieder los und zerrt mich hinter sich her, aber da hat er nicht mit Bills wutentbrannter Beharrlichkeit gerechnet. Seine Finger legen sich schmerzhaft um mein Handgelenk, und er zieht mich ohne Umstände nach hinten.

»Pass auf, mit wem du dich herumtreibst, junge Dame. Es wäre ein Jammer, wenn du mit ihnen untergehst.«

Sein drohender Ton und der Schmerz, den er mir zufügt, lassen mich die Sache anders sehen. Bis jetzt habe ich sein Verhalten Clarke gegenüber noch verstanden. Schließlich ist er ein Krimineller, und er gehört zu den Gesetzeshütern. Aber ich glaube, sein Ziel, die Gang zu schnappen, steigt ihm zu Kopf und lässt ihn jede Objektivität und Vernunft verlieren.

»Lass sie los.«

Die Stimme des Devils klingt eisig. Er schiebt sich, imposanter denn je, zwischen Bill und mich und streckt voller Zorn den Arm aus. Seine Faust trifft unsanft auf die Brust des Polizisten und treibt ihn einen Schritt zurück.

Allmächtiger Odin, er wird noch im Gefängnis landen, weil er einen Polizeibeamten verprügelt hat!

Die beiden Männer starren einander aufgebracht an.

»Carter lässt dich grüßen«, erklärt Clarke schließlich. »Er freut sich schon darauf, im neuen Jahr all deine Pläne zu durchkreuzen.«

Lässig rückt er dem anderen den Jackenkragen zurecht. Seine Geste wirkt bedrohlich; alles an ihm strahlt Gefahr aus. Sein Gesichtsausdruck, seine Stimme, seine Haltung. Clarke ist gefährlich, und Bill weiß das. Aber vor allem ist er durch seinen Status als Devil's Son geschützt. Deswegen wirkt er so selbstbewusst.

Ich schlucke heftig, als er zu mir herumfährt und mich mit festem Griff am Arm packt. Mit großen Schritten überquert er die Straße und zwingt mich, mit ihm mitzuhalten.

Er schwingt sich auf seine Harley und fordert mich mit einem ungeduldigen Brummen auf, es ihm nachzutun. Ich gehorche, woraufhin Clarke mir keine Gelegenheit gibt, um zu zögern. Er ergreift meine Handgelenke und legt meine Arme um seine Mitte. Dann startet er das Motorrad, klappt mit einem Tritt den Ständer ein und fährt auf die Straßen von Ann Arbor hinaus. Die Geschwindigkeit überrumpelt mich; ich sitze zum ersten Mal auf so einer Maschine. Ich klammere mich an ihm fest und ziehe den Kopf zwischen die Schultern, um mich vor dem Fahrtwind zu schützen.

Meine Nähe zu dem Devil's Son macht mich nervös. Seine stahlharten Bauchmuskeln erinnern mich daran, wie durchtrainiert er ist und wie gewalttätig er sein kann.

Als meine Arme vor Schwäche zu zittern beginnen, bremst er ab. Wir rollen auf den Campus, und als wir anhalten, steigen wir ab. Wortlos setzt sich Clarke in Richtung Wohnheim in Bewegung.

»Ich kann allein hineingehen.«

»Ob du es glaubst oder nicht, um diese Uhrzeit geht es auf dem Campus übel zu. Außerdem solltest du nicht im Treppenhaus krepieren wie ein Tier.«

Wütend starre ich seinen Rücken an, aber ich kann nicht umhin, leise zu lächeln. Ich liebe schwarzen Humor, obwohl in seiner Stimme nicht die leiseste Andeutung von Witz gelegen hat.

Am Fuß der Treppe tritt Clarke beiseite, um mich vorgehen zu lassen, und folgt mir dann. Obwohl mir die Beine zittern, verringere ich mein Tempo nicht, weil ich mich weigere, mir meinen Zustand von dem Devil anmerken zu lassen. Schweigend steigen wir die Etagen hinauf, und als wir vor der Tür zu Nummer 307 stehen, lehnt er sich an die Wand, während ich in meinem Täschchen nach meinen Schlüsseln krame.

»Deswegen bist du so blass, nicht wahr? Du bist nicht betrunken, sondern krank.«

Ich tue seine Worte mit einer unbestimmten Handbewegung ab.

»Kein Grund zur Sorge.«

»Verkauf mich nicht für dumm! Bevor ich dir deine Medikamente zurückgegeben habe, habe ich sie im Internet recherchiert. Du hast eine Herzschwäche, und das ist allerdings *sehr besorgniserregend*.«

Diese Verletzung meiner Privatsphäre ist mir unangenehm, und zwar sehr. Nachdem er mich aufgefordert hatte, mich um meine eigenen Angelegenheiten zu kümmern, hat er die Dreistigkeit gehabt, in meinen herumzuschnüffeln.

»Hast du das gemacht, um mich besser heruntermachen zu können? Was für ein verdammtes Problem hast du mit mir?«

Mir wird klar, dass ich laut geworden bin, denn seine Miene drückt Verblüffung aus. Er neigt den Kopf zur Seite und beobachtet mich, als wäre ich ein merkwürdiges kleines Tier. Zum ersten Mal wirkt er nicht feindselig, und das bringt mich aus dem Konzept.

»Wie denn das?«

»Du beleidigst mich, du bist respektlos, du demütigst mich. Dafür muss es ja einen Grund geben. Passt dir mein

Gesicht nicht, kannst du mich nicht riechen, oder haben wir vielleicht eine Vorgeschichte? Habe ich mit drei Jahren mal deine zahme Ameise totgetreten, die du als Haustier gehalten hast?«

Wortlos blinzelt Clarke, und seine Miene wirkt beinahe amüsiert.

»Verdammt, es sind meine Augen! Sie haben deinen Freunden Angst eingejagt, aber dich machen sie wütend!«

Erstaunt will der Devil mir antworten, doch da fliegt meine Zimmertür auf, und Lola fällt mir völlig aufgelöst um den Hals.

Bei ihr werde ich nicht an einem Herzstillstand sterben, sondern eher an einem Schleudertrauma. Ohne Scherz, seit ich sie kenne, tun mir die Halswirbel weh. Zu ihrem Glück ist sie mir schon so sehr ans Herz gewachsen.

»Ava! Ich hatte solche Angst!«

Ich drücke sie und versichere ihr, dass alles gut ist. Dann macht sie sich von mir los und wirft Clarke einen argwöhnischen Blick zu. Sie will ihn schon wegen irgendetwas ausschimpfen, doch er kommt ihr zuvor.

»Pass auf sie auf! Deine Freundin darf keinen Alkohol trinken.«

»Wovon redest du? Sie darf, im Rahmen des Vernünftigen.«

Panik erfasst mich. Ich schiebe mich hinter Lola, um Clarke zu bedeuten, dass er sie in Ruhe lassen, das Thema nicht verfolgen soll, doch er ignoriert mich vollkommen.

»Nein. Sie darf keinen Tropfen Alkohol zu sich nehmen«, erklärt er kalt.

Der Mistkerl!

Ich lasse die Arme am Körper sinken, und ein dumpfer Zorn macht sich in mir breit.

Zum ersten Mal in meinem Leben wünsche ich mir, die orangefarbenen Reflexe in meinen Augen wären wirklich die Flammen der Ragnarök, damit dieses Scheusal darin brennt.

Ehrlich, ich bin verärgert.

»Du«, stoße ich mit zusammengebissenen Zähnen hervor, »hast wohl bei den Pfadfindern nie etwas über Teamgeist gelernt!«

Er wirft mir einen undeutbaren Blick zu und geht dann ohne ein weiteres Wort. Fassungslos sehe ich ihm nach und bemerkte Lolas verlorene, vielleicht sogar ein wenig verletzte Miene.

Das schlechte Gewissen überfällt mich. Ich hasse Clarke. Er hat mich in eine Lage gebracht, die ich lieber vermieden hätte. Eine Situation, der ich aus dem Weg hätte gehen können, hätte ich Lola nicht angelogen.

»Warum hast du mir nicht die Wahrheit gesagt?«, fragt sie mich leise.

Betrübt sehe ich sie an und bedeute ihr dann, ins Zimmer zu gehen. Wir setzen uns beide auf mein Bett.

»Ich hatte noch nie ein normales Leben und war praktisch alle drei Tage beim Arzt. *Nein, Ava, du darfst nicht tanzen. Nein, Ava, du darfst dein Essen nicht salzen und schon gar keine Cola trinken. Nein, Ava, nicht rennen! Nein, Ava, du darfst nicht bei deiner Freundin übernachten, man weiß schließlich nie ... Nein, Ava, keinen Alkohol, und auf keinen Fall Zigaretten!* Ich hatte immer den Eindruck, in meinem eigenen Leben die zweite Geige zu spielen, während die Krankheit immer im Vordergrund stand. Manchmal habe ich beschlossen, ihr Double zu spielen, sie ab und zu aus dem Rampenlicht zu holen, um endlich die Kontrolle über mein Schicksal zu übernehmen und selbst zu entscheiden.«

Lola betrachtet mich mit einem sanften, verständnisvollen Lächeln. »Ich bin nicht deine Mutter und werde dich nicht davon abhalten, dich zu amüsieren. Es ist dein Leben, und es sind deine Entscheidungen. Aber wenn du zu weit gehst, werde ich dir gut zureden. Und nachdem ich jetzt Bescheid weiß, werde ich dich im Auge behalten für den Fall, dass du

dich nicht gut fühlst. Was ... ähm ... was soll ich tun, falls du eines Tages ...?«
Ich schüttle den Kopf.
»Ich versichere dir, das brauchst du nicht zu tun.«
Sie nimmt meine Hände in ihre und sieht mich so ernst an, wie ich es von ihr nicht kenne.
»Ich bin deine Freundin, Ava. Ich will, dass diese Jahre die besten deines Lebens werden, aber ich werde dafür sorgen, dass du am Leben bleibst, damit du später deinen Kindern davon erzählen kannst.«
Ich lächle, um mein Unbehagen zu verbergen, denn ich habe nicht das Herz, ihr zu sagen, dass ich auf keinen Fall lange genug leben werde, um Kinder zu bekommen.
»Wenn es eines Tages nicht mehr geht, musst du meinen Arzt anrufen. Er ist rund um die Uhr erreichbar. Er wird dir erklären, was du zu tun hast, je nachdem, welche Symptome ich habe.«
»Gib mir seine Nummer.«
Ich entsperre mein Smartphone und teile seine Kontaktdaten mit Lola. Sie speichert sie, wobei ihre konzentrierte Miene eine feine Linie zwischen ihren Augenbrauen hinterlässt, und dann lässt sie sich der Länge nach auf mein Bett fallen und zieht mich mit.
»Tut mir schrecklich leid, dass ich ohne dich gegangen bin. In der ganzen Panik habe ich dich aus den Augen verloren, und dann bin ich über Set gestolpert. Er hat mir erklärt, Clarke werde dich suchen und nach Hause bringen.«
Immerhin ist sie durch die Panik in Rekordzeit wieder nüchtern geworden.
»Dieses Mal bin ich ihm dankbar. Ohne ihn hätte ich eine unangenehme Nacht auf der Polizeiwache verbracht!«

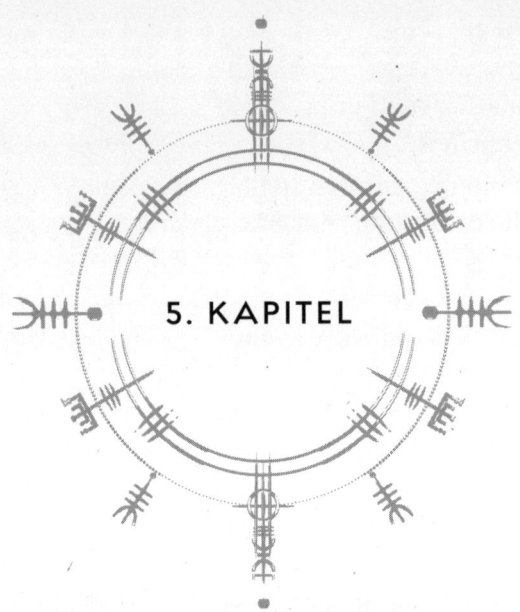

5. KAPITEL

»Hier spricht Präsident McLaguen. Alle Studenten sind ausnahmslos verpflichtet, sich auf den Tribünen des Footballstadions zu versammeln. Keinerlei Ausrede wird akzeptiert. Nehmen Sie Ihre Sachen und verlassen Sie sofort Ihre Unterrichtsräume!«

Die Lautsprecher knistern, und dann wird es im Vorlesungssaal wieder still.

Jackson und ich schauen perplex drein.

Was hat er uns denn so Wichtiges zu sagen, dass sämtliche Veranstaltungen unterbrochen werden?

Abrupt kommen alle in Bewegung, räumen ihre Sachen zusammen und verlassen dann den Raum. Die Studenten überschwemmen die Rasenflächen und die Flure und gehen alle langsam in dieselbe Richtung. Unglaublich, aber wahr; Lola schafft es, uns in der Menschenmenge zu finden. Genau wie wir versteht sie gar nichts und bestätigt uns, dass so etwas noch nie zuvor passiert ist.

Wir erreichen das Stadion und klettern auf die Tribünen,

wo ich mich zwischen meine beiden Freunde setze. Zu Tausenden sitzen wir da, warten auf irgendeine Information und spekulieren.

Als Präsident McLaguen begleitet von Bill, dem Polizisten, der mich Freitagabend zusammen mit Clarke erwischt hat, das Spielfeld betritt, beginnt das Stimmengewirr von Neuem, diesmal umso lauter.

»So ein Scheiß«, flüstere ich.

Lola betrachtet mich, amüsiert lächelnd.

»Für ein Mädchen redest du ziemlich vulgär daher; gefällt mir gut.«

»Der Apfel fällt nicht weit vom Stamm«, gebe ich zurück. »Daran ist meine Mutter schuld.«

Sie schüttet sich vor Lachen aus, während ich den Blick nicht vom Präsidenten der Universität nehme, der ein Mikrofon an den Mund hebt. Ich habe schon eine gewisse Vorstellung davon, was der Grund für diese Versammlung ist, und Bill ist auch nicht umsonst gekommen. Das verheißt nichts Gutes für die Devil's Sons, aber ich hüte mich, Lola etwas davon zu sagen. In ein paar Sekunden wird sie das selbst begreifen.

»Ruhe bitte!«

Alle verstummen ohne Ausnahme, wahrscheinlich nicht aus Respekt, sondern eher aus Neugier.

»Die ersten Abendveranstaltungen des Studienjahrs sind organisiert und werden an diesem Wochenende stattfinden. Wie Sie vermutlich wissen, sind in letzter Zeit zahlreiche Drogen im Umlauf, und es scheint mir angebracht, Sie daran zu erinnern, dass sie illegal sind. Jede Person, die im Besitz von Rauschmitteln angetroffen wird oder diese auf dem Campus vertreibt, wird der Universität verwiesen, erhält einen Eintrag ins Vorstrafenregister und eine Verwarnung, ganz zu schweigen von einem Kurzurlaub hinter Gittern. Es wäre also sehr dumm von Ihnen, wenn Sie in Verbindung zum Konsum von Drogen oder dem Handel damit stehen würden.«

Der Präsident richtet den Blick auf einen bestimmten Punkt auf den Rängen, und ich würde die Hand dafür ins Feuer legen, dass dort die Devil's Sons sitzen. McLaguen mag ja über die Aktivitäten der Gang im Bilde sein, aber es ist Bill, dessen Anwesenheit die deutlichste Drohung vermittelt. Mir ist vollkommen klar, dass dieser Polizist zu allem bereit ist, um die Devil's Sons zu verhaften, und ich bin mir sicher, dass dieses ganze Schauspiel nur dazu dient, die Studenten einzuschüchtern und dazu zu bringen, die Gang zu denunzieren.

Bill in seiner Dienstuniform und mit seiner deutlich sichtbaren Waffe greift jetzt seinerseits zum Mikrofon.

»Ich werde jetzt eine Namensliste verlesen. Die aufgerufenen Personen haben sich nach dem Ende der Versammlung im Büro der Direktion einzufinden.«

Er zieht kein Papier hervor. Er kennt die Liste auswendig, und die Namen, die er ausspricht, erstaunen mich nicht im Mindesten.

»Clarke Taylor ... Set Collins ... Jesse Mason ... Tucker Ross ... Sean Olson ... Justin Coldwell ... und Avalone Lopez.«

Als er meinen Namen ausspricht, schlucke ich hörbar und ziehe zahlreiche Blicke auf mich. Das mit der Diskretion üben wir dann noch mal ...

Ich spüre die entgeisterten Blicke meiner Freunde, aber wir sind nicht die Einzigen, die erstaunt sind. Das Stimmengewirr wird wieder lauter und nährt die Gerüchteküche.

Von der hätte ich das nicht gedacht ...

»Warum zitiert er dich zusammen mit den Devils zu sich?«, will Lola beunruhigt von mir wissen.

Wenn Bill glaubt, mich zum Reden bringen zu können, hat er sich aber geschnitten. Ich weiß nichts über die Devil's Sons, und selbst wenn, würde er mich mit seinen Methoden nicht dazu bewegen.

»Dieser Polizist hat Freitagabend gesehen, wie ich mit Clarke zurückgefahren bin. Er hat ihn bedroht, und mich hat er gewarnt, dass ich aufpassen soll, mit wem ich mich abgebe. Er will die Devils zu Fall bringen, und dazu will er jetzt wohl meine Hilfe«, antworte ich ihr.

Ich hatte eigentlich einen Durchmarsch bis zum Diplom geplant und kann so eine Art Ablenkung nicht gebrauchen. Ich spüre, dass Bill nicht vorhat, mich so einfach davonkommen zu lassen. Pech für ihn, ich lasse mir keine Steine in den Weg legen, wenn ich ein Ziel vor Augen habe.

»Sie können jetzt in Ihre Veranstaltungen zurückkehren«, schließt der Präsident.

Die Studenten stehen auf, und langsam leeren sich die Ränge. Jackson und ich verlassen unsere Plätze, während Lola sich keinen Millimeter bewegt und nervös auf ihren Lippen kaut.

»Mach dir keine Gedanken. Gegen deinen Bruder hat er nichts in der Hand, und ich lasse mich nicht von ihm ausnutzen. Möge er in den Flammen der Ragnarök brennen!«

Mit einem überzeugten Lächeln strecke ich ihr die Hand entgegen, die sie ein wenig beruhigter nimmt. Doch ich spüre, dass sie noch etwas anderes quält. Für mich ist Lola inzwischen wie ein offenes Buch. Vielleicht braucht sie noch Zeit, um mir davon zu erzählen.

Schweigend verlassen wir die Sitzreihen.

»Das Büro des Rektors befindet sich in der zweiten Etage«, erklärt mir Lola und zeigt auf das riesige Steingebäude, das vor uns liegt. »Wenn du willst, komme ich mit ...«

»Mach dir keine Sorgen, geh in deinen Unterricht. Ich erzähle dir alles in der Cafeteria!«

Meine Freundin lächelt mir zu, obwohl sie diesen kleinen, beinahe beschämten Gesichtsausdruck nicht verbergen kann. Dann winkt sie mir zu und geht zurück in ihre Veranstaltung.

Ich verabschiede mich von Jackson und betrete das Gebäude, das meine Mitbewohnerin mir gezeigt hat. Dann steige ich schwer atmend die zwei Etagen hinauf und finde mich bei der Sekretärin ein, die mich mustert und sich wahrscheinlich fragt, was ein Mädchen wie ich angestellt haben mag.

»Setzen Sie sich, der Präsident ruft Sie in ein paar Minuten herein.«

Ich nicke und trete auf die Stühle zu, doch da wird die Tür des Direktionsbüros geöffnet, und die sechs Mitglieder der Devil's Sons kommen heraus. Clarke sieht mir ausdruckslos in die Augen, und Set nickt mir aufmunternd zu. Ich lächle ihm nur knapp zu, und dann steht der Präsident in der Tür.

»Ah, Ms. Lopez! Kommen Sie herein.«

Ich gehe um die Jungs herum und betrete das luxuriöse Büro, wo ich mich einmal mehr Bill gegenüberfinde. Wir taxieren einander, bis der Präsident sich zu uns gesellt und hinter seinem Schreibtisch Platz nimmt.

»Setzen Sie sich doch bitte.«

Ich lasse mich in einen der Ledersessel sinken und warte geduldig ab, wie die beiden es anstellen wollen, mich zum Reden zu bringen.

»Ms. Lopez, der hier anwesende Bill Terner hat Sie Freitagabend zusammen mit Clarke Taylor auf dem Heimweg abgefangen. Sie sind sich aber sicher im Klaren darüber, womit dieser junge Mann sich die Zeit vertreibt, oder?«

Ein amüsiertes Lächeln tritt auf meine Lippen, und ich schlage lässig die Beine übereinander.

»Herr Direktor, mit allem gebotenen Respekt, ich verstehe nicht, warum ich hier ...«

McLaguen zieht, verblüfft über meine Reaktion, die Augenbrauen hoch, aber Bill wirkt verärgert. Umso besser, ich bin es auch.

»Sie haben mich herbestellt, weil Clarke Taylor mich nach einer Party zurück zum Campus gefahren hat? Ich kenne die Devil's Sons nicht persönlich, falls Sie das wissen wollen.«

»Wenn das so ist, warum hat er Sie dann nach Hause gebracht?«

»Ganz einfach, weil ich keine Mitfahrgelegenheit hatte.«

Bill schweigt immer noch. Ich werde noch ein wenig bei seinem Spiel mitmachen und mich dann verdünnisieren.

»Von allen Studenten auf dieser Party haben Sie sich Clarke ausgesucht. Warum?«

»Lola Collins, mit der ich mir auf dem Campus das Zimmer teile, ist Set Collins' Schwester, da erzähle ich Ihnen nichts Neues. Bill Terner und seine Truppe haben bei der Party eine Panik ausgelöst. Dabei habe ich Lola aus den Augen verloren. Set hat sie nach Hause gebracht, aber da sie ohne mich nicht fahren wollte, hat Clarke ihr versprochen, sich darum zu kümmern, mich zu finden und nach Hause zu bringen. Daran ist doch nichts Illegales, oder?«

Die beiden Männer mustern mich wortlos. Das ist mein Signal zum Aufbruch.

»Diese Farce dauert schon zu lange. Zeit, dass ich mich verabschiede.«

Ich stehe von dem Sessel auf und schicke mich an, das Büro zu verlassen, als Bill das Wort ergreift und mir in einem Ton, den er nicht anschlagen sollte, befiehlt, mich wieder zu setzen. Langsam drehe ich mich mit finsterer Miene zu ihm um.

»An dieser Universität haben Sie mir gar nichts zu sagen! Ich bin mir nicht sicher, ob Ihre Vorgesetzten es schätzen würden, dass Sie ohne triftigen Grund ein inoffizielles Verhör außerhalb des Polizeireviers organisiert haben. Falls Sie noch weitere Fragen an mich haben, laden Sie mich aufs Revier vor, wie Sie es von Anfang an hätten tun sollen. Wenn Sie weiter darauf bestehen, nehme ich mir einen Anwalt und verklage

Sie wegen Amtsmissbrauch und Belästigung. Jetzt werde ich gehen, wenn der Präsident es mir gestattet, denn nur er hat das Recht, von mir zu verlangen, in seinem Büro zu bleiben! Habe ich mich deutlich genug ausgedrückt, oder muss ich ein paar Artikel aus dem Bundesgesetzbuch der Vereinigten Staaten zitieren, um Ihnen Ihre Arbeit zu erklären?«

Bill richtet sich auf und atmet hörbar ein. Seine Züge sind verspannt, und er kocht vor Wut. Aber er weiß, dass ich im Recht bin und er im Unrecht. Hinter mir höre ich Applaus, und als ich mich umdrehe, steht ein Mann mittleren Alters mit goldblondem Haar im Türrahmen und klatscht mit beeindruckter Miene in die Hände. Hinter ihm amüsieren sich die Devil's Sons über das Schauspiel, das ich ihnen geboten habe.

»Bill, Bill, Bill ... was machen wir bloß mit dir?«

Dieses machiavellistische Auftreten, diese selbstbewusste Stimme ... Befangen mustere ich den Mann.

Er ist noch nicht einmal durch die Tür getreten, da spüre ich bereits die rohe Kraft und Überlegenheit, die er ausstrahlt und die so stark sind, dass die Luft zwischen den Wänden dünner zu werden scheint. Als er den Raum betritt, weiche ich einen Schritt zurück, wie von einem unbeherrschbaren Überlebensinstinkt angetrieben.

»Ich bin hergekommen, um dich in die Schranken zu weisen, aber das hat diese junge Dame ganz wunderbar allein geschafft. Sie ist beeindruckend.«

Er sieht mich durchdringend an. In seinen Augen spiegelt sich eine außergewöhnliche und verstörende Intelligenz. Mit einem Mal habe ich den Eindruck, nackt vor diesem Mann in den Fünfzigern zu stehen, und das ist äußerst unangenehm. Er zwinkert mir zu und richtet seine Aufmerksamkeit dann wieder auf den Polizisten.

Plötzlich habe ich das Gefühl, gleich in Ohnmacht zu fallen, als mich die Erkenntnis wie ein Blitz trifft.

Allmächtige Götter, ich glaube, der Mann vor mir ist Carter, der Chef der Devil's Sons!

Er tritt auf den Schreibtisch des Präsidenten zu und wirkt so imposant, dass wir neben ihm alle zu schrumpfen scheinen. Seine Muskulatur ist genauso ausgeprägt wie bei seinen Männern, und sein maßgeschneiderter Anzug schmiegt sich perfekt an seine kantigen, kräftigen Schultern. Dazu besitzt er einen natürlichen Charme, der selbst die Götter in die Knie zwingen könnte.

Er ergreift einen Aktendeckel und zerreißt ihn zuerst in zwei und dann in vier Teile. Bevor er die Papiere zu Boden flattern lässt, erkenne ich darin schwarz auf weiß meinen Namen.

Diese Akte hat persönliche Informationen enthalten, die ich bei meiner Einschreibung angeben musste!

Der Präsident ist aufgebracht über Carters Provokation, sagt aber nichts. Offenkundig hat er Angst vor ihm. Das gilt für uns alle drei.

»Du solltest zurück zu deinen Freunden gehen, Avalone.«

Ich blinzle und bin erstaunt und erschrocken zugleich, weil der Chef der Gang mich mit dem Vornamen angesprochen hat. Doch ich lasse mich nicht bitten und verlasse das Büro, ohne jemanden anzusehen.

Als ich in den Flur einbiege, lehne ich mich mit dem Rücken an die Wand, um wieder Luft zu bekommen, weil ich völlig außer Atem bin. Ich komme gar nicht über sein Auftreten hinweg. Noch nie bin ich jemandem begegnet, der eine so starke Ausstrahlung hatte. Sie wirkt erstickend, überwältigend.

»Eine junge Frau auszunutzen, um uns zu Fall zu bringen, das ist sogar für deine Verhältnisse erbärmlich.«

Als ich noch einmal Carters Stimme höre, verspannen sich all meine Muskeln.

Sie haben die Tür hinter mir nicht geschlossen.

»Du hast deinen Job bloß noch, weil es inzwischen mein liebstes Hobby ist, deine Pläne zu konterkarieren«, fährt er fort. »Ich könnte mit einem einzigen Anruf dafür sorgen, dass du deinen Job verlierst.«

»Der Polizeichef tanzt nicht nach deiner Pfeife!«, stößt Bill hervor.

Carter bricht in Gelächter aus, das alles andere als freundschaftlich ist.

»Der Polizeichef? Mein lieber Bill, ich habe Freunde in weit höheren Positionen. Der Polizeichef ist ein Nichts. *Du* bist ein Nichts.«

»Irgendwann kriege ich dich.«

»Kann schon sein. Aber wenn das passiert, bete, dass man mich in das beste Hochsicherheitsgefängnis des Landes steckt, denn ich habe nicht vor, mich lange dort aufzuhalten. Meine Männer ebenso wenig.«

Carter ist ein Krimineller und trotzdem wie unantastbar für die Ordnungskräfte. Sie sind machtlos gegen ihn.

Ich gehe weiter, um mich so schnell wie möglich von dieser Gang zu entfernen, und lege die letzten Stufen zurück, als sich Finger um mein Handgelenk schließen. Jemand legt mir eine Hand über den Mund und erstickt meinen Aufschrei, und ich werde abrupt in eine Ecke gezerrt. Ich werde an eine Wand gedrückt, und Clarke taucht vor meinen Augen auf.

Das Herz in meiner Brust pocht so heftig, dass der Devil's Son es hören muss, und doch spüre ich echte Erleichterung, weil ich ihm gegenüberstehe und nicht mit Carter konfrontiert bin.

Er hat die Hände rechts und links von meinem Kopf an die Wand gelegt, sodass ich ihm nicht entkommen kann. Nur wenige Zentimeter trennen uns, und ich nehme sogar seinen Geruch wahr. Ein frischer Duft, zusammen mit wärmeren Noten von sternenübersäten Sommernächten. Das reizt mich nicht zum Widerstand, sondern wirkt ... *verführerisch*.

»Was hast du diesem Mistkerl von Bullen erzählt?«, verlangt er mit leiser, aber nicht weniger bedrohlicher Stimme zu wissen.

Gereizt will ich ihn zurückschieben, indem ich beide Hände auf seine Brust lege, doch er weicht keinen Millimeter zurück.

»Dass ich dich nicht persönlich kenne und dass du mich zurückgefahren hast, weil Lola sich Sorgen gemacht hat. Zufrieden? Und jetzt lass mich in Ruhe!«

Er gibt keine Antwort und rührt sich auch nicht. Aus seinen grünen Augen, die meinen eigenen ähneln, sieht er aufmerksam in meine, als wollte er dort eine potenzielle Lüge entdecken.

»Na schön.«

Endlich entfernt sich Clarke und dreht sich auf dem Absatz um, sodass ich zu einem mehr oder weniger normalen Herzrhythmus finde. Doch in meinem Kopf setzt sich eine Idee fest.

Falls der Devil's Son ein Problem mit mir hat, muss ich das wissen. Wer weiß, was er oder seine Gang mir antun könnten?

»Du hast mir neulich abends nicht auf meine Frage geantwortet!«

Clarke bleibt abrupt stehen.

»Du bist schön, riechst gut, du hast meine zahme Ameise nicht totgetreten, und dein Blick macht mich nicht wütend. Solange du mich nicht beleidigst, habe ich kein Problem mit dir, Avalone.«

Ich öffne den Mund und klappe ihn wieder zu. Es verblüfft mich, dass er sich an jede Einzelheit von dem erinnert, was ich ihm vor ein paar Tagen gesagt habe.

»Und zum Beweis, ich habe dich nicht nach Hause gefahren, weil Lola sich Sorgen gemacht hat.«

Ohne sich noch einmal nach mir umzudrehen, setzt er sich wieder in Bewegung und lässt mich einfach stehen. Keine

Ahnung, warum er mir das erzählt hat und was das bedeuten soll. Ich war noch nie besonders redselig, aber bei ihm nimmt das noch einmal ganz andere Dimensionen an. Clarke Taylor ist ein echtes Rätsel.

Schließlich gehe ich in die Cafeteria zu Lola, Jackson und Daniel. Sie erwarten mich ungeduldig, oder besser gesagt, sie können es kaum erwarten, den neuesten Tratsch zu hören. Ich setze mich an den Tisch, und Lola schiebt Essen auf mich zu.

»Und? Was wollten sie?«

»Informationen über die Devils. Sie dachten, ich hätte mit ihnen zu tun, weil Clarke mich nach der Party nach Hause gefahren hat. Ich habe ihnen erklärt, dass ich sie nicht persönlich kenne. Bill hat nicht lockergelassen, und dann ist Carter aufgetaucht.«

»Carter war da?« Lola ist ganz aufgebracht. »Der macht sich doch sonst nicht die Finger schmutzig für solche Kleinigkeiten!«

»Die Devils müssen ihm erzählt haben, dass sie mich ebenfalls zum Rektor zitiert haben. Wahrscheinlich hat er befürchtet, ich würde Bill helfen, sie in die Enge zu treiben, da du Sets Schwester *und* meine Zimmernachbarin bist.«

Sie zuckt die Achseln und konzentriert sich dann auf ihr Essen. Ihre Miene wirkt genauso beschämt und vielleicht sogar schuldbewusst wie vorhin.

Die Klingel verkündet, dass der Unterricht für heute zu Ende ist, und Jackson und ich packen unsere Sachen zusammen und verlassen dann den Raum. Der schöne grüne Rasen lockt mich. Ich hätte Lust, mich darauf auszustrecken und die letzte Wärme des Jahres zu genießen, doch mir steht ein massives Hindernis im Weg: Clarke lehnt lässig an einer der Säulen, die das Dach des offenen Wandelgangs tragen. Ich würde gern behaupten, das sei Zufall und ich bräuchte nur um ihn herumzutreten, aber er scheint auf jemanden zu warten. In diesem Fall bin ich dieser Jemand ... Er mustert mich mit undeutbarem Blick, und dann bemerkt er Jackson. Sofort verhärten sich seine Züge, und die Atmosphäre lädt sich elektrisch auf, während die beiden ehemaligen Freunde einander mustern.

Der Student ist der Erste, der, erschüttert von diesem stummen Austausch, den Blick abwendet.

»Ich gehe dann mal.«

Er umarmt mich, verschwindet dann ziemlich schnell und lässt mich mit dem Devil allein, der den Moment nutzt, um weiter auf mich zuzutreten.

»Carter will dich sehen.«

Nicht nur das Bild des Mannes, das mir wieder vor Augen steht, erschreckt mich. Ich erinnere mich auch an das Gefühl, als würde in seiner Gegenwart der Sauerstoff aus dem Raum gesogen. Mein Hals schnürt sich zu, und alle meine Sinne sind in Alarmbereitschaft.

»Warum?«

»Weiß ich auch nicht. Er hat mich gebeten, dich hier abzuholen.«

Ich schlucke mühsam und verschränke die Arme vor der Brust, um die Fassung zu wahren.

»Er kann mir auch eine Mail schicken! Ich bin deinem Boss nichts schuldig, lass mich in Ruhe!«

Clarke lacht mir ins Gesicht, was eher meinen Zorn anstachelt, statt mir Angst einzujagen.

»Er ist vorhin extra gekommen, um dafür zu sorgen, dass du keinen Ärger kriegst. Jetzt bist du dran, zu ihm zu gehen!«, befiehlt er mir knapp.

»Du kannst mich mal, Clarke. Mit dir gehe ich nirgendwohin!«

Entschlossen, so viel Abstand wie möglich zwischen uns zu schaffen, drehe ich mich auf dem Absatz um, doch er packt mein Handgelenk, sodass ich mich zu ihm umdrehen muss. Ich reiße mich los und werfe ihm einen bitterbösen Blick zu.

»Schön. Du kannst auf die nette Tour mitkommen, oder ich muss andere Saiten aufziehen. Und glaub mir, du kannst um Hilfe schreien, wie du willst, niemand wird kommen.«

Ich sehe mich unter den Studenten um, die um mich herum ihren Angelegenheiten nachgehen. *Würden sie mir zu Hilfe kommen, wenn nötig? Natürlich nicht!* Als Clarke vor ein paar Tagen zwei Männer halb totgeschlagen hat, hat niemand einen Finger gerührt. Über die Drohung, zur Polizei zu gehen, würde er sich nur vor Lachen ausschütten. Und was die Ordnungskräfte ausrichten können, haben wir ja gesehen. Also muss ich mich dazu herablassen, an seine menschliche Seite zu appellieren.

»Bitte, Clarke ...«, sage ich seufzend.

»Ich bin Gangmitglied und keine kleine Bibliothekarin, der du versuchst, eine Fristverlängerung abzuschwatzen.«

Mich juckt es in den Fingern. »Mir wäre lieber, du hältst den Mund«, stoße ich mit zusammengebissenen Zähnen hervor.

Er zuckt die Achseln, dreht sich um und erwartet, dass ich ihm aus freien Stücken folge. Auf die Idee, die Flucht zu ergreifen, komme ich nicht einmal. Ich würde keine fünfzig Meter weit kommen, bevor ich *krepiere wie ein Hamster.*

»Könnte er mich wenigstens nicht umbringen?«

Verblüfft dreht Clarke sich zu mir um, und als er begreift, dass meine Frage mir todernst ist, schüttet er sich vor Lachen aus. So unerwartet kommt das, dass ich zusammenfahre. *Er lacht!* Ein *richtiges* Lachen! Und das von ihm, der ständig eine üble Laune und einen finsteren Blick zur Schau stellt.

Allmächtiger Odin, ich hätte nicht gedacht, dass er überhaupt dazu in der Lage ist!

Er versucht vergeblich, sich zu beherrschen. »Keine Sorge. Er wird dich nicht anrühren.«

Einen Moment lang bin ich noch verdattert über diese neue Seite, die ich an ihm entdeckt habe, doch dann kehre ich in die Realität zurück.

»Versprichst du mir das?«

Clarkes schönes Lächeln verschwindet, und er wird ebenfalls ernst.

»Ja, Avalone.«

Da mir nicht wirklich etwas anderes übrig bleibt, beruhigt mich die Aufrichtigkeit in Clarkes Antwort wenigstens.

Seufzend folge ich ihm, und wir gehen zu seiner Harley.

Unter den Blicken zahlreicher neugieriger Studenten steige ich hinter dem Devil auf und schlinge die Arme um seine Taille.

Wir verlassen den Campus, dann die Stadtmitte und fahren in die wohlhabenden Stadtviertel hinein. Unwillkürlich merke ich mir den Weg für den Fall, dass ich flüchten muss. Das unangenehme Gefühl in der Magengrube bleibt, aber trotzdem habe ich nicht vor, Clarke gegenüber meine Angst zu zeigen.

Clarke hält das Motorrad vor einem gewaltigen schwarzen Eisentor an, das sich automatisch öffnet und den Blick auf einen bewaldeten Hügel freigibt. Ich erkenne kein Haus, sondern nur eine von einer Reihe perfekt gestutzter Bäume gesäumte Allee.

Nachdem wir ein paar Minuten Richtung Wald bergauf gefahren sind, wird das Gelände ebener. Als Erstes sehe ich diesen prachtvollen Springbrunnen aus hellem Marmor, aus dem beruhigend Wasser plätschert. Dahinter erstreckt sich eine Allee, die zu einer Vortreppe mit riesigen Säulen und einer gewaltigen, aus beigefarbenem Stein erbauten Villa führt. Ich hatte noch nie Geld wie Heu, und Carters Reichtum macht mich sprachlos. Sein Anwesen ist umwerfend und wirkt merkwürdigerweise gleichzeitig einladend. Alles strahlt Kultiviertheit und Harmonie aus. Ja, dieser Ort ist friedlich.

Clarke parkt auf dem kiesbestreuten Vorplatz, und wir steigen von der Maschine.

»Bereit?«

Ich nicke wortlos. Er geht als Erster und umrundet den Springbrunnen, ohne ihm die geringste Beachtung zu schenken. Doch ich kann das nicht. Ich bleibe wie angewurzelt vor der imposanten, über drei Meter hohen Skulptur stehen. Vor mir erhebt sich in voller Lebensgröße Odin, der Vater aller Götter, auf seinem achtbeinigen Pferd Sleipnir[10]. Ohne zu überlegen, klettere ich auf den Rand des Springbrunnens, um meinen Gott besser betrachten zu können. Er ist einäugig, seine Züge sind von Alter und Kriegsnarben gezeichnet, und sein Bart ist so detailliert dargestellt, dass man meinen könnte, die Härchen bewegten sich im Wind. In einer Hand hält er mit festem Griff seinen Speer Gungnir[11], der niemals sein Ziel verfehlt und anschließend in die Hand des Werfers zurückkehrt. Die vielen Schuppen seiner Rüstung sind messerscharf herausgearbeitet, und sein Körper scheint sich zu bewegen, als galoppiere das Pferd unter ihm und er folge mit den Hüften der Bewegung.

»Das ist Odin, der Hauptgott des nordischen Pantheons.«

Ich gebe Clarke, der sich hinter mir befindet, keine Antwort. Ich werde diesen Leuten nicht die Freude machen, ihnen gegenüber zuzugeben, dass wir derselben Religion angehören. Dennoch kann ich angesichts dieser Skulptur meine Faszination nicht leugnen. Das ist mein Gott in seiner schönsten Darstellungsform. Ich kann die Kunstfertigkeit ihres Schöpfers nur bewundern.

---

10 Sleipnir wurde von Loki zur Welt gebracht, als dieser die Gestalt einer Stute annahm. Er wird als das beste Pferd betrachtet und ist in der Lage, die Welten zu durchqueren.

11 Gungnir gehört zu den Schätzen der Götter und wurde auf Lokis Bitte von drei Zwergen geschmiedet. Loki wollte Wiedergutmachung bei den Göttern leisten, nachdem er der Göttin Sif, Thors Gemahlin, das Haar abgeschnitten hatte.

Mit übermenschlicher Anstrengung wende ich den Blick von Odin ab und klettere wieder vom Springbrunnen. Clarke übernimmt wieder die Führung, und dieses Mal folge ich ihm bis zur Treppe des Vorbaus. Der Marmor unter meinen Füßen ist so glatt poliert, dass ich mich darin spiegeln kann.

Der Devil klopft nicht, sondern öffnet einfach die gepanzerte Tür, als wäre er hier zu Hause. Wir treten in eine riesige Eingangshalle. Die Ausstattung verändert sich auf beeindruckende Weise. Hier ist alles in Schwarztönen gehalten, vom Granitboden über die Möbel bis zu einer Wandfläche, die aus schwarzen Schieferplatten besteht. Akzente und einige Stücke in Roségold setzen Nuancen, darunter der imposante Kronleuchter aus Kristall, der in der Mitte des Raums hängt und das Licht in einer funkelnden Explosion reflektiert. Ein bogenförmiger Durchgang lässt mich einen Blick auf einen unendlich großen Salon erhaschen, der mit seiner opulenten Einrichtung Überfluss ausstrahlt. Schwarz und Roségold sind weiter die dominierenden Farben, doch ich habe keine Zeit, diese fürstliche Bleibe zu bewundern. Schritte nähern sich, und dann taucht ein Gangmitglied auf; der mit dem blonden Haar und den beinahe gelben Augen.

»Ich freue mich, endlich die Frau kennenzulernen, die Bill Paroli geboten hat. Ich bin Justin!«

Ich drücke die Hand, die er mir entgegenstreckt, und erwidere sein Lächeln herzlich.

Was soll ich machen, die Energie dieses Hauses beruhigt mich ...

»Was hast du getan, um zu einem Treffen mit dem großen Meister eingeladen zu werden?«

»Ich habe ihm Kekse verkauft, um mir meine Kundschafter-Plakette bei den Pfadfinderinnen zu verdienen.«

Justin bricht in freimütiges Gelächter aus, und Clarke verdreht mit einem Hauch Belustigung die Augen zum Himmel.

Heute ist er aber ziemlich entspannt!

Allerdings werde ich wieder ernst, als neue Schritte

erklingen. Carter tritt ein, und scheint schlagartig den gesamten Sauerstoff im Raum zu verbrauchen. Angesichts der hohen Decke habe ich nicht den Eindruck zu ersticken, doch mich überkommt ein heftiger Drang, hier schnellstmöglich zu verschwinden.

»Avalone! Danke, dass du gekommen bist. Sollen wir in mein Büro gehen, um uns über Kekse auszutauschen?«

Ich beiße mir von innen in die Wangen, um ernst zu bleiben, und amüsiere mich ein wenig darüber, dass er meine Antwort auf Justins Frage gehört hat.

Das Lächeln, das er mir schenkt, lässt ein paar Fältchen in seinen Augenwinkeln auftauchen, doch ich weigere mich, mich von seinem wohlwollenden Auftreten täuschen zu lassen. Hinter seinen plötzlich weichen Zügen und seinem halblangen Haar à la Brad Pitt verbirgt sich der Gangchef, der einem Polizisten geschworen hat, aus dem Gefängnis auszubrechen, falls er einmal dort landen sollte.

»Ich vermute mal, Sie haben keine Alarm-Trillerpfeife, die Sie mir leihen können, bevor ich Ihnen folge?«

Justin unterdrückt hörbar ein Lachen, und Carter für seinen Teil betrachtet mich fasziniert.

»Ich versichere dir, dass du nicht in Gefahr bist und dieses Haus in einem Stück wieder verlassen wirst.«

Tja, wenn nicht, würde er mich bestimmt nicht vorwarnen. Trotzdem setze ich einen Fuß vor den anderen und folge Carter in einen riesigen Flur zu meiner Rechten.

Ein weiterer Kronleuchter, genauso edel wie der erste, beleuchtet eine Reihe gerahmter Werke von keinem Geringeren als Banksy an der Wand, und den Hintergrund des Gangs nimmt ein Innenspringbrunnen ein; ein regelrechter Wasserfall, der aus über fünf Metern Höhe herabrauscht. Dieser Mann ist so reich, dass er nicht weiß, was er mit seinem Geld anfangen soll!

Carter stößt eine dicke Tür auf, die letzte vor dem Springbrunnen, und wir treten in sein Büro, das dank dreier Glastüren, die einen wunderbaren Blick auf den üppigen Pflanzenwuchs auf dem Anwesen bieten, von Tageslicht erfüllt ist. Einem Wald. Wir befinden uns mitten in einem Urwald. Und dieses Büro erinnert mich an das von Dumbledore aus Harry Potter. Kein leerer Fleck an den Wänden, aber alles perfekt geordnet. Am liebsten möchte ich jeden Winkel erkunden, als versteckten sich dort die Geheimnisse der Yggdrasil[12].

Carter schließt die Tür hinter mir und bedeutet mir, mich in den Ledersessel gegenüber seinem Eichenschreibtisch zu setzen. Schweigend gehorche ich und frage mich, ob meine Stimme bis zur Haustür reichen würde, wenn ich um Hilfe schreie. Und selbst dann glaube ich nicht, dass Clarke und Justin kommen würden.

Als der Chef hinter seinem Schreibtisch Platz nimmt, konzentriere ich mich auf sein Gesicht.

»Warum glauben alle Mitglieder Ihrer Gang an die nordischen Götter? Sind Sie so etwas wie heidnische Zeugen Jehovas?«

Er verzieht die Lippen zu einem amüsierten Lächeln, weicht meiner Frage allerdings aus.

»Wahrscheinlich fragst du dich, warum du hier bist.«

»Allerdings.«

Er richtet sich auf, verschränkt die Finger über seinem ausgeschalteten Computer und mustert mich, als wäre ich ein Zirkuspferd. Trotz meines zunehmenden Unbehagens bleibe ich reglos sitzen.

»Ich brauche deine Hilfe.«

Verblüfft ziehe ich die Augenbrauen hoch, und es wird still. Ich lasse ihn fortfahren, denn ich bin neugierig, was ein Mann wie er wohl von mir will.

---

12 Die Yggdrasil ist der Weltenbaum, auf dem die neun Welten der nordischen Mythologie ruhen. Sie ist eine riesige Esche mit drei Wurzeln.

»Meine Männer müssen eine Lieferung tätigen, aber wie du festgestellt hast, sitzt uns die Polizei im Nacken. Was ich von dir erwarte, falls du einverstanden bist natürlich, ist, dass du eine Aussage auf dem Polizeirevier machst und dabei eine falsche Adresse nennst.«

Eine Sekunde lang glaube ich es mit einer versteckten Kamera zu tun zu haben, und hoffe aus tiefstem Herzen darauf. Leider wartet Carter schweigend auf eine Antwort.

Bei allen Göttern! Wie kann er im Traum glauben, dass ich mich auf so etwas einlasse?

»Nein.«

Er beugt sich leicht über seinen Schreibtisch und kneift die Augen zusammen.

»Ohne deine Hilfe riskieren der Bruder deiner Freundin, Clarke und alle anderen, ins Gefängnis zu kommen.«

Ich stehe so abrupt auf, dass der Sessel hinter mir umkippt. Vor unbeherrschbarer Wut zittere ich am ganzen Körper.

»Das ist nicht mein Problem!«

Carter ist genauso erbärmlich wie Bill.

Und dabei hat er die Unverschämtheit, den Polizisten wegen seines Verhaltens herunterzumachen, obwohl er mich selbst ausnutzen will!

Ich habe ein Leben zu führen und ein Studium abzuschließen, und es kommt gar nicht in Frage, mir das nehmen zu lassen, weil man mich hinter Gitter steckt, wenn mein Verbrechen herauskommt!

Carter zuckt mit keiner Wimper und ergreift in einem angesichts der Situation viel zu gelassenen Tonfall wieder das Wort.

»Bist du dir sicher? Wenn Lola erfährt, dass du ihrem Bruder das Gefängnis ersparen könntest, dich aber geweigert hast, ist sie dir wahrscheinlich schrecklich böse.«

»Sie wird das verstehen!«, entgegne ich kategorisch.

»Ich habe auch nicht das Gegenteil behauptet. Aber wie

könnte sie weiter Umgang mit der Person pflegen, die untätig geblieben ist, obwohl sie ihrem Bruder hätte helfen können? Und wenn sich das Gerücht auf dem Campus verbreitet und alle dich hassen, beschimpfen und anspucken, weil du Anteil am Absturz ihrer Stars hattest, wie willst du dann weiter studieren?«

Siegesgewiss lächelnd lehnt Carter sich auf seinem Stuhl zurück, als hätte ich schon akzeptiert, ihm zu helfen, und allein dafür möchte ich ihn schon ohrfeigen.

»Niemand wird von deinem Vergehen erfahren, und selbst wenn, ich sorge seit Jahren dafür, dass meine Männer frei bleiben, und dabei haben sie viel mehr angestellt als eine jämmerliche Falschaussage. Du hast von der Polizei nichts zu befürchten, Avalone. Das schwöre ich dir.«

Alle möglichen und unmöglichen Szenarien ziehen vor meinem inneren Auge vorbei. Anstelle von Set und Lola sehe ich meine Mutter vor mir, und wie Lola trotz unserer Freundschaft nichts tut, um ihr zu helfen. Ich hätte Verständnis. Aber ein Teil von mir würde ihr das ewig verübeln. Wenn ein paar Studenten mich hassen würden, wäre mir das vollkommen schnurz. Andererseits, bei mehreren Zehntausenden wäre das schon etwas anderes. Dass Menschen grausam sein können, steht fest.

Wie soll ich weiterstudieren, wenn ich auf dem Campus Staatsfeind Nummer eins bin?

»Einverstanden.«

Ich sitze starr und hoch aufgerichtet da und sehe Carter fest in die Augen, aber in meinem Inneren sieht es ganz anders aus.

Durchmarsch bis zum Diplom? Schön wär's, ich musste mich ja unbedingt in Schwierigkeiten bringen!

Ein zufriedenes Lächeln breitet sich über sein Gesicht.

Carter ist der erste Mensch, den ich in dieser Stadt hasse. Dieser Gangchef, der bereit ist, für Geld das Leben seiner

Männer zu riskieren, und mich erpresst, um seine Ziele zu erreichen.

»Meine Leute werden in der Knolson Street sein, aber du wirst Bill erzählen, dass es der West Stadium Boulevard ist, hinter dem Pioneer-Woods-Park, heute Abend um neunzehn Uhr.«

Ich koche vor Wut; auf ihn, aber auch auf mich selbst, weil ich mich so leicht habe hereinlegen lassen. Trotzdem denke ich an Lola, die ihren Bruder liebt und sich jeden Tag um ihn ängstigt. Ich denke an die Devil's Sons, die unter der Fuchtel eines erstklassigen Mistkerls stehen. Und ich denke auch an mein Studium, das ich erfolgreich abschließen muss; das Einzige, was ich vor meinem Tod noch erreichen will.

»Danach kannst du mich vergessen.«

6. KAPITEL

Ich verlasse das Büro, ohne dem Besitzer des Anwesens einen Blick zu gönnen. Das Herz in meiner Brust pocht zum Zerspringen. Ich kann dieses Haus nicht mehr sehen und nicht mehr riechen. Ich will, dass man mich ein für alle Mal aus diesen Angelegenheiten herauslässt!

Mit großen Schritten gehe ich den Flur entlang, wobei meine Absätze über den Marmor klappern, und komme in der Eingangshalle heraus. Clarke unterbricht sein Gespräch mit Justin und dreht sich nervös zu mir um.

»Soll ich dich zum Polizeirevier fahren?«, bietet er mir an.

Ich breche in ein schrilles, abfälliges Lachen aus.

»Und ich habe dir geglaubt, als du das Unschuldslamm gespielt hast! Du hast ein Problem damit, dass ich dich beleidige? Damit du es nur weißt, es wird kein Tag vergehen, ohne dass ich dich wie den allergrößten Mistkerl behandle!«

Ich werfe ihm den hasserfülltesten Blick zu, den es gibt, recke Justin den Mittelfinger entgegen und marschiere wutentbrannt aus dem Haus.

Clarke folgt mir schweigend, und wir steigen auf sein Motorrad, ohne ein Wort zu wechseln. Es fällt mir schwer, die Arme um seinen Körper zu schlingen. Ich ertrage es nicht mehr, ihn zu sehen oder zu berühren.

Wir fahren los, und mir wird so schwer ums Herz, dass ich das Gefühl habe, geradewegs zum Schafott zu fahren. Ich kann nicht fassen, dass man von mir verlangt, eine falsche Zeugenaussage zu machen, und mich in ihre illegalen Geschäfte hineinzieht. Nie im Leben hätte ich gedacht, einmal so etwas zu tun, aber ich sitze in der Falle, und zum ersten Mal seit langer Zeit möchte ich am liebsten in den Armen meiner Mutter weinen.

Der Biker hält seine Maschine ein paar Straßen vom Polizeirevier entfernt an, um nicht zu riskieren, dass ich mit ihm gesehen werde. Ich steige von der Harley und gehe ohne ein Abschiedswort davon. Er hat mich offen zum Narren gehalten, und ich habe die Nase gestrichen voll. Ich hätte nach dem Unterricht auf keinen Fall mit ihm mitgehen dürfen.

Vor dem Gebäude angekommen, hole ich tief Luft, um mich zu beruhigen. Voll vorgeschützter Entschlossenheit, die Devil's Sons zu Fall zu bringen, trete ich ein. Und sollte mich eine Emotion verraten, wird der Inspektor das darauf schieben, dass ich mich vor ihrer Vergeltung fürchte.

Ich gehe zum Empfang und verlange, mit Bill zu sprechen, der nicht auf sich warten lässt und schnell auftaucht. Nachdem ich ihm erklärt habe, ich hätte Informationen, die ihn interessieren könnten, mustert er mich lange, winkt mir dann, ihm zu folgen, und geht im Laufschritt los.

Wir betreten einen Verhörraum, in dem nur ein Tisch und zwei Stühle stehen. Ich nehme gegenüber dem Polizisten Platz. Lange sagt er nichts und starrt mich stattdessen an. Ich beschließe, als Erste das Wort zu ergreifen, um so schnell wie möglich wieder von hier zu verschwinden.

»Ich weiß, wo die nächste Drogenübergabe der Devil's Sons stattfindet.«

Der Bulle gibt keine Antwort. Schweigen tritt ein. Er wartet auf das kleinste Zeichen, das mich verrät, aber ich lasse mir nichts anmerken. Ich bin draufgängerisch, mutig und kann gut lügen. Genau wie mein Vater, der laut meiner Mutter ein ziemlich harter Hund war.

»Wo haben Sie das her?«

»Von Carter selbst. Ich habe gehört, wie er es nach der Episode heute Morgen zu seinen Männern gesagt hat.«

Von Neuem tritt Schweigen ein. Bill greift nach seinem Telefon und hält es ans Ohr, ohne seinen misstrauischen Blick von mir zu nehmen.

»Cassie? Bringen Sie mir den Lügendetektor.«

Er legt auf, und mein Herz setzt einen Schlag aus. Eine Woge der Panik überrollt mich, als ich seine Worte verarbeite.

Lügen...detektor.

Ich blinzle, um zu überspielen, dass mir kalter Schweiß über den Rücken läuft. Ich stecke bis zum Hals in Schwierigkeiten und werde die Devil's Sons verpfeifen. Genauso verstehe ich das.

Mein Atem geht schneller, aber ich tue alles, um mir nichts anmerken zu lassen.

Bei Loki, das ist ein Albtraum!

Die Zeit vergeht grauenvoll langsam. Ich starre auf meine Hände, die kaum wahrnehmbar zittern. Dann versuche ich, mir einen Fluchtplan auszudenken, aber mir fällt keine Lösung ein, die mich aus dieser Klemme herausholen und die Devil's Sons retten könnte. Ich habe der Polizei gerade ein Verbrechen gestanden. Sie werden mich hier nie wieder hinauslassen, wenn ich ihre Fragen nicht beantworte ... Wenn ich schweige, werden sie mich als Komplizin betrachten, und außerdem kann ich dann nicht den Weg für die Lieferung der Gang freimachen ... Aber wenn ich rede, bin ich über jeden

Verdacht erhaben und brauche den Jungs nicht mitzuteilen, dass sie alles absagen müssen.

Besagte Cassie kommt herein und bringt eine beeindruckende technische Ausrüstung mit. Sie lächelt mir zu und stellt den Apparat dann vor mich hin. Sobald das Gerät betriebsbereit ist; das heißt, meine Herz- und Atemfrequenz, meine Körpertemperatur und mein Blutdruck über die mit der Maschine verbundenen Drähte gemessen werden, richtet Bill sich auf.

In meinem Kopf spielt sich jetzt alles in Zeitlupe ab. Ich blinzle mehrmals und versuche, meinen Atem zu kontrollieren. Die Stimme des Polizisten hallt in meinen Ohren unangenehm.

»Sehr gut. Fangen wir an. Stellen Sie sich vor.«

»Mein Name ist Avalone Lopez. Ich bin neunzehn Jahre alt und studiere Literaturwissenschaften an der University of Michigan.«

Er beobachtet den Bildschirm des Apparats und sieht dann wieder mich an. In diesem Moment würde ich am liebsten einen Herzanfall vortäuschen, um dieses Verhör zu stoppen. Ich kann nicht lügen. Mir bleibt nichts anderes übrig, als mich zu fügen.

»Kennen Sie die Devil's Sons?«

»Nicht persönlich, wie ich Ihnen schon sagte.«

Erneut sieht er auf den Bildschirm und wendet mir dann seine Aufmerksamkeit zu.

»Wissen Sie, wo die nächste Drogenübergabe der Gang der Devil's Sons stattfindet?«

Mein Herz krampft sich schmerzhaft zusammen, wieder bricht mir der kalte Schweiß aus, und ich unterdrücke einen leisen, verzweifelten Aufschrei.

»Ja.«

Er wirft einen Blick auf den Bildschirm und richtet sich, mit einem Mal interessiert, auf, als hätte er bis jetzt geglaubt, dass ich ihn angelogen hätte. Jetzt ist er sich sicher, dass ich nicht lüge. Ich bin dabei, der Polizei die Devil's Sons auf dem Silbertablett zu servieren. Wenn ich sie nicht warnen kann, werde ich mir das nie verzeihen.

»Wo wird das sein?«, verlangt Bill ungeduldig zu wissen.

Die Sekunden vergehen, und ich bin nicht in der Lage, eine Antwort zu geben.

Carters Plan wendet sich gegen ihn, und ich sitze dabei in der ersten Reihe. Ich bin dabei nur eine Schachfigur, und trotzdem überfällt mich das schlechte Gewissen. Ich mag diese Jungs nicht, aber das heißt nicht, dass ich sie hinter Gittern sehen will. Sind ihre Taten so niederträchtig, dass sie eine echte Gefahr darstellen? *Ich bin mir nicht ganz sicher.*

Das Gesicht des Polizisten verzerrt sich vor Hass, und er schlägt so heftig mit der Faust auf den Tisch, dass ich zusammenfahre.

»Wo das sein wird, habe ich gefragt!«

Ich hätte ihm »West Stadium Boulevard« antworten müssen, aber das ist nicht der Treffpunkt der Devil's Sons.

Ich schließe die Augen und halte die Luft an.

»Knolson Street.«

Ich schlucke die Tränen hinunter, die sich Bahn zu brechen drohen. Auf keinen Fall will ich die Hoffnung verlieren.

»Um wie viel Uhr?«

»Neunzehn Uhr.«

Der Polizist überprüft ein letztes Mal den Apparat und brüllt dann Cassie zu, das Einsatzteam zusammenzustellen. Entschlossenen Schritts geht er zur Tür und schlägt mit der flachen Hand dagegen.

»Wir kriegen diese Arschlöcher!«, schreit er.

Schließlich verschwindet er, aber seine Stimme ist immer noch zu hören.

»Nate, lass Lopez um neunzehn Uhr laufen, keine Sekunde eher! Sie darf auf keinen Fall telefonieren!«

Der Mann, von dem ich annehme, dass es sich um Nate

handelt, tritt ins Zimmer. Er versucht, ein paar banale Bemerkungen mit mir auszutauschen, auf die ich nicht reagiere, und zieht die Kabel an dem Apparat, um mich zu befreien. Dann verlangt er mein Smartphone, und ich bitte ihn um Erlaubnis, meine Mitbewohnerin anzurufen, um ihr mitzuteilen, dass ich aufgehalten worden bin. Er lehnt freundlich, aber kategorisch ab. Trotzdem bestehe ich darauf und erwähne meine Krankheit und die Notwendigkeit, meine Medikamente zu nehmen, aber er verspricht, sie mir in einer halben Stunde bringen zu lassen. Das Gefühl von drohendem Verhängnis stürzt mich in einen Zustand, in dem ich nicht ganz bei mir bin. Nate redet mit mir, aber ich höre ihn nicht. Er lächelt mir zu, doch ich nehme nicht einmal seine Gesichtszüge wahr.

Die Jungs laufen direkt in eine Falle, und ich kann sie nicht warnen. Niemals, nie und nimmer, wird mich dieses Schuldgefühl verlassen. Ich habe ihnen gerade die Freiheit genommen und sechs Männer für eine ordentliche Zeit ins Gefängnis geschickt. Ich habe sechs Familien eins ihrer Mitglieder entrissen und meiner Freundin ihren großen Bruder.

Meine düsteren Gedanken werden abrupt unterbrochen, als die Tür sich öffnet und Nate dasteht. Meine Uhr zeigt Punkt sieben. Mit einem Mal geht mir auf, dass es vielleicht noch nicht zu spät ist. Wahrscheinlich sind die Devils ja noch frei.

Der Beamte reicht mir endlich mein Handy.

»Sie dürfen gehen.«

Ich schnappe mir meine Tasche und renne aus dem Raum, wie ich noch nie gerannt bin. Vor dem Polizeirevier rufe ich Lola an und erreiche nur ihre Mailbox.

»Mist verdammter!«, schreie ich. »Ruf mich so schnell wie möglich zurück, Lola, es ist dringend!«

Hektisch winke ich ein Taxi heran und stürze mich hinein.

»Zur Universität bitte.«

Der Chauffeur nickt und fährt durch die Straßen der Stadt.

Ich klopfe mit dem Fuß auf den Boden; verlange, dass er schneller fährt, verschlinge nervös die Finger miteinander und rufe Lola noch ein gutes Dutzend Mal an. Ohne Ergebnis.
Wenn ich nur Carters oder Clarkes Nummer hätte!
Dann bete ich, die Nornen möchten den Devil's Sons einen Baum in den Weg fallen lassen und es ihnen so ersparen, geradewegs in eine Falle zu laufen.

Ungefähr zehn Minuten später springe ich aus dem Taxi und renne zu meinem Zimmer. Immer drei Stufen auf einmal laufe ich die Treppe hinauf und stehe kurz vor dem Zusammenbruch, und dann stecke ich die Schlüssel ins Schloss. Ich stoße die Tür auf und bete, Lola auf ihrem Bett zu sehen, doch auf meinem treffe ich jemand ganz anderen an.

Clarke liegt darauf, mit dem Arm hinter dem Kopf.

Meine Tasche fällt zu Boden, und ein Seufzer der Erleichterung entfährt mir. Doch meine Ruhepause ist von kurzer Dauer, und die Panik kehrt so schnell zurück, wie sie von mir gewichen ist. Die anderen werden bestimmt gerade festgenommen!

»Clarke, es hat ein Problem gegeben!«

Er zieht die Augenbrauen hoch, zuckt mit keiner Wimper und mustert mich gleichgültig.

»Sie haben mich an den Lügendetektor angeschlossen, ich musste die Wahrheit sagen! Sie wissen, wo eure Übergabe stattfindet, und sind schon unterwegs, um euch zu schnappen!«

Ich raufe mir die Haare. Der Bad Boy zeigt nicht die geringste Reaktion; er wirkt weiter wie aus Marmor gehauen.

»Hast du verstanden, was ich zu dir gesagt habe?«, schreie ich.

Keine Antwort.

Ich schnappe mir ein Kissen und will es ihm an den Kopf werfen, damit er reagiert, doch schließlich erstarre ich mitten in meiner Bewegung. Jetzt wird mir alles vollkommen klar. Meine Panik verfliegt und weicht einem Zorn, der aus mir herausbricht, ohne auf seine Bestätigung zu warten.

»Moment mal ... Sag mir nicht, dass ... Nein, das hättet ihr nicht gewagt ...«

Das Kissen fällt zu meinen Füßen nieder. Ich fahre zwei Schritte zurück und komme mir manipuliert vor. Verraten.

»Sag mir nicht, dass ihr wusstet, dass sie mich mit dem Lügendetektor verhören würden ... Sag mir nicht, dass ihr mich ausgenutzt habt! Ihr habt mir eine Adresse genannt, die ich für wahr gehalten habe, um Bill dorthin zu locken ... um anderswo freie Bahn zu haben, während ich geglaubt habe, ich hätte euch ins Gefängnis gebracht?«

Da ich mit keiner Reaktion mehr gerechnet habe, fahre ich verblüfft zurück, als er von meinem Bett aufspringt. Ein Schritt, und dann ragt er mit seiner ganzen Körpergröße über mir auf.

Ganz zu schweigen von seiner Breite ...

»Ja, wir haben dich ausgenutzt und manipuliert. Deshalb sind wir noch frei, und ich habe nicht vor, mich dafür zu entschuldigen, so viel ist sicher. Jetzt rede mal von was anderem!«

Sein verächtlicher, unfreundlicher Ton lässt mich jedes Maß verlieren. Meine Hand fliegt auf seine Wange zu, doch bevor sie auf seine Haut treffen kann, hält Clarke mein Handgelenk fest. Das Grün in seinen Augen ist verschwunden und hat nur eine Schwärze zurückgelassen, die das Licht verschluckt.

»Komm bloß nie wieder auf die Idee, mich ohne meine Erlaubnis anzufassen.«

Er verstärkt seinen Griff um mein Handgelenk; er ist so fest, dass er mir keine Möglichkeit zur Flucht lässt, aber nicht so sehr, dass er mir wehtun würde. Unsere Nähe und unsere gegenseitige Wut machen die Atmosphäre elektrisierend, erstickend, und nicht einmal sein Atem, den ich auf meinem Gesicht spüre, hilft mir, besser zu atmen.

»Carter veranstaltet morgen in seinem Haus eine Soiree. Du bist eingeladen und kannst eine Begleitung mitbringen.«
Ein nervöses Auflachen dringt über meine Lippen.
Jetzt erstaunt mich gar nichts mehr.
»Sag deinem Boss, er kann mich mal!«
Clarke lässt meinen Arm los und geht zur Tür.
»Das kannst du ihm selbst sagen, ich bin nicht deine verdammte Brieftaube.«
»Aber vielleicht ein braver kleiner Schoßhund?«
Clarke bleibt wie angewurzelt stehen. In mir schrillen alle Alarmglocken los, als er sich mit einem boshaften Lächeln langsam zu mir umdreht.
»Sinnlos, mich mit solchen Belanglosigkeiten abzugeben. Ob früher oder später, irgendwann wirst du weinen, bis du keine Tränen mehr hast, und ich werde mich daran weiden.«

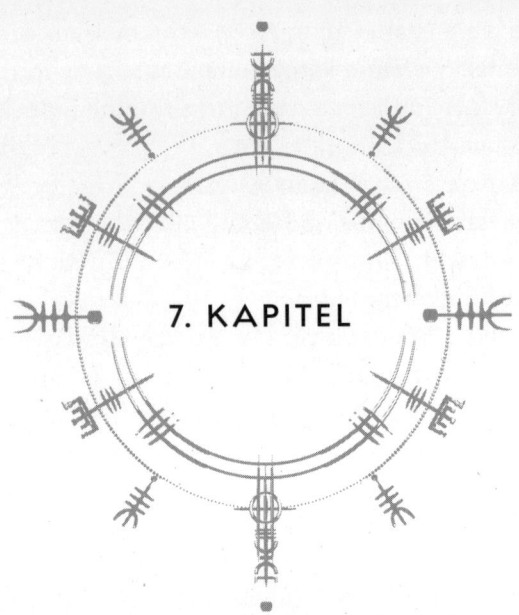

7. KAPITEL

Wie soll ich die Devil's Sons aus dem Kopf kriegen, wenn manche Studenten mit dem Finger auf mich zeigen und miteinander flüstern, wenn sie mir über den Weg laufen? Dafür kann ich mich bei Bill bedanken, der mich vor der ganzen Uni zusammen mit der Gang vorgeladen hat. *Was für ein Schwachkopf!*

»Hörst du mir überhaupt zu, Ava?«

Ich werfe Daniel einen tieftraurigen Blick zu.

»Ich war in Gedanken. Was sagtest du noch?«

Wir liegen auf der Wiese, und die Mittagssonne knallt wirklich stark herunter, aber sie tut mir gut. Ich bin schon gebräunt und riskiere keinen Sonnenbrand.

»Ich hatte dich gefragt, ob du heute Nachmittag Sport hast.«

»Ja, Jack und ich haben in einer Stunde Leichtathletik.«

»Super! Dann sind wir drei zusammen.«

Wenn man vom Teufel spricht ... Jackson kehrt mit Lola zurück, nachdem er sie suchen gegangen ist. Sie hat es wieder einmal nicht geschafft, uns zu finden, und wir lassen es uns nie entgehen, sie damit aufzuziehen.

Meine Freundin bleibt sich treu und verliert keine Zeit, um Daniel anzugraben, der dafür nicht empfänglicher sein könnte. Je länger ich die beiden diskutieren sehe, desto klarer wird mir, dass sie sich auf jeden Fall nahestehen. *Vielleicht ist er ja doch wie für sie geschaffen?* Wenn sie glücklich ist, bin ich es auch. Er ist zugewandt, neugierig, interessant und sehr komisch. Und immer zum Lachen aufgelegt.

»Übrigens, kommt ihr mit, wenn wir am späten Nachmittag an der Auswahl für die Footballmannschaft teilnehmen?«

Jackson und Daniel wollen in die Universitätsmannschaft, und so, wie sie sich selbst beweihräuchern, müssen sie ziemlich begabt sein.

»Klar«, willigt Lola ein. »Wir spielen die Groupies!«

Daniel zwinkert ihr zu und zieht sein Päckchen Zigaretten hervor. Als er sich eine anzündet, fahre ich reflexartig zurück. Rauchen ist mir streng verboten, ob aktiv oder passiv.

»Wenn ich aufgestellt werde«, erklärt Daniel, »werfe ich dieses Päckchen in der nächsten Sekunde weg.«

»Wenn du wegen des Sports aufhören kannst, wieso hörst du dann nicht für deine Gesundheit auf?«, verlangt Lola zu wissen.

»›Der ideale Mann raucht nicht, trinkt nicht, nimmt keine Drogen, beleidigt niemanden, ist nicht rassistisch, aber er existiert nicht.‹ Einer der wahrsten Sprüche, die ich je auf Twitter gefunden habe.«

Seine Antwort bringt uns zum Lachen, aber er kneift nachdenklich die Augen zusammen.

»Eigentlich hast du recht. Wenn ich für den Sport aufhören kann, dann auch für meine Gesundheit. Und da ich heute voll guten Willens bin, erkläre ich hiermit, dass diese Zigarette meine letzte ist.«

Unter unseren skeptischen Blicken steht er auf und tritt auf den Papierkorb zu. Dann dreht er sein Päckchen um, nimmt die Zigaretten in die Finger und zerbröselt sie. Schließlich wirft er auch die Schachtel weg und setzt sich wieder zu uns, ohne eine Miene zu verziehen.

Lola und ich starren ihn an, aber Jackson ist nicht überrascht.

Diesen Kerl kann man aber wirklich einfach überreden!

»Ich weiß, was ihr denkt. Ich bin die ideale Zielscheibe für Telefonverkäufer. Und ihr habt ja recht. Ich lasse mich jedes Mal breitschlagen!«

Wir schütten uns vor Lachen aus, aber es kommt noch schlimmer. Daniel gesteht uns, dass er ein Abo abgeschlossen hat, nachdem er eine halbe Stunde mit einem von ihnen telefoniert hat. Seitdem bekommt er jeden Monat Köder für Salzwasserfische zugeschickt. Erstens hasst er Angeln. Und zweitens liegt der nächste Ozean neun Autostunden entfernt.

Nachdem ich Baumwollshorts, ein Tanktop und meine Turnschuhe angezogen habe, verlasse ich die Frauenumkleide und trete auf den Sportplatz. Einige Studenten dehnen sich bereits, darunter Jackson und Daniel. Ich will mich schon zu ihnen gesellen, als die Dozentin mich anspricht.

»Avalone Lopez?«

Ich nicke und lege die letzten Meter zu ihr zurück.

»Dein Arzt hat mir dein Attest zugeschickt. Wie du weißt, erlaubt dir deine Herzinsuffizienz nicht, Sport zu treiben. Stattdessen rät dein Arzt dir, spazieren zu gehen und sanftes Krafttraining zu betreiben, unter der Bedingung, dass du nicht bis zur Erschöpfung gehst. Du darfst dich also zusammen mit den anderen aufwärmen, selbstverständlich ohne zu rennen. Dann lasse ich dich alternative Muskelübungen im Gehen durchführen. Du trainierst zusammen mit Emily. Sie erholt sich von einem Riss der Achillessehne.«

Sie zeigt auf das betreffende Mädchen, das mir zulächelt und sich schüchtern in meine Richtung in Bewegung setzt, als die Dozentin sich entfernt.

»Bist du Avalone?«, fragt sie mit vor Verlegenheit geröteten Wangen.

Diese Emily scheint die Sanftheit in Person zu sein. Ihr zierlicher Körper und ihre zarte Stimme wirken so zerbrechlich, dass man nur behutsam mit ihr umgehen kann. Bis auf Lola, die ein regelrechter Bulldozer ist. Ich glaube, sie würde sie erledigen.

»Ja. Emily, stimmt's?«

Sie nickt, wir lächeln einander zu und beginnen, uns aufzuwärmen.

»Wie hast du dich verletzt?«

»Ich habe mit meinem kleinen Bruder Fangen gespielt. Im letzten Moment habe ich einen Haken geschlagen, und meine Sehne hat sich verabschiedet. Ich bin operiert worden, und nach und nach fange ich wieder mit körperlicher Bewegung an. Und du? Was hindert dich am Trainieren?«

»Ich habe eine Herzschwäche.«

Ich sage nichts weiter, und sie stellt keine Fragen. Ihr liebevoller Blick ist eine Abwechslung von dem Mitleid, das einem unter solchen Umständen begegnet. Dafür bin ich ihr dankbar.

Nach zwanzig Minuten Aufwärmen kommen Daniel und Jackson zu mir getrabt.

»Kommst du nicht zum Laufen?«

»Nein, ich bin befreit.«

Auf ihren Gesichtern malt sich vollkommenes Unverständnis. Es stimmt, ich hatte ausreichend Gelegenheit, ihnen von meinem Gesundheitsproblem zu erzählen, aber ich habe es nicht getan. Noch gerade eben habe ich mich benommen, als würde ich zusammen mit ihnen auf der Bahn rennen.

»Warum das denn?«

»Jungs!«, schreit die Trainerin von der anderen Seite des Felds aus. »Laufen! Auf geht's!«

Rettung in letzter Minute, anders kann man es nicht sagen.

Meine Freunde mustern mich und zögern noch, fügen sich aber schließlich. Sie rennen davon und werfen mir dabei ein paar neugierige Blicke zu.

»Sie wissen nicht Bescheid?«, fragt Emily.

Ich verneine.

»Dann sind sie nicht deine Freunde?«

»Doch. Aber wenn Leute hören, dass man krank ist, verhalten sie sich anders, ohne es auch nur zu merken. Ich habe keine Lust auf Mitleid.«

Nach zwei Stunden sanften Krafttrainings habe ich gerade noch Zeit, mich umzuziehen, bevor ich mich mit Lola auf den Tribünen des Footballfelds treffe, um das Auswahlverfahren mitzuerleben.

Wir warten darauf, dass die Jungs einlaufen, und sind gespannt, wie sie sich schlagen.

Nach ein paar Minuten betreten die Teilnehmer des Auswahlverfahrens das Spielfeld. Sie tragen die Ausrüstung in den Farben unserer Uni-Mannschaft, der Michigan Wolverines. Der Trainer und der Mannschaftskapitän bilden die Nachhut.

Für ungefähr dreißig Jungs, die ihr Glück versuchen, gibt es nur drei Plätze. Ich hoffe, dass unsere beiden Freunde ausgewählt werden, obwohl die Chancen gering sind.

Nach dem Aufwärmen, bei dem der Coach und der Quarterback alle Spieler unter die Lupe nehmen, beginnen die Übungen: Laufen, Schnelligkeit, Tackle, Querpässe, Abfangen ... Wir schauen zu, wie die Jungs in der Sonne schwitzen und in alle Richtungen rennen.

»Vorwärts, Jackson!«, feuere ich ihn an.

»Na los, Daniel!«, kreischt Lola.

Wir nehmen unsere Aufgaben als Groupies sehr ernst.

»Hey, bist du nicht die, die der Cop zusammen mit den Devils aufgerufen hat?«

Lola und ich drehen uns zu einer jungen Frau um, die perfekt gestylt ist. Die zwei Freundinnen neben ihr können ihre Verachtung für mich nicht verbergen.

Ich gebe keine Antwort. Lola hatte mich ja gewarnt, die Mädchen könnten richtige Bitches werden, wenn sie Konkurrenz bei der Gang wittern. Was sie nicht begreifen, ist, dass ich keine Rivalin bin.

»Weil Clarke dich nach der Party nach Hause gefahren hat, stimmt's?«

Es ist ziemlich erschreckend, wegen einer einfachen Sache so bloßgestellt zu werden.

Da mir klar ist, dass sie mich nicht so einfach in Ruhe lassen werden, nicke ich müde.

»Ein Rat unter Freundinnen: Mach dir keine Illusionen. Du bist nur eine von vielen. Du bist für ihn nichts Besonderes.«

Nachdem ich kapiert habe, dass wir anscheinend immer noch auf dem Schulhof sind, lächle ich ihr so heuchlerisch zu, wie ich kann, und will etwas erwidern, aber Lola murmelt etwas.

»Deswegen ist sie ja auch zu Carters Privatparty eingeladen und du nicht ...«

Den dreien klappt die Kinnlade herunter, und meine Freundin wird sich zutiefst verlegen schnell ihres Fehlers bewusst. Falls ich gehofft hatte, die Gerüchte um mich und die Gang zu ersticken, ist damit jede Hoffnung darauf zerstoben. Aber ich bin ihr nicht böse. Sie hat sich nichts Schlimmes dabei gedacht, im Gegenteil.

Ohne sich mit einem Wort zu verabschieden, drehen die Mädchen uns den Rücken zu und verdrücken sich ziemlich schnell, wobei sie vor Neid zetern.

»Tut mir schrecklich leid, ich denke nie, bevor ich rede! Verzeih mir, verzeih mir, verzeih mir!«

Ihre besorgte Miene bringt mich zum Lachen. Ich streiche ihr beruhigend über den Arm und versichere ihr, dass ich ihr nicht böse bin. Sie stößt einen Seufzer der Erleichterung aus, und aus dem Augenwinkel sehe ich, wie sie ihren ganzen Mut zusammennimmt. Sie wird mir endlich die Frage stellen, die ihr seit gestern Abend auf den Lippen brennt.

»Bist du dir sicher, dass du nicht zu Carters Party gehen willst?«

Mit allem hätte ich gerechnet, nur nicht damit. Als ich ihr gestern von meinem Abend erzählt habe, war sie noch wütender auf die Gang als ich. Sie ist explodiert und hat ein reiches und vielfältiges Repertoire an Beleidigungen von sich gegeben. Ich dachte schon, sie beruhigt sich nie wieder.

»Warum sollte ich?«

»Tja, erst mal wegen der Party selbst. Die Partys von Carter sind legendär, viel cooler als die bei der Verbindung. Du weißt schon, schöne Kleider, Champagner aus kostbaren Gläsern ... ein wenig wie eine Benefizgala.«

Sie schweigt so lange, dass ich fast glaube, das wäre ihr einziges Argument, wenn sie nicht nervös ihre Finger kneten würde.

»Na ja, eigentlich möchte ich dich meinetwegen bitten, deine Entscheidung zu überdenken. Ich weiß, das ist egoistisch. Aber ich *will unbedingt* dorthin. Bevor mein Bruder in die Gang eingetreten ist, hatten wir ein enges Verhältnis. Heute distanziert er sich von mir, weil er mich von seinen illegalen Geschäften fernhalten will. Ich habe mich damit abgefunden, aber ich würde gern die Welt kennenlernen, in der er lebt; nur einen Abend lang, um mich zu vergewissern, dass es ihm gut geht.«

Schon die Vorstellung, auf diese Party zu gehen, macht mich krank. Trotzdem kann ich Lolas Sorgen nicht ignorieren. Genau wie sie bin ich für die Menschen, die ich liebe, zu allem bereit, und da ich die Einzige bin, die ihr diese Beruhigung verschaffen kann, bin ich ebenfalls bereit, mich ein paar Stunden mit Carter und seinen Handlangern zu umgeben.

»Champagnergläser gibt's dort, aber was Schickes zum Anziehen müssen wir schon irgendwie selbst auftreiben.«

Ungläubig sieht Lola zu mir auf. In der nächsten Sekunde läuft ihr eine einzelne Träne über die Wange – sie ist wirklich eine *Dramaqueen!* –, und sie springt mir buchstäblich auf den Schoß, um mich zu umarmen.

»Putzen, Wäsche, Hausaufgaben, sag mir, was du brauchst, und ich mache alles!«

»Oh, mach dir keine Gedanken. Ich warte ab, bis ich etwas viel Schlimmeres habe, damit du deine Schulden abzahlen kannst.«

Wir lachen herzhaft. Und nachdem sie sich aufrichtig bedankt hat, widmen wir uns für die letzten Minuten des Auswahlverfahrens wieder unserer Rolle als Groupies.

Durchgeschwitzt und außer Atem nehmen die Spieler auf den Pfiff des Trainers hin ihre Helme ab und versammeln sich um ihn.

»Ihr habt euch alle nicht schlecht geschlagen. Leider werden, wie ihr wisst, nur drei von euch übernommen. Wir haben nur Platz für die Besten.«

Lola und ich halten die Luft an und drücken die Daumen.

»Der erste Neuzugang in unserer Mannschaft ist Jackson Simons.«

Wir springen auf und schreien vor Freude.

Mit einer Miene, die verbissen und gleichzeitig freudestrahlend ist, checkt Jackson Daniel und zeigt dann auf uns mit einer Miene, die »ich hab's euch doch gleich gesagt« ausdrückt.

»Der zweite ist Tom Riley.«

Der Angesprochene stößt einen Siegesschrei aus und sorgt bei Lola und mir für eine wenig gönnerhafte Spannung. Jetzt ist nur noch ein Platz zu vergeben, und Daniel wird langsam unruhig.

»Der letzte Platz geht an Daniel West.«

Wir schreien noch doppelt so laut und hüpfen auf unseren Plätzen auf und ab, um den Siegern die Ehre zu erweisen.

»Den anderen danke ich dafür, dass sie gekommen sind. Versuchen Sie Ihr Glück nächstes Jahr noch einmal. Für die Neuen ist das Training verpflichtend, ebenso wie gute Noten im Studium, ansonsten verlieren Sie Ihren Platz. Die Saison startet bald. Das erste Training findet morgen um sieben statt. Verspätungen werden nicht toleriert, Faulpelze können wir auf dem Spielfeld nicht gebrauchen!«

Nach einigen weiteren Erklärungen verlassen der Coach und der Kapitän den Rasen und erlauben den Spielern, sich zu zerstreuen. Lola und ich gehen die Treppen zwischen den Rängen hinunter und treten dann auf das Spielfeld, um unseren Freunden um den Hals zu fallen. Wir teilen zwar ihre Leidenschaft für den Sport nicht, aber sie sind so glücklich, dass es uns das Herz wärmt.

Wir beglückwünschen sie und hören, wie sie auf dem Weg zu den Kabinen jubeln. Dann verabschieden wir uns und gehen schnell wieder auf unsere Zimmer, um uns auf die Party vorzubereiten.

Sobald wir unsere Duschsachen in der Hand haben, gehen wir zum Gemeinschaftsbad, wo wir plötzlich Emily gegenüberstehen.

»Oh! Lola, das ist Emily! Ich habe sie beim Sport kennengelernt, sie hat auch ein Attest.«

Lola, zuvorkommend und direkt wie immer, lächelt unserer neuen Bekannten zu und überschüttet sie dann mit Fragen. Emily wirft mir einen panischen Blick zu, aber ich ermuntere sie augenzwinkernd.

Erstaunt höre ich, dass sie wie Jack und ich im ersten Jahr Literaturwissenschaft studiert. Ihre Eltern wohnen in der Gegend, doch sie wollte lieber auf dem Campus leben, um näher an der Bibliothek zu sein und nicht pendeln zu müssen.

Lola schlägt ihr vor, heute mit uns zu Abend zu essen, aber

Emily wirft mir einen unsicheren Blick zu. Entweder will sie uns nicht lästig fallen, oder sie wagt es nicht abzulehnen.

»Wir würden sehr gern mit dir essen, aber wenn du etwas vorhast, verstehen wir das, mach dir keine Gedanken ...«, beruhige ich sie.

»Ich habe nichts vor. Ich ... ähm ... will euch bloß nicht stören.«

Lola legt ihr den Arm um die Schultern und zieht sie ins Bad, und ich folge den beiden auf dem Fuß.

»Ist gar nicht möglich, dass du uns störst, du kommst mir ziemlich cool vor, Em. Ich darf dich doch Em nennen? Ava und ich haben zwei Freunde, Jackson und Daniel. Zwei Mädchen, zwei Jungs, wenn du verstehst, worauf ich hinauswill. Wir sind zahlenmäßig gleich verteilt, und das ist ehrlich gesagt nicht gut! Wir brauchen dich, um unsere Reihen zu verstärken! *Girlpower* und all das Tralala!«

Ein zittriges Lächeln tritt auf Ems Lippen, und schließlich erklärt sie sich einverstanden, mit uns zu essen. Trotzdem wirkt sie erleichtert, als Lola, die aufgeregt wegen des Abends ist, der uns erwartet, in einer Duschkabine verschwindet. Meine Begeisterung ist eher vorgetäuscht, aber ich will ihr kein schlechtes Gewissen einreden. Meine Mitbewohnerin hat mich zwar neugierig gemacht, aber ich habe keine Ahnung, was uns heute Abend passieren könnte, und fürchte jetzt schon das Schlimmste.

Früher oder später, irgendwann wirst du weinen, bis du keine Tränen mehr hast, und ich werde mich daran weiden.

Zurück in unserem Zimmer betrachte ich mein Spiegelbild. Ich habe dieses kurze Kleid an, das ich noch nie zu tragen gewagt habe. Es ist sinnlich und aufregend zugleich. Zum Niederknien. Es brauchte einen besonderen Anlass, um es auszuführen. Dieser Abend ist der richtige. In diesem Kleid aus türkisfarbenem Satin fühle ich mich einfach schön.

Die schmalen Satinbänder, die Lola mir geschnürt hat, kreuzen sich über meinem nackten Rücken und bieten einen ungehinderten Einblick bis zur Rundung meiner Hüften. An den Füßen trage ich meine hohen Pumps in derselben Farbe, und meine Beine haben noch nie so lang gewirkt.

»Du siehst wundervoll aus«, flüstert Lola mir zu. »Du wirst ihn verrückt machen.«

Ihre letzten Worte bleiben in der Luft hängen. Ich blicke zu ihrem Spiegelbild auf und sehe ihr verschmitztes Lächeln.

Von wem redet sie bloß ...? Ach, bei Odins Auge!

»Lola Collins! Spar's dir, ja? Ich kann den Typen nicht ausstehen!«

»Das hindert dich aber nicht, ihn umwerfend schön zu finden!«

»Sie sind *alle* umwerfend schön!«, erkläre ich zu meiner Verteidigung.

»Aber Clarke hat dazu noch dieses gewisse Etwas. Und streite das nicht ab!«

Ich drehe ihr den Rücken zu und krame wütend in meinen persönlichen Sachen, die ich in meinem senfgelben Täschchen habe.

Das gewisse Etwas? Allerdings, Clarke ist schlimmer als die anderen. Er lügt und manipuliert, er ist gewalttätig und unsympathisch, und ich verzichte!

Ich gehe zur Tür und reiße sie weit auf, um meine Mitbewohnerin mit einem finsteren Blick zum Hinausgehen aufzufordern.

Sie trägt ein weißes Kleid mit feinen, zarten Trägern – das im starken Kontrast zu ihrer Persönlichkeit steht – und wirkt strahlend.

Sie wackelt vielsagend mit den Augenbrauen und überholt mich. Um mich zu rächen, schlage ich ihr aufs Hinterteil. Sie bricht in Gelächter aus, was mich wenigstens entspannt.

Wir verlassen das Wohnheim, um uns im Restaurant an der Ecke mit Jackson und Emily zu treffen. Wider Erwarten ist Letztere wirklich gekommen und lauscht Jack aufmerksam. Als wir zu ihnen treten, sind sie von unserem Anblick sichtlich überrascht.

»Bei Odin, Mädels! Ihr seht unglaublich aus!«

»Wunderschön«, haucht Emily.

Ich danke den beiden, und Lola macht einen Knicks. Wir setzen uns, und ein Kellner kommt, um unsere Bestellung aufzunehmen. Sobald unsere Getränke da sind, geht Jackson zum Angriff über.

»Wieso bist du vom Sport befreit?«

Meine Freundinnen werfen mir mitfühlende Blicke zu, und eine etwas verlegene Atmosphäre macht sich breit. Von meiner Krankheit zu reden, ist ein Stimmungskiller, aber jetzt kann ich mich nicht länger drücken.

»Ich habe eine Herzschwäche.«

Und da ist es schon – das Mitleid in seinem Gesicht.

»Avalone ... ich weiß nicht, was ich sagen soll, es ... es tut mir leid.«

»Braucht es nicht, ich lebe ausgezeichnet damit.«

Ich lächle ihm zu, um ihm zu versichern, dass alles gut ist, doch eine seltsame Stimmung hat sich eingeschlichen. Die Sekunden vergehen furchterregend langsam. Die Götter seien gelobt; dank Lola wird bald wieder gelacht, und die Atmosphäre hellt sich auf.

»Übrigens«, beginnt Jackson aufgeregt. »Meine Freundin fängt erst in zwei Wochen an der Uni an. Sie kommt mich in ein paar Tagen besuchen, und ihr werdet sie lieben!«

Es ist rührend, wie seine Augen leuchten, wenn er von ihr spricht. Diese Aurora muss eine tolle Frau sein. Sie macht ihn glücklich und zu einem guten Menschen. Das behauptet jedenfalls er, obwohl es mir schwerfällt, mir eine schlechte Version von ihm vorzustellen.

»Und du, Em, hast du einen Freund?«, will Lola von ihr wissen.

»Nein, ich ... ich will mich auf mein Studium konzentrieren.« Das Blut steigt ihr in die Wangen und macht sie noch reizender, als sie ohnehin schon ist.

»Kommt mir bekannt vor«, meint Lola bedeutungsvoll und mit einem Lächeln, das der Grinsekatze würdig ist.

Ich verdrehe die Augen zum Himmel.

»Was? Du auch, Ava?«, fragt Jackson erstaunt.

»Das Studium steht für mich an erster Stelle. Später habe ich alle Zeit der Welt, mich zu verlieben«, erkläre ich. Eine Lüge.

Angesichts des Umstands, dass ich jung sterben werde, fällt es schwer, meine Entscheidung zu verstehen. Warum Jahre mit einem Studium vergeuden, statt das Leben zu genießen? Die Antwort ist einfach: Die Krankheit hat meinem Alltag die Normalität genommen, daher will ich einfach leben, ohne daran zu denken, wie wenig Zeit mir bleibt. Ich will ein Ziel haben, etwas, auf das ich hinarbeite. Etwas, was ich erreichen kann, bevor ich den Löffel abgebe.

»Ich werde euch nie verstehen!«, ruft Lola aus und lässt sich gegen ihre Stuhllehne sinken. »Das ist doch das Wichtigste.« Ich habe das Gefühl, einen älteren Herrn zu hören, der davon redet, wie bedeutsam eine gute Verdauung ist!

Wir schütten uns vor Lachen aus, auch Emily, obwohl sie zurückhaltender bleibt. Kein Zweifel, sie ist viel besser erzogen als wir anderen drei. Oder es liegt an ihrer Schüchternheit und der Angst davor, Aufmerksamkeit zu erregen.

Als ihr bewusst wird, dass wir alle Blicke auf uns ziehen, wird sie knallrot und zieht den Kopf zwischen die Schultern. Ich versuche, sie mit einem Lächeln aufzumuntern, doch als sie wirkt, als stehe sie kurz vor einer Ohnmacht, versetze ich meinen beiden Freunden unter dem Tisch einen Tritt, und sie verstummen sofort.

Ich beuge mich zu ihr hinüber.

»An dem Sprichwort ›Wenn Blicke töten könnten‹ ist übrigens nichts dran«, flüstere ich ihr ins Ohr. »Lass sie alle nur glotzen und leb einfach dein Leben.«

Ihre Augen leuchten auf, und dann reckt sie kaum wahrnehmbar das Kinn, entspannt die Schultern und nickt dankbar.

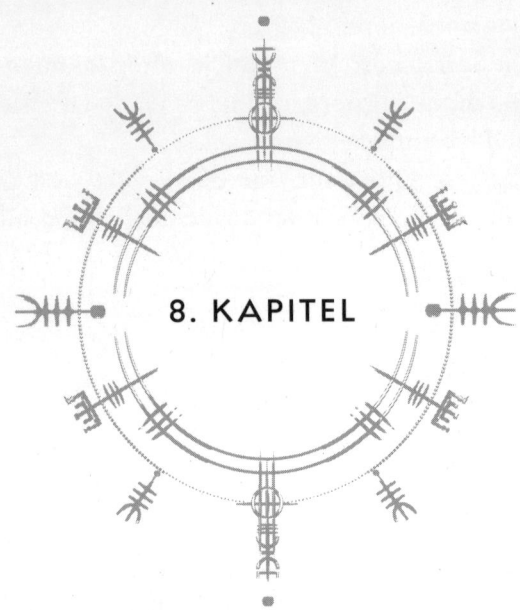

8. KAPITEL

Den Göttern sei Dank habe ich ein sehr gutes Gedächtnis und erinnere mich an den Weg zu Carter. Das hat es uns erspart, den Jungs eine Nachricht zu schicken. Ich habe Clarke erklärt, dass ich nicht komme. Und jetzt will ich ihm nicht die Genugtuung gönnen, nach der Adresse zu fragen.

Wortlos geht Lola die große Allee entlang, nachdem sie neben Autos und Motorrädern geparkt hat, die bereits dort stehen.

Sobald wir aus dem SUV gestiegen waren, haben die Marmorfiguren von Odin und Sleipnir meiner beeindruckten Mitbewohnerin einen bewundernden Pfiff entlockt.

»Wenn er dich noch mal seine Kastanien aus dem Feuer holen lässt, klauen wir ihm seine Statue.«

Ich ziehe eine Augenbraue hoch, und ein Lächeln tritt auf ihre Lippen, als sie den Blick von unserem Gott abwendet.

»Nur ein Scherz. Ich bin zu jung zum Sterben.«

Ich stoße ein freudloses Lachen aus und frage mich, ob Carter in der Lage wäre, uns umzubringen, wenn wir ihm seinen Springbrunnen stehlen. Lola ist wahrscheinlich durch ihre Verwandtschaft mit Set geschützt, aber ich nicht. Und auf rohen Eiern zu gehen, ist, ehrlich gesagt, nicht meine Lieblingsbeschäftigung.

Schweigend gehen wir weiter. Meine Freundin dreht sich überwältigt um ihre Achse, um unsere Umgebung in Augenschein zu nehmen. Vor der Eingangstür klingelt sie nicht, sondern dreht sich mit tiefernster Miene zu mir um.

»Avalone Lopez, wir sind hier, um uns zu amüsieren, aber ich kenne ja deinen miesen Charakter. Wirf niemandem vernichtende Blicke zu, hör auf, die Stirn zu runzeln, weil du sonst Falten kriegst, und lächle!«

Angesichts der Befehle dieser kleinen Tyrannin ist klar, dass ich nicht wage, etwas anderes als eine amüsierte Miene zu zeigen. Innerlich danke ich Lola dafür, dass sie mich so nimmt, wie ich bin. Für sie gehören die harten orangefarbenen Reflexe in meinen Augen bloß zu meinem finsteren Blick. Immerhin besser als das böse Omen, das die Heiden bei mir sehen.

Zufrieden klingelt sie und tritt vor Ungeduld von einem Fuß auf den anderen, während mir die Kehle wie zugeschnürt ist. Die Tür wird geöffnet, und eine nicht mehr ganz junge Frau steht da, die zum Personal zu gehören scheint. Sie empfängt uns mit einem strahlenden Lächeln und tritt dann beiseite, um uns eintreten zu lassen.

Dass ich wieder hier bin, drückt mir so brutal aufs Gemüt, dass ich meine Manieren vergesse. Ich bin unfähig, diese Frau zu begrüßen, doch sie scheint sich nichts daraus zu machen.

Die Sekunden vergehen, und Lola versetzt mir einen Rippenstoß, damit ich reagiere. Sie hat mich zwar hergeschleppt, aber nicht genug Mut, um den ersten Schritt zu tun. Sie scheint in dem verdrossenen Blick, den ich ihr zuwerfe, meine Gedanken zu lesen, denn sie streckt mir die Zunge heraus. Ich kneife sie dafür in die Rippen, und dann trete ich mit gelockerten Schultern und hoch erhobenen Kopfes in die riesige Halle.

Ich darf nicht wie ein Opfer wirken.

Durch den Türbogen in der Wand erhaschen wir einen Blick auf die Party im Salon. Fast siebzig Gäste haben sich schwer in Schale geworfen. Die makellos weißen Hemden der Männer stehen im Gegensatz zu ihren Tattoos und ihrer Böse-Jungs-Ausstrahlung, und einige der anwesenden Frauen tragen Abendkleider. Trotzdem scheint ein großer Teil sich in diesem luxuriösen Ambiente nicht am richtigen Platz zu fühlen: verkrampfte Schultern, gezwungenes Lächeln, rote Flecken im Gesicht … In einer Ecke des Salons spielen sechs Musiker klassische Stücke, und Bedienstete reichen Tabletts mit Champagnergläsern und raffinierten Häppchen unter den Gästen herum.

»Bei Odins Bart …«, flüstert Lola.

Reagiert sie auf diese ganze Pracht, oder liegt es daran, dass sich alle Blick auf uns richten?

Ich stehe nicht besonders gern im Rampenlicht, doch dieses Unbehagen weicht schnell einem anderen, als ich Clarke bemerke. Die unangenehme Überraschung, mich hier zu sehen, lässt ihn die Stirn runzeln und mit den Zähnen knirschen.

Mach dir keine Gedanken, Sonnyboy. Ich habe auch keine Lust, hier zu sein.

Gegen alle Erwartung lässt er den Blick über meinen Körper schweifen, und ich erlaube mir das Gleiche bei ihm. Ich bin erstaunt, ihn in gerade geschnittenen dunkelgrauen Hosen zu sehen. Ein weißes, eng anliegendes T-Shirt betont seine mächtigen Muskeln, die sich bei jeder seiner Bewegungen wölben. Nach der Lederjacke und den dunklen Sachen ist das eine Abwechslung, obwohl sie ihn zugegebenerweise unglaublich sexy wirken lassen. Ganz zu schweigen von seinem zerzausten schwarzen Haar …

»Avalone!«, ruft Carter aus.

Mit ausgebreiteten Armen und einem strahlenden Lächeln kommt der Chef der Devil's Sons quer durch den Raum auf uns zu.

Ich erinnere mich wieder an die Worte meiner Freundin – *vergiss nicht zu lächeln* –, aber ich kann nicht. Ich betrachte Carter mit der ganzen Geringschätzung, die ich für ihn empfinde.

»Ich dachte nicht, dass du kommen würdest«, erklärt er triumphierend.

»Nur Idioten können ihre Meinung nicht ändern, oder?«

Lola unterdrückt einen erschrockenen Aufschrei, während Tucker vergnügt neben seinem Boss Stellung bezieht.

»Ich liebe dieses Mädchen. Sie hat Mumm!«

Ich lasse mich nicht von Carter ablenken, der in einer Mischung aus Bewunderung und Gereiztheit gezwungen lächelt.

Die anderen Devil's Sons – Clarke ausgenommen – kommen mit dem Selbstbewusstsein von Menschen, die über ihr eigenes Revier herrschen, auf uns zu.

»Allerdings, das ist eine gute Eigenschaft«, gibt Carter zurück und sieht mich immer noch an. »Hoffen wir nur, dass Odin ihr nicht die Zunge abschneidet, um sie Besonnenheit zu lehren.«

»Wenn Odin mir für meine Worte die Zunge abschneiden würde, möchte ich mir lieber nicht vorstellen, was Tyr[13] Ihnen um der Gerechtigkeit willen abtrennen würde.«

Hinter Carter starren mich die Devil's Sons wie vom Donner gerührt an. Lola hatte ihren Bruder sichtlich nicht vorgewarnt, dass ich den gleichen Glauben habe wie sie.

Überraschung!

Carter mustert mich. Eine heftige Emotion, die ich nicht deuten kann, glitzert in seinen Augen.

---

13 In der nordischen Mythologie ist Tyr ein Kriegergott und der Gott des Himmels, aber auch der Gerechtigkeit.

»Das hätte ich mir denken können. Nur eine Heidin besitzt so viel Wagemut, ohne die Gegenreaktion zu fürchten.«

»Mein Glaube macht mich nicht zu der Person, die ich bin.«

»Aber es würde mich nicht erstaunen, Thors Blut in deinen Adern brodeln zu sehen. Bitte, kommt doch herein und seid willkommen.«

Mit diesen Worten dreht er sich auf dem Absatz um und verschwindet zwischen seinen Gästen.

Mir ist noch ganz heiß von dieser Begegnung. Zusammen mit Lola und Tucker, der für die Party ebenfalls seine Lederjacke im Schrank gelassen hat, trete ich in den Salon.

»Also, was war der Grund, eure Meinung zu ändern?«

»Kostenloser Alkohol, so viel man will«, gibt Lola zurück.

Tucker lacht, und Set, Jesse, Sean und Justin schließen sich uns strahlend an und wirken froh, uns zu sehen. Aber ich empfinde das nicht so. Sie haben mich alle ausgenutzt, und das vergesse ich nicht.

»Ernsthaft, Ava, du hättest jeden mitbringen können, aber du hast dich für mein Schwesterlein entschieden?«, mault Set.

Ich wusste nicht, dass du mich schon mit meinem Spitznamen anredest.

»Halt die Klappe, Brüderchen, deine Lederjacke macht dich auch nicht cooler!«

»Stimmt«, schaltet sich Justin ein, »die Jacke ist nicht alles. Du bist cool, dein Bruder ist cool, aber ... er hat *die* Jacke. Ein verdammt wichtiger Pluspunkt und nicht verhandelbar.«

Die Devils stimmen lachend zu, und Lola zieht eine betrübte Miene.

»Ganz unrecht hat er nicht«, flüstert sie mir zu.

»Wenn die Jacke ein Synonym für Manipulation ist, dann ist man ohne sie besser dran, glaub mir!«, gebe ich genauso leise zurück.

Mein Groll verblüfft sie. Sie sieht zu mir auf, und sofort ist ihre gute Laune verflogen. Und alles, weil ich mal wieder die Spielverderberin gegeben habe. Wenn ich missgelaunt sein wollte, wäre ich besser auf dem Campus geblieben. Ich bin ihretwegen gekommen, und ich will nicht, dass sie ein schlechtes Gewissen hat. Und außerdem, wenn ich schon hier bin, kann ich mich ebenso gut ein wenig amüsieren.

»Ihr habt die Jacken aber nicht an, meine Herren. Können wir daraus schließen, dass wir für heute Abend alle auf der gleichen Stufe stehen?«

Ich zwinkere Lola zu, die sofort ihr wunderbares Lächeln wiederfindet.

»Unsere Jacken sind nicht hier, aber unser Ruf klebt an uns«, erwidert Clarke mir herausfordernd.

Oh, der Herr lässt sich endlich herab, sich zu uns zu gesellen ...

In seiner Gegenwart sträuben sich mir die Haare, und sofort sind meine guten Vorsätze dahin. Ich kann nicht nett zu jemandem sein, der so ... *Clarke* ist.

»Von eurem Ruf habe ich keine Ahnung, weil ich neu in der Stadt bin. Aber was ich bisher von euch gesehen habe, macht mir nicht gerade Lust, Umgang mit den legendären Devil's Sons von Ann Arbor zu pflegen.«

Zur Antwort auf meine Provokation blitzt Zorn in seinen Augen auf, als wäre er sich bewusst, im Unrecht zu sein.

»Trotzdem bist du hier«, sagt er mit tiefer Stimme.

Ich kämpfe gegen den betörenden Blick seiner smaragdgrünen Augen an und antworte ihm mit – wie ich hoffe – fester Stimme.

»Glaub mir, ich bin nicht euretwegen gekommen!«

Als seine Züge sich verhärten, bereut ein winziger Teil von mir, nicht die Waffen gestreckt zu haben. Ich bin es müde zu kämpfen und Angst vor den Folgen zu haben.

In einem Versuch, die Stimmung aufzulockern, legt Tucker mir mit einem dümmlichen Lächeln seine Pranke auf die Schulter.

»Du wirst schon noch Gelegenheit haben, dir deine eigene

Meinung zu bilden. Wir sind harte Kerle, aber nicht böse. Jedenfalls nicht wirklich.«

Stimmt schon, wenn ich ihnen an der Uni begegne, wirken sie bedrohlich, gefährlich und unbesiegbar, aber sie brauchen nur zu lächeln, um wie große Teddybären herüberzukommen.

»Wer sind diese Leute?«, fragt Lola und macht eine ausschweifende Geste durch den Raum.

»Verbündete. Mitglieder anderer Gangs, die auf unserer Seite stehen.«

»Und warum hat Carter darauf bestanden, dass wir an diesem Abend unter Bündnispartnern teilnehmen?«, frage ich verunsichert.

Meine Frage und meine plötzliche Nervosität scheinen eine merkwürdige Wirkung auf die Devil's Sons zu haben. Sie haben keine Antwort, aber sie teilen meinen Eindruck, dass hier etwas Merkwürdiges vor sich geht. Und alles weist darauf hin, dass es ihnen nicht passt, dabei außen vorgelassen zu sein.

Der Klang von Besteck gegen ein Champagnerglas lenkt unsere Aufmerksamkeit auf Carter. Er braucht nicht zweimal zu bitten: Die Musik verstummt, die Gespräche ebenfalls, und alle wenden sich geduldig dem Besitzer des Anwesens zu.

»Nachdem unsere beiden letzten Gäste endlich eingetroffen sind, kann ich Ihnen mitteilen, dass die Damen unter meinem Schutz stehen.«

Carter zeigt in unsere Richtung, und alle schauen zu Lola und mir.

Ich bin wie gelähmt vor Furcht und spüre, wie sich mit einem Mal ein bleiernes Gewicht auf uns legt.

Dieser Mistkerl hat doch Hintergedanken ...

»Avalone Lopez und Lola Collins waren uns in einer Sache behilflich und werden wieder an unseren Aktivitäten teilnehmen. Wenn ihnen auch nur das Geringste widerfährt, gilt die

Waffenruhe als gebrochen, und es werden Köpfe rollen. So, nachdem ich die Drohung ausgesprochen haben, dürfen Sie sich weiter der Party und dem Champagner widmen!«

Das Herz schlägt mir heftig in der Brust. Ich sehe zu, wie die Festivitäten ohne weitere Umschweife weitergehen.

Mein Zorn vernebelt meine Umgebung, und ich sehe nur noch Carter. Das süffisante Lächeln, mit dem er auf uns zukommt, macht mir Lust, ihm seine Worte zurück in den Hals zu stopfen, wäre er nicht der Chef einer Gang und hätte ich nicht solch einen Abscheu vor Gewalt.

»*Wieder* an Ihren Aktivitäten teilnehmen?«, stoße ich wutentbrannt hervor. »Hatten Sie in der Nacht eine Eingebung von der Jungfrau Maria?«

»Keine Eingebung, Avalone.«

Meine Hände zittern vor Zorn, und ich tue einen Schritt auf ihn zu.

»Ich werde nie wieder etwas für Sie tun. Ich dachte, ich hätte mich deutlich ausgedrückt!«

»Das würde mich erstaunen. Du hast eine Aussage gemacht, die zu nichts geführt hat, und wirst mich brauchen, um dir Leute vom Hals zu halten, die in einer weit höheren Position sind als Bill.«

Bei allen Göttern, er hat das alles von Anfang an geplant!

Je angestrengter ich nach einem Ausweg suche, umso mehr gerate ich aus der Fassung. Und dabei bin ich wahrscheinlich jetzt schon leichenblass. Zurück zum Start. Wenn ich mich weigere, Carter zu helfen, wird die Polizei bei mir herumschnüffeln. Und wenn ich mit der Polizei rede, reite ich Lolas Bruder und die Devil's Sons mit hinein, und ich kann mich von meinem Diplom verabschieden.

»Nach dem, was ich für Sie getan habe, haben Sie kein Recht, mich zu erpressen!«, stoße ich hervor.

»Du wirst sehr schnell lernen, dass ich in dieser Stadt alle Rechte habe, Tochter der Yggdrasil.«

Der Chef der Devil's Sons macht eine Kehrtwende und entfernt sich, während sich Lola an meinen Arm klammert wie an einen Rettungsanker. Äußerlich bin ich ruhig, aber in meinem Kopf ziehen ein Dutzend Szenarien vorbei, eines schrecklicher als das andere.

Was wird er von uns verlangen? Drogen transportieren? Waffen stehlen? Jemanden umbringen?

»Wir sitzen in der Klemme, oder?«, flüstert Lola mir mit angsterfüllter Stimme zu.

Wir hätten nie herkommen sollen, jetzt sitzen wir in der Falle. Eigentlich nur ich. Denn Carter hat weder das Bedürfnis noch den Wunsch, Lola an seiner Seite zu haben. Das Ganze dient nur dazu, mich unter Druck zu setzen. Er wartet darauf, dass ich ihn bitte, mich zum Austausch für meine Kooperation aus alldem herauszulassen, warum hätte er sonst so lange gebraucht, um mich in sein Netz zu ziehen?

Flüche holen mich in die Realität zurück. Set und Clarke folgen ihrem Boss auf dem Fuß und wirken beide aufrichtig verärgert.

»Verdammt! Tut uns leid ...«, entschuldigt sich Sean vollkommen überfordert.

Lola, die kurz davorsteht, in Tränen auszubrechen, wendet sich ihm zu.

»Was machen wir jetzt?«

Er seufzt, und mein Zorn wächst. Ich hasse es, sie so in Bedrängnis zu sehen. Und dabei wollte sie sich nur vergewissern, dass es ihrem Bruder gut geht, und jetzt ist sie in ein unsägliches Schlamassel hineingezogen worden. Die Ungerechtigkeit der Situation ekelt mich an.

»Die Jungs versuchen gerade, ihn zu überreden, seine Meinung zu ändern. Mehr können wir nicht tun.«

Ich beobachte Set und Clarke, die sich ihrem Boss nervös widersetzen, aber nach dessen abweisender Miene zu urteilen, hält er nichts davon, wenn seine Männer seine Entscheidungen infrage stellen.

»Wie stehen die Chancen, dass er seine Meinung ändert?«, frage ich.

»Praktisch gleich null«, gesteht Set schicksalsergeben.

Ohne lange zu überlegen, lasse ich Lola stehen und gehe zu Carter, Clarke und Set. Mir bleibt nichts anders übrig, und ich weiß, was ich zu tun habe. Wenn ich das richtig einschätze und meine Freundin aus alldem heraushalten kann, werde ich nicht zögern. Ich werde nicht zulassen, dass ihre Flamme erlischt, obwohl meine eigene schon seit meiner Geburt gefährlich flackert. Mein Leben ist praktisch zu Ende, aber ihres steckt noch voller Verheißungen.

»Deine Entscheidung ist großer Mist, Alter! Bist du dir sicher, dass dein Kopf noch auf den Schultern sitzt?«, fragt der Stellvertreter des Chefs entnervt.

»Vergiss nicht, mit wem du redest, Clarke. Party oder nicht, wenn du mich zum Äußersten treibst, knalle ich dich ab!«

Als ich die drei erreiche, schiebe ich mich zwischen Clarke und Set, um dem Fünfzigjährigen entgegenzutreten.

»Lola interessiert Sie doch gar nicht. Sie erwarten von mir, dass ich Sie anflehe, sie mit alldem in Ruhe zu lassen, als Gegenleistung für meine Zusammenarbeit, habe ich recht?«

Carters Blick leuchtet beeindruckt auf.

»Das siehst du ganz richtig. Sie hat nicht dieses heidnische Glitzern in den Augen wie du.«

Ich ignoriere seine lächerliche Bemerkung.

»Sie hält sich von Ihnen fern, und ich bin dafür bereit, Ihnen zu helfen, bis die Polizei kein Problem mehr für mich darstellt. Wenn Sie mein Angebot ablehnen, setze ich mich allein mit der Justiz auseinander, und Sie können sich abschminken, je etwas von mir zu kriegen.«

Als er einen Schritt auf mich zutut, fühlt es sich an, als würden die Wände auf mich zu rücken. Seine herrische

Ausstrahlung wirkt wie eine übernatürliche Kraft, die auf einen herunterknallt und einen unterwirft. Der Eindruck, auch nur einen Hauch Kontrolle über die Situation zu haben, ist nichts als ein Trugschluss. Man folgt nur dem Weg, den Carter einem vorgezeichnet hat.

»Verstanden.«

Als er sich entfernt, überfällt mich die Verzweiflung.

Mögen die Nornen mein Gebet erhören und dafür sorgen, dass Carter vom Bus überfahren wird. Aber dazu ist er viel zu clever. Er ist viel zu intelligent für mich. Ich bin ihm ins Netz gegangen wie ein naives kleines Mädchen.

Zwei Hände legen sich auf meine Schultern. Ich drehe mich um und stehe Set gegenüber. Seine Miene ist tiefernst.

»Du brauchst das nicht zu tun.«

Ich versinke in meinen Gedanken, die sich um die neuesten Ereignisse drehen. Ich war diejenige, die Bill mit Clarke erwischt hat, und die Art, wie ich dem Polizisten eine Abfuhr erteilt habe, hat den Gangchef angelockt. Das war der Auslöser für alles. Ich kann nicht mehr zurück, aber ich kann einen Kollateralschaden verhindern.

»Doch. Natürlich.«

Set runzelt die Stirn und kann meine Beweggründe nicht verstehen. Dann fährt er sich nervös durchs Haar; verdattert, verlegen, erleichtert und vor allem dankbar.

»Verdammt ... dafür hast du was gut bei mir, Avalone. Dir wird nie etwas zustoßen, das schwöre ich bei Draupnir[14]!«

Weder sein Versprechen noch seine Worte erreichen mich. Die Wendung, die mein Leben gerade genommen hat, stellt meine Welt auf den Kopf. Ich befinde mich in einem Trancezustand, in dem nur mein Herzschlag in meinen Ohren widerhallt.

---

14 Draupnir ist Odins Ring, geschmiedet von zwei Zwergenbrüdern. Er ist eine Quelle unendlichen Reichtums: Alle neun Nächte bringt er acht neue Ringe hervor.

Set geht zu seiner Schwester und zur Gang, um ihnen von den neuesten Entwicklungen zu berichten. Ich stehe allein vor Clarke, der die Fäuste so fest geballt hat, dass sie zittern.

»Das hättest du nie tun dürfen!«

Ich habe mich doch gerade in diese Sache hineinziehen lassen, und er ist wütend? Götter, heute Abend habe ich wirklich alles gesehen!

»Er hatte alles von Anfang an geplant, ich hatte keine Wahl!«

Mir bricht die Stimme, doch das hindert den Devil nicht daran, in höhnisches Gelächter auszubrechen.

»Das ist typisch für einen Gangchef, Avalone. Er redet dir ein, dass du keine Alternative hast, um von dir zu kriegen, was er will!«

Ich weigere mich, über seine Worte nachzudenken, weil ich Angst habe zu erkennen, dass ich mich viel zu schnell mit dieser Situation abgefunden habe.

»Bei Carters Machenschaften steht zu viel auf dem Spiel, zu viele Menschen sind in Gefahr. Jetzt sind wenigstens alle in Sicherheit.«

Er verbirgt seine unverhüllte Verachtung für meine Dummheit nicht.

»*Niemand* ist sicher. Eine Gang wird immer untergehen, Avalone. Indem du dich uns angeschlossen hast, hast du dir selbst ins Knie geschossen. Jetzt musst du nur noch lernen, jeden Tag zu leben, als wäre er der letzte, den du in Freiheit verbringst. Willkommen in der Welt der Gangs, Schönheit ...«

Er verschwindet ebenfalls und lässt mich allein mit meinen Fehlern zurück. In dieser unsicheren, gefährlichen Welt, deren Regeln ich nicht kenne. Ich weiß zwar, wie ich hineingeraten bin, aber so, wie unsere Vereinbarung aussieht, habe ich keine Ahnung, wie ich wieder herauskommen soll. Meine Entscheidung hat einen unangenehmen Nachgeschmack von Unwiderruflichkeit. Von einer normalen Studentin werde ich zur Kriminellen. So hatte ich es mir nicht vorgestellt, mich an dieser Universität einzuleben, und ich bereue sogar, Madison verlassen zu haben, wo es vergleichsweise friedlich war.

»Champagner?«, fragt mich ein Kellner.

Ich ergreife zwei Gläser, von denen ich eines in einem Zug hinunterstürze und es zurück auf das Tablett stelle. Ich schicke mich an, das zweite zu trinken, um so schnell wie möglich Dampf abzulassen, bevor ich noch explodiere. Doch Lola, die immer noch am ganzen Körper zittert, stürzt sich auf mich.

»Trink das nicht, Ava ...«

Ich sehe sie nicht an, sondern mustere die Gäste, denen es großartig zu gehen scheint, während meine Welt gerade unter meinen Füßen in Stücke zerfällt. Nichts geht mehr.

»Du hast gesagt, du würdest mich nicht daran hindern, mich zu amüsieren.«

»Stimmt. Aber ich glaube nicht, dass du zu deiner Unterhaltung trinkst. Du hättest dieses Abkommen mit Carter nie schließen dürfen, das ist Wahnsinn!«

Mein Beschützerinstinkt erwacht, als ich sehe, wie ihr die Tränen über die Wangen laufen. Lola nimmt inzwischen einen enormen Platz in meinem Alltag, in meinem Leben, ein. Ich habe das Bedürfnis, sie zu schützen, genau wie früher bei meiner Mutter. Also verdränge ich meine dunklen Gedanken und lächle ihr liebevoll zu.

»Du passt darauf auf, dass ich nicht durch Alkohol an einem Herzstillstand sterbe. Und ich sorge dafür, dass du nicht in illegale Aktivitäten hineingerätst. So was ertragen deine Eltern kein zweites Mal«, ziehe ich sie auf.

Sie versucht zu lächeln, was ihr kläglich misslingt.

»Ich will es so, Lola. Mir bleibt nichts anderes übrig. Dir schon. Kommt gar nicht infrage, dass ich dich in all das hineinziehe. Ich glaube, ich werde mehr denn je jemand Normales an meiner Seite brauchen. Und wenn man deine Verrücktheit absieht, bist du das so halbwegs.«

Dieses Mal bricht sie in Gelächter aus, das mir das Herz wärmt, doch dann wird sie noch trauriger.

»Das ist alles meine Schuld, Avalone! Du bist den Devil's Sons nur begegnet, weil du das Zimmer mit mir teilst! Du hast eine Falschaussage gemacht, damit ich meinen Bruder nicht verliere. Und du wolltest heute Abend nicht mal herkommen! Wenn ich kein Teil deines Lebens wäre, hättest du diese Probleme nicht!«

Deswegen ist sie seit ein paar Tagen so bedrückt! Lola glaubt, dass sie Schuld hat, weil sie Sets Schwester ist!

Ich wische ihr behutsam die Tränen ab und lege die Hände auf ihre Schultern, damit sie mich ansieht.

»Du bist nicht für das, was andere tun, verantwortlich, Lola. Schuld hat nur Carter, verstehst du mich? Und außerdem kann man, nachdem ich mich viele Jahre zu Tode gelangweilt habe, endlich behaupten, dass ich Außergewöhnliches erleben werde!«

Sie schnieft und wischt sich die vom Weinen geröteten Augen.

»Versprich mir, mich nicht im Schlaf zu ermorden, selbst wenn Carter es dir befiehlt.«

Unser Gelächter nimmt uns die Anspannung, und dann schließe ich sie in die Arme, um sie ein letztes Mal zu trösten.

»Ernsthaft, du musst versprechen, mir alles zu erzählen. Wenn es zu weit geht, werde ich alles tun, um dich von diesem Carter zu befreien«, erklärt sie mir voller Abscheu. »Und wir klauen diesen verdammten Springbrunnen.«

»Versprochen, Lola.«

Beruhigt nickt sie, und dann hakt sie mich unter; bereit, sich allem zu stellen, was da kommen mag.

»Da wir schon mal hier sind, lass uns das Haus und den Champagner dieses Saukerls genießen.«

Entschlossen zieht mich Lola zur Terrasse, doch Tucker

schiebt sich zwischen uns und schlingt die Arme um unsere Schultern.

»Nimm die Pfoten von meiner Schwester, sonst stampfe ich dich in den Boden«, schaltet sich Set unpassenderweise ein.

Tucker gehorcht und hebt die Hand, um seine Unschuld zu beteuern.

»Keine Sorge, ich fasse sie nicht an ... Außer, sie bittet mich darum«, setzt er anzüglich lächelnd hinzu.

»Nur in deinen Träumen, Tucker!«, gibt ihm meine Freundin zurück und zeigt ihm den Stinkefinger.

»Noch nie konnte eine Frau meinem Charme widerstehen!«

Tucker jault vor Schmerz auf und nimmt seinen Arm von mir weg, als Lola ihm rachsüchtig auf den Fuß tritt. Er erntet eine Menge Spott von seinen Freunden, und wir nutzen die Gelegenheit, um uns in Richtung Garten aus dem Staub zu machen.

Nachdem wir durch die Glastüren getreten sind, überqueren wir eine wunderschöne Steinterrasse, gehen eine kleine Treppe hinunter, die von zwei in die Mauern eingelassenen Springbrunnen flankiert wird, und dann wenden wir uns nach rechts und schlagen einen Pfad ein, der mit Holzleisten und hübschen Lichtern, die uns den Weg leuchten, abgegrenzt ist. Wir kommen auf einer weiteren Terrasse heraus, einer runden Holzplattform, die mit niedrigen Gartensofas und einem kleinen Couchtisch ausgestattet ist. In der Nähe befindet sich ein großer Swimmingpool.

Die Szenerie ist unglaublich und eines Märchens würdig.

Schade, dass dies hier ein schlechtes Remake von Hänsel und Gretel *ist ...*

Wir setzen uns auf die Sofas. Bald gesellen sich die Devil's Sons zu uns und stellen drei Flaschen Alkohol auf das Tischchen, während Jesse einen Joint dreht.

Da ich jetzt Gefahr laufe, sie öfter zu sehen, als mir lieb ist, mustere ich einen nach dem anderen, ohne mich entspannen zu können. Alle haben auf *die* Jacke zugunsten ansprechender Kleidung verzichtet, und man muss zugeben, dass sie ihnen ausgezeichnet steht. Ich finde zwar, dass gewisse Frauen ein wenig mehr Würde zeigen sollten, aber ich kann verstehen, warum sie ihnen alle zu Füßen liegen. Noch nie war ich von so schönen Männern umgeben. Ihre Muskeln sind beeindruckend und einschüchternd zugleich. Da ich schon mehrmals gegen Clarkes Oberkörper geprallt bin, weiß ich, dass er ein regelrechter Panzer ist. Im Übrigen bin ich erleichtert, ihn nicht vor mir zu haben. Nur die Götter wissen, wo er steckt.

Als ich Lolas Blick spüre, wende ich ihr mein Gesicht zu und stelle fest, dass Tränen in ihren Augen glänzen. Verunsichert runzle ich die Stirn. Vielleicht hat sie nach unserem Gespräch ja nur getan, als wäre sie beruhigt, damit ich mir keine Sorgen mache? Um mich bei ihr zu revanchieren, lächle ich ihr aufrichtig zu, und sie erwidert es. Und was ihre scheinbare Entspanntheit angeht, ist die nur gespielt. Es fällt mir schwer, das den Jungs nicht übelzunehmen, aber sie hatten offensichtlich keine Ahnung, was Carter im Schilde führte. Das sage ich mir immer wieder.

Sie haben keine Schuld.

Justin stellt eine riesige Lautsprecherbox auf den Tisch und schließt sein Smartphone an. Der Song – *Seven Deadly Sins* von der berühmten Pop-Rock-Gruppe unserer Zeit – bildet einen totalen Gegensatz zu dem schicken und geordneten Ambiente im Inneren des Hauses.

Ich sehe zu, wie Lola sich, mitgerissen von der Musik, im Takt bewegt, und dann gerät alles außer Kontrolle, als ihr Bruder sie zum Tanzen auffordert. Es wird gelacht, der Alkohol fließt, und alle ziehen sich gegenseitig auf.

Eine Anti-Party, offensichtlich brauchten die Devil's Sons das. Ohne die lästigen Blicke der Studenten und die Anspannung durch die Anwesenheit anderer Gangs wirken die Jungs völlig anders, unverstellt. Sie haben ihre harte Schale gegen die Freiheit eingetauscht, sie selbst zu sein.

»Tja, jetzt kann man davon ausgehen, dass wir einander nicht mehr zufällig über den Weg laufen werden!«, witzelt Jesse.

Wider Willen tritt ein Lächeln auf meine Lippen. Schon seit frühester Kindheit habe ich praktisch von schwarzem Humor gelebt, aber der Devil mit dem rasierten Schädel wird wieder ernst.

»Carter ... Er ist nicht schlecht oder böse, ganz im Gegenteil. Er kann das einfach nicht so ausdrücken.«

Als ich diesen Namen höre, der mir bisher nur Unglück gebracht hat, vergeht mir das Lachen.

»Allerdings!«, stoße ich hervor.

Jesse verzieht genervt das Gesicht und hält mir als Friedensangebot seinen Joint hin.

»Ist da Tabak drin?«

Er schüttelt den Kopf.

»Alles hundert Prozent bio.«

Ich schnappe ihn mir und ziehe. Der Rauch dringt in meine Lunge und kommt als weiße Wolke wieder heraus. Das ist nicht das erste Mal, dass ich Haschisch rauche, obwohl es das hätte sein sollen. Aber schließlich ist es das Nikotin, das schlecht für mich ist. Daher habe ich eines Tages meinen Mut zusammengenommen und es ein wenig ängstlich ausprobiert. Ich weiß, ich sollte das nicht, aber ich habe es satt, auf alles zu verzichten, und das Gegenteil bewiesen ist, bin ich immer noch am Leben. Aber ich übertreibe es natürlich nicht. Meine Lunge ist schon ziemlich angegriffen, eine Folge meiner Herzkrankheit, und ich muss sie schonen.

Gerade macht sich so etwas wie Ruhe in mir breit, als Carter den Garten betritt, und all meine Muskeln schmerzen, so sehr verspanne ich mich.

»Kommst du mal, Avalone?«

Seine Stimme klingt merkwürdig sanft. Das ist kein Befehl, sondern mehr eine Frage. Ich mustere ihn ein paar Sekunden lang ratlos, und gehe schließlich auf ihn zu. Ich tue es für den Fall, dass er mir Wichtiges mitzuteilen hat, auch wenn es mich übermenschliche Anstrengung kostet.

Carter streckt mir einen Umschlag entgegen, den ich mit einem beinahe grotesken Maß an Misstrauen öffne. Darin befindet sich ein so dickes Bündel Geldscheine, wie ich es noch nie gesehen habe.

Ich reiße die Augen auf und knalle ihm den Umschlag vor den Oberkörper. Keine Sekunde lang will ich dieses schmutzige Geld anfassen.

Amüsiert über meine Reaktion lächelt Carter matt.

»Zweitausend Dollar zu deiner freien Verfügung. Du wirst für jede Unterstützung bezahlt werden, die du uns leistest. Wenn du mehr willst, können wir darüber reden.«

Fassungslos, aber vor allem müde lege ich die Finger über meine geschlossenen Lider. Er zwingt mich, ihnen zu helfen, und will so tun, als wäre das eine bezahlte Arbeit?

»Ich will Ihr dreckiges Geld nicht.«

Carter steckt sein Schwarzgeld in die Innentasche seiner Anzugjacke und wirkt absolut nicht verärgert.

»Es ist *dein* Geld. Komm zu mir, wenn du bereit bist, es anzunehmen. Clarke wird dir vor jeder Mission mitteilen, was ich von dir erwarte.«

Ich weiche einen Schritt zurück und möchte wieder so viel Abstand wie möglich zwischen uns schaffen.

»Nun gut.«

»Natürlich wirst du zu einigen unserer Versammlungen hinzugebeten werden. Wenn es so weit ist, wirst du abgeholt. Falls du ein Auto brauchst, können wir auch darüber reden, aber ich vermute mal, du wirst ablehnen.«

Er wendet sich ab und kehrt in den Salon und zu seinen Gästen zurück. Ich für meinen Teil bleibe stehen wie eine dumme Gans und versuche, die Ereignisse des Abends zu verdauen.

Was stimmt bloß nicht mit diesem Kerl?

Er zwingt mich, ihnen zu helfen, besteht aber darauf, mich zu bezahlen, und schlägt sogar vor, mir ein Fahrzeug zur Verfügung zu stellen?

Bin ich Angestellte des Monats oder was?

»Er ist ein Mistkerl ...«, meint Sean.

Ich ziehe eine Augenbraue hoch und drehe mich zu ihm um. Ganz offensichtlich ist das wirklich seine Ansicht, also warum arbeitet er dann für ihn? Hat Carter sie alle genauso angeworben wie mich?

»... aber wir sind eine Familie, und er tut alles, um uns über Wasser zu halten. Du wirst schnell merken, dass du dich besser auf ihn verlassen kannst als auf irgendjemand anderen.«

Die Devil's Sons nicken energisch, vollkommen einer Meinung mit Sean.

Ich mustere sie und kann ihre Loyalität gegenüber diesem Mann nicht begreifen. Sie schätzen ihn nicht bloß. Ich glaube, sie lieben ihn wie einen Vater. Und das ist zweifellos das Verrückteste daran.

Als ich mich wieder aufs Sofa setze, taucht Clarke auf. Die Stimmung ist so festlich und die Devil's Sons so locker aufgelegt, dass ich als Einzige etwas Ungewöhnliches bemerke. Seine Stirn ist weniger gerunzelt, sein Kiefer ist nicht so verkrampft wie sonst, und seine Muskeln wirken etwas weniger angespannt. Es ist fast unmerklich, aber so etwas Besonderes, dass es mir nicht entgeht.

Er hält ein Bier in der Hand. Sein Blick trifft meinen und lässt ihn nicht mehr los, als er sich zwischen Sean und Justin setzt und dann den Flaschenhals an den Mund hebt. Aber noch etwas anderes hat meine Aufmerksamkeit geweckt: seine Hände. Besser gesagt, seine ramponierten, blutigen Finger.

Er hat sich schon wieder geprügelt. Und angesichts seiner

aufgeplatzten Haut muss es heftig gewesen sein. Ich schlucke, und mir wird übel. Ich hasse Gewalt, außer im Film. Zuzusehen, wie jemand im echten Leben Schläge einsteckt, wühlt mich zutiefst auf und stürzt mich in ein Unbehagen, über das ich nur schwer hinwegkomme.

Bei der Vorstellung, dass Clarke jemandem Schmerz zugefügt hat, steigt dumpfer Zorn in mir auf, doch dann erinnere ich mich daran, dass seine Eltern ermordet worden sind, und Wut und Abscheu lassen ein wenig nach. Ich schlucke die scharfe Bemerkung hinunter, die in mir aufsteigt, um seine Verbitterung gegenüber meiner Person nicht noch zu verstärken. Dann wende ich den Blick ab und trinke meinen Champagner aus, um die Fragen zu stoppen, die mir durch den Kopf gehen. Ich spüre seinen durchdringenden Blick, doch ich ignoriere ihn und greife nach dem Joint, den Jesse mir hinhält. Ich will daran ziehen, als der zweite Mann des Gangchefs ihn mir aus den Händen reißt und sich dann ungerührt wieder auf sein Sofa setzt.

Was hat er bloß für ein verdammtes Problem?

Eine bunte Mischung von Beschimpfungen geht mir durch den Kopf, doch ich verkneife sie mir. Stattdessen spreche ich ihn auf seine Blessuren an.

»Allmächtiger Odin! Was hast du denn mit deinen Händen angestellt?«

Kaum sind die Worte heraus, bedenkt Clarke mich mit einem vernichtenden Blick, und die Aufmerksamkeit der Devils ist auf seine Verletzungen gelenkt. Ich verziehe die Lippen zu einem hinterlistigen Lächeln, und das Augenzwinkern, das ich ihm zuwerfe, verdoppelt seine Wut nur noch.

»Verdammt, Clarke! Sag mir nicht, dass du dich schon wieder mit Ange geschlagen hast«, meint Set genervt. »Wenn Carter das hört, kommt dich das teuer zu stehen!«

»Wann lernst du endlich, dich zu beherrschen?«, setzt Jesse hinzu. »Wir können dir nicht ewig aus der Patsche helfen!«

Triumphierend lasse ich mich in die Couch sinken und höre zu, wie die Devils ihm den Kopf waschen. Sie sind, vorsichtig gesagt, ziemlich angefressen.

»Haltet mal die Klappe, ja? Diesem Vollarsch Ange geht's prächtig! Ich habe bloß zwei Betrunkene daran gehindert, sich auf die Party einzuschleichen.«

»Um zwei Betrunkene rauszuwerfen, braucht man sie nicht zusammenzuschlagen!«, werfe ich bissig ein.

»Wirst du dich irgendwann mal um deine eigenen Angelegenheiten kümmern?«

Ich öffne den Mund, um ihm mitzuteilen, dass das an dem Tag passieren wird, an dem er aufhört, sich in meine einzumischen, aber Lola bremst mich aus.

»Wer ist Ange?«

Tiefes Schweigen senkt sich über die Terrasse, gefolgt von sichtlich angespannten Schultern bei den Jungs. Lola hat in ein Wespennest gestochen, und das reizt meine Neugier.

Sean antwortet.

»An dem Tag, an dem er nicht mehr bei den Demon's Dads ist und seine Immunität verliert, weiß ich, wer seinen Ärger an ihm auslassen wird ...«

Er klopft Clarke brüderlich auf die Schulter, und dieser lächelt verstohlen und träumerisch. Seine Ungeduld und die eigenartige drückende Stimmung, die sich verbreitet hat, lassen mir einen unangenehmen Schauder über den Rücken laufen.

»Ange, ist das der mit den weißen Haaren?«, fragt Lola.

»Ja«, bestätigt ihr Bruder. »Er ist ein verdammter Schweinehund. Ich würde zuschauen, wie Clarke ihn totschlägt. Da kann er zu den Göttern flehen, wie er will, ich würde mit keiner Wimper zucken.«

Die Devils verziehen ohne Ausnahme hasserfüllt das Gesicht. Sogar Jesse, der sich meist benimmt, als wäre ihm alles egal.

»Was hat er euch denn getan?«

Ich richte mich kaum wahrnehmbar auf und bin Lola im Stillen dankbar dafür, meine ungesunde Neugier zu stillen.

»Er hat einmal zu uns gehört. Er war einer von uns, ein Bruder. Aber bei einer Mission mit Clarke hat er den Clan gewechselt. Er hat zugelassen, dass unser zweiter Mann angeschossen wurde, und dann ist er mit unseren damaligen Feinden abgehauen, den Demon's Dads.«

Ich sehe Clarke an, und mein Herz schlägt zum Zerspringen. Mit zusammengebissenen Zähnen und vor Hass geballten Fäusten fixiert er einen unsichtbaren Punkt direkt vor ihm. Jetzt bin ich nicht mehr empört über seine Gewaltbereitschaft, sondern über das, was Ange getan hat. Ich hasse Verräter mehr als Gewalttäter, und da die Devils an die nordischen Götter glauben, muss das auch für Ange gegolten haben. Für uns steht die Ehre an erster Stelle, und dieser Mann hat sie mit Füßen getreten.

»Seitdem hat Carter ein Abkommen mit den Demon's Dads geschlossen. Ange ist unantastbar.«

»Aber kurz gesagt«, schließt Justin, »wird er nicht sein ganzes Leben unantastbar bleiben. Und wenn es so weit ist, wird er nichts mehr sein als eine alte Erinnerung. Hel[15] wird entzückt sein, einen Verräter wie ihn in ihrer Welt willkommen zu heißen.«

Seine Worte sind glasklar. Sie werden ihn umbringen. Clarke wird ihn töten, er wartet nur darauf. Doch selbst wenn Ange es verdient hat, ist es abscheulich, jemanden kaltblütig zu ermorden. Und das Wissen, dass Clarke dazu in der Lage wäre, erfüllt mich mit unbändiger Angst.

Vor ihren verblüfften und fragenden Blicken springe ich

---

15 Hel ist die Todesgöttin der nordischen Mythologie. Sie herrscht über Helheim, die Welt der Toten. Hier hoffen die Devil's Sons darauf, dass Anges Verrat ihm den Zugang nach Walhalla verwehrt, den Ort, an den tapfere Krieger, die im Kampf gefallen sind, gehen.

auf. Mit einem Mal fühle ich mich in ihrer Nähe in Gefahr. Praktischerweise klingelt mein Smartphone. Hastig mache ich mich auf die Suche danach und entferne mich so schnell wie möglich von den Jungs. Ich nehme ab, ohne mir die Mühe zu machen, den Namen anzuschauen, der auf dem Bildschirm angezeigt wird.

»Ava! Wie geht's, mein Schatz?«

Als ich die Stimme meiner Mutter höre, unterdrücke ich gerade noch mein verzweifeltes Aufschluchzen. Am liebsten möchte ich sie anflehen, mich holen zu kommen und weit von hier fortzubringen, aber die Angst, dass Carter sich dann an ihr schadlos hält, überwältigt mich.

Mit zugeschnürter Kehle gehe ich mit taumelnden Schritten ums Haus.

»Super! Und bei dir, Mom? Alles gut?«

Meine Stimme klingt sanft und ruhig, und ich beherrsche meinen Tonfall perfekt. Wenn man krank ist, weiß man, wie man seine Angehörigen anlügt, um ihren Schmerz zu lindern.

»Ja, mein Spatz. Erzähl mal, wie sieht es aus? Warst du Samstag bei deinem Arzttermin?«

Der Temin bei meinem neuen Arzt im Krankenhaus, der gut gelaufen ist.

»Wieso fragst du mich das? Du hast doch heute den Bericht des Arztes bekommen.«

Ich höre sie lachen, und das wärmt mir das Herz. Unglaublich gut tut mir das, und nur ihre Stimme zu hören verjagt all meine Ängste und Seelenqualen. In diesem Moment existieren vorsätzlicher Mord, die Gang oder die versteckten Manipulationen und Drohungen nicht mehr.

»Erzähl mir von der Uni!«

Ich lege einen fröhlichen Ton in meine Antwort.

»Es ist toll! Die Kurse sind interessant; Lola, meine Mitbewohnerin, ist ein Goldstück, und wir haben uns schon gut angefreundet! Ich bin im siebten Himmel …!«

Das ist die Wahrheit. Jedenfalls, bis mir wieder einfällt, wo ich mich befinde.

Mein Herz krampft sich in meiner Brust zusammen, und ich sehe nach oben, um die Tränen zurückzuhalten.

»Ich freue mich für dich! Und wie fühlst du dich? Nimmst du deine Medikamente auch? Du rauchst und trinkst doch hoffentlich nicht?«

»Nein, mache ich nicht.«

Wenn sie wüsste ...

»Perfekt, perfekt. Ruf mich an, wenn du auch nur das kleinste Problem hast. Jetzt will ich dich aber nicht länger belästigen. Einen schönen Abend, Liebling!«

»Hab dich lieb, Mom.«

»Ich dich auch.«

Ich lege auf und stopfe mein Handy in meine Tasche. Sie fehlt mir. Natürlich telefoniere ich alle zwei Tage mit ihr. Sie macht sich große Sorgen um meinen Gesundheitszustand, und an meinem ersten Abend in der Stadt hat sie mich mit ganz zittriger Stimme angerufen und sich dafür entschuldigt, so schnell gefahren und nicht länger geblieben zu sein. Sie wollte mir Freiraum lassen, um meine Mitbewohnerin kennenzulernen, ohne wirklich zu registrieren, dass sie nach Hause fahren, aber ich hierbleiben würde.

Ich zucke zusammen, als ich hinter mir einen Ast knacken höre, und weiche panisch ein paar Schritte zurück. Mir war gar nicht klar gewesen, dass ich mich so weit von der Party entfernt hatte. Die Panik, die mich überfällt, beweist mir, dass ich hier keinen Platz habe; weder in diesem Haus noch bei dieser Gang.

Aus dem Dunkel der Nacht taucht Clarke auf. Die Schatten, die auf seinem Gesicht tanzen, wirken furchterregend. Trotzdem recke ich das Kinn, um ihm gegenüber nicht schwach zu wirken. In diesem Universum habe ich Angst davor, dass die anderen einen ohne die geringsten Skrupel zerschmettern, wenn man seine Furcht zeigt.

»Was hast du?«

»Nichts.«

»Lüg mir nichts vor, Avalone.«

Er steht ein paar Meter von mir entfernt, doch ich kann seinen durchdringenden Blick genau erkennen, der mich über Gebühr aus dem Konzept bringt.

»Ach, keine Ahnung, ich stelle bloß plötzlich fest, dass ich mit einer Gang zu tun habe, deren Mitglieder kein Problem damit haben, jemanden zu ermorden. Muss ich dir wirklich erzählen, was das für einen inneren Kampf auslöst?«

»Ange hat es verdient!«, ruft er wutentbrannt aus.

Entsetzt über seinen Hass fahre ich einen Schritt zurück, und er runzelt die Stirn. Mein Zusammenzucken scheint ihm nicht zu passen, und ich verfluche mich dafür, die Körperbeherrschung verloren zu haben.

Aufgebracht tut er einen Schritt auf mich zu.

»Hast du etwa Angst vor mir?«

Ja, ich habe Angst. Vor ihm, vor dieser Gewalttätigkeit, vor seiner Welt.

Ich gebe keine Antwort. Mein Atem geht schwer, und ich mustere ihn.

»Hast du uns mal gesehen?«, gibt er verärgert zurück. »Glaubst du ernsthaft, wir wären in der Lage, einer unschuldigen Person oder einer Frau etwas anzutun?«

»Ich kenne euch nicht«, erwidere ich eisig.

»Dann lern uns kennen, bevor du uns als Monster abstempelst!«

Tief im Inneren habe ich das Gefühl, dass sie keine Ungeheuer sind, doch mein Körper reagiert anders, und zu Clarkes großem Verdruss weiche ich weiter zurück. Doch so verblüffend das erscheint, er streckt mir behutsam eine Hand entgegen und überlässt es mir, ob ich sie nehme.

»Wir sind hier nicht die Bösen. Dir könnten wir nie etwas tun, selbst wenn man uns mit der Waffe droht. Komm zurück zu uns und überzeuge dich mit eigenen Augen davon, Avalone.«

In meinem Kopf ziehen die Erinnerungen an sie vorbei. Die *Degenerate Bar*, der Campus, das Haus der Studentenverbindung, das Büro des Präsidenten. Gewalt habe ich nur bei einer Gelegenheit erlebt, als sie Gangmitglieder verjagt haben, die hier nichts zu suchen hatten. Würden sie Morde begehen, würden alle auf dem Campus sie wie die Pest meiden. Doch dem ist nicht so. Aber was Ange angeht, hätten die Devils sich nicht deutlicher ausdrücken können.

»Du willst Ange wirklich umbringen?«

»Ja. Aber zwischen Wollen und Können liegt ein himmelweiter Unterschied.«

Keine Ahnung, ob er meint, dass der Demon's Dad unantastbar ist oder ob er unfähig ist, einen Menschen zu töten, aber ich wiege mich lieber in Illusionen.

Sein aufgewühlter Blick erweckt in mir den Wunsch, Clarke Taylor trotz der dunklen Seite seiner Persönlichkeit zu vertrauen.

Lange gebe ich keine Antwort, dann setze ich mich langsam in Bewegung und nehme seine Hand. Und dabei dachte ich, mein Mut hätte mich für den Rest des Abends verlassen, doch anscheinend habe ich noch etwas davon auf Lager. Doch nicht das verwirrt mich am stärksten. Nein. Das Verstörendste ist die Welle von Wärme, die bei seiner Berührung durch meinen Körper läuft …

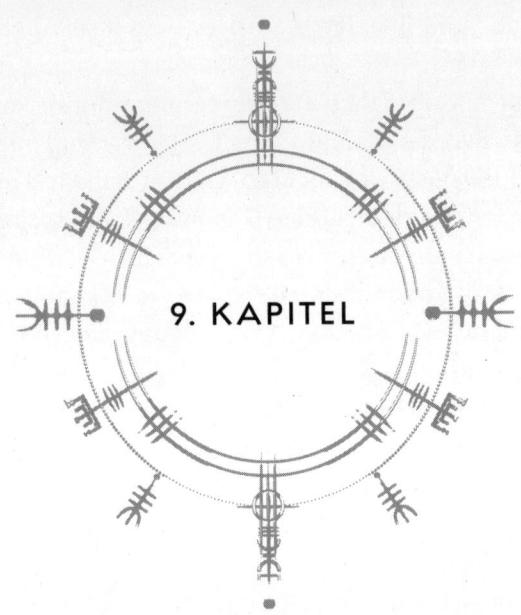

9. KAPITEL

Schweigend gehen wir ums Haus herum. Clarke hält meine Hand fest, als rechne er damit, dass ich mit einem Absatz in ein Loch treten und das Gleichgewicht verlieren könnte.

Als wir wieder in Sichtweite der Devils kommen, zieht er sich abrupt zurück. Ich verdrehe die Augen zum Himmel und wische mir die Hand an meinem Kleid ab, um das Prickeln loszuwerden, das dort, wo er mich berührt hat, über meine Haut läuft. Jetzt ist er an der Reihe, entnervt dreinzuschauen.

Ich setze mich wieder aufs Sofa, Clarke nimmt mir gegenüber Platz, und ich gebe mir die allergrößte Mühe, seinem Blick auszuweichen. Die Wärme und das Kribbeln, das ich bei seiner Berührung empfunden habe, haben nichts zu bedeuten.

»Jedenfalls«, beginnt Sean, »müssen wir von jetzt an ein Auge auf dich haben, kleine Heidin.«

»Mach dir keine Sorgen. Dir wird nichts passieren«, setzt Set hinzu. »Du hast unser Wort.«

Ich lächle verkrampft. Clarke habe ich zwar zugesagt, ich

würde sie kennenlernen, aber ich kann nicht zaubern. Ich kann nicht einfach innerhalb von ein paar Sekunden meine Bedenken in den Wind schlagen.

»Aber wir können ihr nicht *die Jacke* geben!«

Kaum hat Tucker die Worte ausgesprochen, versetzt ihm der zweite Mann der Gang schon eine Kopfnuss.

»Kommt gar nicht infrage! Das würde sie noch mehr in Gefahr bringen, Schwachkopf!«

Tucker zuckt die Achseln.

»Die Jacke würde zeigen, dass sie zu uns gehört. Niemand wagt, jemanden von uns anzugreifen, dazu sind wir viel zu gefürchtet.«

»Ich erinnere dich daran, dass die Bullen glauben, sie hätte uns verraten. Wenn sie sie mit der Jacke sehen, werden sie begreifen, dass sie eine Falschaussage gemacht hat, und dann würden sie sie ebenfalls ins Visier nehmen«, erklärt Clarke. »Denk doch mal mit, verdammt!«

»Wenn unsere Verbündeten wissen, dass sie unter unserem Schutz steht, ist das eine Sache«, schaltet sich Justin ein, »aber wenn unsere Feinde davon erfahren, ist das eine andere. Sie würden sie angreifen, um uns etwas anhaben zu können. Die Jacke ist definitiv keine Option für sie.«

Ernst nicken die Jungs.

»Wir werden mit Carter darüber diskutieren, was wir unternehmen können, um für ihre Sicherheit zu sorgen.«

Es trifft mich wie ein Blitzschlag, wie ernst alle sind, und wie durch Zauber zerstreuen sich all meine Befürchtungen. Für sie bin ich nicht ihre Feindin. Im Gegenteil. Sie wollen mich beschützen, als wäre ich eine von ihnen.

Ohne Waffen, ohne ihre Jacken und lächelnd und entspannt unterscheiden sie sich nicht mehr von Lola und mir. Sie sind nicht die Furcht einflößenden Männer, die man sich bei dem Wort »Gang« vorstellt. Sicher, sie sind junge Leute, die außerhalb der Uni ziemlich zweifelhaften Aktivitäten nachgehen, aber sie beschützen einander. Lola hatte recht. Sie sind eine Familie, die die Sicherheit ihrer Mitglieder ernst nimmt.

Das Lächeln, das sich auf meine Lippen stiehlt, verfliegt, als drei Männer im Garten auftauchen, von denen einer weißes Haar hat.

Ange.

Ich wäre nicht erstaunt, wenn Blitze vom Himmel herabfahren würden, so viel knisternde Spannung liegt in der Luft. Jeder der Devil's Sons verkrampft sich augenblicklich, doch meine Aufmerksamkeit gilt dem geheimnisvollen Mann vor mir. Clarke mustert den Neuankömmling und richtet sich auf. Der Zorn quillt ihm aus allen Poren und schafft eine neue Atmosphäre, die zum Ersticken ist. Seine Fingerknöchel wirken weiß, so fest umklammert er die Armlehne des Sofas. Seine Hände krallen sich in das Plastik, das unheilverheißend knackt.

»Guten Abend, Mädels, wir wollten uns vorstellen. Ich bin Ange, und das sind Tyler und Peter.«

Die negativen Wellen wirken auf mich wie Gift. Das Lächeln der Demon's Dads stößt mich ab. Es ist klar, dass dies eine Provokation ist. Sie wissen, dass Carter die Devils bestrafen wird, wenn sie irgendetwas wagen. Doch Clarke wirkt, als wäre ihm das vollkommen egal, denn er versucht aufzustehen. Die Götter seien gelobt, Set legt ihm eine Hand fest auf die Schulter, und unerwartet sieht Clarke mich aus seinen verdüsterten Augen eindringlich an. Bis jetzt war es mir noch nie gelungen, das, was in seinem Blick liegt, zu entziffern, doch jetzt erkenne ich darin puren Zerstörungswillen, der mir keine Angst macht, sondern mir das Herz zusammenzieht. Der Devil beherrscht sich, um nicht alles zu zertrümmern, was ihm in den Weg kommt. Er legt übermenschliche Anstrengung an den Tag. Ich lese ihm diesen Kampf an den Augen ab, und das macht etwas Unbeschreibliches mit mir.

Beherrscht er sich etwa, um mich nicht zu erschrecken?

»Die Demon's Dads geben in ihrer Wohnung eine Afterparty. Ihr seid herzlich willkommen«, erklärt Ange und vollführt die grotesk anmutende Parodie einer Verbeugung.

Ich brauche nur einen Blick mit Lola zu wechseln. Dann stehe ich mit dem strahlendsten Lächeln, das ich zustande bringe, auf und strecke dem Neuankömmling meine Hand entgegen.

»Avalone Lopez«, stelle ich mich vor.

Entzückt nimmt er meine Hand und drückt die Lippen darauf, dann wiederholt er das Gleiche bei Lola.

Ich spüre, wie Clarkes Zorn noch heftiger wird, und muss ein Zittern unterdrücken.

»Danke für die Einladung«, sagt meine Freundin.

Wenn sechs Blicke töten könnten, wären meine Mitbewohnerin und ich schon unter der Erde, denn ich schwöre bei den Göttern, dass ich die mordlüsternen Blicke der Devil's Sons im Rücken spüre. Ich höre, wie sie drohend aufstehen, und sehe, wie ihre monströsen Schatten hinter Ange erscheinen. Doch Letzterer achtet nicht darauf, und Lola und ich brechen in offenes, unbeherrschtes Gelächter darüber aus, dass er uns dazu bringen will, die Gruppe zu verlassen und uns ihnen anzuschließen.

Während die Devils mit keiner Wimper zucken und in vollkommenem Unverständnis dastehen, fällt Ange ein wenig unbehaglich in unser Lachen ein.

Schließlich begegnet er meinem Blick und weicht schockiert einen Schritt zurück.

»Gefällt dir, was du siehst?«, frage ich.

»Nicht wirklich«, flüstert er wie hypnotisiert von den orangefarbenen Reflexen in meinen Augen.

»Umso besser.«

Ohne selbst zu begreifen, welcher Hass mich antreibt, nehme ich das Glas, das Lola mir reicht, und kippe es dem Demon's Dad über den Kopf.

Sobald er sich von seiner Fassungslosigkeit erholt hat, verzerren sich seine Züge vor Wut.

»Für das, was du gewagt hast, ihnen anzutun, solltest du schon jetzt in den Flammen der Ragnarök brennen!«, stoße ich hervor.

Als ich das Weltenende erwähne, breitet sich eine gewisse Blässe über sein Gesicht, als fürchte er, die erwähnten Flammen könnten aus meinen Augen fahren, um ihn in Brand zu setzen. Trotz allem nimmt er eine drohende Haltung an.

»Ich schieße deinen teuren Freunden eine Kugel zwischen die Augen, und dann bist d...«

Ich lege eine Hand auf seine Schulter, um ihn festzuhalten, und ramme ihm dann kräftig das Knie in die Weichteile. Er krümmt sich, und ein dumpfes Stöhnen steigt aus seiner Kehle auf.

Einige Devil's Sons fluchen mitfühlend, als würde Anges Schmerz ansteckend wirken; andere wie Tucker bleiben offen gleichgültig oder wirken beeindruckt.

»Ich ... lege dich ... um ... dreckige Schlampe«, stößt Ange hervor.

»Die Jungs dürfen dich vielleicht nicht anfassen, ich aber schon. Ich habe keinen Befehl.«

Der Demon's Dad richtet sich abrupt auf und schlägt heftig auf meine Handtasche ein, die zu Boden fällt und auskippt.

Clarke und die Devils kommen, bereit zum Eingreifen, näher, doch Ange mustert meine Medikamente mit boshafter Neugier. Er bückt sich und hebt das orangefarbene Röhrchen hoch, das mich am Leben hält.

»Sieht mir aus, als wäre das wichtig.«

Dann wirft er das Tablettenröhrchen in den Pool.

»Nein!«, schreie ich.

Lola stürzt, genauso in Panik wie ich, zum Rand des Schwimmbeckens, und Clarke hat Ange schon am Hals gepackt und schnürt ihm die Luft ab.

»Aufhören!«

Wir drehen alle die Köpfe zu einem Mann, der in dem halbdunklen Garten auf uns zukommt, doch der Devil lockert seinen Griff nicht, im Gegenteil. Ange ist rot angelaufen, aber jetzt schlägt seine Hautfarbe langsam zu Blau um. Er windet sich erfolglos. Nur Clarke selbst kann ihn aus seinem Griff befreien.

Niemand von uns rührt sich oder spricht. Den Devil's Sons passt es gar nicht, diesen Typen zu sehen. Sie bedeuten mir, dass er der Chef der Demon's Dads ist. Und Clarke greift gerade trotz aller Friedensverträge seinen Mann an.

»Clarke!«, sagt der Chef beschwörend.

Aber der Bad Boy scheint niemandem zu gehorchen und schert sich nicht um die Abkommen. Er wird platzen, wenn er nicht sofort seine Entscheidung trifft: Ange loslassen oder ihn bis zur Bewusstlosigkeit würgen.

»Clarke!« Dieses Mal ist es Carters Stimme, die schneidend erklingt. Sein Mann lässt los, und Ange fällt hustend zu Boden.

Der Chef steht reglos im Rahmen der Glastür, und seine Miene ist ausdruckslos, genau wie die seiner Kollegen. Mein Herz schlägt wie in Zeitlupe; ich habe Angst um Clarke. Die beiden Gangchefs haben gesehen, wie er auf Ange losgegangen ist, aber haben sie auch miterlebt, was *vorher* passiert ist?

Ich trete einen Schritt auf Carter zu, damit er mich bemerkt.

»Es ist meine Schuld. Ich habe Ange provoziert.«

Er nickt kaum wahrnehmbar und konzentriert sich dann auf den Besagten.

»Hol ihre Medikamente aus dem Wasser«, befiehlt er mit eisiger Stimme.

Ich halte die Luft an und bin wie vom Donner gerührt, weil Carter es wagt, einem Mann, der *nicht mehr* sein Gangmitglied ist, eine Anweisung zu erteilen. Ange sieht hasserfüllt, aber immer noch unterwürfig, zu Carter auf, der anscheinend im Milieu eine unangefochtene gottgleiche Stellung einnimmt. Der Chef der Demon's Dads verschränkt, immer noch vollkommen ruhig, die Arme vor der Brust, und mein Herz überschlägt sich bei dem Gedanken, er könnte den Waffenstillstand mit den Devil's Sons brechen.

»Wenn sie nass geworden sind, kümmere ich mich um dich, nachdem Clarke mit dir fertig ist. Falls dann noch etwas von dir übrig ist ...«

Mit aufgerissenen Augen kann ich mich gar nicht darüber beruhigen, dass er Carters Entscheidung unterstützt, selbst wenn es ihn das Leben eines seiner Männer kosten sollte.

Ange beißt die Zähne zusammen, steht in angespannter Haltung auf und tritt an den Pool. Das Medikamentenröhrchen treibt an der Oberfläche, ist aber vom Rand aus nicht zu erreichen.

Der Demon's Dad zögert ein paar Sekunden. Schließlich springt er vollständig angezogen ins Wasser. Er weiß, dass die beiden Chefs ihm keine Wahl lassen werden. Er schwimmt zu den Medikamenten hin und kommt klatschnass wieder heraus.

Wortlos wirft er mir das Röhrchen vor die Füße.

»Heb es auf und gib es ihr«, befiehlt Carter.

Wütend und gedemütigt tritt Ange auf mich zu, hebt meine Medikamente auf und legt sie mir in die hohle Hand.

»Und vergiss nicht, dich zu entschuldigen«, setzt sein eigener Chef hinzu.

Er schließt die Augen und seufzt übertrieben, und ich mache mir schreckliche Vorwürfe. Hätte ich geahnt, dass die Sache solche Ausmaße annehmen würde, hätte ich mich zurückgehalten.

»Tut mir leid.«

»Sind sie nass geworden?«, will sein Chef von mir wissen.

Ich hebe das Röhrchen auf Augenhöhe, und als ich ein paar Tropfen im Inneren erkenne, schlucke ich mühsam.

»Nein«, erkläre ich, eine Lüge.

Ange, dessen Blick an meinen Tabletten klebt, sieht mich plötzlich an. Er *weiß*, dass ich nicht die Wahrheit gesagt habe. Es ist ja gut und schön, ein Glas über seinen Kopf auszukippen oder ihm einen gut gezielten Stoß mit dem Knie zu versetzen, aber seinen frühen Tod zu verkünden, wäre eine ganz andere Sache. Ohne sich etwas anmerken zu lassen, dreht er sich auf dem Absatz um, doch Carters feste Stimme lässt ihn stehen bleiben.

»Ich werde kein drittes Mal sagen, dass die Damen unter meinem Schutz stehen. Du rührst sie nicht an, ob sie dir in die Eier treten oder nicht.«

Ohne ein Wort nickt Ange.

»Perfekt«, meint sein Boss. »Verschwindet aus diesem Haus, alle drei. Um dich kümmere ich mich morgen, Ange.«

»Nein!«, rufe ich aus. »Ich habe ihn provoziert, es war meine Schuld. Ich finde, er ist genug gestraft.«

Ein weiteres Mal ziehe ich neugierige Blicke auf mich, und nach ein paar Sekunden, die ewig zu dauern scheinen, bedeutet der Chef der Demon's Dads seinen Männern, sich davonzumachen.

Ebenso schnell, wie sie gekommen sind, verschwinden die vier. Mit Carter fünf. Und mich überfällt das schlechte Gewissen.

Ange mag ja wegen seiner vergangenen Taten ein Mistkerl sein, aber ich hätte mich nicht in ihre Angelegenheiten einmischen sollen. Ich hasse Verrat, daher war ich vor Wut außer mir, als er vor den Jungs angegeben hat, aber heute Abend habe ich ihn als Erste angegriffen. Er hat sich bloß verteidigt und wird jetzt den Preis dafür zahlen.

»Das war ... *ein Genuss*«, sagt Tucker und lacht.

Ich drehe mich zu den Devil's Sons um, die erleichtert sind, weil die Sache so ausgegangen ist. Jesse lässt sich aufs Sofa sinken und entspannt sich sofort.

»Aus dir machen wir noch etwas, S.!«, wirft er mir zu.

»S.?«

»S wie *siegreich*. Das war gemein, diese kleine Inszenierung, als ihr so getan habt, als würdet ihr euch auf ihre Seite schlagen.«

Lola lacht in einer Mischung aus Stolz und Erleichterung, und die Stimmung lockert sich. Jedenfalls ... bis Set mich fragend ansieht.

»Warum hast du überhaupt Medikamente?«

Damit habe ich nicht gerechnet. Ich dachte, Clarke hätte sie informiert.

Die Gang mustert mich forschend, sogar Clarke, der die Antwort schon kennt, und ich lasse mich auf die Couch sinken.

»Ich habe ein Herzproblem.«

Es wird mucksmäuschenstill, als wären die neun Welten eingefroren.

Unerwartet stürzt sich Justin auf mich, besser gesagt auf meine Medikamente, und dreht mit panischer Miene das Röhrchen wieder und wieder in seinen Händen. Gott sei Dank haben die Tabletten die Wassertropfen aufgesogen.

»Bist du dir sicher, dass sie nicht nass geworden sind?«, fragt er mich besorgt.

Ich strecke die rechte Hand aus, um ihm auf die Schulter zu klopfen, doch die Linke lege ich wie von selbst über mein Herz, das in meiner Brust rast.

»Du hast mir eine Heidenangst eingejagt!«

Alle schütten sich vor Lachen aus, aber als ich gesehen habe, wie dieser Muskelprotz sich auf mich gestürzt hat, habe ich ernsthaft um mein Leben gefürchtet.

Nach und nach richten sich wieder beunruhigte Blicke auf mich, bis Lola erneut in Gelächter ausbricht, während alle anderen verständnislos zusehen.

»Ihr hättet eure Gesichter sehen sollen, als ihr dachtet, wir würden uns diesen Vollidioten anschließen!«

Das diskrete Zwinkern, das sie mir zuwirft, ist eindeutig: Sie lenkt ab, um mich von meiner Verlegenheit zu erlösen, und um die Wahrheit zu sagen, finde ich die Wendung der Ereignisse umso komischer, je mehr ich darüber nachdenke. Außerdem fallen alle in unsere Ausgelassenheit ein, sogar Clarke, der die Mundwinkel zu einem Schmunzeln verzieht und das Gesicht abwendet.

»Ihr habt euch gesucht und gefunden!«, sagt Sean und lacht.

Clarke und Set werfen sich einen ähnlichen Blick zu wie Lola und ich eben, ein schlechtes Vorzeichen. Dann springen sie vom Sofa und stürzen sich auf uns. Ich werde vom Boden hochgehoben, genau wie meine Mitbewohnerin, die Schreie ausstößt, und ich finde mich mit dem Kopf nach unten über Clarkes Schulter geworfen wieder, wie ein Kartoffelsack.

Die beiden besten Freunde marschieren geradewegs zum Pool.

»Oh nein, nein, nein, alles, nur das nicht!«, schreie ich halb amüsiert und halb panisch.

Lola und ich schreien und zappeln, und dann springt Set unter dem Gebrüll der Jungs in den Pool. Clarke schickt sich an, ihm zu folgen.

»Mir bleibt gleich das Herz stehen!«, kreische ich.

Der Bad Boy bleibt reglos stehen, und alle verstummen und atmen kaum noch.

Vorsichtig und mit besorgt gerunzelter Stirn setzt er mich auf festen Boden.

»Echt?«

»Genauso echt, wie du sanft wie ein Lamm bist.«

Ich schiebe ihn mit aller Kraft weg, doch er klammert sich an meinen Arm und bringt mich aus dem Gleichgewicht. Im Fallen zieht er mich an seine Brust, und wir stürzen beide in den Pool und versinken in dem Wasser, das so warm ist, dass das Becken beheizt sein muss.

Als ich wieder an die Oberfläche komme, lächelt der Devil mir siegesbewusst zu.

»Vorsicht.«

Ich brauche nicht nachzuhaken; ich verstehe seine Warnung, als mich eine riesige Welle überrollt, die daher rührt, dass Justin, Tucker, Sean und Jesse ebenfalls hineinspringen.

Ich wische mir das Wasser aus den Augen und stelle fest, dass Lola mit ihrem Kleid kämpft, das durch die Wirbel unter Wasser nach oben getrieben wird. Ich schaue auf mein eigenes hinunter und sehe, dass mein Hintern entblößt ist. Kurz blicke ich mich verlegen um, doch dann lachen wir beide aus vollem Hals.

Schließlich erreiche ich den Rand des Beckens, um meine Pumps auszuziehen, die ich ins Gras stelle.

»Das wird Carter nicht gefallen«, meint Justin.

»Ist uns egal«, gibt Set zurück.

Ich sehe zu, wie Jesse, der sehr Furcht einflößend aussieht, meine Freundin untertaucht. Clarke ist der Gefährlichste, kein Zweifel, aber Jesse kann einem auch ganz schön Angst einjagen. Sein Schädel ist kahl rasiert, und er ist mit ziemlich schaurigen Tattoos bedeckt. Und trotzdem beschimpft ihn meine Freundin, als sie wieder an die Oberfläche kommt, worauf er in herzliches Lachen ausbricht.

Gefährlich sind sie bloß für Leute, die ihnen feindlich gesinnt sind. Nun ja, Clarke ist eine Gefahr für jeden, der ihm einen falschen Blick zuwirft.

Wider Erwarten eilt Letzterer zu Lolas Rettung herbei, und Jesse schluckt Wasser. Sie schlagen sich spaßhaft, aber mit enormer Wucht. Lola entfernt sich, um keine Hiebe abzubekommen, und gesellt sich zu mir, um, den Rücken an den Beckenrand gelehnt, bei dem Spektakel zuzusehen.

»Irgendwie sind sie anscheinend doch gar nicht so übel«, meint sie nachdenklich zu mir.

Ich lächle und schaue zu, wie die Jungs unter großem Gelächter miteinander raufen. Clarke, Set und Justin gegen Tucker, Sean und Jesse. Das Schauspiel ist furchterregend, aber großartig. Man sieht die Zuneigung unter den Männern, in ihrem Lächeln, ihren Witzeleien und den Frotzeleien, die sie sich zuwerfen. Man spürt, dass sie immer füreinander da sein werden, komme, was da wolle. Sie sind Brüder, und das kann ihnen niemand nehmen.

Wider Willen schaue ich zu Clarke. Die Haarsträhnen fallen ihm in die Stirn, und wenn er den Kopf schüttelt, um sehen zu können, ist sein Lächeln strahlend. Dieser Anblick wird mich immer verblüffen und faszinieren. Er ist so selten, dass er dadurch kostbar wird.

Sein weißes T-Shirt, das durchsichtig an seiner Haut klebt, lässt seine schwellenden Brustmuskeln und stahlharten Bauchmuskeln hervortreten, ganz zu schweigen von seinen Armmuskeln, die sich spannen, als er Sean über den Kopf hebt und ihn weiter weg schleudert.

Lola versetzt mir einen Rippenstoß.

»Hör auf, ihn anzustarren!«

Ich sehe meine Freundin an und klimpere unschuldig mit den Wimpern. Dieses Mal habe ich ihn *wirklich* angestarrt.

Ich nutze den Umstand, dass die Jungs abgelenkt sind, um aus dem Pool zu steigen, indem ich mich mit den Armen auf dem Rand aufstütze. Ich gehe über den Rasen zurück zur Terrasse und hebe mein Täschchen auf, das vor dem Sofa liegt. Dann öffne ich mein Medikamentenröhrchen, lege eine Tablette auf meine Zungenspitze und schlucke sie ohne Wasser. Als ich mich umdrehe, sehe ich Clarke reglos mitten im Pool stehen. Er sieht mich eindringlich an, und aus seinem schwarzen Haar tropft ihm Wasser ins Gesicht.

Als Lola vom Beckenrand springt, um sich mit ihrem Bruder zu balgen, nähert sich der Bad Boy.

Wie magnetisch angezogen gehe ich auf ihn zu, setze mich auf den Rand und hänge die Beine ins Wasser.

»Geht's denn?«

»Ich liege nicht im Sterben, Clarke.«

Noch nicht.

Als ich versuche, ihn mit dem Fuß nasszuspritzen, packt er meinen Knöchel, und mich durchläuft es wie ein elektrischer Schlag. Seine Finger, die meine Haut berühren, lassen eine sanfte, vorsichtige Wärme in meinem Körper aufsteigen. Das verblüfft und beunruhigt mich. Irgendetwas ist heute anders an ihm.

»Tut mir leid, dass ich vorhin Angst hatte.«

Er schüttelt den Kopf, und sein Blick fällt auf die Stelle, wo unsere Haut sich berührt. Mit der Kuppe seines Daumens zieht er einen Kreis auf meiner Haut. Dann lässt Clarke meinen Fuß behutsam los, und ich tauche ihn wieder ins Wasser.

»Wahrscheinlich hat man wegen unserer Arbeit Angst vor uns. Es fällt uns oft schwer, dieses Image, kriminell zu sein, abzuschütteln.«

»Und, Ava? Sind wir mit der Lederjacke cooler?«, will Tucker von mir wissen.

Ich lächle gerührt.

»Im Gegenteil ...«, gebe ich zurück. »Ich finde euch ohne cooler.«

»Oder du kennst uns noch nicht gut genug, um dir ein Urteil darüber zu bilden«, ruft mir Jesse zu, der seine Jacke um jeden Preis verteidigt.

Ich habe keine Zeit, etwas darauf zu sagen, denn auf der anderen Seite des Gartens erschallt Carters Stimme.

»In mein Büro! Sofort!«

Der Zorn in seiner Stimme lässt mich das Gesicht verziehen, und ich bin nicht die Einzige.

Er flucht. »Und geht nicht durchs Haus!«

Ein paar Sekunden lang herrscht tiefes Schweigen. Niemand wagt ein Wort oder die kleinste Bewegung, um sich nicht noch mehr Ärger einzuhandeln.

»Hab ich euch doch gesagt ...«, flüstert Justin.

Mit einer gewissen Unruhe begibt er sich zur Treppe, und ich sehe zu, wie der Pool sich leert. Dann ziehe ich die Beine aus dem Wasser, stehe auf und greife nach meinen Schuhen und meiner Tasche. Tropfend durchqueren wir den Garten. Lola und ich kichern wie Kinder, die Schelte von ihren Eltern bekommen haben, während die Jungs einander aufziehen. Niemand scheint sich wirklich Sorgen darum zu machen, was uns erwartet.

Wir gehen ums Haus und treten, nachdem Set eine Glastür geöffnet hat, einer nach dem anderen in den Raum. Alle acht stehen wir in einer Reihe vor Carter, der hinter seinem Schreibtisch sitzt und sich anschickt, uns den Kopf zu waschen. Mit harter Miene mustert der Gangchef uns von oben herab, aber mir ist kein bisschen ängstlich oder beklommen zumute. Die Jungs haben mit ihrer unbekümmerten Art all meine Zweifel zerstreut.

»Bei allen Göttern, habt ihr eine Ahnung, was wir euretwegen für ein Bild abgeben?«

»Erwartet er eine Antwort?«, fragt uns Tucker.

»Glaube nicht; das ist eine rhetorische Frage«, antwortet ihm Justin und zuckt die Achseln.

Ich presse die Lippen zusammen, um nicht zu lachen, während Carter völlig außer sich die Jungs anbrüllt, den Mund zu halten. Seine Züge wirken verspannt, seine Augen schleudern Blitze, und seine Lippen sind nur noch als schmaler, gerader Strich zu erkennen.

»Die gefürchteten Devil's Sons machen bei einer Abendgesellschaft der Allianz, bei der es vor allem um Friedensverträge geht, einen Kopfsprung in den Pool!«, schimpft Carter und schlägt mit der Faust auf seinen Schreibtisch.

Er strahlt eine solche Autorität aus, dass ich den Kopf einziehe. Niemand wagt ihm in die Augen zu sehen; bis auf Clarke natürlich.

»Ihr habt Glück, dass euch niemand gesehen hat! Geht nach Hause, bevor noch jemand merkt, dass meine Gang sich verhält wie Kinder in einem verdammten Ferienlager!«

Wir wollen uns nicht länger aufhalten, drehen uns um und gehen zur Glastür. Lola setzt als Erste den Fuß nach draußen.

»Bleibt hier, Clarke und Avalone.«

Ich bleibe wie angewurzelt stehen. Das Problem ist bloß, dass der Eisklotz hinter mir so heftig gegen mich läuft, dass ich eine Sekunde fürchte, ins All geschossen zu werden. Den Göttern sei Dank hält er mich reflexhaft an den Schultern fest. Entnervt drehe ich mich zu Clarke um und sehe einen Hauch Belustigung in seinen Augen.

»Ich verklage dein Kraftstudio ... *Trottel*.«

»Versuchen kannst du es ja, *Schönheit*.«

Beinahe einträchtig drehen wir uns mitten im Raum um und sehen Carter entgegen.

»Warum bist du in ärztlicher Behandlung?«

Das geht Sie nichts an, würde ihn bestimmt nicht zufriedenstellen. Ich habe ihn richtig eingeschätzt, daher halte ich seinem Blick stand, füge mich aber.

»Ich habe eine Herzschwäche.«

Carters Reaktion schlägt von Erstaunen zu einer Art Niedergeschlagenheit um. Er richtet sich auf und verschränkt auf seinem Schreibtisch die Finger miteinander.

»Davon hättest du mir erzählen sollen. Womöglich hätte ich etwas von dir verlangt, das körperliche Anstrengung erfordert oder dein Herz zu stark belastet. Und ob du mir glaubst oder nicht, ich stelle keine Leute ein, um sie auf die Schlachtbank zu schicken. Ich will, dass du mich auf dem Laufenden über den Stand deiner Diagnose hältst.«

»Ich finde nicht, dass ich Ihnen irgendwas schuldig bin, aber Carter Brown kriegt immer, was er will, nicht wahr?«

»Genau. Wenn du mir deine Krankenakte nicht gibst, wird dein Arzt sie mir persönlich zur Verfügung stellen.«

Wut schnürt mir die Kehle zu, und wir mustern einander. Als ihm klar wird, dass ich nicht vorhabe, die Augen niederzuschlagen, richtet er seine Aufmerksamkeit auf Clarke.

»Und was dich angeht, ist Ange immer noch unantastbar. Ich wäre dir dankbar, wenn du deinen Zorn auf ihn weiterhin zügeln würdest. Unser Abkommen mit den Demon's Dads ist sehr wertvoll, wird aber nicht ewig währen. Noch ein wenig Geduld. Eines Tages kannst du es ihm mit gleicher Münze heimzahlen.«

Mein Magen überschlägt sich unangenehm. Es sollte mich nicht erstaunen, dass Carter diesen Rachefeldzug unterstützt, aber trotzdem! Sollte Clarke mit seiner Einwilligung auf Ange losgehen, wissen wir alle, wie das für ihn enden wird.

»Wie kommt es, dass Sie immer noch mehr Autorität über Ange haben als dessen eigener Chef?«, will ich wissen.

Carters Miene wirkt erstaunt, doch ich mache ihm keinen Vorwurf, sondern frage aus reiner Neugier.

»Die Allianz existiert nur meinetwegen. Meine Gang wird in dem Vertrag nicht nur als die mächtigste anerkannt, sondern die Gangs würden sich ohne mich bekriegen und einander Knüppel zwischen die Beine werfen. Ich habe keine vollständige Befehlsgewalt über sie, aber ich habe Einfluss und bin der Einzige, der darüber entscheidet, ob eine Gang in unser Bündnis eintritt oder auch daraus ausgeschlossen wird. Willst du dein Geld immer noch nicht?«

»Nein.«

Er beherrscht sich, um nicht die Augen zum Himmel zu verdrehen, und lehnt sich dann auf seinem Sessel zurück.

»Können diese Medikamente dich ...«

»Nein«, unterbreche ich ihn. »Ich werde sterben. Morgen, in einem Monat, in einem Jahr oder in fünfzehn, aber ich werde sterben. Mein Zustand ist ... *instabil*.«

Clarke steht neben mir, und ich habe den Eindruck, dass sowohl er als auch Carter die Luft anhalten. Ein bleiernes

Schweigen senkt sich über den Raum, und ich kann vor Ärger kaum an mich halten.

»Nachdem Sie jetzt Bescheid wissen, würden Sie mich arme Kranke jetzt in Ruhe lassen, damit ich mich fern von Ihnen und Ihrer Gang ohne emotionale Überlastung erholen kann?«, versuche ich, meinen Trumpf auszuspielen.

Langsam lässt er den Blick über meinen Körper schweifen, doch ohne jede Lüsternheit oder Ähnliches. Reine klinische Beobachtung wie bei einem Arzt.

»Die Mitleidsmasche zieht bei mir nicht. Ausruhen kannst du dich in deinem Krankenhausbett.«

»Was meinen Sie?«

»Warum warst du kampflos bereit, uns zu helfen?«

»Weil Sie mir gedroht haben!«, stoße ich mit vor Wut zitternden Fäusten hervor.

»Dummes Zeug!«

Ich öffne den Mund, um zu protestieren, klappe ihn jedoch sofort wieder zu, als Carter mir das Wort abschneidet, indem er mit dem Finger auf die Glastür zeigt.

Wütend verlasse ich mit Clarke auf den Fersen sein Büro. Ich schüttle mehrmals den Kopf, damit seine Worte sich nicht in meinem Hirn festsetzen, und wir gehen schweigend zum Parkplatz. Lolas Auto ist verschwunden, doch außer Clarkes Maschine steht noch ein Motorrad da.

»Einer der Devils ist noch hier?«

»Set musste seine Schwester mit dem Auto nach Hause bringen. Ich fahre später mit ihm zurück, um seine Harley zu holen.«

Zurück auf dem Campus bringt Clarke mich schweigend zum Wohnheim. Keine Ahnung, was er hat, aber er ist zornig, und der Anschein von Kameradschaft ist wie weggeblasen.

Im Flur des dritten Stocks begegnen wir Set, der mich vollkommen unerwartet umarmt. Verblüfft stehe ich stocksteif

da, doch dann drücke ich ihn leise lächelnd ebenfalls an mich.
»Nochmals danke für das, was du für Lola tust. Ich hätte mir keine bessere Freundin für meine kleine Schwester vorstellen können. Ich hatte ja nicht mal eine Ahnung, dass es jemanden wie dich gibt.«

Ich mache mich los und tue seinen Dank mit einer Handbewegung ab.

»Du brauchst dich nicht zu bedanken, das ist doch normal.«

»Ob du es glaubst oder nicht, das ist alles andere als normal. Niemand hätte sich an einen Gangchef verkauft, um seine neue Freundin zu retten. Sie ist meine Schwester, und trotzdem bin ich keine Sekunde auf diese Lösung – dein Opfer – gekommen.«

Ich frage mich, ob man mich besser einweisen sollte, und verziehe das Gesicht, worüber er offen lacht.

Ich danke den Jungs für den Abend, besonders Clarke dafür, mich nach Hause gebracht zu haben, und nachdem er mich mit einem Blick bedenkt, der so kalt wie Niflheim[16] ist, gehe ich in mein Zimmer.

»Bis bald, entzückende kleine Teufelin«, zieht Set mich auf.

Über meinen Kopf hinweg zeige ich ihm den Mittelfinger und höre ihn hinter mir lachen, was mich freut.

Ich treffe Lola im Pyjama an. Sie liegt auf ihrem Bett und sieht gedankenverloren an die Decke. Eilig mache ich mich für die Nacht fertig und lege mich dann auch hin.

»Sie wissen wirklich, wie man Anti-Partys feiert«, murmelt sie und verzieht zufrieden das Gesicht.

Ich lache auf. Vor Belustigung, vor Frust, vor Wut. Dieser Abend war emotionsgeladen, und trotz aller Scherereien, die ich hatte, bin ich froh, ihn mit den Jungs verbracht zu haben.

---

16 Niflheim ist eine der neun Welten der nordischen Mythologie; ein chaotisches Reich aus Eis und Frost.

Sie sind nicht so, wie ich dachte, und ich muss zugeben, dass ich sie mag.

Ich denke an Carters Worte, an seine Frage: Doch, ich kenne die Antwort.

Warum war ich bereit, ihnen zu helfen, ohne mich zu wehren? Lola hat noch ein ganzes Leben vor sich. Ich dagegen werde früh sterben, und ...

Ich schüttle den Kopf, um zu verhindern, dass noch trübsinnigere Gedanken in mir aufsteigen. Doch die Stille hilft mir auch nicht, sie auf Abstand zu halten. Ich habe akzeptiert, um Lolas Zukunft zu kämpfen, doch ich will auch nicht sterben, ohne gelebt zu haben. Als ich nach meiner Falschaussage in dem Verhörraum eingesperrt war, als ich glaubte, die Jungs an die Polizei verkauft zu haben, hatte ich ziemlich starke Emotionen, ja sogar die *heftigsten*, die ich je empfunden hatte. In diesem Moment war mir stärker als jemals zuvor bewusst, dass ich am Leben war. Es war schmerzhaft, sicher, aber ich war mir dessen bewusst.

Lola ändert ihre Lage und dreht sich auf den Bauch. Sie stützt den Kopf in die Handflächen und sieht mich an.

»Was wollte Carter?«

»Über Herzkrankheiten plaudern und Clarke dran erinnern, dass Ange unantastbar ist.«

»Hmpf.«

Sie knipst das Licht aus, sodass wir im Dunkeln daliegen, doch mir ist klar, dass sie mir noch mehr zu sagen hat, daher warte ich geduldig.

»Weißt du«, fährt sie fort, »ich finde, Clarke benimmt sich besonders merkwürdig, wenn du in der Nähe bist. Und du auch. Ihr habt eine unglaubliche Begabung dafür, euch in einem Moment zu streiten und im nächsten mit Blicken zu verschlingen.«

Ich ziehe das Kissen unter meinem Kopf hervor und werfe es Lola ins Gesicht, die es mitten im Flug auffängt und loslacht.

»Was für ein Unsinn!«

»Bist du so blind? Er gefällt dir, Avalone! Und ganz ehrlich, ich glaube, er mag dich auch. Warum schwankt ihr sonst ständig zwischen Liebe und Hass hin und her?«

Liebe? Hier gibt es keine Liebe! Bei ihm weiß ich nie, woran ich bin. Er ist entweder völlig unnahbar oder er spielt den netten Jungen von nebenan.

Wütend stehe ich auf und hole mir mein Kissen zurück. Dann lege ich mich wieder ins Bett und kehre Lola absichtlich den Rücken zu.

»Das hat mit Liebe nichts zu tun, wir ertragen einander ja kaum.«

»Na schön. Jetzt ist sowieso nichts los, aber ich wette, wenn die Devils zurück sind, kommt ihr euch wieder näher.«

»Wenn sie *zurück sind*?«

»Sie fahren morgen nach Texas. Hat Clarke dir nicht davon erzählt?«

Sie sind wirklich unverschämt! Carter zieht mich in ihre Machenschaften hinein, aber er gibt mir nicht Bescheid, wenn sie nicht da sind.

Dann soll ich also ruhig abwarten, bis sie aus heiterem Himmel wiederauftauchen, um mir eine neue Mission aufs Auge zu drücken?

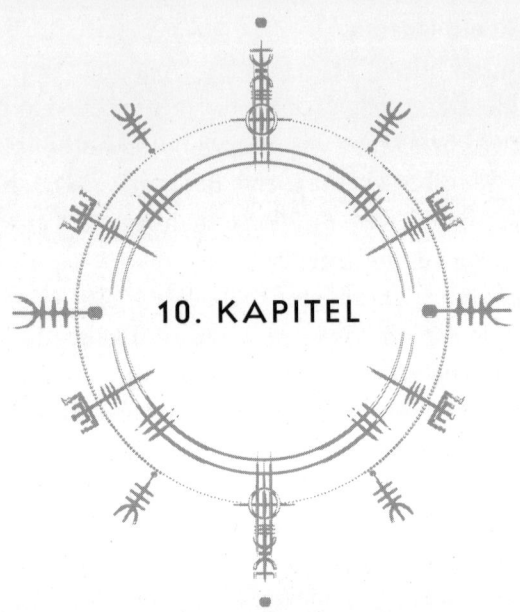

10. KAPITEL

Heute Morgen bin ich in der glücklichen Gewissheit aufgewacht, dass ich weder Clarke noch einen anderen der Devil's Sons sehen werde. Eine Woche, ohne Carter bei seinen Verbrechen zu unterstützen, das wird mir ohne Ende guttun. Ich bin erleichtert.

Lola und ich haben uns nach deren erstem Training in der Cafeteria mit Daniel und Jackson getroffen, und wir haben Wyatt kennengelernt, den Running Back der Mannschaft. Er hat sich bei uns für unseren engagierten Einsatz als Groupies beim Auswahlverfahren bedankt. Anscheinend war er mit dem Rest der Mannschaft auf dem Spielfeld, und sie haben nur uns gehört. Er hat uns ermuntert, das in einer Woche beim ersten Spiel der Saison zu wiederholen.

Daniel und Lola haben einander dabei unablässig schmachtende Blicke zugeworfen. Es ist nur noch eine Frage der Zeit, wann sie zusammenkommen.

Jetzt gerade sitze ich in der Vorlesung, und Jackson hält es kaum noch auf seinem Platz. Heute kommt Aurora an, seine Freundin. Meine Uhr zeigt 15.59 Uhr, und er hat seinen Rucksack schon komplett gepackt. Emily und ich wechseln einen amüsierten Blick, als es klingelt und unser Freund davonstürmt. Er läuft die Treppe so schnell hinunter, dass es uns schwerfällt, mit ihm mitzuhalten. Als Erster reißt er die Tür des Saals auf, und ungefähr ein Dutzend Meter vor uns sehen wir eine hübsche junge Frau, die strahlend lächelnd und mit einem Koffer zu ihren Füßen wartet.

Als die beiden Verliebten wieder vereint sind, küssen sie sich leidenschaftlich, als gäbe es nur sie beide. Schließlich weichen sie schwer atmend auseinander, und Jackson legt seine ganze Liebe in einen kräftigen Schmatzer auf ihre Stirn.

Ich beneide verliebte Menschen. Ich selbst war noch nie verliebt; darauf habe ich immer verzichtet, um dem glücklichen Auserwählten meine Krankheit zu ersparen. Also lasse ich mir Ausreden einfallen. Dieses Jahr ist »das Studium meine Priorität«. Letztes Jahr war es »ein gutes Zeugnis, um an der besten Uni angenommen zu werden«, obwohl ich genau wusste, dass ich mir finanziell nur eine staatliche Uni leisten konnte.

Nach einigen innigen Minuten treten Jack und Aurora Hand in Hand zu uns.

»Mädels, das ist Aurora. Mein Schatz, das sind Avalone und Emily.«

»Wir haben viel von dir gehört«, heiße ich sie mit einem herzlichen Lächeln willkommen.

»Und ich von euch, Jack hat euch schrecklich gern!«

Die beiden Verliebten, die vollkommen ineinander versunken sind, bemerken nicht, dass in einiger Entfernung Wyatt auftaucht. Sobald er uns erreicht hat, vollführt der Running Back einen Tanzschritt, der ihm perfekt gelingt.

»Wir organisieren mit den Jungs aus der Mannschaft eine Party am Whitmore Lake. Seid ihr dabei?«

Jackson und Aurora nehmen die Einladung an, während

Emily mir einen Blick zuwirft. Sie zieht es vor, meine Antwort abzuwarten, bevor sie eine Meinung äußert.

»Wir kommen gern!«, erkläre ich für uns drei.

Ich spreche auch für Lola, denn das versteht sich von selbst. Wyatt lächelt zufrieden, weil wir kommen, und Jackson nutzt die Gelegenheit, um ihm seine Freundin vorzustellen.

»Da ist sie ja endlich! Ich kann es kaum erwarten, dich besser kennenzulernen! Jetzt muss ich ins Seminar, aber ich erwarte euch heute Abend. Wir grillen. Wir haben alles, was wir brauchen, bringt nur euch selbst mit.«

Wir sehen dem Sportler nach, der sich entfernt und unterwegs jeden grüßt. Nachdem wir noch ein paar Worte mit dem Neuankömmling gewechselt haben, verabschieden Emily und ich uns von Jack und Aurora, um auf unsere Zimmer zu gehen.

Als ich eintrete, sehe ich, dass Lola auf dem Boden liegt, alle viere von sich streckt und an die Decke schaut. Ich kichere; sie ist ein kleiner Clown, der mich immer mit einem Wort oder einer Geste zum Lachen bringt.

»Was machst du denn auf dem Boden, Süße?«

»Keine Ahnung. Der Boden ist kühl, und mir ist heiß.«

Ich stelle meine Sachen auf mein Bett und lege mich dann neben meine Freundin.

»Daniel.«

Sie wendet mir ein erstauntes Gesicht zu.

»Du weißt Bescheid?«

»Das ist doch sonnenklar, Lo.«

Lachend hält sie sich die Augen zu. Offensichtlich arbeitet es in ihrem Hirn heftig.

»Ich mag ihn schrecklich gern, aber er geht in die Football-Mannschaft. Und wenn er sich verändert? Wenn ihn das überheblich macht?«

»Wenn, wenn, wenn ... Mit lauter ›Wenns‹ kommst du nicht weiter. Lass los, und du wirst schon sehen. Du hast nichts zu verlieren. Übrigens, es wird dich freuen, dass Wyatt uns zu einer Party am Whitmore Lake eingeladen hat. Die Jungs aus der Mannschaft kommen, also ...«

Abrupt richtet sich meine Freundin auf, als hätte ich ihr ein Tor nach Asgard[17] geöffnet.

»Daniel wird dabei sein!«

Ich mache mir Sorgen, als sie nicht weiteratmet. Ich muss vor ihrem Gesicht mit den Fingern schnippen, um sie in die Realität zurückzuholen.

»Die Partys am Seeufer sind total romantisch.«

Ich schütte mich vor Lachen aus. Und sie lässt sich keine entgehen!

»Ja. Und wir treffen uns um acht Uhr abends.«

Lola lächelt mir zu und zeigt dabei sämtliche Zähne. Hastig steht sie auf und schnappt sich Handtuch und Duschgel.

»Bin schon weg!«, ruft sie in singendem Tonfall.

Sie knallt die Tür hinter sich zu.

Ich gähne, bis ich mir fast den Kiefer ausrenke, und beschließe, bei dieser Gelegenheit in die Cafeteria hinunterzugehen, um mir einen Kaffee zu holen. Eigentlich rät man Menschen mit Herzinsuffizienz grundsätzlich davon ab, da man bei Studien mit Hunden ein Risiko festgestellt hat, das allerdings nicht für Menschen bestätigt wurde. Daher trinke ich selten welchen, aber das hier ist höhere Gewalt.

Ich trödle herum und verlasse mit meinem Becher in der Hand das Gebäude, als ich glaube, Halluzinationen zu haben. Ich blinzle mehrmals, aber es ist nichts zu machen, da steht wirklich Ange vor mir. Und er fühlt sich sichtlich unwohl. Aber heute ist sein Glückstag; ich habe letzte Nacht so schlecht geschlafen, dass ich keine Kraft habe, mich zu streiten.

»Was willst du?«

---

17 Asgard ist eine der neun Welten der nordischen Mythologie. Es ist der Wohnort der Asen, zu denen auch Odin gehört.

»Die Devils sind nicht da, und deshalb habe ich den Auftrag, auf dich aufzupassen.«

Ich glaube, dass er einen Witz macht, und pruste vor Lachen, doch dann fällt mir wieder ein, dass in diesem Milieu Scherze nicht üblich sind.

So ein Mist ...

»Was für eine Ironie des Schicksals! Der Mann, der die Devil's Sons verraten hat, soll mich bewachen! Kurzmeldung: Ich brauche keinen Aufpasser!«

Ange scheint meine Meinung zu teilen; aber wahrscheinlich hat er keine Wahl. Genauso wenig wie ich.

Ich verschränke die Arme vor der Brust.

»Warum drückst du dich ständig in der Nähe der Devil's Sons herum, wenn du die Seiten gewechselt hast?«

»Das ist meine Strafe, weil ich sie verraten habe. Ich habe die Gangs gewechselt, aber Carter wird immer Macht über mich haben. So wie über alle, dieser Wahnsinnige.«

Er schüttelt den Kopf.

»Hör mal, ich habe keine Ahnung, warum du ihm nicht gesagt hast, dass deine Medikamente nass geworden sind, aber dafür bin ich dir was schuldig. Also glaub mir, ich bin nicht hier, um dir Ärger zu machen. Ich habe Befehle, und mir bleibt nichts anderes übrig. Entweder akzeptierst du das, oder du rufst deinen Boss an und sagst ihm, dass du mich nicht brauchst. Aber wir wissen beide, dass er nie eine Entscheidung zurücknimmt, die er einmal getroffen hat.«

Er hat recht. Carter wird seinen Befehl nicht rückgängig machen, und ich bin heute nicht in der Stimmung, mich mit jemandem zu streiten. Aber ich habe auch keine Lust, ihm das durchgehen zu lassen, ohne etwas zu sagen.

»Und was genau sind deine Befehle? Schließlich schwebe ich nicht besonders in Gefahr.«

Er zuckt die Achseln und fährt sich mit einem gewissen Überdruss durchs Haar.

»Unauffällig in der Nähe zu bleiben, um sicherzugehen, dass dir nichts passiert. Gib mir dein Handy.«

Ich runzle misstrauisch die Stirn.

Falls er vorhat, das auch ins Wasser zu werfen ...

»Um meine Nummer einzugeben, für den Fall, dass du ein Problem kriegst«, erklärt er angesichts meiner Vorbehalte.

Ich zögere ein paar Sekunden, aber ich will so schnell wie möglich zurück in mein Zimmer, daher reiche ich ihm schließlich das Objekt seines Begehrens.

»Wäre nett, wenn du mir auch Carters Nummer geben würdest.«

Ange nickt und tippt auf dem Bildschirm herum.

»Gib mir Bescheid, wenn du ausgehen willst, damit ich in der Nähe bleiben kann.«

»Momentan habe ich nichts vor«, lüge ich.

Er gibt mir mein Smartphone zurück und geht weiter, nachdem er sich kurz verabschiedet hat.

Ich vergeude keine Sekunde und rufe Carter an.

»Avalone!«

Woher weiß er, dass ich das bin? Wie kommt er an meine Nummer?

Ich schüttle den Kopf, um mich auf das Wichtigste zu konzentrieren.

»Was zum Henker soll das mit Ange?«

»Ist zu deinem Schutz.«

»Ich brauche keinen! Und ernsthaft, dieser Schwachkopf Ange?«

Auch wenn ich ein schlechtes Gewissen habe, weil ich ihm Ärger gemacht habe, gleicht das noch lange nicht aus, was er in der Vergangenheit getan hat.

»Ange ist sehr gut in dem, was er tut. Er ist für diese Aufgabe am besten geeignet.«

Ich lache nervös auf.

»Allerdings, er hat ja seine Leute noch nie verraten!«

»Ich muss auflegen, wir hören uns.«

»Oh, der gefürchtete Carter Brown drückt sich, statt Antworten zu geben! Sie sind sich aber schon bewusst, dass Sie das Unvermeidliche nur hinausschieben? So langsam habe ich die Nase voll von Ihren Machenschaften!«

Als er einfach auflegt, steigt aus den Tiefen meiner Seele ein Strom von Beleidigungen auf. Da war ich froh, keine Mission am Hals zu haben, und jetzt kann ich die nächsten Tage damit verbringen, Verstecken zu spielen.

Nach einer schönen, entspannenden Dusche, einigen Erklärungen Lola gegenüber und den Vorbereitungen auf den Abend, der vor uns liegt, treffen wir uns auf dem Parkplatz mit Emily und machen uns auf den Weg. Es braucht nur etwas gute Musik, um die Lust zum Feiern in uns zu wecken. Sogar Emily ist locker und genießt den Moment.

Ungefähr eine Viertelstunde später erreichen wir den See. Wir halten auf dem unbefestigten Parkplatz an und klettern gerade aus dem Wagen, als Jackson ankommt. Er parkt neben uns und steigt mit Aurora und Daniel aus. Letzterer legt einen Arm um Lolas Schultern und küsst sie auf die Schläfe.

»Ich bleibe etwas länger in der Stadt als geplant«, erklärt Aurora.

Sogar Jackson ist verblüfft, grinst aber sofort wie ein Honigkuchenpferd.

»Wie lange?«

Sie sieht uns mit einem strahlenden Lächeln an, konzentriert sich dann aber auf ihren Freund.

»Sechs Jahre, schätze ich ...«

Jacksons Miene leuchtet auf, wie ich es bei ihm noch nie gesehen habe.

»Ernsthaft? Du hast dich hier eingeschrieben?«

»Ja.«

Er stößt einen Triumphschrei aus und umarmt Aurora. Ich lächle; ich bin entzückt über unseren Freund und freue mich, Aurora in unserer Gruppe aufzunehmen. Jackson küsst seine Freundin überschwänglich.

»Mädels, damit sind wir eindeutig in der Überzahl!«, ruft Lola aus. »Das war's dann mit den endlosen Diskussionen über Football!«

Während die Jungs protestieren, lacht Aurora und versichert, dass sie froh ist, sich beim weiblichen Geschlecht nützlich machen zu können. Anschließend lässt Lola sie keinen Schritt mehr allein und seziert auf dem Weg zum See ihr Privatleben.

Am Ufer tauchen ungefähr zwanzig Studenten auf. Sie tragen ihre Mannschaftsjacken in den Farben der Uni. Zu ihren Füßen brennt ein Lagerfeuer, zahlreiche Kühlboxen sind mit diversen Getränken gefüllt, aus einer Ecke kommt Musik, und zwei Jungs kümmern sich um den Grill.

Wyatt kommt uns mit dem breiten, herzlichen Lächeln, das typisch für ihn ist, entgegen.

»Wir haben nur noch auf euch gewartet!«

Jackson und Daniel begrüßen ihren Running Back mit einem Faustcheck, und dann legt er mir und Emily, die knallrot wird, die Arme um die Schulter und führt uns zu den anderen. Nachdem wir einigen Leuten vorgestellt worden sind, nehmen Emily und ich uns eine Limonade aus der Kühlbox, während die Jungs, Lola und Aurora sich für ein Bier entscheiden.

Mein Smartphone vibriert in meiner Tasche. Was für eine Überraschung, eine Nachricht von Ange!

Woher hat er meine Nummer, verdammt? Seine hat er in mein Handy eingetippt, aber ich habe ihm meine nicht gegeben.

[Lolas Auto ist weg. Wo steckst du?]

> [Du nervst! Fahr nach Hause, mir geht's gut.]

Ich stecke mein Smartphone in die Tasche, doch es vibriert sofort wieder, und ich stöhne zutiefst genervt auf.

> [Ich habe Befehle, Avalone. Bitte, wo bist du?]

Er sagt »bitte«, also muss er wirklich verzweifelt sein. Und ich bin nicht gemein.

> [Whitmore Lake. Komm bloß nicht her und spreng die Party.]

Der Mannschaftskapitän dreht die Musik herunter und verlangt nach unserer Aufmerksamkeit.

»Wir wissen, dass die Jahre an der Uni die besten unseres Lebens sind, aber sie sind auch die letzten, in denen wir wirklich loslassen können, bevor wir Verantwortung übernehmen müssen. Der heutige Abend ist eine Feier im kleinen Kreis. Die richtig wilde Party findet morgen statt! Aber die Regel bleibt die gleiche: Wenn der Abend zu Ende ist, will ich nur leere Flaschen sehen!«

Zustimmendes Geschrei erhebt sich, und wir stoßen in guter Stimmung an. Der Quarterback kommt auf uns zu und lässt sich unterwegs von seinen Mannschaftskameraden umarmen. Er mustert meine Beine, und sein Lächeln lässt meins verschwinden.

»Wir sind uns noch nicht vorgestellt worden«, sagt er zu uns Frauen. »Ich bin Logan.«

Daniel übernimmt die Vorstellungen, aber dieser idiotische Footballspieler ist nicht in der Lage, uns in die Augen zu sehen. Er mustert uns unverhohlen.

Jack, der nichts davon hält, wenn jemand seine Freundin auf diese Art ansieht, räuspert sich, doch dann kommt uns ein Unbekannter zu Hilfe. Er flüstert seinem Kapitän etwas ins Ohr, und Logan nickt und sieht mich dann an.

»Die Pflicht ruft. Ich hoffe, dich im Lauf des Abends besser kennenzulernen!«

Ich gebe keine Antwort, und er tritt arrogant lächelnd zurück. Dann leckt er sich über die Unterlippe und wendet sich ab.

Lola reckt den Kopf über meine Schulter und flüstert mir ins Ohr.

»Endlich hast du mit deinem Blick, der töten kann, deinen Platz unter den Devil's Sons gefunden.«

Ich pruste vor Lachen und will mich zu ihr umdrehen, als mir ein Schmerz durch die Brust fährt und mir ungewöhnlich stark die Luft abschnürt. Unruhig öffne ich meine Handtasche und taste nach meinen Medikamenten. Nur dass ich sie nicht finden kann. Gestresst wird mir klar, dass ich sie auf dem Campus vergessen habe. Beklommen und schwach beiße ich mir von innen in die Wangen. Der Schmerz wird stärker, und meine Panik verdoppelt sich, als ich mir bewusst werde, dass ich meine Tabletten den ganzen Tag nicht genommen habe.

Keine Einzige. Das ist richtig übel.

Ich spüre, wie mir das Blut aus dem Gesicht weicht und mein Atem schwer und stoßartig geht. Ich fasse Lola am Arm und ziehe sie ein paar Meter weg. Als ich mich ihr zuwende, wirkt sie entsetzt.

»Du bist ja grauenhaft blass!«

»Ich habe heute vergessen, meine Medikamente zu nehmen und … ich habe sie auch nicht dabei.«

Angst malt sich auf ihrem Gesicht. Sie gerät in Panik, und meine Hände beginnen zu zittern.

»Okay, wir fahren zurück zum Campus. *Sofort.*«

Sie setzt sich in Richtung Auto in Bewegung, doch ich packe sie am Arm, um sie aufzuhalten.

»Nein, bleib hier! Ange ist in der Nähe, er kann mich hinbringen, und ich komme später wieder. Amüsier dich!«

»Kommt gar nicht infrage! Ich lasse dich in diesem Zustand nicht allein, und schon gar nicht mit diesem Schwachkopf!«

Sie geht wieder los, aber ich halte sie zurück. Ich will ihr nicht im Weg stehen, wo sie doch heute ihrem Schwarm näherkommen kann.

»Alles ist gut«, beharre ich. »Ich muss bloß die Tabletten nehmen. Und wenn ich zurückkomme, will ich sehen, dass ihr euch so nah wie noch nie seid, Daniel und du!«

Sie mustert mich zögernd und zeigt dann drohend mit dem Finger auf mich. »Ruf mich an, wenn du auf dem Campus bist oder wenn du auch nur das kleinste Problem hast!«

»Versprochen.«

Ich umarme sie, und dann entferne ich mich von meiner Freundin und vom Lagerfeuer. Vor Lola bin ich ruhig und gelassen geblieben, aber sobald mich niemand mehr sehen kann, brechen alle Dämme.

Einige Jahre lang hatte ich eine Tendenz zur Platzangst. Und zwar keine vor Menschenmengen, wie die meisten glauben, sondern die Furcht, nicht fliehen zu können, wenn etwas nicht stimmt. Mehr als alles andere schäme ich mich, eine Krise zu haben, wenn andere zusehen. Denn wenn das passiert, leide ich nicht nur Schmerzen, sondern habe auch Todesängste, die mich in einen erbärmlichen Zustand versetzen. Mich vor anderen so zu entblößen, so schwach und panisch angesichts von etwas zu sein, das unvermeidlich ist, erscheint mir unerträglich. Diesen neugierigen Blick der anderen, in dem Unverständnis und Mitleid liegen, während ich spüre, wie das Leben aus mir weicht, den will ich nicht mehr sehen.

Ich habe häufig Herzflattern und Luftnot, die heftig werden können, aber die Symptome, die ich jetzt spüre, verheißen nichts Gutes. Mit zitternden Händen und unter Brustschmerzen greife ich nach meinem Smartphone und wähle Anges Nummer, der abnimmt, ohne auf sich warten zu lassen.

»Alles gut?«

»Du musst ...«

Mir dreht sich dermaßen der Kopf, dass ich in die Hocke gehen muss, um so etwas wie Gleichgewicht wiederzufinden.

»Komm mich abholen, schnell! Ich habe meine Medikamente vergessen.«

Ein langes Schweigen, und dann stößt er einen Fluch aus.

»Wir treffen uns auf dem Parkplatz!«

Ich beende das Gespräch und richte mich schwankend auf. Mein Atem geht immer schwerer, als ich zu dem unbefestigten Gelände gehe. Ange wartet bereits an seinem Wagen auf mich und stürzt mit besorgter Miene auf mich zu.

»Alles gut?«

Idiotische Frage.

»Nein. Wir müssen los.«

Er öffnet mir die Beifahrertür und rennt dann auf seine Seite. Dann startet er den Motor und fährt sofort los. Die Schmerzen lassen nicht nach, und ich bekomme ernstlich Angst.

»Ist es schlimm, wenn du deine Medikamente einen Abend lang vergisst?«

»Nein.«

»Warum siehst du dann aus, als würdest du gleich den Löffel abgeben?«

»Weil ich seit gestern Abend keine einzige Tablette geschluckt habe. Vergessen.«

Ange beschleunigt abrupt und überholt Fahrzeuge, die uns anhupen. Ich konzentriere mich auf meine Atmung, wie mein Arzt es mich gelehrt hat. Mit geschlossenen Augen atme ich ruhig ein und aus, um mich zu beruhigen. Herzkrankheit und Panikstörung vertragen sich wirklich nicht miteinander.

»Was genau hast du?«

»Herzinsuffizienz.«

Er flucht und fährt dann noch schneller.

»Wie viele Tabletten hast du ausgelassen?«

»Acht.«

»Verdammt, musste ja sein, dass du sie ausgerechnet vergisst, wenn ich auf dich aufpasse! Das ist der Gipfel der Ironie! Willst du, dass die mich umlegen?«

Wut ergreift mich.

»Du siehst immer nur dein kleines Ego«, rufe ich aus, »genau wie damals, als du die Devil's Sons verraten hast!«

Der Demon's Dad mustert mich mit hochgezogenen Augenbrauen und wendet dann den Blick ab.

Immerhin, wenn ich noch wütend werden kann, ist das wahrscheinlich ein gutes Zeichen ...

»Ich rede nicht mit dir darüber, und schon gar nicht, wenn dein Herz jeden Moment stehen bleiben kann und du so komisch guckst. Aber zu deiner Information, ich habe Clarke nie den Tod gewünscht. Die Abmachung war, dass die Kugel keine lebenswichtigen Organe trifft. Ich wollte bloß eine Ablenkung schaffen, um mit den Demon's Dads flüchten zu können.«

»Erzählst du dir das jeden Abend, damit dein Gewissen dich schlafen lässt?«

»Du verstehst das nicht! Carter hätte mich niemals gehen lassen, wenn ich ihn nicht verraten hätte!«

Ich habe nicht die Kraft, ihm etwas zu erwidern, denn ich spüre, wie ich mit jeder Sekunde schwächer werde. Ein stechender Schmerz fährt mir durch die Brust, und ich unterdrücke einen Aufschrei, was mir die Tränen in die Augen treibt.

Ange tritt das Gaspedal noch fester durch, und schnell haben wir den Campus erreicht. Zusammengekrümmt steige ich aus dem Wagen und humple, den Demon's Dad auf den Fersen, mühsam zur Treppe.

Am Fuß der Treppe hebt er mich hoch und lehnt mich an seine Brust. Dann nimmt er immer zwei Stufen auf einmal. Falls er den Ernst der Lage noch nicht begriffen hatte, überzeugen ihn jetzt die Tränen des Schmerzes und der Angst, die mir über die Wangen laufen.

Ich ringe nach Luft, und meine Brust schmerzt mich immer mehr. Ich spüre, wie mir die Luft knapp wird, und habe das Gefühl zu sterben. Ich hätte ihn bitten sollen, mich ins Krankenhaus zu fahren. Jetzt ist es vielleicht zu spät …

»Komm, nur Mut, bloß noch ein paar Stufen!«

Allzu viel geht mir in diesem Moment nicht durch den Kopf. Meine Gedanken drehen sich um meine Mutter und um den Tod. Bis jetzt hatte ich noch nie vergessen, meine Tabletten zu nehmen, und wenn ich deswegen sterbe, schwöre ich, der Todesgöttin dermaßen auf die Nerven zu gehen, dass sie mich in die Welt der Lebenden zurückschickt!

Heutzutage ist jeder zusätzliche Tag ein Gewinn für mich. Dafür sollte ich dankbar sein, aber ich will nicht sterben. Ich habe meine Krankheit und den Umstand akzeptiert, dass ich sehr viel früher als andere dran glauben muss. Das ist wahrscheinlich der Grund dafür, dass ich solche Lust am Leben habe. Denn Akzeptieren bedeutet nicht Resignation.

»Zimmernummer?«

»307.«

Ange stellt mich vorsichtig auf meine wackligen Beine und stützt mich. Ich bin am Ende meiner Kraft, und mein Blickfeld umwölkt sich.

Er kramt in meiner Handtasche, zieht meine Schlüssel hervor und schließt auf, während meiner Lunge der Sauerstoff ausgeht. Er stellt sein Handy auf Lautsprecher, aber ich verstehe nicht, was er sagt oder mit wem er redet. Nach und nach verliere ich die Verbindung zur Realität.

Der erste Schritt ins Zimmer gibt mir den Rest. Meine Beine tragen mich nicht mehr, und ich knalle heftig auf den Boden. Um mich herum verschwimmt alles. Tief im Inneren spüre ich, dass mein Herz gleich versagen wird. Meine Gedanken verschwimmen, doch dann dringt eine seltsam hallende Stimme zu mir.

»Ich verbinde Sie mit ihrem Arzt, bleiben Sie am Apparat.«

Ange kniet vor mir und befiehlt mir panisch, die Augen offen zu halten. Leider werden meine Lider viel zu schwer.

»Möge Eir[18] dir beistehen ...«

»Ich will nicht sterben«, flüstere ich schwach.

Ich fühle Tränen auf meinen Wangen, und Furcht überkommt mich. Ange sieht mich nicht mitleidig an, sondern schuldbewusst und betrübt. Fest schließt er eine Hand um meine.

»Ich kenne dich nicht, aber mit Augen wie deinen wirst du bestimmt nicht an einem simplen Herzfehler sterben! Du musst kämpfen, Avalone!«

Meine Lider flattern. Jeder Atemzug wird zur Folter, und ich halte nicht mehr lange durch.

»Hallo? Sie ist zusammengebrochen und verliert das Bewusstsein! Sie hat eine ganze Tagesdosis Medikamente ausgelassen!«

»Beruhigen Sie sich, Sir. Von wem reden Sie?«

»Von Avalone Lopez!«

Totenstille senkt sich über das Zimmer.

»Krankenhaus! Sofort!«, höre ich dann.

---

18 Eir ist eine kleinere Gottheit. Sie ist die Dienerin Friggas, Odins Frau, und für ihre Heilkräfte bekannt.

11. KAPITEL

Ein Piepton, der sich ständig wiederholt. Ein bequemes Kissen. Sonne, die durch Vorhänge fällt.
»*Ich kann Ihnen einen Rettungswagen schicken, aber uns wird die Zeit knapp. Können Sie sie ins Krankenhaus bringen?*«
»*Ja, schon unterwegs.*«
»*Sie müssen unbedingt ihren Puls überwachen …*«
Ein unangenehmes Gefühl im ganzen Körper. Ein starker Schmerz in der Brust. Ich muss mehrmals blinzeln, um klar sehen zu können, aber das Licht blendet mich. Nachdem sich meine Augen ein paar Minuten daran gewöhnt haben, sehe ich mich um. Alles ist reinweiß. Ich befinde mich in einem Krankenzimmer, aber ich bin nicht allein.
Lola steht am Fenster, und Ange blättert am anderen Ende des Raums gereizt in einer Zeitschrift.
»Wie lange habe ich geschlafen?«
Beide zucken zusammen und sehen mich an. Ein Lächeln hellt Anges Gesicht auf, und Lola kommen die Tränen.
»Vierundzwanzig Stunden«, erklärt der Demon's Dad leise.

»Und dann bist du sehr aufgeregt erwacht. Sie haben dir Angstlöser verpasst, und du hast noch zwei Tage vor dich hin gedämmert.«

Ich seufze frustriert. Es ist ärgerlich und schmerzhaft, wenn man aufwacht und erfährt, dass man mehrere Tage seines kurzen Lebens verpasst hat.

»Du hast uns ganz schön Angst eingejagt«, fährt Ange schief lächelnd fort.

Er tritt auf mich zu.

Eigenartigerweise stört mich seine Anwesenheit weniger als vor drei Tagen. Wahrscheinlich hat es damit zu tun, dass er mir das Leben gerettet hat ... Ich bin ihm dankbar, obwohl ich für ihn bloß ein Auftrag bin.

»Du hast mir nicht gesagt, dass es dir so schlecht ging!«, schreit Lola mich aufgewühlt an.

Das schlechte Gewissen zieht mir den Bauch zusammen.

»Ich bin aber am Leben, Lola.«

»Am Leben?«, kreischt sie tränenüberströmt. »Ich habe Ange auf der Straße getroffen, und als wir im Krankenhaus angekommen sind, warst du tot! Dein Herz hatte aufgehört zu schlagen!«

Mir gefriert das Blut. Vor langer Zeit hatte ich schon einmal einen Herzstillstand, aber es ist immer schrecklich Furcht einflößend, umso mehr, als es den Ärzten immer schwerer fällt, mich wiederzubeleben.

Unkontrolliertes Schluchzen lässt Lolas Schultern erbeben.

»Das waren die längsten und grauenhaftesten dreiundneunzig Sekunden meines Lebens!«

Ich sehe sie mit der ganzen Trostlosigkeit an, die in meinem Inneren herrscht, doch sie schließt die Augen und beißt sich die Lippen blutig. Ange legt einen Arm um ihre Schultern und schildert mir die Szene, die sich vor drei Tagen abgespielt hat: ich auf der Trage; um mich herum Ärzte und Pfleger, die auf dem Krankenhausparkplatz versuchen, mich zu reanimieren; Lola, die vor Entsetzen schreit und vor Trauer weint; Ange, der sie in die Arme zieht, um sie zu beruhigen; sein entsetzter Blick, der auf meinem leblosen Körper ruht. Da fällt mir Nora ein, meine ehemalige beste Freundin, die den Kontakt zu mir abgebrochen hat, weil sie nicht dabei sein wollte, wenn ich sterbe.

Jetzt bin ich an der Reihe, die Augen zu schließen. Mit zitternden Händen ziehe ich die Schläuche aus meiner Nase, während Lola und Ange in Panik ausbrechen.

»Was machst du?«

»Frei atmen.«

Vorsichtig richte ich mich auf. Ich fühle mich äußerst schwach und habe furchtbare Schmerzen in der Brust, wahrscheinlich von der Herzdruckmassage.

»Habt ihr meine Mutter benachrichtigt?«

Mir wird ganz schlecht vor Angst bei dem Gedanken, dass sie von meiner Einlieferung ins Krankenhaus weiß.

»Nein. Hast du uns in deinem verworrenen Zustand verboten.«

Den Göttern sei gedankt, selbst wenn ich vollkommen daneben bin, habe ich noch genug Voraussicht. Meine Mutter darf das nicht erfahren. Sie würde sich wahnsinnige Sorgen machen und verlangen, dass ich wieder nach Hause ziehe.

Eine Krankenschwester tritt in mein Zimmer, dicht gefolgt von meinem neuen Arzt. Beide lächeln mir zu und sind sichtlich froh, dass ich wieder unter den Lebenden bin.

»Wie fühlst du dich, Avalone?«, fragt mich der Mann im weißen Kittel.

»Nicht allzu übel, einigermaßen.«

Er mustert meine Laborergebnisse, und mir ist schon klar, dass mir eine komplette Analyse bevorsteht, die mich zu Tode langweilen wird. Bevor er anfängt, bittet er meine Besucher, freundlicherweise das Zimmer zu verlassen, doch ich erteile ihm die Erlaubnis, vor ihnen zu sprechen.

Sie wachen seit drei Tagen an meinem Bett, das bin ich ihnen schuldig.

»Die Wände deiner rechten und linken Herzkammer haben sich seit den letzten Untersuchungen stark verhärtet. Wie du weißt, ist dein Herz nicht mehr in der Lage, eine ausreichende Blutzufuhr sicherzustellen, um deinen Körper mit Sauerstoff zu versorgen. Wir haben Blutuntersuchungen vorgenommen, und ... dabei Spuren von Alkohol und Cannabis gefunden. Ich erinnere dich daran, dass du diese beiden Substanzen nicht nur meiden solltest. Sie sind dir strikt verboten. Genau wie Salz, jedenfalls einstweilen. Also: keine Wurstwaren und weder Käse noch Brot. Keine Konserven und keine Tiefkühlgerichte. Medikamente bekommst du neue. Ich will nicht um den heißen Brei herumreden, Avalone. Du gehst seit frühester Kindheit in Krankenhäusern ein und aus. Aber dieses Mal musst du unsere Einschränkungen unbedingt befolgen, sonst ist das nächste Mal das letzte für dich. Es ist ohnehin ein Wunder, dass du noch lebst.«

Lola schlägt, schockiert über die Worte des Arztes, die Hände vor den Mund, und neue Tränen rinnen ihr über die Wangen. Ich wage es nicht, Ange anzusehen. Eigentlich traue ich mich gar nicht, beide anzuschauen. Ich hätte nie gewollt, dass sie die letzten Worte hören. Wenn Leute erfahren, dass man derart krank ist, ändert das alles. Ihre Einstellung, ihren Blick, und oft benehmen sie sich, als wäre man schon tot.

Bei den Worten des Arztes allerdings empfinde ich nichts, so wie immer. Sicher, was er sagt, macht einem Angst, aber ich höre das schon seit Jahren und lebe immer noch! Nur der Schmerz macht mir schreckliche Angst. Nur er ist für mich real. Also werde ich, während ich darauf warte, in Hels Welt einzugehen, meine Ernährungsvorschriften befolgen. Und ich werde weder rauchen noch trinken, damit ist auch Schluss.

»Was deinen Herzstillstand betrifft, wirst du dank der schnellen Reaktion deiner Freunde keine Hirnschäden zurückbehalten. Allerdings könntest du Probleme mit dem Gedächtnis und deiner Konzentrationsfähigkeit bekommen. Außerdem ist es möglich, dass du Reizbarkeit, Nervosität und natürlich starke Erschöpfung entwickelst, doch das wird innerhalb der nächsten Tage oder Wochen vergehen.«

»Wann kann ich das Krankenhaus verlassen?«

Der Arzt lächelt.

»In vierzehn Tagen.«

Ich fahre hoch und stoße einen Fluch aus. Ein scharfer Schmerz schießt mir durch die Brust.

»Unmöglich, ich habe Vorlesungen!«

»Wir müssen dir deine Medikamente noch gut eine Woche intravenös verabreichen. Ruh dich aus, und wir prüfen deinen Fall in sieben Tagen noch einmal.«

Ich will protestieren, doch der Arzt hat das Zimmer bereits verlassen, während die Schwester geblieben ist, um mich zu untersuchen.

Ich stöhne auf und lasse mich verzweifelt ins Kissen zurückfallen.

»Ihr Blutdruck ist niedrig, aber in Ihrer Situation ist das normal.«

Sie lächelt mir zu, bittet Lola und Ange, mich bald ausruhen zu lassen, und geht dann.

»Ich habe nicht alles verstanden, aber erwarte in Zukunft nicht mehr, dass ich dich rauchen und trinken lasse!«, schluchzt Lola

»Hallo ... alles ist gut, okay?«

»Alles soll gut sein?«, brüllt Ange besorgt, als wären wir Freunde.

Verblüfft runzle ich die Stirn, aber Lola nimmt die Sache in die Hand und setzt ihn ohne Umstände vor die Tür. Als sie zu mir zurückkehrt, zittert sie am ganzen Körper.

»Lo ...«, flüstere ich. »Mir geht's gut.«
»Das glaube ich dir. Weil du nämlich denkst, dass du hart wie Stahl bist. Aber das stimmt nicht, Avalone. Du warst *tot*. Dein Herz hat nicht mehr geschlagen!«

Diese Woche wird die längste meines Lebens.
Eine Woche im Bett und nichts zu tun.
Eine Woche, in der ich an die Decke starre oder kitschige Fernsehfilme mit unrealistischen Handlungen anschaue. Eine Woche voll unterschiedlicher Untersuchungen und Behandlungen.
Eine Woche, in der ich nur auf eins warte: endlich das verfluchte Krankenhaus zu verlassen.
Ange hat mich dreimal besucht, um sich nach mir zu erkundigen. Ich habe den Verdacht, dass er mich mag, und, so verblüffend das erscheinen mag, ich glaube, ich weiß das zu schätzen. Er hat Carter vorgeschoben und so getan, als hätte er ihn geschickt, aber als er bei seinem dritten Besuch einen Anruf von seinem Boss bekam, bin ich ihm auf die Schliche gekommen.
Lola und Emily waren mindestens zehn- oder elfmal da. Jack, Daniel und Aurora haben es probiert, doch der Arzt hat sie nicht hereingelassen.
»Zu viele Besucher sind nicht gut«, hat er mir erklärt. »Bettruhe, Lopez!«
Wenn meine Freunde gegangen waren, ließ ich die Maske fallen und versank in meinen düsteren Gedanken. Mein Herz ist schon wieder stehen geblieben. Und wie von dem Arzt vorhergesagt, haben meine Panikattacken mich in den letzten Tagen nicht verschont. Mehrmals hätte ich fast meine Mutter hergebeten, um in ihren Armen weinen zu können. Aber ich habe durchgehalten, und sie hat keine Ahnung. Während ich zweiundsiebzig Stunden nicht erreichbar war, hatte Lola die Geistesgegenwart, mein Smartphone an sich zu nehmen und

die Nachrichten meiner Mutter zu beantworten. Als diese versuchte, mich anzurufen, hat meine Mitbewohnerin erklärt, ich sei in der Bibliothek und säße an einer wichtigen Hausarbeit. Zum ersten Mal im Leben habe ich meine Mom über meinen Gesundheitszustand im Unklaren gelassen. Und mein schlechtes Gewissen ist ein wahres Gift. Jetzt werde ich jede Minute erfahren, wann ich entlassen werde. Ich hoffe, noch heute verschwinden zu können. Ich fühle mich gut, und wenn ich noch länger hierbleibe, werde ich mir bloß wünschen, mein Herz würde endgültig stehen bleiben.

Als sich meine Zimmertür öffnet, richte ich mich rasch auf, und da stehen mein Arzt und … Carter.

Was hat der denn hier zu suchen?

In den letzten Tagen habe ich kein Wort von ihm gehört, aber ich weiß, dass Ange ihm von meiner Einweisung in die ödeste Institution der neun Welten berichtet hat.

»Du kannst das Krankenhaus sofort verlassen«, erklärt Carter und zwinkert mir zu.

»Unter der Bedingung, dass du bis zu deiner Genesung auf Mr. Browns Anwesen bleibst«, stellt der Arzt klar.

Kommt gar nicht infrage!

»Sie überlassen mich einem gefährlichen Kriminellen, der es auf mich abgesehen hat?«

Carter öffnet die Lippen, schließt sie aber sofort wieder, während dem Arzt die Augen aus den Höhlen quellen.

»Haha. Also abgemacht.«

Der Mann im weißen Kittel kichert verlegen, und nachdem Carter ihm einen finsteren Blick zugeworfen hat, verlassen die beiden den Raum und lassen mich allein, damit ich mich anziehen kann.

In nur einer Minute verlasse ich mit meiner Tasche auf der Schulter ebenfalls das Zimmer. Ich treffe die beiden Männer am Empfang an und bin fest entschlossen, die Entlassungspapiere auszufüllen.

Entschlossen unterschreibe ich.

»Komm jeden Freitag um achtzehn Uhr wieder. Wir werden dich genauestens überwachen, Avalone.«

Ich danke dem Arzt, und dann verlassen der Chef der Devil's Sons und ich das Krankenhaus. Ein schwarzer Mercedes-SUV erwartet uns auf dem Parkplatz, und Carter öffnet mir die Beifahrertür, um sicherzugehen, dass ich auch einsteige.

Ich verdrehe die Augen zum Himmel, deute eine spöttische Verbeugung an und füge mich. Geduldig warte ich, bis er um den Wagen herumgeht und sich ans Steuer setzt.

»Ich dachte nicht, dass du auf meinen Vorschlag eingehen würdest.«

Wenn ich mich geweigert hätte, hätte ich im Krankenhaus bleiben müssen. Und das war unvorstellbar.

»Wollen Sie es lieber *Erpressung* nennen? Das war nicht mein Ernst, ich komme nicht mit zu Ihnen.«

Carter ist gerade losgefahren, aber jetzt tritt er abrupt auf die Bremse, sodass ich fast durch die Windschutzscheibe fliege.

Wir werfen einander vorwurfsvolle Blicke zu; ich ihm wegen seines Verhaltens und er mir für meine Sturheit.

»Bei mir bekommst du die medizinische Versorgung, die du brauchst, Avalone. Auf dem Campus hast du nichts.«

»Ich brauche nur mein eigenes Bett und meine Medikamente.«

Ich wedle mit meiner Papiertüte vor seiner Nase herum.

Er ist mit seiner Geduld am Ende und streicht seine himmelblaue Krawatte glatt, um ruhig zu bleiben. Aber meiner Meinung nach ist ihm die Lust, höflich zu bleiben, vergangen.

»Du machst mir ganz schön das Leben schwer, Kindchen, weißt du das?«

»Entzückt, das zu hören. Willkommen im Club.«

Er reibt sich über die Stirn und lässt den Wagen dann wieder an.

»Na schön. Aber einer der Jungs wird dich zu deinen Terminen im Krankenhaus fahren.«

»Nein, ich ...«

»Das ist mein letztes Wort.«

Ich protestiere nicht. Schließlich komme ich dabei nicht allzu schlecht weg. Ein paar Zugeständnisse kann ich ja machen! Ich weiß, dass mir ohnehin nichts anderes übrig bleibt. Entweder nehme ich an, oder Carter wäre in der Lage, mich gegen meinen Willen bei sich festzuhalten, da bin ich mir sicher. Außerdem brauche ich seine Hilfe.

»Ich muss Sie um einen Gefallen bitten.«

Er gibt keine Antwort und konzentriert sich auf die Straße.

»Sie müssen die Krankenhausrechnungen abfangen, denn wenn sie bei meiner Mutter landen, bin ich erledigt.«

»Deine Mutter wird keine Rechnungen erhalten.«

»Warum?«

»Weil sie schon beglichen sind.«

Ich starre ihn dermaßen verblüfft an, dass er gekränkt reagiert.

»Ich bin kein Monster! Ich kenne deine finanzielle Lage und weiß, wie viele verschiedene Jobs deine Mutter hat. Ihr habt nicht die Mittel, einen Krankenhausaufenthalt zu bezahlen, und die wöchentlichen Termine ebenso wenig.«

Er ist sogar so weit gegangen, meine Mutter auszuspionieren! Ich weiß nicht, ob ich ihm dankbar für seine Wohltätigkeit sein oder ihm misstrauen soll, weil ich ihm jetzt etwas schuldig bin.

Ich entscheide mich für Argwohn und verschränke die Arme vor der Brust. Die Angst spare ich mir für später auf.

»Was muss ich dafür tun?«

»Nicht mehr, als ich jetzt schon von dir erwarte.«

Skeptisch bin ich schon, aber ich hake nicht nach, weil ich fürchte, er könnte seine Meinung ändern. »Danke«, murmle ich leise, worauf er mit einem Nicken reagiert. Der Rest der Fahrt verläuft schweigend.

Unter normalen Umständen und wenn es nur mich anginge, hätte ich sein Geld auf keinen Fall angenommen. Das geht ganz schön gegen meinen Stolz, aber eine Rechnung mehr, und meine Mutter würde definitiv in Schulden versinken. Ich kann ihr diese neue Last, die für sie doppelt schwer wäre, nicht aufbürden. Abgesehen von ihrem Schmerz, weil ich immer schwächer werde, empfindet sie jede neue Krankenhausrechnung als Strafe dafür, während ihrer Schwangerschaft Drogen genommen zu haben.

Carter hält auf dem Parkplatz auf dem Campus an, und ich springe aus dem Wagen, um die frische Luft zu atmen. Keine Frage, ich habe großartige Laune, weil ich zurück bin.

Nachdem ich die Tür zugeknallt habe, stecke ich den Kopf durch sein offenes Fenster.

»Warum diese Großmut?«

»Du kannst nicht glauben, dass ich auch nett sein kann, was? Na schön. Wenn du im Krankenhaus liegst oder tot bist, nutzt du mir nichts.«

Ich lege eine Hand aufs Herz und tue, als wäre ich verletzt.

»Sie sind sehr liebenswürdig, Mr. Brown.«

»Ich weiß, das sagt man mir oft.«

Der Motor heult auf, und ich springe, bevor er rasch davonfährt, zurück.

Er muss ernsthaft an seinem Benehmen arbeiten!

Pfeifend gehe ich ins Wohnheim, spare mir den Atem dann aber, um die drei Etagen hinaufzugehen. Es dauert länger als normalerweise, aber ich erreiche meinen Treppenabsatz. Ich trete ins Zimmer und rechne damit, dass Lola mir um den Hals fällt, was auch passiert. Kaum habe ich einen Schritt hineingemacht, springt sie mich an.

»Ich dachte nicht, dass du heute zurückkommen würdest! Wie fühlst du dich?«

Sie macht sich von mir los und mustert mich gründlich.

»Gut, Lo. Genauso wie vor vier Stunden, als du mich das schon mal gefragt hast«, ziehe ich sie auf.

»Ich habe Angst, Avalone.«

Tränen treten ihr in die Augen, genau wie jedes Mal in den letzten Tagen, wenn wir über meinen Gesundheitszustand gesprochen haben, und ich ziehe sie in die Arme. Ich mache mir schreckliche Vorwürfe, wie ich sie dem ausgesetzt habe, und fürchte, dass ich diese Angst in ihrem Blick nie vergessen werde. Und sie auch nicht. Mein Herzstillstand hat sie traumatisiert.

»Tut mir leid. Ich schwöre, es geht mir viel besser.«

Wir setzen uns auf mein Bett, um zu reden und die verlorene Zeit aufzuholen, obwohl meine Mitbewohnerin mich per Nachrichten über sämtlichen Klatsch auf dem Laufenden gehalten hat.

Diese Woche hat sie Daniel nicht besonders oft gesehen. Er war sehr mit Football beschäftigt und sie mit mir. Auroras Einzug ist gut verlaufen. Jackson und sie sind glücklicher denn je. Was Emily angeht, fühlt sie sich in Auroras Gesellschaft besonders wohl. Sie scheint in ihr jemanden gefunden zu haben, dessen Persönlichkeit am besten zu ihrer passt.

»Sie fragen mich ständig, ob es etwas Neues von dir gibt. Du hast uns sehr gefehlt.«

Und ich habe ihre Begeisterung und Lebensfreude sehr vermisst.

»Was die Devils betrifft, ist ihr *Ausflug* verlängert worden. Ange hat mir versichert, dass es allen gut geht, aber dafür wissen sie über deinen Krankenhausaufenthalt Bescheid. Sie wären zurückgekommen, wenn Carter ihnen nicht gedroht hätte. Sie kennen dich nicht besonders gut, aber sie mögen dich jetzt schon.«

Ihre Sorge berührt mich nicht. Für mich ist nur von Bedeutung, dass bei den Devil's Sons nichts vertraulich ist, und das hasse ich.

Bei Odin, sie wissen, dass mein Herz aus reiner Erschöpfung stehen geblieben ist!

»So schlimm ist das doch nicht, Ava ...«

»Doch!«

Ich schlage die Hände vors Gesicht und stöhne vor Wut auf.

»Wenn die Leute erfahren, wie schwer meine Krankheit ist, sehen sie bloß noch die Sanduhr über meinem Kopf! Sie schauen mich anders an und verhalten sich anders. Ich will für die anderen bloß normal sein.«

»Du bist Heidin, Ava, du wirst in den Augen anderer nie normal sein.«

Eine Sekunde lang bin ich unschlüssig, doch dann muss ich lachen, was Balsam für meine Seele ist.

Verständnisvoll streicht mir Lola eine Haarsträhne aus dem Gesicht.

»Die Devils werden dich nicht anders betrachten, das kannst du mir glauben. Sie haben alle ihre Stärken und Schwächen, und so erstaunlich sich das vielleicht anhört, sie akzeptieren sie, ohne zu urteilen.«

Ich verziehe zweifelnd das Gesicht, und in diesem Moment klopft es an der Tür. Lola zuckt zusammen und steht dann ganz aufgeregt auf, um zu öffnen.

»Man hat uns mitgeteilt, dass unsere Löwin zurück ist!«, ruft Jackson aus.

Daniel, Aurora und Emily sind auch dabei, mit Tüten in den Händen und Lächeln auf den Lippen. Ich springe auf, überglücklich, sie zu sehen, und umarme sie. Wie schön, wieder da zu sein!

»Löwin?«, frage ich Jackson.

»Den Spitznamen hat dir Logan verpasst.«

Ich kneife verständnislos die Augen zusammen.

»Der Mannschaftskapitän. Angeblich hast du ihm bei der Party einen vernichtenden Blick zugeworfen, und jetzt hat er sich in den Kopf gesetzt, dich ins Bett zu kriegen. *Eine Löwin.* Das waren seine Worte.«

Meine Freunde amüsieren sich köstlich, aber ich bin empört. Dieses Verhalten ist vollkommen abstoßend. Dieser Typ träumt, wenn er glaubt, ich würde ihn auch nur in meine Nähe lassen.

»Wie fühlst du dich?«, fragt Emily mich besorgt.

»Viel besser.«

Sie lächelt beruhigt, und ich sehe zu, wie meine Freunde sich auf den Boden setzen. Aus ihren Tüten befördern sie Nudelsalat, hart gekochte Eier, kalte Pizza, Bier und Obstsaft zutage.

»Du hast das erste Match der Saison verpasst!«, tadelt mich Daniel.

Er gibt mir die Saftflasche, die ich entgegennehme; laut dem Etikett hundertprozentiger Fruchtsaft.

»Du hast an mich gedacht.«

Ich zwinkere ihm zu, und er reagiert mit einem schelmischen Lächeln.

»Einmal warst du schon tot, und man soll das Schicksal nicht herausfordern ...«

Plötzlich wird es ganz still. Alle sind schockiert über seine Bemerkung, und Lola versetzt ihm, außer sich vor Wut, einen Schlag auf den Hinterkopf.

»Idiot!«

Ich pruste los und breche das Schweigen.

»Sie lacht doch!«, ruft Daniel aus und hebt die Hände, um seine Unschuld zu bekunden.

Ihre Gesellschaft hat mir dermaßen gefehlt, dass ich das Bedürfnis habe, sie aufzuziehen. Ich lege eine Hand an die Brust und markiere einen Schmerzensschrei. Wieder wird es still, und dann bricht im Zimmer Stimmengewirr aus. Alle springen mit entsetzter Miene auf und stürzen auf mich zu. Einige fluchen, andere schreien panisch auf. Jackson hat sich vor mir zu Boden geworfen und hält mir meine Medikamente entgegen. Aurora, die kreidebleich geworden ist, nimmt ihm das Röhrchen aus den Händen und öffnet es. Emily rennt mit einer Flasche Wasser herbei, während Lola sich ihr Smartphone schnappt. Als Daniel mit einem nassen Waschlappen aus dem Bad kommt und so über seine eigenen Füße stolpert, dass er auf Jackson landet, kann ich mich nicht mehr beherrschen und lache gelöst los.

Verständnislos erstarren alle, und dann stößt Jackson Daniel weg und wirft mir einen finsteren Blick zu.

»Du hast uns reingelegt!«

Sie seufzen vor Erleichterung, als ihnen klar wird, dass ich nur gescherzt habe, und Daniel bricht in ausgelassenes Gelächter aus.

»Dieses Mädchen ist genial!«

»Avalone, wenn du noch mal so was anstellst«, beginnt Lola, »dann sorge ich dafür, dass dein Herz endgültig stehen bleibt, und glaub mir, dann kann dich niemand mehr reanimieren, hast du mich verstanden?«

Ihre Nasenflügel beben vor Wut. Ich lache wieder los, und dieses Mal fallen alle ein.

12. KAPITEL

Heute fange ich erst um zehn an, sodass ich tief und lange schlafen konnte, nachdem meine Freunde am späten Abend gegangen waren.

Ich fühle mich gut in Form und bin gespannt darauf, nach einer Woche Lethargie endlich etwas Konstruktives tun zu können.

Als ich vor meinem Seminarraum ankomme, diskutiert Jackson gerade mit Lola, die bestürzt ist, mich hier zu sehen.

»Avalone Lopez, warum liegst du nicht in deinem Bett und träumst von einer Herztransplantation?«

Ich presse die Lippen zusammen, um mein Lachen zu unterdrücken. Jackson scheint allerdings immer noch Probleme mit dieser Art von Humor zu haben und verschluckt sich beinahe.

Ein paar Sekunden lang überlege ich, ob ich Lola eine ehrliche Antwort geben und ihr erklären soll, dass ich für eine Herztransplantation nicht infrage komme. Dass die Herzkrankheit meine Nieren geschwächt hat, sodass sie nicht mehr vollständig durchblutet werden und mein Blut nicht mehr ausreichend filtern. Dass ich dadurch Wasser in der Lunge habe und folglich durch diesen beklagenswerten Allgemeinzustand keine Transplantation erhalten kann, weil ich Gefahr laufe, die Operation nicht zu überleben.

»Weil ich gesund und munter bin und allerhand aufzuholen habe!«, antworte ich ihr stattdessen.

»Du musst dich schonen, Ava«, beharrt Jackson.

»Ihr bringt mich nicht dazu, es mir anders zu überlegen«, erkläre ich kategorisch.

Ich lächle den beiden zu und lasse sie stehen, um den Hörsaal zu betreten. Ich setze mich, und Jackson wartet nicht lange und gesellt sich zu mir.

»Stur und selbstmörderisch«, meint er lächelnd zu mir.

Ich kichere und stoße ihm spielerisch einen Ellbogen in die Rippen.

Endlich fängt er an, sich an meinen schwarzen Humor zu gewöhnen ...

Der Therapeut, den ich auf Betreiben meiner Mutter als Kind aufsuchen musste, sagte immer zu mir, mein Zynismus diene mir dazu, mich meiner Krankheit zu stellen und sie aushaltbarer zu machen, zu relativieren. Meine Mutter glaubte, ich würde ein anderes, weniger makabres Ventil finden, wenn ich erwachsen wäre, aber das ist nicht passiert. Der schwarze Humor passt zu mir und verschafft mir Erleichterung.

Nach einem Mittagessen mit meinen Freunden gehe ich mit Lola wieder auf mein Zimmer, da sie unbedingt wollte, dass ich sie begleite, um ihre Shorts für den Sport zu holen. Ich dachte schon, ich würde auf der verdammten Treppe einen Lungenflügel ausspucken, und jetzt liege ich im Bett, während meine brünette Freundin sich auf der Toilette umzieht.

Ich glaube, mein voller Magen erschöpft mich. Obwohl ich dagegen ankämpfe, klappen mir die Augenlider zu. Die Sekunden vergehen, und ich schlummere langsam ein, als ich Lola vom Klo kommen höre.

»Ich ruhe mich bloß einen Moment aus«, murmle ich im Halbschlaf. »Warte auf mich ...«

Ich spüre, wie mir jemand behutsam die Schuhe auszieht, und dann werde ich zugedeckt.

»Schlaf gut.«

Ein Kuss wird mir auf die Stirn gedrückt, und bevor ich einschlafe, geht mir ein letzter Gedanke durch den Kopf: *Lola hat heute gar keinen Sport.*

Die Sonne weckt mich aus meinem Schlummer. Mein Hirn ist vernebelt, und ich blinzle und werfe einen Blick auf mein Handy. Es ist Viertel nach zwölf. Desorientiert runzle ich die Stirn. Als ich mit Lola hergekommen bin, um ihre Sporthose zu holen, war es kurz nach zwei. Ich fahre hoch.

Ich habe fast vierundzwanzig Stunden geschlafen? Bei allen Göttern, ich muss wirklich lernen, auf meinen Körper zu hören! Oder auf Lola ...

Durstig schleppe ich mich zur Toilette, um ein Glas Wasser zu trinken, und nutze die Gelegenheit, um mir die Zähne zu putzen. Duschen wäre auch nicht übel.

Ich schicke mich an, die Gemeinschaftsduschen aufzusuchen, als die Zimmertür geöffnet wird und Lola triumphierend hereinkommt.

»Und wer hatte jetzt recht?«

Ich gebe nach und setze mich auf mein Bett, wo sie sich zu mir gesellt. Sie fragt mich, wie ich mich fühle, und ist beruhigt.

»Carter hat eine Krankenschwester geschickt«, informiert sie mich dann, »die dir im Schlaf deine Medikamente gespritzt hat.«

Angesichts meiner entsetzten Miene spricht sie weiter.

»Ich habe deinen Arzt angerufen, um mir die Identität

dieser Schwester bestätigen zu lassen, für wen hältst du mich?«

Ich stoße einen langen Seufzer der Erleichterung aus, gefolgt von einem leisen Lachen, und Lola drückt mir einen Schmatzer auf die Wange.

»Willst du dich heute Nachmittag ausruhen, oder kommst du in den Unterricht?«

»Ich werde noch ein wenig ruhen.«

Beruhigt nickt sie.

»Heute Abend findet bei der Studentenverbindung eine Party statt, aber wenn du willst, bleibe ich bei dir, um dir Gesellschaft zu leisten. Das mache ich gern.«

»Du träumst wohl! Ich komme mit!«

Sie setzt eine strenge Miene auf und schüttelt den Kopf.

»Lo, ich war zehn Tage im Krankenhaus und habe gerade vierundzwanzig Stunden geschlafen. Ich brauche frische Luft! Ich werde Wasser trinken und weder rauchen noch tanzen. Pfadfinderehrenwort!«

Meine Freundin mustert mich mit zögerlich verzogenem Gesicht, doch ich sehe ihr an, dass sie eingelenkt hat.

Aus Prinzip setzt sie trotzdem hinzu, dass sie sich das überlegen wird, und ich zapple schon vor Ungeduld.

»Ich muss wieder ins Seminar«, erklärt sie. »Hier, ich habe dein Essen mitgebracht.«

Ich öffne die Plastiktüte, die sie mir hinhält, um den Inhalt in Augenschein zu nehmen, denn ich bin fest entschlossen, meine Ernährungsvorschriften zu befolgen, aber auf dem Deckel des Behälters steht mein Name.

»Die Köchin hat mich in der Cafeteria angesprochen. Anscheinend hat Carter ihr eine Liste der Zutaten gegeben, die du nicht essen darfst. Nicht übel von den Devils, was?«

Sie pustet mir einen Luftkuss zu und verlässt das Zimmer. Ich zucke die Achseln und verschlinge dann ausgehungert die Mahlzeit.

Der Rest des Tages vergeht so langsam wie ein Nachmittag im Krankenhaus. Nach einer belebenden Dusche und nachdem ich meine Medikamente genommen habe, beuge ich mich über die Seminarunterlagen, die Emily mir gestern Abend mitgebracht hat, aber die Konzentration ist nicht da. Jede Kleinigkeit lenkt mich ab, und ich bin unfähig, mir die geringste Information einzuprägen.

Um neunzehn Uhr kehrt Lola zu meiner allergrößten Erleichterung zurück und bringt Aurora mit.

»Bist du bereit, Party zu machen?«

»Mehr als je zuvor!«

Meine Mitbewohnerin geht duschen, während Aurora und ich uns für die Party zurechtmachen.

»Ich bin so froh, jetzt hier zu sein!«

»Wie hast du Jackson eigentlich kennengelernt?«, frage ich sie neugierig.

Sie setzt sich mit einem seligen Lächeln auf mein Bett und kramt alte Erinnerungen hervor.

»Ich bin 2012 nach Chelsea gekommen. Ich war die Neue in der Schule, und ob du es glaubst oder nicht, Jackson war ein ziemlicher Mistkerl. Er gehörte zu einer Gruppe von Freunden, die älter waren als er, Oberstufler. Sie waren unzertrennlich, neigten aber zur Gewalt. Er hat sich beeinflussen lassen, hat sich an der Schule ständig geprügelt und war abscheulich.«

Ich sehe sie ungläubig an.

Das kann ich nicht fassen! Jackson, so brutal? Dann hat er nicht übertrieben?

»Zu meinem größten Pech«, fährt sie fort, »kam ich im nächsten Schuljahr in seine Klasse. Entgegen allen Erwartungen schien er sich geändert zu haben. Wir haben in Mathe nebeneinandergesessen, und in jeder Stunde haben wir ein wenig mehr geredet. Er hatte immer noch denselben Freundeskreis, aber er hatte sich von ihnen gelöst, als hätte er endlich gelernt, selbst zu denken. Wir waren dann schnell unzertrennlich. Aber in der Oberstufe hat Jackson sich dann ohne ersichtlichen Grund von mir distanziert. Sechs Monate hat er nicht mehr mit mir geredet. Eines Abends bin ich ihm bei einer Party begegnet. Er war mit seinem besten Freund dort«, sagt sie und verzieht das Gesicht. »Wir haben uns wegen der Entfremdung zwischen uns gestritten, und am Ende hat er mich geküsst. Er hat sich jede Woche stärker verändert, bis er der war, der er heute ist.«

Ich kann mir Jackson wirklich nicht als bösen Jungen vorstellen, das kommt mir irreal vor.

»Schwer zu glauben, was?«

Mit aufgerissenen Augen nicke ich.

»Und wer war dieser beste Freund?«, frage ich, obwohl ich die Antwort schon kenne.

»Clarke Taylor, der König der Idioten in Person. Am Anfang meiner Beziehung zu Jackson bin ich ihm ein paarmal über den Weg gelaufen. Dann haben Clarke und er sich zu unterschiedlich entwickelt und sich nicht mehr getroffen. Jackson hat diese Distanz sehr schwer verkraftet. Die beiden kannten sich schon so lange ... Heute ist er Mitglied einer Gang.«

»Ich weiß«, gestehe ich. »Ich kenne ihn flüchtig. Er ist der beste Freund von Lolas Bruder.«

Aurora klappt die Kinnlade herunter.

»Ist er immer noch so ein Schwachkopf?«

Was soll ich darauf sagen? Clarke ist mir ein zu großes Rätsel, um darauf in wenigen Worten eine richtige Antwort zu finden.

»Keine Ahnung, dazu kenne ich ihn nicht gut genug. Aber sein Ruf eilt ihm voraus.«

»Ich rate dir, dich von ihm fernzuhalten. Er ist eine tickende Zeitbombe. Am Ende tut er immer allen weh, die mit ihm zu tun haben.«

Ich schlucke heftig.

Eine tickende Zeitbombe.

Eine inhaltsschwere Metapher, die man auch schon auf mich angewendet hat.

Bald kommt Lola vom Duschen zurück. Schick herausgeputzt treffen wir uns auf dem Parkplatz mit Emily und Jackson und fahren zum Verbindungshaus. Die gute Musik im Auto stimmt uns schon auf die Party ein, und als wir unser Ziel erreichen, sind wir bereit, uns zu amüsieren.

Wir treten ins Haus, aber der starke Zigarettengeruch lässt in meinem Kopf Alarmglocken schrillen. Eine Rauchwolke zieht durch den großen Raum, und überall glimmen Dutzende von Glutpünktchen. Ich brauche kein Wort zu sagen, damit Lola mich abrupt aus dem Verbindungsgebäude und an die frische Luft zieht.

Wir stehen auf der Vortreppe, und die Party ist für mich gestorben. Das wäre ein zu gefährliches Spiel mit dem Feuer. Das kann ich mir nicht mehr leisten. Ich sehe mich schon geschlagen zum Campus zurückschleichen.

Unsere Freunde gesellen sich mit betrübter Miene zu uns und wissen nicht recht, was sie sagen sollen, als Wyatt, Logan und einige Mitglieder der Football-Mannschaft auftauchen.

»Avalone! Lange nicht gesehen«, erklärt Wyatt und umarmt mich. »Schlimm, das mit deiner Tante, mein herzliches Beileid.«

Ich habe überhaupt keine Tante ...

Lola tritt verlegen und panisch einen Schritt vor, und ich ziehe fragend eine Augenbraue hoch.

»Ich weiß, du wolltest nicht, dass ich ihnen das verrate, aber du bist neulich abends am See so schnell verschwunden, dass ich den anderen vom Tod deiner Tante erzählt habe.«

Ich unterdrücke ein Lachen, versuche, angemessen betrübt dreinzuschauen, und nicke dankbar.

Logan tritt auf mich zu, und ich weiche reflexhaft zurück. Doch er scheint es nicht zu bemerken, denn er kommt noch ein wenig näher. Er sieht mir unangenehm lang in die Augen, und ich nehme ihm sein leises, schüchternes Lächeln keine Sekunde ab.

»Was willst du trinken?«, fragt er mich.

Er zeigt ins Innere der Villa, aber ich rühre mich nicht vom Fleck.

»Nichts, danke.«

Logan lacht.

»Ich liebe deinen Sinn für Humor!«

»Das ist kein Scherz.«

Verblüfft zieht er die Augenbrauen hoch.

»Ah, verstehe. Du rauchst lieber einen Joint!«

Ich verschränke die Arme vor der Brust und mustere ihn ernst.

Er kann sich wohl nicht vorstellen, dass jemand auf eine Party geht und weder raucht noch trinkt.

»Auch nicht.«

»Na schön, wie wäre es, wenn wir eine Zigarette rauchen?«, versucht er es noch einmal.

Ich habe noch nie mit meinen Gefühlen hinter dem Berg gehalten. Andere wissen immer gleich, ob ich sie leiden kann oder nicht; aber Logan wirkt nicht, als merke er, dass seine Anwesenheit und dieses Gespräch mir nicht passen.

Außer, er hält das für ein Spiel ...

»Nein. Ich rauche und trinke nicht«, erkläre ich ihm mit dem Rest Geduld, den ich noch habe.

»Warte! Was für eine Studentin raucht und trinkt nicht?«

So langsam geht er mir ernsthaft auf den Geist. Ich werfe ihm meinen Todesblick zu, wie Lola, die immer noch mit den anderen redet, ihn nennt.

»Ich offensichtlich.«

Aber auf diesem Ohr ist Logan taub. Er packt mich am Handgelenk und zerrt mich in die Villa. Verblüfft stolpere ich vorwärts und muss einen Fuß vor den anderen setzen, um nicht zu stürzen. Sobald ich das Gleichgewicht wiedergefunden habe, stemme ich die Absätze in den Boden, damit er stehen bleibt, aber er ist viel zu stark für mich, und ich stakse hinter ihm her. Seine Faust tut mir weh. Umsonst kämpfte ich gegen ihn an und schreie, er soll mich loslassen; ich finde mich mitten im Salon wieder, wo der Zigarettenrauch hängt. Aus einem Reflex heraus halte ich die Luft an, doch ich halte nicht lange durch. Als mir die Luft ausgeht, muss ich abrupt einatmen, und die Angst überwältigt mich. Ich hatte erst vor einigen Tagen einen Herzstillstand; ich kann es mir nicht erlauben, länger hierzubleiben.

»Lass mich los!«

Er dreht sich zu mir um; allerdings, ohne mich freizugeben. Wahrscheinlich gefällt es ihm, wie ich gegen ihn ankämpfe, denn er verzieht die Lippen zu einem gemeinen Grinsen. Als er mir so nahe ist, dass ich seinen Atem rieche und in seine Augen sehen kann, begreife ich, dass er schon viel zu betrunken ist.

»Mann, was machst du da?«, schreitet Wyatt ein.

Der Running Back kommt direkt auf uns zu, doch Logan stößt ihn heftig zurück. Wyatt hebt die Hände, um seine friedlichen Absichten zu demonstrieren, und sieht seinen Mannschaftskapitän ernst an. Ihm wird klar, dass er heute Abend für Probleme sorgen wird.

»Lass sie los, Logan. Sie hat klar zum Ausdruck gebracht, dass sie nichts von dir will!«

Der immer so sanfte Wyatt ist angespannt wie eine Bogensehne und steht kurz davor, auf seinen Freund loszugehen – falls die beiden denn Freunde sind. Ich werde immer panischer.

»Du tust mir weh!«, schreie ich.

»Sei mal nicht so eine Spielverderberin und trink was!«

Logan hält mir einen Becher mit Alkohol hin, dem ich einen kräftigen Stoß versetze. Der Becher fällt zu Boden und verspritzt seinen Inhalt. Das bringt seinen Besitzer erst recht auf die Palme. Während Wyatt versucht, die Auseinandersetzung friedlich beizulegen, schaue ich mich verzweifelt nach meinen Freunden um, die in den Salon treten und erschrocken sind, mich hier zu sehen.

Ein Schmerzensschrei entfährt mir, als Logan mir den Arm umdreht und Wyatt anschreit. Ich will schon das Bein anheben, um ihm mit aller Kraft auf den Fuß zu treten, als eine tiefe, hasserfüllte Stimme erschallt. Eine Stimme, bei deren Klang ich am liebsten in Freudentränen ausbrechen würde.

»Lass sie los!«

Augenblicklich fährt mein Kopf zu Clarke und den Devil's Sons herum, die so schön, so stark und so Furcht einflößend wie immer wirken. Ich kann mein Lächeln nicht verbergen, während sich Totenstille über das Haus senkt. Ich war noch nie so froh, die Jungs zu sehen; ich würde ihnen am liebsten der Reihe nach um den Hals fallen.

Clarkes Miene dagegen ist kalt, verschlossen und bedrohlich. Sein Kiefer wirkt verkrampft, er ballt die Fäuste, und sein zornerfüllter Blick, der sich auf Logan richtet, verheißt diesem tausend Leiden.

Meine Erleichterung weicht der Angst. Der Furcht davor, Blut fließen zu sehen. Der Beklommenheit bei dem Gedanken, dabei zuzusehen, wie Clarke den Kapitän der Footballmannschaft bis zum K. o. prügelt. Sie hätten vielleicht doch nicht in diesem Moment aufkreuzen sollen.

Logan lässt mich nicht los und mustert Carters Stellvertreter mit herausfordernder Miene. Ich versuche mich zu befreien – vergeblich. *Ist der Typ lebensmüde oder was?*

»Von jetzt an«, brüllt Clarke, an alle gerichtet, »geht ihr nach draußen, wenn ihr rauchen wollt! Wenn ich sehe, wie sich jemand im Haus eine Kippe oder einen Joint anzündet, schlage ich ihn krankenhausreif!«

Sofort drücken die Studenten ihre Zigaretten aus, und auf eine knappe Kopfbewegung von Jesse hin reißen einige die Fenster auf, um den Rauch nach draußen und frische Luft nach drinnen zu lassen. Mein Herz, das in meiner Brust rast, beruhigt sich kaum merklich, doch ich habe das Schlimmste noch nicht hinter mir. Alle Partygäste haben unterbrochen, was sie gerade tun, und beobachten beklommen die Szene. Sämtliche Gespräche sind verstummt, und man hört keinen Laut mehr. Clarke kommt bedrohlich langsam auf uns zu.

»Was daran kapierst du nicht? Sie will nicht. Und ich habe dir gesagt, du sollst sie loslassen!«

Das Grün seiner Augen ist der Finsternis gewichen, und seine Fäuste brennen nur darauf, sein neues Opfer niederzuschmettern.

Meine Freunde starren uns an. Jackson und Daniel tun einen Schritt in unsere Richtung, wissen aber genau, dass sie sich Clarke nicht in den Weg stellen dürfen. Ich bin fest entschlossen, die Lage nicht aus dem Ruder laufen zu lassen, und nutze den Umstand, dass Logans Aufmerksamkeit dem Devil gilt, um mich mit einem Ruck von ihm loszureißen. Was mir einen finsteren Blick des Mannschaftskapitäns einträgt. Dennoch kommt Clarke näher und genießt jeden Moment bis zu seinem Gewaltausbruch. Ich versperre ihm den Weg. Er bleibt wie angewurzelt stehen und nimmt mich in Augenschein, um sich davon zu überzeugen, dass mir nichts fehlt. Als er eine seiner Fäuste auf meine Augenhöhe hebt, überläuft mich ein Schauer. Aber er öffnet die Hand und schiebt mir nach kurzem Zögern eine Haarsträhne hinters Ohr zurück. Und da trifft es mich wie ein Blitz.

So verblüffend das vielleicht ist – ich glaube, ich konnte es kaum erwarten, dass er zurückkommt.

In der nächsten Sekunde ballt Clarke erneut die Fäuste. Ich sehe ihn bittend an; flehe ihn an, auf den Kampf zu verzichten. Doch Wyatt tritt auf uns zu, zerreißt die Verbindung, die ich gerade zwischen uns aufbaue, und das macht ihn noch nervöser.

Der zweite Mann der Gang wendet sich dem Running Back zu. Er überragt ihn um einiges, aber er übertrifft ihn auch an Körpermasse. Er ist bereit für den ersten Schlag, und das spürt man in der ganzen Villa.

Lola hat mir erklärt, wenn Clarke sich prügelt, solle man flüchten, weil er alles vernichtet, was sich ihm in den Weg stellt. Und das trifft viele Unschuldige.

»Aus dem Weg!«

Clarkes Stimme lässt mein Blut gefrieren.

»Hat doch keinen Sinn, sich zu prügeln«, versichert Wyatt mutig. »Logan ist ein dreckiger Mistkerl, aber vor allem ist er betrunken. Du wirst ihn umbringen.«

Der Devil's Son packt den Running Back am Jackenkragen, und alle halten die Luft an. Wyatt zuckt mit keiner Wimper, und Clarke schlägt ihn nicht. Als hätten die beiden so viel Respekt voreinander, dass sie diese Grenze, von der es kein Zurück gibt, nicht überschreiten.

»Soll er doch kommen – dem reiße ich den Arsch auf!«, brüllt Logan und hält sich trotz seiner Worte im Hintergrund.

»Halt's Maul!«, schreit ihm Wyatt zu, ohne Clarke aus den Augen zu lassen.

Ein sadistisches Grinsen tritt auf die Lippen des Bikers, als er dem Kapitän das Gesicht zuwendet. Letzterer versucht – reine Provokation – einen Schritt in meine Richtung zu tun, doch er wird schnell von Clarke gestoppt, der sich schon auf meiner Höhe befindet und entschlossen ist, seinem Gewaltausbruch freien Lauf zu lassen. Er will um mich herumtreten, doch ich halte ihn am Arm fest. Erneut sehe ich ihm in die verdüsterten Augen. Sein Blick gleitet zu meinen zitternden Händen und dann wieder zu meinem Gesicht.

»Bitte, Clarke ...«

Die Devils verfolgen die Szene amüsiert und angeln sich Chips aus Tuckers Tüte, wie man bei einem guten Film Popcorn knabbert. Haben diese Idioten nicht vor, einzuschreiten, um die Lage zu entschärfen?

Ist ihnen denn nicht klar, dass dabei schnell ein Unfall passieren kann?

»Beschützt du deine Freundin, Taylor?«, spottet Logan.

Dieses Mal habe ich überhaupt keinen Einfluss auf Clarke, der sich mit Leichtigkeit von mir losmacht und um mich herumtritt. Als ich herumfahre, überholt mich Jesse und legt seinem Freund eine Hand auf die Schulter. Er flüstert ihm etwas ins Ohr, das nur er hören kann.

»Komm schon ...«, erklärt er dann laut. »Er ist es nicht wert.«

Jesse zwinkert mir zu. Trotzdem bleibe ich in Alarmbereitschaft, denn ich bin noch nicht überzeugt davon, dass es ihm gelungen ist, Clarke zu beruhigen. Doch gegen alle Erwartung wendet der Bad Boy mir endlich das Gesicht zu, und nach einigen Sekunden, in denen er mich eindringlich ansieht, entfernt er sich widerwillig von Logan, obwohl er immer noch voll unterdrückter Wut die Fäuste ballt.

»Miststück!«, schreit Logan, an mich gerichtet.

Sofort dreht sich Clarke mit wutentbrannter Miene um, doch die Devil' Sons halten ihn schon zu viert zurück, obwohl er sich heftig gegen sie wehrt.

Ein dumpfer Knall lenkt alle unsere Aufmerksamkeit auf Logan, der schwer zu Boden sackt. Aus seiner gebrochenen Nase läuft ihm Blut übers Gesicht, und Jesse steht zornentbrannt über ihm.

»Wie hast du sie gerade genannt?«, brüllt er ihn an.

Schockiert über den heftigen Hieb schlage ich die Hand vor den Mund, aber erschrocken bin ich vor allem über Jesse. Ausgerechnet er, der sich normalerweise über alles mokiert und den alles langweilt ...

Ich lächle zufrieden und lasse es zu. Im Unterschied zu Clarke, der Logan zusammengeschlagen hätte, bis zehn Personen ihn gewaltsam von ihm getrennt hätten, kann Jesse sich mit einem einzigen Schlag zufriedengeben. Exakt genug, um den Quarterback wieder zur Vernunft zu bringen.

Einige Footballspieler machen einen bedrohlichen Schritt auf ihn zu.

»Schafft euren Kapitän nach draußen, sonst fliegt ihr alle raus«, erklärt Jesse.

Er hat nichts mehr von diesem Typ, dem alles egal ist. Seine Ausstrahlung ist genauso furchterregend wie sein Äußeres. Wenn er nicht zu meiner Verteidigung herbeigeeilt wäre, hätte ich genauso viel Angst vor ihm wie alle anderen hier.

Die Studenten werfen einander besorgte Blicke zu und starren dann die Spieler an. Sie beten darum, dass sie sich fügen, um ein Massaker zu vermeiden. Sie haben Angst.

»Los, raus mit ihm«, befiehlt Wyatt.

Er versetzt Derek einen Klaps auf die Schulter, doch dieser rührt sich nicht und mustert Jesse finster.

»Das ist *unsere* Verbindung.«

»Die Carter finanziert!«, regt sich Sean auf. »Wir sagen das nicht noch mal.«

Ich wende den Blick von Derek ab, um festzustellen, ob sie der Gang das abnehmen. Innerhalb einer Sekunde sehe ich, dass der Footballspieler bereit ist, sich in Bewegung zu setzen. Verschwunden sind die sanften Devils, die ich am Rand des Swimmingpools kennengelernt habe. Jetzt sehe ich nur noch extrem angespannte Körper, von denen eine unterdrückte Drohung ausgeht. Ihre Züge sind vor Zorn verzerrt.

Die Götter seien gelobt, Derek fügt sich schließlich und geht zu seinem Quarterback, der gerade nicht ganz bei sich ist. Daniel und Jackson helfen dabei, ihn hochzuheben. Sie hieven ihn hoch und tragen ihn vor aller Augen aus dem

Haus. Die Stimmung ist auf dem Nullpunkt, und die Studenten stehen wie erstarrt da, als warteten sie auf die nächste Eskalation. Und dann, mit einem Mal, nimmt die Party ihren normalen Gang wieder auf. Tucker legt besorgt die paar Meter, die uns trennen, zurück, nimmt mich völlig unerwartet in die Arme und stößt dann einen Seufzer der Erleichterung aus.

»Wie geht's dir?« Er lehnt sich zurück und mustert mich aufmerksam.

»Gut, einigermaßen.«

»Du musst dich ausruhen«, rät mir Jesse, als er uns erreicht.

»Geschlafen habe ich wirklich genug«, antworte ich ihm mit einem schwachen Lächeln, denn ich bin immer noch angeschlagen von den Ereignissen. »Danke für …«

Ich lasse die Worte in der Luft hängen, denn ich kann keine weiteren finden, um meinen Satz zu beenden.

»Haben wir dir doch gesagt. Wir helfen einander, S.«

Der Spitzname wird mich immer zum Lachen bringen, und mein Herz beruhigt sich. Ich dachte, die Devil's Sons würden mir immer nur Probleme bereiten, und dabei haben sie mir wahrscheinlich gerade das Leben gerettet.

Wyatt tritt bekümmert zu uns.

»Das mit Logan tut mir leid. Wenn es nur um mich ginge, hätte ich ihn schon aus der Mannschaft geworfen und von Partys und der Uni verbannt.«

Sie sind also keine Freunde. Der Running Back unterstützt seinen Mannschaftskapitän nur, weil ihm nichts anderes übrig bleibt.

Ich versichere ihm, dass alles gut ist, aber die beiden Devils stellen weiter eine angespannte Beschützerhaltung zur Schau. Ich sehe Wyatt verlegen an, worauf er sich abwendet, dann suche ich Clarkes Blick und bereue es sofort. Er küsst gerade eine Frau und drückt sie gegen die Wand. Mit einer Hand durchwühlt er ihr Haar, und die andere liegt auf ihrem Hintern.

Mein Hals schnürt sich zu, was mich noch wütender macht, obwohl ich versuche, mir nichts anmerken zu lassen.

Sie führen mich zum Rest der Gang, und ich zwinge mich, weniger als einen Meter vor Clarke und seiner neuen Eroberung stehen zu bleiben.

»Solltest du nicht in deinem Bett liegen, Lopez?«, fragt mich Sean mit einem breiten Grinsen.

»Darin musste ich die letzten Wochen genug Zeit verbringen!«

Sean lacht, und Set legt einen Finger unter mein Kinn, um meine Aufmerksamkeit auf sich zu lenken. Besorgt mustert er mich.

»Wie geht's dir, Göttin?«

Ich bin dieser Frage überdrüssig, also nehme ich seine Hand und lege sie an mein Brustbein, damit er meinen Herzschlag fühlt. Er konzentriert sich ein paar Sekunden, um sich zu vergewissern, dass mein inneres Organ angemessen funktioniert, und dann tritt ein breites, provozierendes Lächeln auf seine Lippen.

»Wenn du willst, dass ich deine Brüste anfasse, brauchst du es bloß zu sagen.«

Ich kriege fast keine Luft. Dann klopfe ich ihm unter dem Gelächter der Devil's Sons, in das er einfällt, auf die Schulter.

Justin zieht mich an sich, und ich glaube zu sehen, wie Clarke die Stirn runzelt, während seine Begleiterin an seinem Hals saugt. *Was für ein Idiot!*

»Du musst mir erklären, was diese Fachsimpelei bedeutet, ich habe deine Untersuchungsergebnisse nicht ganz kapiert.«

»Du hast meine Untersuchungsergebnisse?«

»Na klar. Ich wollte schließlich mal Medizin studieren, bevor ich ein großer, böser Verbrecher geworden bin. Man könnte meinen, dass es mir das Hirn erweicht, mit Tucker zu tun zu haben. Sag mal, bist du in den paar Sekunden, in denen du nicht mehr am Leben warst, Hel begegnet?«

Seine Frage lässt meinen aufsteigenden Ärger sofort verfliegen, und als ich mit Nein antworte, wirkt er enttäuscht, was mir ein Lächeln entlockt. Als er dem triumphierenden Tucker einen Geldschein hinhält und ich begreife, dass die beiden gewettet haben, ob ich die Todesgöttin getroffen habe, platze ich kopfschüttelnd vor Lachen heraus.

Ich bin entschlossen, mich wieder zu Jackson und Daniel zu gesellen, die zurück im Haus sind, als ich eine Diskussion zwischen Clarke und Lola mithöre.

»Es braucht keine Fäuste, wenn man auf die Geschlechtsteile zielt!«, meint meine Freundin.

»Eine Frau, die auf die Eier zielt, das ist vorhersehbar. Eine Frau, die einem einen rechten Haken verpasst, nicht.«

Erzähl das mal Ange.

Ich gehe wieder zu meinen Freunden, Emily fällt mir um den Hals und fragt, wie es mir geht. Dann entschuldigen sich Daniel und Jackson für das Benehmen ihres Mannschaftskapitäns. Sie wirken schockiert, obwohl ich es keine Sekunde lang bin. Logan ist ein Stinkstiefel, das merkt man schon aus kilometerweiter Entfernung.

Lola tritt zu uns und grinst verdächtig. »Emily, Wahrheit oder Pflicht?«

»Wahrheit«, antwortet unsere Freundin schüchtern.

»Wenn du jemandem in diesem Raum näherkommen könntest, egal wem, wen würdest du dir aussuchen?«

Emily wird knallrot und schlägt die Augen nieder. »Sean Olson«, gesteht sie leise.

Kurz verschlägt es allen die Sprache, und dann brechen wir in schallendes Gelächter aus. Nie hätten wir gedacht, dass unsere so zurückhaltende, sanfte Freundin sich zu einem Devil's Son hingezogen fühlen könnte. Aber Sean sieht mit seinem lockigen kastanienbraunen Haar, seinen hohen Wangenknochen und seinem kantigen Kiefer großartig aus, keine Frage.

Wir ziehen Emily auf und bringen sie sogar zum Lachen. Dann wende ich mich mit einem Hintergedanken an Daniel.

»Wahrheit oder Pflicht?«

»Pflicht!«

»Bring deinen Becher zu der Frau, die dir auf dieser Party am besten gefällt.«

Ich spüre, wie Lola sich sofort verspannt. Daniel tritt lächelnd an meiner Mitbewohnerin vorbei. Ich verstehe gar nichts mehr.

Als er hinter ihr anhält, schöpfe ich wieder Hoffnung, während sie wie versteinert dasteht und sich nicht umdrehen mag, um zu sehen, wer die Auserwählte ist.

Er hält Lola seinen Becher vor die Augen und drückt die Lippen auf ihre Wange. Lola lacht gelöst und nimmt den Becher. Daniel schlingt die Arme um ihre Taille.

»Wahrheit oder Pflicht?«, fragt er sie.

»Pflicht.«

»Würdest du mit mir frische Luft schnappen gehen?«

Lola kichert, Daniel nimmt ihre Hand, und die beiden verschwinden vor unseren amüsierten Blicken.

»Das wurde auch Zeit«, meint Jackson.

»Die Pizza ist da!«, ruft ein Mann.

Die Studenten schreien fröhlich durcheinander und stürzen zu den Tischen, auf denen vier Typen gerade ungefähr fünfzehn Pizzakartons abstellen. Mein Magen knurrt heftig, aber ich höre wieder die Worte des Arztes. Meine Ernährungsvorschriften sind streng: kein Salz, keinen Käse. Ich kann also nichts von der Pizza essen.

»Ich stürze mich in den Kampf«, erklärt uns Jackson.

Er kämpft sich durch zu den Pizzen und kommt schließlich mit einem Teller voller Pizzastücke zurück.

»Bedient euch.«

Die Frauen stürzen sich darauf, während ich den Blick abwende und ärgerlich bin, weil ich nichts essen kann.

Ungefähr eine halbe Stunde später kommen Daniel und Lola Hand in Hand zurück, und als sie uns erreichen, küssen sie sich vor uns.

Wir jubeln laut, und Jackson klopft seinem Freund kameradschaftlich auf die Schulter. »Pass gut auf sie auf, Kumpel.«

»Das habe ich vor, keine Sorge.«

Lola ist so glücklich, dass sie den ganzen Raum erstrahlen lässt. So habe ich sie noch nie erlebt, und ich bin wirklich gerührt bei ihrem Anblick. Als mir das bewusst wird, wird mir klar, dass ich zu viel mit ihr abhänge.

Mein Blick fällt auf Set, der Daniel mit drohendem, ja beinahe mordlustigem Blick ansieht.

So ein Mist!

Er marschiert direkt auf ihn zu, doch ich stelle mich ihm in den Weg.

»Dein schönes Gesicht wird mich nicht aufhalten. Lass mich durch, Avalone.«

Ich schüttle den Kopf. Wir hatten heute Abend schon genug Gefühlsausbrüche.

»Er ist ein anständiger Kerl, Set.«

Er sieht mir tief in die Augen. Seine Züge wirken angespannt, doch er hört mir zu. Also sind nicht alle Devils so wie Clarke Taylor.

»Gib ihm nicht die Schuld für etwas, das er wahrscheinlich nie tun wird, zum Beispiel Lola wehtun.«

»Und wenn doch? Bei Odins Auge, ich ...«

»Dann wird deine Schwester vielleicht kurze Zeit traurig sein, aber sie erholt sich wieder. Ich werde für sie da sein, und du auch. So ist das Leben, dagegen kannst du nichts tun.«

Er sieht seine Schwester besorgt an, konzentriert sich dann wieder auf mich und seufzt.

Seine Sorge ist rührend; er will nur das Beste für Lola. Ich schenke ihm ein zärtliches Lächeln, das zur Grimasse wird, als ich mich räuspere. Mehrmals schlucke ich, doch vergebens.

Etwas reizt meine Lunge und lässt mich nicht richtig atmen. Ich huste noch einmal und krümme mich dabei, was Set beunruhigt. Besorgt legt er mir eine Hand auf die Schulter.

»Der Rauch hat sich noch nicht ganz verzogen. Komm, wir gehen frische Luft schnappen.«

Statt einer Antwort versuche ich noch einmal, den Hals freizubekommen, und dann stehe ich nicht mehr auf dem Boden. Ich ersticke fast und finde mich auf seinen Armen wieder, und er durchquert schnellen Schritts den Raum. Ich sehe, wie meine Freunde uns nachsehen und die Devil's Sons uns bemerken. Ein paarmal schüttle ich den Kopf, und Set begreift sofort: Ich will nicht, dass man mich in diesem Zustand sieht. Er befiehlt ihnen, zurückzubleiben, und bringt mich aus dem Haus. Ich atme die kühle, reine Luft ein, und sie vertreibt den giftigen Rauch, was bei mir einen neuen Anfall von trockenem Röcheln hervorruft, das noch schmerzhafter ausfällt.

Zutiefst panisch krümme ich mich an seiner Brust. Was ich an meiner Krankheit am meisten hasse, ist, keine Luft zu bekommen. Dieses Erstickungsgefühl ist das Schlimmste. Man kann an nichts anderes mehr denken als den nächsten brennenden Atemzug.

Nachdem Set allen Studenten befohlen hat, den Garten zu verlassen, legt er mich behutsam ins Gras und kniet aufrichtig besorgt neben mir nieder. Ich mache mir allerdings noch größere Sorgen. Durch meine Krankheit neige ich zu Lungenödemen; Wasser in den Lungen. Ohne vorbeugende Behandlungen würde ich sie viel öfter bekommen. Da mein Herz das Blut nicht richtig pumpt, tendiert es dazu, sich in den Lungengefäßen zu sammeln. Und wenn der Druck des Bluts in den Gefäßen zu stark wird, entweicht Flüssigkeit in die Lungenbläschen. Wenn die Krise nicht in den nächsten paar Minuten vorbeigeht, bin ich wieder reif fürs Krankenhaus. Und dieses Mal überlebe ich es wahrscheinlich nicht.

Mit meinen zitternden Händen kippe ich den Inhalt meiner Handtasche auf den Boden und greife nach meinem Smartphone, aber ich habe nicht mehr genug Kraft. Als Set erkennt, was ich vorhabe, nimmt er mein Handy und öffnet meine Kontakte. Er tippt »Doc« auf der Tastatur und wirft mir einen fragenden Blick zu. Ich nicke. Er schlingt die Arme um mich, zieht mich mit dem Rücken an seine Brust und ruft meinen Arzt an, der beim ersten Klingeln abnimmt.

»Avalone? Geht's dir gut?«

»Nein«, antwortet Set über mein Husten hinweg.

Mein Hals brennt, und mir stehen Tränen in den Augen, die schließlich über meine Wangen rollen. Würde Set mich nicht umarmen und an sich drücken, wäre ich mit dem Gesicht voran auf den Boden gefallen.

»Sie hat Zigarettenrauch eingeatmet, passiv. Jetzt hustet sie schon einige Zeit und kann nicht aufhören. Soll ich sie ins Krankenhaus fahren?«

»Wenn sie es schafft, sich schnell zu beruhigen, nicht. Ich probiere mal etwas aus. Kann sie mich hören?«

Set antwortet ihm, dass er auf Lautsprecher geschaltet hat.

»Avalone, ich habe dir die nötigen Medikamente zur Vorbeugung von Lungenödemen gegeben. Du hast keine Flüssigkeit in der Lunge, sondern nur Panik nach deinem Herzstillstand. *Das ist nur eine Panikattacke.*«

Ich höre seine Worte, doch das ändert nichts an meinem Zustand. Set hält mich fester, und ich spüre, wie seine Hände an meinem Körper zittern.

»Spuckst du Blut oder eine schaumige Flüssigkeit?«, fragt der Arzt.

Set antwortet an meiner Stelle, dass dem nicht so ist.

»Sind dein Gesicht und deine Hände blau angelaufen?«

Der Devil legt mir sanft eine Hand ans Gesicht, um es an sich zu ziehen, und ich begegne seinem zutiefst aufgewühlten Blick. Er überprüft meine Hautfarbe, dann hebt er meine Hand auf seine Augenhöhe.

»Nein«, antwortet er.

Er schließt mich in die Arme und drückt die Lippen auf meinen Scheitel.

»Hast du Schmerzen in der Brust?«

Ich schüttle den Kopf, und Set gibt meine Antwort an den Arzt weiter, der erleichtert aufseufzt, als wäre er sich seiner vorhergehenden Behauptungen nicht sicher gewesen. Man muss zugeben, dass bei mir alles möglich ist.

Nach und nach und dank dem Arzt begreife ich, dass ich abgesehen von dem Husten keine Symptome eines Lungenödems habe.

»Das ist nur ein Panikanfall, Avalone. Du bist vor zwei Wochen nicht gestorben, und du stirbst auch heute nicht, hast du mich verstanden?«

»Ja ...«

Meine Stimme zu hören erstaunt mich selbst genauso wie Set und den Arzt. Mit gereiztem Hals huste ich noch einmal, dann ein weiteres Mal. Ein paar Sekunden später noch einmal, und endlich kann ich einigermaßen normal, wenn auch pfeifend, einatmen.

»Du hast es geschafft, dich zu beruhigen, und deine Symptome lassen nach. Wenn es ein Ödem wäre, wären sie noch vorhanden. Dann hätte ich nicht gezögert, dich ins Krankenhaus zu schicken. Alles ist gut, Avalone.«

Set gibt mich behutsam frei, und ich lasse mich auf alle viere sinken, um wieder Luft zu bekommen. Unter Schmerzen atme ich ein und aus. Meine letzten Tränen fallen ins Gras, aber ich zittere immer noch.

Ich habe kein Ödem.

Ich lebe.

Set dankt dem Arzt, bestätigt ihm, dass es mir besser geht, und beendet das Gespräch, während ich mich auf den Rücken lege und starr zu den Sternen aufsehe. Sämtliche Energie hat mich verlassen.

»Geht's besser, göttliche Schönheit?«

»Ja. Danke ...«

Er legt sich neben mich auf den Rücken. Das, was er gerade gesehen und gehört hat, nimmt ihn sichtlich mit.

»Passiert dir das öfter?«

Ich drehe das Gesicht zur Seite, um ihn anzuschauen. Keine Ahnung, ob sich seine Frage auf Lungenödeme bezieht, auf die Luftnot oder die anderen Sorgen, die mir meine Krankheit bereitet.

»Hin und wieder.«

Er seufzt und fährt sich mit immer noch zittriger Hand über seine Bartstoppeln.

»Ich bin noch nie jemandem mit solch einer Krankheit begegnet, der so stark ist wie du ... Wenn Ange dir bei Carter nicht die Medikamente weggenommen hätte, wäre ich nie auf die Idee gekommen, du könntest ein schwaches Herz haben.«

Angesichts der Vorstellung, dass in seinen Augen Krankheit und Kraft nebeneinander existieren können, wende ich den Blick ab und lächle nachdenklich.

»Als ich klein war, dachte ich, dass der Kampf gegen meine Krankheit mich zu einer Kriegerin machen und mir die Tore nach Walhalla[19] öffnen würde, wenn das Ende käme. Als ich begriff, dass das nicht passieren würde, habe ich beschlossen, ein Krönchen aus Plastik aufzusetzen. Wenn es hinunterfiel, hätte ich verloren. Ich habe mich also gezwungen, den Kopf hoch zu tragen, ganz gleich, ob zu Hause oder im Krankenhaus, ob als Kriegerin oder einfach als Überlebende.«

---

19 Walhalla ist der Ort, der die tapferen, im Kampf gefallenen Krieger aufnimmt, nachdem sie von Odins Walküren auf dem Schlachtfeld ausgewählt worden sind. Die Einherjar (Einwohner Walhallas) trinken und feiern bei Nacht an Odins Tafel und duellieren sich bei Tag, um sich auf die Ragnarök vorzubereiten. An diesem verhängnisvollen Tag werden sie die Reihen der Götter verstärken, um deren Feinde zu bekämpfen. Für jeden Mann, der dieser Religion anhängt, ist es eine Mission und eine Ehre, nach seinem Tod nach Walhalla einzugehen.

»Verdammt! Erzähl das bloß nicht Tucker, der wird heulen wie ein Baby ...«

Ich schütte mich vor Lachen aus, und Set streckt einen Arm aus, um mich tröstend an sich zu ziehen, als wäre es das Natürlichste der Welt.

»Ich verneige mich vor Euch, Majestät.«

Ich lächle und bin dankbar für diesen Moment der Ruhe bei ihm. Lola hatte recht. Schwächen stoßen die Jungs nicht ab, im Gegenteil.

»Warum bist du zu den Devil's Sons gegangen? Deine Schwester hat mir erzählt, dass deine Eltern etwas ganz anderes für dich geplant hatten. Aber ich glaube, es gibt viel weniger radikale Wege, ihnen klarzumachen, dass du andere Ziele hattest.«

Set bricht in ein ansteckendes Lachen aus. Er schüttelt den Kopf, ohne sein Lächeln abzulegen.

»Ich war im zweiten Studienjahr. Meine Eltern und ich haben schon mehrere Monate nicht mehr miteinander geredet, weil ich ihnen gestanden hatte, ich wollte nichts mehr mit der hochgestochenen Zukunft, die sie für mich geplant hatten, zu tun haben. Da haben sie mir die finanzielle Unterstützung gestrichen. Sie dachten, ich würde tun, was sie wollten, um an ihr Geld zu kommen, doch das kam für mich gar nicht infrage. Ich brauchte einen Job, um die Miete für mein Zimmer auf dem Campus zu bezahlen, und da kam Clarke gerade richtig. Ich hatte ihn in der *Degenerate Bar* kennengelernt. Er hat sich mit zwei Typen geprügelt, die er ziemlich übel zugerichtet hat, als sechs weitere aufgetaucht sind. Obwohl er wirklich sehr stark ist, hätten ihn sechs mit Eisenstangen bewaffnete Männer totgeschlagen. Also habe ich mich, ohne zu zögern, an seiner Seite geprügelt. Wir haben uns ganz gut geschlagen, aber der Mistkerl hat sich nicht mal bedankt. Er hat kalt reagiert und mich verächtlich angesehen, als wolle er mir auch eine reinwürgen. Und das hat er auch getan.«

Ich reiße die Augen auf, während Set schmunzelt.

»Wie du schon feststellen konntest«, erklärt er dann, »hasst es Clarke, wenn man sich in seine Angelegenheiten einmischt. Ob du es glaubst oder nicht, nach der Rechten, die er mir reingehauen hat, war mir klar, dass der Kerl vollkommen durchgeknallt ist, und ich fand ihn gleich sympathisch. Er ist ohne ein Wort gegangen, aber ein paar Tage später ist er zu mir gekommen und hat mir ein Treffen mit Carter vorgeschlagen. Zu Anfang habe ich es wegen des Geldes gemacht, doch dann habe ich bei den Devil's Sons eine richtige Familie gefunden, nachdem meine eigene mir den Rücken gekehrt hatte. In der Gang nehmen wir einander, wie wir sind, mit unseren guten Eigenschaften und unseren Fehlern. Niemand versucht uns zu ändern, nicht mal Carter. Im Gegenteil, er lehrt uns, unsere Schwächen in Stärken zu verwandeln. Ich habe mich noch nie so gut aufgehoben gefühlt wie bei den Devil's Sons.«

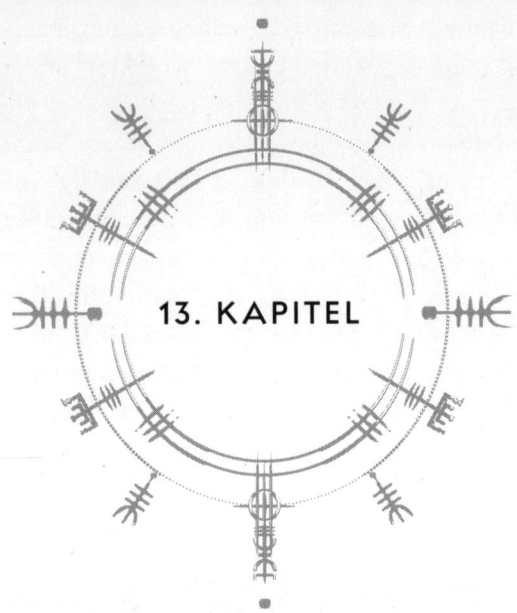

13. KAPITEL

Ein Räuspern lenkt unsere Aufmerksamkeit auf die Ecke des Gartens, in dem sich Clarke befindet. Er lehnt mit verschränkten Armen an der Mauer. Seiner Haltung nach zu urteilen, ist er schon eine Weile dort, und ich hoffe von ganzem Herzen, dass er nicht mitbekommen hat, wie mir die Luft ausging, obwohl Sets Worte über Schwächen mich beruhigt haben.

»Geh wieder rein. Ich passe auf sie auf.«

Set nickt und küsst mich auf die Stirn, und ich richte mich auf, damit er aufstehen kann.

»Und lass Daniel in Ruhe«, sage ich zu ihm.

»Du hast mein Wort!«

Er zwinkert mir zu und verschwindet dann. Mein Lächeln geht mit ihm.

Die Hände in den Taschen, marschiert Clarke auf mich zu und nimmt an der Stelle Platz, an der noch vor ein paar Sekunden Set gesessen hat.

Ich weiß nie, wie ich mich ihm gegenüber verhalten soll,

und das ist frustrierend. Er ist so widersprüchlich. Seine Laune ist unberechenbar; dieser Typ ist unmöglich einzuschätzen.

»Du bist nicht bei deiner Freundin?«, frage ich ihn, um das Schweigen zu brechen.

»Sie ist nicht meine Freundin.«

Eine lange Stille folgt, aber ich lese zwischen den Zeilen. Er hat keine feste Freundin. Ernsthafte Beziehungen interessieren ihn nicht.

Er starrt geradeaus, ohne dabei die geringste Regung zu zeigen.

Warum ist er hier, wenn er sich langweilt?

»Du solltest wieder nach drinnen gehen.«

Er wendet mir das Gesicht zu und kneift die Augen zusammen.

»Um mir Annäherungsversuche gefallen zu lassen, die einer lächerlicher als der andere sind? Nein danke. Da bleibe ich noch lieber bei dir.«

Ich weiß nicht, wie ich das aufnehmen soll, aber ich stoße ein amüsiertes oder verdrossenes Lachen aus; was davon, weiß ich selbst nicht so genau. Trotzdem habe ich Verständnis. Ich würde es hassen, wegen des Bilds, das ich abgebe, im Mittelpunkt zu stehen, und nicht, weil ich der Mensch bin, der ich wirklich bin. Heuchelei ertrage ich nicht.

»Du glaubst nicht an die Liebe?«

Falls meine Frage ihn verblüfft, lässt er sich nichts anmerken.

»Ich glaube nur, was ich sehe.«

»Aber du glaubst an die Götter.«

»Ich glaube an sie, aber ohne sie zu verehren.«

Seine Enthüllung bringt mich in Verlegenheit. Am liebsten möchte ich ihn fragen, ob er beim Tod seiner Eltern das Vertrauen in die Götter verloren hat, doch das kommt mir unpassend vor, daher schweige ich und lasse ihn weitersprechen.

»Genau wie ich an die Liebe glaube, ohne auf sie zu vertrauen. Ich glaube, man definiert sie falsch. Das, was man heutzutage Liebe nennt, ist nur eine Illusion, eine tief verwurzelte Lüge, die man aufrechterhält, um der Einsamkeit zu entrinnen.«

Ich hatte ja nie geahnt, dass Clarke wortgewandt sein kann, wenn er will.

Ich verliere mich in seinem hypnotischen Blick, der tausend Dinge sagen könnte, wenn er es zulassen würde.

»Dann ist die Liebe, so wie man sie heute betrachtet, nicht mehr das, was sie ursprünglich war?«

Er nickt, und ich schüttle ablehnend den Kopf.

»Liebe ist viel mehr als ein einfacher Zeitvertreib. Sie ist real. Sieh doch Jackson und Aurora an, die ...«

Clarke lacht verächtlich auf.

»Wenn Jackson und Aurora sich trennen würden, würde es bloß ein paar Wochen dauern, bis sie sich davon erholen. Sie würden andere Menschen kennenlernen und sich neu verlieben. Ist das für dich Liebe? Austauschbar? Vergänglich?«

Ich öffne den Mund, finde aber keine Worte. Es gibt Liebesgeschichten, die nie vergehen, doch sie sind selten. Und wenn Clarke recht hätte? Wenn die Liebe, die im Lauf der Zeit erlischt, nur ein schwacher Abglanz dessen ist, was sie eigentlich sein sollte?

»Also sollte Liebe ewig währen? Wenn morgen einer der beiden Menschen sterben würde, soll dann der andere vor Trauer zugrunde gehen? Unfähig sein, sich davon zu erholen und ohne Liebe zu leben?«, verlange ich zu wissen.

»Eigentlich schon. Aber diese Art von Liebe ist im Verschwinden begriffen, also verlass dich nicht allzu sehr darauf.«

Sofort verziehe ich das Gesicht.

»Ich will nichts mit Liebe zu tun haben, und mit so einer schon gar nicht.«

Clarke zieht zweifelnd eine Augenbraue hoch, doch meine ernste Miene überzeugt ihn schließlich.

»Warum, wenn du daran glaubst? Und speise mich nicht mit zwei Worten ab, um das Thema zu wechseln. Ich will den *wahren* Grund wissen.«

Die Wendung, die das Gespräch nimmt, verunsichert mich, und ich stehe unter seinem neugierigen Blick auf und trete um ihn herum.

»Was machst ...«

»Rühr dich nicht. Ich muss mich irgendwo anlehnen.«

Ich setze mich wieder ins Gras, lehne mich an seinen Rücken, strecke die Beine aus und schlage sie übereinander. Es beruhigt mich zwar, eine Stütze hinter mir zu haben, aber ich tue das in erster Linie, um ihm nicht ins Gesicht sehen zu müssen.

»Das Studium ist zu wichtig, um mich, wie du es ausdrückst, von dieser tief verwurzelten und verzweifelt aufrechterhaltenen Lüge ablenken zu lassen.«

»Ich habe dich um die reale Version gebeten, Avalone. Nicht um die, die du deinen Freunden erzählst.«

Ich beiße mir von innen in die Wangen und frage mich, warum ich mich ihm anvertrauen sollte. Wir sind keine Freunde, und mit ihm über ein solches Thema zu diskutieren, zu dem er so eine festgefügte Meinung hat, kommt mir nicht wie eine gute Idee vor.

Aurora hatte einen Ausdruck gewählt, um Clarke zu beschreiben, und genau den hatte auch meine ehemalige beste Freundin gebraucht, als meine Krankheit für sie zu schwer zu ertragen wurde.

»Du bedeutest mir so viel, dass ich nicht in der Nähe sein will, wenn du zusammenbrichst«, hatte Nora zu mir gesagt.

»Und?«

»Ich bin eine tickende Zeitbombe.«

Ich kann sein Gesicht nicht sehen, aber das Schweigen, das

jetzt eintritt, lässt nicht viel Raum für Fantasie. Wahrscheinlich hat er die Stirn gerunzelt und trägt eine undeutbare Miene zur Schau.

Ich zögere weiterzusprechen, aber jetzt habe ich angefangen und kann es ebenso gut schnell zu Ende bringen.

»Ich werde nie an Altersschwäche sterben. Vielleicht halte ich noch ein paar Jahre durch, wenn die Götter mir wohlgesinnt sind, aber ich kann auch morgen sterben. Und alle, die mich lieben, zurücklassen.«

Ich spüre, wie Clarke sich in meinem Rücken verspannt. Nervös streiche ich mit den Fingern durchs Gras.

»Du verdienst es, glücklich zu sein.«

»Aber nicht zu anderer Menschen Nachteil. Wahre Liebe oder nicht.«

Ich fahre zusammen, als Clarke aufspringt und zu mir herumfährt. Seine Augen wirken schwarz vor Zorn.

»Du bist eine Idiotin.«

»Wie bitte?«

»Du bist eine Idiotin!«, wiederholt er aufgebracht. »Du willst auf das verzichten, was du dir wünschst, weil es möglich ist, dass du morgen stirbst? Ich will dir etwas sagen, Avalone. Jeder Mensch kann morgen sterben und die Menschen, die ihm nahestehen, zurücklassen. So ist das Leben!«

Ich weiß, dass er den Tod seiner Eltern meint, aber seine Beleidigungen und sein Tonfall bringen mich auf die Palme. Wütend und impulsiv springe ich auf.

»Ja, jeder kann von heute auf morgen sterben. Aber für mich ist das kein Risiko, sondern unabwendbares Schicksal! *Ich werde bald sterben*! Eigentlich dürfte ich jetzt schon nicht mehr am Leben sein!«

Sein Blick wird noch düsterer ... falls das überhaupt möglich ist.

»Dann leb bis dahin dein Leben!«

»Wie denn?«

Ein Schweigen senkt sich über uns, und wir mustern einander schwer atmend. Ich schlage meine zitternden Hände vors Gesicht.

»Seit meiner Geburt wandere ich von einem Krankenhaus ins andere, von einem Arzttermin zum nächsten, von Einschränkung zu Einschränkung und Behandlung zu Behandlung, und meine Chance, am nächsten Tag zu sterben, wird nur größer. Ich muss darauf achten, was ich esse, was ich trinke oder wo ich hingehe, weil simpler Rauch mich am Atmen hindert. Ich darf nicht rennen, und ich muss ständig daran denken, meine Tabletten zu nehmen, denn wenn ich sie vergesse, bleibt mein Herz einfach stehen! Ich bin durchaus deiner Meinung, Clarke. Jeder Mensch kann uns von heute auf morgen verlassen. Aber bei mir liegt der Tod nicht irgendwann in ferner Zukunft. Er begleitet mich jeden Tag auf Schritt und Tritt. Deswegen genieße ich das Leben mit meinen Freunden und verstoße gegen die Einschränkungen meines Arztes, um Erfahrungen zu sammeln, die jeder machen darf. Trotzdem werde ich keinen Mann mit in den Abgrund reißen, selbst wenn er sich, wie du sagst, davon erholen wird!«

Ich hole tief Luft, um wieder zu Atem zu kommen, während Clarke mich schweigend ansieht. *Na schön.*

»Ich gehe wieder hinein.«

Ich wende mich ab, aber der Devil meldet sich zu Wort.

»Und der Rauch?«

Todmüde schließe ich die Augen, damit meine Tränen nicht fließen. Ich kann nicht zurück in die Villa. Selbst wenn niemand mehr raucht, so schnell tauscht sich die Luft nicht aus.

»Du hättest nicht herkommen sollen, sondern dich schonen.«

Ich höre, wie er hinter mir näher kommt, und drehe mich langsam zu ihm um.

»Ich bringe dich zurück zum Campus.«

Seine sanfte Stimme schafft es, mich zu erweichen. Ich nicke und ziehe mein Smartphone hervor, um Lola mitzuteilen, dass ich nach Hause fahre.

Als ich den Blick von meinem Bildschirm hebe, ist Clarke nicht mehr da. Ich seufze und sehe ihn bei laufendem Motor auf seiner Maschine sitzen. Ich steige auf die Harley und schlinge die Arme um seine Taille, doch als er losfahren will, klingelt sein Handy.

»Was?«

Er legt eine Pause ein.

»Nein, ich bin mit Avalone zusammen. Ich fahre sie zurück zum Campus.«

Wieder Schweigen.

»Ich kümmere mich nachher darum, jetzt passt es nicht.«

Bevor er auflegt, sehe ich den Namen Carter auf dem Bildschirm.

»Ein Problem?«, frage ich.

»Noch ein Schwachkopf, der sich nicht an die Bedingungen des Vertrags hält.«

Abrupt beschleunigt er und fährt auf die Straßen der Stadt hinaus.

Ich habe den ganzen Weg Zeit für die Erinnerung, wie er das Revier der Devil's Sons gegen einen Typen verteidigt hat. Dabei sind nicht nur Blutspritzer geflogen, sondern auch Zähne. Und ich spüre, dass genau das heute Abend wieder passieren wird. Es könnte sogar schlimmer werden, weil er Logan nicht zusammenschlagen konnte.

Auf dem Campus angekommen, steigen wir von seinem Motorrad, und ich baue mich vor ihm auf.

»Bist du eigentlich schon mal auf die Idee gekommen, Worte statt Gewalt einzusetzen?«

Ohne mir einen Blick zu gönnen, tritt er um mich herum und geht auf das Steingebäude zu.

»Kommunikation ist nicht mein Ding.«

»Was du nicht sagst! Darauf wäre ich nie gekommen!«

Am Fuß der Treppe lässt Clarke mich vorgehen. Die ersten Stufen sind ein Kinderspiel, doch die nächsten werden zur Tortur. Mein Atem geht kurz und pfeifend, und meine Beine zittern von oben bis unten. Jedes Mal, wenn ich einen Fuß anhebe, scheint er schwerer zu wiegen.

»Brauchst du Hilfe?«

»Absolut nicht.«

Ich halte mich am Treppengeländer fest, und mein Tempo verringert sich beträchtlich. Ich muss winzige Pausen einlegen, damit die schwarzen Punkte, die vor meinen Augen tanzen, verschwinden.

Hinter mir seufzt Clarke, und sein Ton klingt weicher.

»Lass dir helfen, Avalone!«

»Ich weiß, wie man eine Treppe hinaufgeht!«

»Das bezweifle ich nicht, aber ... Verdammt!«

Zwei Hände legen sich um meine Taille und drehen mich zu ihm um, und einen Sekundenbruchteil später finde ich mich an seiner Schulter wieder. Ich stoße eine Reihe an Flüchen aus, aber Clarke bleibt davon völlig unbeeindruckt und lacht nur.

Jetzt hat er auch noch die Dreistigkeit, sich lustig zu machen!

Als er mich vor meiner Tür absetzt, puste ich wütend meine Haare aus dem Gesicht.

»Was stimmt mit dir nicht? Kommt es auch mal vor, dass du Rücksicht auf meine Wünsche nimmst?«

»Nein. Weil sie dem zuwiderlaufen, was das Beste für dich ist.«

»Aha! Du weißt also, was das Beste für mich ist? Ich glaube, ich träume! Du bist wirklich ...«

»Pass auf, was du sagst«, unterbricht er mich. »Ein so hübscher Mund sollte nicht so viel Unsinn reden.«

Er neigt den Kopf zur Seite, und sein Blick gleitet langsam über meine Lippen. Eine Sekunde vergeht, dann zwei.

Ich öffne den Mund, schließe ihn aber sofort wieder, weil ich mich nicht daran erinnern kann, warum ich so wütend bin.

»Gute Nacht, Avalone.«

Clarke dreht sich auf dem Absatz um, was mir erlaubt, den Nebel im Hirn zu verscheuchen, der sich darübergelegt hatte.

»Zieh Leine!«

Zur Antwort lacht er schallend, und ich hole gereizt meine Schlüssel hervor, um meine Zimmertür zu öffnen. Innerlich koche ich, und meine Gedanken überschlagen sich, sodass ich nicht vernünftig denken kann.

Ich will die Tür hinter mir schließen, doch ein Fuß taucht im Rahmen auf und hindert mich daran. Dieser Schuh gehört nicht Clarke. Verblüfft lasse ich zu, dass der Neuankömmling die Tür aufstößt.

Der Student, der vor mir steht, ist ziemlich betrunken; sein Blick wirkt glasig, und er stinkt stark nach Alkohol. Ich bin ganz allein mit ihm auf dem Flur.

»Kann ich etwas für dich tun?«

Er mustert mich begehrlich, und es läuft mir kalt über den Rücken. Ich überlege schon, ob ich einen Gegenstand in Reichweite habe, mit dem ich ihn wenn nötig abwehren könnte, aber er drängt sich abrupt in mein Zimmer, sodass ich zurückspringen muss.

Mein Herzschlag beschleunigt sich enorm.

»Du musst gehen!«

Ich versuche, die Angst in meiner Stimme zu verbergen, obwohl ich vor jedem seiner Schritte zurückweiche. Schnell finde ich mich an meinen Schreibtisch gedrängt wieder.

Ich bin gerade aus dem Krankenhaus entlassen; und bei der Vorstellung, nach einer Vergewaltigung wieder eingeliefert zu werden, wird mir schlecht. *Dafür* habe ich nicht überlebt.

Mein Hirn nimmt wieder den Betrieb auf, und ich analysiere die Lage und versuche, Lösungen zu finden, um mich aus dieser Klemme zu befreien, aber der Mann presst seinen

Körper an mich, und alle zusammenhängenden Gedanken zerstreuen sich.

»Loslassen!«

Ich schmettere ihm die Faust gegen den Kiefer. Ein scharfer Schmerz fährt durch meine Finger und lässt mich das Gesicht verziehen. Leider ist der Mann durch den Schlag nicht einmal zurückgefahren. Er lacht boshaft auf und wirft mir dann einen entschlossenen Blick zu, der meine Panik verstärkt, als wäre das noch möglich.

Mit einem Mal klebt sein Mund an meinem Hals, und er lässt die Hände über meinen Körper wandern. Übelkeit überfällt mich. Ich versuche, mich zu wehren und ihn wegzustoßen, doch je mehr ich um mich schlage, umso stärker erhöht er den Druck seines Körpers auf meinen. Tränen bilden sich in meinen Augenwinkeln. Als er die Hand zwischen meine Beine schiebt, schreie ich um Hilfe. In vergeblicher Hoffnung versuche ich, ihn zu beißen. Da stößt er mich so heftig gegen die Wand, dass mir gefühlt unendlich lange Sekunden die Luft wegbleibt.

»Aufhören ... bitte ...«

Doch er geht erneut zum Angriff über. Er berührt, streichelt, küsst mich und raubt mir zugleich die Kontrolle über meinen Körper. Er tut mir Gewalt an und beschmutzt meine Seele.

Als er sich anschickt, eine Hand in meine Shorts gleiten zu lassen, nehme ich meine letzte Kraft zusammen und trete ihm mit dem Absatz kräftig auf den Fuß. Er flucht und lockert seinen Griff.

»Das hättest du nicht tun sollen!«

Er schlägt mir so heftig ins Gesicht, dass meine Ohren sausen und Sterne vor meinen Augen tanzen. Ich weine, ich stöhne vor Schmerz und flehe ihn an. Dann presst er seinen Mund auf meinen. Meine Beine geben nach, doch er drückt mich an sich. Ich habe keine Kraft mehr, mich zu wehren oder zu schreien. Also lasse ich ihn gewähren. Ich lasse ihn mein Haar packen und nach hinten reißen. Ich lasse seine Zunge über meine Haut fahren. Und ich bin leer. Ich höre nichts mehr, ich denke nichts mehr, ich atme nicht mehr, ich sehe nichts mehr. Ich spüre, wie meine Seele meinen Körper verlässt und mein Geist sich anderen, weniger grausamen Gefilden zuwendet.

Meine Knie knallen abrupt auf den Boden, gefolgt von meinen Händen. Es dauert lange Sekunden, bis ich mir bewusst werde, dass ich den Körper des Mannes nicht mehr auf meinem spüre. Seine Hände, sein Mund, seine Zunge berühren meine Haut nicht mehr.

Und dann ist Clarke da.

Er presst den Kerl, der mich überfallen hat, an die Wand und legt seine ganze Kraft in seinen Schlag. Blut spritzt aus der Nase des Studenten, und sein Kopf sackt mit geschlossenen Augen schlaff zur Seite.

»Dir wird die Lust vergehen, sie anzufassen!«

Seine Stimme entspringt direkt den Abgründen von Helheim[20], so eisig und unheimlich klingt sie und verheißt alles, was diese Welt ausmacht: den Tod ohne Wiederkehr.

Mit seiner Pranke packt Clarke das Gesicht des Mannes und schmettert seinen Schädel gegen die Wand; dann übersät er ihn mit Schlägen, einer härter als der andere.

Ich betrachte die Szene, als wäre ich nicht wirklich da, als trenne mich ein Schleier von der Realität. Die Geräusche hallen in meinem Kopf. Ich kann mich weder rühren noch sprechen und erst recht meinen Tränen keinen Einhalt gebieten.

Der Boden ist voller Blut. Clarke hält den bewusstlosen Studenten hoch und lässt Hiebe auf ihn einhageln. Immer heftiger schlägt er zu. Er wütet, und sein Drang, den anderen zu vernichten, ist in jedem seiner Aufwärtshaken spürbar.

---

20 Helheim ist die Welt der Toten, über die die Göttin Hel herrscht.

Meine Gedanken setzen sich wieder in Bewegung, und eine Alarmglocke geht in meinem Kopf los.

»Clarke«, flehe ich ihn schluchzend an.

Er hört mich nicht und hört nicht auf. Das Gesicht des Mannes ist nicht mehr erkennbar; es ist blutüberströmt und angeschwollen.

»Clarke!«

Keine Ahnung, woher ich die Kraft nehme, aber ich brülle ihn an.

»Du bringst ihn noch um, Clarke!«

Er gibt den Studenten frei, der zu Boden fällt und in seinem eigenen Blut daliegt. Dann fährt er mit hasserfülltem Blick zu mir herum.

»Ich verbiete dir, ihn zu verteidigen!«

Das unkontrollierbare Schluchzen, das aus mir herausbricht, erschüttert meinen ganzen Körper.

»Ich will nicht, dass du ins Gefängnis kommst ...«

Sofort wird Clarkes Blick weicher, und zum ersten Mal in meinem Leben kann ich darin lesen. Ich nehme ein überwältigendes Schuldgefühl wahr.

»Bleib hier und mach niemandem auf.«

Ich schüttle den Kopf und zerfließe noch stärker in Tränen.

»Ich flehe dich an, lass mich nicht allein! Verlass mich nicht, verlass mich nicht, verlass mich nicht ...«

Sekundenschnell ist Clarke bei mir, hebt mich vom Boden hoch und legt mich behutsam auf mein Bett. Er legt die Hände, die mir nichts anhaben wollen, um mein Gesicht, kühl und zart wie eine Liebkosung. Sorge steht in seinen grünen Augen.

»Ich verspreche dir, dass ich zurückkomme, Avalone. Ich schaffe ihn aus deinem Zimmer und komme dich dann holen, okay?«

Seine Worte lassen mein Schluchzen verstummen, und ich bringe ein Nicken zustande. Er sieht mir tief in die Augen und zögert, mich allein zu lassen, doch schließlich stößt er ein Brummen aus und wendet sich von mir ab. Mit unglaublicher Leichtigkeit hebt er den Mann hoch, nimmt meine Schlüssel und verlässt das Zimmer, wobei er sorgfältig hinter sich abschließt.

Stille senkt sich über den Raum, und ich zittere immer noch stark am ganzen Körper.

Da fällt mir die beeindruckende Menge an Blut auf dem Boden und an der Wand auf, und ich springe aus dem Bett, um zur Toilette zu rennen. Ich lasse Wasser in eine Schüssel laufen und putze den Holzboden mit jedem Lappen, den ich finden kann. Ich schrubbe fanatisch und lasse ab und zu eine Hand über Körperteile von mir gleiten, um die Spuren des Überfalls zu löschen. Aber nichts nutzt, dieses Gefühl hält sich hartnäckig. Am liebsten möchte ich schreien und mir die Haut verbrennen, um die Hände und die Zunge dieses Fremden nicht mehr auf mir zu spüren. Ich reibe mir über die Arme und den Hals. Ich schrubbe meine Schenkel, bis sie rot werden, und tauche immer wieder den Lappen in die Schüssel, um ihn auszuspülen. Dann legen sich aufgeschürfte Hände auf meine, um meine hektischen, wiederholten Bewegungen zu unterbrechen, und als ich aufblicke, sehe ich in Clarkes Augen. Keine Ahnung, wie lange wir uns anschauen, doch er nimmt mir schließlich den Lappen aus den Händen, wirft ihn in die Schüssel und bringt alles ins Bad. Ich bin dabei, die letzten Blutflecken auf dem Boden mit meinem Pyjama-Oberteil wegzuwischen, als die Stimme des Devils hinter meiner Schulter mich zusammenfahren lässt.

»Darum kümmere ich mich später.«

Er hebt mich vom Boden auf, dreht mich zu ihm und vergewissert sich, dass ich mich auf den Beinen halten kann.

In Furcht und Schrecken, vollkommen durcheinander und unter Schock, stürze ich mich in seine Arme. Verblüfft nimmt er sich Zeit, mich an sich zu drücken, doch in diesem

Moment verlangsamt sich mein Herzschlag, obwohl meine Tränen immer noch nicht versiegen.

»Es ist vorbei. Ich schwöre dir, das passiert nie wieder.«

In seiner Stimme nehme ich seinen ganzen Zorn wahr, und seine Hände zittern vor unterdrückter Wut, als er sie an meine Wangen legt, um mich anzuschauen.

»Hat er dir wehgetan?«

Ich gebe keine Antwort, denn meine Aufmerksamkeit gilt seiner aufgescheuerten Hand. Ich trockne meine Tränen und mache mich von ihm los.

»Wir müssen das desinfizieren.«

»Geht schon, mach dir keine Gedanken.«

»Es muss desinfiziert werden. Dauert nur fünf Minuten«, beharre ich mit bebender Stimme.

Ich drehe ihm den Rücken zu und will ins Bad laufen, um den Verbandskasten zu holen, doch er hält mich auf und umfasst mein Kinn, um in mich hineinzusehen.

Seine Wut trifft mich wie ein Schlag. Sie strudelt in seinen geweiteten, bodenlosen Pupillen und verschlingt alle anderen Emotionen, bis nur noch sie existiert. Ich versinke darin.

»Ich sollte ihn suchen und umbringen für das, was er dir anzutun gewagt hat!«, stößt er mit zusammengebissenen Zähnen hervor.

Der Devil zieht mich an seine Brust, streicht mit einer Hand durch mein Haar und fasst dann in meinen Schopf, als brauche er mich ebenso wie ich ihn.

Nach einiger Zeit tritt Clarke von mir weg und durchwühlt alle Ecken meines Zimmers.

»Du übernachtest bei mir.«

Ich erhebe keine Einwände und sehe zu, wie er mir eine Tasche packt. Ich habe nicht die geringste Lust, hier allein zu bleiben. So schwach und leer fühle ich mich, dass ich erneut um mein Herz fürchte. Dieser Abend hat ihm viel zugemutet. Die neuesten Ereignisse haben es viel zu schnell schlagen lassen. Clarke scheint meine Besorgnis zu teilen, denn er hängt sich die Sporttasche über die Schulter und hebt mich hoch, als hätte ich kein Gewicht. In seinen Armen verlasse ich das Zimmer, und ich schmiege mich immer noch an seine Brust, als er auf sein Motorrad steigt.

Während der ganzen Fahrt sehe ich nichts als sein T-Shirt, rieche nur seinen Duft und berühre nichts als seinen Körper. Seine Körperwärme hüllt mich in eine schützende Blase, die das Gefühl der Hände des Studenten auf mir löscht. Bei ihm fühle ich mich in Sicherheit, sicherer als bei irgendjemand anderem. Weil er Clarke Taylor ist. Er ist stark und kraftvoll, und niemand legt sich mit ihm an.

Obwohl er aus purem Zorn besteht, beruhigt er mich. Getröstet von seinem Herzschlag versiegen meine Tränen.

Es ist schmerzhaft, und ich kann immer noch keine Ordnung in meine Gedanken bringen, doch mir ist klar, wie viel Glück ich hatte. Clarke hat meinen Hilferuf gehört. Andere Frauen hatten dieses Glück nicht. Noch andere, die Manipulationen oder emotionaler Erpressung zum Opfer gefallen sind, konnten nicht einmal schreien.

Trotz dieses Glücksfalls macht mich das Gefühl krank, derart meiner Entscheidungsfähigkeit beraubt worden zu sein. Ob Opfer eines sexuellen Übergriffs oder einer Vergewaltigung, die seelischen Schäden sind real.

Der Devil's Son hält seine Maschine vor dem Eingang eines eleganten Hauses an. Er schickt sich an, mich zu tragen, doch mein schwacher Moment ist vorüber. Ich murmle, dass es mir gut geht, und er sieht zu, wie ich von seiner Harley klettere. Ausnahmsweise akzeptiert er meine Entscheidung. Trotzdem scheint er damit zu rechnen, dass ich von einer Sekunde auf die andere zusammenbreche, und folgt mir auf dem Fuß.

Wir durchqueren eine weitläufige Eingangshalle, dann führt Clarke mich in die erste Etage. Er öffnet eine Tür, die in einen sehr großen, prachtvoll ausgestatteten Salon führt. Offenbar verdient man als Mitglied einer Gang gut.

Lola hatte mir schon erzählt, dass er mit Set und Tucker zusammenlebt, daher erstaunt mich die Anzahl der Zimmer nicht. Dafür ist die Wohnung geschmackvoll eingerichtet und makellos sauber.

Ich folge Clarke zu einem Zimmer. Es ist genauso *clean* wie der Wohnraum, doch mir fällt gleich auf, dass es keine persönlichen Besitztümer enthält. Kein Foto, kein individueller Gegenstand. Die weißen Wände stehen im Gegensatz zu dem schwarzen Doppelbett und den schwarzen Bezügen. Gegenüber dem ebenfalls schwarzen Kleiderschrank führt eine Tür wahrscheinlich in ein Bad.

»In der Kommode sind Handtücher«, erklärt er.

Er zeigt mit dem Finger auf die Tür.

Ich nicke, und nach einem letzten Blick, um sich zu vergewissern, dass es mir gut geht, stellt er meine Tasche aufs Bett und verlässt das Zimmer.

Wie auf Autopilot suche ich meine Sachen zusammen und trete in das großartige, mit schwarzem Marmor ausgestattete Bad. Aus Angst, was ich in dem hohen Spiegel entdecken könnte, sehe ich mich nicht darin an. Stattdessen ziehe ich mich eilig aus und trete in die ebenerdige Dusche.

Das heiße Wasser, das über meinen Körper läuft, tut mir unglaublich gut, doch es färbt sich durch das Blut, das an mir klebt, rosig. Ich lege die Hände an die Wand und schließe die Augen. Lange Minuten warte ich geduldig, um sicherzugehen, dass jede Spur davon verschwunden sein wird, wenn ich sie wieder öffne.

Schließlich wasche ich mir Körper und Haar mit Herrenprodukten aus offenen Flaschen. Ein Blick zum Waschbecken macht mir klar, dass dieser Raum nicht unbewohnt ist. Dort liegen eine Zahnbürste, Zahnpaste und ein Rasierer, und auf der Stange hängt ein Handtuch.

Geduscht, abgetrocknet und mit geputzten Zähnen ziehe ich meine Baumwollshorts und ein Tanktop an.

Ich verlasse das Bad und dann das Zimmer und überquere zögernd den Flur. Ich trete in den Wohnraum, wo Clarke vor dem großen Fenster steht und sein Smartphone ans Ohr drückt.

»Ihr geht's gut. Sie hat nur ein paar Minuten gebraucht, um ihr Krönchen wieder zu richten.«

Verblüfft erstarre ich. Offensichtlich hat er mitgehört, was ich Set vorhin im Garten der Studentenverbindung erzählt habe.

Er seufzt, zieht dann etwas, das hinten im Bund seiner Jeans gesteckt hat, hervor und legt es auf die Kommode. Entsetzt fahre ich einen Schritt zurück, als ich erkenne, worum es sich handelt. Ein Revolver. *Die haben Knarren, verdammt!*

»Nein, ich rufe Carter morgen an. Ich glaube, ihr Abend war schon bescheiden genug.«

Während Set ihm antwortet, legt er eine Pause ein.

»Ist mir vollkommen egal, ob das Carter nicht passt! Sie wird sowieso nicht akzeptieren, bei ihm zu übernachten!«

Da hat er nicht unrecht.

»Ja, ich dachte schon, ich bringe ihn um. Kümmere dich darum, alle Blutspuren aus ihrem Zimmer zu entfernen. Sie braucht diesen Albtraum morgen nicht noch einmal zu durchleben.«

Clarke legt auf, und nachdem er sich mit einer Hand durchs Gesicht gefahren ist, dreht er sich zu mir um. Als sein Blick an meinen nackten Beinen hinabgleitet, öffnet er leicht den Mund und runzelt die Stirn. Für viele ist seine Mimik vielleicht kaum wahrnehmbar, aber mich durchläuft dabei eine Hitzewelle.

Er räuspert sich und sieht mir gerade in die Augen.

»Du konntest heute Abend keine Pizza essen. Hast du Hunger?«

Ich schüttle den Kopf. Was passiert ist, hat mir den Appetit verdorben. Und ich dachte, er wäre zu beschäftigt damit gewesen, seine Studentin zu küssen, um zu bemerken, dass ich nichts zu essen hatte.

»Na schön. Dann schlaf gut. Falls du irgendetwas brauchst, ich bin hier.«

»Kannst du mir versichern, dass auf deiner Bettwäsche nicht irgendwelche Körperflüssigkeiten sind?«

Verblüfft reißt er die Augen auf, dann bricht er in ein Gelächter aus, das meine ganze Seele zum Schwingen bringt. Sie ist noch da, sie hat mich nach dem Überfall nicht verlassen, und ich bringe es sogar fertig, angesichts seiner Ausgelassenheit zu lächeln.

»Keine Gefahr, ich bringe keine Frauen her.«

Ich verziehe skeptisch das Gesicht.

»Ich gehöre nicht zu den Männern, die sie in den Armen halten, wenn ich mit ihnen fertig bin, Avalone. Das erspart es mir, sie vor die Tür setzen und mir ihr Gejammer anhören zu müssen.«

Ich verdrehe die Augen zum Himmel.

»Was für ein Gentleman!«

»Sosehr dich das vielleicht überrascht, aber der Gentleman überlässt dir sein Bett. Außer, du schläfst lieber auf der Couch?«

Ich hebe die Hände, um meine Unschuld zu signalisieren, und weiche einen Schritt zurück.

»Wenn es nur meinetwegen wäre, würde ich das Sofa nehmen, aber mein Arzt hat mir das offiziell verboten«, lüge ich.

Auf seine zweifelnde Miene hin zucke ich die Achseln.

»Hat etwas mit der Schräglage zu tun oder so ...«

Er lächelt weiter, und seine Augen blitzen amüsiert. Nachdem ich ihm eine gute Nacht gewünscht habe, gehe ich über den Flur zurück. Bevor ich aus seinem Sichtfeld entschwinde, schaue ich ein letztes Mal in seine Richtung, und was ich sehe, lässt mich wie angewurzelt stehen bleiben.

Clarke hat den Kopf zur Seite gelegt und starrt mir auf den Hintern. Als er sich bewusst wird, dass er erwischt worden ist, richtet er sich auf und zieht die Schultern hoch.

»Diese Shorts sind lächerlich knapp.«

»Du hast sie doch eingepackt«, rufe ich ihm ins Gedächtnis.

Seine Mundwinkel zucken, und ich verdrehe die Augen. Dann gehe ich in sein Zimmer und bin ihm dankbar dafür, dass er mich dort schlafen lässt.

Nachdem ich meine Tabletten genommen habe, knipse ich das Licht aus und lege mich ins Bett. Jetzt bin ich mir sicher, dass es wirklich sein Zimmer ist. Seine Bettwäsche riecht nach ihm.

Mit tränenüberströmten Wangen fahre ich aus dem Schlaf hoch und kriege keine Luft. Ich zittere am ganzen Körper. Bilder von dem Mann, der mich angegriffen hat, überschlagen sich immer noch in meinem Kopf. Er ist da, in meinem Albtraum, und dieses Mal ist Clarke mir nicht zu Hilfe gekommen. Ich habe vergeblich geschrien und mich gewehrt.

Es dauert ein wenig, bis mir wieder einfällt, dass ich mich in Clarkes Zimmer befinde. Schwach und halb erstickt suche ich auf dem Nachttisch nach meiner Tasche, doch als ich versuche, nach ihr zu greifen, fällt sie krachend zu Boden. Ich richte mich auf und steige aus dem Bett, um sie aufzuheben. Doch mir versagen die Beine, und dann fangen mich starke Arme auf. Sie gehören Clarke, doch ich stoße ihn zurück. Ich will nicht, dass mich schon wieder jemand in diesem Zustand sieht. Doch der Devil's Son umfängt mich fester, und bald habe ich keine Kraft mehr, gegen ihn anzukämpfen. Ich lasse mich von ihm hochheben und zurück zum Bett tragen. Der Sauerstoffmangel vernebelt mir das Hirn.

»Ich ...«

»Alles ist gut«, flüstert er mir zu.

Ich schmiege mich an seine nackte, heiße Brust und sehe zu, wie er vor meinen Augen die Hand öffnet und das Medikament zutage kommt, nach dem ich vor ein paar Minuten gesucht habe. Sofort greife ich danach, lege mir die Tablette auf die Zungenspitze und schlucke sie. Die Wirkung des Xanax tritt bald ein.

Mit einem unangenehmen Pfeifen in den Ohren dringt wieder Luft in meine Lunge. Ich breche in einen unkontrollierbaren Hustenanfall aus, und Clarke hält mich fest umschlungen, als wolle er mich vor meiner Panik schützen.

Nach und nach komme ich zur Ruhe und kann durchatmen. Mit einem Mal werde ich mir seiner nackten Haut bewusst, die sich an meine drückt, und mich überläuft Gänsehaut. Eine zarte Folter, die ich zum ersten Mal erlebe. Seine Körperwärme dringt durch mein Top und bringt meine Haut zum Kochen. Jedes Mal, wenn er atmet, drückt sein Oberkörper fester gegen meinen Rücken, und sein Atemhauch …

»Du solltest versuchen, wieder einzuschlafen«, flüstert er mir zu, die Nase in meinem Haar vergraben.

Ich bekomme eine Gänsehaut. Was Clarke bemerkt haben muss, denn ich spüre sein Lächeln.

Er legt mich auf die Laken, und als seine Haut sich von meiner löst, fehlt mir etwas. Er richtet sich auf und wendet sich zum Gehen, doch ich umfasse sein Handgelenk. Verblüfft dreht er sich zu mir um.

»Schlaf bei mir …«

Sofort bereue ich meine Worte, und als ich sehe, wie der Devil's Son sich anspannt wie eine Bogensehne, würde ich alles geben, um sie zurückzunehmen.

Lange Sekunden sieht Clarke mich eindringlich an. In dieser Dunkelheit kann ich nicht einmal seine Miene deuten. Er gibt keine Antwort und geht zur Tür. Seufzend schließe ich die Augen, doch ich habe nicht die Kraft, mich zu schelten. Als die Tür zufällt, stelle ich zu meinem großen Erstaunen fest, dass er nicht hinausgegangen ist. Mein Herz schlägt schneller, und er legt die flache Hand an das Holz. Er zögert, das ist mir klar, und ich kann sogar erkennen, wie sich die Muskeln in seinem Nacken anspannen. Langsam dreht er sich zu mir um und bietet mir einen unglaublichen Ausblick auf seinen Oberkörper und die Schatten, die darauf spielen.

Sobald er sich entschieden hat, gibt es kein Zurück mehr. Der Devil tritt auf das Bett zu und umrundet es, um sich darauf auszustrecken. Er tut einen langen Atemzug, der all meine Sinne in Aufruhr versetzt, und dann schiebt er seinen Arm unter meinem Körper hindurch und zieht mich an sich. Als ich den Kopf in seine Schulterbeuge schmiege und eine Hand auf seinen nackten Oberkörper lege, erschauert er.

Ein bleiernes Schweigen tritt ein, und ich wage weder, mich zu bewegen, noch zu atmen. Dann stöhnt er gereizt auf und dreht mich im nächsten Moment auf die andere Seite. Er schlingt die Arme um meine Taille und zieht mich mit dem Rücken an sich.

In dieser Haltung lässt sein Atem, der über meinen Hals streicht, einen neuen Schauer über mich laufen ... und ich spüre, wie Clarke ganz dicht an meiner Haut lächelt.

14. KAPITEL

Ich bin seit zehn Minuten wach und rühre mich mit keiner Faser, um über die Ereignisse des gestrigen Abends nachzudenken. Clarke liegt schon lange nicht mehr neben mir. Seine Seite ist kalt, und ich habe nicht die geringste Ahnung, wie lange ich in seinen Armen gelegen habe. Hat er abgewartet, bis ich eingeschlummert bin, und dann die Flucht ergriffen, oder hat er an meiner Seite geschlafen?

Dieses Mal habe ich die Kraft, mich innerlich zu beschimpfen, weil ich ihn angefleht habe, über Nacht bei mir zu bleiben. Er ist wahrscheinlich der schönste Mann, dem ich je begegnet bin, und ich kann gewisse Empfindungen nicht leugnen, wenn er sich nicht gerade wie der größte Idiot der neun Welten benimmt. Aber trotzdem ist er gewalttätig und geht illegalen Aktivitäten nach. Er geht nicht mit Frauen aus, und ich will keinen Freund. Was treibe ich dann hier für ein Spiel?

Ich stoße einen lang gezogenen Seufzer aus, wickle mich aus den Laken und steige aus dem Bett. Die Sonne steht schon ziemlich hoch am Himmel, was nicht verwunderlich ist, da wir schon fast Mittag haben.

Ich gehe ins Bad, um mein Gesicht zu erfrischen und dann die Sachen anzuziehen, die Clarke gestern auf die Schnelle zusammengesucht hat.

Ziemlich unsicher verlasse ich das Zimmer und überquere den Flur. Tuckers Stimme dringt an mein Ohr, und ich entspanne mich. Ich brauche Clarke nicht gleich gegenüberzutreten, sondern kann ihn ignorieren und mich ausschließlich auf die Jungs konzentrieren.

Ich trete ins Wohnzimmer, und ein Lächeln tritt auf Sets und Tuckers Lippen, als sie mich sehen. Die beiden sitzen mit nacktem Oberkörper beim Frühstück, und von Clarke ist nichts zu sehen, was mich merkwürdigerweise enttäuscht.

Aber verdammt, was sind die beiden gut gebaut!

»Falls du in diesem Punkt eine Aufmunterung brauchst, du siehst strahlend aus, obwohl du einen miesen Abend hattest«, erklärt mir Set. »Geradezu göttlich, würde ich sogar behaupten.«

Amüsiert schüttle ich den Kopf, doch das Lächeln der Jungs verblasst viel zu schnell. Sie sehen mir aufmerksam in die Augen, um festzustellen, ob meine Seele noch in einem Stück ist.

»Mir ist lieber, wenn ihr die harten Kerle spielt, statt euch wie besorgte große Brüder aufzuführen. Also hört damit auf, ihr Schwachköpfe, mir geht's gut!«

Sie schütten sich vor Lachen aus und lästern über meine schlechte Laune, und dann bedeutet mir Tucker, mich zu ihnen zu setzen, und ich nehme neben ihnen an dem gedeckten Tisch Platz.

»Orangensaft?«, fragt Set mit der Flasche in der Hand.

»Ja, bitte. Ist Clarke nicht da?«

»Nein, er ist bei Carter.«

Mir fällt das Telefongespräch zwischen Clarke und Set

gestern Abend wieder ein. Er kriegt bestimmt Ärger, weil er mich nach Hause mitgenommen hat, statt mich zum Boss zu bringen.

»Wird er Probleme bekommen?«

Set lächelt mir schelmisch zu, Tucker wackelt mit den Augenbrauen, und ich kneife misstrauisch die Lider zusammen. Keine Ahnung, was sie andeuten wollen, aber das scheint mir nichts Gutes zu verheißen.

»Mach dir keine Sorgen. Es ist nicht Carters Zorn, der Clarke irgendwann erledigen wird.«

Ich schüttle den Kopf und bestreiche mir dann einen Toast, als sich die Tür öffnet und Jesse und Justin hereinkommen. Während der Blondschopf mich in die Wange kneift und dann von meinem Brot abbeißt, um mich zu ärgern, schlingt der Kahlrasierte die Arme um meinen Hals und drückt mich zärtlich. Obwohl ich Carter verabscheue, muss ich zugeben, dass ich diese Jungs und diese Vertrautheit, die inzwischen unter uns herrscht, gern mag.

»Wie geht's dir, S.?«

Jesse gibt mich frei und tritt dann um den Tisch herum, wo er sich neben Justin setzt, damit er mich von gegenüber besser ansehen kann. Keine Ahnung, was sie mir vom Gesicht ablesen, aber sie wirken besorgt und strahlen einen gewissen Zorn aus, obwohl sie versuchen, ihn zu verbergen.

»Erwartet bloß keine Antwort von ihr, sie hält offensichtlich nichts davon, wenn man sich Sorgen um sie macht«, meint Set scherzhaft.

Justin beugt sich über den Tisch, um mir seine schwere Pranke auf den Kopf zu legen und mir durchs Haar zu wuscheln. Schimpfend versuche ich ihn zurückzustoßen.

»Das überrascht mich nicht bei unserer *Löwin!*«

Ich verziehe das Gesicht, und die Jungs lachen sich scheckig. Ich fluche derart, dass die Götter blass werden würden, was ihre Heiterkeit noch verstärkt.

Dieser idiotische Mannschaftskapitän ist, ehrlich gesagt, abscheulich!

Als das Gelächter verstummt, ziehen Jesse und Justin sich Stühle heran und setzen sich an den Tisch.

»Wo hast du eigentlich geschlafen?«, erkundigt sich Justin.

Mein Messer klappert auf den Teller, und Set und Tucker strahlen. *So war das also ... Ich schwöre bei der Yggdrasil, wenn sie es verraten ...*

»In Clarkes Zimmer«, gibt Tucker zurück.

»*Zusammen* mit Clarke«, erklärt Set.

Ich werfe den beiden einen vernichtenden Blick zu.

»Clarke hat nicht auf dem Sofa übernachtet?«, verlangt Justin zu wissen, nur um sicher zu sein, die Lage richtig zu verstehen.

»Niemand hat auf dem Sofa geschlafen!«, bestätigt Trucker. »Er hat sich vor gerade mal zwei Stündchen aus seinem Zimmer verdrückt und eine schlafende Schönheit zurückgelassen!«

Justin flucht, und Tucker hält ihm triumphierend eine Hand hin.

»Du schuldest mir fünfzig Dollar, Bruder!«

Justin brummelt in seinen Bart, greift in seine hintere Jeanstasche und überreicht Tucker mehrere Geldscheine.

Diese Vollpfosten!

Ich will die Situation schon aufklären, doch Sets Handy klingelt. Auf dem Bildschirm steht »Clarke«. Er nimmt ab und hält es ans Ohr, während die Devil's Sons alle möglichen Absurditäten schreien, um Clarke wegen seiner Nacht mit mir aufzuziehen. Wenn ich mich in Luft auflösen könnte, würde ich keine Sekunde zögern. Stattdessen versinke ich angesichts der allgemeinen Belustigung tiefer in meinem Stuhl, um mich ganz klein zu machen. Set scheint trotzdem zu verstehen, was sein Freund zu ihm sagt, denn er antwortet ihm.

»Okay, wir kommen.«

Er legt auf.

»Carter will dich sehen. Mach dich fertig, dann fahren wir!«
Wenigstens bringt das das Geschrei der Jungs zum Schweigen.

Ich seufze resigniert, stehe mit meinem Toast vom Tisch auf und gehe dann zum Zimmer des Devils. Ich esse auf und putze mir die Zähne, und nachdem ich meine Sachen in meine Tasche gepackt habe, trete ich an der Wohnungstür zu Set.

»Du solltest bei uns einziehen, wir hätten bestimmt viel Spaß!«, meint Tucker zu mir.

»Glaubst du wirklich, sie hat Lust, früh am Morgen schon deine hässliche Visage zu sehen?«, gibt Justin zurück.

»Alle wollen mein Gesicht sehen! Ich bin schließlich der heißeste von allen Devil's Sons!«

Amüsiert sehe ich zum Himmel auf, und dann verlassen Set und ich die Wohnung. Die Tür ist noch nicht hinter uns zugefallen, als ich Jesses Antwort höre.

»Wenn du der heißeste von uns bist, kannst du mir vielleicht mal erklären, warum sie dann die Nacht mit Clarke verbracht hat?«

Tucker flucht, Set prustet vor Lachen. Als Lolas Bruder den Mund aufmacht, werfe ich ihm einen drohenden Blick zu, damit ihm jede Lust vergeht, das Thema weiterzuverfolgen. Um an etwas anderes zu denken, konzentriere ich mich darauf, wie wütend ich auf Carter bin.

So langsam habe ich die Nase voll von seinen überraschenden Vorladungen. Ich brauche nicht zu springen, wenn er pfeift!

Vor dem Odinsbrunnen stehen Clarkes und Seans Motorräder; die Maschinen der beiden, die beim Frühstück gefehlt haben. Wir treten ins Haus, und dann, im Salon, richten sich drei Augenpaare auf uns. Eine Sekunde später sind es nur noch zwei: Clarke hat den Blick abgewandt, und seine Miene wirkt abweisend. Und ich dachte, wir hätten eine neue Seite in unserer Beziehung – was immer die sein mag – aufgeschlagen, aber da habe ich mich gründlich geirrt. Wir sind wieder bei null.

»Avalone.«

Carter steht von seinem Sessel auf, und abgesehen von der leichten Sorge, die ihm ins Gesicht geschrieben steht, wirkt er, als wäre er über Nacht plötzlich gealtert, was mich an die Mission erinnert, die er seinem Stellvertreter aufgetragen hat, bevor wir das Verbindungshaus verlassen haben.

»Freut mich, dass es dir gut geht.«

Höflich nicke ich und lasse ihn fortfahren.

»Du wirst hier einziehen, bis es auf dem Campus sicherer ist.«

Er lässt aber wirklich nie ein Fettnäpfchen aus! Ich wünschte, die Ideen, die diesem Mann in den Kopf kommen, würden mich noch überraschen, aber ich glaube, inzwischen erstaunt mich bei ihm nichts mehr.

Ich verschränke die Arme vor der Brust.

»Nein.«

Carter spannt sich an, und seine Miene verhärtet sich. Keine Ahnung, was ihm in der Nacht passiert ist, aber heute scheint er keine Geduld zu haben.

»Das war keine Frage. Du bist auf dem Campus nicht sicher.«

»Wenn das die Logik ist, müssten Sie alle Studentinnen bei sich aufnehmen. Auch Lola.«

Er vollführt eine Handbewegung.

»Wenn das die Bedingung ist, damit du annimmst, kommt Lola eben mit.«

»Nein! Ich werde nicht hier einziehen! Nirgendwo ist es wirklich sicher, und der Campus wird in einem Monat nicht weniger gefährlich sein!«

»Was hatte ich dir gesagt?«, schaltet sich Clarke ein. Er sitzt auf der schwarzen Couch und wendet die Augen ab, bis ich seinen Blick auffange.

Bei Odin, was hat er für ein Problem? Wir haben das Bett geteilt, keine Eheringe ausgetauscht!

Carter mustert mich ungeduldig, aber ich habe nicht vor, meine Meinung zu ändern. Sie haben mich schon wider Willen in ihre Angelegenheiten hineingezogen, da werde ich bestimmt nicht unter dem Dach des Mannes wohnen, der mich zwingt, ihnen zu helfen.

»Hören Sie, ich danke Ihnen für Ihre Sorge um meine Sicherheit, aber ich will ein normales Leben führen. Betrunkene Studenten gibt es überall. Jede Frau – und jeder Mann – kann irgendwann überfallen werden, das ist so. Trotzdem kommt es nicht infrage, dass ich vor lauter Angst mein tägliches Leben ändere.«

Carter seufzt und fährt sich mit den Händen nervös durchs Gesicht. Als Chef einer Gang braucht er bestimmt nicht oft Ablehnungen hinzunehmen, aber ich habe schon zu viel akzeptiert, und jetzt zieht er eben mal den Kürzeren.

»Na schön. Dann tu mir einen Gefallen: Zeig offen, dass du zu den Devil's Sons gehörst, damit alle wissen, dass die Schuldigen bezahlen werden, wenn sie dir auch nur ein Haar krümmen.«

Seine Forderung macht mich baff.

Hat er den ersten Gefallen vergessen, den ich ihm getan habe? Ich nämlich nicht!

»Und Bill? Und die Falschaussage?«

»Mach dir keine Gedanken, ich kümmere mich darum.«

Unsicher werfe ich den Jungs einen Blick zu. Sie nicken, um mich zu ermuntern, ihm zu vertrauen. Schließlich hat Bill nach meiner Falschaussage keinen Kontakt zu mir gesucht, wie Carter es mir zugesichert hatte, sofern ich auf ihrer Seite wäre.

Na schön, wenn er es sagt, bleibt mir wohl nichts anderes übrig, als ihm zu glauben ...

Ich gebe nach, und so erstaunlich es sein mag, er nickt dankbar. Die Erschöpfung in seinen Zügen macht mich betroffen, aber ich weigere mich, mir auch nur einen Hauch von Sorgen um diesen Mann zu machen.

»Ihr müsst die kanadische Grenze überqueren«, fährt Carter fort und mustert uns alle der Reihe nach. »Avalone, du begleitest die Jungs zu unserem Lieferanten.«

Das war's, die Devils sind kaum zurück in der Stadt, und es geht schon wieder los. Machen die eigentlich nie Urlaub?

»Darf ich erfahren, was wir abholen?«

»Waffen. Die Grenze wird kein Problem sein, ich habe Genehmigungen für jede. Ihr fahrt um vierzehn Uhr. Clarke und Avalone, ihr nehmt den SUV. Set und Sean ihre Harleys.«

Carter tritt durch den Bogengang und an einen Schrank im Eingangsbereich, aus dem er eine schwarze Lederjacke zieht. Er kommt auf uns zu und hält sie mir entgegen.

»Bei den Lieferanten wirst du das anziehen. Das ist von jetzt an deine.«

Ich nehme *die* Jacke und sehe dann die weiße Aufschrift »Devil's Sons« über dem berühmten Totenkopf und dem Vegvisir. Sie scheint mir perfekt zu passen, doch neben mir spannt sich Clarke an, so wie jedes Mal, wenn Carter mich in die Gang einbezieht. Ich verstehe ja, dass er nicht will, dass ich zu ihnen gehöre. Ich habe selbst auch keine Lust dazu, aber trotzdem ärgert mich sein Verhalten.

Ich habe nicht die Pest, und ich habe auch nicht vor, Streit vom Zaun zu brechen!

»Tauscht eure Nummern mit Avalone aus und bringt sie zurück auf den Campus, bevor ihr fahrt. Lass deine Maschine hier, Clarke.«

Ohne ein weiteres Wort verlässt Carter den Salon, und die Jungs ziehen ihre Smartphones hervor.

Nachdem wir unsere Nummern ausgetauscht haben, bedeutet Clarke mir, ihm zu folgen. Wir gehen den Flur mit den Kunstwerken entlang und bleiben vor der Tür stehen, die gegenüber von Carters Büro liegt. Clarke öffnet ein Kästchen an der Wand, nimmt einen Schlüssel mit einem Mercedes-Logo heraus und geht auf die andere Seite.

In einer riesigen Garage, die mir nicht aufgefallen war, erstrecken sich vor unseren Augen herrliche Autos. Mercedes, BMWs, Audis, Porsches … Eines beeindruckender als das andere.

Wir steigen in den SUV, und Clarke lässt den Motor an. Als er auf das Tor der Halle zufährt, öffnet es sich automatisch.

Endlich verlassen wir das Anwesen, und je weiter wir fahren, umso mehr frage ich mich, ob Carter mich nicht angelogen hat.

»Wir kaufen die Waffen ausschließlich legal?«, frage ich Clarke skeptisch.

»Ja.«

»Kann ich dir vertrauen?«

Er runzelt die Stirn und sieht mir dann in die Augen.

»Ja.«

Ich fühle mich beruhigt. Außer der Tatsache, mich erneut inmitten von miesen und kriminellen Plänen wiederzufinden. Trotzdem begreife ich nicht, warum Carter darauf besteht, dass ich mitkomme. Schließlich werden die Knarren auch nicht billiger, wenn ich dabei bin.

»Wir sind unterwegs nach Leamington. Eineinhalb Stunden Fahrt. Die Männer des Händlers sind bewaffnet und ziemlich nervös, also wäre es nett, wenn du vermeiden könntest, ihnen zu widersprechen.«

»Ich bin nicht selbstmörderisch veranlagt und weiß, wann ich mich zurückhalten muss.«

Ein langes Schweigen tritt ein.

Die Frage, die ich ihm schon stellen will, seit wir die Villa verlassen haben, lässt mir keine Ruhe, und ich wende mich ihm, fest entschlossen, Antworten zu bekommen, zu.

»Warum stört es dich so, dass Carter mich in eure Angelegenheiten hineinzieht?«

»Ich habe nie etwas dagegen gesagt.«

»Trotzdem stimmt es, nicht wahr?«

»Ja. Das ist kein Job für Mädchen.«

Ein nervöses Auflachen entfährt mir.

»Das ist überhaupt kein Job, Punkt. Was ihr macht, ist illegal, das gilt für Mann und Frau!«

Er hält den Wagen so abrupt auf dem Uni-Parkplatz an, dass ich fast aus dem Sitz fliege.

»Ach ja? Und wenn es richtig übel wird, wärst du dann in der Lage, den Abzug zu drücken und jemandem das Leben zu nehmen? Du hast recht, ich hätte nicht sagen sollen, dass das kein Job für Mädchen ist. Es ist ganz einfach kein Job für *dich*.«

Sein verächtlicher Ton macht mich noch wütender. Muss ich mich denn überfallen lassen, damit Clarke seine weichere Seite zeigt?

»Du kennst mich doch gar nicht!«

»Sag mir, dass ich unrecht habe!«

»Nein, hast du nicht. Tut mir leid, wenn ich menschlich bin und niemanden umbringen kann!«

Clarke lacht mir ins Gesicht. Er geht mir ernsthaft auf die Nerven.

»Dann gehe ich mal davon aus, dass du schon getötet hast?«

Keine Ahnung, warum ich ihm diese Frage gestellt habe. Ich will die Antwort gar nicht wissen.

»Wenn mir nichts anderes übrig blieb, ja.«

Diese Worte wirken auf mich nicht wie eine kalte Dusche, sondern eher wie ein Tsunami mitten ins Gesicht. Von der Art, die über einen hereinbrechen, einem die Luft abschneiden und das Herz stehen bleiben lassen. Diese Wahrheit ist so heftig, dass ich nicht die geringste Ahnung habe, wie ich mich dazu verhalten soll. Ein verstohlenes Lächeln breitet sich über sein Gesicht, als wäre er stolz auf sich.

Bei Hel, er hat schon getötet!

»Man hat immer eine Wahl!«, stoße ich wütend hervor.

In seinem Blick spiegelt sich die Naivität, die er in mir sieht, doch er verurteilt mich keine Sekunde lang. Er scheint nur nostalgisch an eine Vergangenheit zu denken, die ihm nicht mehr gehört.

»Mir wäre lieber gewesen, du könntest dir deine Unschuld bewahren, Avalone. Leider ist aber in diesem Milieu kein Platz dafür. Nicht, wenn jemand eine Knarre auf dich oder einen deiner Freunde richtet. In diesem Moment hast du nur einen Sekundenbruchteil Zeit für die Entscheidung, ob du tötest, um am Leben zu bleiben oder um die zu retten, die dir wichtig sind.«

Ich weiß, dass er recht hat. Doch ich schaffe es nicht einmal, laut zuzugeben, dass es manchmal notwendig sein kann, Leben zu nehmen. Das kommt mir vollkommen irrsinnig vor, und ich will es nicht glauben. Bis mir wieder einfällt, dass er in einer Welt der Gangs lebt: töten oder getötet werden.

»Ihr habt schon alle ...?«

Clarke seufzt und lehnt sich an die Kopfstütze seines Sitzes.

»Nein, nicht alle. Diese Verantwortung landet meist bei mir. Carter glaubt wahrscheinlich, dass ich der Einzige bin, der kein Gewissen hat.«

»Das ist lächerlich ... Du *hast* ein Gewissen! Du kannst jedem alles vormachen, aber ich weiß, dass dein Gewissen durchaus vorhanden ist. Ich bin ihm gestern Abend begegnet. Und wenn er dir diese Aufgaben zuschiebt, dann, weil Carter weiß, dass du nicht zögern würdest, die zu retten, die du liebst, wenn du nicht deine Seele verlieren willst. Noch ein Beweis dafür, dass du ein Gewissen hast.«

Ohne eine Antwort abzuwarten, steige ich aus und gehe in mein Zimmer. Lola fällt mir um den Hals. Sie unterzieht mich nicht nur einer genauen Inspektion, um sicherzugehen, dass ich nicht verletzt bin; sie vergießt auch Tränen vor schlechtem Gewissen und Zorn, die eine explosive Mischung bilden. Sie beschimpft den Mann, der mich angegriffen hat, und dann sich selbst, weil sie nicht da war; sie vergießt Tränen um mich und das, was ich erlebt habe. Als sie mich fragt, ob ich darüber reden will, schüttle ich mit zugeschnürter Kehle den Kopf. Dank Clarke und Set ist keine Spur mehr von dem, was in diesem Zimmer passiert ist, zu sehen, aber meine Erinnerung ist noch frisch. Ich vergieße eine einzelne Träne, die mir über die Wange läuft, und bringe schließlich Daniel zur Sprache, um so schnell wie möglich das Thema zu wechseln. In diesem Moment leuchtet Lolas Gesicht auf, wie ich es mir gewünscht habe. Ihr Glück verscheucht meine düsteren Gedanken.

»Er ist so süß! Gestern Abend hat er mir geschrieben, um sicherzugehen, dass ich gut nach Hause gekommen bin.«

Lola wirkt träumerisch. Meine Freundin ist Lichtjahre von mir und dem Campus entfernt. Wahrscheinlich sieht sie sich schon verheiratet und mit einer ganzen Schar Kinder vor sich; also setze ich mich auf mein Bett und warte geduldig ab.

»Und du? Du hast bei den Jungs übernachtet?«

Ihre abrupte Rückkehr zur Realität lässt mich zusammenfahren.

»Clarke hat mir sein Zimmer überlassen. Dann hatte ich einen Albtraum, und er hat bei mir geschlafen.«

Lola hat einen so tiefen Schlaf, dass sie nicht mitbekommen würde, wenn ich nachts aufwache und keine Luft bekomme. Aber ich will ihr schlechtes Gewissen nicht noch verstärken.

Lola sieht mich erschrocken an.

»Der Normalzustand war sehr schnell wieder da. Vor weniger als einer Stunde haben wir uns schon wieder in die Haare gekriegt.«

»Warte mal! Er hat dir sein Bett überlassen? Und dann hat er sich nachts zu dir gelegt?«

Nachdenklich nicke ich noch einmal.

Meine Nähe zu Clarke hat mir zugesetzt. Ich würde lügen, wenn ich behaupten würde, ich hätte es nicht genossen, in seinen Armen einzuschlafen. Aber bei ihm ist es immer so, dass ich den Eindruck habe, einen Schritt nach vorn zu machen und ein paar Stunden später wieder zehn zurück. Ich fürchte, wir werden nie so etwas wie Freunde.

»Allmächtiger Odin! Ich traue meinen Ohren nicht! Du weißt aber schon, dass er *noch nie* die Nacht bei einer Frau verbracht hat?«

Sicher, das ist ein schöner Gedanke, allerdings glaube ich nicht, dass es viel zu bedeuten hat. Der Beweis ist, dass er sich ziemlich bald wieder abscheulich aufgeführt hat.

Ich informiere Lola über meine für heute Nachmittag geplante Expedition, und bevor sie viel Theater darum macht, erkläre ich ihr, welche Mission sie selbst hat.

»Bist du gut im Recherchieren?«

»Ich habe ein Stellenangebot des FBI abgelehnt, warum?«

»Du musst alle Informationen finden, die es über Carter gibt. Was genau er im Leben macht und was man sich über ihn erzählt. Ich mache so viel für ihn, da will ich wissen, mit wem ich es zu tun habe.«

Entschlossen und aufgeregt nickt sie, brummelt mir dann aber etwas darüber zu, dass gute Arbeit Zeit braucht, während ich meine Tasche packe. Ich ziehe gerade den Reißverschluss zu, als es an der Tür klopft und Clarke dasteht.

»Fertig?«

Zur Antwort schultere ich meine Tasche, verabschiede mich von Lola, und wir verlassen das Zimmer, um zurück zu dem Mercedes zu gehen. Ich denke daran, was ich heute Nachmittag hätte tun können, wenn Carter mich nicht dienstverpflichtet hätte wie seine treuen Hündchen. Dann zögere ich und wäre beinahe umgedreht, als ich wieder Lolas tränenerfüllte Augen vor mir sehe, als Carter sie in seinem Netz gefangen hatte. Schließlich denke ich darüber nach, warum ich Carter so wenig Widerstand entgegengesetzt habe und was meine Motive sind.

Wir erreichen den Wagen sowie Set und Sean, die uns auf ihren Motorrädern erwarten.

»Bereit für deinen ersten großen Coup?«, fragt mich Sean.

Wahrscheinlich wirkt meine Miene entsetzt, denn die beiden Devils schütten sich vor Lachen aus, und Clarke deutet ein Lächeln an.

»Hahaha. Sehr komisch! Loki würde vom Stuhl fallen.«

Clarke steigt in den Mercedes und bedeutet mir, es ihm nachzutun, und dann verlassen wir, gefolgt von den beiden Harleys, den Parkplatz.

Das Schweigen im Innenraum wirkt drückend, und ich spüre, dass es eine lange Fahrt wird. Ich verstehe ja, dass der Devil keine Plaudertasche ist, aber er könnte sich wenigstens etwas Mühe geben, um diese Mission angenehmer zu gestalten.

»Du brennst derart darauf, das Schweigen auszufüllen, dass ich es spüren kann. Das geht mir auf die Nerven.«

Ich höre auf zu gestikulieren, und mit zusammengepressten Lippen, um nicht zu lachen, wende ich ihm langsam das Gesicht zu.

»Dein Ernst?«

Als einzige Reaktion verdreht er die Augen zum Himmel und verbindet sein Smartphone per Bluetooth mit dem Wagen. Als ich den Song erkenne, muss ich mich doch sehr wundern. Ich ziehe die Schuhe aus, um die Füße auf den Sitz zu stellen, und singe im Chor mit Luke Bryan den Text von *I Don't Want This Night to End* mit. Clarke wirkt erstaunt darüber, dass ich den Sänger kenne, aber ich bin es ebenso. Nie hätte ich gedacht, dass er diese Art Musik hört, und bin angenehm überrascht. Alles in allem wird die Fahrt vielleicht doch nicht so übel.

Als der Refrain einsetzt, könnte ich den Fahrer fast vergessen, so sehr liebe ich diesen Song. Ich sehe zu, wie die Häuser vorüberziehen, und wiege mich im Takt zur Musik auf meinem Sitz.

Als er das Fenster öffnet, wird mein Blick zu ihm gezogen. Sein schwarzes Haar wird vom Wind hochgeweht. Er lässt eine Hand am Steuer, zieht die Lederjacke aus und sitzt dann in einem weißen kurzärmligen T-Shirt da, das seine tätowierte Haut, seine Muskeln und seine von Venen durchzogenen Unterarme betont. Ich vergesse darüber den Songtext.

»Starr mich nicht so an.«

Der Devil und sein spöttisches Grinsen reißen mich aus meiner Betrachtung.

»So unwiderstehlich bist du gar nicht«, lüge ich.

Er fährt mit der Zunge über seine vollen, sinnlichen Lippen, um sie zu befeuchten. Bei diesem Anblick beschleunigt sich mein Herzschlag, und eine Hitzewelle durchläuft meinen Körper.

Er reagiert befriedigt auf meine Verwirrung und zwinkert mir zu.

»Du bist nicht mein Typ«, versichere ich unaufrichtig.

Mürrisch sitze ich auf meinem Platz und sehe zu, wie der Horizont vorüberzieht. Es ärgert mich, dass er solch eine Wirkung auf mich hat.

»Ist dir klar, dass du dir selbst etwas vormachst?«

»Bist du immer so von dir überzeugt?«

»Ich weiß, dass du einen guten Geschmack hast, nichts weiter.«

Verdutzt pruste ich vor Lachen und verdrehe die Augen zum Himmel.

Auf der Autobahn taucht Set links von uns auf und versetzt Clarke durchs offene Fenster einen provozierenden Klaps.

»Idiot!«

Set lacht sich tot und beschleunigt, um sich vor uns zu

setzen, aber Clarke tritt aufs Gaspedal. Ich werde in den Sitz gepresst, als er Set überholt und ihm den Stinkefinger zeigt. Dann beschleunigt er noch stärker und bringt den Wagen auf über 200 Stundenkilometer. Sean taucht auf meiner Höhe auf, zwinkert mir zu, überholt dann und schert vor uns wieder ein. Er fährt gefährlich im Zickzack, doch er scheint das schon sein ganzes Leben lang gewohnt zu sein.

»Mach mal lauter!«, brüllt Set.

Clarke dreht die Lautstärke bis zum Anschlag hoch, und *Don't Stop Me Now* von Queen donnert durch den Innenraum. Ich liebe diesen Song. Es ist wissenschaftlich erwiesen, dass er Menschen extrem glücklich macht.

Clarke legt an Tempo zu, um mit Set gleichzuziehen. Die Musik ist so laut, dass die beiden Motorradfahrer sie hören, obwohl sie vor uns herfahren. Ich singe den Anfang des Songs mit, und als der Rhythmus sich ändert, bin ich verblüfft, als ich Clarke einfallen höre.

Den Refrain singen wir im Chor.

Ich glaube, ich habe ihn noch nie so entspannt erlebt, so genüsslich in einem so alltäglichen Moment. Das steht ihm wunderbar, und er sollte es öfter tun.

Er mustert mich mit einem Lächeln, das er nicht wie üblich zu verstecken versucht, und natürlich sind auch seine Zähne perfekt.

Er ändert das Tempo und beschleunigt, sodass die Motorradfahrer weichen und zu uns aufschließen müssen. Set fährt auf Clarkes Seite und Sean auf meiner. Sie vollführen einen Slalom, fahren dann schneller und fallen dann auf unsere Höhe zurück. Sie haben sichtlich Spaß auf ihren Maschinen. Die Stimmung ist super, und ich amüsiere mich ausgezeichnet, was mir einmal mehr zeigt, dass die Devil's Sons nicht nur gefährlich sind.

Als die Musik von Queen zu Ende geht, hält Clarke mir sein Smartphone entgegen.

»Beeindrucke mich.«

Ich brauche nicht zu überlegen, sondern nehme sein Handy und wähle ein Stück aus. Er verzieht anerkennend das Gesicht, als er *Knockin' On Heaven's Door* von Guns N' Roses erkennt.

»Wie ich dir schon sagte, du hast einen guten Geschmack.«

Belustigt schüttle ich den Kopf und sehe, wie sein Lächeln breiter wird.

Mach, dass er diese Laune auf der ganzen Fahrt bewahrt, bete ich lautlos.

Set wedelt mit einer Hand und zeigt auf die erste Ausfahrt, und wir verlassen die Autobahn.

Wir halten an einer Tankstelle, und ich nutze die Gelegenheit, um einen Abstecher auf die Toilette zu unternehmen. Nachdem ich meine Blase erleichtert habe, will ich schon wieder zum Auto gehen, ändere aber meine Meinung. Ich belade also meine Arme mit Kuchen, Bonbons und Getränken. Ich nehme für jeden Geschmack etwas mit, obwohl ich nichts davon zu mir nehmen kann. Daher ergänze ich meine Einkäufe noch um Biokekse und eine Flasche Wasser. Nachdem ich bezahlt habe, verlasse ich das Gebäude und gehe wieder zu den Jungs, die mich an den Mercedes gelehnt erwarten und über irgendetwas lachen.

»Hast du beschlossen, das Rennen, wer am schnellsten den Löffel abgibt, zu gewinnen?«, fragt mich Sean.

Unter Clarkes missfälligem Blick breche ich in freimütiges Gelächter aus und erkläre ihnen dann, dass alles für sie ist.

Nachdem Set und Sean sich bedient haben, bin ich natürlich weniger beladen. Clarke nimmt mir den Rest ab und verstaut alles auf den Rücksitzen des Wagens. Nachdem die Jungs aufgestiegen sind und die Motoren laufen, fahren wir zurück auf die Autobahn. Die Musik spielt wieder laut, und Clarke klopft im Takt auf den Lenker. Ich drehe mich um, greife nach der Wasserflasche und trinke ein paar Schlucke;

dann streckt Clarke die Hand aus, um ebenfalls zu trinken. Ich gebe ihm eine Flasche.

»Chips, Bonbons oder Kuchen?«, frage ich ihn.

»Bonbons.«

Ich schnappe mir den Beutel und tausche ihn gegen sein Wasser aus, um es ihm abzunehmen, und er dankt mir mit einem Zwinkern, das meine Wangen heiß anlaufen lässt.

Schnell erreichen wir die kanadische Grenze und Leamington. Nachdem wir die Stadtmitte hinter uns gelassen haben, fahren wir minutenlang über einen unbefestigten Weg, der vor einem riesigen Lagerhaus endet. »Arinson Arms« steht in großen Buchstaben an der Fassade.

Clarke parkt den Wagen, und die Jungs stoppen ihre Maschinen ein paar Meter von der einzigen Tür entfernt. Alles wirkt verlassen. Ich bekomme leichte Panik bei der Vorstellung, dass uns niemand helfen kann, wenn die Sache den Bach hinuntergeht.

»Fertig?«, fragt Clarke mich ernst.

Ich schlucke mühsam und nicke dann.

»Zieh die Jacke an«, befiehlt er mir und steigt dann aus dem Mercedes.

Ich klettere ebenfalls hinaus und knalle die Tür hinter mir zu. Ich schiebe die Arme in die Ärmel und streife die Jacke der Devil's Sons über, die mir, nebenbei gesagt, perfekt passt. Ein Wunder.

»Die entzückendste unter den Devils!«, gratuliert mir Set.

Ich markiere eine Verbeugung und danke ihm.

Wir gehen zum Eingang der Lagerhalle. Clarke klopft sechsmal laut gegen das Metall, und die Tür öffnet sich. Ein bis an die Zähne bewaffneter Mann steht da, der uns bedrohlich mustert. Doch Carters Stellvertreter klopft ihm fest genug auf den Rücken, um ihm einen seiner Lungenflügel herauszuschlagen.

»Ein herzlicher Empfang wie immer!«, meint der Bad Boy ironisch.

Er tritt um den Koloss herum und geht hinein, als wäre er hier zu Hause.

Und von mir verlangt er, mich zu benehmen?

Set und Sean versetzen mir einen Schubs, damit ich ihm folge, und dann stehen wir im Inneren der gigantischen Lagerhalle, in der Hunderte von Regalen mit Holzkisten vollgestopft sind. Unzählige Männer sind dazwischen unterwegs, von denen einige, schwerer bewaffnet als die Expendables[21], ihre Runden drehen. Mein Blick verliert sich in der riesigen Weite des Arsenals, das hier lagert. Dieser Arinson ist kein kleiner Sonntagshändler. Er hat sich ein wahres Imperium aufgebaut.

Als sechs Männer mit Maschinenpistolen auf uns zukommen, konzentriere ich mich.

»Die Heiden!«, ruft der Typ in der Mitte und breitet die Arme aus.

»Pitt.«

Clarke setzt sich in ihre Richtung in Bewegung. Wir folgen seinem Beispiel.

»Wer ist die denn?«

Der berühmte Pitt mustert mich. Er muss knapp dreißig sein und scheint mir mit seinem Finger am Abzug und seinem Blick, mit dem er mich auszieht, nichts Gutes zu verheißen.

»Ein Neuzugang.«

Clarke bleibt sich selbst treu, ungerührt und mundfaul.

»Verdammt! Nicht übel, die Teufelin! Wer von euch treibt es mit ihr?«

Ich muss mich zusammenreißen, um nichts zu erwidern, obwohl ich durchaus Lust dazu hätte.

Ich darf ihnen nicht widersprechen, das ist die einzige Regel, die Clarke mir eingeschärft hat, und ich habe vor, mich

---

21 In der gleichnamigen Filmserie sind die Expendables eine aus Söldnern bestehende Einheit.

daran zu halten. Ich muss zugeben, dass die einsatzbereiten Waffen dazu beitragen, mich ruhig zu halten.

»Keiner von uns«, erklärt Set in festem Ton.

»Dann kann man sie sich also unter den Nagel reißen!«

Ich ziehe eine Augenbraue hoch, und Clarke ballt die Fäuste.

»Wir holen ab, was wir sollen, und dann verziehen wir uns; außer, du willst uns noch Tee anbieten?«, entgegnet er kalt.

»Komm schon, Junge, überlass sie mir eine Stunde lang!«

Die Erinnerungen an gestern Abend steigen erneut in mir auf, aber die Nervosität des Bad Boys holt mich in die Realität zurück. Er kann sich nicht beherrschen und tritt drohend einen Schritt auf Pitt zu.

»Aha, sie ist deine Freundin, Taylor!«

Pitt lacht amüsiert, was nicht dazu beiträgt, dass Carters Stellvertreter sich beruhigt. Ich möchte gern in einem Stück zurückkommen, aber wenn ich nichts unternehme, wird Clarke handeln, und wir wissen alle, dass Clarke sich und seine Leute nicht mit Worten verteidigt.

»Bist du so mies im Anbaggern, dass du eine Frau über einen Mittelsmann ansprechen musst?«

Pitts Grinsen ist wie weggewischt, aber ich fahre fort.

»Niemand hier entscheidet für mich, mit wem ich die nächste Stunde verbringe. Frag mich direkt, und du kriegst deine Antwort!«

Sein Lächeln kehrt zurück.

»Verbringen wir die nächste Stunde zusammen, Schätzchen?«, fragt er mich.

»Nein. Und jetzt gib uns, wofür wir hergekommen sind.«

Kaum habe ich zu Ende gesprochen, legt er die Hände auf meine Hüften und reißt mich an sich. In der nächsten Sekunde zieht Set mich zurück, und Clarke schmettert Pitt die Faust ins Gesicht. Dieser geht zu Boden. Mir stockt der Atem, als seine Kameraden ihre Waffen auf uns richten, und rasch zielt jeder einzelne Bewaffnete im Lagerhaus ebenfalls auf uns. Alle Arbeiter unterbrechen ihre Tätigkeit, um die Szene zu beobachten. Kein Laut ist zu hören.

Instinktiv weiche ich zurück, als mich Panik überrollt. Im Leben hat noch niemand eine Waffe auf mich gerichtet, aber heute sind es fast hundert, und das Grauen, das mir über den Rücken läuft, ist so stark, dass ich all meine Kraft in meine Beine lenken muss, damit sie mir nicht wegknicken.

»Ich leg dich um, Mistkerl!«, stößt Pitt hervor und steht auf. Sein Mund und seine Nase sind blutverschmiert.

Clarke zieht seine Waffe und setzt sie ihm an die Schläfe. Doch ein anderer zielt mit seiner auf den Schädel des Devils, den das vollkommen kaltzulassen scheint. Set reagiert und richtet seine Knarre auf den, der das Leben seines besten Freundes bedroht, und so weiter. Angesichts des Ausmaßes, das die Lage angenommen hat, komme ich mir vor wie im Film.

Bei allen Göttern, wie konnte das so schnell aus dem Ruder laufen?

Clarke entsichert seine Waffe, was durch die Stille hallt, und mit einem Mal erklingen eine ganze Reihe von Klicken. Alle haben es dem Devil's Son nachgetan. Das war nur eine Macht- und Egodemonstration, die sie vor mir abgespielt haben, daher klatsche ich Beifall.

»Ihr Männer habt wirklich eine Begabung dafür, Probleme zu schaffen, wo keine sind! ›Wenn Gewaltlosigkeit das Gesetz der Menschheit ist, dann gehört die Zukunft den Frauen.‹ Für die Ungebildeten, das stammt von Gandhi, der, nebenbei gesagt, eine unterentwickelte Sexualität hatte. Das sagt dir doch sicher etwas, Pitt, nicht wahr?«

Er zieht seine Waffe und hält mir den Lauf an die Stirn. Aber ich habe keine Angst. Ich weiß, dass heute niemand sterben wird, und obwohl das kalte Metall des Revolvers sich auf meiner Haut unerträglich anfühlt, überwältigen mich Zorn und Impulsivität.

»Schieß doch, und du unterschreibst dein Todesurteil! In der Sekunde, in der es knallt, verpasst Clarke dir eine Kugel, und ihr fallt alle wie die Dominosteine!«, schreie ich ihn an. »Willst du das wirklich? Wegen einer Machtdemonstration dein Leben verlieren, obwohl das einzig Große an dir deine Knarre ist?«

»Du, Schätzchen, hast ein ziemlich loses Mundwerk.«

»Und du, Idiot, bist mit ziemlich leichtem Gepäck unterwegs, was dein Hirn angeht.«

Das Schweigen, das jetzt eintritt, wird durch Schritte am anderen Ende des Lagerhauses unterbrochen.

»Waffen runter, ihr Haufen von Idioten!«, brüllt ein Mann.

Ebenso schnell, wie sie sich auf uns gerichtet haben, werden alle Waffen heruntergenommen, und ich kann endlich wieder richtig atmen. Am liebsten würde ich die Hand an die Stelle legen, wo der Revolver meine Haut berührt hat, um sie zu wärmen, doch ich rühre mich nicht. Stattdessen sehe ich dem Neuankömmling entgegen, der mit großen Schritten näher kommt. Nach seinem Befehl zu urteilen, ist er Mr. Arinson, und er wirkt nicht glücklich.

Als er uns erreicht, reißt er einem seiner Männer die Knarre weg und richtet sie auf Pitt, der sofort zu Boden sieht und viel weniger schlau tut.

»Dieses Mädchen, dem gegenüber du es an Respekt hast fehlen lassen, steht unter Carter Browns Schutz, du Dreckschwein! Entschuldige dich bei ihr!«

Pitt sieht mit einem perversen Grinsen, das mir Übelkeit bereitet, zu mir auf. »Tut mir leid.«

Ich zucke zusammen, als sein Chef ihm den Kolben seiner Waffe ins Gesicht schlägt. Blut sickert aus seinem Mund.

»Ohne dieses anzügliche Grinsen!«, schreit er.

Pitt hebt die Hand an seine Lippe, die bereits anschwillt, und verzieht vor Schmerz das Gesicht, als er sie berührt.

»Entschuldigung.«

»Und jetzt verschwinde!«
Pitt verlässt die Halle, ohne sich weiter bitten zu lassen.
Die Devil's Sons haben ihre Waffen weggesteckt, und Arinson dreht sich, außer sich vor Wut, zu seinen Männern um.
»Geht wieder an die Arbeit und bringt ihnen die Ware!«
Ohne zu murren nehmen seine Angestellten ihre Tätigkeiten wieder auf. Das nennt man »sich Respekt verschaffen«.
Der Boss fährt sich nervös durch das Haar und wirkt gestresst, als wende er nicht gern Gewalt an, hasse es aber über alles, wenn seine Männer sich vor Kunden daneben benehmen. Er flucht und tritt dann zu uns, und als er mir in die Augen sieht, verfliegt sein ganzer Zorn. Er ist nicht mehr der Mann, der Pitt zurechtgestutzt hat. Sein Blick wirkt sanft, und ein schüchternes Lächeln tritt auf seine Lippen.
»Tut mir schrecklich leid, Avalone, das hätte nicht passieren dürfen.«
»Sie kennen meinen Vornamen?«, frage ich verblüfft.
Die Fältchen, die sich in seinen Augenwinkeln bilden, als sein Lächeln sich vertieft, lassen ihn harmlos wirken.
»Ja. Carter hatte dich angekündigt. Deswegen habe ich beschlossen, bei diesem Kauf dazuzukommen. Keine gute Idee, eine Frau mit solchen Schwachköpfen allein zu lassen. Leider hat Carter mich ziemlich kurzfristig benachrichtigt, sodass ich nicht eher kommen konnte.«
Der Gegensatz zwischen dem Mann vor mir und dem, den ich noch vor ein paar Sekunden erlebt habe, ist beeindruckend. Ich habe das Gefühl, nicht dieselbe Person vor mir zu haben.
Seine Männer bringen uns jetzt große Holzkisten, und Mr. Arinson bedeutet ihnen, sie zu öffnen, damit die Devil's Sons den Inhalt überprüfen können.
Währenddessen tritt der Mann in den Fünfzigern zu mir, und in schweigender Übereinkunft treten wir unter den Blicken der Gang ein Stück beiseite.

»Ich freue mich, dich kennenzulernen. Carter hat mir viel von dir erzählt.«

Überrumpelt ziehe ich die Augenbrauen hoch. »Bedaure, aber angesichts unserer wenig höflichen Begegnungen habe ich nicht die geringste Ahnung, was er Ihnen erzählt haben könnte.«

Er fängt an zu lachen.

»Carter und ich sind alte Freunde. Er hat dich angekündigt und von deinem Dickkopf gesprochen.«

Ich verziehe das Gesicht, was den Mann, dessen Name in großen Buchstaben über dieser Lagerhalle steht, erst recht amüsiert.

»Man kann nicht behaupten, dass wir uns gut verstehen, er und ich ...«

»Lass der Sache Zeit. Er ist kein schlechter Mensch.«

Am liebsten würde ich ihn anschreien, dass ein guter Mensch niemals einen anderen unter Drohungen dazu zwingen würde, ihm illegale Dienste zu leisten, doch sein Blick wirkt so wohlwollend, dass ich keine Lust habe, ein solches Gespräch mit ihm zu führen.

Mit den Kisten scheint alles in Ordnung zu sein, da die Männer sie aus der Lagerhalle zum Mercedes tragen, um sie zu verladen. Zusammen mit den Devil's Sons treten wir auf den unbefestigten Parkplatz.

»An der Grenze haben sie ein Problem mit den Kameras, daher wird momentan streng kontrolliert. Fahrt heute Abend nicht mehr zurück. Wartet lieber, bis das Problem morgen gelöst ist.«

Die Devils nicken, und ich habe plötzlich das Gefühl, zehn Etagen tief zu fallen. Mir stockt das Blut in den Adern. *Das ist jetzt nicht wahr ...*

Ich versuche, Ruhe zu bewahren, während die Jungs wieder auf ihre Maschinen steigen.

»Mike Arinson«, stellt sich der Boss offiziell vor und streckt die Hand aus. »Entzückt, dich kennengelernt zu haben, Avalone.«

Ich lächle ihm höflich zu und drücke ihm die Hand. Mehr kriege ich angesichts des Zustands meiner Nerven nicht zustande.

Clarke steigt in den Wagen, und ich tue es ihm aufgebracht nach. Der Bad Boy fährt los, und schnell verlassen wir den Parkplatz und lassen Pitt und Mr. Arinson hinter uns. Ich zittere vor Wut. Lange sage ich nichts, bis ich mich nicht mehr beherrschen kann und wie eine Furie auf Clarke losgehe.

»Lass mich raten: Der Gott, den ihr besonders verehrt, ist Loki? Du bist nur ein dreckiger Lügner!«

Er reagiert nicht.

»Du hast mir gesagt, ich könnte dir vertrauen!«, schimpfe ich weiter. »Aber Mike hat uns geraten, die Grenze nicht heute Abend zu überschreiten; doch wenn die Waffen legal wären, dürfte das kein Problem sein, ob der Zoll streng kontrolliert oder nicht!«

»Sehr scharfsinnig.«

Wenn er nicht am Steuer säße und mein Leben nicht in seiner Hand läge, wäre ich ihm schon an die Kehle gegangen.

»Ich habe ein Hirn, Clarke, und ich benutze es! Was ist in den Kisten, deren Inhalt ich nicht gesehen habe?«

»Illegale Schießeisen und Falschgeld.«

Ich bin so entsetzt, dass meine Miene sich verzerrt haben muss.

»Wollt ihr mich verarschen? Ich dachte, ich könnte dir vertrauen!«

»Einem Kriminellen solltest du nie vertrauen«, gibt er gereizt zurück.

Ich bin außer mir. Der Zorn verschlingt mich, und ich fühle mich schrecklich verraten. Ich dachte, ich könnte mich auf ihn verlassen, besonders nach unserem Abend gestern, aber ich bin zu naiv.

»Warum wollte Carter unbedingt, dass ich euch begleite?«
»Keine Ahnung.«
»Warum!«, schreie ich.
»Ich weiß es nicht!«, brüllt er zurück.

Er krampft die Hände so fest ums Steuer, dass seine Knöchel weiß wirken.

Ich mustere ihn ein paar Sekunden lang und stehe kurz davor, ihn mit Beleidigungen zu überschütten, doch ich verzichte darauf, rutschte tief in meinen Sitz und verschränke die Arme vor der Brust, um zu verbergen, dass meine Hände zittern.

Ich ertrage seine Anwesenheit nicht. Komme nicht darüber hinweg, dass er mich belogen hat. Dass sie mich *alle* angelogen haben. Die Devil's Sons sind nicht ehrlich zu mir, sind es nie gewesen.

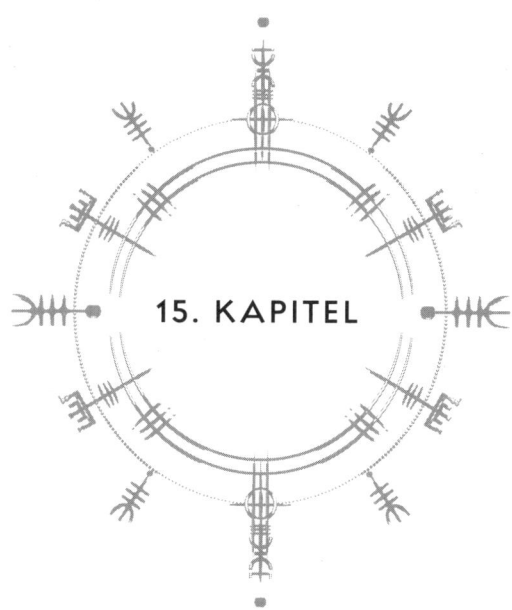

15. KAPITEL

Die Fahrt verläuft in vollständigem Schweigen. Wir sind ungefähr zwanzig Minuten unterwegs, als wir ein Motel erreichen. Wir halten den Wagen auf dem verlassenen Parkplatz an, und die Jungs steigen von ihren Maschinen. Ich will schon die Beifahrertür öffnen, als Clarke das Wort ergreift.

»Hätten wir dir die Wahrheit gesagt, hättest du dich geweigert, uns zu begleiten.«

Ich drehe mich zu ihm um. Dieses abstruse Universum erschöpft mich. Ich spiele Carters Spiel mit, aber wenn ich wollte, bräuchte ich nur zur Polizei zu gehen und sie zu verraten. Ich hätte nichts zu befürchten, bloß ein paar Drohungen, die mich nicht das Leben kosten würden, und trotzdem habe ich ihnen mit dieser Falschaussage geholfen. Ich habe es für Lola und meine eigene Zukunft getan, aber auch für sie, weil ich nicht wollte, dass sie die Zeche für ihren leichtsinnigen Chef zahlen würden. Ich habe akzeptiert, den Devil's Sons zu helfen, um es nicht mit der Polizei zu tun zu bekommen, die mir irgendwann Informationen entlockt hätte. Und das ist jetzt ihr Dank?

»Selbstverständlich«, erwidere ich, mit meiner Kraft am Ende. »Wenn ihr eure Freiheit riskiert, ist das eure Entscheidung. Aber mir habt ihr die Wahl genommen.«

»Wir hatten Befehle, Avalone.«

Seine Stimme klingt genauso matt wie meine, aber er begreift meinen Standpunkt nicht.

»Ich habe dich gefragt, ob ich dir vertrauen kann, und du hast mich angelogen. Ihr habt mich ausgenutzt, schon wieder. Ihr manipuliert mich, um eure Ziele zu erreichen, und jetzt habt ihr mich in eine furchtbare Lage gebracht, weil ich keine Jahre mehr vor mir habe, um sie im Gefängnis zu opfern.«

Ohne auf eine Antwort zu warten, steige ich aus dem Wagen, als Set und Sean wieder zu uns stoßen. Einer von ihnen wirft Clarke einen Schlüssel zu.

»Wir hatten Glück. Das waren die beiden letzten freien Zimmer. Wir überlassen euch das eine.«

Etwas Schlimmeres hätte ich mir nicht vorstellen können. In diesem Moment hasse ich Clarke wie noch keinen Menschen zuvor, aber ich werde die Nacht mit ihm verbringen müssen.

Ich nehme meine Tasche, und wir gehen zur Treppe. Ich sage kein Wort, denn ich bin zu enttäuscht, um etwas von mir zu geben. Oben angekommen, bleiben wir vor Zimmer 213 und 214 stehen. Clarke steckt den Schlüssel ins Schloss und öffnet die Tür. Im Zimmer steht nur ein Bett. Set und Sean werfen lachend einen Blick hinein.

»Ein Doppelbett!«, meint Set.

»Ihr müsst *schon wieder* das Bett teilen!«, setzt Sean hinzu.

Mit undeutbarer Miene verpasst Clarke seinen beiden Komplizen mit der rechten Hand eine Kopfnuss, und die beiden schütten sich vor Lachen aus.

Wie können sie es wagen, die Situation komisch zu finden? Auch wenn die Grenze morgen nicht mehr so streng kontrolliert sein wird, besteht immer ein Risiko.

»Alles gut, Ava?«, fragt mich Set, der meine Kälte und meinen vernichtenden Blick bemerkt.

»Und ich hatte gedacht, dass ihr doch gute Menschen seid, aber da habe ich mich gründlich geirrt. Ihr seid alle verdorben bis ins Mark und nicht besser als Ange. Er kann sich wenigstens zugutehalten, euch ins Gesicht geschlagen zu haben.«

Ich trete in das Zimmer, werfe meine Tasche aufs Bett und schließe mich dann kurzatmig im Bad ein. Ich höre die Jungs diskutieren, aber nicht laut genug, um zu verstehen, worüber sie reden.

Ich drehe den Hahn auf und schöpfe mir Wasser ins Gesicht; dann stütze ich mich mit den Händen aufs Waschbecken und lasse den Kopf hängen. Ich sitze in Kanada fest; mit Menschen, die sich mir gegenüber wie Freunde verhalten, mich aber vollkommen skrupellos ausnutzen.

Als auf der anderen Seite der Tür mein Smartphone klingelt, verlasse ich das Bad. Ich ignoriere Clarke, der sich gerade die Lederjacke auszieht, und greife nach meiner Tasche, um den Anruf meiner Mutter nicht zu verpassen.

»Avalone Lopez, kannst du mir mal erklären, was du dir dabei gedacht hast?«

Sofort verkrampfe ich mich. Ihre Stimme ist wie die Ruhe vor dem Sturm. Ich überlege, was sie mir wohl vorwerfen kann.

»Ich begreife nicht, dass du mir nichts gesagt hast. Seit wann bist du so verantwortungslos?«

»Wovon redest du?«, frage ich schließlich vollkommen verwirrt.

»Von deinem Herzstillstand!«

Ich halte das Handy vom Ohr weg, damit mir nicht das Trommelfell platzt.

Allmächtiger Odin! Woher weiß sie das?
»Alles ist gut, Mom. Ich wollte dich nicht beunruhigen.«
»Verdammt, Avalone, dein Herz ist stehen geblieben.«
Ich verziehe das Gesicht und regle hastig die Lautstärke herunter.
»Komm sofort nach Hause!«
Wenn ich in diesem Moment auf mein Herz hören würde, würde ich ohne Zögern Ja sagen, so manipuliert fühle ich mich. Doch mein Studium hat Vorrang, und ich kann mir nicht erlauben, Ann Arbor zu verlassen.
»Nein! Ich habe tägliche Arzttermine und neue Medikamente, also reg dich ab, ich passe schon auf. Ich kann nicht lange reden, Mom, ich ruf dich morgen wieder an.«
»Bei allen Göttern, Ava, Thors Donner soll dich treffen, wenn du es wagst, einfach aufzulegen!«
Ich tue es trotzdem und schalte mein Smartphone aus.
Die Einzige, die Balsam für mein Herz wäre, ist aktuell nicht verfügbar. Ich schlage die Hände vors Gesicht und schwanke dazwischen, mich an Clarke abzureagieren oder in Tränen auszubrechen und mich auf dem Bett zusammenzurollen. Seit ich mich an der Uni eingeschrieben habe, habe ich keine Kontrolle mehr über mein Leben, und das hasse ich.
Mit abgehackten Bewegungen ziehe ich meine Lederjacke aus und setze mich dann aufs Bett.
»Sie hatte keine Ahnung?«, fragt mich Clarke.
Ich gebe keine Antwort und gönne ihm nicht einmal einen Blick. Er hat keine Reaktion von mir verdient.
»Du hättest ihr das sagen müssen.«
Gleichgültigkeit ist die beste Rache, die ich im Moment zustande bringe, doch aus dem Augenwinkel nehme ich wahr, dass er sich mir nähert.
»Komm, steh auf.«
Ich beharre darauf, ihn zu ignorieren. Nach dem, was die

Jungs getan haben, glaubt er ernsthaft, mir Befehle erteilen zu können?

»Steh auf! Seit du überfallen worden bist, hat Carter mich angewiesen, dir zwei oder drei Verteidigungstechniken beizubringen.«

Dass ich nicht lache. Die Devil's Sons sind diejenigen, die mich in Gefahr bringen, also können sie ihre verzerrte Wahrnehmung, altruistische, wohlwollende Beschützer zu sein, für sich behalten.

»Ich mag ja hier mit dir festsitzen, aber ich will weder mit dir reden noch dich sehen, also hau ab, mit dir zusammen mache ich überhaupt nichts.«

»Als ob ich dir eine andere Wahl lassen würde, Schönheit.«

In der nächsten Sekunde packt mich Clarke an den Armen. Ich werde vom Bett gehoben und finde mich gegen meinen Willen auf den Füßen stehend wieder. Ich mache mich aus seinem Griff los.

»Stell dich nicht an wie ein Kind!«, sagt er ungeduldig. »Es ist zu deiner Sicherheit.«

»Das ist ja lächerlich. Gegen jemanden von deiner Statur kann ich nichts ausrichten.«

»Du kannst Zeit gewinnen und flüchten, so albern ist das also nicht.«

»Doch, ist es. Darf ich dich daran erinnern, dass ich einen Herzfehler habe? Ich kann nicht rennen!«

Er ignoriert meine Bemerkung, ergreift meine rechte Hand und hält sie zwischen uns in die Höhe.

»Die Handkante ist sehr wirkungsvoll gegen den Hals, den Nacken und die Rippen. Setz die Handfläche ein, um mit einer schnellen Bewegung von unten nach oben gegen das Kinn zu schlagen. Die verwundbaren Zonen sind die Knie, der Kiefer, die Ohren, der Hals und die Augen.«

Während Clarke das alles erklärt, zeigt er mir die unterschiedlichen Techniken, indem er meine Hände an die

Stellen führt, an denen es wehtut, ohne auf meine verdrossene Miene zu achten, die ich hartnäckig wahre.

»Sollte dich jemand am Handgelenk packen, zieh deinen Arm zu der Stelle, an der Daumen und Finger deines Gegners aufeinandertreffen: Das ist die Zone, an der sein Griff die geringste Kraft hat. Komm, versuch dich loszureißen.«

Sein Griff ist fest, aber nicht schmerzhaft. Mir kommt das unmöglich vor, obwohl Clarke mich mit einem leichten Nicken ermuntert. Also versuche ich, so wie er es mir vor ein paar Sekunden gezeigt hat, seine Hand loszuwerden, und ziehe an der Schwachstelle seines Griffs, an meinem Arm. Vergebens, seine Finger sind wie aus Marmor. Ich zerre in alle Richtungen, ernsthaft verärgert über diese blöde Übung.

»Du drückst zu fest!«

»Du gibst dir keine Mühe, konzentrier dich.«

Ich habe keine Zeit zum Protestieren, denn unsere Zimmertür wird geöffnet, und Set und Sean stehen da. Nach ihren amüsierten Blicken zu urteilen, glauben sie, uns auf frischer Tat ertappt zu haben.

»Hört bloß auf mit euren dreckigen Gedanken!«, ruft Clarke ihnen zu. »Ich bringe ihr nur bei, sich zu verteidigen. Sean, du bist dran.«

Er lässt mich los und tritt von mir weg. Sofort nimmt Sean entschlossen seinen Platz ein.

»Wenn du mir wehtust, bringe ich dich um«, drohe ich ihm verbissen an.

»Ich weiß, wie man eine Schulter einrenkt«, zieht er mich auf.

Genau wie Clarke packt er mich am Handgelenk.

Ohne zu überlegen, ziehe ich schnell mein Knie auf die Ebene seiner Geschlechtsteile hoch, was ihn unwillkürlich zurückweichen und seinen Griff lockern lässt. Dann befolge ich Clarkes Anweisungen, ziehe meinen Arm zurück und kann mich im ersten Versuch aus seinem Griff befreien.

Die Zuschauer lachen laut und verspotten ihren Freund offen.

»Flasche!«

Langsam vertreibt mein Stolz meine Wut, und ich bin zufrieden mit mir. Viel Kraft habe ich nicht, aber mir fehlt es nicht an Fantasie, und dank ihr habe ich die Übung spielend bewältigt.

Sean geht rachsüchtig auf meine Haare los. Ich sehe wieder sein bleiches Gesicht vor mir, als er dachte, ich würde zutreten, und kann nicht anders, als ihn ebenfalls auszulachen.

»Wie wäre es, wenn wir essen gehen, bevor Ava Sean noch völlig fertigmacht?«, meint Set.

»Halt die Klappe, Idiot, ich dachte schon, sie würde mich kastrieren!«

Die Jungs lachen noch lauter. Nachdem wir uns die Jacken angezogen haben, verlassen wir das Zimmer.

Wir lassen die Motorräder auf dem Parkplatz stehen und gehen zum Wagen.

»Ich bin euch immer noch böse, damit das klar ist!«

»Ach, hör schon auf!«, erwidert Sean. »Du weißt genau, dass wir dich nicht absichtlich belogen haben. Außerdem steht es dir nicht, nachtragend zu sein, Lopez.«

Er verzieht betrübt den Mund und setzt einen flehenden Blick auf, der mir ein Lächeln entlockt.

Sie nehmen einfach nichts ernst. Eine Falschaussage? *Kinderspiel.* Von hundert Männern überfallen zu werden? *Routine.* Mit illegalen Waren im Kofferraum die Grenze überqueren? *Ein Spaziergang.* Sie nehmen die Situation derart auf die leichte Schulter, dass ich in diesem Moment keine Angst mehr vor dem Zoll habe. Ihr Selbstvertrauen ist so groß, dass sie mich damit anstecken.

Trotzdem boxe ich ihn in die Rippen, weil ich mich darüber ärgere, so schwach zu sein und ihnen nicht länger böse sein zu können. Dafür legt er mir einen Arm um die Schultern und zieht mich verschwörerisch an sich, während Clarke sich ans Steuer setzt.

»Wo sollen wir essen?«

»*Poppy's*«, rufen sie im Chor.

»Die beste Pizza in Kanada!«, setzt Set begeistert hinzu.

Sie sind so fröhlich, dass man meinen könnte, drei Kinder zu sehen, die man nach Disneyland eingeladen hat. Mein Magen schreit Hungersnot, und ich hätte genauso gern eine gute Pizza gegessen, doch leider muss ich meine Diät befolgen, damit ich lange genug lebe, um Carter in den Hintern zu treten.

Kurz darauf sehen wir das Schild vor uns, und als wir das Lokal betreten, lässt ein wunderbarer Duft meinen Magen gurgeln.

In diesem Restaurant ist der Gastraum nicht durch eine Wand von der Küche abgetrennt, sodass wir direkt sehen können, wie die Pizzen und unterschiedlichen Gerichte zubereitet werden. Ich liebe dieses Konzept.

»Die Devil's Sons!«

Ein Mann von ungefähr sechzig, der eine Schürze trägt, empfängt uns mit strahlendem Lächeln. Ich schließe daraus, dass er meine Mitverschwörer kennt.

»Du bist aber alt geworden, Kumpel«, meint Clarke zu ihm.

»Trottel! Du hast dich dafür nicht verändert! Was macht ihr in der Gegend?«

»Geschäfte.«

»Oh! Aber was sehe ich da?«

Poppy mustert mich, ohne sein Lächeln abzulegen. Er wirkt leicht erstaunt darüber, mich in der Gesellschaft der Jungs zu sehen.

»Das ist Avalone«, erklärt ihm Set.

»Was macht denn eine Frau wie du bei solchen Grobianen?«

»Das frage ich mich auch oft«, gebe ich ironisch zurück, was mir einen Rippenstoß von Sean einträgt.

Der Wirt bricht in ein angenehmes Gelächter aus und wünscht mir dann viel Glück.

»Setzt euch doch, ich komme gleich.«

Wir gehorchen, und nachdem ich kurz bei Lola angerufen habe, um ihr zu erklären, dass wir in Kanada übernachten, nimmt Poppy unsere Bestellung auf. Pizza für die Jungs und hausgemachte Lasagne ohne Käse und Salz für mich. Alles in allem nicht so übel.

»Weiß er, was ihr treibt?«, frage ich, sobald Poppy zurück in der Küche ist.

»Er weiß alles. Gerüchten zufolge hat er als junger Mann einer der mächtigsten Gangs Nordamerikas angehört; er hat das nie abgestritten, die Behauptungen aber auch nie bestätigt«, erklärt mir Sean.

Verblüfft und neugierig nehme ich den Mann in Augenschein. Mit seinem dicken Bauch und dem ewigen Lächeln wirkt er nicht, als wäre er je Mitglied einer Gang gewesen. Doch ich begreife, dass in diesen Kreisen der Schein oft trügt.

»Warum mag er nicht darüber reden?«

»Er gibt sich sehr geheimnisvoll«, sagt Set zu mir. »Niemand weiß, was er in seiner Freizeit macht. Aber nach allem, was man so hört, sollte man lieber nicht versuchen, das herauszufinden. Leute, die sich mit ihm angelegt haben, sind angeblich schon im Krankenhaus aufgewacht und konnten sich an nichts erinnern.«

Mit großen Augen mustere ich den Koch, der mit drei Gläsern Bier und einer Karaffe zurückkommt. Ich kann das nicht glauben, er wirkt so harmlos!

Ich schüttle den Kopf, um ihn nicht länger anzusehen, und bedanke mich für die Getränke. Set schenkt mir ein Glas Wasser ein, daher nutze ich die Gelegenheit, um meine Medikamente einzunehmen, wobei mich die Jungs beobachten.

»Keine Sorge, ich habe nicht vor, in eurem Beisein den Löffel abzugeben. Ihr seid, ehrlich gesagt, nicht unbedingt das Letzte, was ich sehen will, bevor ich abtrete.«

Set und Sean lachen und setzen dann eine beleidigte Miene auf. Sie protestieren und rühmen sich für ihre unglaubliche Ausstrahlung auf Kranke, die auf dem Totenbett liegen, während Clarke reglos wie Marmor dasitzt.

Ich versetze ihm einen kleinen Rippenstoß.

»Entspann dich.«

Er wirft mir einen harten Blick zu.

»Ich bin es nicht gewöhnt, über solche Themen zu lachen.«

»Du freundest dich schon damit an.«

Ich strahle ihn aufgesetzt an, wobei ich alle Zähne zeige, was ihm ein echtes leises Lächeln entlockt.

»Hauptsache, wir werden deswegen nicht morgen an der Grenze festgenommen«, meint er unbewegt zu mir.

Sofort erstarre ich. Dieser Satz wirkt vernichtend auf mich. Clarke gibt mir mein aufgesetztes Lächeln zurück.

»Nur ein Scherz«, erklärt er nach ein paar Sekunden.

Letztendlich stehe ich doch nicht so sehr auf schwarzen Humor. Eigentlich halte ich gar nichts davon.

Ungefähr eine Viertelstunde später bringt Poppy uns unsere Teller. Wir stürzen uns darauf wie ausgehungert. Die Jungs hatten recht, es ist mehr als köstlich, es ist eine Gaumenfreude. Innerhalb von zehn Minuten liegt kein Krümel mehr auf ihren Tellern, und mir fällt es schwer, meinen leer zu essen; zur großen Freude der Jungs, die ihn an sich reißen. Doch dann erstarrt Set und weist mit einer Kopfbewegung in Richtung Eingang. Ich drehe mich um und sehe zwei Männer, die im selben Alter wie die Devils sind, in Poppys Restaurant treten. Sie tragen ebenfalls schwarze Lederjacken, ein Zeichen dafür, dass sie einer Gang angehören. Als sie uns entdecken, spannen sie sich an und kommen sichtlich aggressiv auf uns zu.

»Was habt ihr hier zu suchen?«, verlangt einer von ihnen zornig zu wissen. »Das ist nicht euer Revier!«

Durch den Umgang mit den Devils weiß ich inzwischen, dass es grundlegend ist, das Territorium der anderen zu achten, und doch befinden wir uns offenbar auf ihrem.

»Das geht dich nichts an, Ducon«, stößt Clarke hervor.

»Ihr habt hier nichts verloren!«

Der stellvertretende Anführer der Devil's Sons steht herausfordernd auf.

Allmächtiger Odin! Er verpasst wirklich nie eine Gelegenheit, sich zu prügeln. In diesem Ausmaß ist das schon ein psychiatrisches Problem.

»Keine Schlägerei bei mir, sonst setze ich euch alle vor die Tür!«, schreit Poppy.

Clarke hört nicht auf ihn und tritt auf die beiden Männer zu. Ich bete darum, dass das nicht ausartet, denn wenn die Gerüchte über Poppy wahr sind, habe ich nicht die geringste Lust, dieses Gemetzel mitzuerleben.

»Wir treten hier nicht als Devil's Sons auf, wir sind einfach Freunde, die etwas essen wollen«, schaltet sich Set ein. »Daher haben wir auch keine Regel gebrochen.«

»Warum trägst du dann deine Jacke, Schwachkopf? Verzieht euch!«

Clarke packt den Kerl am Kragen, und ohne zu überlegen, werfe ich mit einer Brotkante nach ihm, die von seinem Hinterkopf abprallt.

»Was wäre, wenn alle sich so aufführen würden wie ihr? Eure schwarzen Lederjacken geben euch noch lange nicht das Recht, eure Unzufriedenheit und eure Meinungsverschiedenheiten an allen Leute in eurer Umgebung auszulassen! Die Leute hier sind hergekommen, um zu essen, und ganz bestimmt nicht, um zuzusehen, wie fünf Idioten sich die Köpfe einschlagen. Könntet ihr das respektieren? Könntet ihr gefälligst Achtung für Poppy zeigen, der den ganzen Tag schwitzt, um seine Gäste zufriedenzustellen?«

Der Angesprochene sieht mich, die Arme vor dem Oberkörper verschränkt, stolz an.

Ich habe die Nase voll. Ich komme mir vor wie eine Mutter, die ihre Rotzgören ausschimpft.

»Wir werden jetzt in Ruhe zu Ende essen, und ihr ...«, sage ich zu den Neuankömmlingen, »werdet euch einen Tisch am anderen Ende des Restaurants suchen. Und da ich es hasse, wenn am Ende schlechte Stimmung herrscht: Carter Brown übernimmt die Rechnung für alle Anwesenden!«

Mit einem Lächeln auf den Lippen applaudiert mir Poppy, und in der nächsten Sekunde fallen alle Gäste in zustimmendes Gejubel ein.

Die beiden Männer aus der feindlichen Gang, die meine Existenz erst bemerkt haben, als ich den Mund aufgemacht habe, mustern mich. Wortlos gehen sie ihrer Wege und bieten mir dabei einen Ausblick auf die weiße Schrift, die ihren Rücken schmückt: *The Reapers of Death*.

Ich atme tief durch und nehme dann wieder in aufrechter Haltung auf der Bank Platz. Clarke setzt sich wieder zu uns.

»Wenn du das nächste Mal mit einem Stück Brot nach mir wirfst, stopfe ich dir deine neue Lederjacke in den Hals.«

»Wir können jetzt in Ruhe zu Ende essen. Nichts zu danken.«

»So funktioniert das aber nicht.«

Ich verschränke die Arme vor der Brust und werfe ihm einen harten Blick zu.

»Und wieso nicht?«

»Man muss uns Respekt erweisen.«

»Aha! Und man respektiert euch nicht, wenn ihr niemandem das Gesicht poliert? Du bist lächerlich, Clarke.«

Wut blitzt in seinen Augen auf, aber ich gebe nicht klein bei.

»Du kannst wirklich von Glück reden, dass du eine Frau bist.«

Ich fühle mich aufsässig, halte mein Gesicht dicht vor seines und wiederhole unter Sets und Seans Gelächter: »Lä... cher...lich.«

»Mumm hat sie jedenfalls, das muss man zugeben.«

Clarke, der nicht zum Scherzen aufgelegt ist, wirft Sean einen bitterbösen Blick zu und steht dann auf, um zu signalisieren, dass unsere Mahlzeit beendet ist.

»Setz alle Rechnungen auf das Konto der Devil's Sons«, erklärt Clarke, an Poppy gerichtet. »Carter überweist es dir.«

Der Wirt nickt amüsiert, und die Gäste bedanken sich.

»Haltet euch diese Lady warm, ihr könnt sie gut gebrauchen!«

Clarke, der immer noch unausstehlich gelaunt ist, wirft dem Wirt einen bösen Blick zu, den dieser ignoriert, um mir das allerliebenswürdigste Lächeln zu schenken. Ich erwidere es.

Ohne weitere Umstände gehen wir zum Ausgang, doch als die Jungs schon durch die Tür sind, hält mich jemand am Handgelenk fest. Der Blonde unter den Reapers of Death drückt mir etwas in die Handfläche.

»Ruf uns an, wenn du die Gang wechseln willst. Wir haben dir viel mehr zu bieten als die Devil's Sons.«

In meiner Hand finde ich einen Zettel mit einer Telefonnummer, gefolgt von seinem Namen: Troy.

Er entfernt sich bereits, und als ich mich wieder dem Ausgang zuwende, steht Clarke noch da, um mir die Tür aufzuhalten. Sein Blick wirkt hasserfüllt.

Die Provokation der Reapers of Death ist nicht unbemerkt geblieben!

»Was wollte er?«

»Nichts Interessantes.«

Unzufrieden runzelt er die Stirn, sagt aber nichts weiter.

Wenn ich ihm erklären würde, was Troy von mir wollte, würde das nur wieder Öl ins Feuer gießen, was ich nicht will. Also gehen wir schweigend zum Wagen zurück.

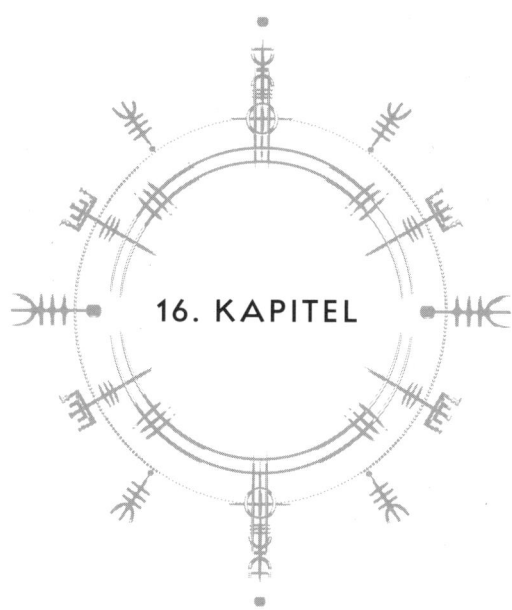

16. KAPITEL

Vor den Zimmertüren des Motels erklärt Clarke den Jungs, dass wir morgen früh um neun aufbrechen.

»Macht euch keine Gedanken«, meint Set zu uns.

»Und lasst die Finger voneinander. Wir wollen schlafen, und die Wände scheinen ziemlich dünn zu sein«, schließt Sean.

Empört sehe ich die beiden aus großen Augen an.

»In der Kommode sind Ohrstöpsel«, gibt Clarke zurück.

Ich verschlucke mich fast, und die Devils lachen. Lieber gehe ich ins Zimmer, bevor die Diskussion noch weiter ausartet.

»Schlaft gut«, ruft uns Sean in bedeutungsschwerem Ton zu.

Ich setze mich aufs Bett, wo ich zuerst meine Jacke und dann meine Chucks ausziehe, während meine Gedanken sich Clarke zuwenden.

Er ist kein Mann vieler Worte, und meist lässt sein Gesicht keinerlei Emotionen erkennen. Abgesehen davon, uns anzuschreien, haben wir noch nie ein richtiges Gespräch geführt. Ich weiß nichts über ihn und er nichts über mich, warum wirkt er dann so attraktiv auf mich? Die Anziehung ist körperlich, geht aber darüber hinaus. Er vermittelt einem das Gefühl, bei ihm sicher zu sein, und ich liebe seine selbstsichere Seite. Clarke ist sich seiner Ausstrahlung bewusst, er weiß, dass er unglaublich gut aussieht und alle Frauen ihm zu Füßen liegen. Außerdem weiß er ebenfalls, dass alle ihn aus Furcht respektieren, und trotzdem ist er, selbst wenn er unter Spannung stand, noch nie grundlos auf jemanden losgegangen oder hat jemanden heruntergemacht. Angelogen hat er mich schon etliche Male, und ich bin überzeugt davon, dass er das auf Carters Befehle schieben würde, doch abgesehen davon habe ich das Gefühl, ihm vertrauen zu können.

»Mach dich bettfertig, ich gehe danach.«

Verstört von meinen Gedanken sehe ich ihn merkwürdig an, doch dann nicke ich und gehe ins Bad. Sobald ich mich ausgezogen habe, stelle ich mich unter die Dusche und erlaube meinen Muskeln, sich nach diesem Tag voller Emotionen zu entspannen. Ich habe das Gefühl, dass man mit den Devil's Sons keinen Moment Ruhe hat. Trotzdem bin ich mir in diesen intensiven Momenten meiner Existenz am stärksten bewusst.

Ich bleibe ein paar Minuten unter dem dampfend heißen Wasserstrahl stehen, dann wasche ich mich und steige aus der Kabine. Ich wickle mich in ein Handtuch und blicke mich nach meiner Tasche um, doch sie ist nicht da. Ich habe sie auf dem Bett stehen gelassen.

Ich öffne die Badezimmertür einen Spaltbreit und stecke den Kopf hindurch. Clarke sitzt auf der Matratze und sieht fern. Er schaut mir direkt in die Augen und lässt seinen Blick erst über meine Schlüsselbeine und dann meinen Brustansatz schweifen. Mein Körper, dieser Verräter, reagiert sofort, und meine Wangen laufen rot an. So erstaunlich das auch sein mag, ich bin überzeugt davon, Begehren in seinen Augen zu erkennen, das allerdings sofort verschwindet und einem undefinierbaren Ausdruck weicht.

»Könntest du mir bitte meine Tasche geben?«, bringe ich mühsam heraus.

Er kneift die Augen zusammen. »Nein«, sagt er dann.

»Dank... Moment, was?«

»Nein.«

Seine Augen blitzen amüsiert, im Gegensatz zu meinen. Mein Handtuch ist so klein, dass es nur mit knapper Not meinen Intimbereich verbirgt. In diesem Aufzug kann ich das Bad nicht verlassen.

»Clarke!«

»Hast du keine Beine zum Laufen?«

»Ich habe bloß ein Handtuch um!«, gebe ich flehend zurück.

Er zuckt die Achseln, und ich knirsche gereizt mit den Zähnen.

Wütend und unter dem verunsichernden Blick des Bad Boys trete ich ins Zimmer. Ich schnappe mir meine Tasche, flitze dann schnell ins Bad und knalle die Tür so fest hinter mir zu, dass sie in ihren Angeln bebt.

Ich werde nie begreifen, warum er sich so aufführt. Dieser Typ sollte mit einer Gebrauchsanweisung oder dem Diagnostischen und Statistischen Leitfaden psychischer Störungen geliefert werden.

Nachdem ich mir mit der vom Motel gestellten Bürste die Zähne geputzt habe, mache ich mich auf die Suche nach meinem Pyjama, den ich aber offensichtlich nicht eingepackt habe. Ich war nicht davon ausgegangen, hier zu übernachten, aber trotzdem bin ich froh, in meiner Tasche einen vernünftigen Schlüpfer zu entdecken. Leider werde ich in meinen Sachen schlafen müssen, was meine Gereiztheit Clarke gegenüber noch verstärkt. Hätte er mich über den Inhalt der Kisten informiert, hätte ich damit gerechnet, Sachen zum Wechseln mitzunehmen.

»Wenn ich morgen miese Laune habe, weil ich die Nacht in einer Jeans verbracht habe, die enger ist als der Abstand zwischen deinen Stimmungsschwankungen, dann ist das ausschließlich deine Schuld!«

Ich werfe meine Tasche aufs Fußende des Betts und setze mich mit dem Rücken zu dem Devil. In der nächsten Sekunde fliegt mir ein Stück Stoff auf den Kopf. Ein paar Sekunden verharre ich stocksteif und nehme es dann aus dem Gesicht. Bereit, ihm die Hölle heißzumachen, fahre ich zu ihm herum, doch ich bringe kein Wort heraus.

Clarke sitzt mit nacktem Oberkörper da.

Noch nie habe ich solch einen schönen Körper und so definierte Muskeln gesehen, ganz zu schweigen von seinen Tattoos, die ich zum ersten Mal bei Licht erblicke und die alle ein perfektes Ganzes bilden. Eine Uhr auf seinem rechten Brustmuskel ist zerbrochen, ihre Zeiger sind auf 9.47 Uhr stehen geblieben. Sie ist von einem dichten, aber brennenden Wald umgeben, der sich über seine Seiten erstreckt und von einem einsamen Wolf bewohnt wird, der oben auf einem Felsen sitzt und sich von einem sternenübersäten Nachthimmel abhebt.

Der Wolf muss seine Familie symbolisieren, denn Wölfe sind Rudeltiere. Doch dieser heult den Mond allein an, während sein Zuhause und seine Artgenossen im Feuer untergehen. Und dennoch leuchten die Sterne am Himmel, denn selbst wenn eine Gräueltat geschieht, dreht die Welt sich weiter. Wir sind die Einzigen, die in Mitleidenschaft gezogen werden.

The Devil's Sons ist auf sein Schlüsselbein tätowiert; ineinander verschlungene dornenbesetzte Rosenstängel bilden verschiedene Runen, und eine unüberschaubare Anzahl anderer Formen bedeckt, abgesehen von seinem Gesicht, die gesamte obere Hälfte seines Körpers. Doch am stärksten zieht das Bild, das auf seiner Brust prangt, meine Aufmerksamkeit auf sich: zwei Patronenhülsen, in die die Buchstaben

»J. T.« und »W. T.« eingraviert sind. Ich frage mich, ob das die Initialen seiner erschossenen Eltern sind.

Bei dieser Vorstellung krampft sich mein Herz zusammen.

»Mein T-Shirt. Kannst du als Nachthemd anziehen.«

Clarke reißt mich aus meiner Betrachtung, und ich muss mir fast Gewalt antun, um den Blick von seinem Körper abzuwenden. Dann begreife ich, dass er mir das Shirt nicht zum Spott auf den Kopf geworfen hat.

»Danke.«

Er zwinkert mir zu und geht selbst ins Bad, wobei er mir einen Ausblick auf einen Haufen neuer Tattoos auf seinem Rücken bietet; darunter die diversen Welten der Yggdrasil, die übereinander angeordnet über seine Wirbelsäule verlaufen.

Als sich die Tür hinter ihm geschlossen hat, warte ich, bis ich Wasser laufen höre, und ziehe dann meine Jeans und meinen Body aus, um sein schwarzes T-Shirt überzustreifen, das mir bis zur Mitte der Oberschenkel reicht. Ich versuche mühsam, nicht daran zu denken, dass ich seinen Duft einatme.

Fünf Minuten später steht Clarke in einer grauen Jogginghose wieder im Türrahmen. Aus seinem feuchten Haar tropft es auf seinen Körper.

Allmächtige Götter!

Alles an ihm ist perfekt proportioniert. Seine Schultern sind breit und kantig, und seine Trapezmuskeln treten hervor. Seine Arme sind doppelt so breit wie meine, und ich kann von hier aus die Adern erkennen, die seine Unterarme durchziehen. Seine Brustmuskeln wirken hart wie Stahl, und sein Sixpack sieht natürlich aus. Und dann noch das Tüpfelchen auf dem i: Er hat den Adonisgürtel, diesen V-förmigen Muskel, der an den Hüftknochen beginnt und unter seiner Jogginghose verschwindet.

Clarke sieht mich, eine Augenbraue hochgezogen, an. Mir wird klar, dass ich ihn offen angestarrt habe, und komme sofort wieder zu mir.

»Das findest du lustig, was?«

Ich werfe mit einem Kissen nach ihm, um ihm seine Arroganz auszutreiben, doch er fängt es auf, bevor es seinen Kopf trifft. Er wirft es zurück, und ich weiche ihm in letzter Sekunde aus.

»Ja, das bringt mich zum Lachen.«

Sein Blick ist weich, was mir über Gebühr gut gefällt. Mein Blick, der sich danach sehnt, all seine Tattoos zu erkunden, fällt auf seinen zu einem verstohlenen Schmunzeln verzogenen Mund, dann auf seinen Körper, und ich verliere mich in meiner Erforschung. Ich bin die Rundung seiner Muskeln, die ...

»Du sabberst schon wieder, Avalone.«

Ich schnappe mir das Kissen und werfe es ein zweites Mal nach ihm, doch dieses Mal trifft es ihn mitten ins Gesicht. Das Kissen fällt zu Boden, und in den paar Sekunden, die darauf folgen, schlägt Clarkes Blick um und sprüht Blitze.

Oh, Mist ...

Hektisch springe ich vom Bett auf und laufe zur Tür; Clarke ist mir dicht auf den Fersen. Ich verlasse das Zimmer, aber ich weiß schon im Voraus, dass ich erledigt bin. In ein paar Sekunden werde ich keine Luft mehr kriegen.

»Tut mir leid!«, rufe ich lachend. »Aber wenn du mich weiter verfolgst, sterbe ich!«

»Du musst bloß aufhören, vor mir wegzulaufen.«

Als ich seine Stimme höre, wird mir bewusst, dass er mir gefährlich nahe ist, also renne ich schneller.

»Überlebensinstinkt!«

Ich hebe vom Boden ab, stoße einen Schrei aus und stelle fest, dass ich mit dem Kopf nach unten über seiner Schulter hänge. Ich lache, bis mir der Bauch wehtut. Ganz zu schweigen vom Zustand meiner Atmung.

»Lass mich runter!«

Ich zapple, aber er ist viel zu stark. Triumphierend tritt er den Rückweg an.

»Tut mir schrecklich leid. Ich dachte, du würdest das Kissen auffangen! Ist nicht meine Schuld, wenn du beim ersten Wurf Anfängerglück hattest!«

»Du redest dich um Kopf und Kragen, Schönheit!«

Die Tür nebenan öffnet sich, und Set und Sean stecken die Köpfe heraus. Wir bleiben wie angewurzelt stehen und mustern sie, als hätten wir uns bei etwas Unzüchtigem erwischen lassen. Aus diesem Blickwinkel – mit dem Kopf nach unten – wirken seine beiden Freunde noch massiger.

Mit hochgezogenen Augenbrauen platzen sie angesichts des Bilds, das sich ihnen bietet, vor Lachen heraus.

»Hilfe ...«, flehe ich sie an.

Die Jungs tun einen Schritt auf uns zu, doch Clarkes Blick hält sie davon ab, mir zu Hilfe zu kommen.

»Das wollt ihr gar nicht.«

»Viel Glück!«, ruft mir Set zu.

Die beiden Devils kehren zurück, woher sie gekommen sind, und Clarke tritt in unser Zimmer. Er knallt die Tür hinter uns zu und wirft mich aufs Bett. Dann schnappt er sich die beiden Kissen und kommt, ein sadistisches Grinsen auf seinem schönen Gesicht, auf mich zu. Er wirft mir das erste Kissen an den Kopf.

Haltlos kichernd verteidige ich mich.

»Hör auf, um dich zu schlagen, du erschöpfst dich noch!«, ruft Clarke und muss lachen.

Er gönnt mir eine Atempause von ein paar Sekunden, und dann schlägt er mir das zweite Kissen ins Gesicht. Ich setze in dem Gerangel jetzt meine Beine ein und versuche, ihn wegzutreten, doch Clarke gibt die Kissen auf. Es gelingt ihm viel zu einfach, meine Handgelenke zu fassen zu bekommen und sie rechts und links von meinem Kopf festzuhalten. Als er sein Becken gegen meines presst, spreize ich die Beine, um ihn willkommen zu heißen.

Exakt in diesem Moment wird uns beiden bewusst, welche

Haltung wir einnehmen. Mit einem Mal bin ich mir jeder Stelle bewusst, an der sich unsere Körper berühren. Nach und nach verblasst unser Lächeln, und unser Atem, der schon vor Anstrengung schnell geht, wird unstet und lässt mein Herz schneller schlagen. Clarkes glühender Blick taucht in meinen ein und löst einen fiebrigen Schauer aus. Die Zeit scheint unendlich langsam abzulaufen, als wäre um uns herum alles zum Stillstand gekommen. Sein Blick, der jetzt schwarz wirkt, senkt sich auf meinen Mund und drückt ein ungezügeltes Begehren aus, auf das mein Körper reagiert. Ich bin ihm ausgeliefert. Er könnte mit mir tun, was er will, ich würde ihm nichts verweigern.

Mit einem Mal beginnt alles von vorn, als Clarke die Lippen auf meine presst und in meinem Unterleib eine Hitzewelle aufbrandet. Sofort reagiere ich auf seinen Kuss, stöhne, brenne vor Erregung. Das hat nichts Sanftes. Es ist ungezähmt, gierig und drängend. Er will mich, und ich ihn.

Hier.

Jetzt.

Sofort.

Als seine Zunge meine findet, bekomme ich definitiv keine Luft mehr. Über meinem Kopf verschlingt er unsere Finger miteinander, und als er in meine Unterlippe beißt, entfährt mir ein Ächzen, das unser Drängen noch verstärkt. Ich schlinge die Beine um seine Taille, und er nimmt die Lippen von meinem Mund, um meinen Hals zu küssen. Mit den Handflächen streiche ich über seinen Körper, und er krallt die Finger in meine Hüften. Ich bäume mich, keuchend vor Lust, gegen ihn auf, und Clarke stöhnt an meiner Haut.

In meinem Hirn herrscht Chaos, und mein Herz steht kurz vor dem Explodieren. Nie hätte ich gedacht, dass es so einen Mann gibt. Seine Berührungen sind so behutsam und doch so fordernd, dass ich es nicht mehr lange aushalte. Seine Küsse, seine Liebkosungen, seine Härte, alles an ihm ist dazu geschaffen, mich zu verführen.

Als er die Hand an meine Wange legt und mit dem Daumen über meine Lippen fährt, nehme ich ihn in den Mund und sauge an seinem Finger. Sein Körper scheint auf meinem schwerer zu werden, als verliere er den Halt, und der Blick, den er auf mich richtet, setzt meine Seele in Brand. Unser unsteter Atem vermischt sich, und sein mächtiges Begehren, das ich an mir spüre, droht mir den Rest zu geben.

Doch da löst er abrupt die Lippen von meinen. Er fährt zurück. Sofort spüre ich, wie ich seine festen Hände auf meinem Körper vermisse, nachdem er jetzt vor dem Bett steht und mich aufgewühlt mustert. Sein Atem geht genauso schnell wie meiner, doch er wendet den Blick ab und fährt sich nervös durchs Haar.

»Das dürfen wir nicht.«

Seine Stimme klingt sanft, aber bestimmt. Verwirrt runzle ich die Stirn.

»Wieso nicht?«

»Weil es nicht geht!«, wiederholt er, lauter jetzt.

Dieses Mal ist er wirklich zornig. Seine Züge wirken verzerrt, und er hat die Fäuste geballt. Die ganze Magie, die uns noch vor wenigen Sekunden eingehüllt hat, ist mit einem Fingerschnippen zerstoben. In meinem ganzen Leben habe ich mich noch nie so verlassen gefühlt.

Clarke läuft, außer sich vor Zorn, im Kreis wie ein Löwe im Käfig. Schließlich zieht er schnell seine Schuhe an und geht zur Tür.

»Ruh dich aus, wir brechen morgen früh auf.«

Ich bleibe allein, frustriert und vollkommen verständnislos zurück. Auf dem Bett sitzend, denke ich darüber nach, was die Quelle seiner Verärgerung sein könnte, finde aber nichts. Wenn ich das Problem wäre, hätte ich niemals dieses

Begehren in seinen Augen gesehen. Er wollte mich genauso wie ich ihn, das weiß ich!

Ich stöhne verdrossen und stehe auf, um das Licht auszumachen. Dann schlüpfe ich, verstört über das, was passiert ist, zwischen die Decken. Eines ist sicher, Clarke Taylor lässt mein Herz schneller schlagen. Aber Clarke Taylor ist gefährlich für Frauen. Das hat er mir einmal mehr bewiesen.

Ein dumpfer Knall reißt mich aus dem Schlaf. Als ich die Augen öffne, erblicke ich die leere Stelle neben mir. Clarke ist immer noch nicht zurück. Ich richte mich auf, reibe mir die Augen und fahre dann zusammen, als von draußen ein weiterer Aufprall hereindringt. Und noch einer.

Der Wecker zeigt 5.39 Uhr, und ich verfluche die Person, die einen solchen Radau veranstaltet. Widerwillig stehe ich vom Bett auf und trete an die Fenster, um die Vorhänge zurückzuziehen.

Mein Herz setzt einen Schlag aus, als ich sehe, was sich unten abspielt: Clarke schlägt auf dem Motelparkplatz einen Mann zusammen. Trotz allem schockiert mich das noch. Seine Gewalttätigkeit ist ungezähmt und grenzenlos. Sie ist ein Teil von ihm, und die Wellen, in denen sie von ihm ausstrahlt, würde man unter Tausenden von Menschen erkennen.

Er weicht einem Fausthieb aus und schlägt dann den anderen Kerl, der nach hinten sackt. Der Devil beugt sich über ihn und prügelt ohne Unterlass auf ihn ein, doch sein Opfer rührt sich nicht mehr. Der Mann ist entweder k.o., oder vielleicht sogar tot.

Ich sollte Clarke ausnahmsweise die Verantwortung für seine Taten selbst übernehmen lassen, aber ich kann nicht zusehen, ohne etwas zu tun. Das wäre unterlassene Hilfeleistung, und das schlechte Gewissen würde mich nie wieder loslassen. Wenn der Mann noch am Leben ist, muss ich alldem noch rechtzeitig Einhalt gebieten.

Ich würde gern behaupten, dass ich nur wegen seines Opfers das Zimmer verlasse und die Treppen hinunterrenne, doch ich tue es auch um seinetwillen. Ich bin überzeugt davon, dass er ein viel besseres Leben verdient als das eines Gefangenen, der wegen Mordes verurteilt ist. Also werde ich, solange ich da bin, verhindern, dass er diesen Punkt überschreitet, an dem es kein Zurück mehr gibt.

Während Clarke ausholt, um auf den Mann einzuschlagen, halte ich seinen Arm fest, bevor er ihn trifft; genau wie an dem Abend, an dem wir uns in der *Degenerate Bar* begegnet sind.

»Hör auf, ich flehe dich an ...«

Viel zu schnell fährt der Devil's Son zu mir herum. Seine vor Zorn schwarzen Augen sind blutunterlaufen. Instinktiv hebe ich die Hände vors Gesicht, um mich, so gut ich kann, vor dem zu schützen, was auf mich zukommt, denn seine Faust rast bereits auf mich zu.

Dieses Mal habe ich ihn noch heftiger überrumpelt als bei unserer ersten Begegnung. Ich werde Clarke Taylors berühmte Faust zu spüren bekommen, und davon werde ich mich nur schwer wieder erholen.

Doch einmal mehr bleiben der Schlag und der Schmerz aus. Ich werde mir erst bewusst, dass ich die Augen zugekniffen hatte, als ich sie wieder öffne.

Seine Faust bleibt gefährlich nahe vor meinem Gesicht in der Luft hängen. Clarkes Züge sind verzerrt. In seinem Blick liegt kein Funken Hass mehr, und er erkennt mich. Und ich beginne am ganzen Körper zitternd wieder zu atmen.

»Ich ...«

Er spricht nicht weiter, und das Schuldbewusstsein überfällt ihn. In einem Wutanfall dreht er sich um und schlägt heftig auf die Mauer ein. Sofort platzen seine Fingerglieder auf und beginnen zu bluten.

»Scheiß drauf!«, brüllt er.

Er fährt herum und marschiert entschlossen auf mich zu, und als er mich erreicht, packt er mich am Handgelenk und zieht mich an sich. Ich werde an seine Brust gedrückt, und er umschlingt mich mit seinen starken Armen.

»Tut mir leid ...«, flüstert er in mein Haar hinein.

Er wühlt die Finger in meine Haarsträhnen und krallt sich daran fest.

Ich koste seine Rückkehr in die Realität aus wie einen Segen und bin besänftigt.

»Es tut mir leid«, wiederholt er leise.

»Ist schon gut.«

Er drückt mich so fest an sich, dass ich sein Herz heftig schlagen höre.

»Ich dachte schon ...«

»Du hast nichts getan, Clarke«, unterbreche ich ihn, um ihn zu beruhigen. »Du hast mich nicht geschlagen, mir geht's gut.«

Alle sagen, Clarke hätte keine Selbstbeherrschung, aber das stimmt nicht. Als ich in der *Degenerate Bar* zum ersten Mal seinen Arm festgehalten habe, da hat er sich so schnell umgedreht, dass seine Faust sich gehoben hat. Damals konnte ich kaum glauben, dass er mich nicht geschlagen hat. Und heute Nacht ging alles noch viel schneller. Dieses Mal war ich mir sicher, dass ich dran glauben müsste, doch einmal mehr hat er seine Faust gestoppt. Jemand ohne Selbstbeherrschung hätte zugeschlagen, ohne sich zurückhalten zu können, ganz gleich, wen er vor sich gehabt hätte. Aber Clarke nicht. Ich weiß, dass sein Problem nicht dort liegt. Ich glaube ganz einfach, dass er so viel Wut in sich trägt, dass er den überwältigenden Drang spürt, sie herauszulassen, bevor er daran erstickt. Und deswegen stürzt er sich auf die erstbeste Gelegenheit, sich zu prügeln. Er hat noch keinen anderen Weg gefunden, diesen Hass zu bewältigen, der ihn verzehrt.

Er gibt mich frei, und ich weiche einen Schritt zurück. Ich

weiß, dass er mich mustert, um sich zu vergewissern, dass es mir gut geht, doch ich ertrage seinen Blick nicht, nachdem wir dieses Nähe geteilt haben und er mich zurückgewiesen hat. Daher beuge ich mich über sein Opfer, das der Länge nach auf dem Boden ausgestreckt liegt, und weine fast vor Erleichterung, als ich einen Puls fühle.

»Wir müssen einen Krankenwagen rufen.«

»Ist schon unterwegs.«

Ungläubig wende ich Clarke das Gesicht zu.

»Ich hatte gerade mit Carter telefoniert, als ich diesem Idioten begegnet bin, der mich beleidigt hat.«

Carter wusste also genau, wie das ausgehen würde. Eine Beleidigung gegen eine Prügelei. Die Götter seien gelobt, dank ihm dürfte der Rettungsdienst bald eintreffen.

Am liebsten würde ich Clarke jetzt eine lange Predigt halten, in der ich ihm erkläre, dass es so nicht weitergehen kann, aber meine Worte würden ins Leere gehen. Wahrscheinlich hat er sich dieses Benehmen schon vor Jahren angewöhnt, und das wird sich nicht von einer Sekunde auf die andere ändern.

»Komm, wir gehen zurück ins Zimmer«, sagt er mit zögernder Stimme zu mir.

Ich schüttle den Kopf.

»Dann geh, und ich komme nach, sobald der Krankenwagen da ist.«

»Carter hat wahrscheinlich schon die Überwachungskameras hacken lassen, um meinen Angriff zu vertuschen. Wenn du noch hier bist, wenn die Rettung kommt, werden die Leute dir Fragen stellen.«

Da hat er nicht unrecht. Vermutlich ist auch die Polizei unterwegs, doch ich kann mich nicht durchringen, den Mann hier liegen zu lassen.

»Er könnte an seinen Verletzungen sterben, ich muss auf ihn aufpassen.«

»Er ist nicht in Lebensgefahr, Avalone. Ich weiß, wo ich hinschlagen muss.«

Hin- und hergerissen sehe ich abwechselnd den Devil und sein Opfer an. Kann ich Clarke vertrauen? Er hat mir schon das Gegenteil bewiesen, doch angesichts seiner Erfahrung mit Prügeleien weiß er wahrscheinlich, was er tut.

Clarke sieht mich beinahe flehentlich an und streckt mir die Hand entgegen, und ich lasse mich sofort umstimmen. Er will, dass ich mit ihm hineingehe, will sich vergewissern, dass ich nicht flüchte, nachdem ich das miterlebt habe, und dass ich auf seiner Seite bin. Obwohl er sich bewusst ist, dass er sich abscheulich aufführt.

»Ich werde dich immer zurückhalten, Clarke.«

Er nickt wortlos. Also trete ich auf ihn zu und nehme seine Hand, um ihn zur Treppe zu ziehen.

Ich spüre seinen Blick, und es kostet mich fast übermenschliche Mühe, ihn zu ignorieren. Erst als ich spüre, dass er nicht mehr ganz geradeaus geht, drehe ich mich zu ihm um. Seine immer noch blutdurchschossenen Augen zeigen mir, dass weder der Zorn noch die Gewalt sie gerötet haben.

»Du bist betrunken.«

Ohne ersichtlichen Grund wirft er mir einen finsteren Blick zu und bestätigt meinen Verdacht.

»Du bist schöner, wenn du lächelst.«

Ohne sich lange bitten zu lassen, verzieht er den Mund zu einem hinreißenden Lächeln, mit dem er meinen ganzen Körper elektrisiert. Selbst im betrunkenen Zustand sieht dieser Mann wie ein Gott aus. Ich habe nur den einen Wunsch, ihn wieder zu küssen. Er tut immer so stark, und doch kann ich ihm zum ersten Mal all seine Gefühle vom Gesicht ablesen. Er ist nicht mehr der undeutbare, undurchdringliche Clarke, den ich kenne. Ich begreife vollkommen, dass er in diesem Zustand emotional am verletzlichsten ist. Jeder könnte ihm mit Worten oder Taten wehtun. Und ein betrunkener Clarke

Taylor ist weit gefährlicher als ein nüchterner. Er könnte die Welt mit Feuer und Blut überziehen. Und doch wünsche ich mir, für ihn zu sorgen und, wenigstens für kurze Zeit, seine Verletzungen zu lindern.

Ich will an seinem Arm ziehen, damit wir weitergehen, doch er legt die Hände in mein Kreuz und presst mich an seinen Körper. Mir stockt der Atem, und wahrscheinlich auch das Herz. Ich ertrinke in seinen schwarzen Augen.

Begehren.

Frustration.

Zorn.

Ich werde fast ohnmächtig, als er mich auf den Mund küsst. Ganz anders als der Kuss, den wir gestern Abend geteilt haben, ist dieser resigniert, aber leidenschaftlich. Er verzehrt uns. Es ist, als wolle er sich meinen Geschmack für immer einprägen. Sein Blick hatte mir bereits den Atem verschlagen, doch jetzt verliere ich in diesem Kuss meine Seele. Clarke hat mich definitiv restlos erobert, und jetzt werden seine Lippen mir für immer fehlen.

Ich bin noch nicht wieder zu Atem gekommen, als er mir das Haar hinters Ohr zurückstreicht.

»Nie wird dich jemand so küssen wie ich, Avalone«, flüstert er mir mit ernster Stimme zu.

Ich dachte, er hätte mir schon alles genommen, doch da habe ich mich gründlich geirrt. Er hat mir den Verstand geraubt. Denn von jetzt an *will* ich Clarke Taylor.

Zu meinem größten Bedauern löst er sich von mir, doch ich bringe keinen Ton heraus und kann mich nicht rühren. Jetzt ist er es, der mich in Richtung Zimmer zieht. Mit dem Fuß stößt er die Tür auf, und dann schaut er mitten im Raum auf unsere miteinander verschlungenen Finger hinunter. Lange betrachtet er sie. Ich weiß, dass er die Berührung nicht unterbrechen will, ebenso wenig wie ich, und doch tut er es und wendet sich dann ab. Wortlos zieht er sein T-Shirt aus.

Ich sehe, dass seine rechte Hand stark aufgeschürft ist, und stürze mich auf die Gelegenheit, etwas zu tun und meine Gedanken zum Schweigen zu bringen. Ich laufe ins Bad, um ein Handtuch nass zu machen, und als ich ins Zimmer zurückkomme, sitzt Clarke auf dem Bett. Ich knie vor ihm nieder und nehme behutsam seine Hand. Er sagt nichts und lässt mich gewähren, doch sein Blick, der auf mir ruht, macht mich verrückt. Als ich das Handtuch auf seine Verletzungen drücke, um sie zu säubern, zuckt er mit keiner Wimper.

Nachdem ich zu dem Schluss gekommen bin, dass ich mit so wenigen Mitteln nicht mehr ausrichten kann, bringe ich die blutgetränkte Wäsche zurück ins Bad, während Clarke unter die Decken kriecht. Zurück im Zimmer lösche ich das Licht und strecke mich auf meiner Seite aus. Zu aufgewühlt über die Gefühle, die er bei mir auslöst, drehe ich ihm den Rücken zu. Ich habe den Eindruck, dass mein Hirn explodieren wird, wenn meine Gedanken weiter in alle Richtungen schießen, doch alles in mir kommt zur Ruhe, als er die Arme um meine Taille schlingt und mich an sich zieht. Seine Berührung ist wie eine köstliche Folter, der ich mich nicht verweigere. Ich liebe es, seinen Körper an meinem zu spüren, ich liebe seinen Atem auf meinem Hals, und ich liebe es, wie er seine Lippen an meine Schulter legt.

»Ich kann niemals der Mann sein, zu dem du mich machen willst, aber wir können auch *niemals* Freunde sein. Also komm mir bloß mit keinem Kerl an, wenn du willst, dass er seine Zähne behält.«

Bei seinen letzten Worten gräbt er die Finger in meine Haut und schließt die Arme noch fester um mich, um mir klarzumachen, dass er, ganz gleich, was ich tue oder wen ich kennenlerne, sein Revier abgesteckt hat.

17. KAPITEL

Ein unerträglich schriller Ton reißt mich aus dem Schlaf: der Wecker. Der Devil brummt unwirsch. Ich brauche ein paar Sekunden, bis ich seine warme Haut unter meiner wahrnehme. Ich reiße die Augen auf, und Clarke und ich erstarren gleichzeitig. Ich liege halb auf ihm, und mein Kopf ruht an seiner Brust. Er hält mich fest umschlungen, und seine Hände stecken unter meinem T-Shirt, das im Übrigen ziemlich weit hochgerutscht ist.

»Worauf wartest du, um dich in Bewegung zu setzen?«, murrt er.

»Dazu musst du mich erst mal loslassen.«

Ein drückendes Schweigen hängt im Raum, doch als er mit den Fingern meine Hüfte liebkost, setzt mein Herz einen Schlag aus. Im nächsten Moment gibt er mich frei, und ich lasse mich neben ihm auf den Rücken sinken. Er streckt den Arm aus, um den Wecker abzuschalten, und dann richte ich mich auf, um mich auf die Bettkante zu setzen.

Ein schweres Erwachen, und abgesehen davon, dass ich

vollkommen verwirrt bin, fällt mir die Sache mit der Grenze wieder ein und lässt mich in Panik geraten.

»Keine Sorge, das geht schon gut.«

Ich wende Clarke das Gesicht zu. Er hat die starken Arme hinter dem Kopf verschränkt, sodass seine mächtigen Muskeln, Adern und Tattoos hervortreten. Zur Antwort nicke ich, doch wie kann er sich so sicher sein? Solange Carter nicht der Dschinn aus Aladin ist und die illegale Ware in Wasserpistolen und Monopoly-Geld verwandelt, ist gar nichts sicher.

Ich schnappe mir meine Tasche und schließe mich im Bad ein, um Katzenwäsche zu machen. Wasser ins Gesicht, Zähne putzen, umziehen ... Ich kämme mein Haar zu einem hoch angesetzten Pferdeschwanz und lasse ein paar verirrte Strähnen hervorschauen, und dann verlasse ich nervös das Badezimmer.

»Vielen Dank«, sage ich zu Clarke und halte ihm sein T-Shirt hin.

Er zwinkert mir zu und nimmt sich sein Eigentum zurück.

Mit seinem zerzausten Haar und seiner Stimme, die so kurz nach dem Aufwachen heiser klingt, wirkt er noch sexier als sonst. Falls er verkatert ist, lässt er sich nichts anmerken.

Er geht ebenfalls ins Bad und kommt ein paar Minuten später vollständig angezogen wieder heraus, gerade rechtzeitig, um die Tür zu öffnen, als es klopft.

Sean und Set treten mit Tüten aus der Bäckerei herein.

»Frühstück«, verkündet Set und setzt sich in den Sessel, während Sean sich auf dem Bett ausstreckt. »Also, habt ihr euch die Köpfe eingeschlagen, oder habt ihr es getrieben?«

Diese beiden sind unglaublich, sie lassen sich wirklich keine Gelegenheit entgehen!

»Wir haben uns die Köpfe eingeschlagen.«

Und da ist der emotionslose und kalte Clarke wieder. Betrunken ist er mir eindeutig lieber ...

»Wo hast du dir das denn geholt?«, fragt Sean.

Stirnrunzelnd zeigt er auf die aufgeschürfte Hand meines Zimmergenossen.

Sean starrt mich entsetzt an und sucht an meinem Körper nach Verletzungen. Die Stimmung schlägt abrupt um, und die Atmosphäre wird drückend und lädt sich elektrisch auf.

»Du Vollidiot!«, explodiert Clarke. »Glaubst du ernsthaft, ich hätte sie geschlagen?«

Ohne dass ich Zeit habe, mit einem einzigen Wort zur Aufklärung der Lage beizutragen, packt er ihn am Kragen und zerrt ihn vom Bett hoch. Seans Misstrauen ist nicht gestillt, und jetzt wird er ebenfalls wütend.

»Ich hoffe mal, du hast Lopez nicht verprügelt!«

»Willst du mich verarschen?«

Er schüttelt seinen Freund heftig durch. Sie sind beide außer sich vor Wut.

»Bei dir kann man nie wissen!«

Bevor Clarke ausholen kann, treten Set und ich zwischen die beiden, um sie zu trennen. Ich lege Sean die Hände auf die Brust, um ihn zurückzudrängen, und um seine Aufmerksamkeit auf mich zu ziehen.

»Er hat mich nicht angerührt!«

»Ich würde ihm alles zutrauen!«

Mit einer Schulterbewegung macht sich Letzterer von seinem besten Freund los, und seine Faust landet auf Seans Kinn, der Blut spuckt und flucht.

Der Schlag war nicht so heftig wie die Schläge, die Clarke sonst austeilt, und obwohl sein Zorn offensichtlich ist, weiß ich, dass es ihm kein Vergnügen bereitet hat, seinen Freund zu schlagen. Er musste es tun, um ihm den Kopf zurechtzusetzen und ihn daran zu erinnern, dass er ihm als Carters Stellvertreter Respekt schuldet. Ich bin zwar nicht für Gewalt, aber es beruhigt mich, dass er es mit dem einen Schlag gut sein lässt. Das gilt für uns alle.

Er dreht sich im Zimmer um seine Achse und öffnet und schließt die Fäuste, um ruhig zu werden.

»Wir haben uns gestritten, und ich bin hinausgegangen, um frische Luft zu schnappen. Auf der Straße habe ich mich mit einem Typen geprügelt. Den nächsten, der glaubt, ich wäre in der Lage, Avalone zu misshandeln, schlage ich zusammen. Und du ...«, setzt er, an Sean gerichtet, hinzu, »sollst in den verdammten Flammen der Ragnarök brennen!«

Zum ersten Mal höre ich, wie er auf seine Religion anspielt, und das, um jemanden zu beleidigen. Verdrossen fahre ich mir mit den Händen übers Gesicht. Schlimmer hätte der Tag nicht anfangen können.

Set und Sean zucken die Achseln, als spiele das, was gerade passiert ist, keine Rolle mehr. Sie nehmen sich jeder ein Brioche und geben mir auch eins. Ich betrachte den geröteten Kiefer Seans, der schmerzerfüllt das Gesicht verzieht, während er sein Frühstück kaut.

»Los, auf geht's«, befiehlt Carters zweiter Mann.

In gedrückter Stimmung nehmen wir unsere Sachen und verlassen das Zimmer.

Auf dem Parkplatz ziehen die Jungs ihre Lederjacken aus, und Clarke bedeutet mir, es ihnen nachzutun. Ich diskutiere nicht, sondern gehorche, denn ich begreife, dass wir an der Grenze keine Aufmerksamkeit auf uns ziehen wollen. Wir verstecken die Jacken unter dem Beifahrersitz des Wagens, und während Set und Sean vor ihren Motorrädern stehen bleiben, schicke ich mich an, ins Auto zu steigen. Doch Clarke hält mich davon ab.

»Du fährst mit Set.«

Ich runzle verständnislos die Stirn.

»Soll das ein Witz sein?«

Ich drehe mich zu Set um, der mir einen Helm hinhält, und verziehe das Gesicht.

Wenn Clarke mich nicht zu ihm und der illegalen Fracht

in den Wagen steigen lässt, dann höchstwahrscheinlich, weil das unvorsichtig wäre.

Mein Herzschlag beschleunigt sich. Ich breite die Arme aus und sehe ihn verängstigt und wütend an.

»Wusste ich doch, dass es an der Grenze nicht sicher ist!«

Er hat mir erklärt, es bestehe keine Gefahr, und dabei wusste er, dass er das Risiko allein eingehen würde, wenn es so weit wäre.

»Ich begleite dich.«

Der Devil richtet sich auf und überragt mich bei Weitem.

»Wie du schon sagtest, hast du keine Zeit, jahrelang im Gefängnis zu sitzen.«

»Aber wenn ich mit dir fahre, ist es weniger wahrscheinlich, dass der Wagen kontrolliert wird!«

Ein tätowierter Kerl, der allein in einem Luxusauto sitzt, wird die Aufmerksamkeit der Zöllner auf sich ziehen. Wenn er in Gesellschaft einer ziemlich zierlichen Blondine ist, könnte das den Verdacht der Grenzer zerstreuen.

»Kommt gar nicht infrage. Du steigst auf Sets Maschine, Avalone!«

»Ich lasse mich nicht davon abbringen!«

Ich verschränke die Arme, um ihm zu zeigen, dass das mein Ernst ist, doch ich dringe nicht zu ihm durch, kann keinerlei Einfluss auf seine Entscheidung nehmen.

»Dann kannst du hierbleiben, denn du steigst nicht in diesen Wagen.«

Clarke ist entnervt, ungeduldig und wütend, aber das bin ich auch.

»Bedeutet es nicht das, zu den Devil's Sons zu gehören? Dass man sich gemeinsam in Gefahr begibt?«

Er kneift die Augen zusammen, doch sein Blick ist undeutbar.

»Ich habe beschlossen, trotz der Gefahren, die dazugehören, mitzumachen. Du hattest diese Wahl nicht.«

»Du versuchst schon wieder, mir meinen freien Willen zu nehmen, Clarke! Gestern, als du mich über den Inhalt der Kisten angelogen hast, und jetzt schon wieder, indem du mir verbietest, dich zu begleiten.«

Nervös fahre ich mir mit den Händen durchs Gesicht.

»Ich hätte mir ein Taxi nehmen und sofort zurückfahren können, als ich erfahren habe, was in dem Wagen ist, oder ich hätte die Polizei anrufen können, um euch zu verraten. Aber ich bin immer noch hier, bei euch. Jetzt habe ich Anteil an der Verantwortung, und es gibt keinen Grund für dich, das Risiko ganz allein einzugehen!«

Einen Sekundenbruchteil lang blitzt in seinem Blick etwas auf, das ich nicht kenne, doch er nimmt sich schnell wieder zusammen und steigt wortlos ins Auto. Dann verriegelt er die Türen und sperrt mich aus.

Ich schließe die Augen und lehne mich erschöpft zurück. Ich fühlte mich furchtbar schlecht. Der Motor des Mercedes heult auf, und Set legt mir eine Hand auf den Arm. Resigniert drehe ich mich zu ihm um und nehme den Helm, den er mir hinhält.

Ich weiß, sie wollen mich nur beschützen, aber trotzdem können sie von mir nicht nur annehmen, was ihnen passt. Irgendwann müssen sie mich vollständig akzeptieren oder mich gehen lassen.

Die Fahrt zur Grenze kommt mir unendlich lang vor, doch als wir in der Schlange vor dem Zoll stehen, rast mein Herz. Ich fühle mich unerträglich gestresst. Wir befinden uns ein paar Autos vor dem SUV mit der Ware. Ich fühle mich wirklich nicht gut, ich habe entsetzliche Angst, und Set spürt das.

»Wird schon gut gehen. Wir machen so etwas nicht zum ersten Mal.«

Er legt eine Hand auf meine, und ich drücke sie, um mich zu beruhigen.

»Hey, brich mir nicht auch die Finger!«

»Tut mir leid.«

Schnell sind wir an der Reihe. Ich tue so, als wäre ich vollkommen entspannt, als wir die beiden Zollbeamten erreichen. Sie beachten uns erst nicht, doch dann setzt mein Herz einen Schlag aus.

»Passkontrolle«, erklärt einer der beiden uns. »Fahren Sie rechts heran.«

Wenn wir kontrolliert werden, hat Clarke sehr gute Chancen, ohne Kontrolle durchzukommen. Ich bleibe trotzdem äußerlich entspannt, um den Grenzern keinen Grund zum Misstrauen zu liefern.

Set und Sean nicken und fahren auf den Seitenstreifen. Wir steigen von den Maschinen und nehmen die Helme ab, während ein Zöllner auf uns zutritt.

»Papiere bitte.«

Ich habe sie nicht bei mir, denn meine Tasche steht im Wagen; dennoch zieht Sean einen Pass hervor, und Set zeigt zwei, darunter meinen.

Ich überlasse es den Jungs, banales Geplauder mit dem Mann auszutauschen, und sehe mich immer besorgter nach dem SUV um. Meine Handflächen sind feucht, und mein Atem geht stoßweise.

Dieser enorme Stress zerrreißt mich innerlich, und ich stehe kurz davor, ins Schwimmen zu geraten. Er geht mir an die Nieren und erweckt in mir den Drang, mich vor einen Bus zu werfen, um auf andere Gedanken zu kommen.

»Was haben Sie in Kanada gemacht?«

»Ein Freund von uns wohnt kurz hinter der Grenze. Er hatte Geburtstag.«

Clarkes Wagen taucht neben den Grenzern auf. Mir stockt der Atem, und ich kann den Blick nicht abwenden, obwohl mir bewusst ist, dass ich dadurch verdächtig wirken könnte. Er muss durchkommen, ohne kontrolliert zu werden, sonst ist das eine direkte Fahrkarte ins Gefängnis.

Ich habe den Eindruck, dass Midgard unter meinen Füßen zu beben beginnt, als die Grenzbeamten den SUV anhalten. Mein Magen krampft sich heftig zusammen, und Übelkeit steigt in mir auf. Dieses Mal ist es, als erzittere die ganze Yggdrasil, als Clarke auf die Standspur lenkt, damit der Wagen inspiziert wird.

So, wie ich mich kenne, bin ich totenbleich. Nach dem Kribbeln zu urteilen, das an meinen Gliedmaßen heraufläuft, ist die Krise mit großen Schritten im Anmarsch. Ich bekomme keine Luft mehr, und ein dicker Knoten bildet sich in meiner Magengrube. Meine Gedanken schießen in alle Richtungen. Ich drehe mich zu den Jungs um.

»Ich fühle mich gar nicht gut.«

Drei Augenpaare wenden sich mir zu, und nach ihren besorgten Mienen zu urteilen, biete ich keinen besonders schönen Anblick. Dank Set, der kurz auf etwas sieht, das sich hinter mir befindet, begreife ich, dass der SUV ein paar Meter von uns entfernt angehalten hat. In diesem Moment lasse ich mich zu Boden sinken, wobei ich mir alle möglichen Körperteile anschlage, um einen Schwächeanfall vorzutäuschen. Jetzt kann ich nur noch hoffen, dass die Jungs die Gelegenheit beim Schopf packen, um Clarke zu retten.

Hastig stürzen Set und Sean zu mir, doch ich halte die Augen geschlossen.

»Was hat sie?«, verlangt der Zöllner zu wissen.

»Herzinsuffizienz!«

Fluchend und außer sich vor Sorge versuchen die Devil's Sons, mich aufzuwecken. Am liebsten würde ich ihnen sagen, dass es mir nicht so schlecht geht, wie ich vorgebe, aber um Clarkes Freiheit willen bleibe ich stumm.

»Sie muss sofort ins Krankenhaus!«

Ich höre, wie Set ein paar hastige Schritte tut.

»Hey! Du!«, schreit er.

Ich warte ein paar Sekunden ab.

»Kannst du sie ins Krankenhaus fahren?«, ruft er dann.

Die Antwort dringt nicht zu mir, doch Set kommt zu mir zurück.

»Wir müssen sie tragen. Helfen Sie uns!«, befiehlt er dem Zollbeamten.

Ich werde vom Boden hochgehoben. Eine Autotür wird geöffnet, und man legt mich auf eine Rückbank. Sofort erkenne ich den Geruch des Wageninneren und des Fahrers.

Wären meine Augen geöffnet, hätten sich Tränen der Erleichterung in meinen Augenwinkeln gesammelt.

»Sollen wir mit ihr fahren?«

»Nein, danke. Wir folgen dem Wagen auf dem Motorrad«, gibt Sean zurück.

Die Tür fällt zu, der Mercedes startet auf der Stelle, und Clarke schlägt aufs Lenkrad.

»Verdammter Mist!«, brüllt er.

Mein Plan hat funktioniert; sie haben so reagiert, wie ich gehofft hatte.

Sofort hebt sich der Druck von meiner Brust, doch das Adrenalin kreist immer noch durch meinen Körper. Ich fühle mich lebendig. Meine einzige Sorge ist, dass alle drei glauben, ich müsste ins Krankenhaus.

Ich schlage die Augen auf und melde mich mit schwacher Stimme zu Wort.

»Hab dir doch gesagt, dass ich in diesem Auto mitfahren will ...«

Clarke dreht sich um; Erleichterung steht in seinem Blick. Doch Angst und Besorgnis sind immer noch da und lassen ihn die Stirn in Falten legen.

»Halt durch, wir sind auf dem Weg ins Krankenhaus!«

Er konzentriert sich wieder auf die Straße und beschleunigt, die Finger ums Steuer verkrampft. Ich richte mich auf und stoße ein leises Lachen aus. Im Rückspiegel schaut er zu mir.

»Könnte sein, dass ich übertrieben habe. Eigentlich brauche ich keinen Arzt ...«

»Was?«

»Ich habe mich schlecht gefühlt, aber nicht so schlimm, dass ich das Bewusstsein verloren hätte. Ich hatte die Idee, einen Schwächeanfall vorzutäuschen, und gehofft, Set würde das ausnutzen, um zu verlangen, dass du mich ins Krankenhaus fährst. Um die Grenzer davon abzulenken, das Auto zu kontrollieren. Und ... es hat geklappt.«

Er sieht mich vollkommen verdattert an, und ich lächle triumphierend.

»Tu mir so was nie wieder an!«, schreit er.

Er schlägt heftig aufs Lenkrad und beruhigt sich dann ein wenig. Im Rückspiegel mustert er mich. Ich wahre mein Lächeln, obwohl es matt ausfällt.

»Bist du dir sicher, dass du nicht in die Notaufnahme musst? Du siehst nicht gut aus, Avalone.«

»Tausendprozentig sicher. Ich muss bloß ein wenig schlafen.«

Nachdem sämtlicher Stress meinen Körper verlassen hat, fühle ich mich gut, ein wenig wie betäubt. Ich schließe meine schweren Augenlider und lege den Kopf ans Fenster.

»Avalone geht's gut.«

»Was?«, höre ich Set durch die Lautsprecher des Wagens schreien.

»Sie braucht nicht ins Krankenhaus. Sie hat alles nur gespielt, um mir den Hintern zu retten.«

»Bei Odin! Ich dachte, ich hätte mich mit Ruhm bekleckert, und dabei war ich bloß eine Schachfigur in ihrem Plan!«

Ein bequemes, *wirklich* bequemes Bett.

Weiche Laken ... aus Seide.

Ein Duft nach Blumen und nach Baumwolle.

Vogelgezwitscher, das von einer leichten Brise herangetragen wird.

Abrupt reiße ich die Augen auf, als ich mir bewusst werde, dass ich weder in meinem Zimmer noch bei Clarke bin.

Ich lasse den Blick durch den Raum schweifen. Das Zimmer ist mehr als geräumig; mindestens viermal so groß wie meins auf dem Campus. Die Möbel aus Massivholz wirken neu und teuer. Die Zierleisten an den Wänden sind makellos, und weiße Vorhänge bewegen sich in einem leichten Wind, der durch eine der halb geöffneten Glastüren eindringt. In einen prachtvollen Marmorkamin sind Runen eingraviert, und gegenüber steht eine gepolsterte zartrosa Chaiselongue von der gleichen Farbe wie das Kopfteil des Betts, das bis zur Decke reicht – die im Übrigen so hoch ist, dass ich nur bei Carter sein kann. Jede Menge Kissen stecken in meinem Rücken, eines weicher als das andere.

Dieses Zimmer ist unbestreitbar luxuriös, aber nicht seelenlos. Es ist so gemütlich und anheimelnd, dass ich mich einen Sekundenbruchteil lang frage, ob ich nicht besser daran getan hätte, den Vorschlag des Gangchefs anzunehmen und bei ihm zu übernachten.

Dann fällt mir alles wieder ein. Die Lügen, die Grenze und Clarkes Wagen, der von den Zollbeamten angehalten wird.

Ich springe aus dem Bett, durchquere den Raum und reiße schwungvoll die Tür auf, die auf einen Flur des Anwesens führt, den ich noch nie betreten habe. Ich gehe den Gang entlang und orientiere mich an den Stimmen der Devil's Sons, die bis zu mir dringen. Sobald ich die Haustür erreicht habe, trete ich durch den Bogengang in den Salon.

Aller Augen richten sich auf mich, doch ich ignoriere sie. Ich gehe direkt auf Clarke zu, und die Ohrfeige ist wie ein Automatismus. Dieses Mal hält er mich nicht am Arm fest. Er weiß, dass er sie verdient hat, obwohl er missbilligend die Zähne zusammenbeißt.

»Du elender Lügner!«

Ich warte nicht auf eine Reaktion von ihm und fahre zu Carter herum. Mit einer Entschlossenheit, die sich von wilder Wut nährt, trete ich auf ihn zu.

»Und Sie … Sie können sich glücklich schätzen, dass ich Angst vor Ihnen habe, sonst hätten Sie meine Faust im Gesicht, Sie Oberidiot!«

Der Boss mustert mich streng, aber das berührt mich nicht. Ich bin viel zu wütend, um meine Worte sorgfältig zu wählen – die er, nebenbei gesagt, verdient hat.

»So schützen Sie also Ihre Männer? Clarke ist am Zoll fast aufgeflogen! Dann würde er jetzt hinter Gittern sitzen! Sie sind nichts als ein …«

»Du wirst dich jetzt beruhigen und mir zuhören, Avalone.«

Seine gelassene Stimme bremst meinen Elan. Mit einem Selbstvertrauen, das mich irritiert, richtet Carter sich auf. Als gäbe es vernünftige Erklärungen, die etwas an meiner Sicht der Dinge ändern könnten!

»In diesem Wagen befand sich nichts Illegales. Weder Falschgeld, geschmuggelte Waffen noch sonst etwas. Die Kisten waren leer.«

Ich erstarre mit ausdrucksloser Miene. Die Gang hält mich dermaßen zum Besten, dass ich Wahrheit nicht mehr von Lüge unterscheiden kann.

»Das war ein Test, den du mit fliegenden Fahnen bestanden hast«, fährt Carter fort. »Ihr wart in keinem Moment in Gefahr. Ich bin viel klüger, als du denkst.«

Ich mustere die Devils, damit sie mir das bestätigen, doch alle weichen meinem Blick aus. Bis auf Clarke, der ihn hart erwidert.

Das kann nicht wahr sein …

Ein nervöses Auflachen entfährt mir. Ich balle die Fäuste so fest, dass meine Nägel sich in meine Handflächen eingraben.

»Wenn ich Sie richtig verstehe, habt ihr mir also am Anfang die Wahrheit darüber gesagt, dass wir sicher waren, um mich anschließend, sobald ich vor Ort war, das Gegenteil glauben zu machen, um zu sehen, wie ich reagieren und welche Entscheidung ich treffen würde?«

Ich sehe die Jungs nacheinander an, aber sie können mich immer noch nicht anschauen; alle bis auf Clarke, der sich weder eine Emotion noch irgendwelches Bedauern anmerken lässt.

Der Zorn, den ich noch vor ein paar Sekunden empfunden habe, ist nichts im Vergleich zu dem, der mich jetzt erfüllt. Sie haben mich also *schon wieder* hinters Licht geführt, mich *einmal mehr* manipuliert, um von mir zu kriegen, was sie wollten. Ich komme mir verhöhnt, gedemütigt und benutzt vor.

»Ich hab's ja kapiert, Sie sind ein geachteter und gefürchteter Gangchef. Aber Ihre Vorgehensweise ist alles andere als ehrenhaft. Niemand wagt Ihnen entgegenzutreten, aber ich schon!«

Bevor ich auch nur überlegen kann, was ich tue, ohrfeige ich Carter heftig. Durch die Wucht des Schlags dreht er den Kopf, und alles hält den Atem an. Ich habe das Gefühl, die Hand gegen Mjölnir[22] erhoben zu haben, Thors legendären Hammer.

Als Carter mir wieder das Gesicht zuwendet, begegne ich seinem drohenden Blick, der seinen Feinden tausendfaches Leid verheißt. Aber wenn ich dazugehören würde, könnte ich nicht dieses entzückte Aufleuchten in seinen Augen erkennen.

»Ich bin froh, diejenige zu sein, die den Mut hat und versucht, Ihnen den Kopf zurechtzusetzen. Sie prahlen mit der Sicherheit Ihrer Männer und Ihrer Umsicht. Aber Sie haben

---

22 Mjölnir ist die ultimative und furchterregendste Waffe der Götter, die Thor von zwei Zwergenbrüdern auf Lokis Betreiben geschenkt wurde, um seine Fehler wiedergutzumachen. Der Hammer vermag Berge zu zerschmettern, ohne jemals stumpf zu werden, verfehlt nie sein Ziel und kehrt in die Hand des Werfers zurück. Er stellt den besten Schutz gegen die Feinde der Götter dar.

nicht bedacht, was für eine Krise ein solcher Druck bei mir auslösen könnte. Außerdem wirken Ihre Intrigen und Prüfungen bei mir nicht. Wenn hier jemand einen Beweis antreten muss, dann ja wohl Sie. Bei mir geht es um gute Beziehungen und Vertrauen, etwas, das Sie ohne Unterlass mit Füßen treten. Respekt geht in beide Richtungen, Carter. Wenn Sie meinen wollen, fangen Sie damit an, mir Ihren zu erweisen. Ich habe Sie schon oft beschützt, und ich weiß genug über Sie, um Ihnen zu schaden. An Ihrer Stelle würde ich mir Ihre nächsten Aktionen zweimal überlegen. Und jetzt können Sie alle von mir aus in den Flammen der Ragnarök brennen!«

Am ganzen Körper zitternd, verlasse ich den Raum und kehre dann ins Zimmer zurück, um meine Tasche und meine Lederjacke zu holen. Dann gehe ich noch einmal den Flur entlang. Ich komme also am Salon vorbei und werfe Carter das Kleidungsstück ins Gesicht. Ohne in meinem Schwung anzuhalten, gehe ich zur Eingangstür und öffne sie.

»S. ...«

Wütend fahre ich zu Jesse herum, in dessen Blick alle Reue der neun Welten liegt. Doch sein schlechtes Gewissen fruchtet bei mir nicht. Viel zu einfach, sich zu entschuldigen, nachdem man in vollem Bewusstsein der Lage gehandelt hat.

»S. wie in ›siegreich‹? Findest du nicht, dass ihr den Beinamen eher verdient als ich?«

Ich mustere alle voller Abscheu und gehe dann durch die Tür.

Und wenn man bedenkt, dass Clarke, Set und Sean aufrichtig zerknirscht gewirkt haben, mich angeblich angelogen zu haben ... Und nicht einmal da haben sie die Wahrheit gesagt. Alles war von Anfang an geplant. Carter hatte alles inszeniert: von Mikes Worten, der uns riet, die Grenze am nächsten Morgen zu überqueren, bis zu den Grenzern, die er bestochen haben musste, um uns anzuhalten.

Aber dieses Mal ist Schluss. Ich werde diesen Leuten kein

Wort mehr glauben. Ich bin nicht ihre Feindin, doch sie haben mich auch nie als Freundin betrachtet. Hier existieren weder Vertrauen noch Respekt.

Ich steige die Vortreppe hinunter, gehe dann die Straße, die zum Anwesen führt, entlang und koche dabei vor Hass auf die Devil's Sons, alle, wie sie da sind.

»Avalone.«

Clarke umfasst mein Handgelenk und zwingt mich, mich zu ihm umzudrehen, doch ich kann seine Berührung nicht ertragen. Ich mache mich aus seinem Griff los.

»Ich konnte dir doch nicht die Wahrheit sagen. Du musstest diesen Test bestehen, damit wir wussten, ob wir uns wirklich auf dich verlassen können!«

»Du wusstest ganz genau, dass ich euch nicht verraten hätte!«, schreie ich.

Zum ersten Mal seit langer Zeit läuft mir eine Träne über die Wange. Ich wische sie wütend mit dem Handrücken weg und beruhige mich wieder. Trotzdem sitzt mein Zorn kurz unter der Oberfläche.

»Seitdem wir uns begegnet sind, habe ich euch wieder und wieder bewiesen, dass ihr mir vertrauen könnt, im Gegensatz zu euch. Du hast beschlossen, mit mir zu spielen. Ihr habt *alle* entschieden, eure Spiele mit mir zu treiben, und dabei habe ich euch immer nur geholfen!«

Ich schüttle mehr als enttäuscht den Kopf und weiche mehrere Schritte zurück.

»Es ist vorbei. Vergesst mich. Ich will nichts mehr mit euch zu tun haben. Ich weiß, was ich wert bin, und ihr habt mich nicht verdient.«

»Das ist uns allen bewusst«, murmelt er.

Ich wende mich ab, weil ich ihn nicht mehr ansehen kann. Ein Bild davon, was wir gestern miteinander geteilt haben, tritt vor mein inneres Auge, und ich gehe weiter und beiße die Zähne zusammen. Ich stelle mir vor, wie ich als Kind mein Plastikkrönchen auf dem Kopf getragen habe. Tief hole ich Luft und recke den Kopf, damit es nicht hinunterfällt.

Sobald das Anwesen hinter mir liegt, rufe ich Lola an und bitte sie, mich abholen zu kommen. Schnell ist sie da, nachdem sie wahrscheinlich das Gaspedal durchgetreten hat, und ich bin ihr dankbar dafür.

Ich springe in den Wagen und bitte sie, abzufahren, um so weit wie möglich von hier wegzukommen, was sie tut.

»Was ist passiert?«, fragt sie mich behutsam.

Ich erzähle ihr die komplette Geschichte.

Zuerst ist meine Freundin außer sich. Sie verflucht die Jungs und fleht mich an, nichts mehr mit ihnen zu tun zu haben. Dann, nachdem sie einige Sekunden gebraucht hat, um wieder zu Atem zu kommen, bringt sie das Gespräch auf meine Küsse mit Clarke.

»Was hält ihn zurück? Clarke hat immer schon getan, was er wollte. Warum sollte er bei dir drauf verzichten?«, fragt sie stirnrunzelnd.

»Keine Ahnung, aber das spielt jetzt nicht die geringste Rolle mehr.«

Wir hätten uns nie küssen dürfen, und das wird nie wieder vorkommen, weil er derjenige ist, der mich bei der ganzen Geschichte am tiefsten verletzt hat. Ich, Avalone Lopez, will keine Beziehung. Ich habe ein Studium zu Ende zu bringen.

Ich sitze im Gras, umgeben von angenehmeren Zeitgenossen als den Devils, und höre Aurora und Emily zu, die uns erzählen, was sie alles angestellt haben, um auf derselben Etage wie Lola und ich gemeinsam ein Zimmer zu beziehen. Gerade hat Jackson mir geraten, mich von Clarke fernzuhalten. Er hat gestern gesehen, wie ich mit drei Devil's Sons in den SUV gestiegen bin, und ich konnte ihm nur zustimmen.

Als ich jetzt Aurora und Lola in den Armen ihrer Freunde sehe, muss ich zwangsläufig an meine letzte Beziehung denken, die zwei Jahre zurückliegt. Für meinen Ex waren wir an der Schule das perfekte Paar, aber ich sah das anders. Er war freundlich und sehr aufmerksam, aber er behandelte mich wie eine Porzellanpuppe, als wäre ich zu zerbrechlich, um meine Handtasche zu tragen, und zu krank, um länger als zehn Minuten spazieren zu gehen. Ich hatte das Gefühl zu ersticken. Ich konnte ihm das erklären, wie ich wollte; im Moment begriff er es, aber am nächsten Tag ging alles wieder los. Selbst beim Sex ließ er mich nicht die Initiative übernehmen, um jedes Risiko auszuschließen. Nach fünf Monaten habe ich ihn verlassen.

»An den Unis geht eine neue Droge um.«

Ich kehre in die Realität zurück und sehe abwechselnd Daniel und Jackson an.

»Die ›Dämonin‹. Sie erhöht die körperliche Leistungsfähigkeit, als hätte man Superkräfte! Logan hat sie letzte Woche genommen. Seine Kraft hat sich verdoppelt. Er hat mir erklärt, er hätte alles intensiver empfunden, aber der Absturz sei ehrlich gesagt unangenehm gewesen. Die Demon's Dads vertreiben sie.«

Lola und ich wechseln einen Blick. Wir denken beide an Ange, von dem wir seit meinem Krankenhausaufenthalt nichts mehr gehört haben. Ich hoffe, es geht ihm gut.

Als sich meine Freunde anschicken, zur Studentenverbindung zu gehen, lehne ich die Einladung ab, da ich lieber lernen und mich ausruhen möchte. Wir stehen von der Wiese auf, und ich klopfe mir den Hintern ab.

»Avalone.«

Ich erstarre am ganzen Körper.

»Verdammt!«, fluche ich. »Die Nornen müssen es wirklich auf mich abgesehen haben, das kann doch nicht wahr sein!«

Da wollte ich absichtlich nicht auf die Party gehen, um ihm nicht über den Weg zu laufen, und da kreuzt er auf dem Campus auf.

Ich nehme mich zusammen, damit mein Zorn mich nicht

überwältigt, und drehe mich langsam zu Clarke um. Er hat die Hände in den Taschen und wendet den Blick ab, was seine Verlegenheit zeigt, und trotzdem strahlt er Überlegenheit und Charisma aus.

»Können wir fünf Minuten reden?«

Hierherzukommen, vor meine Freunde und besonders Jackson zu treten, um zu *reden*, muss ihn enorme Überwindung gekostet haben. Seine Miene wirkt verschlossen, doch das ist kein Vergleich zu seinem Gesichtsausdruck, als der junge Mann zwischen uns tritt.

»Lass sie in Ruhe, Taylor!«

Clarkes ganze Haltung drückt die Verachtung aus, die er für seinen einstigen besten Freund empfindet. Keine Spur mehr von vergangener Zuneigung, als hätte ihre Beziehung nie existiert.

»Dir steht es absolut nicht zu, mir Anordnungen zu erteilen«, stößt Clarke hervor.

»Lass sie in Ruhe!«, wiederholt er.

Clarke, der einen Meter vor Jackson steht, übertrifft ihn an Körpergröße und -masse bei Weitem. Er mustert ihn, als wäre er weniger als ein Nichts, eine Witzfigur.

»Wofür hältst du dich? Sie hat Verpflichtungen gegenüber den Devil's Sons, genau wie du damals. Leider habe ich meinen Joker schon eingesetzt, um deinen kleinen, mageren Hintern zu retten, und habe keinen zweiten für diese wunderbare junge Dame mehr.«

Zwei brisante Enthüllungen gleichzeitig, die einen kalten Schauer über uns alle werfen und niemanden verschonen.

Die Blicke meiner Freunde richten sich zuerst auf Jackson und dann auf mich. Niemand sagt ein Wort.

Jackson ist nicht gerade begeistert darüber, dass Clarke sein Geheimnis verraten hat, wirkt aber noch schockierter, weil ich der Gang angehöre. Verwirrt und sichtlich enttäuscht mustert er mich.

Wer im Glashaus sitzt, sollte eben nicht mit Steinen werfen!
Ich schüttle den Kopf und konzentriere mich wieder auf den Devil's Son.

»Es war kein Scherz, als ich dir gesagt habe, dass es vorbei ist, Clarke.«

»Hast du gehört?«, sagt Jackson zu ihm. »Verschwinde, oder ich schwöre bei Draupnir, dass ...«

Clarkes Blick verdüstert sich, und sein kurzer Geduldsfaden reißt.

»Ist mir vollkommen egal, ob wir zusammen aufgewachsen sind, Jackson. Leg dich nicht mit mir an!«

Letzterer tritt auf ihn zu, doch Daniel greift ein und zieht ihn zurück. Er weiß ganz genau, dass er es nicht mit dem Devil's Son aufnehmen kann. Aber Jack ist wie besessen von Clarke. Provozierend breitet er die Arme aus.

»Komm schon, ich warte!«, schreit er.

Auf Daniels flehenden Blick hin stelle ich mich dem Bad Boy in den Weg, doch er legt eine Hand auf meine Schulter und schiebt mich mühelos beiseite.

Daniel verliert die Hoffnung nicht und versucht, seinen Mannschaftskameraden zurückzuhalten. Er flucht und befiehlt ihm, sich zu beruhigen, doch Jackson stößt ihn aggressiv weg.

Wir sind alle wie vor den Kopf gestoßen von dem Verhalten unseres Freundes. *Was ist denn bloß in ihn gefahren?*

»Du konntest deine Eltern schon nicht beschützen! Und sie wird auch in deinem Beisein draufgehen, du Hurensohn!«

Ich erstarre. Lola, Aurora, Emily und Daniel ebenfalls. Sogar die Zeit scheint stillzustehen.

Obwohl Jackson seine Worte sofort sichtlich bereut, ist es zu spät. Der Devil lässt sich keine Verletzung anmerken; sein Blick ist vollkommen seelenlos. Alles in mir verknotet sich vor Angst; ich fürchte, was jetzt passieren wird. Mit einem Mal verzieht Clarke die Lippen. Sein sadistisches Grinsen erreicht sogar seine Augen.

Resigniert senke ich den Kopf und schließe die Augen. Jetzt kann ich ihn nicht mehr aufhalten, das wäre heuchlerisch von mir. Wenn ich an seiner Stelle wäre, wenn ich zugesehen hätte, wie meine Eltern vor meinen Augen umgebracht worden wären, würde ich mich auf Jackson stürzen. Ich fasse es nicht, dass er gewagt hat, das zu sagen. Er hat nicht nur den schlimmsten Tag in Clarkes Leben gegen ihn verwendet, sondern auch seine Mutter verunglimpft. Daher fahre ich nicht zusammen, als der Devil Jackson einen heftigen Kinnhaken versetzt. Unter den Entsetzensschreien der Frauen schlägt er der Länge nach zu Boden.

»Diese Hure, wie du sie bezeichnest, hat dich von der Schule abgeholt und dir den Hintern abgewischt, als du noch Windeln getragen hast. Wenn du noch einmal von meinen Eltern redest, bringe ich dich um!«

Nach seinem – einzigen – Schlag dreht Clarke sich um. Er tritt vor mir vorbei und geht, kurz vor dem Explodieren, eiligen Schritts zum Parkplatz.

Ich drehe mich zu Jackson um, der seine aufgesprungene Lippe abtastet und das Gesicht verzieht.

»Du bist so ein Schwachkopf!«, schimpft Aurora.

»Er nutzt Avalone aus!«

»Hör auf! Das ist bloß eine Ausrede! Du nutzt sie selbst aus, um deine Wut auf Clarke wegen dem, was er dir in der Vergangenheit getan hat, abzulassen!«

Jackson öffnet den Mund, um zu protestieren, überlegt es sich aber im letzten Moment anders. Er wirft mir einen tief betrübten Blick zu.

Ich seufze, überwältigt von den Ereignissen.

»Ja, die Devil's Sons manipulieren. Aber in den letzten zwei Minuten bist du viel tiefer gesunken als sie. Nicht, weil du mich benutzt hast, um deine Wut auf ihn auszuleben, sondern weil du dich des schlimmsten Tags in seinem Leben bedient hast, um ihn zu treffen. Wenn Clarke auf jemanden losgeht, dann besiegt er ihn wenigstens, ohne dass er die Schwäche seines Gegners ausnutzen muss. Lass es gut sein, Jackson. Denn das, was wir gesehen haben, bist nicht du. Du bist besser, jedenfalls hoffe ich das.«

Ohne zurückzusehen, gehe ich zu Clarke, der jetzt seine Maschine erreicht hat. Nervös fährt er sich mit den Händen durchs Haar, dann schlägt er mit der Faust heftig gegen einen Laternenpfahl. Ein dumpfer Knall hallt durch die Umgebung. Ich gehe schneller, um ihn einzuholen, doch als ich noch zwei Meter von ihm entfernt bin, fährt der Devil herum. Ein tiefer, lange vergrabener Hass verzerrt sein Gesicht.

»Bleib bloß weg!«

Ich bleibe wie angewurzelt stehen, und mein Herz klopft zum Zerspringen. Ich hasse ihn für all seine Lügen, doch in diesem Moment tut er mir schrecklich leid. Jackson hatte kein Recht, seine toten Eltern gegen ihn zu verwenden, das ist unmenschlich.

Clarke geht vor seiner Harley auf und ab. Er öffnet und schließt die Fäuste, und sein Kiefer verkrampft sich immer stärker. Er flucht und kann die Bombe nicht entschärfen, die Jackson ihm in die Hand gegeben hat.

Seine schlimmste Wunde ist wieder aufgerissen worden, und er hat nicht die geringste Ahnung, wie er den Schmerz lindern soll.

»Clarke ...«

»Was?«

Abrupt dreht er sich zu mir um. Er geht ein paar Schritte auf mich zu, dann hält er inne, weicht zurück. In einem solchen Zustand habe ich ihn noch nie erlebt; ich kann ihn nicht einfach so zurücklassen. Er leidet, und das ist brandgefährlich für alle, die ihm vielleicht über den Weg laufen. Ich trete auf ihn zu, doch Clarke fährt zurück und schreit mich an, ihm bloß nicht zu nahe zu kommen.

Als ich begreife, dass er mich nicht zurückstößt, sondern einfach Angst hat, gewalttätig mir gegenüber zu werden, blutet mir das Herz. Sein Hass ist dabei, ihn zu überwältigen, und ich bin die Einzige, die er dabei vor Augen hat. Daher glaubt er, dass es dieses Mal anders ist, obwohl er ihn normalerweise beherrscht. Dass die Emotionen in ihm zu stark sind und er irgendwann explodieren wird. Und er hat Angst, das könnte passieren, wenn ich vor ihm stehe.

»Du hast die Kontrolle«, erkläre ich ihm mit zitternden Lippen.

»Was weißt du schon?«

Trotzdem gehe ich weiter auf ihn zu. Ich kann ihn nicht im Stich lassen.

»Bleib stehen, Avalone ...«

Ihm bricht die Stimme, und das zerreißt mir das Herz. Doch ich schlucke meine Tränen hinunter. Nur noch zwei kurze Meter trennen uns, und wenn er seinen Rückzug abbricht, kann ich mit drei Schritten bei ihm sein.

»Dein Zorn ist heftiger als sonst, doch er kommt immer aus derselben Quelle. Du kannst ihn beherrschen, Clarke.«

Er gibt mir keine Antwort. Doch seine angespannte Miene verrät, dass er mich hört.

Langsam tue ich einen Schritt nach vorn. Clarke fährt nicht zurück, aber seine Fäuste zittern, so sehr beherrscht er sich. Er atmet schwer und reagiert mit dem ganzen Körper auf jede meiner Bewegungen.

»Verdammt, geh nach Hause!«

Ich zucke mit keiner Wimper. Als ich den zweiten Schritt tue und seine Augen genau erkennen kann, ist es beinahe, als würden die Emotionen darin auf mich überspringen und mir die Luft abschnüren. Noch nie habe ich einen so gequälten Blick gesehen. Er ist ein offenes Fenster in seine gemarterte Seele.

Clarke stöhnt und will zurückweichen, doch ich lasse ihm keine Zeit dazu. Ich stürze mich auf ihn und schlinge die

Arme um seinen Nacken. Sofort schließen sich seine Hände um meinen Körper, und er saugt hörbar die Luft ein.

Mein Herz hämmert an seinem. Ich drücke ihn noch fester und bete darum, dass seine Qualen gelindert werden.

»Dich trifft keine Schuld, Clarke.«

Ein Schauer überläuft ihn, doch er lässt mich nicht los.

Ich schließe die Augen. Sein Schmerz zerreißt mich derart, dass ich nicht richtig Luft bekomme.

»Du hast keine Schuld«, flüstere ich. »Du hast *keine* Schuld.«

Ich atme an seinem Hals und nehme seinen Duft in mich auf, dann drücke ich die Lippen auf seine Haut, was ihn erzittern lässt.

Meine Wut auf ihn scheint sich in der Hoffnung, seinen Schmerz zu lindern, verflüchtigt zu haben. Keine Ahnung, wie lange wir so aneinandergeschmiegt dastehen, doch nach und nach spüre ich, wie seine Muskeln sich entspannen und er gleichmäßiger atmet. Doch ich habe Angst, ihn loszulassen. Furcht davor, ihn nicht wirklich getröstet zu haben, und davor, festzustellen, dass seine Umarmung mir fehlen wird.

»Die Gangs sind keine wohltätigen Einrichtungen, Avalone. Wenn der Chef nicht einverstanden ist, kannst du sie nicht verlassen.«

Brutal kehre ich in die Realität zurück und verkrampfe mich. Mein Zorn ist so schnell wieder da, dass ich den Eindruck habe, er hat mich nie verlassen.

»Ich gehöre nicht zu den Devil's Sons und werde nie eine von euch sein!«, gebe ich mit eisiger Stimme zurück.

»Daran hättest du denken sollen, bevor du die Jacke angezogen hast.«

Clarke gibt mich frei, und meine Arme sinken an meinen Seiten herab. Der Devil's Son steigt auf seine Maschine, lässt sie blitzschnell aufheulen und verlässt dann den Campus-Parkplatz.

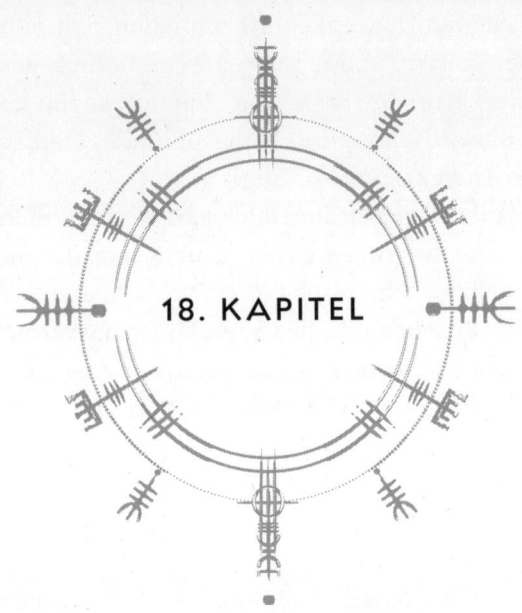

18. KAPITEL

Über eine Woche ist seit dem Vorfall zwischen Clarke und Jackson auf dem Rasen des Campus vergangen. Seit über einer Woche bin ich weder den Devil's Sons begegnet, noch habe ich eine Mission erhalten. Obwohl ich entzückt darüber bin, erwische ich mich oft dabei, wie ich zum Himmel aufsehe und darauf warte, dass mich aus dem Nichts heraus ein Befehl erreicht.

Soweit ich bisher sehen kann, gehört Carter nicht zu den Menschen, die aufgeben, und was ich will, ist ihm schnurzegal.

Die Zeit ist drückend langsam vergangen. Seit mehreren Tagen habe ich Jackson nicht mehr gesehen, bin aber viel zu wütend, um ihn zur Rede zu stellen. Doch Donnerstagabend ist mir klar geworden, dass mein Freund mir fehlt. Nach einer Textnachricht haben wir uns getroffen, um zu reden. Er hat sich bei mir entschuldigt und mir dann erklärt, wie es dazu kam, dass er kein Mitglied der Devil's Sons geworden ist.

Als Clarke in die Gang eingetreten ist, wollte Jackson ihm

folgen. Er dachte, das würde ihre Freundschaft stärken, die ernsthaft auf dem absteigenden Ast war. Doch jede Diskussion war sinnlos. Er war noch nicht volljährig, und Carter wollte nichts von einem »Schuljungen, der noch nicht mal in die Oberstufe geht« wissen. Damals hatte Clarke ihm versprochen, sobald Jackson an der Uni wäre, würde er ihn Carter vorstellen. Fast vier Jahre lang hatten die Freunde keinen Kontakt mehr miteinander, was Jackson wütend machte.

Letztes Jahr hatte er sich an der Uni eingeschrieben, und Clarke hatte sein Versprechen gehalten. Obwohl die beiden einander fremd geworden waren, stellte er ihn Carter vor. Dem Chef der Devil's Sons war klar, dass Jackson keinen Platz in seiner Gang hatte und schnell aufgeben würde, doch er hatte akzeptiert und die Stunden gezählt, bis er aussteigen würde.

Er hat sich genau sechzehn Stunden gehalten.

Carter hatte Jackson zu dem Zeitpunkt nicht erlaubt, die Gang zu verlassen, und Clarke die Verantwortung für die Situation übertragen, um seine Männer davon abzubringen, ihm zukünftig irgendwelche Muttersöhnchen vorzustellen. Clarke musste für seinen Fehler bezahlen, und der Boss hat an ihm ein Exempel statuiert. Jackson weiß bis heute nicht, was sein einstiger bester Freund tun musste, um Carter zu überreden, doch er hat es geschafft und dabei sein Ego und seine Ehre verletzt. Von da an herrschte zwischen den beiden Jungs Groll, der sich bei Jackson bis zum Hass gesteigert hat.

Dieses Geständnis hat meinen Hass auf Carter noch verstärkt. Dieser Mann hat also nicht den geringsten Respekt vor anderen? Was hatte er davon, an Clarke ein Exempel zu statuieren, statt Jackson einfach nach Hause zu schicken? Mir ist schon klar, dass man den Eintritt in eine Gang nicht auf die leichte Schulter nehmen soll, aber meine Güte, mit achtzehn sind wir doch alle noch Kinder! Jackson war stur, er hatte keine Ahnung, wo das enden würde.

Ein wenig Nachsicht könnte nicht schaden, Carter ...

Daran denke ich immer, wenn ich auf dem Bett liege und für meine Seminare lerne. Da Lola mit Daniel ins Restaurant gegangen ist, nutze ich die Stille im Zimmer so gut wie möglich aus. Bis mein Smartphone klingelt. Der Anrufer ist Set.

Mist, geht das schon wieder los!

Ohne mich zu rühren, mustere ich den Bildschirm und warte darauf, dass der Anruf auf die Mailbox geht. Aber da habe ich nicht mit seiner Hartnäckigkeit gerechnet: Er ruft wieder an. Ich will schon den Ton ausschalten, doch da denke ich plötzlich an Lola. *Und was, wenn sie ein Problem hat?*

Ich stürze mich auf mein Handy und nehme den Anruf an, bevor es zu spät ist.

»Hör mir ganz genau zu, Ava!«

Seine Stimme lässt mein Blut gefrieren und mein Herz schneller schlagen. Er spricht schnell und kurzatmig, und ich höre, wie hinter ihm geflucht wird, gefolgt von schmerzhaftem Stöhnen.

Alarmiert richte ich mich auf.

»Tucker müsste gleich auf dem Campus sein. Er holt dich ab und bringt dich in die Wohnung. Dieses Mal brauchen wir dich wirklich, also lass uns bitte nicht hängen.«

Nach seinen flehentlichen Worten legt er auf und lässt mich beklommen zurück. Ruckartig stehe ich vom Bett auf, ohne eine Sekunde daran zu denken, mich zu weigern. Ewas Schlimmes ist passiert, und wenn ich nicht dazukomme, wissen nur die Nornen, was passieren wird.

Hastig verlasse ich das Zimmer, nehme immer zwei Treppenstufen auf einmal, und als ich den Parkplatz erreiche, bremst Tucker auf seiner Harley vor mir. Ich steige hinter ihm auf, und er rast los.

In halsbrecherischem Tempo rasen wir durch die Straßen von Ann Arbor. Er überfährt rote Ampeln, bewegt sich im Zickzack zwischen den Autos hindurch und hält erst an, als wir die Wohnung der Jungs erreichen. Ich steige ab, und Tucker wirft mir seine Hausschlüssel zu.

»Geh schon nach oben! Set kommt auch gleich.«

Er entfernt sich ebenso schnell, wie er aufgetaucht ist, ohne mir die geringste Erklärung zu geben. Jetzt gerade bin ich ernsthaft in Panik. Ich betrete das Haus und laufe in die Wohnung, wo ich damit rechne, auf den Grund meines Hierseins zu stoßen.

Nur dass die Wohnung leer ist. Niemand ist da und auch kein Hinweis auf jemanden.

Ich schwöre bei den Göttern, wenn das schon wieder ein Test oder eine Manipulation ist, lege ich Feuer auf dem Anwesen!

Ich gehe ins Wohnzimmer und setze mich für paar Minuten, die mir wie eine Ewigkeit vorkommen, aufs Sofa, als ich plötzlich höre, wie an die Tür gehämmert wird. Hastig stehe ich auf, um Set und Justin zu öffnen. Sie tragen Clarke, der bewusstlos ist und eine Blutspur hinter sich herzieht.

Mein Herz macht in meiner Brust einen Satz, aber ich stehe wie gelähmt unter Schock da. Ich schaffe es gerade noch, beiseitezutreten, um die Jungs hereinzulassen. Erst als ich höre, wie einer der Devils gegen eine Wand schlägt, kann ich meine Glieder wieder bewegen. Ich renne ins Zimmer und sehe Clarke auf seinem Bett liegen.

»Was ist passiert?«

»Er hat eine Kugel abbekommen und viel Blut verloren.«

Allmächtiger Odin ...

Während Justin schrecklich besorgt auf und ab geht, umfasst Set meine Schulten, um sicherzugehen, dass ich genau verstehe, was er sagt.

»Ein Typ kommt, um ihn zu behandeln. Wir müssen zurück. Mach ihm auf, wenn er klingelt.«

Ich kann gerade einmal blinzeln, da sind die Jungs schon wieder weg, ohne mir zu verraten, wohin und warum.

Ich bin wie erstarrt und habe nicht die geringste Ahnung,

was ich tun soll, aber ich weiß, dass sein Leben in Gefahr ist, wenn ihm nicht schnell geholfen wird.

Mit vor Angst zitternden Händen trete ich zu Clarke, der immer noch bewusstlos ist. Sein Gesicht ist bleich, beinahe durchscheinend, als hätte er kein Leben mehr in sich. Als ich die Hand auf seine Haut lege und bemerke, dass sie kochend heiß ist, renne ich ins Bad, um ein Handtuch nass zu machen, laufe dann zurück zu ihm und kühle ihm die Stirn. Er atmet, was mich beruhigt, und er scheint nicht mehr zu bluten. Um mich zu vergewissern, hebe ich vorsichtig sein T-Shirt an, das ein Loch hat, wo die Kugel es durchschlagen hat.

Ein heftiger Brechreiz überkommt mich. Ich schlage die Hand vor den Mund und weiche taumelnd zurück, ohne den Blick von diesem Gemetzel losreißen zu können.

Mehrere Kompressen übereinander decken seine Wunde ab, doch sie scheinen alle mit frischem Blut vollgesogen zu sein ... ganz zu schweigen von den angetrockneten Krusten auf seiner Haut, die Abdrücke von Händen und Fingern bewahren.

Den Göttern sei Dank habe ich bei meinen zahlreichen Krankenhausaufenthalten gehört, dass man Verbandsmull nicht abnehmen, sondern neuen darauflegen soll. Die Schusswunde im Unterleib hält mich davon ab, Druck auszuüben. Das Blut fließt nicht mehr, aber wer weiß, welches Organ die Kugel womöglich berührt, wenn sie sich durch einen Druck auf die Wunde verschiebt.

Bei allen Göttern, er müsste ins Krankenhaus!

»Verdammt, Clarke, stirb nicht ...«

Es erschüttert mich, ihn in diesem Zustand zu sehen. Er, der normalerweise so stark und imposant ist, ist doch nicht unbesiegbar. Und das erkenne ich gerade auf grauenvolle Art.

Ich ziehe die Decke über ihm hoch, damit ihm nicht kalt wird. Meine Unfähigkeit, etwas zu unternehmen, lässt mich fast implodieren. Da fällt mein Blick auf die Schere, die auf der Kommode liegt. Scharf ziehe ich den Atem ein, und die Vorstellung, dass ich endlich etwas für ihn tun kann, erleichtert mich. Ich ergreife sie.

Ohne zu zögern, setze ich das spitze Ende auf meine Handfläche. Scharf hole ich Luft, beiße die Zähne zusammen und bringe mir einen drei Zentimeter langen Schnitt in die Haut bei.

Ich knie mich neben Clarke auf das Bett und suche nach einer Stelle, an der seine Haut unberührt und nicht tätowiert ist. Auf der Innenseite seiner Handgelenke entdecke ich ein paar Zentimeter. Ich tauche den kleinen Finger in mein Blut und beginne, damit Runen auf seine Haut zu zeichnen, mächtige magische Zeichen meiner Religion.

Fehu und Uruz für Heilung.

Während ich den kleinen Finger auf seine Haut setze, um Fehu nachzuziehen, rezitiere ich aus dem *Galdarbók*[23].

»Ich habe die Kraft, dir in Krankheit, Sorgen und Schmerz zu helfen. Aber denkst du auch manchmal an das Ende? Du bist dir selbst überlassen und dennoch ein Teil von allem.«

Ich hebe meine zitternde Hand. Fehu ist gesetzt.

Von Neuem tauche ich den kleinen Finger in meine hohle Hand und benetze ihn mit Blut, um Uruz über Fehu zu zeichnen.

»Ich bin die Rune der Heiler«, zitiere ich. »Ich lasse Wunden und Schmerzen vergehen. Ich bin der Ursprung von allem, die originäre Zeit. Wenn du mich deutest, wirst du den Sinn des Lebens erkennen.«

Nachdem die erste verbundene Rune gezeichnet ist, hole ich tief Luft und gehe zu der anderen auf seinem anderen Handgelenk über.

Thurisaz und Ehlaz für einen starken Schutz.

---

23 Das *Galdarbók, die Stimme der 24 Runen*, besteht aus drei erklärenden Büchern über den Gebrauch von Runen und ihrer starken Energie, verfasst von Galdar Sechador.

Ich zeichne Thurisaz auf seine Haut.

»Ich bin die Kraft des Instinkts und greife an, um zu schützen«, erkläre ich laut. »Der Blitz wohnt in dir. Spüre ihn, um deine Kräfte zu entdecken.«

Ich lege Ehlaz darüber.

»Ich bin das Schilfrohr«, rezitiere ich, »und schenke dir Widerstandskraft. Du kannst dich dem Sturm beugen, doch du wirst nicht zerbrechen.«

Ich beende mein zweites Zeichen aus verbundenen Runen und lasse mich mit etwas leichterem Herzen auf die Fersen sinken. Doch ich habe keine Zeit zum Durchatmen, denn jemand hämmert heftig an die Wohnungstür. Ich springe vom Bett und renne so schnell wie möglich zur Tür, um sie einem Mann in den Dreißigern zu öffnen, der ebenfalls von Kopf bis Fuß tätowiert zu sein scheint.

»Avalone, nicht wahr?«

Ich nicke, und er tritt mit zwei Rucksäcken beladen ein.

»Ich bin Ethan.«

Ohne weitere Vorrede durchquert er den Flur und tritt in Clarkes Zimmer. Er stellt sein Gepäck am Fußende des Betts ab, öffnet es schnell und fördert angesichts der Dringlichkeit der Lage diverse chirurgische Instrumente ans Licht.

»Desinfektionsmittel habe ich in dem Notfallkasten im großen Badezimmer deponiert. Hol es mir!«

Schnell gehorche ich und renne durch die Wohnung. Als ich mit dem Behälter ins Zimmer zurückkomme, trägt Ethan sterile Handschuhe, und Clarke ist aufgewacht. Sein Gesicht ist schmerzverzerrt. Tiefe Schatten liegen unter seinen Augen, und Schweißperlen stehen ihm auf der Stirn. Er sieht mich und wirkt irritiert. Ich dagegen stehe kurz davor, vor Erleichterung in Tränen auszubrechen.

»Was hat die hier zu suchen?«

Seine Stimme klingt kratzig, aber ich bin so froh, sie zu hören!

»Freut mich auch, dich zu sehen, schöner Mann.«

»Bring sie hier heraus, ich will nicht, dass sie das miterlebt!«

»Halt den Rand, ich brauche sie.«

Clarke schimpft und legt den Kopf wieder aufs Kissen. Sein Gesicht ist schmerzverzerrt.

»Kipp die Flasche über der Wunde aus«, befiehlt mir Ethan.

Ohne Einwände zu erheben, öffne ich den Verschluss. Angesichts des klaffenden Lochs im Bauch des Devils dreht sich mir der Magen um. Ich presse die Lippen zusammen und wende den Blick ab.

»Hier, beiß darauf.«

Ethan wirft Clarke ein zusammengerolltes Geschirrtuch zu. Er führt es an den Mund und bedeutet mir dann, es zu tun. Ich hole tief Luft und gieße mit zitternder Hand das Desinfektionsmittel in das Gewebe.

Ethan greift nach einer Zange und einem Wundspreizer und nähert sich damit der Verletzung. Mit dem einen Instrument hält er die Wunde seines Patienten auseinander, und mit dem anderen stochert er darin herum. Der Bad Boy schlägt mit einer Faust auf die Matratze und reißt sich dann zornig den Lappen aus dem Mund.

»Du hast ja keine Ahnung, wie gern ich dir meine Faust ins Maul rammen will!«

»Ich versuche, dir das Leben zu retten, Schwachkopf!«

Der angebliche Mediziner – ich bete bloß, dass er kein Tierarzt ist – stochert mit dem Instrument in der Wunde herum, und Clarke flucht unaufhörlich. Mein Herz schlägt so schnell, dass ich Angst habe, es könnte platzen. Ich erlebe diese grauenhafte Szene mit, ohne das Geringste tun zu können, um seinen Schmerz zu lindern.

»Zieh endlich die verdammte Kugel raus, Mistkerl!«

Ich setze mich neben den Verwundeten, dessen Miene mich immer stärker beunruhigt. Seine Haut wirkt fahl, und seine Züge sind schmerzverzerrt.

Ethan geht auf der Suche nach dem Geschoss mit der Zange noch ein wenig tiefer. Als Clarke wieder aufstöhnt, kann ich nicht anders, als seine Hand zu ergreifen und wenigstens einen winzigen Teil seines Schmerzes mit ihm zu teilen. Der Blick, den er mir schenkt, hat seine Eindringlichkeit verloren und wirkt leer, glanzlos. Die Lider fallen ihm zu, und sein Kopf sackt schlaff aufs Bett zurück.

»Er ist bewusstlos geworden!«, rufe ich panisch aus.

»Das hat nichts zu bedeuten. Besser, er bekommt nichts mit, solange ich die Kugel entferne. Sie hat kein lebenswichtiges Organ gestreift, aber davon wird der Schmerz nicht weniger.«

Einige Sekunden später hält Ethan die Patrone mit seiner Zange hoch.

»Da haben wir den Übeltäter!«

Ich reiße die Augen auf. So klein ist das Corpus Delicti gar nicht.

Allmächtige Götter, das muss ja höllisch wehtun!

Ethan legt die Patrone und das Instrument auf ein Tuch, nimmt dann zur Hand, was er braucht, um die Wunde zu schließen, und desinfiziert schließlich seine Instrumente.

Von da an ist kein Laut mehr zu hören. Nur unsere Atemzüge erfüllen die Stille, während ich den Mann, der vielleicht ein Tierarzt ist, bei seinen präzisen Handbewegungen und seiner Technik beobachte.

Innerhalb von fünf Minuten hat er die Wunde mit vier Stichen geschlossen. Eine enorme Last fällt von uns beiden ab.

»Da muss er jetzt durch. Überwacht ihn engmaschig.«

Ethan kippt die letzten Milliliter des Desinfektionsmittelns über Clarkes genähte Wunde und rutscht dann, mit dem Rücken an das Bett gelehnt, zu Boden.

»Dieser Trottel gerät ständig in solche gefährlichen Situationen«, meint er lachend.

Nun, nachdem der Notfall vorbei ist, wirkt er viel freundlicher.

Ich setze mich zu ihm.

»Dann ist das nicht das erste Mal?«

»Oh, alles andere als das! Das ist mindestens die dritte Kugel, die ich bei ihm entferne, aber meist flicke ich bei ihm bloß Messerstiche oder andere Kleinigkeiten zusammen.«

Ich stoße einen leisen, spitzen Entsetzensschrei aus, was ihn amüsiert.

»Die Mitgliedschaft in einer Gang ist nicht ohne Gefahr. Aber es stimmt schon, dass Clarke immer am meisten einsteckt.«

»Warum?«

»Weil er sich für seine Familie aufopfert.«

Ich öffne den Mund, um etwas zu entgegnen, aber nichts kommt heraus. Clarke ist jemand, der andere beschützt, das habe ich allein bei mir schon wiederholt feststellen können, doch ich hätte nicht gedacht, dass er so weit gehen würde, sich für seine Freunde eine Kugel einzufangen.

Ethan kramt in seinem Rucksack und zieht eine desinfizierende Lotion hervor. Als er nach meiner Hand fasst, fahre ich hoch, doch dann begreife ich, was er vorhat, und lächle ihm dankbar zu.

»Ineinander verschlungene Runen, das war eine gute Idee.«

Eigentlich ist es unmöglich, und dennoch hat er die Symbole auf Clarkes Arm erkannt.

»Du bist ...«

»Heide? Wie wir alle offensichtlich, dich eingeschlossen.«

Inzwischen stelle ich mir ernsthaft Fragen über das Thema. Warum wimmelt es in Ann Arbor vor Neuheiden? Verpasst Carter ihnen allen eine Gehirnwäsche, oder ist er derart besessen von seiner Religion, dass er ausschließlich nordische Heiden aufnimmt?

»Wie kam es dazu, dass du den Devil's Sons hilfst?«, will Ethan von mir wissen.

Er steht auf und räumt sein Material weg.

»Wahrscheinlich war ich zur falschen Zeit am falschen Ort.«

Er beginnt zu lachen.

»Ganz ähnlich wie wir alle.«

Dann tränkt er mehrere Kompressen mit einer Flüssigkeit und befestigt sie mit einer Bandage auf Clarkes Wundnaht.

»Eine Mischung von starken Narben bildenden Substanzen, die die Regeneration des Gewebes fördern. Ich muss den Verband mindestens eine Stunde darauf lassen, bis ich ihn richtig verbinde. Komm, wir trinken ein Glas, um den ganzen Stress loszuwerden.«

Ein letztes Mal sehe ich den Devil an. Er ist immer noch bewusstlos, doch seine Brust hebt und senkt sich mit seinem Atem. Ich folge Ethan ins Wohnzimmer. Während er an die Bar tritt, setze ich mich aufs Sofa.

»Ich biete dir keinen Alkohol an. Als du im Krankenhaus warst, hat Carter mir deine medizinische Akte geschickt. Ich hoffe, das macht dir nichts aus.«

Er setzt sich mir gegenüber in einen Sessel und reicht mir ein Glas Wasser, während er Whisky trinkt. Zur Antwort schüttle ich nur den Kopf und trinke einen großen Schluck. Ob eine Person mehr oder weniger meine Krankenakte hat, ist mir inzwischen fast egal.

»Warum behandelst du Gangmitglieder?«

»Ich war Militärarzt, aber ich hatte einen Unfall. Meine Armsehne ist gerissen. Nach meiner Genesung hat meine Hand gezittert, was meine Karriere beendet hat, und jetzt bin ich hier …«

»Tut mir sehr leid.«

»Keine Ursache. Ich glaube nicht, dass Ereignisse zufällig passieren; genau, wie ich nicht glaube, dass deine Aufnahme bei den Devil's Sons Zufall ist. Jeder ist an dem Platz, der ihm bestimmt ist. Du hast sicherlich Großes zu vollbringen …

zum Beispiel, diesen Schlägertypen ein wenig Menschlichkeit zurückzugeben.«

Er zwinkert mir zu, und ich lächle zurück. Mit einem Mal wird die Wohnungstür geöffnet, und bis auf Carter steht die komplette Mannschaft der Devils da. Wenn etwas schiefläuft, lässt sich der Boss nie blicken.

»Wie geht's dem Meister?«, fragt Tucker besorgt.

»Gut. Er ist wach geworden und hat dann wieder das Bewusstsein verloren. Er braucht Ruhe.«

Die Devils verschwinden im Flur, um sich selbst davon zu überzeugen, dass Clarkes Herz noch schlägt. Schnell sind sie zurück und stellen Trauermienen zur Schau. Sie wirken erschöpft und haben Ringe unter den Augen.

»Danke, göttliche Schönheit«, sagt Set und deutet zögernd ein Lächeln an.

Als ich sie alle zuletzt gesehen habe, habe ich ihnen gesagt, sie sollten in den Flammen der Ragnarök brennen, und ein Teil von mir findet das immer noch, daher bleibe ich ein wenig kühl.

»Was ist passiert?«

»Der Idiot hat sich eine Kugel eingefangen, die für mich bestimmt war!«, erklärt Set gereizt.

Sein schlechtes Gewissen ist deutlich spürbar. Er reibt sich nervös durchs Gesicht. Sein Schmerz ist mit Händen zu greifen; er quält sich innerlich. Wie man sieht, brauchen sie mich nicht, um sich ein wenig Menschlichkeit zu bewahren. Was soll der Groll, ich strecke meine Hand aus und nehme seine.

»Clarke geht's gut«, sage ich leise zu ihm.

Er wirft mir einen erstaunten Blick zu und lächelt mir dankbar und tief betrübt zu. Als er den Mund öffnet, um mir etwas zu antworten, wird er vom Klingeln seines Smartphones unterbrochen. Er nimmt ab, und ich errate, dass Carter am anderen Ende ist. Set gibt ihm die Nachrichten über Clarke weiter, und Ethan bestätigt ihm, dass er Ruhe braucht, um gesund zu werden, was sichtlich nicht einfach ist, denn laut Justin wird Carters zweiter Mann morgen früh wieder auf den Beinen sein.

Set beendet den Anruf und stößt einen Seufzer der Erschöpfung aus.

»Wer übernimmt die Verantwortung dafür, dass er nicht rausgeht?«, verlangt Jesse zu wissen. »Ich war beim letzten Mal dran und habe mir einen rechten Haken abgeholt!«

Zur Antwort auf die Frage richten sich alle Blick auf mich.

Oh, Mist!

»Euer Ernst?!«

»Wir würden Kopf und Kragen riskieren! Aber dich wird Clarke nicht anrühren. Und du weißt, wie man ihn überredet.«

Ganz unrecht hat Tucker nicht. Aber ich habe ehrlich gesagt keine Lust, mich ihm schon wieder in den Weg zu stellen. Abweisend verschränke ich die Arme vor der Brust, aber niemand versucht auch nur, eine andere Lösung zu finden. Zögernd mustere ich einen nach dem anderen und seufze schließlich.

»Okay. Aber versprechen kann ich euch nichts!«

Justin zieht mich an sich und küsst mich auf die Schläfe.

»Du bist die Beste.«

»Ihr wollt mir erzählen, dass dieses Fünfzig-Kilo-Fliegengewicht Clarke überzeugen kann?«, fragt Ethan skeptisch.

»Mein überdimensioniertes Ego kommt damit nicht gut klar, aber dieses Mädel hat viel mehr drauf als wir«, meint Tucker.

Eine Stunde später kommt Ethan wieder ins Wohnzimmer, nachdem er Clarke abgehört hat. Er ist wach, und sein Leben ist nicht mehr in Gefahr. Wir verabschieden uns von dem Arzt, der uns verlassen muss, dann gehen wir ins Zimmer zu dem Verletzten. Die Jungs treten in den Raum, während ich, wieder mit verschränkten Armen, im Türrahmen stehen bleibe.

Clarke sitzt auf seinem Bett und ist dabei, sich ein T-Shirt überzustreifen. Bei jeder Bewegung stößt er vor Schmerz pfeifend den Atem aus.

Meine Güte, ich hatte schon unzählige Male Lust, ihn aus meinem Leben zu streichen. Ihn nicht mehr zu hören und zu sehen. Doch als ich ihn bewusstlos und verwundet vor mir gesehen habe, ist mir klar geworden, dass das nicht stimmte. Noch nie habe ich mich so danach gesehnt, dass er mit mir redet, und wenn auch nur, um mich anzuschreien oder mir etwas vorzulügen. Alles, was er will, wenn er bloß aufwacht. Doch nachdem das jetzt passiert ist, fürchte ich schon den Moment, in dem er den Mund aufmacht.

»Du musst im Bett bleiben«, startet Set einen Versuch.

Wie zu erwarten stößt er ein boshaftes Auflachen aus.

»Lopez?«, ruft Sean nach mir.

Keine Ahnung, wie die Jungs darauf kommen, dass Clarke auf mich hören wird, aber ich will es wenigstens versucht haben.

Ich nicke, und Set klopft mir aufmunternd auf die Schulter, und dann verlassen die Devils das Zimmer. Sobald ich allein mit Clarke bin, trete ich ans Bett und setze mich neben ihn.

»Wie fühlst du dich?«

»Wenn du hier bist, um mich zu überreden, im Bett zu bleiben, verschwendest du deine Zeit, *Lopez*.«

Er scheint abscheuliche Laune zu haben, doch er lebt. Und das ist unbezahlbar. Sein Gesicht hat wieder Farbe, und er scheint weniger Schmerzen zu haben als mit einer Kugel im Bauch. Als ich meine Hand auf seine lege, erstarrt er.

»Ich habe dich bloß gefragt, wie es dir geht.«

Er schaut mir tief in die Augen, und ohne eine Ahnung, wie das passiert ist, verflechten wir die Finger miteinander. Angesichts seines zärtlichen Blicks stockt mir der Atem.

»Mir geht's gut.«

»Dabei hätte es auch bleiben können.«

Zu wissen, dass er einer Gang angehört, seine Prügeleien mitzuerleben oder zu sehen, wie er seine Pistole auf Waffenhändler richtet, ist eine Sache, aber ihn mit einer Schusswunde zu sehen ... Die Endlichkeit dieser Welt ist im Moment sehr real und wird mir vollständig bewusst.

»Ich lebe.«

»Aber wie lange noch?«

Er gibt mir keine Antwort. Ich stehe auf und entziehe ihm meine Hand.

»Ruh dich bitte aus.«

Er lacht gezwungen.

»Ich war mir sicher ...«

»Ich bin wie du, Clarke! Ob krank oder nicht, ich weigere mich, ans Bett gefesselt zu sein. Ich verstehe besser als jeder andere, wie du dich fühlst, aber wenn du dich jetzt ausruhst, bist du schneller wieder auf den Beinen.«

»Mir geht's gut!«, gibt er gereizt zurück.

»Wenn ich morgen eine Krise habe, wäre dir auch lieber, wenn ich es ruhig angehen lasse, stimmt's?«

»Ich würde dir keine andere Wahl lassen.«

»Tja, ich lasse dir auch keine.«

Entschlossen verlasse ich mit großen Schritten das Zimmer. Ich überquere den Flur und trete unter den Blicken der Jungs ins Wohnzimmer.

»Hast du ihn überredet?«

»Gleich.«

Ich öffne die Bar, schnappe mir eine Flasche und kehre in Clarkes Zimmer zurück. Misstrauisch beäugt er den Whisky.

»Bleib im Bett, sonst trinke ich die Flasche aus ...«

Er lacht, ohne mir eine Sekunde lang zu glauben. Genau das ist sein Problem: Er unterschätzt mich viel zu oft.

»Machst du nicht.«

»Willst du wetten?«

Er mustert mich und ist sich auf einmal weniger sicher. Ich öffne die Flasche, werfe den Deckel zu Boden und gebe ihm eine letzte Chance, mich ernst zu nehmen, doch er setzt eine herausfordernde Miene auf.

Wenn er glaubt, ich tue das nicht, dann irrt er sich. Ich hoffe nur, dass er einlenkt, bevor ich zu viel getrunken habe.

Ohne den Blick von ihm zu wenden, setze ich den Flaschenhals an die Lippen. Die Jungs tauchen in der Tür auf und geraten in helle Aufregung.

»Du bist verrückt!«, ruft Justin erstickt und panisch.

Alle kommen auf mich zu, doch ich stoppe sie mit einer Handbewegung und wende meine Aufmerksamkeit wieder dem Verletzten zu. Zorn steigt in mir auf, und als ich den ersten Schluck trinke, springt er auf. Der Whisky verbrennt mir die Speiseröhre und treibt mir die Tränen in die Augen. Ich will schon einen zweiten Schluck nehmen, als Clarke mir außer sich vor Wut befiehlt, damit aufzuhören.

Ich setze die Flasche ab und mustere ihn streng.

»Wirst du dich ausruhen, bis du wieder gesund bist?«

»Ja!«, gibt er entnervt zurück.

»Danke!«

Ich knalle die Flasche auf die Kommode und trete an den Devils vorbei, um das Zimmer zu verlassen. Aufs Geratewohl packe ich einen am Arm und ziehe ihn hinter mir her. Ich durchquere den Flur, stoße eine Tür auf und finde mich in einem Bad wieder, das eine Toilette hat. Leicht beklommen drehe ich mich zu dem Devil um und entdecke Tucker. Er wird den Zweck perfekt erfüllen.

Ich habe meine Grenzen schon öfter überschritten, aber ich bin noch am Leben. Dieser Schluck Whisky wird mich wahrscheinlich nicht umbringen, aber dennoch ist die Lage jetzt eine andere. Ich hatte vor nicht allzu langer Zeit einen Herzstillstand, und ich habe Angst. Der Gedanke, endgültig zu sterben und unglaubliche Erlebnisse zu verpassen, jagt mir Grauen ein. Zum ersten Mal in meinem Leben ist in meinem Alltag etwas los, und obwohl es mir nach dem, was sie mir angetan haben, schwerfällt, das zuzugeben, habe ich das den Devil's Sons zu verdanken. Ich bin noch nicht bereit, mit allem abzuschließen. Ich will noch leben.

Vollkommen ernst erkläre ich ihm, was er zu tun hat.

»Ich muss mich erbrechen, bevor mein Stoffwechsel den Alkohol aufnimmt, den ich getrunken habe. Und du wirst mir helfen.«

Tuckers Gesicht verzerrt sich, und er weicht einen Schritt zurück und würgt. Ich fasse ihn an den Schultern.

»Mein Brechreflex ist sehr schwach«, beharre ich, »also wirst du mir die Finger in den Hals stecken, Tucker.«

Der Devil's Son schluckt mühsam und schüttelt dann den Kopf.

»Das wird unsere Freundschaft nicht überleben.«

»Umso besser, weil wir nämlich keine Freunde sind.«

»Aber natürlich!«, ruft er aus.

»Dann steck mir deine verdammten Finger in den Hals!«

Ein wenig blässlich hebt Tucker eine Hand auf die Höhe meines Gesichts. Er sieht gar nicht gut aus, und ich frage mich, ob sich er am Ende erbrechen wird. Aber ich brauche ihn jetzt wirklich. Ich habe nur eine kleine Menge Alkohol getrunken, aber mir wäre lieber, ich könnte ihn von mir geben.

»Normalerweise sind es nicht meine Finger, die ich einem Mädel in den Hals stecke.«

»Tucker!«

»Na schön!«

Er versucht sich zusammenzunehmen und legt eine Hand in meinen Nacken, sodass ich mich nicht bewegen kann, und ich öffne den Mund. Er steckt mir den Finger in den Hals, aber ich muss mich noch immer nicht übergeben.

»Was in aller Welt treibt ihr hier?«

Ich kichere unkontrollierbar, als mein Blick auf Jesse fällt, der die absurde Szene beobachtet.

Der arme Tucker windet sich. Sein Körper erzeugt die typischen Würgegeräusche, ohne dass etwas herauskommt. Er zieht die Finger aus meinem Mund, windet sich und gibt weiter unaufhörlich Brechgeräusche von sich. Jedes Mal denke ich, dass er sich übergeben wird, aber nein. Ich lache, bis mir der Bauch wehtut, und Jesse fällt ein. Wir sind zu ausgelassen, um Luft zu bekommen, sodass es sogar schmerzhaft wird.

Schließlich schlingt er einen Arm um meine Taille und zieht mich mit dem Rücken an sich.

»Du willst kotzen?«

Ich nicke mit Tränen in den Augen und kann mich gar nicht beruhigen.

Jesse steckt mir zwei Finger in den Hals, aber mein Gelächter kompliziert die Sache. Ich ringe nach Luft, was Jesses Heiterkeit und Tuckers Unbehagen noch verstärkt.

Ich zapple derart, dass der Devil mit dem kahl rasierten Schädel mich fest an sich pressen muss. Er berührt eine Stelle, von der ich nicht einmal dachte, dass sie erreichbar wäre, doch alles nützt nichts, ich spüre nicht den leisesten Brechreiz.

»Bei Freya[24], du gibst bestimmt einen höllischen Blowjob!«

Dieser Idiot löst einen Lachanfall bei mir aus, und ich ersticke fast und erzeuge einen neuen Würgelaut, der Tucker den Rest gibt. Er wirft sich über die Toilettenschüssel und kotzt sich die Eingeweide heraus.

Jesse zieht uns schnell aus dem Bad und knallt die Tür zu, um uns den Gestank zu ersparen. Wir sacken an der Wand entlang zu Boden und kriegen vor Lachen keine Luft.

---

24 Freya ist die Göttin der Fruchtbarkeit, der Schönheit und der Sexualität. Sie lebt in Asgard, stammt aber ursprünglich aus Vanaheim, der Welt der Vanen-Götter.

»Was ist denn hier los?«

Wir wenden die Köpfe in Richtung Flur, wo der ganze Rest der Mannschaft uns mit eigenartigen Mienen betrachtet.

»Ich hatte ja keine Ahnung, dass er so einen empfindsamen Magen hat«, gestehe ich unter Glucksen. »Ich hatte ihn gebeten, mich zum Erbrechen zu bringen, und ...«

Das Würgen auf der anderen Seite der Tür erklärt den Rest an meiner Stelle. Alle amüsieren sich köstlich; bis auf Clarke, der mich in Jesses Armen sieht. Er wirft mir einen finsteren Blick zu. Doch seine Augen haben ihren Glanz verloren, und ich kann an seiner Haltung erkennen, dass er Schmerzen hat.

19. KAPITEL

Als wir begreifen, dass Tucker keine Ruhe geben wird, solange er sich erbricht, beschließen wir, ins Wohnzimmer umzuziehen. Sean hilft mir beim Aufstehen, und ich ziehe Jesse hoch. Ich hole tief Luft, um mein letztes Kichern zu ersticken, und schüttle, immer noch amüsiert über die Situation, den Kopf.

»Ich muss zurück auf den Campus und meine Medikamente nehmen.«

Aus einer Schublade in der Küche fördert Set meine Tabletten zutage.

»Carter hat sie uns holen lassen. Er will, dass du für den Notfall welche hier hast.«

Beruhigt öffne ich die verschiedenen Röhrchen, und der Devil füllt ein Glas mit Wasser und hält es mir hin. Ich schlucke meine drei Pillen und kippe den Inhalt in einem Zug hinunter.

»Bei Mimirs[25] Kopf, weißt du eigentlich, dass du komplett übergeschnappt bist?«, fragt mich Sean.

»Ihr wolltet, dass ich mich darum kümmere, und das habe ich getan.«

Clarke wirft mir einen finsteren Blick zu, auf den ich mit einem Zwinkern reagiere.

»Dieses Mädchen macht mich noch wahnsinnig!«, knurrt er.

»Ja, wahnsinnig verliebt ...«, wirft Sean ein.

»Halt den Mund, Mistkerl!«

Jetzt lachen alle, und Tucker kehrt zu uns zurück. Er hat sich Wasser ins Gesicht gespritzt und die Zähne geputzt. Sein Auftauchen wird mit Spott und Frotzeleien quittiert, und ich sehe ihn betreten an.

»Ich hasse dich!«

»Stimmt gar nicht«, gebe ich zurück.

»Ein bisschen schon!«

Amüsiert verdrehe ich die Augen zum Himmel und gehe zum Sofa. Doch dann erstarre ich, denn mir fällt ein weit folgenreicherer Missstand auf.

»Das allerkleinste Würgegeräusch ruft das bei dir hervor?«

»Falls du wissen willst, ob Tucker auf Blowjobs steht, nein!«, informiert mich Justin.

»So einfach ist das nicht!«, gibt der Betreffende zurück.

Ich reiße die Augen auf, und alle schütten sich vor Lachen aus; bis auf Tucker, den diese Unterhaltung ernsthaft zu nerven scheint.

»Verdammt, Leute, wir müssen zurück!«, ruft Set nach einem Blick auf sein Smartphone aus.

---

25 In der nordischen Mythologie ist Mimir der Gott der Weisheit. In der Folge des Krieges der Vanen-Götter gegen die Asen wurde er geköpft, doch Odin erweckte seinen Kopf wieder zum Leben, um den Zugang zu seinem Wissen nicht zu verlieren.

Mehr braucht er nicht zu sagen. Die Devil's Sons kommen in Bewegung, ziehen ihre Jacken wieder an und greifen mit harten Mienen nach ihren Schlüsseln. Clarke steht automatisch auf, doch ich zeige anklagend mit dem Finger auf ihn.

»Wir haben eine Abmachung!«

Seine Mordlust mir gegenüber ist nicht zu übersehen. Er sieht zu, wie seine Freunde sich zum Aufbruch bereit machen, stößt einen Fluch aus und setzt sich wieder aufs Sofa.

»Ich verlasse mich darauf, dass du ihn beschäftigst, Ava«, meint Set zu mir.

Er zwinkert mir anzüglich zu, und die Devil's Sons verlassen die Wohnung, die plötzlich äußerst verlassen und still wirkt. Ich habe nicht einmal Zeit, ihnen nachzurufen, dass sie auf sich aufpassen sollen.

»Was ist los?«

Clarke bleibt so lange stumm, dass ich schon bezweifle, noch eine Antwort zu bekommen. Mit ernster Miene und den Blick ins Leere gerichtet, ergreift er dann doch das Wort.

»Eine konkurrierende Gang will unser Territorium erobern. Das wird übel ausgehen. So etwas vergibt Carter nicht.«

»Clarke, ich verstehe eure Sprache nicht. Was heißt das?«

»Entweder entscheiden sie sich, die Stadt zu verlassen, und wenn Carter gnädig ist, bleibt es dabei. Oder sie gehen nicht, und ...«

Er spricht nicht weiter. Ich schlucke hörbar.

»Was passiert, wenn sie sich nicht zurückziehen?«

Er seufzt und sieht mich endlich an.

»Sie haben geschossen, Avalone. Das bedeutet Krieg. Wir müssen sie vertreiben ... Und wenn wir sie dazu bis auf den letzten Mann umbringen müssen, werden wir das.«

Ich gerate in Panik, und die Stimmung wird zu drückend für mich. Ich spüre, wie ein Schatten über mich fällt, der mich in kalten Schweiß ausbrechen lässt.

Eine ganze Gang töten? Das würde nicht nur einen Haufen Leichen bedeuten, aber wer weiß schon, ob die Devil's Sons dabei nicht ihr Leben lassen würden?

Ich schüttle den Kopf.

»Ich kann euch helfen«, erkläre ich. Keine Ahnung, was für ein Wahnsinn mich reitet. »Ihr könnt kämpfen, aber ich kann reden und Menschen überzeugen. Man kann diesen Krieg verhindern!«

Seine Miene zeigt nur Verwirrung.

»Kommt gar nicht infrage.«

»Clarke, ich ...«

»Ich habe Nein gesagt!«, schreit er wütend.

Er steht auf, geht zur Küchentheke und stützt sich mit flachen Händen und angespannten Armen darauf. Seine Entscheidung ist unwiderruflich, doch es erscheint mir wichtig, ihn an die Risiken zu erinnern.

Ich stehe ebenfalls auf und trete auf ihn zu.

»Für dich ist also Gewalt die einzige Lösung? Ihr könntet alle *sterben*, Clarke! Set könnte sterben! Sean, Justin, Jesse, Tucker ...«

»Sie kennen die Gefahren«, schneidet er mir das Wort ab.

Mit harter Miene dreht er sich zu mir um.

Nachdem er sich hat anschießen lassen, um Set zu retten, wagt er, mir so etwas zu erzählen? Das sind seine Freunde, seine Familie, sein eigenes Leben!

Hat er denn überhaupt keinen Selbsterhaltungstrieb?

Ist es an diesem Punkt so unmöglich für ihn, dem Gespräch den Vorzug vor der Barbarei zu geben?

Sogar Carter hat eine Allianz mit anderen Gangs geschaffen, weil er sich bewusst ist, dass Gewalt nicht die Lösung für alles ist! Und jetzt wird mir klar, dass ich mit ihm reden muss, um einen Revierkampf zu verhindern.

»Würdest du das Gleiche sagen, wenn ich auch in Gefahr wäre?«

Eine halbe Sekunde lang entgleiten ihm seine Züge, um dann zu Marmor zu erstarren.

»Nein. Bei dir ist das etwas anderes. Du hast dich nicht *freiwillig* entschieden, zu uns zu gehören.«

»Und wenn?«

Er beginnt, etwas zu sagen, überlegt es sich aber anders. Aufgewühlt sieht er mich an.

»Du kennst doch die Antwort«, erklärt er schließlich.

Er kommt langsam und auf eine Art auf mich zu, die schrecklich gefährlich für mein Herz ist.

»Wenn du dich freiwillig entschieden hättest, eine von uns zu werden, würde ich dann zulassen, dass du dich in Gefahr begibst, unter dem Vorwand, dass du über die Risiken informiert warst? Analysiere doch mal die Lage.«

Er bleibt ein paar Zentimeter vor mir stehen, sodass seine Nähe es mir unmöglich macht, irgendetwas zu analysieren.

»Du bist nicht aus eigenem Antrieb eine von uns geworden; dafür willst du in vollem Bewusstsein der Lage mit einer feindlichen Gang verhandeln. Dieses Mal ist das *deine* Entscheidung. Und deswegen weigere ich mich, weil dich das in Gefahr bringen würde.«

Mein Herz überschlägt sich in meinem Brustkasten. Ich schlucke heftig, als Clarkes Blick auf meinen Mund fällt. Er befeuchtet seine Lippen, und mein Atem geht schwer. Da klopft jemand an die Tür. Ich fahre hoch, und der Devil wendet sich ab, um aufzumachen. Ich stoße einen langen, frustrierten Seufzer aus.

»Packt eure Sachen, ich bringe euch zu Carter! Befehl von ihm.«

Ich erkenne Anges Stimme und erschrecke.

Besorgt bei der Vorstellung, dass die beiden Männer einander gegenüberstehen, renne ich in die Diele. Ich stelle fest, dass Clarke weniger angespannt wirkt als sonst in solchen Situationen. Vielleicht war die Kugel, die er abbekommen hat, ja doch zu etwas gut? Er hat wieder Farbe, ist aber immer noch zu blass.

Ich konzentriere mich auf das, was Ange gesagt hat, und runzle die Stirn.

»Was? Aber warum?«

»Wenn sie von deiner Existenz wissen, bist du in Gefahr«, erklärt mir der Demon's Dad. »Carter will, dass ihr ein paar Tage bei ihm bleibt. Und dieses Mal bleibt dir nichts anderes übrig, Avalone. Tut mir leid ...«

»Sie«, damit meint Ange wahrscheinlich die rivalisierende Gang, die versucht, das Revier der Devil's Sons zu übernehmen. Da kann ich stur sein und Carter hassen, aber *ich* habe jedenfalls keinen Todeswunsch. Ich verlasse mich darauf, dass die Erklärungen des Chefs mir bei meiner Entscheidung helfen werden, ob ich mich seinen Forderungen beugen soll. Unterdessen nicke ich. Sobald ich bei ihm eingetroffen und auf dem Laufenden über die Situation bin, werde ich meine Meinung äußern.

Clarke mustert mich und wartet darauf, dass ich widerspreche, doch ich zucke die Achseln. Er brummt unzufrieden und verschwindet dann im Flur. Ich erkundige mich, wie es Ange geht, und dann kommt der Devil ein paar Minuten später mit einer Sporttasche in der Hand zurück. Eine elektrische Spannung liegt über uns, als wir die Wohnung verlassen. Der Demon's Dad geht auf die Fahrertür von Carters Mercedes-SUV zu, doch Clarke hält ihn am Arm fest.

»Ich fahre.«

Ange runzelt die Stirn.

»Der Boss hat mir aufgetragen, euch abzuholen und hinzubringen.«

Clarkes Züge verhärten sich, als er auf seinen Feind zutritt.

»Du gehörst nicht mehr zu uns. Solange ich dabei bin, wirst du diesen Wagen nicht fahren.«

»Du bist verletzt!«

»Zehn Punkte für Slytherin!«, schalte ich mich ein.

Zwei Gesichter wenden sich mir zu, und während Ange amüsiert lächelt, wirft der Devil mir einen finsteren Blick zu. Trotzdem kann er nicht fahren, nachdem er gerade angeschossen worden ist.

»Ich kann fahren, wisst ihr?«, schlage ich vor.

Die beiden Männer mustern mich mit einem Argwohn, der mein Ego ankratzt.

»Gib mir die Schlüssel!«, befehle ich Ange.

»Das ist nicht dein Ernst, oder? Dieses Baby hat über sechshundert PS unter der Motorhaube! Hast du wenigstens einen Führerschein?«

Ich reiße ihm den Schlüssel aus der Hand und klettere hinters Steuer. Clarke geht um den Wagen herum, um vorn einzusteigen, und Ange setzt sich seufzend nach hinten.

Ich lasse den Wagen an, und nachdem ich die Handbremse gelöst habe, trete ich aufs Pedal und gehe dann abrupt in die Bremsen, um in letzter Sekunde zu vermeiden, das vor uns parkende Fahrzeug zu rammen.

»Mist! Das war nicht der Rückwärtsgang ...«

Die beiden Männer starren mich entsetzt an. Ihre Hände liegen fluchtbereit auf den Türgriffen, und ein leises Lachen kommt über meine Lippen.

»Nur ein Scherz!«

Der Witz hat ihnen sichtlich nicht gefallen.

Ich lege den Rückwärtsgang ein und schlage den Lenker ein, um zurückzusetzen und dann in vollem Tempo auf die Straße hinauszufahren.

»Bremsen!«, schimpft Ange.

»Spielverderber!«

»Langsamer!«, befiehlt mir Clarke.

Ich beschleunige noch stärker und lache irre.

Nach einigen Minuten Fahrt, in denen die Jungs dachten, dran glauben zu müssen, betreten wir die Villa und dann den

Salon. Der Besitzer des Anwesens ist da, begleitet von einer strahlend schönen Frau seines Alters, die ich noch nicht kenne. Mit ihrem langen braunen Haar, dem Kleid, das sich an ihre Figur schmiegt, und Schuhen mit hohen Absätzen sieht sie großartig aus. Bei unserem Eintreffen steht sie auf, und Clarke küsst sie auf die Schläfe, was eine eigenartige Wirkung auf mich ausübt. Sie lächelt ihm dafür herzlich zu und richtet dann einen neugierigen Blick auf mich. Carter tritt zu ihr und legt die Hand in ihr Kreuz.

»Avalone, das ist meine Frau Kate.«

Gern hätte ich meine Verblüffung überspielt, doch das geht über meine Kräfte und scheint Kate zu amüsieren.

»Reiben Sie sich das linke Auge, falls Carter Sie gegen Ihren Willen hier festhält, und ich hole Sie heraus«, erkläre ich ihr.

Während Ange laut prustet, bricht die Frau in freimütiges Gelächter aus, und Clarke und Carter verdrehen die Augen zum Himmel.

»Weiß sie, wer Sie sind? Haben Sie ihr von Ihren, ehrlich gesagt, zweifelhaften Neigungen erzählt?«

»Ja.«

»Sind Sie sich sicher? Weiß sie *alles*?«, verlange ich skeptisch zu wissen.

»Alles.«

Meine Andeutungen beleidigen ihn weder, noch wird er zornig. Im Gegenteil, die Situation amüsiert ihn sehr.

»Unglaublich ...«

»War's das? Bist du fertig?«

»Eigentlich nicht. Sie wirkt, als wäre sie bei Sinnen, was unglaublich ist. Andererseits kommen Sie mir ebenfalls ausgeglichen vor. Was zeigt, dass der Schein gewaltig trügen kann. Ich habe Sie auf Persönlichkeitstest.com als Soziopathen diagnostiziert, Sie sollten vielleicht über eine Therapie nachdenken.«

Ange kriegt einen Hustenanfall, und Clarke, der sich immer treu bleibt, nutzt die Situation, um ihm einen Schlag auf den Rücken zu versetzen, der ihm wahrscheinlich beide Lungenflügel abreißt.

»Du bist bloß eine Nervensäge«, meint Carter zu mir.

Ich deute eine kleine Verbeugung an und lächle Kate zu.

»Freut mich sehr, Sie kennenzulernen.«

»Mich auch.« Sie lacht. »Deine Anwesenheit in diesem Haus wird erfrischend sein!«

Carter bedeutet mir, mich auf die Couch zu setzen, und ich gehorche, wie die anderen auch.

Der Boss zieht, an Ange gerichtet, der sich neben mich gesetzt hat, eine Augenbraue hoch.

»Du wirst so klug sein, draußen zu warten.«

Der Demon's Dad erhebt keine Einwände. Obwohl Carter ihn zurzeit zwingt, Aufträge für ihn zu erledigen, um ihn zu strafen, hat er durch seinen Verrat jedes Recht verloren, bei solchen Diskussionen dabei zu sein.

Ange geht durch die Terrassentür hinaus, und Carter nimmt mir gegenüber Platz.

»Wie du inzwischen weißt, versuchen die Kings of the Law, uns unser Territorium streitig zu machen. Clarke ist angeschossen worden. Das kann ich nicht durchgehen lassen, und solange diese Angelegenheit nicht geregelt ist, bleibst du hier. Wenn sie von deiner Existenz erfahren, werden sie dich ins Visier nehmen, um uns zu treffen. Es steht außer Frage, dass wir in diese Situation geraten. Nur auf meinem Anwesen bist du sicher.«

»Wenn sie nicht wissen, dass es mich gibt, warum soll ich mich dann verstecken?«

»Gerüchte verbreiten sich schnell, Avalone. Deine Freunde wissen, dass du zu uns gehörst. Hunderte von Studenten haben mitbekommen, wie die Devil's Sons dich verteidigt haben, und der ganze Campus hat dich mit ihnen gesehen. Es ist nur eine Frage der Zeit, bis die Kings of the Law erfahren, wer du bist.«

Ich schlucke heftig und stelle mir vor, wie gemeingefährliche Irre den Devil's Sons eine Falle stellen und mich als Köder einsetzen.

»Wie lange wird diese Sache dauern?«

»Wenn sie nicht innerhalb der nächsten achtundvierzig Stunden kapitulieren, müssen wir unsere Karten auf den Tisch legen. In höchstens vier Tagen liegt diese Geschichte hinter uns, und du kannst auf den Campus zurück.«

Na schön, ich werde die nächsten Nächte hier verbringen, aber nicht, weil Carter es mir befiehlt, sondern weil ich nicht zulassen will, dass die Kings of the Law den Devil's Sons etwas antun. Trotzdem ist mir mein Bedürfnis, Letztere zu beschützen, wichtiger, als ich gedacht hätte. Trotz all der haarsträubenden Dinge, die sie mir zugemutet haben, kann ich nicht abstreiten, dass ich an diesen Jungs hänge. Das Gefühl ist etwas, das ich nicht kontrollieren kann.

Das, worum ich Carter jetzt bitten werde, wird wahrscheinlich auf Ablehnung treffen, aber wer nicht wagt, der nicht gewinnt.

Ich richte einen entschlossenen Blick auf den Boss.

»Ich nehme an, aber unter einer Bedingung.«

Carter gibt mir ein Zeichen, weiterzusprechen, während Clarke sich abrupt aufrichtet und mich voller Hoffnung ansieht, dass ich das nicht wagen werde. Er kennt mich immer noch nicht gut genug.

»Das Ziel ist, dass Ihre Männer am Leben bleiben und Sie gleichzeitig Ihr Territorium behalten, sind wir uns da einig?«

Carter nickt, und seine Augen leuchten interessiert.

»Wenn Sie diese zwei Dinge wollen, lassen Sie mich mit den Kings of the Law reden.«

Clarkes Miene verdüstert sich, aber ich ignoriere ihn. Kate

ist mehr als erstaunt, und Carter mustert mich akribisch. Ich fahre fort.

»Nicht allein natürlich, das wäre Selbstmord. Organisieren Sie Verhandlungen. Die Devils sind da, an meiner Seite, für den Fall, dass es schlecht ausgeht. Ich bin Ihre Sprecherin. Ich kann keinen Revolver handhaben oder mich prügeln, aber ich kann gut mit Worten umgehen. Sie müssen mir nur genau erklären, wer diese Leute sind, was exakt sie wollen, ihre Schwachpunkte und ...«

»Das ist lächerlich!«, unterbricht Clarke mich.

»Es ist machbar«, schneidet Carter ihm das Wort ab.

Ich richte mich mit hochgezogenen Augenbrauen auf, und dem Devil's Son entgleisen die Gesichtszüge.

»Das kann nicht dein Ernst sein«, meint er gereizt.

»Mein *voller*.«

Clarke springt auf, ignoriert den Schmerz, der ihm durch den Bauch schießen muss, und beißt die Zähne zusammen. Dann tritt er an die Glastür und bleibt mit verkrampften Muskeln davor stehen. Er ignoriert Ange, der nur ein paar Meter entfernt ist, und fixiert den Horizont.

»Ab morgen werde ich dich über alles informieren, was du wissen musst.«

Bei allen Göttern, Carter vertraut mir so weit, dass er mir seine Stadt und die Sicherheit seiner Männer in die Hände legt!

Ich bin froh, mich nützlich machen zu können, und eigenartigerweise habe ich keine Angst. Ich fühle mich sogar seltsam beflügelt.

»Gut. Wie sind Ihre Bedingungen für meine Mitwirkung? Ich habe keine Lust, in eine Falle zu laufen.«

»Solange die Angelegenheit nicht geklärt ist, wirst du hier übernachten. Du wirst in Begleitung einer der Jungs ins Seminar gehen. Wenn du nicht direkt nach der Uni zurückkommst, informierst du mich und wirst eskortiert. Du wirst nicht heimlich ausgehen. Und versuche nicht, deinen Begleiter abzuschütteln, sonst ziehe ich dich von den Verhandlungen ab.«

»Verstanden.«

Carter lächelt zufrieden. Zum ersten Mal sind wir uns einig. So ist er mir gleich viel sympathischer.

»Ich muss aber noch mal in mein Zimmer. Ich habe überhaupt nichts hier.«

Der Boss bedeutet Ange, wieder zu uns hereinzukommen. Der Demon's Dad öffnet die Glastür und tritt vorsichtig an Clarke vorbei für den Fall, dass Carters Stellvertreter beschließt, seinen Ärger an ihm auszulassen.

»Fahr Avalone zum Campus. Und Clarke, ehe du etwas sagst, du bleibst hier, um dich zu schonen. Das ist nicht verhandelbar.«

Der Angesprochene sieht in den Garten hinaus, reagiert nicht und zuckt mit keiner Wimper.

Ange und ich verlassen das Haus. Als ich ihm die Autoschlüssel zuwerfe und wir das Anwesen verlassen, stößt er einen Seufzer der Erleichterung aus.

»Ich hätte nie gedacht, dass Carter dem zustimmt«, gesteht er mir. »Du bist mutig.«

»Wie kommt's, dass ...«

»Ich kann Lippen lesen.«

Das erklärt einiges.

»Das ist kein Mut. Ich will verhindern, dass die Devil's Sons sich umbringen lassen. Hoffentlich klappt das.«

»Carter ist ganz schwer zu überzeugen. Wenn er auf dich gehört hat und einverstanden war, muss er etwas Außergewöhnliches in dir sehen. Hoffen wir bloß, dass er nicht vorhat, das Feuer in deinen Augen auf die neun Welten loszulassen.«

Ich muss lachen und schüttle den Kopf.

»Siehst du mich wirklich so?«

Er nimmt den Blick von der Straße und sieht mich mit dieser Furcht an, die ihn jedes Mal zu ergreifen scheint, wenn er mir in die Augen sieht.

»Avalone, in deinen Iris ... sehe ich die Flammen der Ragnarök tanzen, ganz bestimmt!«

»Ihr Heiden könnt so etwas von abergläubisch sein ...«

Er schweigt in Gedanken verloren, und ich flüchte mich in meine eigenen.

»Warum hast du die Devil's Sons verraten?«

Meine Frage holt ihn in die Realität zurück und überrumpelt ihn. Er zögert mit seiner Antwort.

»Ich habe in meinem Leben viele schlechte Entscheidungen getroffen. Ich war bei den Devil's Sons, aber ich wollte immer noch mehr. Mir war klar, dass bei ihnen Clarke immer Carters zweiter Mann bleiben würde. Dann haben die Demon's Dads mir ein besseres Angebot gemacht. Viel besser als das, was Carter mir bieten konnte. Also habe ich ohne Zögern angenommen. An diesem Abend habe ich meine Brüder verraten und zugelassen, dass Clarke angeschossen wurde.«

»Bereust du es?«

»Ja und nein. Ja, weil ich mich gegen die gewandt habe, die mich mit offenen Armen aufgenommen haben, und weil ich ihre Freundschaft für immer verloren habe; und nein, weil ich bei den Demon's Dads bekommen habe, was ich wollte: die Macht des zweiten Mannes. Außerdem funktionieren die beiden Gangs sehr unterschiedlich. Ich habe nicht dieses Gefühl von Opfer und Ehre wie bei den Devil's Sons.«

Ich nicke angesichts von Anges Aufrichtigkeit nachdenklich. Es ist nicht einfach, so etwas zuzugeben.

Als ich in meinem Zimmer auf dem Campus ankomme, ist Lola, die mit Daniel im Restaurant ist, noch nicht zurück. Ich ziehe leicht besorgt mein Smartphone hervor und entdecke ihre Nachricht.

[Warte nicht auf mich, ich übernachte im Verbindungshaus.

Ruf mich an, wenn du auch nur das kleinste Problem hast. Xoxo.]

Ich stecke mein Handy weg und packe meine Sachen. Ich nehme alles Mögliche und Unmögliche mit, bis mir einfällt, dass ich immer noch morgen, nach dem Unterricht, noch einmal vorbeigehen kann.

Auf dem Rückweg zum Auto begegnen wir keiner Menschenseele, was angesichts der späten Stunde nicht erstaunlich ist. Ich schiebe meine Erschöpfung auf das Adrenalin durch diesen emotionsgeladenen Abend.

»Ist es deine Gang, die die Droge namens Dämonin verkauft?«

Ange kneift die Augen zusammen, dann runzelt er die Stirn und schüttelt den Kopf.

»Nein, nein, nein! Ich weiß, wo du herankommen kannst, aber da kannst du lange warten.«

Ich habe keine Zeit, ihm etwas zu antworten, denn er steigt ins Auto. Ich klettere ebenfalls hinein und stelle die Tasche zu meinen Füßen ab.

»Erstens«, fährt er fort, als ich ihm das Gesicht zuwende, »schlägt mich Clarke halbtot, wenn ich dir beschaffe, was du willst. Dann wird Carter das, was von mir übrig ist, mit der Hilfe aller Devil's Sons in Stücke reißen. Zweitens hast du eine Herzkrankheit, und die Dämonin ist das Erste, was du nehmen solltest, wenn du unbedingt den Löffel abgeben willst. Drittens, du hast Verhandlungen zu führen, und das würde alles verderben, weil du völlig neben der Spur sein wirst. Und viertens, Clarke würde mich umbringen!«

Ich presse die Lippen zusammen, um nicht zu lachen.

»Ich habe nie gesagt, dass ich das will. Aber wir reden nach den Verhandlungen weiter darüber.«

»Machst du dich lustig über mich? Hast du gehört, was ich dir unter den Punkten eins bis vier erklärt habe?«

»Ja. Deswegen reden wir ja später noch mal darüber.«

Er hat in allen Punkten recht, und ich habe nicht vor, die Dämonin zu konsumieren. Ich sage mir nur, dass es mir vielleicht das Leben retten könnte, sie in petto zu haben. Angesichts der Welt, in der ich gerade lebe, mache ich mir keine Illusionen. Wenn ich von den Devil's Sons umgeben bin, fühle ich mich sicher, doch als Clarke verletzt wurde, ist mir klar geworden, dass er nicht unbesiegbar ist. Eines Tages könnte die Dämonin den Ausschlag geben.

Ich bedanke mich bei Ange und gehe ins Haus, wo Carter mich empfängt. Er trägt um drei Uhr morgens immer noch seinen Anzug, und ich frage mich, ob er sogar darin schläft.

»Komm, ich bringe dich auf dein Zimmer.«

Wir nehmen den Gang zur Linken, nicht den, der zu seinem Büro führt, und gehen viele Meter, bis wir das in Altrosa gehaltene Zimmer erreichen. Beim letzten Mal war mir die Badezimmertür gar nicht aufgefallen. Dieses Mal entgeht sie mir nicht. Sie steht weit offen und bietet einen Blick auf eine Eckbadewanne und eine ebenerdige Dusche. Bei allen Göttern!

Ich lasse es mir nicht anmerken, aber ich kann es kaum abwarten, all diesen Luxus auszunutzen.

»Falls du irgendetwas brauchst, Marie, das Hausmädchen, bewohnt das Zimmer neben der Küche. Clarkes Zimmer liegt gegenüber deinem und meins am anderen Ende der Villa. Fühl dich wie zu Hause.«

Er lächelt mir höflich zu und verlässt den Raum. Ich stelle meine Tasche aufs Bett und lande schließlich im Bad, um die Badewanne mit den Massagedüsen auszukosten. Als die Haut an meinen Händen ganz runzlig geworden ist, wasche ich mich, spüle mich ab und trockne mich. Als Schlafanzug ziehe ich ein Tanktop und eine seidene Pyjamahose an, und dann verlasse ich mein Zimmer. In der Villa ist es still, und nur in der Küche auf der anderen Seite des Gangs brennt Licht.

Ich klopfe an Clarkes Tür und trete ein. Er liegt auf seinem Bett, starrt an die Decke und hat die Hände hinter dem Kopf verschränkt, als warte er auf mich.

Ich versuche, nicht an seine mächtigen Muskeln zu denken, an die Adern, die über seinen Unterarmen verlaufen, an seine vollen Lippen und an sein schwarzes, zerzaustes Haar, bei dem ich davon träume, mit den Händen hineinzufahren.

»Wie fühlst du dich?«

»Du hättest Carter diesen Vorschlag nie machen dürfen.«

Er sieht mich nicht an und schaut weiter an die Decke. Ich setze mich neben ihn aufs Bett und hoffe, dass er mich nicht zurückstößt.

Endlich richtet er den Blick auf mich, und ich verliere mich lange Sekunden darin ...

»Alles wird gut gehen.«

Bitter lache ich auf, als er unseren Blickkontakt abbricht. Doch trotzdem bleibt er relativ ruhig.

Bei dieser Sache brauche ich seine Unterstützung. Er muss mich verstehen, muss mir helfen, mir Rat geben und mich bestärken, weil ich weiß, dass der Plan nicht ohne Risiko ist. Es ist nur so, dass ich nie in dem Bewusstsein bei ihnen bleiben könnte, dass ihr Leben nur aus Blut und Tod besteht und sie nichts tun, um daran etwas zu ändern.

»Du hast ja keine Ahnung, wie gefährlich das ist.«

»Natürlich«, sage ich und seufze. »Aber ich weigere mich, euch einen nach dem anderen sterben zu sehen, und wenn ich glaube, etwas dagegen tun zu können, werde ich handeln.«

Clarke richtet sich auf, jetzt ist er wieder wütend. Seine Ruhe hat nicht lange vorgehalten. Offensichtlich hat er vergessen, dass er angeschossen worden ist, denn er geht im Raum auf und ab. Er ist besessen von seinem Zorn, doch ohne dass er es selbst merkt, verkrampfen seine Schultern sich vor Schmerz.

»Leg dich bitte hin.«

Er fährt so abrupt zu mir herum, dass er eigentlich vor Schmerzen schreien müsste. Aber nein. Er ist so wütend, dass es all seine Empfindungen überschattet.

»Um sich umbringen zu lassen, reicht der Bruchteil einer Sekunde. Es werden ein Dutzend bis an die Zähne bewaffneter Typen dabei sein, und wenn ich unsere Abmachung respektiere, werde ich nicht einmal dabei sein, um dich zu schützen!«

»Die Jungs werden dabei sein ... Ange kann uns auch den Rücken freihalten.«

Noch einmal lacht er nervös auf, und ich stehe auf, um ihm entgegenzutreten.

»Ich weiß, dass du ihn hasst, aber er wäre ein weiterer Mann an unserer Seite! Alles wird gut gehen ...«

»Du vertraust ihm? Ich erinnere dich daran, dass er uns schon einmal verraten hat!«

Ich wage es nicht, ihm zu sagen, dass ich Ange vertraue, ja. Doch mein Schweigen macht es ihm klar. Er ist niedergeschmettert und weiß nicht, was er sagen soll. Ich glaube, dass er diese bittere Pille schlucken muss. Er schließt die Augen und kneift sich in den Nasenrücken.

»Du hättest nie an diese Uni kommen sollen. Besser, du wärst zu Hause geblieben.«

Seine Stimme klingt hart, und seine Worte verletzen mich, doch ich lasse mir nichts anmerken und schlucke meinen Schmerz herunter.

»Glaubst du das wirklich?«

»Natürlich! Carter zieht dich in eine Welt herein, die nicht für dich geschaffen ist! Deine Gutmütigkeit und Naivität werden noch dein Untergang sein.«

Er nimmt seine Wanderung durch das Zimmer wieder auf, reibt sich nervös mit den Händen durchs Gesicht und fährt sich dann durch die Haare.

»Hör zu«, fährt er mit ruhiger, aber schneidender Stimme fort. »Du hast Besseres verdient, als dir unseretwegen Sorgen zu machen oder dich in Gefahr zu bringen. Fahr nach Hause und komm *nie* wieder, hast du mich verstanden?«

Seine Worte hallen in meinem Kopf wider und tun mir noch stärker weh, obwohl ich mir bewusst bin, dass er das zu meinem eigenen Besten sagt. Trotzdem werde ich nicht gehen. Ich werde sie nie verlassen. Carter wollte mich in ihre Angelegenheiten hineinziehen? Dann werden sie sich mit meiner Dickköpfigkeit und Entschlossenheit auseinandersetzen müssen.

Langsam trete ich auf Clarke zu und bleibe ein paar Meter vor ihm stehen.

»Mir ist egal, ob du mich wieder und wieder zurückstößt, ich werde trotzdem nicht flüchten. Du wirst mir vertrauen müssen.«

Er sieht mich aufgewühlt an, dann setzt er sich mit großen Schritten gefährlich schnell in Bewegung, kommt auf mich zu und ignoriert den Sicherheitsabstand, den ich zwischen uns geschaffen hatte. Instinktiv weiche ich zurück, trotzdem kommt er näher. Rasch stelle ich fest, dass ich an die Wand gedrängt bin, aber er bleibt immer noch nicht stehen, bis er die rechte Hand neben meinem Kopf aufsetzt.

Mein Herz rast in meiner Brust. Diese Nähe treibt mich in den Wahnsinn. Sein Gesicht ist meinem ganz nahe, und ich versinke in seinen Augen. Ich begehre ihn wie noch nie einen Mann, und das macht mir Angst. Schreckliche Angst.

Er streicht mir eine Haarsträhne hinters Ohr und löst damit einen Schauer aus, der mich überläuft und den ich nicht verberge. Die Zeit scheint stillzustehen, als sein Blick auf meine Lippen fällt. Ein begehrlicher Blick, aber auch voller selbst auferlegter Verbote.

»Du solltest in dein Zimmer zurückgehen, bevor ich noch ganz die Kontrolle verliere«, murmelt er.

Es wäre mein Traum, dass er seinen Gefühlen freien Lauf lässt, aber nicht so. Nicht so voller Zweifel und während er versucht, sich zu beherrschen.

Ich stelle mich auf die Zehenspitzen und küsse ihn auf die Wange. Er erschauert.

»Ich hoffe, dass du dich eines Tages von allen Ketten befreien kannst, die dich gefangen halten.«

Sein Oberkörper erstarrt, als er die Luft anhält. Ich lege die Hände auf seine Brust, damit er ein paar Schritte zurückgeht und mich freigibt. Ohne mich noch einmal umzudrehen, verlasse ich sein Zimmer und schließe die Tür hinter mir. Dann stehe ich allein mitten in diesem riesigen Gang.

Ich komme wieder zu Atem und lehne mich an die Wand. Clarke dürfte mir nicht gefallen. Nicht so sehr. Und trotzdem ist es so. Ich könnte nicht einmal sagen, warum. Es ist schließlich nicht, als hätten wir wunderbare gemeinsame Erinnerungen. Wir reden nicht stundenlang, ohne zu bemerken, wie die Zeit vergeht, wir lachen nicht bei der kleinsten Gelegenheit ausgelassen miteinander. Andererseits liebe ich sein Schweigen, und sein Lächeln, das so selten ist, noch mehr.

Mit einem Mal bin ich entsetzlich müde. Ich muss herzhaft gähnen und überquere den Flur, um in die Küche zu gehen. Erstaunt treffe ich dort auf eine Frau, die eine Schürze trägt; dieselbe, die mir bei Carters Party für die Mitglieder der Allianz die Tür geöffnet hat. Das muss Marie sein.

»Brauchst du etwas, mein Kind? Einen Kräutertee?«

»Ich will Ihnen keine Umstände machen.«

Sie tut meine Worte mit einer Handbewegung ab und schlägt mir vor, mich an die Kücheninsel zu setzen, was ich annehme. Dann macht sie sich leise pfeifend an die Arbeit. Ihre Haut ist von Falten durchzogen, doch sie wirkt, als sprudle sie vor Energie über, sogar mitten in der Nacht.

Sie schaltet den Wasserkocher ein und holt Geschirr, dann

den Zucker. Alles stellt sie vor mich hin, wofür ich mich bedanke, und gießt dann heißes Wasser in meine Tasse.

»Was ist denn los, mein Kind?«

»Ich bin wahrscheinlich dabei, mich in eine unmögliche Liebe zu stürzen«, antworte ich ihr gedankenverloren.

Marie setzt sich neben mich und legt tröstend die Hand auf meine.

»*In der Liebe ist nichts unmöglich. Geduld, mitunter Gleichmut, und das Unmögliche wird wahr.* Diesen Satz habe ich im Internet gelesen. Er ist von einem jungen Mann, der sich Maxalexis nennt.«

Ich sehe sie leicht stirnrunzelnd an und denke über die Worte nach.

»Du bist von einer seltenen Schönheit, und dein Herz ist rein. Clarke wird sich nicht mehr lange wehren können.«

Ich erstarre wie vom Donner gerührt. *Woher weiß sie das mit Clarke?*

Sie amüsiert sich über meine perplexe Miene.

»Hier haben die Wände Ohren.«

Ich setze die Tasse an die Lippen und trinke ein paar Schlucke, während Marie sich wieder an die Arbeit macht. Ihre Anwesenheit in dieser gigantischen Villa, die um diese Uhrzeit vollkommen verlassen wirkt, ist beruhigend. Als ich mein heißes Getränk ausgetrunken habe, wasche ich meine Tasse ab und stelle sie auf das Abtropfbrett.

»Danke für den Tee und den guten Rat. Gute Nacht!«

»Auch dir eine gute Nacht, Avalone.«

Ich lächle ihr zu, und während ich zur Tür gehe, frage ich mich, wie es dazu gekommen sein mag, dass eine Frau so fortgeschrittenen Alters für einen Gangchef arbeitet.

Ich bin noch nicht durch die Tür, als hinter mir etwas zu Boden fällt.

»Bei Odin, das Alter bekommt mir nicht!«

Ich erstarre und drehe mich langsam zu Marie um.

Das ist unmöglich ... so, wie die Dinge stehen, sieht das stark nach einer Verschwörung aus!

»Wie kommt es, dass alle Menschen, mit denen Carter in Verbindung steht, an Odin glauben? Bekehrt er seine ganze Umgebung, oder sucht er sich seine Leute nach ihrer Religion aus?«

Ein listiges Lächeln tritt auf ihre Lippen.

»Das weiß außer ihm niemand.«

Verblüfft runzle ich die Stirn.

»Hat ihn das noch niemand gefragt?«

»Na ja, du hast ihm die Frage ja auch nicht gestellt ... Ich kann mir vorstellen, dass wir alle lieber glauben, dass die Götter uns aus einem guten Grund zusammengeführt haben. Das ist die Magie der Ahnungslosigkeit.«

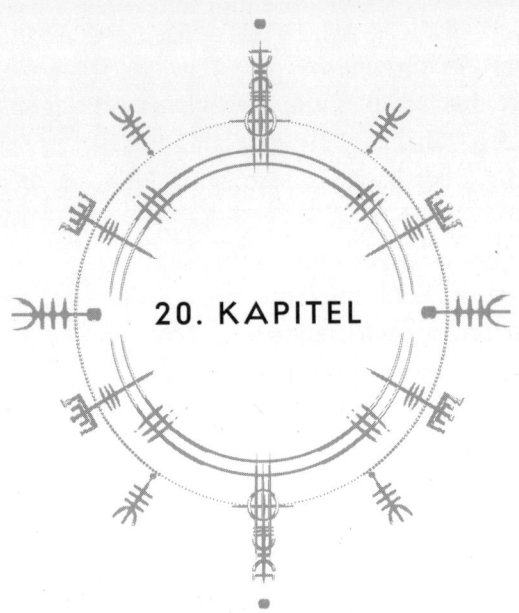

20. KAPITEL

Marie hat mich heute Morgen zu einem Frühstück mit Kate geweckt, und Carter hat kurz vorbeigeschaut. Das war eine ziemlich merkwürdige Situation; doch abgesehen davon schätze ich diese Frau wirklich. Sie ist äußerst sanft und strahlt die Weisheit einer Ahnfrau aus. Was mich beeindruckt hat, ist ihre Fähigkeit, in jedem Menschen das Gute zu sehen, sogar bei den übelsten Gestalten. Sie ist Anwältin und spezialisiert auf Handels- und Wirtschaftsrecht. Kate liebt ihren Beruf und befindet sich die meiste Zeit auf Geschäftsreisen. Sie hätte gern Kinder gehabt, doch leider kann sie keine bekommen. Deswegen kümmert sie sich, wenn sie hier ist, auch hingebungsvoll um die Devil's Sons.

Anschließend kam Jesse, um mich zur Uni zu bringen. Er hat sich sogar in meine Veranstaltungen gesetzt, zur großen Freude der anderen Studienanfängerinnen. Nie hätte ich gedacht, dass es mir gefallen würde, einen Bodyguard zu haben, doch ich habe einen unglaublich lustigen Vormittag verbracht. Die Götter seien gelobt, als die Jungs gestern Abend aufgebrochen sind, war das nur falscher Alarm. Sie waren schnell wieder zurück und haben sich schlafen gelegt.

Jesse hat mich vor zehn Minuten verlassen, und Tucker und Sean haben ihn abgelöst. Sie behalten mich aus ungefähr zwanzig Metern Entfernung von den Mädchen und mir im Auge. Wachsam lassen sie den Blick über die Umgebung schweifen.

Clarke habe ich seit gestern nicht gesehen. Als ich heute Morgen das Anwesen verlassen habe, traf gerade Ethan ein, um seinen Verband zu wechseln. Bei dem Gedanken greife ich nach meinem Smartphone, um dem Verwundeten eine Nachricht zu schicken.

[Wie war der Besuch von deinem Privatarzt?]

Ich lege mein Handy weg, das fast sofort vibriert. Ein Lächeln breitet sich über meine Lippen.

[Sehr gut. Ethan hat bestätigt, dass ich ab sofort aufstehen darf.]

[Lügner.]

[Er hat übrigens eine Flasche Alkohol für dich hiergelassen, für den Fall, dass ich versuche, mich aus dieser verdammten Bruchbude zu verdrücken.
PS: Ich habe sie ausgetrunken.]

Mit großen Augen tippe ich meine Antwort.

[Es ist ja gerade mal Mittag ...]

[Ich kann dir kein solches Druckmittel in die Hand geben.]

[Hey, wir haben eine Vereinbarung!]

[Danke, dass du mich an mein Elend erinnerst.]

Ich unterdrücke ein Lachen und schicke ihm einen Herz-Smiley.

»Darf man fragen, wer dich so zum Strahlen bringt?«, fragt mich Aurora.

Die Mädchen unterbrechen ihr Gespräch und mustern mich alle drei neugierig.

»Niemand bringt mich zum Strahlen. Ich habe bloß mit Clarke geschrieben. Er hatte gestern Abend ein ... *Problem*. Ich wollte hören, was es bei ihm Neues gibt.«

»Was verbirgst du vor uns?«, verlangt Lola von mir zu wissen. »Ich bin vor dem Unterricht kurz im Zimmer gewesen, und du warst nicht da!«

»Ein Mitglied der Devils war den ganzen Morgen in unserer Vorlesung«, trumpft Emily auf.

Meine drei Freundinnen lächeln siegesgewiss. Sie wissen genau, dass ich entlarvt bin und jetzt die Pflicht habe, ihre Neugier zu befriedigen.

»Na schön ...«, lenke ich ein, »aber ihr müsst mir versprechen, nicht darüber zu reden! Mit niemandem, nicht mal mit Daniel und Jackson!«

»Versprochen!«, antworten sie im Chor.

Zögernd sehe ich sie ein paar Sekunden lang an und sortiere dann im Kopf die Informationen, die ich ihnen geben kann, und die, die ich geheim halten muss.

»Die nächsten paar Tage werde ich bei Carter wohnen.«

Die drei stehen mit offenem Mund da, doch ich fahre fort.

»Es hat ein kleines Problem mit einer Gang gegeben, daher werde ich auf dem Anwesen übernachten, nur als Vorsichtsmaßnahme.«

Lola knüllt nervös die Plastiktüte zusammen, in die ihr Salat verpackt war.

»Du musst die Devil's Sons verlassen, Ava!«

»So einfach ist das nicht ...«

»Oh doch, du wirst schon sehen!«

Sie springt auf und marschiert entschlossenen Schritts auf Tucker und Sean zu. Doch ich hole sie mit Leichtigkeit ein.

»Bleib stehen, Lo!«

Voller Wut auf die ganze Welt dreht sie sich zu mir um.

»Sie brauchen meine Hilfe, und ich habe einen Plan!«

Sie mustert mich und verschränkt die Arme vor der Brust.

»Was für einen Plan?«

Ich verziehe das Gesicht. Die Antwort wird ihr nicht gefallen, doch ich vertraue ihr.

»Es geht um einen Revierkampf. Ich habe Carter vorgeschlagen, bei den Verhandlungen um einen Friedensvertrag mit der gegnerischen Gang als seine Sprecherin aufzutreten.«

Sie packt meine Schultern und schüttelt mich, dass mir Hören und Sehen vergeht.

»Bei Yggdrasil! Bei den neun Welten! Bei allen Göttern! Bei der verdammten Bifröst[26] und der verfluchten Hel!«

Ich schiebe sie behutsam zurück und lege die Hände um ihr Gesicht, um sie zu beruhigen.

»Ich will Gewalt verhindern. Mir wird nichts passieren, die Jungs sind ja da. Vielleicht kann ich das Ganze aufhalten und gleichzeitig verhindern, dass deinem Bruder etwas passiert.«

Ich weiß, dass ich sie manipuliere, indem ich Sets Sicherheit erwähne, aber diese Verhandlungen liegen mir am Herzen, und Lola wird mir dabei nicht im Weg stehen.

Sie sagt nichts und schaut mich nur an.

---

[26] In der nordischen Mythologie ist die Bifröst die Regenbogenbrücke, die Asgard mit der Welt der Menschen verbindet. Sie wird von dem Gott Heimdall bewacht.

Ich lächle und gehe mit ihr zurück zu den anderen, um in Ruhe zu Ende zu essen.

Als Emily und ich für unsere nächste Vorlesung zurück in den Hörsaal gehen, informiert uns die Sekretärin des Präsidenten, dass sie ausfällt. Jacksons Vorschlag, an den Whitmore Lake zu fahren, ist schnell vom Tisch, als Sean auftaucht und mich an meine Aufgabe erinnert: die Verhandlungen vorzubereiten. Ich sage meinen Freunden ab, und dann verlasse ich mit den Devils den Campus, um zum Anwesen zurückzufahren.

Sobald wir vor der Villa geparkt haben, gehen wir ins Haus.

»Du brauchst das nicht zu tun, weißt du ...«

Ich sehe Sean an und weiß nicht, worauf er hinauswill. Er bleibt mit ernster Miene vor mir stehen.

»... die Verhandlungen. Du kannst dich immer noch zurückziehen.«

Ich streiche ihm liebevoll über den Arm.

»Mir ist lieber, wenn ihr am Leben bleibt.«

»Lopez! Hegst du etwa Sympathien für die Devil's Sons?«

Ich kichere über seine gerührte Miene, die er hinter Foppereien zu verstecken sucht.

»Ich muss zugeben, ich kann euch ganz gut leiden. Allerdings würde das meinem Ruf ganz schön schaden, also behalte das für dich.«

»Mmm ... oh, mir kommen die Tränen«, sagt eine Stimme hinter mir, die ich unter Tausenden erkennen würde.

Ich drehe mich zu Clarke und seinem spöttischen Lächeln um. Ich betrachte ihn genau, um nach Müdigkeit oder Schmerzen Ausschau zu halten, doch Carters zweiter Mann wirkt wieder unbesiegbar.

»Tja, Clarke, Menschen haben ein Herz. Wenn du willst, kann ich dir erklären, was es bedeutet, eins zu haben.«

Er hebt die Hände an die Brust und tut verletzt, und jetzt taucht Ethan im Eingangsbereich auf. Er strahlt.

»Hat dir mein Humor gefallen?«, fragt er mich.

Die Unterhaltung, die ich vorhin per Textnachricht mit Clarke geführt habe, fällt mir wieder ein.

»Wenn du die Flasche meinst, die du mir ins Zimmer gestellt hast, sehr!«

»Würde ich nicht auf Männer stehen, würde ich mit dir anbandeln.«

Ich pruste laut. Nicht, weil ich so plötzlich erfahren habe, dass Ethan queer ist, sondern weil er zugibt, dass er auf mich *abfahren* würde, wenn er es nicht wäre.

Ethan und Sean machen sich über meine Miene lustig. Clarke dagegen lacht nicht. Sein Gesicht ist ausdruckslos, als müsse er an einem Gespräch teilnehmen, das ihn nicht interessiert. Doch wenn man ihn kennt, begreift man, dass etwas anderes los ist: Er macht dicht.

»Oh! Entschuldigung, Kumpel, schläfst du etwa mit ihr?«, fragt ihn der Arzt.

Der Bad Boy wirft ihm einen finsteren Blick zu.

»Niemand schläft mit mir!«, schalte ich mich ein.

»Bist du etwa Jungfrau?«, will Ethan von mir wissen.

»Nein! Keiner von euch wird die Ehre haben, mir meine Unschuld zu rauben. Oder sie für Tausende von Dollar zu verkaufen!«

Bei der Andeutung, sie könnten in der Lage sein, meine Unschuld zu verkaufen, wirft Clarke mir einen unbehaglichen Blick zu.

»Und, wie war es?«, fragt mich Sean.

Mir fallen fast die Augen aus dem Kopf. Ich bin nicht besonders prüde, aber diese Frage ist sehr persönlich. Und zwar reichlich! Ich frage mich, ob er wirklich eine Antwort erwartet, doch seine Miene bestätigt mir, dass ihm das durchaus ernst ist.

Bei Freya ...

»Sagen wir so, es war nicht so schmerzhaft, wie ich erwartet hatte, bis ich begriffen habe, dass er das falsche L...«

Ethan und Sean brüllen vor Lachen, und ich verfluche mich dafür, so naiv gewesen zu sein.

»Du hast dich über mich lustig gemacht, stimmt's?«

Sean nickt zwischen zwei Lachanfällen, während Ethan sich krümmt und keine Luft bekommt. Clarke hat sich abgewandt und presst die Lippen zusammen, um seine Belustigung zu verbergen. Seine Augen sind immer noch verblüfft aufgerissen.

»Wie war's?«

»Halt den Mund, mich legst du nicht mehr herein!«

Das Gelächter wird noch lauter, und ich bleibe reglos stehen wie eine dumme Gans und warte darauf, dass sie kapieren, dass mein erstes Mal eine Katastrophe war.

Erst das Eintreffen von Carter, der seinen ewigen Anzug trägt, beendet den Spott der Jungs. Er will von uns wissen, was so lustig ist.

»Nichts!«, antworten wir wie aus einem Munde.

Er mustert uns argwöhnisch, und ich lasse zutiefst beschämt den Kopf hängen.

»Na schön, wir können anfangen.«

Erleichtert folge ich Carter in den Salon, wo ich mich mit den Jungs auf die Sofas setze. Jede Heiterkeit ist verflogen. Jetzt wird es ernst. Der Boss bleibt vor uns stehen.

»Die Kings of the Law stammen ursprünglich aus São Paulo in Brasilien.«

Ich vergesse alles, was mich umgibt, und lausche aufmerksam.

»Sie bestehen aus neun Mitgliedern. Zahlenmäßig sind sie uns überlegen, daher werden Ethan, die Demon's Dads und die Dark Angels an deiner Seite sein. Du wirst also von einundzwanzig Männern beschützt, aber die beiden verbündeten Gangs werden außerhalb postiert sein und haben den Befehl, nur einzuschreiten, wenn einer der Devil's Sons das Codewort ausspricht. Dazu bekommt ihr Funkgeräte mit

Ohrhörern. Wenn unsere Verbündeten abziehen, wirst du, Avalone, so schnell wie möglich herauskommen, ganz gleich, was passiert.«

Dazu dienen also diese Bündnisse. Die Devil's Sons haben nicht so viele Mitglieder, und Carter braucht für seine Aktivitäten mehr Männer. Dafür greift er, wenn es kompliziert wird, auf die Allianz zurück.

»Um auf die Kings of the Law zurückzukommen, sie wollen unser Territorium aufgrund einer Geschichte aus der Vergangenheit. Ihre Vorfahren waren hierher ausgewandert, mussten aber aus juristischen Gründen aus Michigan fliehen. Heute hat ihr Chef Lucas beschlossen, dass es Zeit für sie ist, nach Ann Arbor zurückzukehren. Trotz allem haben sie ein Treffen akzeptiert. Ich werde in der letzten Minute über den Ort entscheiden, damit sie keine Gelegenheit haben, uns einen Hinterhalt zu legen. Sie bewegen sich mit Motorrädern. Wenn sie mit dem Auto kommen, verdrückt ihr euch so schnell wie möglich. Wenn sie dich sehen, werden sie dich nicht ernst nehmen. Denk dir etwas aus, um sie zu beeindrucken und ihre Meinung rasch zu ändern. Ihr Englisch ist nicht perfekt. Die Sprachbarriere darf bei den Verhandlungen kein Hindernis sein. Du musst dich einfacher Worte bedienen und ihre Aufmerksamkeit fesseln, denn wenn sie die Geduld verlieren, schießen sie. Ich habe herausgefunden, dass Mike Arinson ihnen ihre Waffen geliefert hat. Du könntest bluffen und behaupten, Mike stehe auf unserer Seite, und dass es fatal wäre, wenn sie ihn gegen sich aufbringen.«

Sein Smartphone klingelt und unterbricht ihn, und als er sieht, wer anruft, flucht er.

»Bin gleich wieder da.«

Er geht ran und verlässt den Salon. Ich seufze und lasse mich gegen die Sofalehne sinken. Das könnte komplizierter werden, als ich dachte. Ich hatte nicht vermutet, dass sie

Gesprächen so abgeneigt sind. Ihre Gang ist sichtlich nicht so modern wie Carters Truppe. Sie sind ... *ungehobelt*.

»Du kannst es dir immer noch anders überlegen«, flüstert Clarke mir zu.

Ich sehe ihn mit ernster Miene an.

»Nein, kann ich nicht. Und ich will auch nicht.«

»Es wird schon alles gut gehen, Kumpel«, versichert ihm Ethan.

Clarke hat keine Zeit, sich zu ereifern, denn Carter kommt zurück.

»Ich muss los. Wir reden später weiter.«

Er schnappt sich seine Anzugjacke, die über dem schwarzen Sessel hängt, und verschwindet. Sean und Ethan stehen gleich anschließend auf, wünschen uns einen schönen Nachmittag und verlassen das Haus. Jetzt bin ich allein mit Clarke.

Er sitzt einen Meter von mir entfernt und wendet mir sein Gesicht zu.

»Und nichts wird dich umstimmen?«

»Nichts.«

Nervös fährt er sich mit den Händen durchs Haar, etwas, das er häufig tut, wenn ihm eine Situation nicht passt und er keinerlei Kontrolle darüber hat.

»Diese Geschichte macht mich noch wahnsinnig.«

Er steht auf, ohne vor Schmerz zusammenzuzucken, und geht durch die Glastür des Salons hinaus in den Garten. Ich trete zu ihm, als er, eine Zigarette im Mund, vor dem Pool stehen bleibt.

»Wir werden nicht dieselbe Diskussion führen wie gestern Abend, Clarke ...«

Ich hätte mir gewünscht, begütigend zu klingen, doch meine Stimme verrät, dass ich gereizt bin und mir die Geduld ausgeht.

Zornig dreht er sich zu mir um.

»Doch! Solange du diese beschissene Hütte noch nicht verlassen hast, um zu den Verhandlungen zu fahren, werde ich alles tun, was in meiner Macht steht, um dich davon abzubringen!«

»Zu spät, die anderen verlassen sich auf mich!«

»Aber du hast keine Ahnung von den Gefahren! Der kleinste Fehler, und du bist tot! Diese Leute sind unberechenbar!«

»Dann mache ich eben keine Fehler.«

Der Devil kocht vor Wut und zieht tief an seiner Zigarette. Trotz allem bin ich entschlossen. Ich werde meine Meinung nicht ändern, damit wird er sich abfinden müssen.

»Ich werde an deiner Stelle gehen!«

»Was? Nein! Kommt gar nicht infrage! Ich bin das Überraschungsmoment, Clarke, sie rechnen nicht damit, es mit einer Frau zu tun zu bekommen. Ich schaffe das, und du solltest ein wenig mehr Zutrauen zu meinen Fähigkeiten haben!«

Er wirft mir einen so wütenden Blick zu, dass ich noch vor ein paar Tagen einen Schritt zurückgewichen wäre. Doch heute halte ich ihm stand und biete ihm die Stirn.

»Dir vertraue ich ja; aber diesen Leuten nicht. Du bist leichtsinnig!«

»Glaub nur nicht, dass ich mich nicht zu Tode fürchte ...«

Mir bricht die Stimme, und seine Miene wird weicher. Mit leicht gerunzelter Stirn und halb geöffneten Lippen kommt Clarke auf mich zu und zieht mich zu meiner Verblüffung in die Arme. Sofort lösen sich meine Zweifel in Luft auf, und ich habe ein Gefühl von Wohlbefinden. Er hat ein beeindruckendes Talent dafür, mir blitzschnell auf die Nerven zu gehen, aber ebenso, mich zu beruhigen und mir ein Gefühl von Sicherheit zu vermitteln.

An seinem warmen Körper pocht das Herz in meiner Brust. Ich sollte mich augenblicklich von ihm entfernen, um seinem vernichtenden Charme nicht noch weiter zu verfallen; nur dass ich das nicht fertigbringe. Ich fühle mich magnetisch von ihm angezogen, obwohl mir bewusst ist, dass er mein Untergang sein wird.

Er fährt mit den Fingern in mein Haar und zieht mich enger an sich. Ich schließe die Augen und genieße seine tröstliche Nähe. Doch dann lässt er mich ohne Vorwarnung los.

»Warte hier auf mich!«

Er geht ins Haus und kommt ein paar Sekunden später mit seiner Waffe zurück. Als er sie mir hinhält, weiche ich ein paar Schritte zurück, und wahrscheinlich werde ich totenbleich.

»Oh nein!«

»Doch. Du musst damit umgehen können, für den Fall, dass ...«

»Clarke, ich ...«

Er unterbricht mich, indem er mir die Pistole in die Hand drückt.

Dieses Teil wiegt ja eine Tonne!

Ohne mir Zeit zu lassen, die Waffe loszuwerden, stellt Clarke sich hinter mich und streckt meine Arme aus. Ich stehe mit einem Revolver bewaffnet da und ziele auf Werweiß-Was. Er legt die Hände um meine und richtet den Lauf auf eine Vase, die auf einem Gartentisch steht. Ich kann allerdings nur an seinen kräftigen Torso denken, der sich an mich schmiegt, an die Hitze, die sein Körper ausstrahlt, und seinen Atem auf der empfindsamen Haut an meinem Hals.

»Man löst den Sicherungshebel«, flüstert er mir ins Ohr.

Ich kann mich nicht so konzentrieren, wie es bei solch einer Lektion nötig wäre.

Er schiebt meine Daumen auf einen Riegel zu, den ich löse, und plötzlich kommt mir die Vorstellung zu schießen völlig absurd vor, während ich mir ausmale, wie Clarke mich an eine Mauer drückt und mich leidenschaftlich küsst.

»Man zielt ... und drückt ab.«

Er drückt auf meinen Zeigefinger, der sich sofort auf den Abzug legt, und mit einem so lauten und ohrenbetäubenden

Knall, dass ich den Eindruck habe, mein Hirn explodiert, geht eine Kugel los. In derselben Sekunde explodiert die Vase, die ungefähr zwanzig Meter entfernt steht, in tausend Stücke und versprüht überall um sich herum Splitter.

Mein Herz poltert in meiner Brust, meine Hände beginnen zu zittern, in meinen Ohren pfeift es ohne Unterlass, und mein Blick richtet sich starr auf die Stelle, an der das Dekorationsobjekt sich noch vor ein paar Sekunden befunden hat.

Mit behutsamen Bewegungen holt Clarke sich seine Waffe zurück, und meine Arme sinken an meinen Seiten herab. Ich bin so schockiert, dass ich mich nicht rühren kann. Kein Tropfen Adrenalin kreist in meinem Körper, ich bin nur entsetzt über die Kraft und Gefährlichkeit einer Schusswaffe.

»Ich hasse das«, hauche ich.

Der Devil legte die Hände auf meine Hüften. Seine Finger graben sich in meine Haut und bringen mich nach und nach in die Realität zurück. Erneut bin ich mir seiner Anwesenheit hinter mir bewusst. Als er mit den Lippen mein Ohr streift, atme ich ruckartig ein und halte dann die Luft an. Eine Hitzewelle brandet über meine Haut, mein Herz schlägt viel zu schnell, und das hat nichts mit der Pistole zu tun. Er beißt in mein Ohrläppchen und bringt mich fast um den Verstand. Ich habe das Gefühl, Fieber zu haben, und meine Beine werden viel zu weich, um mich aufrechtzuhalten.

Clarke wird kurzatmig. Er versucht, sich zu beherrschen, indem er an meinem Hals tief einatmet, was aber nicht die erhoffte Wirkung zu haben scheint. Er drückt die Finger noch ein wenig fester in meine Haut, und als er meinen Hals mit Küssen übersät, ist mein Körper wie elektrisiert. Ich keuche auf und bäume mich auf.

»Verdammt, Avalone ...«

Ein dumpfes Stöhnen dringt aus seinem Mund, und dann packt er mich an den Hüften und dreht mich zu sich um. Sein vor Begehren glühender Blick raubt mir den Atem. Allerdings kann ich mir sein verschmitztes Grinsen nicht erklären.

Abrupt stößt Clarke mich von sich. Ich verliere das Gleichgewicht und finde mich unter Wasser wieder. Die Verblüffung und die kühle Temperatur im Pool haben wenigstens den Vorzug, mir den Kopf geradezurücken.

Ich schlage mit den Füßen, um wieder an die Oberfläche zu kommen, und als ich auftauche, werfe ich Clarke einen finsteren Blick zu.

»Idiot!«

»Tut mir leid. Ich musste deine Glut abkühlen.«

Empört ziehe ich die Augenbrauen hoch, während er amüsiert lächelt.

»*Meine* Glut? Du bist doch derjenige, dem gerade die Jeans zu eng sind!«

Er sieht auf seinen Schritt hinunter und verzieht genervt den Mund.

»Ja ... Na schön, komm aus dem Wasser.«

Er streckt mir seine Hand entgegen, die ich misstrauisch mustere. Wird er mir wirklich beim Aussteigen helfen, oder wird er mich kurz vorher loslassen, damit ich wieder ins Wasser falle?

»Vertraust du mir etwa nicht?«

»Das ist keine Sache des Vertrauens. Ich frage mich bloß, ob dein Drang, dich über mich lustig zu machen, jetzt befriedigt ist oder noch nicht.«

»Glaub mir, wenn ich dir die Hand gebe, dann nicht, um dich loszulassen.«

Ohne länger zu zögern, fasse ich Clarkes Hand, und er zieht mich aus dem Pool.

Allerdings vergesse ich nicht, dass ich von Kopf bis Fuß klatschnass bin und er daran schuld ist. Hätte er keine frisch genähte Wunde, würde ich ihn selbst hineinstoßen.

»Ich werde mich rächen.«

»Kann es kaum erwarten!«

Ein eingehender Anruf auf seinem Smartphone unterbricht uns. Er nimmt das Gespräch an, ohne mich aus den Augen zu lassen, während ich über meine mit Wasser vollgesogenen Schuhe schimpfe.

»Was?«

Er legt eine Pause ein, und dann ist seine Belustigung wie weggeblasen. Ich denke nicht mehr an meine nasse Kleidung oder an seine zärtlichen Lippen an meinem Hals. Etwas stimmt nicht, und ich rechne schon mit dem Schlimmsten.

»Ich komme sofort.«

Nervös legt er auf.

»Set steckt in der Klemme«, erklärt er mir.

Sofort dreht er sich auf dem Absatz um, ohne mir die geringste Erklärung zu geben. Andererseits, damit die Devil's Sons ihn zu Hilfe rufen, obwohl er verletzt ist, muss es dringend sein. Bei der Vorstellung, dass sie in einer üblen Lage oder sogar in Lebensgefahr sind, zieht sich mein Magen schmerzhaft zusammen.

»Clarke!«

Eilig und besorgt dreht er sich zu mir um.

»Ava, es geht um Set ...«

»Ich weiß. Hol ihn nach Hause. Bring sie alle nach Hause. Aber komm du auch zurück. Und am besten an einem Stück.«

Er verzieht einen Mundwinkel zu einem Lächeln. Er öffnet den Mund, um etwas zu sagen, und überlegt es sich dann anders. Stattdessen zwinkert er mir zu und verschwindet im Haus.

Ich bin furchtbar besorgt und bete zu Thor, dem mächtigsten der Kriegergötter, sie alle heil und gesund zurückzubringen. Anschließend wird Carter die Verhandlungen erzwingen, und ich werde mich nicht mehr ohnmächtig fühlen.

Ich stoße einen langen Seufzer aus, und dann tragen mich meine Beine zu den Glas- und Bronzesplittern, den Überbleibseln der Vase. Ich bücke mich, um erst einmal die größten Stücke aufzuheben, und schaffe es, mich in den Finger zu schneiden.

»Mist!«, fluche ich.

Ich drücke auf die Wunde, um die Blutung zu stoppen, und gehe ins Haus, wobei ich eine Spur aus Blutstropfen hinter mir lasse. Gerade will ich meine durchweichten Schuhe ausziehen, als Marie mit Einkaufstaschen beladen durch den Türbogen kommt.

»Bei Odins Bart! Alles in Ordnung, Avalone?«

Ihr Blick fällt auf meinen blutenden Finger, und sie lässt ihre Einkäufe los, die sich über den Boden verteilen. Im Laufschritt durchquert sie den Salon, bis sie mich erreicht. Sie runzelt besorgt die Stirn.

»Machen Sie sich keine Gedanken, es ist nur eine kleine Schnittwunde.«

Sie ergreift meine Hand, anscheinend ohne Angst, Flecken davonzutragen, und untersucht meine Wunde.

»Das muss genäht werden.«

»Nein, ich versichere Ihnen, dass alles gut ist!«

»Komm rein!«

Behutsam nimmt sie meinen Arm und zieht mich ins Haus hinein, ohne sich um die nassen Fußabdrücke zu scheren, die ich hinterlasse. Sie führt mich in die Küche und lässt mich auf einem der hohen Hocker vor der Mücheninsel Platz nehmen. Dann schlägt sie ein sauberes Geschirrtuch um meinen Finger und verlässt den Raum. Als sie einen Moment später zurückkommt, legt sie Kompressen, Heftpflaster und Desinfektionsmittel auf die Marmorplatte und schlingt mir dann eine Decke um die Schultern.

»Was ist passiert?«

Vorsichtig nimmt sie das Handtuch von meiner Verletzung, um sie zu inspizieren.

»Ich habe die Vase draußen zerbrochen.«

»Die *Drei Grazien* von Baccarat?«

Ich erstarre und schlucke schwer. Wenn die Vase einen Namen hatte, war sie bestimmt wertvoll.

Das ist jetzt wirklich keine gute Nachricht ...

»Sie war teuer, nicht wahr?«

»Noch teurer, als du vermutest. Antiquitätenhändler würden dir dafür das Fell gerben. Doch Carter wird dir nicht böse sein. Für ihn ist so etwas nur Dekoration. Einer wird sich sogar freuen: Clarke fand sie abscheulich.«

Der Schwachkopf! Er hat mich ausgenutzt, um ein Kunstwerk zu zerstören, das nicht nach seinem Geschmack war!

»Ich habe Ethan eine Nachricht geschickt. Er müsste gleich hier sein.«

»Ich versichere Ihnen, dass ich nicht genäht werden muss.«

»Rede keinen Unsinn, Avalone. Du weißt, dass ich es gewohnt bin, bei den Jungs Verletzungen zu sehen, und ich kann erkennen, ob sie genäht werden müssen.«

Ich bin vom Gegenteil überzeugt. Ich brauche bloß ein Pflaster, und der arme Ethan macht sich bestimmt umsonst auf den Weg ... Aber Marie scheint bei diesem Thema nicht mit sich reden zu lassen.

Sie schenkt mir ein aufmunterndes Lächeln, wickelt dann eine Kompresse um meinen Finger und befestigt sie mit einem Heftpflaster.

»Geh dir trockene Sachen anziehen, sonst erkältest du dich noch.«

Sie streicht mit der Hand über meinen Rücken, um mich zum Gehen aufzumuntern, und ich bedanke mich bei ihr und gehorche.

Ich gehe in mein Zimmer, lasse meine Sachen zu Boden fallen und stelle mich unter die Dusche, wobei ich achtgebe, meinen provisorischen Verband nicht unter Wasser zu halten. Es ist nicht einfach, mir mit einer Hand die Haare zu waschen, aber zwanzig Minuten später bin ich trocken und frisch angezogen.

Während ich auf Ethan warte, bin ich allein mit meinen Gedanken und Befürchtungen. Mehrmals checke ich mein Smartphone: nichts Neues von Clarke oder einem anderen der Devil's Sons. Die Ungewissheit macht mich wahnsinnig. Ich gehe in meinem Zimmer auf und ab und bete zu den Nornen, sie mögen ihr Leben beschützen.

»Mit Körper und Seele erbitte ich das Wohlwollen der Nornen«, flüstere ich.

Jetzt ist es vierzig Minuten her, seit Clarke die Villa verlassen hat, und mein Handy schweigt. Ich gehe weiter nervös auf und ab.

»Mit Körper und Seele erbitte ich Mjölnirs Schutz.«

Mein Smartphone, das auf dem Bett liegt, vibriert. Ich werfe mich so hastig darauf, dass ein scharfer Schmerz meinen Finger durchschießt, als er die Matratze berührt. Außerdem habe ich bloß eine Werbung per Mail erhalten.

»AAARGH!«

»Was in aller Welt könnte dich in einen solchen Zustand versetzen?«

Ich drehe mich zu Ethan um, der mit einem Lächeln auf den Lippen am Türrahmen lehnt.

»Weißt du, ob es den Jungs gut geht?«

»Bei denen ist alles in Ordnung!«

Ich stoße einen Seufzer der Erleichterung aus, schüttle den Kopf und lache leise.

Meine Güte, warum ärgere ich mir ein Magengeschwür an? Natürlich geht es ihnen gut, eine brasilianische Gang kann den legendären Devil's Sons nichts anhaben!

»Hast du von ihnen gehört?«

»Nein, nichts. Aber ich kenne sie. Ihnen geht es gut.«

Ich habe den Eindruck, dass mir ein Bleigewicht in den Magen plumpst.

Bei allen Göttern, eine brasilianische Gang kann den legendären Devil's Sons sehr wohl etwas anhaben!

»Es würde ihrem Ego schmeicheln, dich in diesem Zustand zu sehen. Komm schon, wir untersuchen deinen Finger, das bringt dich auf andere Gedanken.«

»Du bist umsonst gekommen, ich brauche nicht genäht zu werden. Marie hat übertrieben.«

Ethan muss an solche Beteuerungen gewöhnt sein, denn er zuckt die Achseln. Er tritt in mein Zimmer und kniet vor mir nieder, um die Kompressen abzunehmen.

»Das ist allerdings eine ordentliche Kerbe«, meint er.

Er setzt sich eine Stirnlampe auf und spreizt behutsam meine Wunde, um sich zu vergewissern, dass keine Glasscherbe darin zurückgeblieben ist. Dann öffnet er seine Tasche und zieht Desinfektionsmittel hervor, um den Schnitt zu reinigen. Dabei geht er genauso sorgfältig vor wie bei der Entfernung der Kugel aus Clarkes Unterleib. Es beißt, aber ich werde es überleben. Dann rollt er ein Pflaster ab und klebt ein Stück davon auf meine Schnittwunde. In dem Moment, als Ethan es abschneiden will, dringen die Stimmen der Devils an meine Ohren. Ich springe abrupt auf, und der Schmerz in meinem Finger entlockt mir einen Aufschrei.

Ich sehe zu dem Arzt hinunter. Er wirkt ärgerlich.

»Du bist verrückt, ich hätte dir fast den Finger amputiert!«

Die Schere ist mit der Spitze in die Wunde eingedrungen, doch meine Erleichterung ist so groß, dass ich trotzdem lache. Am liebsten möchte ich losrennen, um festzustellen, ob es allen gut geht, doch Ethan wirft mir einen strengen Blick zu. Zitternd vor Ungeduld setze ich mich wieder hin.

Er wischt das Blut ab, das heruntergelaufen ist, dann schneidet er wieder Heftpflaster ab, während ich nur an meine Freunde denken kann.

Meine Freunde? Nein, das sind sie nicht.

Die Devils tauchen an meiner Zimmertür auf, Clarke als Erster.

»Was in aller Welt treibst du da?«, fragt er Ethan.

»Die Wunde ist wieder aufgegangen. Ich musste sie neu nähen«, lügt er.

Ethan deckt meine Wunde ab. Ich mustere die Devil's Sons. Sie sind alle da und anscheinend unverletzt. Eine gewaltige Last fällt von mir ab. Diese Typen rauben mir noch den letzten Nerv.

»Du bist vollkommen verrückt!«, schimpft Clarke, der ihm die Lüge sofort abnimmt.

»Ich erinnere dich daran, dass ich nicht praktizieren darf. Ich habe keinen Zugang zu Narkosemitteln, deshalb habe ich sie ohne Betäubung genäht, ja.«

»Du hättest sie ins Krankenhaus bringen müssen!«, wirft Justin ihm vor.

Ethan verdreht die Augen zum Himmel.

»Entspannt euch, das war gelogen! Ich brauchte Avalone nicht zu nähen.«

Die Jungs wirken sichtlich erleichtert.

»Was ist passiert?«, frage ich, weil ich es nicht mehr aushalte.

Clarke fährt sich nervös durch das zerzauste Haar. »Diese verdammten Kings of the Law lassen uns einfach nicht in Frieden!«

»Sie haben uns in einen Hinterhalt gelockt und sind dann nach ein paar Schüssen abgehauen, als Clarke gekommen ist«, erklärt mir Set.

Dann sind sie also mit dem Schrecken davongekommen. Trotzdem müssen die Feinseligkeiten dringend eingestellt werden, bevor noch eine Tragödie passiert.

»Fertig!«, informiert mich Ethan.

Ich stehe auf und bedanke mich. Er zwinkert mir zu und räumt seine Gerätschaften weg.

»Tucker sollte sich ein Beispiel an dir nehmen«, meint der Arzt zu mir. »Mir klingen noch die Ohren von seinen Schmerzensschreien bei unserer letzten Begegnung.«

Die Jungs schütten sich vor Lachen aus und nehmen den Betroffenen auf den Arm.

»Du jammerst wie ein Mädchen!«, sagt Set zu ihm.

»Ich war betrunken! Das tut tausendmal schlimmer weh als nüchtern«, verteidigt sich Tucker.

»Ich habe Clarke schon neunmal zusammengeflickt, als er betrunken war. Aber er hat nie geschrien!«

»Von Clarke kann man nicht ausgehen! Wut ist das einzige Gefühl, das er kennt!«

Die Bemerkungen fliegen nur so, doch Tucker springt nicht darauf an. Das ist das Angenehme an ihm und erklärt auch, warum die Jungs immer auf ihm herumhacken.

»Da wir gerade von Clarke reden«, unterbricht Ethan ihn, »hebt mal sein T-Shirt an, damit ich mich davon überzeugen kann, dass sich nichts entzündet hat.«

Alle beruhigen sich und warten geduldig das Urteil des Arztes ab, der den Verband von der genähten Wunde reißt. Ich verziehe das Gesicht, doch die Devils zucken mit keiner Wimper, sehen aber aufmerksam zu. Ethan tastet die Haut um die Verletzung herum ab, nickt dann zufrieden und legt einen neuen Verband an.

Ich nutze die Gelegenheit, um Clarkes Bauchmuskeln zu bewundern.

»Noch ein wenig schonen, dann wird das schon wieder.«

Bei dem Wort »Schonen« zuckt der Devil zusammen, und der Arzt erklärt uns, er werde morgen wiederkommen. Wir begleiten ihn zum Ausgang, und nachdem sie sich verabschiedet und bedankt haben, gehen die Jungs in den Garten. Ich stelle mich Clarke in den Weg.

»Diese Vase ... *Die drei Grazien.*«

Er presst die Lippen zusammen, um sein Grinsen zu unterdrücken, scheitert aber jämmerlich. Angesichts meiner verärgerten Miene bricht er in Gelächter aus. Ich versuche mehr schlecht als recht, ernst zu bleiben, aber sein Lachen könnte den stärksten Zorn der neun Welten zerstreuen.

»Wie viel kostet sie?«
»Du willst sie ersetzen?«
»Wenn ich kann, ja.«
»Tja, da musst du wohl all deine Organe auf dem Schwarzmarkt verkaufen. Bei der letzten Schätzung wurde sie mit über hundertzehntausend Dollar bewertet.«

Meine Hände sinken an meinem Körper herab, und meine Gesichtszüge entgleisen.

»Entspann dich, das war bloß gewöhnlicher Nippes...«
»Nippes? Clarke, das Teil war mehr wert als wir beide zusammen!«
»Du bist beinahe beleidigend. Wenn du wüsstest, wie viel manche Leute ausgeben würden, um mich in ihrer Gang zu haben, würdest du dein Urteil nach oben korrigieren.«

Beiläufig legt er einen Arm um meine Schultern und zieht mich in den Garten.

Während Sean, Jesse und Tucker auf dem Rasen Fußball spielen, Set und Clarke ein wenig weiter entfernt mit nacktem Oberkörper und einem Bier in der Hand plaudern, unterhalte ich mich auf den Gartensofas mit Justin. Ich wusste schon, dass er zu seiner Mutter nach Ypsilanti gezogen war und sein Vater mit seiner kleinen Schwester in Pennsylvania lebt. Nach der Scheidung bekam seine Mom ein großartiges Stellenangebot in Ann Arbor, und da die Uni Michigan auf Justins Wunschliste stand, ist er mit ihr hergezogen. Sein Dad und seine kleine Schwester kommen die beiden mehrmals im Jahr besuchen. Seine Eltern haben immer noch ein gutes Verhältnis zueinander, und sie erwarten diese Treffen alle ungeduldig. Inzwischen weiß seine Mutter, was er tut, doch der Rest seiner Familie tappt im Dunkeln.

»Wie hat sie reagiert, als sie es erfahren hat?«
Er erinnert sich und lächelt.

»Sie ist total ausgerastet. Hat es mir verboten, aber ganz offensichtlich habe ich ihr nicht gehorcht. Ich war damals nicht einfach. Ich war jung und dumm. Ich hatte die Scheidung meiner Eltern und dann die Trennung von meinem Vater und meiner Schwester nicht gut verkraftet. Als sie begriffen hat, dass ich bei den Devil's Sons gelernt habe, Verantwortung zu übernehmen, und meine Wut ablassen konnte, hat sie mich schließlich in Ruhe gelassen. Klar, sie kommt immer noch vor Sorge um, aber da ich nicht mehr bei ihr wohne, bekommt sie nicht mit, dass ich nachts unterwegs bin und oft blutig nach Hause komme.«

Ich spekuliere darüber, wie meine eigene Mutter reagieren würde, wenn sie erführe, was ich am Sonntag getan habe. Im Gegensatz zu Justins Mom würde sie mir streng verbieten, die Jungs wiederzusehen, ganz egal, welche positiven Seiten man daran finden könnte, zu den Devil's Sons zu gehören.

»Du erinnerst mich ganz stark an meine Schwester.«

Justin setzt sein Bier an die Lippen und lehnt sich auf dem Sofa zurück. Aus seinen hellbraunen, beinahe gelben Augen betrachtet er mich zärtlich.

»Genau wie du weiß sie, was sie will. Und tut alles dafür, um ihre Ziele zu erreichen. Dabei bleibt sie eine unverbesserliche Optimistin. Du würdest sie bestimmt sehr mögen. Sie ist genial.«

Es wärmt mir das Herz, ihn so von seiner Schwester erzählen zu hören. Seine Augen blitzen, und er kann sich eines Lächelns nicht erwehren. Doch ich spüre auch seinen Schmerz. Die Trennung von ihr, nicht mehr ihren Alltag teilen zu können, bedrückt ihn noch heute.

Solange ich mich erinnern kann, wollte ich wegen meiner Krankheit nie einen Bruder oder eine Schwester haben. Ich hatte oft genug gehört, wie meine Mutter abends heimlich weinte. Ein Kind muss unschuldig und in dem Glauben aufwachsen, dass alles möglich ist. Mit mir als Schwester wäre ihm dieser Glauben genommen worden.

»Und du? Wo kommst du her?«

Set und Clarke kommen zu uns zurück und setzen sich in die Sessel, bald gefolgt von Sean, Tucker und Jesse.

»Aus Madison, Indiana.«

Niemand sagt etwas; sie warten geduldig darauf, dass ich weiterspreche.

»Ich habe mit meiner Mutter zusammengelebt. Mein Vater ist schon vor meiner Geburt gestorben.«

»Dann hat deine Mutter dich allein großgezogen?«, will Set wissen.

Ich nicke.

»Und sie hat das alles allein gemeistert? Auch deine Herzprobleme?«, fragt Tucker fassungslos.

Ein stolzes Lächeln tritt auf meine Lippen, als ich an die Kraft meiner Mutter denke.

»Ja. Sie ist großartig.«

»Wie kam es denn dazu, dass du mit dieser Krankheit geboren bist? Ist das eine Fehlbildung oder etwas in der Art?«, will Sean wissen.

»Meine Mutter hat Drogen genommen, als sie jung war. Als sie meinen Vater kennengelernt hat, hat sie aufgehört, doch als er gestorben ist, hatte sie leider einen Rückfall. Einen Rückfall, der bei ihrem Fötus eine Fehlbildung am Herzen hervorgerufen hat. Ich bin schon ein paar Wochen nach meiner Geburt an meinem Herzen operiert worden. Jahre später hat man bei mir eine Herzinsuffizienz festgestellt.«

Die Stimmung wird eigenartig, und alle versinken in ihren Gedanken. Justin beginnt, mit dem Bein zu wippen, und macht mich nervös. Set bricht schließlich das Schweigen.

»Bist du deiner Mutter deswegen böse?«

»Natürlich nicht! Sie hat eine Vorgeschichte mit Drogen,

sie war schwanger, ihr Mann war gestorben und hat sie allein zurückgelassen ... Sie hat versucht, in dem, was sie kannte, Zuflucht zu suchen. Ja, sie hat einen Fehler gemacht, aber sie ist auch nur ein Mensch. Ich habe ihr nie einen Vorwurf daraus gemacht und werde das auch in Zukunft nicht.«

Bei diesen Enthüllungen ist die Atmosphäre kühl geworden, daher spreche ich weiter.

»Endlich habe ich begriffen, dass man, um ein Devil's Sons zu sein, zwangsläufig eine Besonderheit haben muss. Tucker hat ein überdimensioniertes Ego, Sean ist sturer, als die Polizei erlaubt, Set ist der größte Schönredner, den Midgard je gesehen hat, Jesse ist alles egal, Justin braucht Beruhigungsmittel, und Clarke ist ... eben *Clarke*. Man braucht schon eine Krankheit, um es mit euch aufnehmen zu können.«

Allgemeines Gelächter und Proteste erheben sich so laut, dass ich kein Wort verstehe, aber ich lasse ihnen ihren Spaß. Nur Clarke beschäftigt sich mit seinem Smartphone und ignoriert uns.

Ein paar Minuten später hat sich die Diskussion in alle Richtungen zerstreut und zu einem gefährlichen Thema geführt.

»Er schläft nicht mit meiner Schwester, Idiot!«, schimpft Set stirnrunzelnd.

Ein Minenfeld. Andererseits ändert das nichts an den Plänen der Jungs. Sie haben eine diebische Freude daran, Set wegen Lolas Freund aufzuziehen.

»Oh, doch Kumpel ... sie schlafen miteinander, und sie liebt es!«, meint Sean.

»Halt die Klappe!«, gibt ihr beschützerischer Bruder zurück.

Er dreht mir den Kopf zu und erwartet, dass ich bestätige, was er sagt. Ich hebe zum Zeichen des Friedens die Hände.

»Bring mich nicht in diese Lage.«

»Das sagt ja wohl alles!«, ruft Jesse belustigt.

Sie lassen Set nicht in Ruhe, der sich schrecklich aufregt, was rasend komisch ist.

»Der Typ ist tot!«

»Lola ist einundzwanzig!«, schalte ich mich ein, um ihn zu beruhigen. »Das gesetzliche Schutzalter beträgt sechzehn Jahre, und der Durchschnitt für den ersten Sex in Amerika ist siebzehn!«

Er wirft mir einen bitterbösen Blick zu und trinkt sein Bier in einem Zug aus.

Na schön, das hätte ich nicht sagen sollen ...

»Daniel ist ein guter Kerl, und die beiden sind glücklich zusammen!«

Die Jungs ziehen skeptische Mienen.

»Ihr schleppt doch auch lauter Frauen ab«, fahre ich fort, »und manche wünschen sich eben anders als ihr, dass mehr draus wird.«

Sie nicken, nicht besonders überzeugt.

»Beruhigt mich, ihr hattet doch schon Freundinnen?«

»Seit der Uni nicht mehr«, gesteht Tucker. »Uns sind schnelle Nummern lieber. Ohne feste Bindung.«

»Gib's zu, dir hat jemand das Herz gebrochen.«

Er mustert mich mit einem charmanten Lächeln.

»Niemand bricht Tucker Ross das Herz, Schätzchen. Das war für meinen Geschmack zu ernst, nichts weiter.«

»Er hat es mit der Angst gekriegt und sie betrogen, um seitdem alles anzuspringen, was nicht bei drei auf dem Baum ist«, erklärt mir Justin ausgelassen.

Ich schlage Tucker auf den Hinterkopf.

»Trottel!«

Die Jungs lachen, nur Clarke nicht, der völlig unbewegt bleibt. Keine Ahnung, was er hat. Er stellt zwar oft eine ausdruckslose Miene zur Schau, aber nie bei einem normalen Gespräch mit seinen besten Freunden.

»Und was ist mit dir? Die meisten Kerle glotzen dich an, aber du gönnst ihnen nicht die geringste Aufmerksamkeit«, meint Justin zu mir.

Moment mal, was?!
»Du redest Unsinn ...«
»Absolut nicht! Du bist noch blinder als Tuckers Großmutter.«
»Lass meine Grandma aus dem Spiel!«
Ich pruste vor Lachen.
»Wenn du auf Frauen stehst, macht uns das auch nichts aus«, schaltet sich Sean ein. »Ich habe immer schon von einem flotten Dreier mit zwei Lesben geträumt.«
»Hattest du doch letzte Woche«, flüstert ihm Jesse zu.
»Ich weiß«, gibt der Angesprochene anzüglich lächelnd zurück.
»Ich bin nicht lesbisch. Aber mein letzter Freund hat mich behandelt wie ein Porzellanpüppchen. Grauenhaft war das. Dann bin ich in seinem Beisein ohnmächtig geworden, und als ich beim Aufwachen die Angst in seinem Blick gesehen habe, ist mir klar geworden, dass ich ihm das nicht mehr länger zumuten wollte. Seitdem habe ich nicht mehr den Wunsch nach einer Beziehung.«
»Dieses Mal bist du aber die Dumme«, wirft mir Set vor.
»Ich bin allein besser dran.«
Ich zucke die Achseln, stehe von der Couch auf und räume den niedrigen Tisch ab, da ich das Thema nicht vertiefen möchte. Dann trete ich ins Haus und gehe in die Küche, um die leeren Flaschen in den Recycling-Müll zu werfen.
»Das ist bloß eine Ausrede.«
Ich fahre herum und sehe Clarke, der den Kühlschrank öffnet und sich ein frisches Bier nimmt. Ich sehe ihn fragend an.
Er macht die Flasche auf und lässt sich dann dazu herab, mir seine Aufmerksamkeit zu schenken.
»Du hast Angst davor, dich auf jemanden einzulassen, weil du ein Kontrollfreak bist. Du wolltest selbst Schluss machen und das nicht dem Tod überlassen. Alles, um die Kontrolle zu behalten.«

Verdutzt starre ich ihn an und öffne den Mund, um zu protestieren, doch da klingelt es an der Haustür und nimmt mir den Wind aus den Segeln.

»Das ist für mich.«

Er verlässt die Küche, ohne dass ich ein Wort sagen kann, und ich bleibe wie angewurzelt stehen und bin immer noch baff über seine Worte.

Wie kann er es wagen, so zu tun, als wüsste er, dass ich ...?

Und wenn er recht hätte?

Ein dumpfes Geräusch lenkt meine Aufmerksamkeit in den Flur. Was ich sehe, verschlägt mir den Atem. Irgendeine Tussi drückt Clarke an die Wand und küsst ihn am Hals.

Ein Schmerz fährt mir so heftig durch die Brust, dass ich den Eindruck habe, einen Dolchstoß mitten ins Herz zu bekommen. Während Clarke mich unverwandt ansieht, beginnt sein Körper auf das Begehren der Frau zu reagieren. Sein Atem geht schnell, sein Blick glüht, und als er ins Haar seiner Partnerin packt, um ihren Mund auf seinen zu ziehen, bricht er unseren Blickkontakt ab, um sie leidenschaftlich zu küssen. Eine Sekunde später verschwinden die beiden, und dann knallt seine Zimmertür zu, und ich bekomme wieder Luft.

Zu dem Schmerz gesellen sich Wut und Eifersucht und vereinen sich zu einer explosiven Mischung. Noch vor wenigen Stunden hat er mit Körper und Seele meinen Hals geküsst und sich dabei verboten, weiter zu gehen ... Das ergibt alles nicht den geringsten Sinn!

Und außerdem, warum macht mir das so viel aus, um Himmels willen?

»Geduld und Gleichmut, und das Unmögliche wird möglich.«

Von irgendwoher meine ich Maries Stimme zu hören.

Ich lache freudlos. Ich habe nicht einmal eine Ahnung, was ich von Clarke erwarte. Er ist attraktiv, das stimmt, und zwischen uns herrscht unbestreitbar eine Chemie, aber abgesehen von der körperlichen Anziehung, mag ich seinen Charakter? Im Moment jedenfalls nicht. Nicht nach dem, was ich gesehen habe.

Ich rechne schon damit, Marie in einer Ecke des Raums zu entdecken, also drehe ich mich um meine Achse. Keine Spur von ihr.

Jetzt werde ich auch noch verrückt!

Ich schüttle den Kopf, atme tief ein und verlasse dann die Küche, um wieder zu den Jungs zu gehen. Am liebsten möchte ich mich in mein Bett flüchten, nur dass es gar nicht infrage kommt, Clarke und seiner Eroberung bei ihren Vergnügungen zuzuhören.

Ich überquere die Holzterrasse, erreiche die Gartensofas und setze mich zwischen Justin und Sean.

»Wo steckt denn Clarke?«, will Set von mir wissen.

»In seinem Zimmer, mit einer hübschen Brünetten«, antworte ich betont gleichmütig.

Schweigen senkt sich über uns, und alle Blicke richten sich auf mich, als wüssten sie alles, was ich tief im Herzen fühle.

»Was für ein Scheißkerl!«, schimpft sein bester Freund.

Justin legt mir einen Arm um die Schultern und zieht mich an sich.

In meinen Gedanken versunken reagiere ich weder auf Sets Bemerkung noch auf Justins Trost.

Vielleicht will Clarke ja doch nur eine körperliche Beziehung zu mir, verbietet sich das aber, weil ich jetzt Teil der Gang bin und er nichts verkomplizieren will. Diese Sichtweise macht mich erst recht melancholisch.

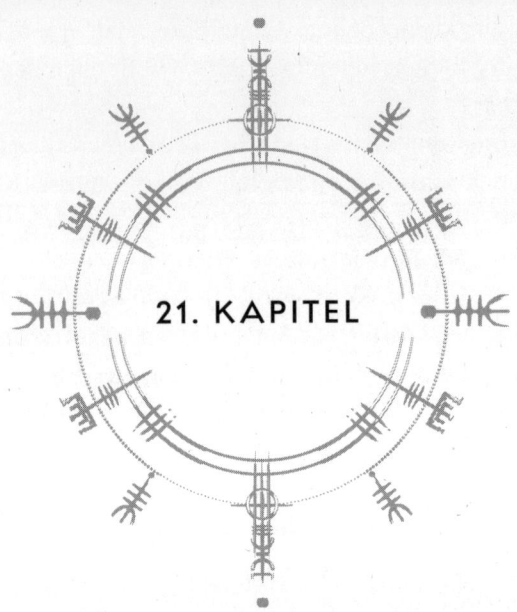

21. KAPITEL

Den Jungs ist klar, dass Clarke mich nicht kaltlässt, also haben sie den Nachmittag mit mir zur Ablenkung weit weg vom Anwesen verbracht. Es hat geklappt: Bis jetzt, bis zu unserem Rückweg über diese endlos erscheinende Allee, habe ich nicht an Clarke und seine Brünette gedacht. Den Devils tun die Beine weh, und jetzt gerade hassen sie mich, weil ich vorgeschlagen hatte, die Motorräder stehen zu lassen und zu Fuß zu gehen.

»Träume ich, oder hast du in den letzten fünf Minuten zwanzig Kilo zugenommen?«, neckt mich Sean.

»Zum zehnten Mal, du brauchst mich bloß runterzulassen!«

»Hast du vergessen, wie anstrengend es für dich ist, diese lange Auffahrt hier hochzugehen?«

Ich gebe keine Antwort, denn ich weiß, er hat recht. Ich zapple, um eine bessere Position auf seinem Rücken zu finden. Gut eine Viertelstunde marschieren wir jetzt schon bergauf, ohne anzuhalten, und ich wundere mich, dass er noch nicht unter mir zusammengebrochen ist. Er zeigt keinerlei Anzeichen von Ermüdung und könnte mich wahrscheinlich noch stundenlang so tragen.

Ich drehe mich zu den Jungs hinter uns um, strahle sie an und strecke ihnen die Hand entgegen. Sie begreifen nicht gleich, doch dann verziehen sie schnell die Gesichter oder fluchen.

»Ich habe gewonnen! Her mit eurem Geld!«

Eins, zwei, drei … Vier Fünfzig-Dollar-Scheine werden in meine offene Hand gedrückt. Triumphierend zwinkere ich ihnen zu, und dann richte ich meine Aufmerksamkeit wieder auf Sean.

»Dir erlasse ich die Wettschulden, weil du mich trägst.«

»Ich sollte dir eher einen Dollar pro Kilo Gewicht abnehmen … Ehrlich, ich würde reich werden!«

Kaum hat er zu Ende gesprochen, als ich mich schon vorbeuge, eine Hand in seine Jeanstasche stecke und ihm einen Fünfzig-Dollar-Schein klaue.

»Und zack!«

»Du bist eine harte Geschäftsfrau, Lopez.«

Ich muss grinsen und drücke ihm dann einen Schmatzer auf die Wange.

»Wir lassen S. nie wieder mit uns wetten.«

»Wenn du auf mich gehört hättest«, sage ich zu Jesse, »hättest du nicht mitgemacht! Ich habe dir ja gesagt, dass Justin am meisten jammern würde, aber ihr habt alle auf Tucker gesetzt. Eine solche Gelegenheit konnte ich mir nicht entgehen lassen!«

Sein Lächeln verrät mir, dass er genau wusste, dass er der Spannung am schlechtesten gewachsen sein würde. Er wollte einfach, dass ich mit ihnen wette. Ich strecke ihm die Zunge heraus, und Sean setzt mich vor dem Pool ab.

»Oh! Wir sind schon da? Das ging jetzt aber schnell.«

Fünf Augenpaare richten sich genervt auf mich, und dann stürzen sich die Devil's Sons auf mich, um dafür zu sorgen, dass ich meine Worte bereue. Ich verteidige mich mehr schlecht als recht, und es fällt mir schwer, wieder Luft zu bekommen. Nach unserem Gerangel versuche ich, Ordnung in meine Haare zu bekommen, aber ich glaube, sie sehen gerade eher aus wie ein Vogelnest.

Ich setze mich seitlich aufs Sofa und lege die Beine über Tuckers Schoß, der mir die Füße massiert, während er an dem angeregten Gespräch teilnimmt.

»Wie bitte?«, frage ich Jesse vollkommen verblüfft. »Du hast deine Freundin am Tag des Abschlussballs verlassen, weil du keinen Slow tanzen konntest?«

Er nickt und verzieht verlegen das Gesicht, während ich mich mit den Jungs totlache.

Ich springe auf, stelle mich vor ihn und strecke ihm eine Hand entgegen, die er so entsetzt betrachtet, als gehöre sie einem Jötunn[27].

»S., ich bin Biker ... kein Tänzer.«

»Nimm meine Hand, Jesse, keine Widerrede!«

Er hat sich noch keinen Millimeter bewegt, als aus einem Smartphone eine sanfte Musik erklingt. Ich kämpfe gegen ein Lachen an und ermuntere Jesse, der sich schließlich seufzend fügt.

»Wenn einer von euch darüber redet, egal mit wem, bringe ich ihn um!«, droht er uns.

Ich ziehe ihn ein paar Meter weg, um den Platz zu nutzen, den wir haben. Er sieht mich an, lässt die Arme baumeln und weiß nicht, was er tun soll, was die Jungs erst recht zum Lachen bringt. Angesichts seiner misstrauischen, gereizten Miene beeile ich mich, seine Hände auf meine Taille zu legen, bevor er seine Meinung ändert, und schlinge dann die Arme um seinen Nacken.

---

27 In der nordischen Mythologie sind die Jötunn Riesen, die aus Jötunheim stammen. Sie sind die Feinde der Götter.

»Und was soll ich jetzt machen?«

»Bringe ich dich etwa in Verlegenheit, Jesse Mason?«, ziehe ich ihn auf.

»Halt den Mund und antworte mir!«

»Du bist wirklich bescheuert!«

Jesse wirft Tucker einen finsteren Blick zu, während die Spötteleien nur so fliegen. Man könnte glauben, mitten auf einem Schulhof zu stehen.

»Man muss sich im Takt der Musik vor- und zurückbewegen, während wir uns langsam um uns selbst drehen.«

Er befolgt meine Anweisungen, ich führe ihn behutsam, und siehe da, wir tanzen einen Slow; oder zumindest etwas, das einer sein soll, ihm aber absolut nicht ähnlich sieht. Die Ausgelassenheit der Devils ist so ansteckend, dass ich nicht lange ernst bleiben kann, und Jesse verliert die Geduld. Er packt meine Hand und dreht mich um meine Achse. Ich stolpere über seinen Fuß, der am falschen Platz steht, und gerate ins Wanken. Dank seiner guten Reflexe fängt Jesse mich auf und drückt mich an seine Brust, doch der Sturz ist unvermeidlich. Er lässt sich nach hinten fallen, um die Wucht des Falls abzufangen und mich vor dem Aufprall zu schützen.

»Ich habe richtig daran getan, sie vor dem Abschlussball zu verlassen, jetzt kannst du nicht mehr das Gegenteil behaupten!«

In seinen Armen hebe ich den Kopf und begegne seinem spöttischen Lachen. Das Gelächter von uns sechs steigt auf und ist so laut, dass wir die ganze Nachbarschaft wecken würden, wenn wir uns nicht oben auf einem Hügel befinden würden.

»Ihr amüsiert euch ja gut.«

Unsere Fröhlichkeit verfliegt. Ich drehe den Kopf zu Clarke, der an dem hölzernen Geländer lehnt und die Arme vor der Brust verschränkt hat.

Sein missbilligender Blick schweift von Jesse zu mir. Es passt ihm nicht, mich in den Armen seines Freundes zu sehen, was der Gipfel der Unverschämtheit ist.

Ich wende meine Aufmerksamkeit wieder meinem Retter zu, der ein wenig gekränkt die Augen zum Himmel verdreht.

Ich lache laut und drücke ihm einen Kuss auf die Wange, dann stehe ich auf und strecke ihm eine Hand entgegen, um ihm hochzuhelfen.

»Wo ist denn deine Begleitung geblieben?«, will Jesse kalt von Clarke wissen.

Seine Haare sind nass; ich sehe ihn mit seiner Partnerin unter der Dusche. Das Herz in meiner Brust krampft sich zusammen, und ich wende den Blick ab.

»Ist gerade gegangen.«

Die Stimmung ist drückend, die Jungs sind ihrem zweiten Mann aufrichtig böse.

Die Stille wird schnell vom Klingeln unserer Handys unterbrochen. Ich dachte schon, ich hätte eine Nachricht von Carter, doch der Absender ist Tucker. Er hat das Video von meinem Tanz mit Jesse und unserem anschließenden Sturz mit uns geteilt.

»Das hast du doch nicht gewagt?«, fragt Jesse.

»Doch! Ist das beste Druckmittel.«

Der Devil mit dem rasierten Schädel tritt auf den mit dem überdimensionalen Ego zu. Sie beginnen sich zu prügeln und werfen dabei fast den Couchtisch um. Die Götter seien gelobt, sie entfernen sich lärmend. Sie beleidigen einander und lachen dabei. Die Schläge, die sie austauschen, machen mir Angst, doch ihnen selbst scheinen sie nicht einmal wehzutun. Bei ihren Faxen bewegen sie sich geradewegs auf den Pool zu, ohne es zu merken. Wir beobachten sie in der Hoffnung, dass sie ins Wasser fallen; doch dann taucht Carter im Garten auf, was ihr Spielchen beendet.

»Soll ich Marie sagen, dass ihr zum Abendessen bleibt?«

»Nein, wir müssen zurück«, lehnt Set ab.

Die Jungs stehen auf und umarmen mich zum Abschied.

»Ruf uns ruhig an, wenn du frische Luft brauchst«, meint Set augenzwinkernd.

Ich danke ihm mit einem Lächeln, und die Devils verschwinden mit Clarke im Schlepptau so schnell, dass die Ruhe mir seltsam vorkommt.

»Wie geht's deinem Finger?«, erkundigt sich Carter bei mir.

Wie schafft er es bloß, über alles Bescheid zu wissen? Das ist beängstigend!

»Viel besser als Ihrer Vase«, gebe ich zurück und verziehe das Gesicht. »Tut mir schrecklich leid.«

»Ach, das war bloß billiger Plunder.«

»Wenn Sie es sagen ...«

Wir gehen zurück in den Salon und stolpern über eine verblüffende Szene. Im Eingangsbereich ist Jesse dabei, sich aus Clarkes Griff zu befreien, doch dieser packt ihn am Ausschnitt seines T-Shirts und drückt ihn an die Wand. Was sie zueinander sagen, hören wir nicht. Doch Jesse hat seine Null-Bock-Einstellung vollkommen abgelegt. Er reagiert wütend auf Clarkes Zorn, stößt ihn zurück und murmelt ihm etwas zu, das ins Schwarze zu treffen scheint. Anklagend drückt er Carters zweitem Mann einen Finger in die Brust und schreit auf ihn ein, dann tritt er um ihn herum, um wieder zum Ausgang zu gehen.

Clarke ballt nervös die Fäuste und erstarrt dann, als er uns sieht. Während der Gangchef, an seinen Mann gerichtet, fragend eine Augenbraue hochzieht, setze ich ein provozierendes Lächeln auf. Ist der Biker etwa eifersüchtig wegen dem, was er im Garten gesehen hat?

»Zu Tisch!«, ruft Marie.

Sie tritt vor ihm vorbei und stellt eine Platte auf den Tisch. Kurz darauf folgt Kate, die mir herzlich zulächelt.

Ich sitze dem Devil gegenüber, und Carter und seine Frau

haben an den Enden der langen Marmortafel Platz genommen. Die Stimmung ist vollkommen umgeschlagen. Das Befremdlichste ist, dass ich die Einzige bin, die sich unwohl fühlt und auf ihrem Stuhl herumrutscht, während Marie Kalbfleisch und Gemüse aufträgt.

»Was ist denn mit deinem Finger passiert?«, fragt Kate besorgt.

»Nichts, Ethan hat ... mich verbunden.«

»Tut's weh?«

»Ich hätte im Nachhinein nichts gegen eine kleine örtliche Betäubung gehabt«, gebe ich ironisch zurück.

Amüsiert greift sie nach ihrem Besteck, um das Fleisch zu schneiden.

»Deinen Mut hätte ich gern ...«

Ich reagiere auf ihren ernsten Ton mit einem Stirnrunzeln. Ich frage mich, ob sie wirklich begriffen hat, dass ich einen Witz gemacht habe.

»... wegen der Verhandlungen«, erklärt sie.

Oh, das hatte ich beinahe vergessen ...

»Das hat nichts mit Mut zu tun, es ist eher Sturheit.«

»Kann schon sein. Aber deine Dickköpfigkeit treibt dich dazu, die Menschen, die dir am Herzen liegen, zu schützen. Sie macht dich mutig und stark.«

Sie schenkt mir ein wohlwollendes Lächeln und isst dann einen Bissen.

»Das ist reine Albernheit«, schaltet sich Clarke ein. Er hat den Ellbogen auf den Tisch gestützt und starrt auf seinen Teller.

Bei seinem Ton sträubt sich alles in mir. Kate beugt sich vor und kneift die Augen zusammen.

»Avalone ist der einzige Mensch, der so dickköpfig ist wie du. Wenn sie albern ist, bist du es genauso. Wobei ich euch eigentlich nicht als albern bezeichnen würde. Ihr seid euch selbst treu, und an euren Prinzipien und Werten kann niemand rütteln. Das macht euch zu ganzen Menschen; stark und eurer selbst sicher. Menschen, auf die man sich immer verlassen kann.«

Clarke wahrt eine steinerne Miene und reagiert nicht. Carter lässt nachdenklich den Rotwein in seinem Glas kreisen.

»Für mich«, beginnt er, »ist Hartnäckigkeit eine gute Eigenschaft, solange sie einen nicht blind macht und das Denken nicht beeinträchtigt.«

»Wenn Beharrlichkeit blind macht, dann, weil man sich vor einer Wahrheit schützen will, die zu schwer einzugestehen ist«, gibt sein Handlanger zurück.

Carter denkt über Clarkes Worte nach, aber für mich ergibt das alles keinen Sinn mehr.

»Die Wahrheit kommt immer ans Licht, ganz gleich, was geschieht. Das ist nur eine Frage der Zeit. Und je länger man sie ignoriert, umso mehr Schaden richtet sie an.«

Ich werfe Kate einen Blick zu, die die Achseln zuckt und genauso verwirrt wirkt wie ich.

»Da bin ich allerdings anderer Meinung«, fährt der Boss fort. »Avalone, morgen früh vertraue ich dir eine Akte über die Kings of the Law an. Du hast dann über Tag Zeit, sie zu studieren, und den Tag darauf verbringst du mit mir. Die Verhandlungen finden am dritten Tag statt.«

Ich nicke und bemerke, dass Clarkes Blick sich bei diesen Worten verdüstert.

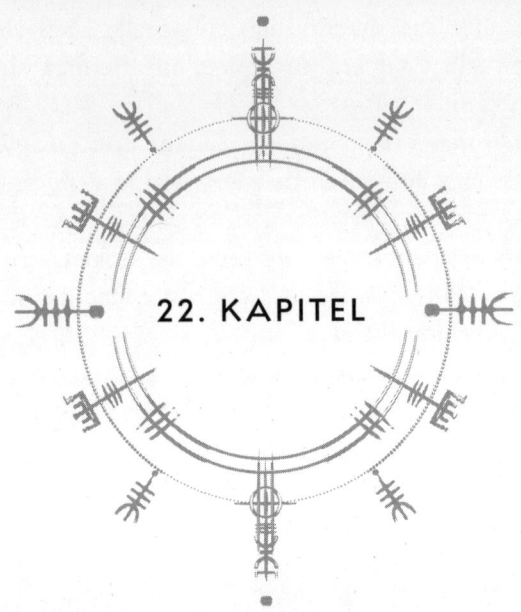

22. KAPITEL

Als ich heute Morgen aufgewacht bin, wollte ich zur Uni, doch da Carter mir das Dossier über die Kings of the Law gebracht hat, ist mir richtig klar geworden, dass die Verhandlungen übermorgen stattfinden. Daher habe ich Set gebeten, mich in die Wohnung zu fahren, damit ich den ganzen Tag Ruhe habe, mich mit den Dokumenten vertraut zu machen. Er hat mich vor fünf Minuten dort abgesetzt und ist dann zum Unterricht gefahren, und ich sitze auf dem Sofa und habe den Ordner offen vor mir liegen. Er enthält Fotos von allen Mitgliedern der Kings of the Law, begleitet von ihrem Strafregister und persönlichen Informationen: Herkunft, Familie, bedeutende Ereignisse in der Vergangenheit und aktuelle Aktivitäten. Ich frage mich, wie Carter Zugang zu all diesen persönlichen Daten erhalten hat. Noch eine Frage, auf die ich keine Antwort bekommen werde. Meine Gedanken schweifen zu Maries Worten über die Religion der Devil's Sons ab: »Die Magie der Ahnungslosigkeit nährt unsere Hoffnung, dass alles eine Laune der Götter ist.« Ich schüttle den Kopf, um diese Überlegungen zu vertreiben und mich auf meine Aufgabe zu konzentrieren.

Lucas, der Chef. Elias, der zweite Mann. Adrian, von einem kriminellen Vater großgezogen. Cayton, der Waise ist, genau wie Gabriel. Samuel, der mit wenigen Tagen Abstand beide Eltern verloren hat. Sein Vater ist an Krebs gestorben, und seine Mutter hat kurz darauf Selbstmord begangen. Henzos Erzeuger hat seine Mutter totgeschlagen, und Isaq stammt aus einer exzentrischen bürgerlichen Familie. Das verspricht alles interessant zu werden.

Ich nehme mir die Seite über Lucas vor und lese sie gut ein Dutzend Mal, wobei ich die wichtigsten Informationen laut wiederhole, um sie mir einzuprägen. Dieser Mann hat unfassbares Leid erlebt: Bei der Entbindung seiner Frau gab es Probleme, und er musste sich entscheiden, entweder das Baby oder seine Seelengefährtin zu retten. Ich müsste es mir verübeln, Mitgefühl mit ihm zu empfinden; doch das hätte ich für jeden Menschen, der so etwas durchmachen muss.

In diesem Moment kann mich niemand aus meiner Konzentration reißen, nicht einmal Clarke. Ich bin wie gefangen von diesen Seiten und den Geschichten, die sie erzählen, als verschlänge ich einen Roman, der geradezu süchtig macht.

»Verdammt, ich habe sie heute Morgen hier abgesetzt, und seitdem hat sie sich keinen Millimeter gerührt!«

Ich fahre zusammen, während Set, Sean, Tucker, Justin und Jesse sich über mich lustig machen. Tief seufzend versuche ich, meinen Herzschlag zu beruhigen. Ich war so konzentriert, dass ich nicht gehört habe, wie sie hereingekommen sind.

Ich werfe ein Kissen nach Set, das ihn mitten an den Kopf trifft. Dafür zeigt er mir den Stinkefinger.

»Wie viel Uhr ist es?«

»Vierzehn Uhr.«

Oh ... Ich habe mich seit sechs Stunden nicht von diesem Sofa gerührt; nicht einmal, um mir die Beine zu vertreten. Und nachdem ich jetzt nicht mehr die Nase in meine Dokumente stecke, tun mir das Hinterteil und das Kreuz weh.

Ich stehe auf, recke meine Glieder und verziehe das Gesicht, und dann reicht mir Tucker eine Limonade.

»Mach eine Pause, sonst platzt dir noch das Hirn.«

Er hat recht, ich muss mir wirklich etwas Ruhe gönnen. Ich öffne die Dose und trinke ein paar Schlucke, doch ich kann die Gedanken an die Kings of the Law nicht loswerden. Etwas stimmt hier nicht, uns entgeht etwas. Warum sollten sie wegen einer einfachen Geschichte aus der Vergangenheit São Paulo verlassen wollen, obwohl all ihre Verwandten dort leben? Und außerdem nehmen die Vereinigten Staaten es mit Verbrechen viel genauer als Brasilien. Das passt einfach nicht zusammen.

»Hörst du mir überhaupt zu, Ava?«

Ich verziehe, an Justin gerichtet, entschuldigend das Gesicht.

»Hör doch mal zehn Minuten auf zu denken, du machst dich noch verrückt!«

Ich setze mich zu ihm an die Bar und schlage die Hände vors Gesicht.

»Etwas verstehe ich nicht. Lucas hat seine Tochter und seine Eltern in Brasilien und das Grab der Liebe seines Lebens. Elias hat seine schwangere Frau und seine Familie. Sie haben alle Familienmitglieder, die sie zurücklassen würden, um sich ein Revier anzueignen, das ihren Vorfahren gehört hat, als sie noch nicht mal geboren waren?«

»Wer sagt dir, dass sie mit ihrem Stammbaum nicht hergekommen sind, um den amerikanischen Traum zu leben?«

»Nach Carters Informationen haben sie gerade eben genug Mittel, um alle neun in einer einzigen Wohnung außerhalb der Stadt zu leben. Unvorstellbar, dass sie ihre Familien nicht mitgebracht haben. Es ergibt doch keinen Sinn, ihr Geld für Miete in den USA auszugeben, statt für die Behandlungen ihrer kranken Verwandten oder die Entbindung ihrer Frau zu sparen!«

»Nicht, dass ich an deinem Urteilsvermögen zweifle; es ist nur, dass wir nur noch ein paar Stunden bis zu den Verhandlungen haben. Du solltest dich auf Carters Instruktionen konzentrieren«, rät mir Sean.

Ich mustere ihn einen Moment lang wortlos und seufze dann resigniert. Er hat ja recht. Zu viel steht auf dem Spiel, um mich mit meiner kleinen Recherche zu amüsieren, die zu nichts führen wird.

Sean streicht mir über den Arm und stellt sich an den Herd. Er lehnt mein Angebot, ihm zu helfen, ab und befiehlt mir zu verschnaufen.

»Clarke droht, das Anwesen niederzubrennen, wenn er noch länger dort eingesperrt bleiben muss«, informiert mich Justin, der sich auf sein Smartphone konzentriert.

Ich verdrehe die Augen zum Himmel, gereizt über seine Anspielung auf den Devil's Son.

Heute Morgen bin ich ihm aus dem Weg gegangen. Ich war zu angefressen davon, was er gestern direkt vor meiner Nase getan hat.

»Er sollte ernsthaft eine Anti-Aggressionstherapie machen«, murre ich.

Set lächelt mir mitfühlend zu, doch bevor er etwas sagt, weiß ich schon, dass er seinen besten Freund verteidigen wird.

»Er hat seine Gründe dafür, wütend auf die ganze Welt zu sein.«

»Ich weiß Bescheid«, meine ich seufzend.

»Dann weißt du auch, dass er unberechenbar ist. Clarke handelt, ohne dass jemand weiß, was ihn antreibt. Wir verstehen ihn auch nicht immer.«

»Habt ihr davon nicht manchmal die Nase voll?«

Es muss kompliziert sein, jemandem wie ihm zu folgen und ihn zu unterstützen. Nie zu wissen, womit man bei jemandem rechnen muss, sich vor jeder Reaktion von ihm zu fürchten, ist strapaziös.

»Wir haben alle unsere schlechten Seiten«, meint Jesse. »Aber eins ist sicher, Clarke ist unfehlbar loyal.«

»Er hat sich für mich eine Kugel eingefangen«, bekräftigt Set.

»Für mich auch«, schaltet sich Justin ein.

»Und zwei Messerstiche für mich«, setzt Tucker hinzu.

»Und einen Boxhieb für meinen Teil«, sagt Sean lachend. »Der Typ ist großartig!«

Strahlend kramen sie alte Erinnerungen hervor. Das alles entsetzt mich zwar, doch ich lächle unwillkürlich. Ja, Clarke hat viele Fehler, doch ich muss zugeben, dass er auch bemerkenswert gute Eigenschaften besitzt.

Nach einer guten Mahlzeit in ausgezeichneter Stimmung verlassen die Devils die Wohnung, um zur Uni zurückzufahren. Was mich erstaunt hat, war, von einem verdrossenen Tucker zu erfahren, dass die Jungs keine Ahnung von Jesses Vergangenheit oder den Gründen haben, aus denen er keinen Kontakt zu seiner Familie hat. Sogar Sean, der schon bei der Aufnahme des Devils mit dem rasierten Schädel in der Gang war, weiß nichts. Und Jesse scheint sich darüber zu amüsieren, so geheimnisumwoben zu sein.

Erfrischt von der Pause nehme ich meine Medikamente und blättere die Seiten des Dossiers um, um mich wieder darin zu vertiefen.

Als Stunden später die Wohnungstür geöffnet wird und Jesse hereinkommt, um mich zurück zum Anwesen zu fahren, höre ich auf, nervös auf und ab zu laufen.

»Ich hatte recht! Das Territorium von Ann Arbor interessiert sie gar nicht!«

Ich fasse ihn an der Hand und führe ihn im Laufschritt zum Computer, der auf der Küchentheke steht. Dort zeige ich mit dem Finger auf die Zahlen.

»Brasilien steckt mitten in einer Wirtschaftskrise!«

Jesse konzentriert sich auf den Bildschirm und kneift die Augen zusammen.

»Die Kings of the Law handeln mit anderen Ländern, was ihre Geschäfte ruiniert; wegen des wirtschaftlichen Zusammenbruchs in Brasilien! Der brasilianische Real hat innerhalb eines Monats 40 Prozent seines Werts verloren, aber dazu kommen noch die Wechselgebühren, die spektakulär steigen! Nehmen wir ein Beispiel: Sie kaufen ihre Waffen in Kanada, bei unserem guten Mike Arinson. Eine einzige Pistole ist wie viel wert? Durchschnittlich tausend Dollar? Für die Kings of the Law sind das über siebentausendachthundert brasilianische Real, ohne die Wechselgebühren zu berücksichtigen. Sie verlieren enorm viel Geld, wenn sie in Brasilien leben und mit dem Ausland handeln!«

Mit leicht gerunzelter Stirn lässt sich Jesse meine Worte durch den Kopf gehen und wirkt dann erschüttert. Meine Recherchen treffen zu.

»Sie lassen ihre Familien nicht wegen einer Episode aus der Vergangenheit zurück ...«, flüstert er. »Sie wollen sich hier niederlassen, um für ihre Lebenshaltungskosten aufzukommen!«

Ich nicke.

»Darüber müssen wir mit Carter reden!«

»Auf gar keinen Fall!«, rufe ich entsetzt aus. »Wenn ich recht habe, werden sie nicht nach Brasilien zurückkehren, und Carter wird ihnen den Krieg erklären. Dafür kann ich ihnen ein anderes Territorium suchen, das ihren Bedürfnissen entspricht.«

Ich hatte damit gerechnet, dass Jesse sich weigern würde, sein Schweigen zu wahren, doch das Ausbleiben einer Reaktion von ihm ist eine Chance für mich. Diese Gelegenheit lasse ich mir nicht entgehen. Ich klettere auf den Barhocker und öffne Google Maps, um die verschiedenen amerikanischen Städte vor Augen zu haben.

»Sie beschaffen sich ihre Waffen bei Mike und handeln in erster Linie mit den Amerikanern, also ... müssen wir für sie unbedingt ein Territorium in einem Land finden, dessen Währung der Dollar ist.«

»Wenn wir ihnen ein Gebiet in der Nähe von Michigan auftun, könnte uns das in der Zukunft Ärger machen, und wenn ihre Familien in Brasilien sind, dürfen wir sie nicht allzu weit entfernt unterbringen.«

»Deswegen hatte ich an Panama gedacht, in Mittelamerika. Dort zahlt man mit Dollar, und ...«

Jesse läuft nervös auf und ab und zweifelt an unserem Plan, während der Stress sich von Sekunde zu Sekunde stärker in meinem Bauch zusammenballt. Es wäre einfacher gewesen, wenn es nur um einen Revierkampf gegangen wäre. Die Wahrheit kompliziert die Lage beträchtlich.

»So funktioniert das nicht, Avalone. Sie sind so weit gekommen und werden nie freiwillig abziehen, wenn du ihnen Panama als Eldorado schmackhaft machst, wo es, nebenbei gesagt, nur so von Gangs wimmelt! Warum sollten sie sich uns beugen, wenn sie kämpfen müssten, um sich da unten zu etablieren?«

Entnervt stehe ich auf. Wir haben nicht mehr viel Zeit bis zu den Verhandlungen, und ich habe noch nie im Leben so viel Stress mitgemacht.

»Was dann? Bringen wir sie um? Oder lassen wir zu, dass sie sich eure Stadt unter den Nagel reißen? Uns bleibt nichts anderes übrig! Genau dazu sind Verhandlungen ja da. Ich kann die richtigen Worte finden, ich *werde* sie finden!«

Jesse stöhnt und reibt sich mit den Händen durchs Gesicht. Er ist genauso nervös wie ich.

»Wenn du eine bessere Lösung weißt, bin ich ganz Ohr.«

»Wir müssen mit Carter darüber reden!«

»Du weißt ganz genau, dass er entscheiden wird, sie umzubringen.«

»Das ist vielleicht nicht unser einziges Problem, Avalone.«

Ich verschränke die Arme vor der Brust und weigere mich kategorisch. Ich werde dieses radikale Vorgehen nicht akzeptieren, das auf keinen Fall eine Lösung ist.

»Ich werde eine *echte* Lösung finden.«

Jesse starrt mich an. Anscheinend wägt er meine Fähigkeiten und Vertrauenswürdigkeit ab.

So engagiert habe ich ihn noch nie erlebt. Das mildert irgendwie sein hartes Äußeres.

»Einverstanden. Aber du darfst keinen Fehler machen, S. Wenn du nichts erreichst, benachrichtigen wir Carter.«

Entschlossen nicke ich.

»Ich schaffe es, das verspreche ich dir.«

Ich weiß, ich kann es mir nicht erlauben, das zu vermasseln. Aber jetzt bin ich mir sicher. Die Wahrheit kompliziert die Lage vielleicht, aber sie macht auch die Kings of the Law menschlich. Sie können ihre Familien nicht unterhalten. Ich werde dafür sorgen, dass ihnen das gelingt, ohne dass einer von ihnen in einem unnötigen Kampf sein Leben verliert.

Jesse und ich lassen uns, erschöpft von dieser ganzen Geschichte, gleichzeitig aufs Sofa fallen.

»Kann ich dich etwas fragen?«, spreche ich ihn zögernd an.

Der Devil nickt.

»Warum weiß keiner der Jungs etwas über deine Vergangenheit?«

Sein Lächeln blendet mich. An seiner Miene erkenne ich, dass seine Vergangenheit nicht deswegen ein Rätsel ist, weil sie zu schmerzhaft für ihn ist, um darüber zu reden, sondern einfach, weil es ihn belustigt, das Geheimnis zu wahren. Er zieht mich an sich, um mich in die Arme zu nehmen, und legt sein Kinn auf meinen Scheitel.

»Wenn ich dir das erzähle, musst du mir bei Draupnir schwören, den Jungs nie etwas davon zu verraten.«

Ich muss lachen und verspreche, ihm die Bitte zu erfüllen. Daraufhin legt er die Füße auf den Couchtisch und erzählt mir seine Geschichte.

»Bevor ich den Devil's Sons beigetreten bin, war ich ein kleiner Cannabis-Dealer. Eines Abends haben die Bullen mich verfolgt. Ich war schon mehrmals verhaftet worden, und Jenna hat gedroht, mich umzubringen, wenn ich wieder anfange ...«

Als ich wieder auf dem Anwesen bin, lasse ich mich erschöpft auf mein Bett fallen. Was ich heute erlebt habe, hat seine Spuren bei mir hinterlassen. Der wahre Grund, aus dem die Kings of the Law in Ann Arbor sind, und Jesses Vergangenheit haben mich zutiefst aufgewühlt. Ich sehe noch die einsame Träne, die ihm über die Wange gelaufen ist. Nicht aus Trauer, sondern eine Freudenträne. Er hat sich daran erinnert, was er durchgemacht hat und wozu er dank Carter geworden ist. Er wird ihm ewig dankbar sein, und deswegen ist er wahrscheinlich der loyalste der Devil's Sons.

Inzwischen verstehe ich Carters Verhalten besser, oder zumindest weiß ich ein wenig besser darüber Bescheid, wie er neue Mitglieder anheuert. Er hat seinen Männern viel geboten: eine Zukunft für Jesse, eine neue Familie für Clarke, eine Möglichkeit, seine Wut zu kontrollieren, für Justin ...

Ein Leben für mich ...

Letztendlich bin ich gar nicht so anders als sie. Ich brauchte die Magie der Devil's Sons, um ganz ich selbst zu sein.

Clarke taucht in meiner Zimmertür auf und lehnt sich, die Arme vor dem Körper verschränkt, an.

»Schwänzt du inzwischen die Uni?«

Ich richte mich auf und mustere ihn argwöhnisch. *Woher weiß er das?*

»Lola hat sich Sorgen gemacht, weil du nicht an dein Handy gegangen bist.«

Mist! Ich hatte vollkommen vergessen, ihr Bescheid zu geben, dass ich nicht auf den Campus kommen würde, und dann war ich so in meine Lektüre versunken, dass ich den ganzen Tag nicht auf mein Smartphone gesehen habe.

»Ich war …«

»In der Wohnung, ich weiß. Ich habe Set angerufen.«

»Ich musste mich auf die Verhandlungen vorbereiten«, rechtfertige ich mich.

»Warum hast du das nicht hier gemacht?«

Ich ziehe eine Augenbraue hoch. *Fragt er mich das jetzt ernsthaft?*

»Ich kenne dein Programm nicht, Clarke. Du hast den gestrigen Nachmittag mit einer Frau im Bett verbracht, und ich wollte nicht Gefahr laufen, von dem Gestöhne abgelenkt zu werden.«

Die Villa ist riesig, ich hätte bestimmt einen Raum finden können, der weit genug von seinem Zimmer entfernt ist, um nicht belästigt zu werden. Aber nicht das Stöhnen an sich hätte mich gestört. Zu wissen, dass Clarke mit einer anderen zusammen ist, das wollte ich um jeden Preis vermeiden.

Der Bad Boy schüttelt den Kopf. Er bleibt gleichmütig und sagt nichts. Dafür rührt er sich aber nicht von der Stelle. Wir starren einander an, bis er das Wort ergreift.

»Das Treffen findet in einem verlassenen Lagerhaus außerhalb der Stadt statt. Übermorgen um vierzehn Uhr.«

Er schickt sich an, über den Flur davonzugehen, aber ich gestehe ihm etwas.

»Ich habe etwas über die Kings of the Law herausgefunden.«

Er bleibt stehen und dreht sich mit gerunzelter Stirn zu mir um. Mit fragender Miene tritt er in mein Zimmer.

»Ich bin überzeugt davon, dass sie sich überhaupt nicht für euer Revier interessieren. Sie wollen ihr Land verlassen, weil der brasilianische Real keinen Wert mehr hat, und da sie mit dem Ausland handeln ...«

Mit harter Miene bedeutet Clarke mir, fortzufahren.

»Niemand bis auf Jesse hat eine Ahnung. Er hat mir gesagt, ich soll mit Carter darüber reden, aber wenn er davon erfährt, wird er denken, dass er sie nur loswerden kann, indem er sie umbringt. Also, ich dachte, sie könnten nach Panama gehen. Dort wird der Dollar gebraucht, und es ist nicht allzu weit von ihren Familien. Jesse glaubt, dass sie sich weigern würden, und ... ganz unrecht hat er nicht. Ich bin nicht in der Lage, ihnen ein freies Territorium anzubieten. Ich habe stundenlang recherchiert, aber leider sind solche Informationen im Internet nicht besonders ausgewogen.«

Er steht reglos einen Meter vor mir und scheint das Für und Wider abzuwägen. Soll er den Boss informieren? Clarke analysiert, wie unsere Erfolgschancen ohne ein Blutbad aussehen.

»Ihr steht auf derselben Seite, Carter und du, Avalone«, erklärt er schließlich. »Du wirst ihn sofort informieren, weil er in der Lage ist, diese Art Informationen zu finden. Und was den D-Day angeht, solltest du, wenn du willst, dass die Kings of the Law dich anhören, nicht von Panama erzählen. Jedenfalls nicht als Hauptthema. Mach ihnen begreiflich, dass sie hier nicht willkommen sind, dass wir uns wehren werden und dass einige von ihnen, wenn nicht *alle*, sterben werden. Und dann wird sich niemand mehr um ihre Familien kümmern. Wenn sie das begriffen haben, kannst du ihnen Panama als Ausweg anbieten. Wenn du ihnen das in dieser Reihenfolge servierst, werden sie dir aus der Hand fressen.«

Ich zwinkere mehrmals und bin verblüfft darüber, dass er eine so genaue Einschätzung dazu hat. Er hat recht, und er hat mir gerade den Schlachtplan auf einem Silbertablett präsentiert. Man muss die Fakten nur in der richtigen Reihenfolge präsentieren.

»Danke«, flüstere ich beeindruckt.

Ich war so gestresst, dass ich nicht so gründlich wie er überlegt und die Dinge so einfach gesehen habe. Und was Carter angeht, glaube ich, dass ich keine andere Wahl habe. Ich werde ihn gleich morgen früh informieren, oder heute Abend, falls er auftaucht.

Clarke zwinkert mir zu, und dieses Mal verlässt er mein Zimmer.

Hastig hole ich die Dokumente aus meiner Tasche, mache mich dann wieder an die Arbeit und überlege, welche Informationen ich benutzen soll. Marie stellt mir den Drucker zur Verfügung, damit ich ein wasserdichtes Dossier für die Kings of the Law zusammenstellen kann, und bringt mir sogar ein Essenstablett.

Ich habe nicht die geringste Ahnung, wie spät es ist, als der Boss an meine Tür klopft. Dafür habe ich das Gefühl, dass mir gleich das Hirn platzt.

»Wie fühlst du dich?«

Seine Stimme klingt sanft, und sein Blick ist wohlwollend.

Seit Jesse mir seine Geschichte erzählt hat, hat sich meine Meinung über Carter wenigstens ein bisschen geändert. Er hat ihn gerettet. Hat ihm ein neues Leben, einen neuen Anfang geboten und ihm erlaubt, zu entdecken, wer er wirklich ist, ohne den Schatten Jennas und der Armut.

»Beklommen.«

Er lächelt mir liebevoll zu.

»Das ist normal. Aber du musst auf dich selbst und auf mich vertrauen. Ich hätte dir nie erlaubt, diese Verhandlungen zu führen, wenn ich mir unser beider nicht sicher wäre.«

Er setzt sich neben mich aufs Bett.

»Ich kenne dich besser, als du glaubst, Avalone. Diese Energie, die in dir schwingt, die hatte ich in deinem Alter auch. Dieses Leuchten in deinen Augen ... Es ist der Beweis für deine Entschlossenheit, für die Menschen, die du liebst, Berge zu versetzen. Diese Flammen ...«

Er schüttelt den Kopf.

»... Ich habe dieses Licht leider eingebüßt, aber bei dir strahlt es hell. Lass es niemals erlöschen. Es bestimmt dich zu Großem. Du weißt es noch nicht, aber du faszinierst die Menschen, die deinen Weg kreuzen.«

Er steht auf und geht zur Tür, doch da meldet sich mein Verantwortungsgefühl zu Wort.

»Warten Sie!«

Er dreht sich zu mir um und zieht eine Augenbraue hoch.

Ich beschließe, mein Vertrauen in diesen Mann zu setzen, und folge Clarkes Ratschlag. Ich sprudle alles hervor, was ich über die brasilianische Wirtschaftskrise herausgefunden habe.

Er lauscht mir aufmerksam und nickt ab und zu. Als ich mit meinen Schlussfolgerungen am Ende bin, verzieht er die Lippen zu einem leisen Lächeln.

»Ist das alles?«

Verblüfft runzle ich die Stirn.

»Wie, *ist das alles*?«

»Du hast mir ein Problem und seine Ursache dargelegt. Wo bleibt die Lösung?«

Frustriert darüber, ihn nicht erreicht zu haben, knirsche ich mit den Zähnen.

»Das müssen Sie mir sagen. Sie sind doch das Genie und der Meister-Schachspieler!«

Er steckt die Hände in die Taschen und sieht von seiner ganzen Körperhöhe auf mich hinunter.

»Wie sieht deine Lösung aus, Avalone?«

»Ich habe bloß den Ansatz einer Lösung gefunden.«

»Ich höre.«

Ich bin nervös und zögere, ihm zu gehorchen. Ich habe keine Ahnung von ihrer Welt; er kann sich eigentlich nur lustig über mich und meine Argumente machen. Trotzdem bringt mich sein wohlwollendes Nicken, mit dem er mich ermuntert, dazu, loszulegen.

»Panama. Nachdem wir ihnen logisch aufgezeigt haben, dass sie den Krieg unmöglich gewinnen können, können wir ihnen Panama als Plan B vorschlagen.«

»Womit begründest du das?«

»Mit ihrer Lebensweise. Aus den Favelas nach Ann Arbor? Hier überstehen sie keine achtundvierzig Stunden, bis die Polizei sie hochnimmt. Andererseits herrschen in Panama die gleichen Regeln wie die, mit denen sie groß geworden sind. Die Verbrechensrate ist weniger hoch als bei Panamas Nachbarn im Süden, was der Entwicklung entsprechen könnte, auf die sie abzielen. Wenn sie sich gut schlagen, könnten sie in ein paar Monaten ihre Familien nachholen, um ein weniger beängstigendes Leben zu führen und so den Glauben an die Zukunft wiederzufinden. Panama ist so eine Art Grauzone.«

Ich beuge mich über den Nachttisch, nehme das Dossier, das ich aufgestellt habe, und halte es Carter hin. Er nimmt es und überfliegt die Zahlen und unterschiedlichen Eigenschaften der Städte, die ich zusammengetragen habe.

Nervös knete ich meine Finger und habe den unangenehmen Eindruck, vor einer Jury zu stehen, die ich davon überzeugen muss, dass ich der Aufgabe gewachsen bin. Ich denke an die Punkte, die ich hätte ausführen können, und die Standard-Formatierung, der ich ein wenig mehr Aufmerksamkeit hätte schenken können.

Carter hebt gleichmütig den Kopf und klemmt sich meine Arbeit unter den Arm. Schließlich leuchten seine Augen zufrieden auf.

»Colón. Ich habe mir zwei verfügbare Territorien notiert. Sie müssen sich allerdings gegenüber ihresgleichen durchsetzen. Andererseits dürfte das nicht schwierig werden, wenn man ihnen etliche Zehntausend Dollar anbietet.«

Ich kneife die Augen zusammen und starre ihn an.

»Sie wussten Bescheid. Und Sie hatten sich schon *vorher* für Panama entschieden.«

»So ist es.«

»Warum haben Sie nichts gesagt?«, rufe ich ratlos aus.

»Ich wollte, dass du selbst zu diesem Schluss kommst. Ich habe die Hoffnung, dass meine Männer immer auf mich zählen können. Doch ich mache mir keine Illusionen. Man weiß nie, was kommt. Verbiete dir nie, selbst zu denken, Avalone. Wenn du eine Ahnung hast, geh der Sache auf den Grund. Und wenn du auf Probleme stößt, bitte um Hilfe.«

Ich nicke nachdenklich. Man kann Carter vieles vorwerfen, aber er zwingt uns nicht, alles zu schlucken, ganz im Gegenteil. Er drängt uns, unser Bestes zu geben.

»Sie sind bereit, den Kings of the Law Geld anzubieten?«

»Das Leben meiner Männer ist unbezahlbar. Wenn ein Krieg unvermeidlich ist, werden wir ihn gewinnen, aber ich bin nicht bereit, einen meiner Leute zu opfern.«

Er setzt eine entschlossene Miene auf.

»Ich werde die Elemente, die ich selbst zusammengetragen habe, in dein Dossier einfügen. Du hast sehr gute Arbeit geleistet, Avalone. Und jetzt ruh dich aus. Wir haben morgen einen langen Tag vor uns. Und hör ein für alle Mal auf, mich als Monster zu betrachten! Du bist mit deiner Entdeckung nur nicht zu mir gekommen, weil du dachtest, ich würde sie bis auf den letzten Mann auslöschen.«

Ich lächle betreten.

»›Er zieht ein Messer? Du ziehst ein Gewehr. Er befördert einen deiner Männer ins Krankenhaus? Du beförderst einen von seinen in die Leichenhalle.‹ Schließlich ist *Die Unbestech-*

lichen ein Film aus Ihrer Zeit. Ich hatte befürchtet, Sie hätten sich Malones Worte zum Mantra gemacht.«

»Bring mich nicht auf Ideen, junge Dame …«

Der Gangchef zwinkert mir zu und verlässt, ein Lächeln auf den Lippen, mein Zimmer.

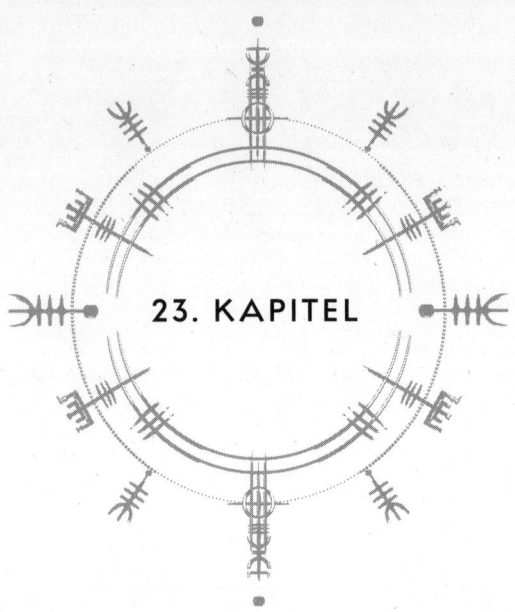

23. KAPITEL

Jesse, 17 Jahre

Da ich mich schon so häufig in dieser Gegend herumgetrieben habe, kenne ich sie wie meine Westentasche, sogar bei Nacht und auf jeden Fall besser als der Bulle, der mir auf den Fersen ist.

Die Nacht ist meine einzige Zuflucht, und er nimmt sie mir … Was sich nie ändert, sind der Mond und die Sterne, die mich begleiten.

Ich biege in eine Gasse ein, klettere geschickt das kleine Gitter hoch und lande im Reichenviertel. Ich hasse diesen Ort, diese Menschen, die sich verbarrikadieren, mit Scheuklappen leben und den verkommenen Hütten, die zwei Straßen entfernt von ihren großartigen Villen liegen, keine Beachtung schenken.

Als mir bewusst wird, dass ich meinen Verfolger abgeschüttelt habe, höre ich auf zu rennen und lächle kurzatmig, aber triumphierend. Den Göttern sei Dank, heute Nacht kriegen sie mich nicht in die Finger.

Mein Lächeln verfliegt, als ein Polizeiwagen aus dem Nichts heraus plötzlich vor mir auftaucht.

Mist, verdammter!

Ich drehe um und renne dann wieder hektisch in die entgegengesetzte Richtung los. Brutal knalle ich dann die Hacken in den Boden und bleibe vor zwei neu aufgekreuzten Bullen stehen. Ich bin umzingelt.

Ich fluche lautlos und bin sogar bereit, sie anzuflehen, bis ich meinen Ausweg entdecke: ein imposantes schwarzes Gittertor links von mir. Ich riskiere, mich daran aufzuspießen, aber mir bleibt nichts anderes übrig. Immer noch besser, als es mit Jenna zu tun zu bekommen. Die Polizisten werden nie wagen, in ein privates Anwesen einzudringen.

Ich renne los und klettere am Tor hoch. Schließlich lande ich problemlos auf der anderen Seite.

Ich drehe mich zu den vier Bullen um, zeige ihnen zwei Stinkefinger und grinse provozierend.

»Jetzt werden wir sehen, wer mehr Geduld hat!«, verhöhne ich sie. »Unterdessen werde ich spazieren gehen, und wer weiß, vielleicht finde ich ja einen anderen Ausgang?«

Ich will mich gerade auf dem Absatz umdrehen, als ich von irgendwo über mir das typische Geräusch einer Tür höre, die sich öffnet. Verblüfft mustere ich die Bäume und entdecke eine Art Kontrollturm mit getönten Fenstern. Ein bis an die Zähne bewaffneter Mann steht auf einem Balkon und weist mit einer Kopfbewegung in meine Richtung.

Allmächtige Götter, wo bin ich da hineingeraten?

Die Bullen sprechen ihn an, verlangen, dass er ihnen aufmacht, damit sie mich verhaften können, doch der Typ reagiert nicht, so als wären sie unsichtbar.

Und das Tüpfelchen auf dem i, ein Maserati, kommt die Straße entlang und hält direkt vor dem Torgitter an, sodass die Polizisten beiseitetreten müssen.

Mein Körper schaltet wieder in den Alarmzustand. Ich

habe eindeutig nicht die geringste Chance. Der Besitzer wird das Tor öffnen, und ich werde auf dem Revier landen.

Einer der Bullen tritt an das heruntergelassene Fenster auf der Fahrerseite.

»Entschuldigen Sie, Mr. Brown. Dieser junge Mann ist über Ihre Mauer geklettert, als wir ihn verfolgt haben. Wir werden ihn von Ihrem Besitz entfernen.«

Brown? Wie in Carter Brown? Dem mächtigsten Kerl der Stadt und Chef der Devil's Sons?

Verdammter Mist! Wenn die mich kriegen, schießen die mir eine Kugel in den Kopf.

Ich stemme die Füße in den Boden und mache mich bereit, blitzschnell davonzuschießen.

»Nicht nötig«, gibt der Milliardär zurück. »Jesse Mason hat einen Termin bei mir. Ich hatte ihn gebeten, über das Tor zu klettern, falls ich mich verspäte.«

Ich bin so vor den Kopf gestoßen, dass ich das Weglaufen vergesse.

Woher kennt er meinen Namen, und wieso deckt er mich?

»Tut uns leid, Mr. Brown, wir müssen ihn verhaften.«

»Ich habe Nein gesagt. Dieser Junge steht unter meinem Schutz.«

Die Autorität, die dieser Mann ausstrahlt, ist legendär. Ich möchte ihn nicht zum Feind haben.

Das Tor wird geöffnet, der Polizist murmelt mit wütender Miene etwas in den Bart, und der Chef der Devil's Sons fährt mit dem Maserati bis zu mir vor.

»Steig ein!«

Ich lasse mich nicht länger bitten. Nachdem ich den Bullen grinsend zugezwinkert habe, steige ich in das Luxusauto. Der Chauffeur fährt los, und wir fahren eine unendlich wirkende Allee hinauf, ohne ein Wort zu wechseln.

Was zur Hölle soll das alles? Ich meine, ich beklage mich nicht darüber, dass er mir den Hintern gerettet hat, aber warum?

Wir fahren in eine Garage voller Karren, von denen eine teurer ist als die andere. Ich bin halb fassungslos und halb angewidert. Diese reichen Leute kriegen nie genug.

Wir steigen aus dem Wagen, steigen drei Stufen hinauf, und Mr. Brown öffnet eine Tür, die in den Flur einer prachtvollen Villa führt.

Verdammt, der Mistkerl lebt wirklich nicht schlecht!

Wir treten in sein Büro, und er nimmt in seinem Sessel Platz und bedeutet mir, mich gegenüber hinzusetzen. Ich gehorche und lasse meinen Blick über Gegenstände schweifen, die sich selbstständig machen könnten, ohne dass er es merkt.

Er mustert mich lange, während ich ihn ansehe. Schließlich breche ich das Schweigen.

»Woher kennen Sie mich?«

»Ich studiere dich schon seit mehreren Wochen.«

Ich bin sprachlos.

»Sie *studieren* mich?«

Um seinen Worten Nachdruck zu verleihen, zieht Mr. Brown aus seiner Schublade eine Akte, auf der mein Name steht. Er legt sie offen vor mich hin, und ich entdecke darin meine Geburtsurkunde, meine Krankenakte, meine Schulzeugnisse – von der Mittelstufe bis zur Oberstufe –, meine Strafakte und eine beeindruckende Kartei mit diversen Informationen über mich.

Ich stehe so abrupt auf, dass mein Stuhl hinter mir umfällt.

»Was Sie da machen, ist illegal!«

Der Chef der Devil's Sons ist unbeeindruckt.

»Ein Privatgrundstück zu betreten, ohne dazu eingeladen worden zu sein, ist das ebenfalls.«

»Ich wollte mich nur retten! Aber Sie, Sie sammeln Fakten über mich wie ein verfluchter Psychopath!«

Ein Lächeln tritt auf das Gesicht des Milliardärs. Er wirkt so entspannt, so selbstsicher, dass es mich verwirrt. Dieser Mann verstört mich ziemlich.

»Du suchst Arbeit, Jesse.«

Das ist keine Frage; trotzdem schüttle ich den Kopf.

»Nein, Mr. Brown.«

»Nenn mich Carter. Und ich *weiß*, dass du Arbeit suchst. Doch du willst meine Hilfe nicht, weil ich reich bin und daher deiner Meinung nach uninteressant.«

»Genau.«

Ich halte dem Blick des Mannes stand, dem herzlich egal zu sein scheint, was ich denke. Er gehört zu den Menschen, die ihre Meinung sagen und sich Gehör verschaffen, nicht umgekehrt.

»Du hast von den Devil's Sons gehört.«

Ich reagiere nicht, denn das ist immer noch keine Frage.

»Ich schlage dir vor, ihnen beizutreten, natürlich gegen Bezahlung.«

Ich pruste vor Lachen und schüttle den Kopf. Diese Situation ist absurd.

»Wie kommen Sie auf die Idee, dass ich dem gewachsen wäre?«

»Kleiner, du bist mit deinem Vater auf die Jagd gegangen und kannst mit einem Schießeisen umgehen. Du bist durchtrainiert und alles andere als dumm, obwohl du so tust. Du führst ein mieses Leben, aber du weißt, was Respekt und Loyalität sind.«

»Und was sagt Ihnen, dass ich annehmen werde?«

»Du bekommst eine Harley-Davidson, die Gelegenheit, mit drei deiner Kameraden in eine Luxuswohnung zu ziehen, sowie ein Gehalt von dreißigtausend Dollar monatlich. Du musst dein Studium wieder aufnehmen, das ich finanzieren werde, doch das dürfte kein Problem für dich sein, da du nie ein gemeiner Dealer werden wolltest. Du gehst also zur Uni wie alle Studenten, und nebenbei arbeitest du für mich.«

Ich bringe keinen Ton heraus.

Es ist nicht nur das Geld, das er mir in Aussicht stellt, sondern das ganze Paket. Ich hätte nie gedacht, dass ich wieder studieren würde. Und weit weg von Jenna zu leben, war nur ein Traum. Ein Traum, der jetzt zum Greifen nah zu sein scheint.

Schließlich holt die Realität mich ein. Ich versuche, meine Enttäuschung so gut wie möglich zu verdrängen, und schüttle den Kopf.

»Die Universität Michigan nimmt mich wegen meines Strafregisters nicht ...«

»Das in der Sekunde, in der du diese Villa verlässt, sofort gelöscht werden wird.«

Verdattert reiße ich die Augen auf.

Wenn ich noch nie von diesem Mann gehört hätte, würde ich an eine Betrugsmasche glauben. Aber es ist klar, dass die Devil's Sons alles haben, was sie sich nur wünschen können.

Andererseits, habe ich Lust, in eine Gang einzutreten? In einem Team zu arbeiten? Mein Leben zu riskieren?

»Aber das gilt alles nur, wenn ich bereit bin, mich Ihnen anzuschließen«, gebe ich alles andere als naiv zurück.

»Es gibt kein *Wenn*. Ob du meinen Vorschlag annimmst oder nicht, dein Strafregister wird verschwinden, und ich komme vollständig für dein Studium auf.«

Ich runzle vollkommen verständnislos die Stirn.

Das ergibt keinen Sinn ...

»Warum sollten Sie das tun?«

»Der Mangel an finanziellen Mitteln soll dich nicht daran hindern, deine Träume zu verwirklichen. Du hast mehr drauf, als den ganzen Tag unter der Brücke Shit zu verkaufen. Ich behaupte nicht, dass das, was ich dir antrage, moralisch korrekter ist, aber mit dem, was ich dir dafür anbiete, kannst du dein Studium wieder aufnehmen und Jenna hinter dir lassen. Ich biete dir ein neues Leben an, Jesse. Einen Neuanfang. Um es besser zu machen. Um glücklicher zu sein.«

Dieser Mann, den ich noch nie gesehen habe, taucht auf wie ein Robin Hood und bietet mir auf einem Tablett aus massivem Gold die Chance meines Lebens an.

»Wo ist der Haken?«

»Es gibt keinen. Dafür musst du wissen, dass die Devil's Sons kein Verein sind. Wenn du mitmachst, übernimmst du Verantwortung, vor der du dich nicht drücken kannst. Doch wenn du eine Weile bei uns gewesen bist und beschließt, dass es Zeit zum Aufhören ist, um etwas anderes zu probieren, halte ich dich nicht auf.«

»Sie sagen, dass ich mich für eine bestimmte Zeit verpflichte und höchstens in ein paar Jahren wieder herauskomme?«

Carter nickt und verschränkt auf seinem Schreibtisch die Finger.

»Momentan kenne ich dich nur über Worte, die auf Papier stehen. Dich bei den Devil's Sons aufzunehmen, bedeutet, dass du Zugang zu streng vertraulichen Informationen erhältst. Du wirst verstehen, dass ich nicht das Risiko eingehen kann, jemanden in meine Gang einzuführen, ihn über unsere Aktivitäten zu informieren und ihn sofort wieder ziehen zu lassen. Er könnte damit zur Polizei gehen.«

Das erscheint mir allerdings logisch. Carter ist vorsichtig.

»Ich erlaube einem Mitglied, uns zu verlassen, wenn ich Vertrauen zu dieser Person habe«, fährt er fort. »Und Vertrauen entsteht mit der Zeit, durch Erfahrung und Prüfungen.«

»Und wenn ich erkenne, dass ich nicht dazu geschaffen bin?«

»Von allen Männern, die ich ausgewählt habe, hat höchstens nach sehr langen Jahren einmal jemand den Wunsch entwickelt, die Devil's Sons zu verlassen. Wenn sie gegangen sind, dann, weil es Zeit für sie war, ihren Weg mit einer neuen Vision von sich selbst und der Welt weiterzugehen.

Ich habe mich noch nie in den Menschen geirrt, die ich rekrutiert habe. Und ich werde mich nicht in dir irren, Jesse.«

»Ich nehme an.«

Die Worte kommen wie von selbst aus meinem Mund, doch ich bereue sie nicht. Ich lache laut heraus und lasse mich in meinen Sessel sinken. Schon jetzt stelle ich mir vor, wie mein Leben in Zukunft aussehen könnte.

Carter nickt gelassen.

»Gut, mein Junge, bist du bereit, dein neues Zuhause zu sehen?«

»Ich kann es kaum erwarten.«

Zufrieden lächelnd, öffnet Carter eine Schublade und nimmt ein Blatt Papier heraus, das er in die Innentasche seines Anzugs gleiten lässt. Als wir zurück zur Garage gehen, klingt jeder unserer Schritte entschlossen.

Carter hält den Wagen vor unserer Wohnung an. Die Beklemmung überkommt mich so heftig, dass es mir den Atem verschlägt. Ich war zu sehr mit Tagträumen beschäftigt, um zu bemerken, dass wir uns in meinem ärmlichen Stadtviertel befinden.

»Ich dachte, wir fahren in die Wohnung!«, rufe ich panisch aus.

»Wir müssen aber deine Sachen holen.«

Er steigt aus dem Wagen, aber ich bin wie gelähmt und rühre mich nicht.

Ich weiß, was mich drinnen erwartet, und in dem Moment, in dem ich Carters Vorschlag angenommen hatte, dachte ich, das nie wieder erleben zu müssen.

Der Chef der Devil's Sons tritt um das Auto herum und hält mir die Tür auf. Ich war überzeugt davon, einen gereizten Ausdruck in seinem Blick zu erkennen. Schließlich öffnet ein reicher Mensch einem Ganoven wie mir nicht die Tür. Doch ich lese darin Respekt und eine unerschütterliche

Entschlossenheit, die mir die nötige Kraft schenkt, mich den Ereignissen zu stellen.

Ich steige aus dem Maserati und atme die ekelhaft stinkende Luft in der Gasse.

»Jenna wird nie akzeptieren, dass ich ausziehe.«

»Wir werden sie nicht um Erlaubnis fragen.«

Er dreht sich auf dem Absatz um und geht zur Haustür. Ich folge ihm mit einem Stein in der Magengrube und zugeschnürtem Hals.

Ich habe nicht nur Angst, der Frau gegenüberzustehen, aus der meine Albträume sind, sondern auch davor, dass Carter es sich anders überlegt, wenn er feststellt, dass ich ihr gegenüber ein Feigling bin. Dazu kommt noch die Scham, ihm zu zeigen, wo ich lebe. Meine »Familie« und ich gehören zum ärmsten Bevölkerungsteil des Staates.

Mit zitternder Hand stecke ich den Schlüssel ins Schloss und öffne die Tür. Ich habe noch keinen Fuß hineingesetzt, als ich nach vorn gezerrt und brutal gegen die Wand geknallt werde. Jennas wutverzerrtes Gesicht schwebt nur ein paar Zentimeter vor mir.

»Du Mistkerl! Ich hätte dir in der Sekunde, in der ich dich zum ersten Mal gesehen habe, den Hals umdrehen sollen! Die Polizei sucht dich immer noch. Wirst du mich denn nie in Ruhe lassen?«

Ich bin wie gelähmt, wehre mich nicht, gebe keine Antwort.

Mein Vater taucht mit betrübter Miene in meinem Blickfeld auf. Er hat noch nie die Hand gegen mich erhoben, aber er ist auch noch nie dazwischengegangen, wenn *sie* es getan hat.

Der Fausthieb in den Magen schneidet mir die Luft ab, obwohl mein Körper inzwischen dagegen abgehärtet ist. Als Jenna ausholt, um mich noch einmal zu schlagen, hält ihr jemand den Lauf einer Waffe an die Schläfe. Sie hält inne. Ihre

Miene wirkt verwirrt, ihr Zorn ist verflogen. Ihr Selbstvertrauen und ihre Überlegenheit, die sie durch die Schreckensherrschaft untermauerte, gingen verloren.

»Guten Abend«, sagt Carter.

Sie hebt abwehrend die Hände und beginnt, an allen Gliedern zu zittern. Sie wagt nicht einmal, sich zu dem Besitzer der Waffe umzudrehen, und ich empfinde eine Art widerlicher Befriedigung.

»Ihre Angst ist berechtigt«, fährt Carter fort. »Treten Sie von Ihrem Sohn zurück, dann stecke ich meine 9-Millimeter weg.«

Sie gehorcht und tritt einen Schritt zurück, dann noch einen.

Carter senkt wie versprochen die Waffe, und Jenna wagt es, sich zu ihm umzuwenden.

»Mr. Brown?«, fragt sie mit erstickter Stimme. »Falls mein Sohn Ihnen Ärger gemacht hat, dann hat *er* Schuld. Ich nicht. Und auch mein Mann nicht.«

Carter tritt durch den Rahmen der abgeschabten Tür. Der Blick, den er auf meine Mutter richtet, ist unglaublich hart. Sie verschluckt sich und schlägt die Augen nieder.

»Ihr Sohn hat mir kein Unrecht getan, im Gegenteil. Er arbeitet von jetzt an für mich, und er wird auch in eine Wohnung ziehen, die mir gehört.«

Jenna stößt ein nervöses Lachen aus. Instinktiv fahre ich kurz zurück.

»Kommt gar nicht infrage! Jesse wird dieses Haus nicht verlassen.«

Carter zieht sein Smartphone aus seiner Anzugtasche und tippt kurz darauf. Dann dreht er den Bildschirm so, dass meine Erzeugerin ihn sieht, und zeigt Fotos, auf denen sie mich brutal verprügelt. Sie reißt die Augen auf, genau wie mein Vater und ich.

Wie ist er bloß daran gekommen?

»Wenn Sie sich nicht fügen, ist morgen in aller Früh das Jugendamt hier, zusammen mit der Polizei. Sie verlieren das Sorgerecht für Ihren Sohn und kommen ins Gefängnis. Oder ...«

Der Chef der Devil's Sons zieht das Papier hervor, das er aus seiner Schreibtischschublade genommen hatte.

»... Sie unterzeichnen mir diese Erklärung, die festlegt, dass ich bis zu Jesses Volljährigkeit als Einziger gesetzlich verantwortlich für ihn bin.«

Ich kann es nicht fassen. Meine Eltern übrigens auch nicht.

Carter wird nicht nur die nächsten drei Monate mein Vormund sein, der Typ hat Klasse!

»Geh deine Sachen packen!«, befiehlt er mir.

Ich gebe keine Antwort, sondern gehorche. Ich renne zu meinem armseligen, schimmligen, fünf Quadratmeter großen Zimmer, öffne meine beiden Sporttaschen und stopfe meine wenigen Habseligkeiten hinein.

Als ich herauskomme, ist Carter nicht mehr da. Jenna und mein Vater sitzen auf dem Sofa. Meine Erzeugerin wirft mir einen verdrossenen Blick zu.

»Bist du jetzt zufrieden? Hast du, was du wolltest?«

Trotz allem, was sie mir angetan hat, schaffe ich es, mich schuldig zu fühlen. Sie manipuliert mich, so wie immer. Doch dieses Mal lasse ich mir das nicht gefallen. Schluss mit der Angst.

»Verdammt, ja!«

Mit diesen Worten verlasse ich das Haus, ohne zurückzusehen, und gehe zu Carter, der im Auto sitzt.

Ein paar Sekunden sitze ich reglos da und atme zum letzten Mal diesen grauenhaften Geruch nach Dreck und Pisse, und dann verziehe ich den Mund zu einem aufrichtigen Lächeln, und Carter Brown ist mein Messias.

Ich steige in den Wagen und werfe meine Taschen auf die Rückbank.

»Jenna hat unterschrieben?«

»Ihr blieb nichts anderes übrig. Ich hoffe, du nimmst es mir nicht übel, dass ich radikal geworden bin.«

Ich schüttle den Kopf und bin viel zu glücklich, um ihm irgendetwas übel zu nehmen.

»Tausend, tausend Dank, Carter.«

Er lächelt mir zu, ebenfalls aufrichtig, und fährt dann los. Wir lassen diese Armut hinter uns, die ich immer gehasst habe, noch stärker als die Reichen selbst. Ich öffne das Fenster, genieße es, wie die Luft durch mein Haar fährt, und stoße einen Freudenschrei aus, der durch die Nacht hallt.

Eine flüchtige Idee huscht mir durch den Kopf, doch sie bekräftigt diese Vorstellung von Veränderung, die mein Herz auf ganz neue Art schlagen lässt: Ich werde mir den Kopf rasieren.

Carter parkt in einem schicken Viertel, vor einem abstoßend eleganten, frisch renovierten Haus. Wir steigen mit meinen Taschen in der Hand aus dem Auto und treten in die Eingangshalle.

Mein neuer Arbeitgeber klopft an eine Tür, die sich ein paar Sekunden später öffnet, und Sean steht da. Ich erkenne ihn, bin ihm schon mehrmals begegnet.

Wenn man bedenkt, dass ich ihn ganz schön falsch beurteilt habe ...

Als er mich sieht, strahlt er.

»Carter hat es geschafft, dich in die Finger zu bekommen? Willkommen bei uns, Kumpel!«

Er umarmt mich herzlich.

Ich gebe keine Antwort, aber dies ist der schönste Tag in meinem Leben.

Wie der Boss gesagt hat, ist das ein Neuanfang für mich.

Sean nimmt meine Taschen und bedeutet mir, hereinzukommen.

»Du wirst die Zwillinge lieben. Jedenfalls, solange du nicht in ihre ewigen Streitereien hineingezogen wirst ...«

Er verschwindet im Flur, und ich folge ihm nicht. Stattdessen drehe ich mich zu Carter um.

»Ich schwöre Ihnen bei Draupnir, dass Sie nicht bereuen werden, mich engagiert zu haben. Ich bin Ihr Mann, solange ich lebe.«

»Ganz gleich, was passiert, ich werde es nie bereuen. Aus dir wird etwas werden, Jesse Mason.«

24. KAPITEL

Carter hat mir einen ganzen Tag gewidmet. Zwölf intensive Stunden. Ich dachte, er würde nachsichtig sein. Gewaltiger Irrtum. Er war autoritärer denn je. Ich durfte mir nicht den geringsten Schnitzer leisten.

Die erste Etappe bestand darin, alle Informationen über die Kings of the Law, die ich gestern neu einbezogen hatte, durchzugehen. Wenn ich ihr Strafregister nicht bis auf das letzte Komma auswendig wusste, zwang Carter mich, alles noch einmal zu lesen. Die Herkunft jedes Einzelnen, Besonderheiten über ihre Familien, die Komponenten ihrer Gegenwart und ihrer Vergangenheit sind keine Geheimnisse mehr für mich. Auch über Colón weiß ich jetzt alles. Carter hat mich alles gelehrt, was ich über diese Stadt wissen muss, und dazu die Stärken und Schwächen der Gangs ringsum.

Dann folgte die zweite Etappe: Wie man die Aufmerksamkeit seiner Zuhörer erreicht. Wer hätte gedacht, dass Carter ein so begabter und gewissenhafter Rhetoriklehrer ist? Wir haben eine Liste prägnanter Wörter aufgestellt, die ich während der Verhandlungen gebrauchen soll. Wir haben an meiner Stimme gearbeitet. Auch meine Haltung wurde unter die Lupe genommen. Ich muss allein mit den Schultern Selbstbewusstsein und Ruhe ausstrahlen. Wir haben an meinem Blick gearbeitet, um eine magnetische Ausstrahlung zu entwickeln. Carter hat mir versichert, wenn ich seinem Rat folgen würde, würden die Kings of the Law sich bis ans Ende ihrer Tage an meine Augenfarbe erinnern. Um dieses zweite Ziel zu erreichen, haben wir mein Anderssein geradezu herausgearbeitet, damit es sich nicht zu unseren Ungunsten auswirkt, denn es ist ein zweischneidiges Schwert. Es kann die Kings of the Law abschrecken oder sie neugierig machen.

Die dritte Etappe ist die gefährlichste: ein Kurs im Schusswaffengebrauch. Wenn ich es vor den Verhandlungen nicht schaffe, mit einer Waffe umzugehen, werde ich nicht teilnehmen. Ich habe immer noch ein Pfeifen in den Ohren, und dabei habe ich mein Ziel nur viermal getroffen ... bei hundert Versuchen! »Man weiß nie, es könnte durch reinen Zufall klappen[28]«, hat der Boss am Ende dieser Trainingseinheit gemeint, und ich habe mit einem neu interpretierten Zitat aus dem Film »Goodfellas« gekontert: »Soweit ich mich erinnere, wollte ich nie Gangster werden.« Ich muss gestehen, dass ich nicht wirklich alles gegeben habe. Eine Waffe in der Hand zu halten, begeistert mich nicht gerade.

Dieser Tag war bereichernd. Carter ist ein Mann, von dem man viel lernen kann. Und er gibt sein Wissen gern weiter. Er denkt außerhalb eingefahrener Bahnen und hat eine Distanz zum Leben und zur Gesellschaft, die einen ärgern oder im Gegenteil beeindrucken kann. So erstaunlich das auch klingen mag, ich hatte einen großartigen Tag und hoffe insgeheim, das wiederholen zu können.

---

28 Zitat aus dem Film *Les Bronzés font du ski*. (Deutsch: Sonne, Sex und Schneegestöber)

Das Erwachen war hart, denn ich hatte nicht viel geschlafen. Lieber hatte ich zum x-ten Mal die Karteikarten durchgesehen, die ich mir angelegt hatte, und dann fiel es mir schwer, in den Schlaf zu finden. Außerdem konnte ich seit gestern Mittag nichts mehr essen, obwohl Marie und Carter darauf bestanden haben. Ich bin viel zu nervös dazu und frage mich ständig, worauf ich mich da eingelassen habe. Ernsthaft, wer hätte überhaupt vorgeschlagen, Verhandlungen mit Kriminellen zu führen? Merkwürdigerweise fürchte ich nicht um mein Leben. Angst habe ich eher um das der Devil's Sons. Wenn ich scheitere und ihnen etwas zustößt, würde ich mir das nie verzeihen.

Jesse stürzt panisch in mein Zimmer. Er packt mich an den Schultern und sieht mir durchdringend in die Augen.

»Sag mir, dass du eine Lösung gefunden hast!«

Ich lächle ihm zu, damit er sich entspannt.

»Carter ist ...«

»Ach, egal! Ich werde ihm alles erzählen, damit du auf dem Anwesen bleibst und in Sicherheit bist!«

Und er fürchtet nicht um sich und die anderen, sondern um mich.

Er wendet sich ab, um zum Boss zu laufen, doch ich halte ihn am Handgelenk fest.

»Immer sachte!«

Seine Züge sind verspannt, und er öffnet und schließt die Fäuste.

»Clarke hat mir ...«

»Und seit wann ist Clarke ein Sinnbild glasklarer Logik?«, unterbricht er mich.

»Ist er nicht, abgesehen davon, was meine Sicherheit betrifft, aber das ist gar nicht die Frage ...«

Er setzt eine zweifelnde Miene auf, doch er weiß, dass ich recht habe.

»Bei Odin, worauf lassen wir uns da ein?«, fragt er sich.

Er legt die Hände um mein Gesicht und küsst mich auf die Stirn, als könnte es das letzte Mal sein, und dreht sich dann auf dem Absatz um.

»Jesse! Lässt du mich auch mal zu Wort kommen, ja?«

Er dreht sich zu mir um, und endlich kann ich ihm sagen, was los ist.

»Carter weiß Bescheid. Er hat in Panama ein Territorium für sie gefunden.«

Er kann es nicht glauben und steht wie gelähmt da, und dann lächelt er stolz. Er stürzt sich auf mich, hebt mich vom Boden hoch und schwingt mich durch die Luft. Schließlich drückt er mich so fest an sich, dass er mir beinahe die Knochen bricht.

»Du bist ein Genie!«

»Den ganzen Verdienst kann ich nicht beanspruchen, aber das Kompliment nehme ich gern an!«

Zu Mittag drängen sich die Devil's Sons, die Demon's Dads und die Dark Angels im Salon. Wir alle tragen unsere Jacken. Auch Ethan ist mit von der Partie.

Carter hat sich äußerst deutlich ausgedrückt. Die beiden verbündeten Gangs werden nur eingreifen, wenn die magische Losung »genug geredet« fällt. Sie werden sich, bis an die Zähne mit Maschinenpistolen und Granaten bewaffnet, hinter dem Lagerhaus versteckt halten. Wenn die Sache schiefgeht und sie ins Bild kommen, haben die Kings of the Law nicht die geringste Chance. Keiner von ihnen wird das überleben.

Die Devil's Sons und Ethan dürfen nur zwei Pistolen und drei Magazine pro Mann mitbringen.

Ich komme mir vor wie im Film und habe den Eindruck, dass die Handlung ohne mich abläuft. Ich schüttle den Kopf, um mich wieder zu fangen, dann konzentriere ich mich auf Carters Worte.

»Wenn ein Schuss fällt, ganz egal von welcher Seite, gibt es kein Pardon. Bringt sie alle um. Und jetzt legt eure Ausrüstung an!«

Die drei Gangs stehen gleichzeitig auf und treten auf den Tisch zu, auf dem eine unglaubliche Menge an Waffen liegt; eine gefährlicher als die andere.

Ich bleibe stehen, rühre mich nicht und warte auf die nächsten Anweisungen, als mein Handy vibriert und mir einen Anruf von Lola signalisiert. Ich nehme ab.

»Ich habe keine Zeit zum Reden«, sage ich warnend.

»Carter«, erklärt sie hastig. »Du kannst dir nicht vorstellen, was ich entdeckt habe!«

Ihre knappen Worte machen mir klar, dass sie die Recherchen durchgeführt hat, um die ich sie gebeten hatte. Und die Informationen, die sie zusammengetragen hat, erscheinen mir interessant.

»Ich höre.«

»Er wurde nach dem Tod seiner Eltern von der Familie Arinson adoptiert. Mike Arinson, der Waffenlieferant der Devil's Sons, ist Carters Adoptivbruder! Und das ist noch nicht das Verrückteste. Die beiden haben Arinson Arms gemeinsam gegründet, und dann ist Carter plötzlich und ohne sichtlichen Grund ausgestiegen.«

Mein Blick schweift augenblicklich zu dem Angesprochenen, der gerade letzte Befehle erteilt.

»Bist du dir sicher?«

»Zu tausend Prozent!«

»Danke, Lola. Ich ruf dich später an.«

Ich lege auf und stecke mein Smartphone wieder in die Tasche, ohne Carter aus den Augen zu lassen. Jetzt bin ich misstrauisch.

Diese Verwandtschaft, auch wenn sie nicht biologisch ist, würde erklären, warum Carter vor meinem Besuch in Leamington mit Mike über mich geredet hat. Aber warum sollte er das verheimlichen, obwohl diese Information bei den Verhandlungen mit den Kings of the Law ausschlaggebend sein könnte? Und schlimmer noch, warum so tun, als wäre es ein Bluff, dass Mike auf unserer Seite steht, obwohl es gar keiner ist?

Alle meine Überlegungen sind zu Ende, als Clarke auf mich zukommt. Er tritt um mich herum und zieht den Bund meiner Jeans zurück, um eine Pistole hineingleiten zu lassen.

»Für alle Fälle«, erklärt er mir.

»Auf geht's, jetzt!«, befiehlt uns Carter.

Die Männer nicken und verlassen den Salon.

»Ava, du steigst hinten auf meine Maschine«, weist Set mich an.

»Schon gut, ich nehme sie mit«, gibt Clarke zurück.

Sein bester Freund nickt und verlässt, begleitet von den anderen, das Haus. Ich werfe dem Verletzten einen strengen Blick zu und stemme die Hände in die Hüften.

»Du kommst nicht mit, du bist noch nicht gesund!«

Mit einer unerwartet sanften Bewegung, bei der mich Schauer überlaufen, schiebt Clarke mir eine Haarsträhne hinters Ohr.

»Das ist nicht verhandelbar, Avalone. Kommt gar nicht infrage, dass ich hier warte, ohne zu wissen, ob du noch atmest. Du hast mich nicht zurückgehalten, als Set in der Klemme steckte, und jetzt steht dein Leben auf dem Spiel. Nichts auf der Welt kann mich davon abbringen, nicht mal die Götter!«

Ich spüre die Schmetterlinge in meinem Bauch, doch das ist nicht der richtige Moment dazu. Seine Anwesenheit beruhigt mich stärker, als ich gern zugeben mag, also nicke ich, genau wie Carter, der ihm erlaubt, uns zu begleiten. Clarke zieht seine Lederjacke an und ergreift dann die letzten beiden Waffen auf dem Tisch, die nur auf ihn gewartet haben. Der Bad Boy nimmt meine Hand und verschränkt die Finger mit meinen.

»Vergiss nicht, was ich dir gestern erklärt habe«, sagt Carter. »Du schaffst es, du bist bereit. Niemand außer dir kann diese Rolle übernehmen, Avalone. Und ... ich bin stolz auf dich.«

Seine Worte haben eine unbeschreibliche Wirkung auf mich, die mir unter die Haut geht. Es ist immer angenehm, solch gute Worte zu hören; und wenn sie von einem geachteten Gangchef kommen, mit dem man vor nicht allzu langer Zeit ständig über Kreuz war, ist das eine Ehre.

Ich nicke, um meine Dankbarkeit zu zeigen, und dann verlassen kurz darauf Clarke und ich den Salon und die Villa. Die Jungs fahren auf ihren Maschinen schon die Allee entlang und verschwinden rasch zwischen den Bäumen.

Clarke schickt sich schon an, die Stufen der Vortreppe hinunterzulaufen, doch ich stoppe ihn und halte ihn mit unseren miteinander verschlungenen Händen zurück. Verwirrt dreht er sich zu mir um.

»Was ist?«

Ich kann ihn nicht ansehen. Doch er legt die Finger an meine Wange und zwingt mich dazu. Seine Miene ist sanft, offen.

»Ich habe Angst«, gestehe ich.

Ein Lächeln breitet sich auf seinen Lippen aus und wärmt mir das Herz.

»Das beruhigt mich. So langsam habe ich schon an deiner Zurechnungsfähigkeit gezweifelt. Ich schwöre, du wirst nicht sterben.«

Ich schüttle den Kopf.

»Versprich mir, dass *ihr* nicht sterbt.«

Er fährt mit den Fingern in mein Haar, und seine Lippen rauben mir den Atem. Das Herz in meiner Brust macht einen Satz, meine Beine tragen mich nicht mehr. Den Göttern sei Dank hält der Arm, den Clarke um meine Taille schlingt, mich fest.

Ich reagiere auf seinen Kuss, indem ich zärtlich mit der Zunge über seine fahre, und Clarke seufzt auf. Wir beginnen einen sinnlichen Tanz mit den Zungen, während wir langsam, köstlich den Körper des anderen erkunden. Dann lösen wir uns atemlos voneinander, ohne uns jedoch voneinander zu entfernen.

»Warum hast du das getan?«

Clarke streicht mit dem Daumen über meine Unterlippe und sieht mir aufgewühlt in die Augen.

»Ein paar Sekunden lang ist es mir gelungen, die Ketten, die mich fesseln, abzuwerfen.«

Er macht sich von mir los, geht die Vortreppe hinunter und schwingt sich auf sein Motorrad.

Dass er sich an meine Worte erinnert und sein bezauberndes Lächeln lassen mich dahinschmelzen. Doch ich will mich davon nicht blenden lassen. Noch vor zweiundsiebzig Stunden hat er sich mit einer anderen im Bett gewälzt.

»Oder du hattest gerade niemand anderen, den du küssen konntest«, spotte ich.

»Eifersüchtig, Schönheit?«

Sein charmantes Lächeln hat mich dahinschmelzen lassen; aber was soll jetzt dieses provozierende Augenzwinkern?

»Ich habe mir nur Sorgen gemacht, ich könnte mir das Pfeiffer-Drüsenfieber einfangen, Idiot!«

Er verdreht die Augen zum Himmel, und ich steige hinter ihm auf und fühle mich getröstet durch seine Nähe.

Wir fahren gut eine halbe Stunde und erreichen dann ein großes Lagerhaus inmitten von anderen verlassenen Gebäuden. Es wirkt wie ein unheimlicher, zwielichtiger Friedhof.

Da wir absichtlich zu früh gekommen sind, sind die Kings of the Law noch nicht eingetroffen.

Mit einigen Sekunden Abstand voneinander steigen wir alle ab, und ich bewege mich schweigend zu der Metalltür, die unangenehm knirscht, als Clarke sie öffnet. Er hält mich fest an der Hand und zieht mich hinter sich hinein.

Die Anspannung ist auf dem Höhepunkt. Unwillkürlich frage ich mich, ob wir alle hier lebend herauskommen werden.

In der Mitte des riesigen Raums stehen nur ein runder Tisch und vier Stühle. Ich werde auf einem davon sitzen, gegenüber von Lucas und Elias, seinem Stellvertreter.

Die drei Gangs überprüfen ihre Waffen und diskutieren untereinander, während Clarke mir eine Haarsträhne aus dem Gesicht streicht, um mir den Ohrhörer einzusetzen. Er versteckt ihn, indem er das Haar wieder darüber zieht, und Ange tritt zu uns. Er trägt seinen ebenfalls.

»Funktionieren die?«, frage ich ihn.

Er muss sowohl meine Stimme als auch ihr Echo in seinem Ohr hören, denn er nickt.

Set und Sean kommen ebenfalls näher und lächeln beruhigend.

»Alles gut?«

Ich nicke, doch ich habe feuchte Hände, mein Magen knotet sich zusammen, das Herz pocht in meiner Brust zum Zerspringen, und ich bin kurzatmig. Ich muss mich beruhigen, um nicht zu riskieren, dass mir durch meine Krankheit und den Stress schwindlig wird.

»Ich bin jede Sekunde hinter dir, und Sean wird auf dem zweiten Stuhl neben dir sitzen«, beruhigt mich Clarke.

Um 13 Uhr 55 verlassen die Demon's Dads und die Dark Angels, die Maschinenpistolen bereits in der Hand, das Gebäude durch die Hintertür. Justin stellt sich an das kleine Fenster, durch das man nach draußen sehen kann, während ich mein schwarzes T-Shirt und meine Lederjacke zurechtrücke.

»Du siehst perfekt aus«, versichert mir Set. »Wenn sie nicht bereit sind, vor deiner Redegewandtheit auf die Knie zu fallen, mache ich es aus einem ganz anderen Grund.«

Er wackelt mit den Augenbrauen, und ich breche in ein Gelächter aus, das mich immerhin entspannt.

»So, jetzt bloß nicht blamieren ... Nicht, dass mein Hosenstall offen ist oder so, das würde alles zunichtemachen, was ich mit Carter geübt habe.«

Amüsiert presst er die Lippen zusammen und zieht mich in die Arme, was mich sofort ruhiger werden lässt. Er lässt mich diese Umarmung so lange wie möglich auskosten, doch aus der Ferne ist das Grollen von Motoren zu hören. Die Devil's Sons nehmen sofort ihre Verteidigungsstellung ein.

Könnte mein Herz mir aus der Brust springen, würde es jetzt passieren.. Stattdessen lässt es einen oder zwei Schläge aus und schlägt dann frenetisch weiter.

Justin, der immer noch am Fenster steht, verkündet uns, dass sie in der Tat mit Motorrädern kommen. Kein Auto am Horizont.

Es ist so weit. Jetzt wird es ernst ...

Ich mache mich von Set los, und Clarke wirft mir einen fragenden Blick zu. Er wartet darauf, dass ich ihm grünes Licht gebe.

Ich hole tief Luft und schließe die Augen. Als ich ausatme, zittern meine Hände nicht mehr. Ich blende alle Geräusche aus, die mich umgeben, und konzentriere mich auf mein Ziel.

Ich *kann* das schaffen, ich *muss* und ich *werde*.

Noch einmal atme ich tief ein, und als ich die Luft ausstoße, beginnt das Adrenalin durch meine Adern zu kreisen und schiebt langsam die Angst und Zweifel beiseite.

Niemand außer dir kann diese Rolle ausfüllen, Avalone.

Ich bin stolz auf dich.

Ich tue einen tiefen Atemzug, und als ich wieder ausatme, bin ich so zuversichtlich, dass ich nicht die geringste Last mehr auf den Schultern spüre.

Wie ausgewechselt öffne ich die Augen und wende mich Clarke zu. Mit einem selbstbewussten Lächeln bedeute ich ihm, dass ich so bereit wie nie zuvor bin, und setze mich an den Tisch. Wie geplant nehme ich neben Sean Platz, auf dem Stuhl, der dem Eingang gegenübersteht. Die Devil's Sons und Ethan beziehen, imposant und angespannt und die Waffen griffbereit, hinter uns Stellung.

Das Motorengrollen verstummt, und die Sekunden, die vergehen, stärken meine Entschlossenheit. Ich richte mich auf, recke die Schultern und hebe das Kinn.

Carters Regel Nummer eins: gerade Haltung, hocherhobener Kopf.

Als die Tür mit typischen unangenehmen Knarren geöffnet wird, bin ich vollkommen abgeklärt, als hätte ich mein ganzes Leben lang nichts anderes getan.

Lucas tritt als Erster ein, gefolgt von Elias und Henzo und dann den anderen. Mit angespannten Muskeln inspizieren sie den Raum und erlauben uns ihrerseits, sie zu beobachten. Sie tragen Jacken mit dem Symbol ihrer Gang und strahlen Arroganz aus. Die Umgebung beeindruckt sie nicht; sie scheinen sich unter allen Umständen ihrer selbst sicher zu sein. Sie sind alle in der Blüte ihrer Jahre, stark und widerstandsfähig. Sie sind zwischen dreiundzwanzig – Cayton und Isaq – und neunundzwanzig – Lucas.

Schließlich verharrt der Blick des Anführers auf mir. Sein überhebliches Lächeln verfliegt. In seinen Augen steht der ganze Zorn der neun Welten, doch das ist kein Machismo, sondern seine Werte, die aus ihm sprechen. Die Kings of the Law töten weder Frauen noch Kinder. Meine Anwesenheit stört seinen Notfallplan: die Devil's Sons zu eliminieren. Und mit einem Mal begreife ich, warum Carter mir trotz meiner Unerfahrenheit vertraut. Ich bin seine Trumpfkarte, seine Geheimwaffe. Ihre Lebensversicherung.

»Was soll dieser Mist?«

Sein Blick huscht zwischen meinen Begleitern und mir hin und her. Genau wie seine Männer, von denen einige auf den Boden spucken, um ihre Verachtung auszudrücken, begreift er nicht, warum ich hier bin. Niemand sagt ein Wort. Ich lasse ein paar Sekunden verstreichen und richte mich dann auf.

»Lucas.«

Das lenkt seine Aufmerksamkeit auf mich, aber ich bin schon zu seinem Stellvertreter übergegangen.

»Elias.«

Einen nach dem anderen grüße ich seine Gangmitglieder mit dem Vornamen. Ich weiß genau, wer sie sind, während sie nicht einmal wissen, wen sie vor sich haben. Ich befinde mich von Anfang an in einer Machtposition, und nach dem Blick, den mir Lucas zuwirft, ist er sich dessen bewusst. Er wartet darauf, dass ich ihm meine Leute vorstelle, was ich nicht tue. Ich werde diesen Vorteil wahren.

»Verdammt, wo steckt euer Boss?«, schimpft er.

Sie mustern die Jungs, ohne mir das geringste Interesse zu schenken, allerdings sage heute ich, wo es langgeht.

»Carter?«, antworte ich ihm. »Er ist beschäftigt. Für solche Angelegenheiten hat er keine Zeit.«

Frustrierte und ungeduldige Blicke richten sich auf mein Gesicht, das weder Angst noch Unterlegenheit ausdrückt.

»Ich will ihn sehen!«, schreit Lucas und schlägt mit der Faust auf den Tisch.

Ich säubere mir lässig die Nägel.

»Falls er herkommt, dann nicht, um zu reden. Ihr müsst euch mit mir zufriedengeben, *Gentlemen*.«

Henzo macht eine Handbewegung, um nach seiner Waffe zu greifen, doch bevor er sie auch nur berührt, warne ich ihn.

»Ich rate dir, sie zu lassen, wo sie ist. Hinter dem Gebäude sind vierzehn Männer postiert, die bereitstehen, um beim kleinsten Problem einzugreifen. Sicher, ihr schafft es wahrscheinlich, ein paar von uns zu erschießen, aber keiner von euch kommt hier lebend raus. Eure Entscheidung.«

Ich gebe mich ganz gelassen. Regel Nummer zwei: selbstbewusst den Blickkontakt halten.

Die Kings of the Law führen sich wie eine wild gewordene Meute auf, doch Lucas bedeutet seinem Mann, seine Waffe nicht anzurühren.

»Ich dachte, wir sind hier, um zu verhandeln!«, protestiert der Anführer mit bitterbösem Blick.

Regel Nummer drei: den Verlauf der Diskussion bestimmen.

Ich lasse ein paar Sekunden vergehen, bevor ich reagiere.

»Das ist richtig. Wir sind nicht gekommen, um euch umzubringen. Andererseits haben wir unsere Vorkehrungen getroffen, und wir hatten recht.«

Ich werfe einen bedeutungsvollen Blick in Henzos Richtung und zeige dann auf den Stuhl, der mir gegenübersteht.

»Wenn du dich bitte setzen würdest.«

Er verzieht in vorgetäuschter Ruhe das Gesicht und nimmt Platz. Seine Miene wirkt verschlossen, sein Kiefer verkrampft. Ich verteile hier die Karten, und das schmeckt ihm nicht.

»Ihr habt uns seit eurer Ankunft ein paar kleine Scherereien gemacht. Wir geben euch eine letzte Chance, die Stadt zu verlassen, bevor wir zurückschlagen. Deine Lylia soll doch nicht mit sieben zum Waisenkind werden.«

Rasende Wut blitzt in seinen Augen auf. Ich fahre fort, ohne weiter auf ihn zu achten, und starre Elias, seinen zweiten Mann, an.

»Oder deine schwangere Frau, Catherine, ihren kleinen Jungen allein großziehen.«

Ich sehe Samuel tief in die Augen.

»Oder dass deine Großmutter niemanden mehr hat, der sie versorgt. Ihren Sohn, ihre Schwiegertochter und dann ihren Enkel zu verlieren ... Was für eine Tragödie!«

Regel Nummer vier: alle Gangmitglieder in die Diskussion einbeziehen, auf das Risiko hin, dass gewisse Leute sich ausgeschlossen fühlen. Anders ausgedrückt, der moralische Druck muss auf alle wirken.

Lucas knallt die Faust auf den Tisch.

»Glaubst du etwa, aus einer Position der Stärke zu verhandeln?«, brüllt er.

»Ich *bin* in einer Position der Stärke!«, schreie ich zurück und stehe auf.

Um ihm diesen Umstand ein wenig näherzubringen, überrage ich ihn mit meiner ganzen Körpergröße, während er auf seinem Stuhl hockt.

Kein Laut ist zu hören, und ich spüre das Blut durch meine Adern pulsieren.

Dies ist exakt der Moment, in dem ich meinen Platz in dieser Welt aus Gewalt und Rivalitäten einnehme. Ich fühle mich nicht länger wie ein Eindringling oder ein kleines Mädchen, das beschützt werden muss.

»Wir befinden uns in unserem Revier, wo wir eine Allianz mit nicht weniger als sieben anderen Gangs geschlossen haben, die auf unsere Bitte hin unsere Reihen verstärken werden. Wir haben die Polizei dieser Stadt in der Tasche und verfügen über finanzielle Mittel, die ihr euch nicht in euren wildesten Träumen vorstellen könnt. Unser Boss Carter Brown, alias Carter Arinson, ist der Bruder von Mike Arinson, unserem Waffenlieferanten, *eurem* Waffenhändler, der an unserer Seite in diesen Krieg eintreten wird.«

Lucas fährt sofort hoch, und ich spüre, wie die Devil's Sons sich hinter mir anspannen.

Dann wussten sie also Bescheid über die Verwandtschaft zwischen Carter und Mike.

»Wie viele Männer arbeiten für ihn?«, frage ich.

»Ungefähr dreihundert«, antwortet mir Clarke.

Ich sehe Lucas eindringlich an. Ich möchte ihn zur Vernunft bringen.

»Willst du zusehen, wie deine Leute in einem Krieg sterben, in dem ihr nicht die geringste Chance habt?«

Seine Männer mustern mich wütend, aber Lucas schweigt. Er weiß, dass er verloren hat, will sich aber nicht zu leicht geschlagen geben. Ich setze mich wieder auf meinen Stuhl und sehe Jesse an, der das Dossier hervorholt, dem Carter noch den letzten Schliff gegeben hat und das er bis jetzt unter seiner Lederjacke versteckt hatte. Er reicht es mir, und ich halte es dem Chef der Kings of the Law unter die Nase, der trotz seines offensichtlichen Hasses auf mich neugierig ist.

»Ich weiß, warum ihr hier seid. Der Wert eurer Währung ist brutal abgestürzt, die Wechselgebühren sind eklatant gestiegen und eure Kassen füllen sich nicht mehr. Hat nichts mit dieser Geschichte über ein ehemaliges Revier zu tun.«

Falls die Devils – bis auf Clarke und Jesse – über diese Enthüllung erstaunt sind, lassen sie es sich nicht anmerken.

Lucas nimmt die Akte, blättert sie langsam durch und registriert auch die Informationen über Colón und seine Vorteile, die ihm darin zur Verfügung gestellt werden. Es sind ungefähr dreißig Seiten, die ihn eigentlich nur dazu bewegen können, diesen Kompromiss einzugehen.

Er blickt zu mir auf und beugt sich dann über den Tisch.

»Du bist talentiert!«

»Wir stammen aus zwei vollkommen gegensätzlichen Welten. Ihr kennt die Favelas, wo jede Menge Gangs regieren. Der brasilianische Staat existiert praktisch nicht mehr, Morde sind an der Tagesordnung. Drogenhändler machen ihre Geschäfte am helllichten Tag, und die Polizei ist machtlos. Sie hat jede Autorität verloren. Hier herrschen andere Regeln. Beim kleinsten Verstoß wird die Polizei euch, falls ihr nicht eine ganze Reihe Verbündete in hohen Stellungen habt, hinter Gitter stecken, und das Gefängnis wird euer neues Zuhause sein. Wie überall auf der Welt gilt, dass Geld Macht bedeutet. Die Frage ist allerdings, wie viel Geld ihr dem ersten Bullen zustecken könnt, der euch erwischt, vorausgesetzt, er lässt sich überhaupt bestechen? Falls ihr es nicht wisst, mehrere Tausend Dollar wären nicht genug. Man muss *jeder* Institution, die eure Aktivitäten übersehen soll, jeden Monat eine großzügige Summe zahlen. Ich kann euch versichern, dass ihr es hier keine vierzehn Tage macht, bevor die Polizei von Ann Arbor an eure Tür klopft. Was Panama angeht, sind die Regeln dort so, wie ihr sie kennt, aber vorteilhafter für euch: der Dollar ist als Devise im Umlauf, die Verbrechensrate liegt unter dreiundzwanzig Prozent, direkter Zugang zum Panamakanal und Schmuggelware ...«

Ich lasse ihm Zeit, diese Informationen zu verdauen, und dann beuge ich mich zu ihm hinüber.

»Wie wäre es, wenn wir ein paar Minuten frische Luft schnappen gehen?«

Er scheint zu begreifen, was ich wirklich will; dafür kann ich mir nicht erlauben, gegenüber seinen Männern ganz offen zu sein. Er braucht jemanden, der aufrichtig zu ihm ist, und das kann ich ihm nur von Angesicht zu Angesicht bieten.

Lucas sieht mir fest in die Augen und streckt die Hand zur Tür aus, um mir zu bedeuten, dass ich ihm folgen soll. Ich stehe auf, doch Clarke hält mich am Arm fest. Der Bad Boy sieht mich streng an und will mich davon abhalten. Doch ich erteile den Devil's Sons einen Befehl.

»Wenn ich nicht in fünf Minuten zurück bin, bringt sie alle um! Aber begrabt mich nicht zusammen mit ihnen, ja?«

Regel Nummer fünf: zwischen Ernst und einer Spur Humor navigieren.

Ich mache mich von Clarkes Faust frei und gehe, gefolgt von Lucas, zum Ausgang. Auf der Schwelle bleibt er stehen und wirft seinen Männern einen gebieterischen Blick zu.

»Macht keinen Blödsinn, verstanden?«

Sie nicken, und dann sind wir im Freien. Wir gehen ein paar Sekunden den unbefestigten Weg entlang, dann wende ich mich dem Chef der Kings of the Law zu.

Das ist der entscheidende Moment. Also tue ich, was ich am besten kann: einfühlsam sein. Ich sehe ihm in die Augen, damit er erkennt, dass ich aufrichtig bin, und trete so nahe an ihn heran, dass er durch seine Größe und Kraft das Gefühl hat, im Vorteil zu sein. Meine Rede im Lagerhaus hat sein Ego als Gangchef beleidigt, doch er muss begreifen, dass ich nicht hier bin, um ihn zu demütigen.

»Wenn ich mich nicht bei Carter für euch eingesetzt hätte, wäret ihr schon alle unter der Erde. Ich habe die menschliche Not hinter eurem Affront gesehen, und ich bin nicht die Einzige, die sensibel dafür ist. Wir wünschen uns weder ein Massaker noch den Verlust von Menschenleben, ob in unserem eigenen Lager oder eurem. Niemand braucht zu sterben, solange uns so viele Lösungen offenstehen. Wir können *alle leben*, Lucas. Durch Blutvergießen gewinnt ihr weder ein Territorium, noch löst ihr euer Problem.«

Er vergräbt die Hände in die Taschen und sieht zur Sonne auf.

»Ein guter Gangchef flieht nicht vor Problemen.«

»Aber ein guter Gangchef trifft kluge Entscheidungen, damit seine Männer am Leben bleiben. Ich verlange nicht von dir zu fliehen, ich bitte dich zu leben.«

Regel Nummer sechs: nicht freundlich sein, bevor man den Respekt des anderen hat.

Der Blick, den er mir zuwirft, könnte nicht menschlicher sein.

»Am Leben bleiben, aber nach Brasília zurückzukehren, ohne unsere Familien ernähren zu können, ist keine gute Entscheidung.«

»Da gebe ich dir recht. Deswegen habe ich über Panama

recherchiert, und Carter hat für euch ein Territorium in Colón gefunden. Er ist bereit, euch hundertfünfzigtausend Dollar anzubieten, um eure Vorherrschaft einzurichten, neue Aktivitäten zu entwickeln, eure Familien zu euch zu holen und für ihre ärztliche Behandlung aufzukommen. Er bietet euch die Möglichkeit, an die Zukunft zu glauben, Lucas.«

Er kneift die Augen zusammen, die voller Fragen sind.

»Warum sollte ich dir vertrauen?«

»Weil ich hier bin, um mit dir zu reden, obwohl ich in der Villa in Sicherheit sein könnte. Weil ich nur ein neunzehnjähriges Mädchen bin, das gerade von zu Hause ausgezogen ist und die Welt der Gangs erkundet. Aber ich hasse Gewalt und finde, dass jedes Leben zählt. Weil ich das Risiko eingegangen bin, mich für meine Leute, für deine und für mein Gewissen umbringen zu lassen. Jetzt bist du an der Reihe, die Wette anzunehmen, mir zu vertrauen, für deine Leute und dein Gewissen.«

Er sieht mich durchdringend an und versucht, in meinem Gesicht die kleinste Regung zu erkennen, die mich verraten würde. Aber er wird nichts finden, weil ich vollkommen aufrichtig und transparent bin.

»Und? Sind wir uns einig?«

Er starrt mich noch einen Moment an und nickt dann. Alle Anspannung weicht aus meinen Schultern, und ich kann meine Freude nicht verbergen. Die Maske aus Überlegenheit und Selbstbewusstsein, die ich zusammen mit Carter aufgebaut habe, fällt vollkommen von mir ab. Momentan muss ich aussehen wie ein Kind, das die Seite in seinem Malbuch ausgefüllt hat, ohne über die Linien zu kommen.

Meine Freude scheint ansteckend zu sein, denn Lucas streckt mir aufrichtig lächelnd seine Hand entgegen. Wir tauschen einen freundschaftlichen Händedruck aus, bei dem unser gegenseitiger Respekt offensichtlich ist.

Aus der Innentasche meiner Lederjacke ziehe ich den

dicksten Umschlag mit Geldscheinen, den ich je gesehen habe, und halte ihn Lucas hin.

»Darin sind siebenhundertfünfzig Hundert-Dollar-Scheine, also fünfundsiebzigtausend Dollar. Die andere Hälfte erhaltet ihr morgen früh an der Grenze. Man wird euch zu einer Kontrolle anhalten, und ihr fahrt mit einem zweiten Umschlag weiter.«

Er überprüft den Inhalt und stößt ein leises, ungläubiges Lachen aus. Auch er hat noch nie so viel Geld in den Händen gehalten.

»Man muss zugeben, dass du eine Menge Mumm hast. Ich kann dich gut leiden.«

Ich zwinkere ihm zu, und wir kehren ins Lagerhaus zurück.

Einen Sekundenbruchteil lang sage ich mir, dass das viel zu einfach war; dass das vielleicht eine Falle ist, damit ich unvorsichtig werde. Aber ich will auf die Menschheit vertrauen, daher schiebe ich diese negativen Gedanken beiseite.

Als Lucas wieder bei seinen Leuten ist, nimmt er das Dossier, das auf dem Tisch liegt, an sich.

»Wir fahren!«

Seine Männer runzeln die Stirn. Einige sind verblüfft, andere wütend, doch der gebieterische Blick ihres Chefs lässt sie gehorchen.

Lucas lässt sie vor sich durch die Tür treten, als rechne er mit Widerstand von ihnen. Sobald sie alle gefügig hinausgegangen sind, wendet er sich mir zu.

»Danke ...«, beginnt er.

»Avalone.«

Er nickt und verzieht die Mundwinkel zu einem Lächeln, dann wirft er den Devils, ganz der Gangchef, der er ist, einen arroganten Blick zu. Er verlässt die Lagerhalle, und die Tür fällt hinter ihm zu.

Jede Sekunde, die in bleiernem Schweigen vergeht, ist von einem meiner Herzschläge erfüllt.

»Bei Odins Auge, was hast du ihm erzählt?«, verlangt Set beeindruckt zu wissen.

Ich drehe mich zu ihm um, und angesichts der stolzen Blicke meiner Freunde wird mir klar, was ich gerade geleistet habe.

Mein Adrenalin sackt ab, und ich fühle mich so erschöpft, als wäre ich einen Marathon gelaufen.

»Ich habe ihm begreiflich gemacht, dass gegenseitige Unterstützung vorteilhafter für ihn ist.«

»Ava, das mit Carter und Mike ...«, beginnt Sean.

»Macht euch keine Gedanken«, schneide ich ihm das Wort ab. »Ich bin an eure Lügen gewöhnt, da können Geheimniskrämereien auch nicht schlimmer sein.«

Ich bin nicht einmal mehr wütend, sondern nur noch erleichtert, dass all das hinter uns liegt. Ich wünsche mir nur eins: auf den Campus zurückzukehren und ein paar Tage im Bett zu bleiben.

Ich gehe zur Tür und verlasse das Lagerhaus. Ich muss mehrere Sekunden abwarten, bis sich meine Augen an das helle Licht gewöhnt haben. Dann sehe ich die Kings of the Law in ungefähr dreißig Metern Entfernung an ihren Maschinen stehen. Doch Lucas' Gebrüll erreicht mich schon vorher.

Er streitet sich mit Henzo, auf Portugiesisch. Durch meinen Sprachunterricht an der Highschool verstehe ich im Großen und Ganzen, was der Anführer sagt.

»*Wir waren verzweifelt und haben uns in die Sache gestürzt, ohne zu wissen, wo wir hinwollten.*« Vielleicht sagt er auch *ohne zu wissen, worauf wir uns eingelassen haben.* »*Ich habe eine Entscheidung getroffen, und du wirst sie respektieren. Nimm deine verdammte Maschine, und wir verlassen diese Stadt!*«

Mit geballten Fäusten und vor Hass verzerrtem Gesicht steigt Henzo auf seine Maschine und fährt los. Als das Gefühl, dass etwas Schreckliches passieren wird, Besitz von mir ergreift, schießt das Adrenalin in meinem Körper blitzschnell hoch.

»Ihr könnt euch verdrücken, aber ohne mich!«, schreit Henzo den anderen zu.

Er beschleunigt und durchbohrt mich mit einem Blick, der Abscheu sprüht.

Er zieht seine Waffe.

Er zielt.

Er drückt ab.

Mit einem Mal spüre ich einen starken Schmerz, der mir die Luft abschneidet, in meinem Bauch.

Ich taumle zurück, und ein stechender Schmerz vernebelt mir das Hirn und lässt mich jede Fassung verlieren. Automatisch greife ich mit den Händen nach der Einschussstelle, und dann sehe ich Blut. *Viel Blut.*

Henzo flieht auf seinem Motorrad, und ich höre Geschrei. Die Kings of the Law rennen auf mich zu, während ich ins Schwanken gerate. Meine Beine geben nach, doch Clarke hält mich fest. Seine Lippen bewegen sich, aber ich höre nichts mehr. Sein Gesicht ist totenbleich, und das Grün in seinen Augen ist schwärzester Finsternis gewichen.

Mein Blick umwölkt sich, doch Ethans Worte durchdringen den Nebel, der über meinem Gehör liegt.

»Bringt sie nach drinnen!«

Clarke hebt mich hoch, und dann bin ich wieder in der Lagerhalle. Er befiehlt den Dark Angels, Henzo zu verfolgen, und legt mich dann auf den Boden. Der Arzt taucht über mir auf. Die Eiseskälte, die sich durch all meine Glieder ausbreitet, lässt mich erzittern.

»Bringt mir meine Tasche!«

Er ist zutiefst erschrocken, aber ich kann ihn nicht beruhigen. Ich kann nicht sprechen, das geht über meine Kräfte. Jeder Atemzug ist eine Tortur, jede Sekunde, die vergeht, eine furchtbare Qual.

»Sie verliert viel zu viel Blut, sie wird uns noch verbluten!«

Ethan zerreißt mein T-Shirt und drückt den Stoff auf meine Wunde. Wenn ich könnte, würde ich vor Schmerzen schreien, bis ich keine Luft mehr in der Lunge habe. Der Schmerz ist so stark, dass ich versuche, mich von ihm loszumachen, nur dass ich es nicht einmal schaffe, mich zu rühren.

»Bleib bei uns und schlaf vor allem nicht ein!«

Alles in seinem Ton und seinem Gesicht teilt mir mit, wie dringlich die Lage ist. Tucker kniet nieder und übernimmt es, Druck auf die Wunde auszuüben, während Ethan hektisch in seiner Tasche wühlt. Ange lässt sich kreidebleich neben mich fallen.

»Ihr seid tot.«

Clarkes dumpfe Stimme zieht meinen Blick zu ihm. Er tritt drohend auf Lucas und seine Gang zu, die in der Lagerhalle den Rückzug antreten. Sie haben nicht die Flucht ergriffen, sie sind geblieben. Doch Clarke strahlt Mordlust aus. Er zieht seine Waffe. Sofort ziehen die Kings of the Law ebenfalls ihre Waffen, doch Lucas brüllt ihnen zu, die Schießeisen hinunterzunehmen. Doch er hat nicht mit dem Gegenschlag der Devils und der Demon's Dads gerechnet. Wenn auch nur ein Schuss fällt, gibt es fünfzehn Tote, wenn nicht mehr.

Ich kann nicht zulassen, dass sie die Leben vergeuden, die ich gerade gerettet habe.

»Clarke ...«

Keine Ahnung, ob ich geflüstert oder geschrien habe. Dafür trifft mich der Schmerz wie ein Blitz. Carters Stellvertreter fährt zu mir herum. In seinem Blick stehen eine Vielzahl von Emotionen, unter denen Hass und Angst vorherrschen.

»Nehmt alle eure verdammten Waffen runter!«, schreit Ange.

Die Demon's Dads gehorchen ihrem zweiten Mann. Nur die Kings of the Law und die Devil's Sons richten weiter die Waffen aufeinander.

»Euretwegen ist Avalone heute diese Risiken eingegangen, hat sich in Gefahr begeben! Und ihr wollt auf das spucken, was sie erreicht hat? Ihr wollt euch gegenseitig umbringen, während sie verblutet?«

Lucas befiehlt seinen Männern ein zweites Mal, die Waffen herunterzunehmen, und die Devil's Sons tun es ihnen nach.

Sean schlägt mit der Faust gegen die Wand, Set hat sein Gesicht in den Handflächen vergraben, und Justin sinkt auf einen Stuhl und lässt dabei Ethans Hände, die mit meinem Blut bedeckt sind, nicht aus den Augen. Tucker und Jesse sind an meiner Seite. Ihre Mienen sind in schrecklicher Angst verzogen, als läge ein Mitglied ihrer Familie im Sterben.

Bin ich das? Ein Familienmitglied?

Ich spüre, wie mir eine Träne über die Wange läuft. Mir fällt es immer schwerer, Luft zu bekommen.

»Ich ... ich habe es geschafft«, stammle ich, an Jesse gerichtet. »Ich habe ... euch das Leben gerettet, ihr ... seid mir was schuldig. Also ... benehmt euch ... anständig.«

Der Devil mit dem rasierten Schädel lacht, während gleichzeitig sein Gesicht zutiefst niedergeschlagen verzerrt ist, und Set tritt auf uns zu. Seine Augen glänzen so, dass jede Sekunde eine Träne herausrollen kann.

»Zieh ihr die verdammte Kugel raus!«, brüllt Clarke, an Ethan gerichtet.

»Ich kann nicht! Wir müssen sie ins Krankenhaus bringen!«

Das Gebet an die Götter, das Tucker murmelt, beruhigt mich, doch dann überläuft mich ein Zittern, als Justin den Tisch umwirft, der gegen die Wand knallt.

Nach und nach lässt der Schmerz nach, als würde meine Seele den Körper verlassen, und macht einem Gefühl von Wohlbehagen und Fülle Platz. Mein Blickfeld verschwimmt, und meine Augen schließen sich, denn ich kann nicht länger dagegen ankämpfen. Als Letztes spüre ich, wie Jesse behutsam die Hände um mein Gesicht legt.

»Bleib bei uns, S., und schlaf auf keinen Fall ein, du musst ...«
»Avalone!«
»Hey! Wach auf, Schönheit, bitte ...«
»Nein, nein, nein, nein!«

Ich habe nicht mit Waffen, sondern mit Worten gekämpft. Bin ich deswegen eine Kriegerin? Wird Odin mir seine Walküren[29] schicken, um mich zu den Toren Walhallas zu geleiten? Und das mir, die ich dazu bestimmt war, an einem Herzstillstand zu sterben. Da könnte er sich ruhig Mühe geben, diese spektakuläre Kehrtwende zu würdigen.

---

29 In der nordischen Mythologie sind die Walküren Odins Kriegerinnen. Ihre Aufgabe ist es, über die Schlachtfelder hinwegzufliegen, um die Krieger zu erwählen, die sie nach Walhalla führen werden.

25. KAPITEL

Er legt an.
Er schießt.
Blut.
Viel Blut.
Und unerträglicher Schmerz.

Abrupt richte ich mich auf. Mir ist schwindlig, und der Schmerz aus meinen Träumen wird Wirklichkeit. Ich stoße einen leisen Aufschrei aus wie ein verzweifeltes Tier. Ich habe den Eindruck, dass all meine Organe den Platz gewechselt haben und ich eigentlich nicht am Leben sein dürfte.

Unter Schmerzen strecke ich mich wieder aus und ziehe eine Grimasse. Mein Blick fällt auf den Verband um meinen Bauch.

Allmächtige Götter ... Henzo wollte mich umbringen!

Das ist ihm ganz offensichtlich nicht gelungen.

Mit zitternder Hand taste ich die Haut rund um meine Verletzung ab und unterdrücke ein Stöhnen. Mit zusammengebissenen Zähnen stoße ich pfeifend den Atem aus und blinzle, um meine Tränen zu vertreiben.

Mein Hirn liegt in einem Nebel. Ich habe das Gefühl, durch Schlamm zu waten, und es fällt mir schwer, eine Verbindung zur Realität herzustellen.

Mein Blick folgt den Schläuchen, die mit meinem Körper verbunden sind, bis zu den medizinischen Geräten, die all meine Vitalfunktionen aufzeichnen; dann sehe ich mich in meiner Umgebung um. Ich bin nicht im Krankenhaus, sondern in meinem Zimmer bei Carter, und in den Sesseln, die gegenüber meinem Bett stehen, sind Sean und Justin eingeschlafen. Dass sie an meinem Bett sitzen, beruhigt mich und entlockt mir ein zärtliches Lächeln. Die Armen, ihnen muss ja alles wehtun ... Ihre Haltung wirkt sehr unbequem.

Meine Zunge fühlt sich pappig an. Ich ziehe den Sauerstoffschlauch aus meiner Nase, gefolgt von all den anderen Kabeln und Schläuchen, an denen ich angeschlossen bin. Ich reiße den Verband ab, mit dem meine Infusion befestigt ist, und ziehe die Nadel aus meiner Vene. Als ich mich unter Schmerzen von den Laken befreie, halte ich kurz inne, als ich feststelle, dass ich ein weites Hemd trage und gut nach Duschgel rieche.

Bei allen Göttern, sie haben es gewagt, mich auszuziehen und zu waschen. Ich bringe sie um!

Kaum habe ich die Füße auf den Boden gesetzt, dreht sich mir der Kopf. Die Erinnerungen nutzen die Gelegenheit, um über mich hereinzubrechen, und bringen mich vollkommen durcheinander.

Henzo hat auf mich geschossen, und laut Ethans Worten hätte ich eigentlich sterben müssen. Schon wieder.

Wer weiß, warum die Götter so hartnäckig darauf bestehen, dir immer wieder eine Chance zu geben, sage ich mir.

Ich bin furchtbar schwach und bleibe noch ein paar Sekunden sitzen, um meine geringen Kräfte zusammenzunehmen. Ich hole tief Luft, stehe auf und fluche vor Schmerz.

Mit der Hand an der Kommode, um das Gleichgewicht zu wahren, atme ich wieder regelmäßig. Ein Schweißtropfen läuft mir am Rückgrat entlang.

In ziemlich lächerlichem Gang bewege ich mich lautlos auf die Tür zu, um die Jungs nicht zu wecken. Auf dem Flur drehe ich mich um und stütze mich an der Wand ab. Zum ersten Mal verfluche ich diese Villa dafür, dass sie so groß ist.

Ich brauche unendliche Minuten, um in die Küche zu gelangen, ohne jemandem zu begegnen. Schließlich verzichte ich darauf, den Arm auszustrecken, um ein Glas aus dem Schrank zu holen. Stattdessen wasche ich die Tasse ab, die im Spülbecken steht, und fülle sie mit Wasser. Ich bin wie ausgedörrt, leere sie in einem Zug und schenke sie noch einmal voll.

Ich erstarre, als mir klar wird, dass ich nicht die geringste Ahnung habe, was passiert ist, nachdem ich das Bewusstsein verloren hatte. Ist Clarke explodiert und auf die Kings of the Law losgegangen? Und haben sie sich untereinander angegriffen?

»Ava?«

Ruckartig drehe ich mich um und ignoriere den Schmerz in meinem Bauch. Ich stehe Set gegenüber, der verblüfft ist, mich hier vorzufinden. Ein breites Lächeln lässt sein Gesicht erstrahlen, doch ich habe keine Zeit für Gefühlsausbrüche.

»Geht's den Jungs gut? Sag mir, dass alle am Leben sind!«

»Wie fühlst du dich? Wieso bist du aufgestanden? Du musst dich ausruhen!«

Ich bin mit meiner Geduld am Ende, packe ihn am T-Shirt und schüttle ihn.

»Set, geht es ihnen gut?«

Amüsiert fasst er meine Schultern, um mich ruhig zu halten.

»Ja. Außer dir ist niemand verletzt worden.«

Ich stoße einen tiefen Seufzer aus, und dann taucht der Rest der Truppe an der Küchentür auf. Sie sind teils glücklich, teils erleichtert, besorgt, und keiner von ihnen weiß, welchem Gefühl er den Vorzug geben soll.

»Aber wieso läufst du herum?!«, brüllt Clarke außer sich vor Wut.

Er reißt die Augen auf, als er meinen Handrücken sieht, der, nebenbei gesagt, blutüberströmt ist.

»Du hast dir die Infusion herausgerissen!«

Besorgnis. Sie haben sich gerade alle für Besorgnis entschieden und mustern mich streng.

»Ich hatte Durst. Großen, großen Durst.«

Ethans nervöses Auflachen trägt ihm missbilligende Blicke ein, und als er sich fürchterlich aufregt, tun es ihm alle nach, um den Druck abzulassen. Bis auf Clarke.

»Du hast uns eine Mordsangst eingejagt, verdammt!«

»Sogar wenn du mit einem Loch im Bauch aus dem Bett springst, bist du immer noch eines der aufregendsten Wesen.«

Amüsiert markiere ich eine etwas wacklige Verbeugung.

»Freut mich, dass ich Balsam für deine Augen bin, Collins.«

Ethan tritt zu mir und kümmert sich darum, meine Hand zu reinigen und zu desinfizieren.

»Was soll dieser Mist? Warum ist Avalones Zimmer leer?«, schreit Carter *Arinson* vom Flur aus.

Er tritt in die Küche und bleibt wie angewurzelt stehen, als er mich sieht. Wie die Devil's Sons vorhin starrt er mich an, doch sein Blick leuchtet auch erleichtert auf.

»Ich hatte Durst.«

Er zieht die Augenbrauen hoch.

»Warum hast du nicht die Jungs gefragt?«

»Sie sahen in ihren Sesseln so verdammt entspannt aus.«

Sean und Justin verziehen die Gesichter und massieren sich den Nacken, und der Boss lächelt leise.

»Entzückt, dich wieder unter uns zu sehen.«
»Wie lange habe ich geschlafen?«
»Besser, du erfährst das nie. Sie haben dir ziemlich viel Morphium gegeben.«

So ein Mist ...

Ich sehe mich schon unter der Masse an Lernstoff, den ich aufholen muss, zusammenbrechen, doch Clarke scheint meine Gedanken zu lesen, denn er verdreht die Augen zum Himmel.

»Kann ich in meinem Büro mit dir reden, Avalone?«, fragt mich Carter.

Ich nicke, denn ich habe schon eine leise Vorstellung von dem Thema, das er ansprechen will, und um die Wahrheit zu sagen, kann ich ihm das nicht verübeln. Seine Familienbeziehungen gehen nur ihn etwas an, obwohl ich finde, dass es für die Verhandlungen wichtig war, dass ich Bescheid wusste.

Ethan tritt auf mich zu, um mich unterwegs zu stützen, doch instinktiv stoße ich ihn zurück. Ich habe mir angewöhnt, unter allen Umständen Stärke zu zeigen. Andererseits überlege ich, wie lange ich gebraucht habe, um hierherzugelangen, ändere meine Meinung und nehme seine Hilfe gern an. Manchmal muss man auch wissen, wann man einlenken muss, und dieser Moment gehört dazu.

Die Jungs treten beiseite, und wir folgen Carter zu seinem Büro. Mit Ethans Unterstützung nehme ich in dem Sessel gegenüber seinem Platz, und dann lässt Letzterer uns allein.

Ein gequälter Ausdruck steht in den Augen des Chefs der Devil's Sons. In diesem Moment erinnere ich mich an die Worte, die er neulich abends beim Essen ausgesprochen hat.

Die Wahrheit kommt immer ans Licht, ganz gleich, was geschieht. Das ist nur eine Frage der Zeit. Und je länger man sie ignoriert, umso mehr Schaden richtet sie an.

Lange sagt Carter nichts, bis ich schon glaube, dass er kein Wort von sich geben wird. Dann seufzt er.

»Ich möchte dir von der Verbindung zwischen Mike und mir erzählen.«

Ich nicke. Obwohl ich neugierig bin, komme ich mir wie ein Eindringling in seine Vergangenheit vor. Wenn ich die Wahrheit nicht selbst herausgefunden hätte, hätte er sie mir nie gesagt.

»Wir waren von frühester Kindheit an unzertrennlich. Unsere Familien kannten sich so gut, als gehörten wir alle zusammen. Als ich neun war, sind meine Eltern bei einem Autounfall ums Leben gekommen. Damals haben Mikes Eltern mich adoptiert. Später haben Mike und ich dann gemeinsam Arinson Arms aufgebaut. Nach einigen Jahren gingen unsere Vorstellungen von der Zukunft unseres Unternehmens auseinander. Immer häufiger gab es Streitigkeiten zwischen uns, mit denen mal der eine und mal der andere angefangen hat. Dann habe ich es vorgezogen, mich abzusetzen, um unsere Beziehung zu bewahren, und die Devil's Sons gegründet.«

Carter hat eine selbstlose Entscheidung getroffen, und das war ehrenhaft von ihm. Doch diese Informationen sind nur ein Zerrbild, eine Einleitung. Das Wichtigste kommt noch.

»Warum haben Sie das vor mir geheim gehalten? Warum das vor den anderen Gangs verbergen, obwohl die Sie dafür ehren würden?«

Die Trauer, die in seinen Blick tritt, macht mich fassungslos. Ich hätte nicht gedacht, dass ein Mann wie Carter sich so verletzlich zeigen könnte, dass ich sogar meine Frage bereue.

»Mike hatte eine Frau, und sie ist schwanger geworden. Allerdings hatte er damals einen schrecklichen Fehler begangen und sich die BloodBros zum Feind gemacht, die mächtigste und blutrünstigste Gang Amerikas. Um sich zu rächen, haben sie beschlossen, seinen noch ungeborenen Sohn zu töten. Wir drei konnten fliehen, aber ... In der Hast hat ein Autounfall das Leben seiner Frau und auch das des Babys gekostet.«

Ich halte die Luft an und will mir die grauenhafte Szene gar nicht vorstellen.

»Wir haben versucht, sie zu retten ...«

Seine Stimme zittert so stark, dass ich den gleichmütigen Carter Brown vermisse. Eine solche Tragödie würde ich meinem schlimmsten Feind nicht wünschen.

Carter umklammert die Platte seines Schreibtischs, seufzt tief und kommt wieder zur Ruhe.

»Die BloodBros hätten sich mit Mikes Unglück zufriedengeben können, doch da hätte man nicht mit ihrem Blutdurst gerechnet. Sie haben stolz verkündet, von jetzt an würden sie sich jedes neugeborene Kind der Arinsons holen.«

Ein erstickendes Schweigen breitet sich über uns. Hätte diese grauenhafte Geschichte mich nicht erstarren lassen, würde ich den Kopf schütteln, um sie für immer aus meinem Kopf zu verbannen.

»Damals wünschte ich mir Kinder«, fährt Carter fort. »Mike und ich haben beschlossen, dass es klüger wäre, weit weg voneinander zu leben und unsere Verwandtschaft zu verbergen, um meine zukünftigen Nachkommen zu schützen. Dann habe ich Kate kennengelernt, die keine Kinder bekommen kann. Dieses Geheimnis hat uns zusätzlich so belastet, dass wir vor langer Zeit beschlossen hatten, es für uns zu behalten.«

Das Schuldbewusstsein, weil ich den Kings of the Law verraten habe, dass Carter ein Arinson ist, trifft mich wie ein Schlag ins Gesicht.

Bei allen Göttern ...

»Es tut mir ...«, stammle ich.

»Es braucht dir nicht leidzutun, Avalone. Das ist meine Schuld. Ich hätte dich ins Vertrauen ziehen sollen, so wie die Devil's Sons. Schließlich hast du schon oft genug bewiesen, dass du würdig bist, ein vollgültiges Mitglied meiner Gang zu sein.«

Diese Worte hätten mich noch vor wenigen Wochen zum Erbrechen gereizt, doch heute bin ich gerührt und stolz, was mir noch mehr Angst einjagt. Denn etwas sagt mir, dass die BloodBros nicht der Vergangenheit angehören. Man kann nicht ewig auf der Flucht sein, und eine Konfrontation – die ich mir um nichts auf der Welt wünsche – wird früher oder später kommen.

»Darf ich dich fragen, wie du an diese Information gekommen bist?«, fragt er, offensichtlich besorgt, andere könnten davon erfahren.

»Von Lola, auf meine Bitte. Sie ist geradezu dazu geboren, zum FBI zu gehen. Ich habe nicht die geringste Ahnung, wie sie das angestellt hat. Aber Sie können ihr vertrauen. Sie wird das Geheimnis für sich behalten.«

»Ich weiß. Geh dich jetzt ausruhen.«

Ich nicke und stehe behutsam auf. Bevor ich aus der Tür bin, ruft Carter mir noch etwas hinterher.

»Ich hatte dir zugesichert, dass du nach den Verhandlungen wieder auf den Campus ziehen kannst ... aber solange Henzo frei herumläuft, ist das nicht klug, verstehst du?«

Ich nicke zustimmend. Ich bin dem Tod zu nahe gekommen, um die Sicherheit, die er mir bietet, zu verweigern; und seine Anwesenheit ist mir nicht mehr so unerträglich wie früher, nicht einmal wirklich unangenehm.

»Sie werden aber Lola nicht behelligen, sind wir uns da einig?«

Er lächelt amüsiert.

»Du hältst mich immer noch für ein Monster, stimmt's?«

Ich ziehe eine Augenbraue hoch.

»Sie sind nicht unbedingt schlecht, Mr. *Arinson*. Ich nehme die Diagnose zurück, dass Sie ein Soziopath sind. Aber ein Ungeheuer sind Sie trotzdem.«

Er legt die Hände aufs Herz und tut so, als wäre er verletzt, woraufhin ich aufrichtig lachen muss. Fröhlich schüttelt er den

Kopf, und ist sichtlich glücklich darüber, dass unsere Beziehung sich entspannt hat.

»Du hast sehr gute Arbeit geleistet, Avalone, und viele Leben gerettet. Du kannst stolz auf dich sein. Versuch dafür, beim nächsten Mal keine Kugel abzubekommen.«

Als ich ihm vollkommen ernsthaft vorschlage, ihm einen Termin beim Psychiater zu vereinbaren, wirft er mich hinaus.

Sofort kommt Ethan auf mich zu, um mir zurück in mein Zimmer zu helfen.

Ich stelle ein idiotisches Lächeln zur Schau, während wir den Flur entlanggehen. Die lange Auseinandersetzung mit Carter war anstrengend. Es ist nicht allzu schwierig, sich mit ihm zu verstehen, wenn er sich mit Clarke nicht gerade um den Titel des größten Idioten streitet.

»Ich wusste, dass es nur eine Frage der Zeit war, bis Carter dir beweist, dass in ihm ein ehrenhafter Mensch schlummert.«

»Das Leben ist hart. Und es verändert Menschen; es macht sie stärker, um sie zu schützen, und verbirgt dabei ihre guten Eigenschaften. Carter ist ein typisches Beispiel dafür.«

Ethan nickt, und dann erreichen wir mein Zimmer.

»Ab jetzt werde ich dich zweimal täglich untersuchen. Du hattest Glück, du bist beinahe gestorben!«

Anerkennend streiche ich ihm über den Arm.

»Du hast das verhindert. Danke.«

»Nicht wirklich. Die Kugel hatte deine Hauptschlagader gestreift, und du warst dabei zu verbluten. Ich habe die Blutung gestoppt, aber wir mussten dich in eine Privatklinik bringen. Einer der Ärzte dort war mir noch einen Gefallen schuldig; er hat darauf verzichtet, die Polizei zu benachrichtigen. Er hat dich gerettet.«

Ich fand es schon immer gruselig, bewusstlos zu werden. Man befindet sich an einem vertrauten Ort, zusammen mit Menschen, die man liebt, und im nächsten Moment unternimmt unser Körper eine Reise und erlebt Dinge, an die wir keinerlei Erinnerung haben.

»Es ist aber so, wie ich sagte. Ohne dich wäre ich jetzt tot. Unendlichen Dank.«

Mit harter Miene weist er meine Dankesbezeugungen zurück.

»Du verstehst nicht, Avalone. In deinem Gesundheitszustand kannst du dir keinen Chirurgen leisten, dessen Hand zittert und der keinen Zugang zu irgendwelcher medizinischen Technologie hat. Mir fällt es ja schon schwer, die Jungs angemessen zu versorgen, wenn sie sich schlimme Verletzungen zuziehen. Aber bei dir ist das ein unmögliches Unterfangen. Mit einem Herzen wie deinem braucht es eine sterile Umgebung, Schnelligkeit und Präzision, Material und Behandlungen. Ich kann dir nichts davon bieten ... Sollte ich dich anrühren, wenn du in einem kritischen Zustand bist, könntest du sterben, Avalone.«

Ich lege ihm die Hände auf die Schultern und lächle ihm voller Zuneigung zu.

»Danke.«

»Meine Güte, hast du überhaupt gehört, was ich dir gesagt habe?«

»Ich bin dir dankbar dafür, ein so guter Arzt zu sein und dir deiner Schwächen so bewusst, dass du dich anpassen und Lösungen finden kannst. Du wusstest sofort, dass du mich nicht behandeln kannst; ich habe dich gehört. Und du hast jemanden aufgetan, der dazu in der Lage war. Ohne dich würde ich nicht mehr existieren, Ethan. Also, *unendlichen Dank.*«

»Oh ...«

Ich ziehe ihn an mich und lasse mich in den Trost dieser Umarmung fallen. Ich habe immer gedacht, ich würde an meiner Herzinsuffizienz sterben, und war seit Langem darauf vorbereitet. Henzo war dabei ein unvorhergesehener Faktor, und der Gedanke ist mir unerträglich. Ich habe nicht über zehn Jahre meines Lebens damit verbracht zu akzeptieren, dass meine Krankheit mich umbringt, damit irgendjemand anderer das übernimmt.

Ethan muss meine Bedrücktheit spüren, denn seine Umarmung geht über eine einfache Höflichkeit hinaus.

»Was ist eigentlich aus Lucas und seiner Gang geworden?«, frage ich und mache mich von ihm los.

»Ich dachte wirklich, Clarke würde sie umbringen. Die Devil's Sons waren völlig fertig, als du so viel Blut verloren hast. Ein wahres Gemetzel, das sage ich dir. Aber sie mussten wählen, ob sie dich rächen oder retten. Die Entscheidung ist schnell gefallen. Lucas hat darauf bestanden, das Ende deiner Operation abzuwarten, und erst dann das Land verlassen. Er hat mir seine aufrichtigste Entschuldigung und seinen Dank für dein Wohlwollen übermittelt. Inzwischen müssten sie alle in Panama eingetroffen sein.«

Ich bin trotzdem froh, dass alles gut ausgegangen ist. Lucas hat nicht lange gezögert und sich dann gegen die Gewalt entschieden. Er hat alles Glück und Ruhe für seine Familie verdient.

»Clarke scheint allerdings auf Distanz zu gehen.«

Ich runzle die Stirn und neige den Kopf zur Seite, damit Ethan weiterspricht.

»Er gibt sich die Schuld, und du weißt ja, wie er reagiert, wenn ihn etwas schmerzt.«

Er zieht sich zurück.

Ich lache freudlos auf. Er strahlt Enttäuschung und Müdigkeit aus. Wir haben schon Henzo am Hals, und ich habe keine Lust, mich mit einem Clarke auseinanderzusetzen, der seine Emotionen nicht beherrscht.

»Ich gehe dann mal. Ruf mich an, wenn du auch nur das kleinste Problem hast.«

Ethan dankt den Nornen dafür, mich am Leben gehalten zu haben, küsst mich auf die Stirn und verabschiedet sich dann.

Ich denke an mein warmes Bettzeug, um die Nacht fortzusetzen, als mir schwindlig wird. Ich streiche mir mit der Hand über die Stirn und bemerke, dass Clarke gekommen ist. Mit ernstem Blick tritt er auf mich zu, während mein Blickfeld verschwimmt. Abrupt geben meine Beine unter meinem Gewicht nach, doch seine Arme halten mich fest. Clarke drückt mich an seine Brust und mustert mich besorgt.

»Man sollte meinen, du wärest an der Reihe, dich im Bett auszuruhen, Schönheit.«

Ich lächle ihm benommen zu, und dann wird es dunkel um mich.

Als ich aufwache, habe ich schrecklichen Hunger. Bevor ich aufstehen kann, muss ich wieder einmal die Sauerstoffschläuche aus meinem Körper ziehen. Keine Ahnung, wer sie wieder eingesetzt hat, aber sie sind zweifellos die medizinischen Instrumente, die mir auf der Welt am verhasstesten sind.

Ich nehme mein Smartphone vom Nachttisch und sehe verpasste Anrufe sowie die Nachrichten, die seit den Verhandlungen eingegangen sind. Die meisten stammen von Lola. Sie teilt mir mit, dass sie über meinen Zustand Bescheid weiß und vorhat, die Devil's Sons umzubringen. Meine Freunde sind dank meiner teuren Mitbewohnerin, die einen Skandal losgetreten hat, nachdem Set sie über die Lage unterrichtet hat, ebenfalls auf dem Laufenden. Ich antworte allen, dass ich den Löffel noch nicht abgegeben habe und es mir gut geht.

Ich richte mich auf und verziehe vor Schmerz das Gesicht; allerdings ist er weniger heftig als beim letzten Mal, als ich aufgestanden war. Keine Ahnung, wie viele Tage genau seit den Verhandlungen vergangen sind, aber ich will es lieber nicht wissen.

Ich steige aus dem Bett und verlasse in der nächtlichen Dunkelheit mein Zimmer, um mir etwas zum Essen zu stehlen. Das Haus liegt in vollkommener Finsternis da. Ich trete in die Küche und mache mich auf die Suche nach etwas Essbarem.

Gedämpfte Schritte machen mich darauf aufmerksam, dass ich nicht allein bin.

»Wie fühlst du dich?«

Ich nehme die Nase aus dem Kühlschrank, um Clarke anzusehen, der sich an den Türrahmen lehnt. Mit aller Kraft kämpfe ich dagegen an, den Blick über seinen nackten Oberkörper schweifen zu lassen, und erst recht nicht über die graue Jogginghose, die tief auf seinen Hüften sitzt, aber bei seiner Gegenwart allein wird mir plötzlich heiß.

Bei allen Göttern, ein solches Wesen dürfte gar nicht existieren, das ist übermenschlich!

»Ich könnte glatt einen Marathon laufen«, erwidere ich. »Was sich ausgezeichnet trifft, denn nachdem ich für die besten Verhandlungen ausgezeichnet worden bin, steht mir der Sinn nach Sportpokalen.«

Er verzieht die Mundwinkel zu einem leisen Lächeln. Mein Herz rast, als er auf mich zutritt. Ich weiche einen Schritt zurück; eine stumme Bitte, mir nicht näher zu kommen.

Ich bin körperlich und seelisch viel zu wacklig, um vernünftig zu handeln, und ich habe keine Ahnung, was ich tun werde, wenn er mir zu nahe kommt.

Doch Clarke Taylor ist vollkommen egal, was ich will. Er geht weiter auf mich zu, und ich muss eine Hand an seinen nackten Oberkörper legen, damit er stehen bleibt. Die Hitze, die von ihm ausstrahlt, wärmt meine Handfläche, meinen Arm und meinen ganzen Körper. Ich kann seinem Blick nicht standhalten, ohne ihn zu begehren, daher starre ich auf meine Hand, die sich immer noch nicht von seiner Brust wegbewegt hat.

»Clarke, ich …«

Da ich keinen Satz zusammenbekomme, ziehe ich mich zurück und trete um ihn herum, um wieder zum Kühlschrank zu gehen. Ich nehme die Zutaten für ein Sandwich heraus und stelle alles auf die Kücheninsel; Clarke gegenüber, der mich wortlos betrachtet. Erst als ich alles an seinen Platz schiebe, lässt mich seine Stimme zusammenfahren.

»Das wird nicht mehr vorkommen.«

»Was?«

»Dass du dich für uns in Gefahr bringst. Damit ist Schluss.«

Seine schönen grünen Augen wirken stumpf, und das schlechte Gewissen trieft ihm aus allen Poren und bildet einen Riss in seiner Seele. Er macht sich viel mehr Vorwürfe, als ich gedacht hätte, viel mehr, als Ethan mir begreiflich machen konnte.

»Es ist nicht deine Schuld«, murmle ich.

»Doch, ist es. Ich hatte dir versprochen, dass dir nichts passieren würde.«

Seine Stimme klingt fest und hart. Ich habe die Nase voll von der Mauer, die er ständig zwischen uns aufrichtet. Ich überbrücke den Abstand zwischen uns und lege die Hände um seine Wangen, damit er mich ansieht, doch als ich ihn berühre, schließt er die Augen und atmet schwer.

»Du hast mir versprochen, ich würde nicht sterben. Und du hast Wort gehalten.«

Er schließt die Finger um meine Handgelenke und schiebt mich zurück.

»Glaub mir, dieses Versprechen war viel mehr wert als das, was ich dir laut sagen konnte.«

»Du kannst nicht ständig die ganze Welt retten ...«, flüstere ich.

»Das musst du gerade sagen!«

Er lacht nervös und tritt, enttäuscht von sich selbst, einen Schritt zurück.

»Trotzdem hätte ich *dich* retten müssen. Zuzusehen, wie du fast verblutet bist ...«

Er beißt heftig die Zähne zusammen und fährt sich, den Blick starr auf mich gerichtet, durchs Haar. Ich frage mich, ob er nicht in Wahrheit auf den Tod seiner Eltern reagiert. Sie sind auch vor seinen Augen gestorben ...

»Clarke, ich ...«

Er dreht sich auf dem Absatz um und verlässt die Küche, wobei er gegen ein Regal schlägt, das gegen die Wand scheppert..

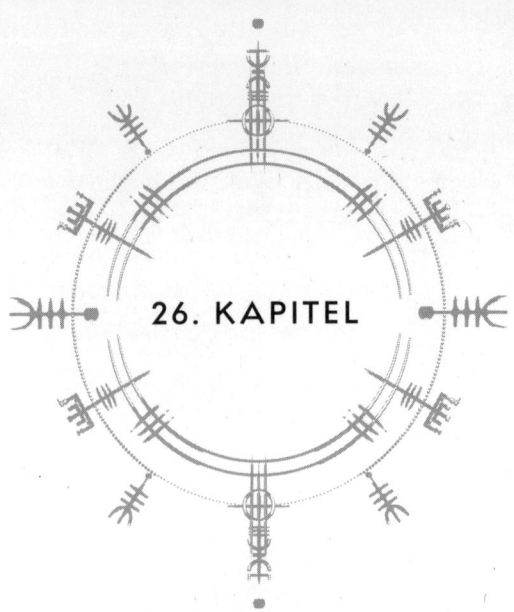

26. KAPITEL

Um Punkt elf Uhr tritt Ethan durch meine Zimmertür, um meinen Verband zu wechseln. Nachdem er meine Naht ausführlich untersucht hat, erklärt er, ich werde mich davon erholen.

»In ungefähr einer Woche ziehe ich dir die Fäden. Die Tage mit den stärksten Schmerzen hast du dank des Morphiums nicht mitbekommen«, erklärt er.

Ich setze eine zweifelnde Miene auf. Sicher, zwischen tiefem Schlaf und einem Zustand der Verwirrung hin- und herzuschwanken, ist besser als Schmerzen. Dafür kann ich mich bei Tucker bedanken, der bei Ethan darum gekämpft hat, mich tagelang unter Medikamente zu setzen, um diese Qualen zu vermeiden.

»Clarke wird sich freuen; seine ziehe ich ihm heute Morgen.«

Ich verfluche mich, weil ich enttäuscht daran denke, dass er aus der Villa verschwunden ist, statt an seine Genesung. Ethan klebt mir einen neuen Verband auf und sieht dann breit lächelnd zu mir hoch.

»Soweit ich gehört habe, bleibt er noch heute und die folgende Nacht hier. Die anderen machen eine Runde durch die Stadt, um nach Henzo zu suchen.«

Er drückt mir einen Kuss auf die Stirn, befiehlt mir, mich auszuruhen, und verlässt das Zimmer, um zu dem Devil zu gehen. Ich strecke mich auf meinem Bett aus und starre an die Decke. Dieses Haus treibt mich noch in den Wahnsinn. Obwohl ich in den letzten Tagen nur halb bei Bewusstsein war und nicht gemerkt habe, wie die Zeit verging, brauche ich unbedingt frische Luft, und zwar sofort!

Als Ethan ungefähr zwanzig Minuten später das Anwesen verlässt, ziehe ich mich an und gehe zu Clarkes Zimmer. Ich trete ein, ohne anzuklopfen, und treffe den Bad Boy dabei an, wie er gerade aus dem Bad kommt. Er zieht eine Augenbraue hoch und mustert mich; wahrscheinlich auf der Suche nach einem Anzeichen dafür, dass ich Schmerzen habe.

»Ich halte es in dieser Villa nicht mehr aus, ich muss unbedingt etwas herumfahren.«

Er zieht auch die zweite Augenbraue hoch.

»Bitte ...«

»Du musst dich schonen.«

»Ich mag gar nicht laut sagen, wie viele Tage ich mit Morphium vollgestopft geschlafen habe; es ist abstoßend. Und du weißt genauso gut wie ich, dass die Verhandlungen praktisch in einer anderen Zeit stattgefunden haben! Ich wäre nicht mal erstaunt, draußen fliegende Autos anzutreffen!«

Er verdreht die Augen und versucht, seine Belustigung über meine maßlose Übertreibung zu überspielen, aber trotzdem habe ich mich inzwischen ausreichend geschont, und das auch noch gegen meinen Willen!

Wortlos tritt er an seine Kommode und nimmt ein T-Shirt heraus, das er überzieht. Ich lächle strahlend, als er einen Pullover überstreift und seine Jacke liegen lässt, um Henzo nicht auf sich aufmerksam zu machen. Er nimmt seine Waffe vom Nachttisch, überzeugt sich davon, dass sie auch geladen ist, und steckt sie sich dann hinten in den Bund seiner Jeans.

Als er mich erreicht, nimmt er meine Hand, und wir verlassen zu meinem größten Glück das Haus. Er hilft mir, auf seine Maschine zu steigen, und setzt sich dann selbst. Ich schlinge die Arme um seine Taille, ohne mich allzu dicht an ihn zu schmiegen, auf die Gefahr hin, mir wehzutun. Noch nie war ich so froh darüber, einen Motor aufheulen zu hören.

Wir lassen das Anwesen und dann die Stadt hinter uns. Keine Ahnung, wohin wir fahren, aber das ist mir gleichgültig. Ich bin frei und am Leben, und das ist alles, was zählt.

Wir fahren auf den Highway. Clarke fährt schnell, doch ich habe keine Angst. Nicht, wenn ich bei ihm bin. Ich kann mich eines Lächelns nicht erwehren. Mir geht es dermaßen gut, dass er es spürt und mir im Rückspiegel zuzwinkert. Dann beschleunigt er noch stärker und überholt Autos, die uns anhupen.

Als der Wind zu stark wird, lege ich die Wange an sein Schulterblatt und sehe zu, wie die Landschaft vorbeizieht. Sie ist schlicht, aber wunderschön. Am Waldsaum erblicke ich ein Wildschwein und stoße einen leisen, bewundernden Aufschrei aus.

Eine Stunde später verlässt der Devil den Highway, um aufzutanken. Nachdem er wieder auf dem Boden steht, hilft er mir beim Absteigen und fragt mich, wie ich mich fühle. Ich versichere ihm, dass alles gut ist. Er greift nach dem Schlauch und steckt den Hahn in den Tank seiner Maschine.

»Tank sie voll. Bin gleich wieder da.«

Er küsst mich auf die Lippen und geht in Richtung Shop davon. Mit offenem Mund sehe ich ihm nach. Ich glaube, sogar mein Hirn hat sich abgeschaltet. Als er sich seines Verhaltens bewusst wird, bleibt er wie angewurzelt stehen. Schließlich dreht er sich ein Stück zu mir um und mustert mich stirnrunzelnd, als wäre ich diejenige, die ihm einen Kuss gestohlen hat. Dann schenkt er mir dieses typische Clarke-Schmunzeln und geht weiter, als wäre nichts gewesen.

»Dieser Typ ist frecher als der Kerl, der ein Buch über die sexuelle Lust der Frau geschrieben hat!«

Ich dachte nicht, so laut gesprochen zu haben, dass er es gehört hat, doch sein lautes Lachen hallt über den ganzen Parkplatz.

Ich führe die Finger an die Lippen und spüre noch die Wärme seines Mundes, und ich muss lächeln.

Munter drücke ich auf den Riegel der Pumpe, um das Benzin fließen zu lassen, doch er scheint blockiert zu sein. Ich versuche es mit beiden Händen, doch nichts nutzt, und der Riegel lässt sich keinen Millimeter eindrücken.

Ich kämpfe mit der Zapfpistole und fluche wie ein Fuhrmann.

»Was machst du denn da?«

Ich drehe mich zu Clarke um, der sich über meinen verbissenen Kampf amüsiert. Er hat Bonbons mitgebracht.

»Es ist kaputt!«

Er legt seine Hand über meine und hilft mit seiner Kraft nach. Die Pumpe rastet ein, und der Treibstoff füllt den Tank.

Ich reiße die Augen auf, während er spöttisch dreinschaut.

»Schreib dir bloß nicht den ganzen Verdienst zu. Ich hatte den schwierigen Teil schon erledigt, das ist der Grund«, rechtfertige ich mich.

Eineinhalb Stunden später halten wir auf dem Parkplatz des Huron-Manistee-Nationalparks. Ich bemerke weder, dass Clarke von der Harley steigt, noch, dass er meine Hüften umfasst, um mich auf den Boden zu stellen. Staunend stehe ich vor der Schönheit der Natur. Die Wälder erstrecken sich dicht und majestätisch vor uns. Unendlich. Ihnen gegenüber komme ich mir lächerlich klein und schwach vor. Unbedeutend.

Clarke verschlingt unsere Finger miteinander, als wäre diese doch so einfache Geste für uns vollkommen vertraut, und wir rennen beinahe bis zum Waldsaum. Wir gehen langsamer und wagen uns hinein, wobei wir aufpassen müssen, nicht über eine Wurzel zu stolpern, die dicker als mein Arm ist. Je weiter wir zwischen die Bäume hineingehen, umso mehr verschwinden alle Spuren menschlichen Lebens, und umso beeindruckender wird die Landschaft.

Grün, so weit das Auge reicht; hohe Mammutbäume und moosbewachsene Felsen. Vogelgezwitscher und das Plätschern eines Bachs. Ich weiß gar nicht, wo ich hinsehen soll. Ich schaue mich überall in meiner Umgebung um und strahle wie ein kleines Mädchen am ersten Julfeiertag.[30] Durch das Blätterdach scheint die Sonne auf bestimmte Stellen und durchbricht die Schatten. Und als Krönung des Ganzen streicht uns eine Brise übers Gesicht, als wolle sie uns willkommen heißen. Ich habe keine Worte, um zu beschreiben, was ich sehe. Ich bin wie verliebt.

Clarke und ich dringen weiter in den Wald ein. Ein paar Meter entfernt von uns taucht an einem Baumstamm ein rotes Kaninchen auf. Ich halte den Arm des Devils fest, damit er stehen bleibt. Sein Blick folgt meinem ausgestreckten Finger, und dann stößt er ein leises, spöttisches Lachen aus, das das kleine Tier flüchten lässt.

Wie gemein!

Zur Strafe stoße ich ihm den Ellbogen in die Rippen. Ausnahmsweise kann ich ihn ärgern, ohne einen Gegenschlag zu fürchten, und ich lasse mir die Gelegenheit nicht entgehen. So eine Verletzung hat nicht nur Nachteile.

»Das ist der schönste Ort, den ich je gesehen habe. Wie hast du ihn gefunden?«

---

30 Jul ist ein heidnisches Fest, das um die Wintersonnwende begangen wird. Dabei werden Geschenke ausgetauscht.

»Als Kind bin ich immer mit meinen Eltern hergekommen. Es hat sich nicht verändert.«

Ich bin wie vom Donner gerührt über seine Enthüllung. Nie hätte ich gedacht, dass er mir das preisgeben würde, und schon gar nicht dass er mich an einen Ort mitnimmt, der in seinen Augen so bedeutend sein muss.

»Ich verstehe, dass du nicht über ihren Tod reden willst oder über das, was ihr Verlust für dich bedeutet. Aber ich würde mich sehr freuen, wenn du eines Tages Lust hättest, mir ein paar Geschichten aus deiner Kindheit zu erzählen.«

»Ich habe mir immer gesagt, wenn ich meine Erinnerungen teilen würde, würden sie sich verflüchtigen und ich würde sie vergessen.«

Seine Antwort verschlägt mir den Atem. Ich hätte nicht damit gerechnet, dass er sich mir anvertraut. Wenn er die Geschichten, in denen er noch die Gesichter seiner Eltern vor sich sieht, für sich behält, bewahrt er sie praktisch in seinem Körper. Er hat Angst, in der Sekunde, in der er den Mund aufmacht, könnten sie sich in die Lüfte aufschwingen und nie wieder zu ihm zurückkehren.

»Oder man könnte es so sehen, dass man, indem man seine Erinnerungen teilt, mehrere Köpfe hat, in denen sie bewahrt werden.«

Ein Lächeln erhellt sein Gesicht, und Grübchen bilden sich um seine Lippen.

Er zieht mich an sich, schlingt mir einen Arm um die Schultern und spielt mit einer meiner Haarsträhnen.

»Erzähl mir von dir«, bitte ich.

»Na schön, ich heiße Clarke.«

»Mist, und ich dachte, du heißt Taylor ...«

Wir fühlen uns hier beide ganz ausgelassen. Dieser Ort scheint ihm sehr gutzutun. Und diese Version von Clarke tut mir gut.

»Ich bin in Chelsea, Michigan, geboren und habe dort gelebt, bis ich vierzehn war. Nach dem Tod meiner Eltern bin ich zu meiner Tante nach Ann Arbor gezogen. Als ich an die Uni gegangen bin, habe ich mir ein Zimmer auf dem Campus genommen, als mich eines schönen Tages zwei Idioten genervt haben. Wir haben uns die Nasen eingeschlagen, und dann hat ein alter Typ im Anzug uns getrennt. Er hat mir seine beiden Männer vorgestellt, Sean und Jesse, und vier weitere, die mich festgehalten haben.«

Irgendwie erstaunt mich das nicht. Alle sind auf ziemlich schräge Art zu den Devil's Sons gekommen.

»Carter hat mir vorgeschlagen, in seine Gang einzutreten. Ich habe abgelehnt, sie mit Beleidigungen überschüttet und bin abgehauen. Aber da hatte ich nicht mit ihrer Hartnäckigkeit gerechnet. Wir mussten uns noch zehn- oder elfmal schlagen, bis ich angenommen habe.«

Angesichts meiner verblüfften Miene erklärt er sich genauer.

»Seit ich meine Eltern verloren hatte, gehörte es nie zu meinem Plan, Freunde zu haben. Als sie versucht haben, mir die Devil's Sons als Familie zu verkaufen, habe ich mich mit ihnen geprügelt.«

Er stößt ein kurzes Lachen aus, das mir Herz und Seele erwärmt.

»Die Deppen haben nicht kapiert, warum ich sie jedes Mal geschlagen habe, wenn ich dieses Wort aus ihrem Mund gehört habe. Sie haben mich für geisteskrank gehalten und waren Carter böse, weil er ihnen befohlen hat, nicht nachzulassen. ›Du bist Heide, Kumpel‹, das war der schlimmste Satz, den Sean mir aus reiner Verzweiflung gesagt hat. ›Sag mir nicht, dass du Angst vor der Gefahr hast! Odin lässt die Unsrigen nicht an einer Kugel verrecken.‹ Worte, die nicht nur vollkommen idiotisch waren, sondern ...«

Er spricht nicht weiter und braucht das auch nicht. Ich verstehe vollkommen. Seine Eltern waren Heiden und sind genau durch eine Kugel in den Kopf gestorben.

»Damals«, fährt Clarke fort, »gehörten noch Zwillinge und zwei weitere Jungs zur Gang. Sie waren im letzten Studienjahr, also war ich nur ein Jahr mit ihnen zusammen. Dann ist Set aufgetaucht und hat mich bei einer Schlägerei unterstützt. Ich habe das gehasst, aber Carter wollte ihn kennenlernen. Im Jahr darauf kamen Tucker und Justin in die Gang. Dieser Schwachkopf Tucker hatte eine Gruppe Profi-Boxer provoziert. Das Schlimmste war, dass er überzeugt davon war, gewinnen zu können. Justin hat versucht, ihn zur Vernunft zu bringen, aber vergeblich. Das ist dann eskaliert. Carter hatte uns, Set und mich, schon hingeschickt, und wir haben die Gelegenheit genutzt, ihre Fähigkeiten zu beurteilen. Sie haben sich trotz allem gut geschlagen. Die beiden waren schon vorher ein sehr gutes Team ...«

Als Clarke sich unterbricht, folge ich seinem Blick und vergesse alles, sogar das Atmen. Vor unseren Augen erstreckt sich der Michigan-See. Nicht die kleinste Welle kräuselt seine Oberfläche.

Ohne Vorrede renne ich zum Ufer und ziehe den Devil mit. Ich bleibe erst stehen, als wir mit den Schuhen im Wasser stehen. Ich lasse seine Hand los, um in dem eiskalten Wasser auf und ab zu hüpfen wie ein kleines Kind. Wegen meiner Herzkrankheit konnte ich nie schwimmen, wie ich Lust hatte, aber meine Fantasie hat den Mangel ausgeglichen. Ich meinte die Gefühle zu kennen, die man empfindet, wenn man ins Wasser springt.

Der Schmerz in meinem Bauch bringt sich in Erinnerung. Ich höre auf, herumzuzappeln, lasse mir dafür aber nichts anmerken. Ich sehe zu Clarke auf, der mich mit einem leisen Lächeln auf den Lippen beobachtet.

Ich trete wieder zu ihm und gehe mit ihm ans trockene

Land. Wir setzen uns auf den Boden, und ich schließe die Augen, um die Sonne auf meinem Gesicht zu genießen.

»Was hattest du denn später vor?«, frage ich ihn.

»Abgesehen von den Devil's Sons habe ich nie etwas gefunden, das mir gefiel.«

Ich sehe ihn an. Sein schwarzes Haar bewegt sich im Wind, und das Licht, das seine grünen Augen leuchten lässt, macht ihn unwiderstehlich – und gefährlich.

»Und du?«

Ich lächle und schaue zum Horizont.

»Es gibt vieles, was ich gern tun würde.«

Wenn ich nur ein ganzes Leben vor mir hätte ...

»Was zum Beispiel?«

»Keine Ahnung, ehrlich gesagt. Ich lerne gern. Und verschlinge Bücher; ist das ein Beruf?«

»Ich habe dich noch nie mit einem Buch in der Hand gesehen.«

Ich mache eine anklagende Miene.

»Vielleicht weil eure kriminelle Organisation mich meiner Freizeit beraubt, Mr. Taylor!«

Zum ersten Mal habe ich das Gefühl, dem *echten* Clarke gegenüberzusitzen, dem, der nicht in Ketten gelegt ist. Sein Lächeln ist breit und aufrichtig, sein Blick weder verschleiert noch düster. Der Clarke im Wald von Huron-Manistee ist nicht der zweite Mann der Devil's Sons.

»Tja, wenn du unser schmutziges Geld annehmen würdest, könntest du dir eine Menge Lehrbücher kaufen. Liest du manchmal auch Romane?«

»Selten, aber kommt vor.«

»Lass mich raten ...«

Neugierig beobachte ich, wie er überlegt.

»Du hältst nichts von Gewalt, doch Thriller könnten dich auf interessante Gedankengänge bringen. Du gehörst nicht zu den Menschen, die Fantasy oder Science-Fiction verschlingen. Dazu stehst du viel zu sehr mit beiden Beinen auf der Erde und erlaubst dir nicht zu träumen. Das Gleiche gilt für Liebesromane. Außer ...«

Er schnalzt mit der Zunge und sieht mich an.

»Du musst gute, alte, spannende Klassiker gelesen haben. Womit wir bei Shakespeare und ... Jane Austen sind.«

Wenn ich ein persönliches Tagebuch führen würde, würde ich ihm vorwerfen, es mehrmals durchgelesen zu haben. Es ist erschreckend und tröstlich zugleich, verstanden zu werden, ohne reden zu müssen.«

»*Stolz und Vorurteil*, ein absolutes Muss!«

Er wirkt triumphierend, als ich beeindruckt bin.

»Sag mir, was du dem Buch vorwirfst.«

»Wie kommst du darauf, dass ich ihm irgendwelche Vorwürfe mache?«

»Das sehe ich an deinem Blick, Clarke, also raus damit!«

Er starrt mir auf die Lippen und befeuchtet seine eigenen. Die Atmosphäre wird drückend, und eine Sekunde lang herrscht Spannung zwischen uns, bis Clarke weiterspricht.

»Keine Spannung, langweilige Handlung, viel zu altmodisch und total vorhersehbar. Ein Mädchen, das intelligenter als die anderen ist und ein großes Mundwerk hat, lernt einen sexy Typen kennen und findet kurz drauf heraus, dass er ein verdammter Mistkerl ist. Überraschung: Er ist der perfekte Mann, wir heiraten. Ende der Geschichte.«

Ich starre ihn verdutzt an.

»Du hast dieses literarische Meisterwerk in fünf jämmerlichen Sekunden verrissen! Du bist ein grauenhafter Erzähler, und ich hoffe, das ist dir bewusst!«

Schief grinsend, versetzt er mir einen Klaps auf die Schulter. Schließlich lege ich mich auf den Rücken. Durch meine geschlossenen Augenlider spüre ich, wie etwas den Sonnenstrahlen im Weg ist, und dann streckt sich ein Körper über mir aus.

Dieser Körper, der so perfekt an meinen passt, dieser Duft, der all meine Sinne erweckt ... Ich öffne die Augen und sehe Clarke.

Seine Nase berührt meine fast, und sein Atem, der meine Lippen liebkost, bringt meinen Herzschlag lächerlich ins Stolpern. Ich schlucke mühsam, versuche, einen Grund dafür zu finden, dass er sich so verhält, doch ich finde keine Antwort.

»Die Geschichte ist sehr gut geschrieben«, murmle ich. »Die Personen sind bildhaft dargestellt und haben alle ihren eigenen Charakter.«

Mein Atem geht stoßartig. Alles in mir verlangt schreiend von mir, ihn zu berühren, ihn zu küssen, ihn zu lieben. Ich will ihn, mit seinen guten und seinen schlechten Seiten. Ich will den Clarke Taylor aus dem Wald von Huron-Manistee mit seinem ausgelassenen Lachen und seiner Leichtigkeit, aber auch den Clarke Taylor von den Devil's Sons, mit seiner steinernen Miene und dem finsteren Blick.

»Elizabeth lehnt die Regeln ab. Sie amüsiert sich über die engstirnige Gesellschaft ihrer Zeit und die sozialen Konventionen. Sie scheut sich nicht, unverfroren ihr Urteil über alle zu fällen. Sie ist faszinierend.«

Sein heißer Blick, in dem glühendes Begehren steht, das er kaum beherrschen kann, senkt sich auf meinen Mund. Ich bekomme keine Luft mehr, und mein Herz setzt einen Schlag aus, als er mit der Zunge meine Unterlippe nachzieht. Ich muss mir Gewalt antun, um einen Seufzer der Ekstase zu unterdrücken, aber lange habe ich keine Kraft mehr dazu. Seine Zunge weicht seinen vollen Lippen, die an meinem Kiefer entlangfahren. Ich stoße ein Stöhnen aus, und Clarke reagiert, indem er alle Muskeln anspannt. Mit den Zähnen streift er mein Ohr, und ich bäume mich auf.

»Set hatte recht. Du bist das aufregendste Wesen, also bring keine so entzückenden Töne hervor, wenn du deine Kleider anbehalten willst.«

Er will aufstehen, doch ich halte ihn zurück. Gequält sieht er mir in die Augen. Ich sehe Frustration und Beherrschung darin.

»Avalone, ich ...«

»Ich verlange nichts von dir, nur küss mich.«

Etwas in ihm gibt nach. Er zerschmilzt auf meinem Mund, um mich auf diese Art zu küssen, deren Geheimnis nur er kennt. In meinem Kopf und meinem Körper herrscht Chaos. In diesem Moment hat nichts mehr einen Sinn, nur noch wir. Ich genieße seine Nähe und sauge sie in mich auf. Nehme alles, was er mir gibt, um mich bis zum nächsten Mal zu sättigen.

Schließlich lösen wir uns atemlos voneinander, und Clarke steht sofort auf, um die Kontrolle über sich zurückzuerlangen. Ich spüre, wie mir seine Körperwärme jetzt schon fehlt, doch ich lächle, weil ich nicht anders kann. Er steht über mir und fährt sich durchs Haar.

»Du machst es mir aber auch nicht einfacher ...«

»Du hast doch angefangen ...«

Er streckt mir eine Hand entgegen, um mir beim Aufstehen zu helfen, und ich ergreife sie und versuche dabei, die richtige Atmung und einen vernünftigen Herzrhythmus wiederzufinden.

Dieser Mann bringt mich noch um.

In einem Schweigen, das nötig ist, um wieder zu uns zu finden, gehen wir zurück in den Wald. Genau wie mir fehlt Clarke der direkte Körperkontakt. Er spielt mit meinen Fingern und streicht über mein Schlüsselbein, um mir dann eine Haarsträhne hinters Ohr zu streichen. Er schlingt einen Arm um meine Schultern und zieht mich an sich.

»Liest du viel?«, frage ich ihn.

»Nie.«

»Warum dann *Stolz und Vorurteil*?«

»Es war das Lieblingsbuch meiner Mutter. Ich habe es

nicht gelesen, aber dafür hat sie mich gezwungen, mir mit ihr die Verfilmung anzusehen.«

Er kann gerade noch seine Erklärung beenden, als sein Handy klingelt. Er bleibt stehen, um das Gespräch anzunehmen.

»Wie geht's meiner Lieblingsmarie?«

Ich weiß, dass er Marie liebt, aber ich habe noch nie gehört, dass er sie so anspricht. Diese Zeit fern von der Villa und dem Druck, den sie ausübt, tut ihm genauso gut wie mir.

»Hmm, ja, wir sind weggefahren, um frische Luft zu schnappen. Deckst du uns, wenn nötig?«

Er legt eine Pause ein, um sie antworten zu lassen.

»Okay, perfekt. Wir sind um halb acht zurück. Wenn er vorher wieder da ist, verlasse ich mich darauf, dass du uns aus der Patsche hilfst.«

Er legt auf, und wir gehen Hand in Hand weiter.

»Wie waren deine Eltern so?« Eine gefährliche Frage.

Clarke wirft mir einen bedeutungsvollen Blick zu.

»Das behältst du stur für dich, was?«

Ich setze eine unschuldige Miene auf, was ihm ein Lächeln entlockt. Er holt tief Luft und sieht in die Ferne. Öffnet den Mund und schließt ihn dann wieder.

»Meine Mutter«, erklärt er schließlich, »hatte langes schwarzes Haar und große grüne Augen. Sommersprossen im ganzen Gesicht. Sie war schlank und zierlich. Sie war eine Frau, die vor Energie nur so übersprudelte. Sie war auch sanft und verständnisvoll und regte sich niemals auf. Mein Vater war das Gegenteil. Blond mit braunen Augen und leicht reizbar, aber sie hatte eine beeindruckende Begabung dafür, ihn zu beruhigen. Sie waren wahnsinnig verliebt ineinander. Sie waren sehr liebevolle Eltern.«

Sein Lächeln verfliegt, und seine Miene wird todernst. Er bleibt stehen und betrachtet die Landschaft mit betrübtem Blick.

»Ich habe gelogen. Dieser Ort hat sich verändert. Alles wirkt ...«

»Kleiner?«

Er sieht mich an, die Hände in den Taschen und mit verkrampftem Kiefer.

»Ja. Es ist, als wären die Erinnerungen an diese Zeit falsch, lückenhaft.«

Sein Zorn brodelt unter der Oberfläche. Diese Vorstellung ist offensichtlich quälend für ihn.

»Schließ die Augen und knie dich hin«, befehle ich ihm.

Er mustert mich argwöhnisch.

»Ist das jetzt der Moment, in dem ich erklären muss, dass BDSM nicht mein Ding ist?«

Ich lache schallend und schüttle den Kopf, um wieder ernst zu werden.

»Vertrau mir.«

Seufzend fügt er sich. Er schließt die Augen und setzt dann zuerst ein Knie und dann das andere auf den Boden. Ich hocke mich neben ihn und fordere ihn leise auf, die Augen zu öffnen. Er gehorcht und sieht den Ort seiner Kindheit wieder aus dem gleichen Blickwinkel wie als kleiner Junge. Er betrachtet seine Umgebung und macht sich wieder mit seiner Vergangenheit vertraut. Hinter seinem aufgesetzten Gleichmut macht sich Staunen breit.

»Du hast dich verändert, Clarke, nicht dieser Ort. Die Zeit ist nicht an dir vorbeigegangen, du bist erwachsen geworden. Doch manches ändert sich nie, zum Beispiel deine Liebe zu deinen Eltern. Und sollte dieser Wald eines Tages nicht mehr existieren, würde das die Erinnerungen an sie nicht auslöschen. Nichts wird infrage stellen, dass sie vor ein paar Jahren hier waren, zusammen mit dir. Du bist der Beweis dafür, dass sie gelebt haben. Für ihre Liebe.«

Er sieht mich so eindringlich an, als hätten wir, ohne es zu wissen, eine Hürde überwunden.

»Wie fühlst du dich?«, will er wissen.

»Absolut gut. Dieser Spaziergang war genau das, was ich brauchte.«

Zum ersten Mal überhaupt reden wir. Reden *richtig*. Wir offenbaren einander unsere Träume und enttäuschten Kindheitshoffnungen. Ich erzähle ihm, wie ich mir mit neun Jahren den Arm gebrochen habe, und er zählt die Unfälle auf, bei denen er sich die Augenbraue aufgerissen hat. Ich lache, bis mir die Wangen wehtun. Clarke lächelt die ganze Zeit. Kein verhaltenes Schmunzeln, nein. Ein echtes Lächeln, bei dem er Zähne zeigt.

Wir gehen noch eine Stunde spazieren, dann kehren wir zurück, um wieder auf die Harley zu steigen. Die Sonne steht schon ziemlich tief am Himmel; die Zeit ist erstaunlich schnell vergangen. Wir haben Kilometer zurückgelegt, ohne es zu merken, und über alles und nichts geredet wie alte Freunde. Alte Freunde, die einander über alles begehren.

Ich hatte einen großartigen Tag und habe keine Lust, zurückzufahren, aber alles Schöne hat einmal ein Ende. Ich mache mir nur Sorgen, Clarke könnte, sobald wir zurück in der Villa sind, wieder auf Distanz gehen und seinen Panzer wieder anlegen. So langsam kenne ich ihn und weiß, dass es, wenn wir von anderen umgeben sind, immer einen Graben zwischen uns geben wird, als hätte es diesen Nachmittag nie gegeben. Doch ich kann nicht einfach so tun, als hätte ich diese Facette an ihm nie kennengelernt.

Nachdem wir die Maschine vor dem Odins-Brunnen geparkt haben, nimmt Clarke meine Hand, und wir rennen auf die Villa zu. Wir hören, wie Carters Wagen die Auffahrt heraufkommt, aber wenn er begreift, dass wir uns verdrückt haben, können wir uns auf eine fürchterliche Strafpredigt gefasst machen.

Die Tür wird geöffnet, und Marie steht da. Sie ist in Panik.

»Schnell herein!«

Wir betreten das Haus und laufen eilig in die Küche, wo wir auf den Barhockern an der Kücheninsel Platz nehmen. Ein Bier und eine Limonade erwarten uns.

»Was ist denn so komisch?«

Carters Stimme dringt zu uns, und Marie dreht sich abrupt um und steckt die Nase in den Kühlschrank. Der Boss tritt gut gelaunt in den Raum.

»Ich hatte den beiden eine Anekdote über meine Mutter erzählt«, lüge ich.

Clarke trinkt einen Schluck von seinem Bier und zwinkert mir diskret zu.

»Konntest du dich ausruhen?«, verlangt der Chef der Devils zu wissen.

»Ja, das war wirklich nötig.«

»Perfekt.«

Zufrieden lächelt er uns zu und verlässt dann die Küche.

Marie schließt mit einem leisen Knall den Kühlschrank und zeigt drohend mit dem Finger auf uns.

»Spielt mir ja nicht noch mal so einen Streich! Andererseits, wenn ihr wieder jemanden braucht, der euch den Rücken freihält, sagt Bescheid.«

Clarke und ich wechseln einen verschwörerischen Blick. Diese Frau ist großartig.

»Ich hoffe, ihr habt euch wenigstens gut amüsiert?«

»Sehr«, antworten Clarke und ich wie aus einem Mund.

Marie ist so fröhlich, als hätte sie zwei Teenager beim Knutschen erwischt, doch ihr Lächeln erstarrt, als sie den Blick auf Clarke richtet. Mit abwesendem Blick starrt er auf meinen Pulli und beißt heftig die Zähne zusammen. Ich sehe auf mein Oberteil hinunter.

Blut.

Ich springe von meinem Hocker auf und gerate ins Torkeln.

»Bin gleich wieder da.«

Hastig verlasse ich die Küche und laufe in mein Zimmer.

Ich trete ins Bad, ziehe meine Sachen aus und werfe sie auf den Boden. Mein Verband ist nicht mehr weiß, was Clarkes schlechtes Gewissen geweckt hat.

Aufgebracht reiße ich ihn ab. Blut quillt aus meiner Wunde: ein Stich ist aufgegangen.

Als ich Clarke im Spiegel sehe, fahre ich zusammen. Er steht hinter mir, den Blick auf meine Verletzung gerichtet. Seine verschlossene Miene trifft mich wie ein Schlag.

»Es ist nichts, nur ein wenig Blut.«

»Ethan kommt gleich.«

Der Ton seiner Stimme gibt mir den Rest.

Mit zitternden Händen tupfe ich das rote Nass mit Kompressen ab, doch es rinnt weiter.

»Nicht nötig, es ist nichts.«

»Du siehst doch, dass es doch etwas ist!«

Ich nehme ein Handtuch, drücke es auf meine Wunde und drehe mich flehend zu ihm um.

»Ich hätte niemals darauf eingehen dürfen, dich hinauszuschmuggeln«, fährt er fort.

»Ich bedaure nichts. Ich hatte einen wunderbaren Tag, ich würde es immer wieder tun.«

»Also, *ich* bereue es.«

Mit diesen Worten verlässt er das Zimmer.

Der Clarke aus dem Wald von Huron-Manistee ist verschwunden. Ich unterdrücke meine Tränen und recke den Kopf, als säße noch das Krönchen aus meiner Kindheit darauf.

Ich verlasse das Bad, setze mich auf mein Bett und warte auf Ethan, der ungefähr eine Viertelstunde später eintrifft. Er wirft mir einen harten Blick zu.

»Ich hatte dir doch verordnet, dich zu schonen! Du hast Glück, dass ich gerade in der Gegend war!«

Ich bin mir nicht sicher, ob ich nach dieser brutalen Rückkehr in die Realität eine Moralpredigt vertragen kann. Ethan scheint meine Gemütsverfassung zu bemerken, denn er lässt es dabei bewenden.

Er wirft seine Tasche neben meinen Füßen zu Boden und kniet nieder. Dann nimmt er das Handtuch von meinem Bauch und untersucht dann stirnrunzelnd meine Wunde.

»Ein Stich ist aufgegangen und muss erneuert werden. Nichts Besorgniserregendes, solange du keine Infektion entwickelst. Wenn wir vorsichtig sind, wird man dir im Krankenhaus nicht allzu viele Fragen stellen.«

Ich schüttle den Kopf.

»Mach es selbst, damit wir es hinter uns haben.«

»Ich habe aber nichts, womit ich dich örtlich betäuben könnte, kleine Kriegerin.«

»Kein Problem.«

Fassungslos sieht er zu mir auf.

»Ich kann dich nicht örtlich betäuben«, wiederholt er, um sicherzugehen, dass ich auch dieselbe Sprache spreche wie er.

»Das habe ich verstanden.«

Er glaubt, ich habe den Verstand verloren. Die Sache ist nur die, dass ich unmöglich einen Fuß in ein Krankenhaus setzen kann. Jedes Mal, wenn ich eins betrete, weiß ich nicht, ob ich es je wieder verlassen werde. Meine wöchentlichen Termine sind schon anstrengend, da brauche ich meinem Arzt nicht den x-ten Grund zu geben, mich dazubehalten.

»Du wirst absolut alles spüren. Ich werde deine Wunde mit einer alkoholbasierten Flüssigkeit säubern, und was den Stich ...«

»Ich weiß, Ethan«, unterbreche ich ihn. »Tu, was du tun musst.«

Er sieht mich lange an, um mir Gelegenheit zu geben, wieder zu mir zu kommen, doch meine Entscheidung steht fest. Resigniert nickt er.

Aus seiner Tasche holt er die Instrumente, die er braucht, und sterilisiert sie. Dann wirft er mir einen letzten Blick zu, um sich meines Einverständnisses zu versichern, und ich reagiere, indem ich mich hinlege.

Widerwillig zieht er Latexhandschuhe an und macht sich an die Arbeit. Er desinfiziert das Gebiet mit einem Produkt, dessen Wirkstoff Säure sein muss und so brennt, dass ich zusammenzucke. Pfeifend atme ich durch die Zähne aus.

»Aus ganzer Seele bitte ich um die Kraft des Megingjord[31]«, murmle ich.

Ich drehe den Kopf zur Seite, weil ich mir nicht sicher bin, den Schmerz und den Anblick von Blut gleichzeitig ertragen zu können.

Ich spüre absolut alles, und das ist die reine Folter.

Wie hat Clarke bloß die Entfernung seiner Kugel ertragen?

Ich habe den Eindruck, dass Ethans Nadel bis in meine Seele eindringt, um sie zu verstümmeln. Doch ich zucke mit keiner Wimper. Kein Ton kommt über meine Lippen, obwohl mir danach ist, eine nicht enden wollende Flut von Flüchen hervorzustoßen.

Ich spüre, wie mir eine Schweißperle über die Wirbelsäule läuft. Mit geschlossenen Augen beiße ich die Zähne so fest zusammen, dass sie knirschen. Als die Nadel herausgezogen wird, ziehe ich erleichtert die Luft ein.

»Geht's denn?«, erkundigt sich Ethan bedrückt.

Ich presse die Lippen zusammen und nicke, und er macht weiter. Erneut schiebt er die Nadel unter meine Haut, was mir ein schmerzhaftes Aufstöhnen entlockt, und zieht am Faden.

Mit einer exakten Bewegung schlingt der Arzt einen Knoten. Er wiederholt das noch einmal, und endlich ist er fertig.

Er desinfiziert und trocknet meine Haut und klebt einen neuen Verband auf.

---

31 Megingjord ist Thors Kraft spendender Gürtel. Er verleiht ihm die nötige Kraft, um seinen Hammer Mjöllnir zu führen.

Meine Wunde sticht, und meine Haut spannt, doch ich bin erleichtert darüber, dass der Eingriff zu Ende ist. Das war kurz, aber intensiv. Der Schweißfilm auf meiner Haut zeugt davon. Mehr kann ich heute nicht ertragen.

»Dieses Mal musst du dich aber wirklich ausruhen!«, befiehlt mir Ethan, während er seine Sachen wegräumt. »Ich weiß, das ist schwer, aber wenn du dich danach richtest, bist du umso schneller wieder auf den Beinen.«

Ich seufze. Meine Stimmung ist auf dem Nullpunkt.

Dieser Nachmittag war außerordentlich. Ich kann nur schwer verdauen, dass er sich in Luft aufgelöst hat.

»Clarke wird sich jetzt ohnehin weigern, mich irgendwohin mitzunehmen, und er wird es den anderen auch verbieten.«

Ethan steht auf und sieht mich voller Mitgefühl an.

»Ruf mich an, und ich hole dich hier heraus, aber nur, um in einem Straßencafé etwas zu trinken.«

Ich lächle ihm dankbar zu, und er küsst mich auf die Stirn.

»Danke.«

»Gern geschehen, Prinzessin. Ich komme morgen früh wieder.«

Er verlässt mein Zimmer und schließt die Tür hinter sich. Ich strecke mich auf meinem Bett aus und starre an die Decke. So hätte ich mir mein erstes Studienjahr nicht vorgestellt. Ich bereue zwar nichts, aber es ist schwer …

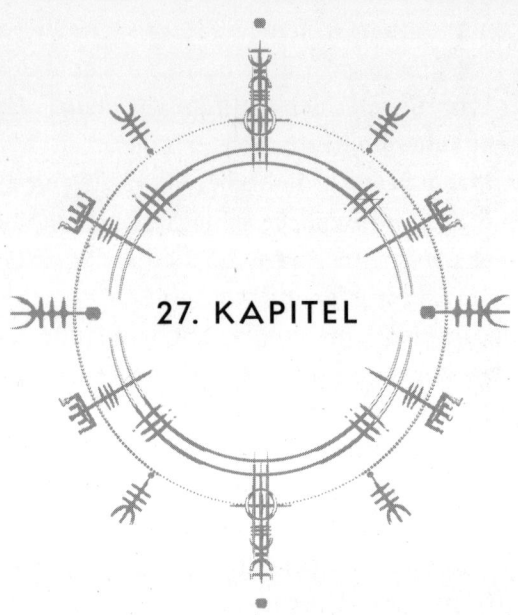

27. KAPITEL

Gewaschen und ein wenig entspannter komme ich aus dem Bad. Ich setze mich auf mein Bett, unterdrücke eine Grimasse und nehme meinen Computer vom Nachttisch, um meine E-Mails zu checken. Eine Handvoll Werbung, mein neuer Stundenplan für die nächste Woche; Links, die Lola mir geschickt hat ...

Neugierig klicke ich den ersten an. Ich werde auf eine Webseite weitergeleitet. Ich überfliege die Zeilen, bis ich auf einen nur allzu vertrauten Namen stoße.

Carter Brown Arinson, geboren am 1. November 1969 in Midland, Michigan. 1993 gründet er in Zusammenarbeit mit Mike Arinson das Unternehmen Arinson Arms und verkauft seinem Partner 2007 seine Anteile. Kurz darauf ruft er eine Firma ins Leben, die mit Kunst und Edelsteinen handelt, und steigt 2011 zum vermögendsten Unternehmer des Bundesstaats auf.

Ich klicke auf den zweiten Link, der mich zu Informationen über seinen Bruder führt.

Mike Arinson ist am 12. Dezember 1969 in Midland, Michigan, geboren. 1993 gründet er seinen Waffenhandel in Zusammenarbeit mit ...

Die nächsten Abschnitte überspringe ich und bleibe bei der Geschichte seiner Ehe hängen.

1998 heiratet er Claire Torrens, die 2000 ihr erstes Kind zur Welt bringt. Am 7. September desselben Jahres, nur einige Monate nach der Geburt des Mädchens, finden die Frau von Mike Arinson und ihre Tochter bei einem Autounfall den Tod.

Verblüfft runzle ich die Stirn. Carter hatte mir erzählt, sein Adoptivbruder habe einen Sohn erwartet, der nie geboren wurde.

Warum erzählt mir diese Seite etwas anderes?

Ich lehne mich in die Kissen und scrolle die Seite konzentriert herunter. Sie liefert solche Massen von Informationen, dass man meinen könnte, Mike hätte überhaupt kein Privatleben. Seine wichtigsten Vertragsabschlüsse, die Adresse seines Hauptsitzes, sein bevorzugtes Urlaubsziel, sein Strafregister ...

Bei allen Göttern, wo hat Lola das bloß alles aufgetrieben?

Ich stoppe bei einem Foto, das mir ins Auge springt. Da ist es, vor meiner Nase, und doch kann ich es nicht analysieren. Es ist, als sähe ich es, ohne es zu sehen, als ob ...

Mein Hirn schaltet sich wieder ein, und kurz erstarrt mein Herz zu Stein. Und ich habe den Eindruck, von einem Bus überfahren zu werden. Und dann noch einmal im Rückwärtsgang.

Auf diesem Foto ist Mike zu sehen, der ein Baby auf dem Arm hält. Er steht neben Carter, der stolz in die Kamera lächelt.

Kurzatmig blicke ich vom Bildschirm auf.

1998 heiratet er Claire Torrens, die 2000 ein kleines Mädchen zur Welt bringt.

Dieser Satz läuft in meinem Kopf in einer Endlosschleife ab. Er lässt mein Herz schneller schlagen und stürzt mich in tiefste Verunsicherung.

Das ist nicht möglich ... Ich ... Nein!

Abrupt springe ich wieder auf. Ich zittere an allen Gliedern, und Tränen rinnen mir über die Wangen. Ich lege eine Hand an meine Brust, die sich so zugeschnürt anfühlt, dass ich das Gefühl habe, keine Luft zu bekommen.

Völlig durcheinander nehme ich meinen Laptop und reiße meine Zimmertür auf.

Wie in Trance renne ich den Flur entlang und streife ab und zu gefährlich die Wände. Meine Beine sind schwer, mein Herz protestiert, dass ich umkehren soll, doch ich habe keine Kontrolle mehr über meinen Körper. Ich lande in der Eingangshalle und bleibe in dem Türbogen stehen, wo ich die Devils komplett mit Ethan und Carter im Salon sitzen sehe.

Alle Blicke richten sich auf mich. Es dauert nur eine Sekunde, bis sie die Tränen auf meinen Wangen sehen. Wie ein Mann stürzen sie auf mich zu, doch ich stoppe sie mit ausgestreckter Hand.

Mein Atem geht chaotisch, meine Brust schmerzt. Ich fühle mich grauenhaft, und das hat nichts mit meiner Krankheit zu tun.

»Alles gut?«, fragt mich Carter mit besorgt gerunzelter Stirn.

Ethan, Justin und Sean wollen zu mir kommen, doch das Lachen, das aus mir herausbricht, bringt sie ein weiteres Mal davon ab. Ein zynisches Kichern, das ich selbst nicht wiedererkenne. Alle mustern mich, doch ich konzentriere mich ausschließlich auf Carter, der sich um meinen Zustand sorgt, aber einen Sicherheitsabstand einhält.

Alles, woran ich immer geglaubt habe ... Alles, was man mir erzählt hat ... Alles, was ich für wahr gehalten habe, ohne jemals etwas infrage zu stellen ...

Der ganze Hass der neun Welten trieft mir aus allen Poren, rast durch meine Adern und reißt das Wenige an Vernunft, das ich noch hatte, mit.

»Kann mir jemand erklären, warum Mike mich als Baby auf dem Arm hält und dabei neben Ihnen steht?«

Ich drehe den Computerbildschirm so, dass sie das Foto sehen können. Ein Bild, auf dem ich mich aus den Alben meiner Mutter wiedererkenne. Ein Foto, auf dem ich in meine alte Babydecke gewickelt bin, die von Mike Arinsons Armen herabhängt.

Das Herz in meiner Brust krampft sich derart zusammen, dass mir speiübel ist. Die Gedanken überschlagen sich in meinem Kopf.

Carter wirkt vollkommen überrumpelt und ist kalkweiß geworden. Nur seine Augen glänzen. Da er die Sprache verloren zu haben scheint, nutze ich die Gelegenheit, um herauszufinden, wie weit die Devil's Sons mich manipuliert haben. Einen nach dem anderen mustere ich die Jungs. Zum ersten Mal kann Clarke meinem Blick nicht standhalten. Er wendet ihn ab und schließt ein paar Sekunden lang die Augen. Tucker fährt sich mit den Händen über sein angespanntes Gesicht, und Set wühlt durch seine Haare. Justin lässt sich aufs Sofa sinken, während Sean nicht in der Lage ist, sich mir zu stellen, und mir den Rücken zudreht; und Jesse und Ethan starren mich an. Das Schuldbewusstsein ist ihnen ins Gesicht geschrieben. Carter dagegen beginnt den Mund zu öffnen, überlegt es sich dann aber anders.

Niemand gibt mir Antwort, und die Luft scheint keinen Sauerstoff mehr zu enthalten. Ich habe das Gefühl zu ersticken.

»Warum bin ich auf diesem Foto?«, verlange ich ein zweites Mal mit eisiger Stimme zu wissen.

In diesem Moment ist Carter Brown Arinson nicht mehr der beeindruckende, geachtete Milliardär. Er ist schrecklich verletzlich und steht kurz davor, zu zerbrechen wie Porzellan.

»Es tut mir schrecklich leid, Avalone ...«

Er sieht mich voll unendlichen Schmerzes an, während mir der einfache Umstand, mich in einem Raum mit ihm zu befinden, unerträglich vorkommt. Die Worte, die er schließlich herausbringt, wirken auf mich wie ein Todesstoß.

»Mike ist dein Vater. Ich bin dein Patenonkel.«

Mir klappt die Kinnlade herunter. Der Schmerz in meiner Brust ist die reine Folter, und in meinem Kopf herrscht nur noch Chaos.

»Mein Vater ist tot!«

Als Carter vorsichtig einen Schritt in meine Richtung tut, brülle ich ihn an, mir nicht zu nahe zu kommen.

»Um euch vor den BloodBros zu schützen, mussten wir so tun, als wäret ihr tot, deine Mutter und du. Wir hatten keine andere Wahl!«

Jedes seiner Worte zerstört meine Welt noch weiter. Ich schüttle den Kopf, um sie aus meinen Gedanken zu streichen, doch sie hallen in mir wider wie ein verdammtes Echo, das keine Ruhe gibt.

Mike ist dein Vater. Ich bin dein Patenonkel.
Mike ist dein Vater. Ich bin dein Patenonkel.
Mike ist dein Vater. Ich bin dein Patenonkel.

Nichts kann die Stimme in meinem Kopf zum Schweigen bringen.

Er hat sich mit den BloodBros überworfen, der mächtigsten und blutrünstigsten Gang Amerikas. Sie haben stolz verkündet, von jetzt an würden sie sich jedes neugeborene Kind der Arinsons holen.

Ich lege die Hand auf meine Wunde, denn ich bin davon überzeugt, dass ich viel Blut verlieren muss, um mich so schlecht zu fühlen. Aber nein. Ethan hat mich verarztet. Nur meine Tränen drücken meinen Schmerz aus.

»Meine Mutter ... Sie ... Sie hält Mike für tot?«

»Sie war vom ersten Tag an in unseren Plan eingeweiht.«

Die unsichtbare Klinge, die sich in meine Brust bohrt, schneidet mir die Luft ab.

Das ist nicht möglich ... Nicht sie; das hätte sie mir nie antun können. Ich habe sie von meinem verstorbenen Vater reden gehört, ich habe gehört, wie sie um seinen Verlust geweint hat, wenn sie abends dachte, ich schlafe. Sie hat Frigga angefleht, die Liebe zu ihrem Mann erlöschen zu lassen, damit sie besser mit seiner Abwesenheit fertigwürde.

Bin ich wirklich so naiv gewesen?

Ein Schluchzen dringt über meine Lippen. Ich halte mir den Bauch und rechne jede Sekunde damit, meine Eingeweide auszukotzen. Doch der Hass in meinem Inneren wächst zu verheerender Wut an. Ich richte mich auf, um die Devil's Sons anzusehen.

»Und ihr? Ihr wusstet von Anfang an Bescheid, stimmt's?«

»Ja«, antwortet mir Clarke wie zu Stein erstarrt.

Sie stecken alle mit Carter unter einer Decke. Und sie haben mir das Herz gebrochen. Und dabei wusste ich, dass ich ihnen nicht vertrauen konnte. Sie haben es mir ein ums andere Mal bewiesen, und dieses Mal haben sie mir den Todesstoß versetzt.

»Carters Befehle, nicht wahr? Euch blieb gar nichts anderes übrig.«

Ich lache wie irre und lege alle zerstörerischen Emotionen, die mich überwältigen, in diese kontrollierten Ausbrüche.

»Ihr seid echt talentierte Schauspieler. Ehrlich! Ihr hättet einen Oscar verdient. Wie einfallsreich, mich glauben zu machen, dass ich unter die Devil's Sons geraten bin, weil ich zur falschen Zeit am falschen Ort war. Aber der Plan stammte wahrscheinlich von dir«, sage ich zu Carter.

Dann geht mir das Ausmaß seiner Manipulationen auf. Die Realität schickt die letzte Hoffnung darauf, etwas in meinem Leben unter Kontrolle zu haben, in die Wüste.

»Die Bullen ... Die Polizei rückt nicht wegen einer einfachen Studentenparty aus. Jedenfalls nicht zu so vielen. Bill will euch um jeden Preis in die Ecke drängen, aber er kennt dich. Er musste wissen, dass er bei dieser Party, von der Clarke mich zurückgefahren hat, nichts Belastendes finden würde. Außer wenn ...«

Je mehr Worte ich heraussprudle, umso lauter werde ich.

»Du hast den Druck, den Bill mir gemacht hat, nicht ausgenutzt, um mich auf deine Seite zu ziehen, *du* hast diesen Druck *selbst erzeugt*! Du hast die Polizei zur Studentenverbindung geschickt, damit Clarke mich vor Bills Augen nach Hause fahren konnte und ich so in Verbindung zu euch gebracht würde! Das alles war inszeniert! Seit ich an die Uni gekommen bin, habe ich überhaupt keine Kontrolle mehr über mein Leben. Alles war geplant, ich war der Gegenstand eines Plans, der über jeden Begriff geht: Prinzessin Arinson in den Schoß der Familie zurückzuführen, koste es, was es wolle!«

Carter kommt mit schmerzverzerrter Miene einen Schritt auf mich zu. Die Vase, die ich auf dem Boden zerschmettere, hält ihn davon ab, sich auch nur einen Zentimeter weiter zu nähern. Daher hebt er die Hände und beginnt, mit sanfter Stimme auf mich einzureden.

»Du hast immer die Wahl gehabt, Avalone. Du hattest immer die Kontrolle.«

Meine Stimme klingt gebrochen, wie die Vase, die in Scherben zu unseren Füßen liegt.

»*Die Wahl?* Lolas Bruder und die anderen zu retten, indem ich eine Falschaussage mache, oder meinen Alltag weiterzuleben und zuzusagen, dass die Bullen sie ins Gefängnis stecken, meine Freundin zu verlieren und gleichzeitig mein soziales Leben zu ruinieren?«

Meine Tränen fließen jetzt erst recht, und ich schluchze.

»Du hast mich wieder und wieder manipuliert! Du hast mich zu meinem Vater nach Kanada geschickt, Carter!«

Das Geschrei, das aus meiner Kehle aufsteigt, ist voller Schmerz, mein Herz ist zerrissen, und wenn ich nicht ein

Mindestmaß an Würde wahren wollte, würde ich auf dem Boden zusammenbrechen. Doch dieses verdammte unsichtbare Krönchen sitzt immer noch auf meinem Kopf.

»Und er hat mich auch glauben gemacht, die Grenze sei gefährlich für uns … Er hat mich ebenfalls getestet und bei diesen Intrigen mitgemacht.«

Ich denke an alles, was wir in meiner Kindheit durchgemacht haben. An meine Mutter, die sich allein mit meiner Krankheit auseinandergesetzt hat und ihr letztes Hemd gegeben hat, um meine Behandlung zu bezahlen. An ihre zahllosen schlaflosen Nächte, weil sie vier Jobs hatte, um mir drei Mahlzeiten am Tag bieten zu können. An die Männer, die sie nie in ihr Herz gelassen hat, und an all die Liebe, die sie mir geschenkt hat, um die eines Toten zu ersetzen. Doch mein Vater ist offensichtlich nicht tot, und ich habe einen Patenonkel. Aber die Arinsons haben uns kurz nach meiner Geburt im Stich gelassen. Durch Manipulation und Lügen wieder in meinem Leben aufzutauchen, war das Schlimmste, was sie tun konnten, BloodBros oder nicht.

Wortlos drehe ich mich auf dem Absatz um und renne in mein Zimmer. Sofort suche ich meine Sachen zusammen und stopfe sie ungeordnet in meine Sporttasche. Ich will so schnell wie möglich von diesem Anwesen flüchten. Mit dem Smartphone am Ohr bestelle ich mir ein Taxi, während ich mein Badzimmerzeug zusammenkrame. Da ich meine Bewegungen nicht beherrschen kann und nicht wirklich bei vollem Bewusstsein bin, reiße ich den Spiegel von der Wand, der auf dem Boden zerschellt.

Mit meiner Tasche auf der Schulter verlasse ich das Zimmer und stoße fast mit Clarke zusammen. Ich muss die Fäuste so fest ballen, dass mir fast die Handflächen bluten, um ihn nicht in der Luft zu zerreißen.

»Du bist gerade der Letzte, den ich sehen will!«, fauche ich.

»Bleib.«

Ich werfe den Kopf in den Nacken und lache gehässig.

»Genieß das Schauspiel! Du hast doch gekriegt, was du wolltest!«

Hilflos runzelt er die Stirn.

Ich versuche, um ihn herumzutreten, doch er versperrt mir den Weg. Meine Tränen rinnen noch schneller, und mein Körper zittert unerträglich.

»Ich wollte dich nie zum Weinen bringen ...«

»*Ach ja? Ob früher oder später, irgendwann wirst du weinen, bis du keine Tränen mehr hast, und ich werde mich daran weiden.* Zitat Clarke Taylor.«

Das schlechte Gewissen tritt in seinen Blick. Nur dass das inzwischen vollkommen egal ist. Ich schaue auf die Pistole, die er mir vor den Verhandlungen gegeben hat und die bisher friedlich auf meiner Kommode gelegen hat. Ich schnappe sie mir, entsichere sie und richte sie auf Clarke, der mit keiner Wimper zuckt. Ich allerdings auch nicht. Ich halte die Waffe mit fester Hand; sie zittert nicht.

»Du wirst mich vorbeilassen. Meine Geduld ist zu Ende.«

»Es stand uns nicht zu, dir deine wahre Identität zu enthüllen.«

»Ich will nichts hören, spar dir deine Ausreden!«

Der Hass, der mich verzehrt, verschlingt meine Trauer. An diesem Punkt habe ich keine Ahnung, wozu ich fähig bin.

»Carter hat dir befohlen, mich aufzuhalten, stimmt's? Ich bin immer noch dein Auftrag, den du zu erfüllen hast?«

»Stimmt. Zu Anfang war das nur ein Auftrag«, gesteht er mit völlig emotionsloser Stimme.

Er hat zu viel gesagt. Ich setze ihm den Lauf der Waffe auf die Brust, damit er zurückweicht. Nichts an ihm verrät auch nur einen Hauch von Furcht. Er weiß, dass ich nicht schießen werde, doch er gehorcht, damit ich so viel Kontrolle behalte, um nicht völlig auszurasten, falls das nicht schon passiert ist.

Wir erreichen die Eingangshalle, ohne einander aus den Augen zu lassen.

»Verdammt, Ava, mit einem Schießeisen bist du verdammt sexy, aber das ist gefähr...«

Ich lasse Set nicht ausreden. Ich ziele auf die Wand und drücke den Abzug. Irgendeine Kraft, die in mir schlummert, sorgt dafür, dass ich unter dem Rückschlag nicht zurückweiche, während die Schieferplatte in tausend Stücke springt.

Ich wende Carter das Gesicht zu und schenke ihm ein Grinsen, das eines Psychopathen würdig ist.

»Im Geiste eine Arinson, hast du das gesehen?«

Die Haustür öffnet sich, und Marie steht da und stößt einen schrillen Schrei angesichts der Waffe aus, die ich dieses Mal auf Carter richte.

»Sag es mir, Marie. Du warst dabei und hast mir die Windeln gewechselt, nicht wahr?«

Angesichts der Tränen, die ihr in die Augen treten, begreife ich, dass ich das richtig eingeschätzt habe. Alle Menschen, mit denen ich in letzter Zeit Umgang hatte, haben mich angelogen. Niemand war ehrlich zu mir. Ich dachte, mein Herz wäre schon vollkommen in Stücke gesprungen, aber offensichtlich war noch ein Stück an seinem Platz, das sich gerade zu den anderen gesellt hat.

Die Demütigung überwältigt mich. Ich war von Menschen umgeben, die ich wirklich geliebt habe, während sie ... in mir nur einen Auftrag gesehen haben, den sie zu erfüllen hatten. Und das ist das Schlimmste von allem.

Obwohl mich die Scham überwältigt, trage ich den Kopf hoch. Ich lasse den Arm mit der Waffe sinken und lege sie auf die Kommode im Eingangsbereich.

»Ihr könnt meinem *lieben* Vater ausrichten, dass er für mich weiterhin gestorben ist und das auch bleiben kann. Und meine Mutter existiert für mich nicht mehr.«

Ich gehe auf die Tür zu, als Carter verzweifelt das Wort ergreift.

»Niemand von uns hat das gewollt, und ...«

Ihm bricht die Stimme, und mir laufen frische Tränen über die Wangen.

»Du warst hier, in meiner Stadt ... Und ich hatte nicht die geringste Ahnung, wie ich ...«

»In der Sekunde, in der du mir von den BloodBros erzählt hast, war mir klar, dass diese Geschichte nicht der Vergangenheit angehört und dass ihr, Mike und du, euch ihr eines Tages stellen müsst. Du bist der Beweis dafür, dass diese Monster nie aufgeben. Sie werden sich das erstgeborene Kind der Arinsons holen. Sie werden mich holen. Und das wird eure Schuld sein. Euretwegen bin ich schon so gut wie tot.«

Mit diesen Worten trete ich durch die Tür, und je weiter ich die Vortreppe hinuntergehe, umso schneller werde ich und umso stärker lassen meine Tränen meinen Blick verschwimmen.

In meinem Körper schwappt ein ganzer Ozean an unkontrollierbaren Gefühlen herum, die sich in alle Richtungen überschlagen und darum kämpfen, die Vorherrschaft über die anderen zu gewinnen.

Die Jungs schreien durcheinander und rufen meinen Namen. Vom Eingang ist ein Tumult zu hören, als würden sie sich gegen jemanden wehren, um mich aufzuhalten, also laufe ich noch schneller. Ich renne die unendlich scheinende Allee hinunter und bete, dass mich niemand einholt. Mein flacher Atem und mein hämmerndes Herz zwingen mich, langsamer zu werden. Ich bleibe stehen, um wieder Luft zu bekommen.

»S. ...«

Ich fahre hoch und drehe mich zu Jesse um.

Sein Gesicht ist vor Schmerz und Schuldgefühlen verzerrt, aber ich weigere mich, ihm diese falsche Aufrichtigkeit abzunehmen. Nicht nach dem, was sie mir angetan haben.

»Lass mich. Lass mich ein für alle Mal in Ruhe! Ihr braucht nicht so zu tun, als ob ...«

»Ich weiß, was du denkst«, unterbricht er mich. »Und ich kann dir das nicht vorwerfen. Aber bitte glaub mir, wenn ich dir sage, dass wir alle dich lieben. Wie könnte es auch anders sein?«

Ich schüttle den Kopf und weigere mich, mich erweichen zu lassen, denn wenn ich ihn anhöre, glaube ich ihm am Ende noch.

Niemand wird mir mehr das Herz brechen. Mit dem Handrücken wische ich mir die Tränen ab und versuche, das Zittern in meiner Stimme zu beherrschen.

»Wir können niemals Freunde sein, ganz gleich, ob ihr es ehrlich meint. Ihr seid alle Carters Sklaven, besonders du. Er hat dir das Leben gerettet, er hat dir eine zweite Chance gegeben, und du fühlst dich viel zu sehr in seiner Schuld, als dass wir eine gesunde Beziehung haben könnten. Weil du Carter nie anders sehen kannst. Er wird dir Befehle erteilen, die mich betreffen, und du wirst gehorchen, ohne dich auch nur zu fragen, ob diese Anweisung mir Unrecht tut, genau wie du es bis jetzt getan hast.«

Ich könnte schwören, tief in seinem Blick zu erkennen, dass ihm das Herz bricht, was mein Unbehagen noch verstärken und mich fürchten lässt, dass ich doch noch an sie glaube. Ich drehe mich um, flüchte und lasse ihn stehen.

»Avalone!«

Ich werfe einen Blick über die Schulter. Justin, Tucker und Set kommen angerannt, doch Jesse hält sie zurück.

»Henzo läuft noch frei herum ...«, sagt Tucker flehend.

Ich höre, wie hinter mir jemand versucht, sich loszumachen.

»Sie braucht Zeit«, erklärt Set den anderen.

»Verdammt, das ist Ava! Wir können sie nicht im Stich lassen!«

Ich beschleunige meinen Schritt. Ich hasse sie noch mehr, weil sie ihr kleines, krankes Spiel weitertreiben. Und erst als ich ins Taxi steige, bekomme ich ein wenig besser Luft.

Diese Stadt bereitet mir Übelkeit. Sie drückt mich nieder, und ich kann sie nicht mehr sehen.

»Zum Busbahnhof bitte.«

Mein ganzes Leben ist nichts als eine Lüge. Alle, an die ich geglaubt habe, alle, von denen ich dachte, ich könnte ihnen blind vertrauen, haben mich bloß angelogen ... Meine Mutter, Clarke, die Devil's Sons, Ethan und Marie ... Keiner von ihnen hat sich entschieden, ehrlich zu sein.

Ich bin die Tochter von Mike Arinson. Ich bin ihm begegnet und konnte ihn gut leiden.

Bei allen Göttern, ich mochte ihn gern!

Wie konnte meine Mutter mir so viele Jahre ins Gesicht lügen? Wenn Mike uns wirklich verlassen hat, um uns zu schützen, war meine Mutter vielleicht nie drogensüchtig. Aber woher kommt dann meine Herzkrankheit? Inzwischen zweifle ich an allem. Meine Mutter hat mein Leben zu einer Lüge gemacht; sie hatten alle ihren Anteil daran, und das wird nicht in Ordnung kommen, da die mächtigste Gang Amerikas ein bösartiges Vergnügen darin finden wird, mich umzubringen, falls sie herausfindet, dass ich noch lebe.

Ich kann mich auf niemanden mehr verlassen, habe keine Identität mehr. Und falls ich dachte, mein Glaube an die Götter sei mein Antrieb, dann holt mich die Realität schnell ein. Meine Erzeugerin hat mir immer erklärt, ihr Glaube an die Yggdrasil stamme von der Familie meines Vater. Ich habe stolz an Odin geglaubt, um diesen zu früh verstorbenen Mann zu ehren ...

Eine Viertelstunde später setzt der Fahrer mich am Busbahnhof ab. Ich reiche ihm einen Geldschein und steige aus. Ich fühle mich leer. Meine Tränen sind endlich versiegt.

Ich bin bereit, aus Ann Arbor und vor seinen gefährlichen Seilschaften zu fliehen. Es ist seit mehreren Stunden dunkel, und ich habe nicht die geringste Ahnung, wie spät es ist. Ich habe jedes Zeitgefühl verloren.

Schweren Schritts trete ich an den Schalter.

»Wohin?«, fragt mich die Frau hinter der Theke.

»Den nächsten Bus.«

»Alabama. Siebenundzwanzig Dollar.«

Mit mechanischen Bewegungen gebe ich ihr das Geld für die Fahrkarte. Die Frau mustert mich, zögert und scheint mich fragen wollen, ob es mir gut geht, tut es aber nicht.

»Abfahrt in zehn Minuten.«

Ich nicke und wende mich ab, um zum Bus zu gehen. Die Türen sind schon offen, also steige ich ein. Wie benommen gehe ich zwischen den Reihen hindurch, ohne auf die Fahrgäste zu achten, die schon darin sitzen. Ich setze mich weit weg von den anderen in eine freie Bank, wo ich vorhabe, mich hinter Schweigen zu verschanzen. Meine Tasche werfe ich auf den freien Platz neben mir, um sicherzugehen, dass ich auch allein bleibe, und ziehe meine Medikamente hervor. Nachdem ich sie geschluckt habe, packe ich sie wieder ein und stecke mir Kopfhörer in die Ohren. Als ich mein Gesicht an die Glasscheibe lege, ist *Feel* von Robbie Williams der erste Song, der mich einhüllt.

Die Bustüren schließen sich. Wir fahren los und lassen mein Herz am Straßenrand zurück. Eine einzelne Träne, die mir über die Wange rollt, ist das Letzte, was ich spüre, bevor ich einschlafe.

Fortsetzung folgt ...

Danksagung

Der erste Band geht nicht mit dem letzten Kapitel zu Ende. Er endet an dieser Stelle, mit meinen Danksagungen, weil es viele Menschen gibt, ohne die ich nicht hier wäre, um diese Worte zu schreiben.

Dies ist ein wahr gewordener Kindheitstraum. Ein Traum, den ich für unerreichbar hielt. Einer, den ich mit der Hilfe von so vielen großartigen Menschen erreicht habe, denen ich ewig dankbar sein werde.

Von ganzem Herzen danke ich meiner Verlegerin Caroline, die mir ein Verlagszuhause geschenkt hat. Ihre Geduld, ihr offenes Ohr und ihr Wissen haben die Zusammenarbeit so angenehm und bereichernd gemacht. Ich höre noch, was sie mir zuflüstert ... *Wiederholung*. Oder was sie mich bei unserem ersten Telefonat fragte: »Magst du Pizza mit Ananas?« Obwohl ich diese enorm wichtige Frage verneinte, hat sie mich in ihre Familie aufgenommen! Das ist typisch für den Verlag *Plumes du Web*. Wir sind dort wie eine Familie.

Danken will ich ebenfalls Geny für ihre wundervolle Arbeit. Dank ihr hat sich mein Schreibstil beträchtlich verbessert, und die Partizipien im Präsens und Adverbien haben sich zu meinen Feinden entwickelt.

Kommen wir zu Jenn, die eines schönen Tages in meinem privaten Postfach auftauchte, um mir eine wunderbare Nachricht zu überbringen: *Plumes du Web* suchte den Kontakt zu mir. Danach lernte ich Océane kennen. Alle beide haben mich so wohlwollend aufgenommen, dass mir bis heute warm ums Herz ist. Ich fühlte mich verstanden und dazugehörig. Bei ihnen hatte ich das Gefühl, am richtigen Platz zu sein. Danke für alles, Mädels. Ich hätte mir nichts Besseres wünschen können.

Mein Dank gilt Sam, der es verstanden hat, meine Community in jeden seiner Posts einzubeziehen. Denn – *nobody puts Baby in a corner!*

Eine Standing Ovation geht an Anaïs, die schon immer meine beste Freundin war und mich vor ein paar Jahren auf die Plattform Wattpad aufmerksam gemacht hat. Ohne die gäbe es uns nicht. Ja, du kannst dir ein paar Lorbeeren abholen, *meine Schöne*.

Ein riesiger Dank gilt meinem Papa, der jeden Tag mitverfolgt hat, als meine Aufrufe bei Wattpad mehr wurden. Danke für dein Engagement und deine Unterstützung. Danke für alles, ich hab dich lieb.

Tausend Küsse an meine fabelhaften Freundinnen Laïla, Marie und Lizzie, die mich unterstützt und an mich geglaubt haben. Danke, dass ihr seid, wer ihr seid.

Und schließlich gilt ein großer Teil meiner Dankbarkeit unmittelbar meiner Wattpad-Community, die die Devil's Sons geliebt hat und mich. Ihr habt einen unverrückbaren Platz in meinem Herzen, denn man vergisst nie, woher man kommt. Ich halte diese Erinnerungen hoch, genau wie diese Familie, zu der wir zusammengewachsen sind. Danke für alles, was ihr mir geschenkt habt: Die Liebe, das Lachen, die Unterstützung, die Freundschaft und die Tränen der Freude und Anerkennung. Und vergesst nicht, es ist nicht wichtig, wie viele Jahre man fern von Carter und den Devil's Sons verbringt, ihre Tür ist immer offen für uns. Wir werden für immer eine Familie sein.

Einmal ein Devil …

Content Note

Dieses Buch enthält potenziell triggernde Inhalte:

- Tod, Trauer, Verlust
- Gewalt
- Kriminalität
- Waffenbesitz
- Drogenkonsum
- Sexuelle Belästigung
- Versuchte Vergewaltigung